Michaela Rabe

Perfektion

Thriller

fredeboldundfischer
derdeutscheautorenverlag

1. Auflage November 2007

fredeboldundfischer
fredebold&partner gmbh
schaafenstraße 25, 50676 köln

Ein Projekt der Montasser Medienagentur
Originalausgabe: "Perfektion"

Titelabbildung: pecher und soiron, Köln
Umschlaggestaltung: Roland Pecher, Köln
Satz: D.I.E. Grafikpartner GmbH, Köln
Druck und Bindearbeiten: Ebner & Spiegel, Ulm
Printed in Germany
ISBN 978-3-939674-11-5

www.fredeboldundfischer.de

Prolog

Sie erwachte vom vertrauten Druck starker Arme, die sich um ihren Oberkörper schlangen. Ein Lächeln huschte über ihre Lippen, als sie sich enger in die Umarmung schmiegte. Etwas strich kurz über ihr Ohr und verschwand wieder. Die Arme zogen sich fester zusammen, bis die Berührung fast schmerzhaft war.

„Stuart?", Ihre Stimme klang rau und atemlos. Sie wartete auf eine beruhigende Antwort, erhielt aber keine. Vielleicht schlief er schon so tief, dass er gar nicht bemerkte, was er tat. Sie versuchte, die Umklammerung etwas zu lockern, doch es gelang ihr nicht. „Stuart, wach auf!" Was energisch klingen sollte, kam als erbärmliches Krächzen heraus.

Mühsam regulierte sie ihre viel zu schnelle Atmung und entspannte ihre Muskeln. Ihre Beunruhigung ließ nach, als sich die Umklammerung lockerte und sie wieder frei atmen konnte. Bisher hatte sie Stuarts Stärke immer als angenehm empfunden, doch nun hatte sie zum ersten Mal gemerkt, dass sie auch bedrohlich sein konnte. Sie würde später mit ihm darüber reden. Ihre Lider wurden schwerer. Später ...

Ein leises Zischen war zu hören, einer der um sie gelegten Arme verschwand. Sie riss die Augen auf, sah aber nur die rot leuchtenden Ziffern ihres Weckers, der Rest des Schlafzimmers lag im Dunkeln. 2:25 Uhr. Sie versuchte sich umzudrehen, worauf sich Stuarts Arm noch fester um sie schlang und sie daran hinderte. Also war Stuart auch wach.

„Ich finde das nicht mehr lustig, lass mich endlich los und sprich mit mir!"

Doch die einzige Antwort war eine Hand, die nach der ihren griff und ihren Arm anhob. Erregung kämpfte mit Verärgerung um die Vorherrschaft. Bisher hatte sie Stuarts fantasievolles Liebesspiel immer genossen, aber diesmal würde sie es ihm nicht so leicht machen. Ein scharfer Stich in ihrer Achselhöhle riss sie aus ihren Gedanken.

„Au, lass das endlich! Bist du denn völlig verrückt geworden?" Mit einer ruckartigen Bewegung befreite sie sich endgültig aus seiner Umarmung und rutschte Richtung Bettkante. Sie stand kein bisschen auf Schmerzen, das wusste er genau.

Schlagartig erkannte sie, dass es nicht Stuart war, der mit ihr im Bett lag. Er konnte es nicht sein, denn sie hatten gestern Abend noch miteinander telefoniert. Seine Geschäftsreise würde bis morgen dauern, und er – roch anders. Furcht breitete sich in ihr aus. Schwindelgefühl setzte ein und sie schaffte es kaum noch, sich aufrecht zu halten. Schwankend saß sie auf der Bettkante und versuchte aufzustehen, doch es gelang ihr nicht. Ihre Muskeln gehorchten ihr nicht mehr, dennoch beherrschte sie nur ein einziger Gedanke: Flucht! Eine letzte Kraftanstrengung, aber ihre Beine versagten und sie kippte nach vorn. Die Ziffern des Weckers kamen näher, dann schlug ihr Kopf gegen die Kante des Nachttischs. Der danach einsetzende Schmerz war das Letzte, was sie wahrnahm, bevor es dunkel um sie wurde.

Sie schien auf einer Wolke zu schweben und ihren Körper verlassen zu haben. Mühsam versuchte sie, sich daran zu erinnern, was geschehen war. Schmerz pochte in ihrem Kopf und durchdrang den Nebel. Sie wollte ihren Arm heben, um nach der Ursache dafür zu forschen, doch sie konnte ihn nicht bewegen. Erinnerungsfetzen tauchten auf. Ein Druck auf ihrer Brust. Ärger. Angst. Das Gefühl, zu fallen. Ihr Kopf explodierte. Sie lag nicht mehr in ihrem Bett. Wo war sie? Sie versuchte sich aufzusetzen, aber ihr Körper versagte erneut den Dienst. Angst schnürte ihr die Kehle zu. Hatte sie sich beim Sturz aus dem Bett etwa das Rückgrat verletzt? Alles, nur das nicht! Sie wollte um Hilfe rufen, doch sogar ihre Stimmbänder schienen gelähmt zu sein. *Stuart, hilf mir!* Die Erinnerung, dass er nicht hier war, nie da gewesen war, ließ Panikwellen durch ihren Körper fließen.

Aber wenn es nicht Stuart war, wer dann? Er hatte ihren Arm hochgehoben, und danach hatte sie einen seltsamen Stich in ihrer Achselhöhle gespürt. Drogen? Etwas zupfte an ihrem Bein, wanderte höher. Es war eindeutig jemand bei ihr, sie hatte sich das Ganze nicht eingebildet. Andererseits besaß niemand außer ihr und Stuart einen Schlüssel zum Haus. Aber während es vorhin noch vollkommen dunkel gewesen war, drang nun ein Lichtschimmer durch ihre halb geschlossenen Augenlider. Tränen traten ihr in die Augen. Was geschah nur mit ihr? Es war mitten in der Nacht, sie war gelähmt und irgendjemand berührte sie, machte mit ihr, was er wollte, und sie konnte nichts dagegen tun. Entsetzen schnürte ihr die Kehle zu.

Mit äußerster Kraftanstrengung gelang es ihr, den Kopf ein winziges Stück zur Seite zu drehen. Ihre

Schreibtischlampe stand neben ihr auf dem Boden, sie konnte die Hitze des Lichtstrahls auf ihrem Bauch spüren. Wieder ein Ziehen und Gleiten, diesmal in Höhe ihres Magens. Was war das? Ein Luftzug strich über ihre Haut. Angst lähmte ihr Denken, ließ ihr Herz rasen. Ihr Blick irrte durch den schwach beleuchteten Raum. Wer auch immer bei ihr war, musste sie ins Wohnzimmer gebracht und auf den Holzfußboden vor dem Kamin gelegt haben. Oder hatte sie sich selber hierhergeschleppt, bevor sie ohnmächtig geworden war? Unmöglich. Das Ziehen wanderte weiter nach oben, jetzt war es an ihren Brüsten.

Neben der Lampe lag ein schwarzer Gegenstand, der wie ein Lederetui aussah. Etwas näherte sich ihrem Gesicht und drehte ihren Kopf, sodass sie direkt an die Decke starrte. *Bitte, ich will etwas anderes sehen als weißen Putz! Ich bin wach, hilft mir denn niemand?* Doch ihre Stimme hallte nur in ihrem Kopf, ohne nach außen zu dringen. Der Lichtstrahl wanderte, bis er genau auf ihrem Gesicht lag. Sie versuchte die Augen zu schließen, doch auch das gelang ihr nicht. Etwas berührte ihr Kinn, strich darüber, dann über ihre Wangen, die Lippen, die Nase, Augen und Stirn. Zuletzt umkreiste es ihre Ohren und verschwand.

Sie hörte ein leises Knacken, so, als hätte jemand einen Druckknopf geöffnet. Kurz darauf verschwand das Licht und wurde wieder durch einen schwachen Schimmer ersetzt. Gott sei Dank, ihre Augen brannten bereits. Erneut fühlte sie einen Druck an ihrem Schenkel. Nicht noch einmal! Der Gedanke verflüchtigte sich, als ein scharfer Schmerz durch ihr Bein fuhr. Ein weiterer Schrei ertönte in ihrem Kopf. Die Innenseite ihres Oberschenkels brannte wie Feuer, aber sie konnte nichts dagegen tun. Ein Pressen an ihrem anderen Schenkel, dann wieder der Schmerz. Großer Gott, was tat er da? Der Schmerz wanderte nach oben, auf ihre Hüfte zu. *Nein! Aufhören!* Sie musste ihn aufhalten, konnte sich aber nicht bewegen, so sehr sie es auch versuchte. Tränen rannen über ihre Schläfen und verloren sich in ihren Haaren. Eine Hand in einem Latexhandschuh erschien vor ihren Augen und bedeckte sie mit etwas. Ihre Lider schlossen sich und sie blieb in der Dunkelheit zurück. Aber sie hatte das Blut am Handschuh gesehen und Panik raste durch ihren Körper, dicht gefolgt von alles überwältigendem Schmerz.

1

Los Angeles

Zögernd streckte Lincoln Silver seine Hand nach dem Klingelknopf aus, ließ sie dann aber wieder sinken. Noch einmal betrachtete er das matt glänzende Messingschild, auf dem in geschwungenen Buchstaben A. J. Terrence – Fotostudio stand. Sowohl das Schild als auch die Schrift waren schlicht und stilvoll, trotzdem konnte er sich nicht überwinden, das Gebäude zu betreten. Das Studio befand sich in einem alten Gebäude, das seine besten Tage schon längst hinter sich hatte, aber dennoch nicht heruntergekommen wirkte. Silver hatte es ausgewählt, weil es weit genug von seinem gemieteten Haus entfernt lag, um ihn die ganze leidige Angelegenheit rasch vergessen zu lassen, sobald er sie erledigt haben würde. Er hatte in seinem Leben schon viele unangenehme Sachen hinter sich bringen müssen und sich noch nie vor ihnen gedrückt, doch diesmal tat er es. Den Wutanfall seiner Freundin Stacy, den sein Ausweichmanöver unwillkürlich nach sich ziehen würde, sah er zwar schon jetzt voraus, aber er würde ihn genauso überstehen, wie die anderen zuvor. Sein schlechtes Gewissen meldete sich, als ihm bewusst wurde, dass er froh darüber war, ihre Beziehung durch seinen Umzug von Chicago nach Los Angeles auf Eis gelegt zu haben. Natürlich wäre es fairer und ehrlicher gegenüber Stacy gewesen, sich gleich von ihr zu trennen, nachdem er gemerkt hatte, dass seine Gefühle für sie längst nicht so stark waren, wie ihre für ihn. Aber das war ein weiteres Thema, über das er jetzt lieber nicht nachdenken wollte.

Silver fuhr zusammen, als die Tür neben ihm aufschwang und ein älterer Herr herauskam, der beinahe in ihn hineinlief.

„Oh, Verzeihung!“ Der Mann lächelte und hielt die Tür für ihn auf. „Ich nehme an, Sie wollen rein?“

„Nun ich …“

Der Mann nahm das anscheinend als Zustimmung, denn er klopfte Silver auf die Schulter und ging erst weiter, als Silver in den Hausflur getreten war. Kühle umfing ihn und der Verkehrslärm verstummte, als sich die Tür mit einem leisen Klicken hinter ihm schloss. Am liebsten hätte er das Gebäude sofort wieder verlassen, machte stattdessen jedoch einen weiteren Schritt in das nur schwach beleuchtete Treppenhaus. Ein Deckenventilator drehte sich behäbig und der von ihm verursachte Luftzug ließ ihn kurz innehalten. In Ordnung, der Laden wirkte zumindest nicht so schäbig, wie er sich so ein Studio immer vorgestellt hatte. Er könnte sich also erst einmal alles anschauen und dann immer noch entscheiden, ob er bleiben oder gehen wollte. Silver ging lautlos die Treppe hinauf und betrachtete dabei die an der Wand ausgestellten Fotografien. Es waren Porträts von lachenden Kindern, verliebten Paaren, perfekt ausgeleuchtete Aufnahmen von älteren Menschen. Immer individuell, kein einziger schneller, liebloser Schnappschuss. A. J. Terrence hatte eindeutig Talent, so viel konnte selbst er als Laie erkennen.

Weiter oben an der Wand hingen gerahmte Akte, außer Sichtweite von Kindern. Silver blieb vor einem

Foto stehen und betrachtete es eingehend. Es war ein wunderschöner Frauenkörper, sanft beleuchtet, mit tiefen Schatten, die mehr verbargen als enthüllten. Erotisch, geschmackvoll und nur einen Hauch voyeuristisch. Sein Blick glitt zum nächsten Bild, diesmal war es ein Mann, ebenso nackt, ebenso sinnlich. Langsam stieg er die Treppe weiter hinauf, während er die einzelnen Aufnahmen studierte. Er war so sehr in seiner Betrachtung gefangen, dass er die Person auf dem obersten Treppenabsatz erst bemerkte, als ein Gegenstand mit lautem Krachen auf ihn zugeflogen kam. Instinktiv sprang er zur Seite, rutschte aus und landete mit seiner Hüfte schmerzhaft auf einer Treppenstufe.

„Oh mein Gott, haben Sie sich verletzt?“ Eine Frau tauchte neben ihm auf und fasste ihn sanft am Arm. „Können Sie sich bewegen?“

„Es geht mir gut.“

„Wirklich?“ Besorgt beugte sie sich über ihn. Eine dunkle Haarsträhne rutschte aus ihrem Pferdeschwanz und strich über seine Wange. Ungeduldig streifte sie sie hinter ihr Ohr zurück. „Es tut mir leid, ich habe Sie nicht kommen gehört und mich deshalb erschreckt, als Sie so plötzlich auf der Treppe standen.“

„Was war denn das für ein Geschoss?“ Silver setzte sich langsam auf und verzog dabei das Gesicht, als ihm ein Schmerz in die Hüfte fuhr.

„Ich bringe gerade ein paar alte Sachen in den Keller. Klappstühle, ein Stativ und weitere Gegenstände. Sie sind sicher, dass Sie nicht doch etwas abbekommen haben?“

„Nein, an mir ist zwar irgendetwas vorbeigeflogen, aber da war ich schon abgetaucht.“

Ein leichtes Lächeln zeigte ihre Grübchen. „Sie sahen sehr elegant dabei aus."

Silver grinste. „Das kann ich mir vorstellen." Während er sich an der Wand abstützte, nahm die Frau seinen Arm und half ihm, sich vollends aufzurichten. Sie ließ ihn erst los, als er wieder sicher auf seinen Beinen stand.

„Irgendetwas verletzt?"

Silver testete die Beweglichkeit seiner Arme und Beine, drückte den Rücken durch und schüttelte den Kopf. „Alles in Ordnung."

„Das beruhigt mich." Sie bückte sich und begann, ihre Sachen wieder aufzuheben, die über die ganze Treppe hinweg verstreut waren.

„Warten Sie, ich helfe Ihnen."

Erneut zeigten sich ihre Grübchen. „Danke, das ist nicht nötig. Gehen Sie ruhig schon nach oben, ich schaffe das auch allein."

Silver blickte ihr hinterher. Viel lieber würde er sich weiter mit ihr unterhalten, als die Treppe hinaufzugehen und dort Stacys Wunsch nachzukommen. Kopfschüttelnd setzte er sich in Bewegung, und erkannte erleichtert, dass er sich nicht verletzt hatte. Das wäre bei seinem Vorgesetzten sicher nicht gut angekommen, schließlich hatte er seine neue Arbeit erst vor wenigen Wochen angetreten. Oben mündete das enge Treppenhaus in ein großes Studio, das fast die gesamte Breite des Gebäudes einnahm. Zwei Türen gingen von ihm ab, und Silver konnte durch den Türspalt der einen, die leicht geöffnet war, erkennen, dass es sich um eine winzige Küche handelte. Im anderen Raum würde sich vermutlich das Bad befinden. Die großen Fenster waren von schwarzen Vorhängen eingefasst, mit denen man je nach Bedarf das Sonnenlicht einlassen oder ausschließen konnte. Edles Parkett bedeckte den Boden, in einer Ecke des Raumes stand ein Computertisch, in einer anderen waren sämtliche Utensilien aufgebaut, die in einem Fotostudio gebraucht wurden. Interessiert betrachtete Silver die teuer aussehende Kamera, die auf ein Stativ gesetzt war.

„Nicht anfassen!"

Silver wirbelte zu der Frau herum, die nun wieder nach oben gekommen und, ohne dass er es bemerkt hatte, hinter ihn getreten war. Entweder war sie extrem leise oder er sollte den Beruf wechseln. „Das hatte ich nicht vor." Er beobachtete sie interessiert, während sie über die Kamera strich und die Ausrüstung kontrollierte. „Arbeiten Sie für A. J. Terrence?"

Kleine Lachfältchen tauchten rund um ihre Augenwinkel auf. „So kann man es auch sagen." Sie streckte ihm die Hand entgegen. „Ich bin A. J. Terrence."

Silver hatte Mühe, seine Überraschung zu verbergen. „Ich dachte …" Er brach ab und strich über sein Kinn. „Ich hatte mit einem Mann gerechnet."

„Tut mir leid, damit kann ich nicht dienen." Sie lachte. „Aber ich versichere Ihnen, dass ich mindestens ebenso gut fotografieren kann."

„Das habe ich draußen bereits gesehen, aber darum geht es nicht."

Sie zog eine Augenbraue hoch. „Sondern?"

Silver schwieg verlegen. Er konnte es selbst nicht erklären, aber er hatte im Telefonbuch extra nach einem Fotostudio gesucht, dessen Inhabername nach einem Mann geklungen hatte. „Wofür steht A. J.?"

„Das verrate ich nur ungern." Sie verzog den Mund. „Aber um Ihnen zu versichern, dass ich wirklich eine

Frau bin, vertraue ich Ihnen mein tiefstes Geheimnis an: Anabelle Jane." Ihre Augenbrauen zogen sich zusammen, als sie sein Grinsen sah. „Das ist nicht witzig!"

Silver bemühte sich, seine Belustigung zu verbergen. „Tut mir leid. Ich hatte nie einen Zweifel daran, dass Sie eine Frau sind. Und genau das ist mein Problem, ich glaube, ich würde mich bei dieser Art von Aufnahmen bei einem Mann wohler fühlen." Er machte eine kleine Pause. „Sofern das überhaupt möglich ist."

Sie musterte ihn von oben bis unten. „Es geht um Aktaufnahmen?"

Silver schwieg. Er sah bestimmt so aus, als ob er am liebsten jeden Moment flüchten würde und wurde in seiner Annahme bestätigt, als sie ihm in den Weg trat.

„Haben Sie die Fotogalerie gesehen und haben Ihnen die Bilder gefallen?"

Silver räusperte sich. „Ja, sehr sogar. Es liegt auch nicht daran, dass ich glauben würde, Sie wären nicht gut." Er ging zum Fenster und blickte hinaus. „Ich möchte mich nur nicht so fotografieren lassen."

„Warum sind Sie dann hier?"

„Ich habe in L. A. einen neuen Job angenommen und meine Freundin musste in Chicago bleiben. Sie ist der Meinung, dass ich ihr, wenn ich schon nicht mehr da bin, zumindest ein ... nun, sagen wir, ein etwas freizügigeres Foto von mir schicken kann."

A. J. schwieg einen Moment, dann nickte sie. „Ich verstehe, warum ihre Freundin das gerne möchte. Aber ich arbeite grundsätzlich nur mit Modellen, die aus eigenem Antrieb heraus zu mir kommen, besonders bei Akten. Wenn Sie also nicht fotografiert werden wollen, gehen Sie am besten gleich wieder."

Silver sah, dass sie es ernst meinte und das gefiel ihm. Was war schon dabei, ein paar Fotos von sich machen zu lassen? Wenn er es nicht jetzt und hier täte, würde er es auch nirgendwo anders mehr tun, so viel war klar. „Vielleicht können wir einfach anfangen und sehen, wie es läuft?“

„In Ordnung. Ich werde die Tür unten offen lassen, so dass Sie jederzeit gehen können, sollte es Ihnen zu viel werden.“

Silver blickte forschend in ihr ernstes Gesicht. A. J. sah ihn zunächst erstaunt an, dann begann sie zu lachen. „Tut mir leid, aber ich kann Sie wirklich sehr gut verstehen. Was glauben Sie wohl, warum ich immer hinter der Kamera stehe? Ich wäre ein ganz schlechtes Modell.“

„Das glaube ich nicht. Was passiert jetzt?“

A. J. betrachtete seine Kleidung. „Das Hemd ist gut, damit können wir etwas anfangen. Ziehen Sie einfach das T-Shirt darunter aus.“ Sie sah wie er sich versteifte. „Oder wir fangen mit ganz normalen Fotos an und steigern uns dann langsam – ganz wie Sie möchten.“

„Einverstanden.“

„Machen Sie es sich schon mal gemütlich, während ich meine Ausrüstung vorbereite.“ Sie deutete auf einen flauschigen runden Teppich, etwa drei Meter von der Kamera entfernt.

Zögernd ließ sich Silver im Schneidersitz darauf nieder.

„Wie heißen Sie? Ich spreche meine Kunden lieber mit Namen an, dann reagieren sie im Allgemeinen besser auf meine Anweisungen.“

„Anweisungen?“ Silver entspannte sich etwas. „Silver.“

„Ist das Ihr Vor- oder Nachname?"

Silver verzog den Mund. „Wir scheinen beide ein Problem mit unseren Vornamen zu haben."

Mit einem Ruck zog A. J. die Vorhänge zu. „Warum? Heißen Sie etwa auch Anabelle?"

Silver lachte. „Nein, Lincoln."

„Gut, in diesem Fall verstehe ich, dass Sie sich Silver nennen. Es klingt geheimnisvoll – und es passt zu Ihnen."

„Danke, A. J."

„Das ist nur mein Geschäftsname, normalerweise werde ich Ana genannt. Das ist zwar auch nicht wirklich prickelnd, aber immerhin eine akzeptable Alternative."

„Mir gefällt Ana."

Lächelnd beugte sie sich zu ihm hinunter. „Danke. Wollen wir anfangen?" Sie deutete sein Schweigen als Zustimmung. „Winkeln Sie ein Knie an, ziehen Sie es leicht an sich heran und legen Sie dann beide Arme locker darum. Ja, genau so. Rücken gerade, Kinn nach oben. Gut, so bleiben, ich sehe mir das durch die Kamera an."

Sie richtete den Scheinwerfer aus, drehte den Reflexionsschirm, um für mehr indirekte Beleuchtung zu sorgen und blickte durch den Sucher. Silver sah noch immer so aus, als würde er am liebsten flüchten. Es wäre besser, sofort anzufangen, bevor er es sich anders überlegte. Es juckte in ihren Fingern, ihn auf Film beziehungsweise einen Speicherchip zu bannen. Sie mochte all ihre Modelle, egal ob jung oder alt, schön oder weniger gutaussehend, doch besonders hatten es ihr interessante Menschen angetan. Ana stellte die richtige Belichtung und Schärfe ein und drückte dann auf den Auslöser.

„Sie müssen sich etwas mehr entspannen, wenn die Bilder halbwegs gut werden sollen. Denken Sie an etwas Schönes." Sie griff hinter sich und schaltete den CD-Spieler an. Sie liebte es, mit leiser Ethno-Musik im Hintergrund zu arbeiten. Dumpf dröhnten Trommeln durch das Studio, eine einsame Flöte begann ihr Klagelied. „Besser so?"

„Ja."

„In Ordnung. Sie müssen nicht lächeln, das würde nur verkrampft aussehen. Versuchen Sie einfach sich vorzustellen, dass die Kamera gar nicht vorhanden ist und wir alleine sind." Silver grinste sie an, seine Augen glitzerten. Perfekt. Sie drückte auf den Auslöser.

„Wir sind allein."

Sie sah auf und strich sich ihre widerspenstige Haarsträhne erneut aus dem Gesicht. „Ich sprach von der Kamera."

Während sie sich unterhielten, schoss Ana weitere Fotos. Schließlich hielt sie den richtigen Zeitpunkt für gekommen, denn Silver wirkte so entspannt auf sie, wie er in dieser Umgebung wohl nur sein konnte. „Wie wäre es, wenn wir es jetzt nur mit dem Hemd versuchen?"

Sein Lächeln wich einem Gesichtsausdruck, den sie nicht zu deuten vermochte. „Okay."

„Gut." Sie deutete auf den Paravent, der in einer Ecke des Raumes aufgestellt war. „Sie können sich dahinter umziehen, wenn Sie wollen."

„Das ist nicht nötig." Er öffnete sein Hemd, schob es von den Schultern und zog sich danach das T-Shirt über den Kopf.

Ana bemühte sich, so zu wirken, als würde sie sich mit ihrer Kamera beschäftigen, während sie ihn beobachtete. Kein Gramm überflüssiges Fett befand sich an Silvers kraftvollem Oberkörper, er war vollkommen. Sie gierte danach, ihn hüllenlos vor die Kamera zu bekommen, aber sie wusste, dass sie langsam vorgehen musste, um ihn nicht zu verschrecken.

Er schlüpfte wieder in sein Hemd und blickte sie unschlüssig an. „Und jetzt?"

„Lassen Sie es offen, das ist perfekt so." Sie gab ihm Anweisungen, wie er sich hinsetzen sollte und machte einige Aufnahmen. „Gut, sehr schön. Schieben Sie jetzt den Kragen auf der linken Seite etwas weiter nach außen. Ja, genau so. Stopp, das reicht. Ich denke, die Fotos werden Ihrer Freundin gut gefallen." Sie beugte sich wieder über die Kamera, passte Licht und Schärfe an und drückte den Auslöser. „Mehr?" Atemlos wartete sie auf seine Antwort. Es kam darauf an, wie sehr er in die Stimmung eingetaucht war.

„Ja." Seine Augen ruhten direkt auf ihr.

„Wunderbar. Ziehen Sie den linken Arm aus dem Hemd und stützen Sie sich mit ihm auf dem Boden ab. Genau so. Den Kopf etwas mehr nach rechts. So bleiben." Klick. Klickklick. Mehr, sie wollte mehr. Bemüht, ihre Stimme weiterhin ruhig klingen zu lassen, ließ sie ihn noch weitere Posen einnehmen, bevor sie ihn dazu aufforderte, das Hemd ganz auszuziehen. Wortlos kam Silver ihrem Wunsch nach und blickte sie erwartungsvoll an. Okay, sie hatte ihn, er vertraute ihr. Sie blickte von der Kamera auf und lächelte ihn an. „Wenn Sie eine Pause brauchen, sagen Sie Bescheid."

„Ich möchte es lieber so schnell wie möglich hinter mich bringen." Seine entspannte Haltung und das leichte Lächeln ließen seine Worte weniger ablehnend klingen. „Die Lampe wird mit der Zeit ganz schön heiß."

„Ich schalte den Ventilator an, kleinen Moment." Ana ging an ihm vorbei zum Schalter und betätigte ihn. Dabei gestattete sie sich einen Blick auf Silvers Rücken. Klar definierte Muskeln, von der Sonne leicht gebräunte Haut, ein Traum für jeden Fotografen. Sie holte unwillkürlich tief Luft, als sie die lange Narbe sah, die quer über seine Rippen lief.

„Ah, so ist es besser." Eine wohlige Gänsehaut überzog seinen Rücken.

Ana riss sich von seinem Anblick los und kehrte zur Kamera zurück. „Wollen wir weitermachen?"

„Okay."

Die nächsten Minuten ließ sie ihn wieder verschiedene Posen einnehmen, die seinen Körper vorteilhaft zur Geltung brachten, gleichzeitig aber auch zu seinem Wesen passten. Dabei widerstand sie der Versuchung, bei jedem Bild den kleinen Monitor zu konsultieren, das würde sie später am Computer machen. Schließlich beschloss sie, es zu wagen. „Knöpfen Sie die Hose auf."

Silvers Kopf ruckte nach oben, eine Augenbraue hob sich. Für einen Moment sahen sie sich in die Augen und die Zeit schien stillzustehen. Dann wanderten seine Hände zu seinem Hosenbund und öffneten den Knopf, wobei sein Blick den ihren festhielt.

Unwillkürlich hielt Ana den Atem an, ihre Hand krampfte sich um das Stativ. „Den Reißverschluss auch." Ihre Stimme klang atemlos und sie widerstand dem Drang, sich zu räuspern. Trotz des surrenden Ventilators war das Ratschen des Reißverschlusses in der Stille zwischen zwei Musikstücken deutlich zu hören. „Legen Sie sich auf die Seite, einen Arm angewinkelt, den Kopf in die Hand gestützt. Ja, genau so. Jetzt ziehen Sie die Hose etwas weiter auf. Sehr schön. Das Kinn etwas höher. Haken Sie Ihren Daumen in den Bund des Slips. In Ordnung." In Ordnung war gar kein Ausdruck, er war ein Naturtalent und eine wahre Augenweide. „Ziehen Sie die Hand etwas tiefer, so dass ich den Hüftknochen sehen kann. Gut, so bleiben." Sie trat zum Licht und passte es seiner veränderten Position an, bevor sie wieder einige Fotos schoss. „Sehen Sie geradeaus zur Wand." Sie gestattete sich tief durchzuatmen, als Silver sie nicht mehr ansah. „Wie wäre es, wenn Sie die Jeans noch weiter herunterziehen?"

Wieder traf sein Blick den ihren, diesmal war sein Zögern deutlich spürbar. „Wie weit?"

„So weit Sie möchten."

„Was möchten Sie?"

Grinsend schob Ana ihre Haarsträhne hinters Ohr. „Sie haben die Fotos draußen gesehen."

„Demzufolge war das wohl eine dumme Frage?" Silver stand auf, schob seine Jeans herunter, zog sie über die Füße und warf sie in Richtung des Paravents. Mit verkrampften Händen stand er in eng anliegendem schwarzen Slip vor ihr. „Und jetzt?"

Ana versuchte, genug Speichel zu sammeln, um sprechen zu können. Himmel, worauf hatte sie sich da nur eingelassen? Normalerweise gelang es ihr, sich völlig in ihre Fotografenrolle zu versenken und zu vergessen, dass ein fast nackter Mann vor ihr stand, doch mit Silver verhielt es sich anders. „Bleiben Sie so stehen. Blicken Sie zu Boden. Ballen Sie die Fäuste. Füße etwas schräg nach außen. Genau so." Sie passte das Licht an. „Gut. Falten Sie die Hände hinter dem Kopf, spannen Sie die Bauchmuskeln an. Perfekt."

Ana kontrollierte die Bildschärfe und drückte auf den Auslöser. „Drehen Sie sich um, Rücken gerade, Kopf hoch. Wunderbar. Jetzt drehen Sie sich wieder um und gehen in die Hocke, die Arme zwischen den Beinen, blicken Sie mich direkt an." Ana stockte der Atem, als er ihren Anweisungen folgte. „In Ordnung. Legen Sie sich hin, wie schon vorhin mit der Jeans. Genau. Den Daumen ... Sehr schön." Auch seine Beine waren muskulös, er schien regelmäßig Sport zu treiben. „Etwas tiefer die Hand." Ob er wusste, dass sie bereits den Ansatz ... Rasch konzentrierte sie sich wieder auf ihre Aufgabe. „Die andere Hand auf den Bauch. Linkes Bein etwas vorschieben und anwinkeln. Gut so." Ana hob den Kopf und sah ihn an. „Weiter?"

Er setzte sich auf und sah sie ruhig an. „Was käme jetzt?"

„Ganz ohne. Oder mit Tuch."

„Tuch?"

Ana ging zum Paravent und zog ein schwarzes Tuch hervor. „Dieses hier. Damit können Sie alle ihre anatomischen Besonderheiten verdecken."

Silver lachte leise, sein Lachen gefiel ihr. „Schön ausgedrückt." Zweifelnd betrachtete er das Stück Stoff.

„Es ist gewaschen, falls Sie sich das fragen."

„Gut zu wissen." Sein Blick tauchte tief in ihren ein. Was immer er dort sah, schien ihn zu einer Entscheidung kommen zu lassen. „In Ordnung, versuchen wir es. Aber wenn ..."

„Hören wir sofort auf, ich verspreche es." Ihre Mundwinkel zuckten. „Ich könnte Sie sowieso zu nichts zwingen, Sie sind viel stärker als ich."

Seine Augen glitten an ihr hinab. „Das halte ich für ein Gerücht."

Ana ignorierte die Wärme, die ihren Körper durchströmte, drückte ihm das Tuch in die Hand und ging zur Kamera zurück. Mit dem Rücken zu ihm fummelte sie an ihrer Ausrüstung herum, ohne wirklich etwas zu sehen. Schließlich atmete sie tief durch. „Fertig?"

„Hmhm."

Sie nahm an, dass das ‚Ja' bedeutete und drehte sich um. Silver saß auf dem Boden, das Tuch locker über seine Hüfte gelegt. Die Sehnen an seinen Handgelenken standen hervor, er wirkte wieder angespannt. Besser, sie machte die Aufnahmen schnell, lange würde er vermutlich nicht mehr durchhalten. „Drehen Sie sich auf den Rücken, stützen Sie sich auf Ihre Ellbogen, legen Sie das Tuch über Ihr rechtes Bein und lassen Sie die linke Hüfte frei. Gut so. Kopf in den Nacken, Hände zu Fäusten ballen. Perfekt." Anas Herz hämmerte im Takt zur Musik, während sie den Auslöser betätigte. „Drehen Sie sich in meine Richtung, Kopf auf die Hand stützen, das Tuch etwas tiefer, genau so. Sehen Sie mich an." Für einen Moment stand sie einfach nur da, tief in seine Augen versunken. Mit steifen Fingern drückte sie schließlich auf den Knopf. „In Ordnung, nun das Gleiche noch mal von der anderen Seite. Drehen Sie mir den Rücken zu, das Tuch über die andere Hüfte."

Sie ging zu ihm hinüber, trat hinter ihn und zupfte das Tuch so zurecht, wie sie es haben wollte. Ihre Finger streiften versehentlich seine warme Haut, sie zuckte zurück und hoffte, dass er es nicht bemerkt hatte. Zögernd blickte sie auf und traf Silvers Blick, der sie über seine Schulter hinweg musterte. Sie konnte die Wärme spüren, die von seinem Körper ausging, und die

Hitze seines Blicks. Ana atmete auf, als die Kamera wieder zwischen ihnen war. „Bereit?"

„Ja." Klang seine Stimme rauer als zuvor?

Ana machte Fotos in verschiedenen Belichtungsstufen, bevor sie wieder aufblickte. „Drehen Sie sich wieder auf den Rücken, stellen Sie das linke Bein hoch und nehmen Sie das Tuch weg." Wieder sah er sie an, gehorchte dann aber wortlos. „Hände unter den Kopf. Genau so. Linkes Bein etwas tiefer. Noch tiefer." Sie kontrollierte den Ausschnitt im Sucher. „Tiefer. Halt, genau so." Sie drückte mehrmals auf den Auslöser, kontrollierte die Belichtung und wiederholte den Vorgang. Langsam richtete sie sich auf und begegnete Silvers Blick. „In Ordnung, ich denke, wir sind fertig." Sie beobachtete, wie Silver sich aufrichtete und sich mit dem Tuch bedeckte. „Vielen Dank für Ihr Vertrauen."

Er blieb stehen, das Tuch locker vor sich gehalten und lächelte schief. „Ich danke für die ungewöhnliche Erfahrung."

„Sie haben Talent. Sollten Sie jemals als Modell arbeiten wollen …"

Abwehrend hob er die Hand. „Nur über meine Leiche."

Ana musste schmunzeln. „Das muss nicht sein, ich habe Sie lieber lebendig." Sie bemühte sich um Professionalität und versuchte, ihn nicht allzu offensichtlich zu mustern. „Ich werde die Fotos in den nächsten Tagen bearbeiten und Ihnen auf einer CD zur Verfügung stellen. Sie können mir dann sagen, von welchen Sie Abzüge haben möchten."

„Sehr schön." Silver hatte sich hinter den Paravent zurückgezogen, um sich anzuziehen.

„Wenn Sie mir Ihre Adresse geben, schicke ich Ihnen die CD zu."

„Das ist nicht nötig, ich komme vorbei und hole sie ab."

Ana wusste nicht, ob sie sich darüber freuen sollte oder nicht. „Gut, dann geben Sie mir Ihre Telefonnummer, damit ich Ihnen Bescheid geben kann, sobald ich fertig bin." Sie notierte die Nummer, die er ihr nannte, auf einem Stück Papier und schrieb seinen Namen darüber.

Silver kam hinter dem Paravent hervor, während er sich noch die Jeans anzog. Es war eine Schande, diesen Körper unter all der Kleidung zu verstecken, vor allem, nachdem jetzt schon klar war, dass sie ihn so nie wieder zu Gesicht bekommen würde. Sie versuchte ihr Bedauern hinter einem Lächeln zu verstecken.

Silver zückte sein Portemonnaie. „Wie viel …?"

„Das machen wir, wenn Sie sich entschieden haben, welche Fotos Sie haben wollen."

Er hob eine Augenbraue. „Ist das nicht ein wenig riskant? Was passiert denn, wenn ich nicht wiederkomme?"

„Dann habe ich viele schöne Fotos." Ana musste lachen, als er auf diese Worte hin sichtbar zusammenzuckte. „Kommen Sie, ich bringe Sie zur Tür, die ist immer abgeschlossen, damit niemand während eines Termins hereinplatzen kann."

„Sie sagten doch, die Tür bliebe offen, damit ich jederzeit gehen könne."

„Das war gelogen." Sie lächelte, als sie seinen Gesichtsausdruck sah. „Ich hätte Sie aber wirklich zu nichts gezwungen, es stand Ihnen jederzeit frei, zu gehen."

„Das beruhigt mich." Die Ironie in seiner Stimme war nicht zu überhören.

Schweigend stiegen sie die Treppe hinunter und blieben vor der Tür stehen. Während Ana aufschloss, spürte sie Silvers Blick auf sich ruhen und ihr Nacken begann zu prickeln. Bemüht, ihre Unruhe nicht zu zeigen, reichte sie ihm die Hand. „Es war schön, Sie kennen zu lernen." Seine Finger schlossen sich warm über ihren, der Druck seiner Hand war fest, aber nicht unangenehm.

„Ebenso. Bis bald."

Ana blickte ihm hinterher, bis er um die nächste Häuserecke verschwunden war, dann schloss sie die Tür ab, hängte das Geschlossen-Schild daran und rannte die Treppe hinauf. Ungeduldig zog sie die Speicherkarte aus der Kamera und lief zum Computer. Ihre Finger tippten auf das Mousepad, während sie darauf wartete, dass der PC hochfuhr. Endlich konnte sie die Speicherkarte in das Kartenlesegerät stecken und die Fotos herunterladen. Ein zufriedenes Lächeln spielte um ihren Mund, als Foto für Foto vor ihr auf dem Bildschirm erschien.

2

Was hatte er nur getan? Heftig fuhr er sich mit beiden Händen über sein Gesicht und schüttelte dann den Kopf. Aber es war müßig noch länger darüber nachzugrübeln, schließlich war es nicht mehr zu ändern. Und was sollte schon geschehen? Selbst wenn die Fotos beim Los Angeles Police Department in Umlauf gerieten, würde er dort nicht mit ernsthaften Konsequenzen rechnen müssen, sondern nur mit derben Scherzen. Niemand wusste von den Aktaufnahmen, und er würde sicher nicht darüber reden, so viel stand fest. Lincoln Silver lehnte sich mit dem Rücken an einen Felsen und blickte in das Tal hinunter, in dem der Smog ausnahmsweise nicht so dicht war, dass er die San Bernardino Mountains völlig verdeckte. Keine Frage, Ana Terrence hatte ihn während des Shootings verzaubert, mit ihrer Stimme, ihrem Lächeln und der Begeisterung, mit der sie ihrem Beruf nachging. Ein männlicher Fotograf hätte ihn auf keinen Fall dazu bewegen können, mehr als nur sein Hemd auszuziehen – wenn überhaupt.

Sein eigentliches Problem war Stacy. Nur wegen seines schlechten Gewissens hatte sie ihn dazu gebracht, ihrem Wunsch nachzukommen. Er hätte ihr gleich sagen sollen, dass er die Aktaufnahmen für keine gute Idee hielt und ihr lieber ein teures Parfüm geschickt. Mit einem tiefen Seufzer stand er auf. Noch heute

Abend würde er sie anrufen und ... Das Klingeln seines Mobiltelefons holte ihn aus seinen Gedanken. „Ja?"

„Silver, hier ist Bob. Wir haben einen Mord am Mulholland. Weißt du, wo das ist?"

„Ja, gib mir die genaue Anschrift durch." Silver zog einen Block aus seiner Jackentasche und notierte die Adresse. „Okay. Bist du schon dort?"

„Ich bin auf dem Weg dorthin, der Ruf kam gerade erst durch."

„Ist der Tatort noch frisch?" Silver ging mit langen Schritten auf seinen Trail Blazer zu, während er sprach.

„Die Tote wurde von ihrem Lebensgefährten entdeckt, ich weiß nicht, ob er sie bewegt oder Spuren zerstört hat. Er hat den Notruf informiert. Wenn wir Glück haben, konnten die Streifenpolizisten den Tatort noch rechtzeitig abriegeln, bevor weitere Personen dort herumgetrampelt sind. Ich sehe dich dort."

Silver steckte das Handy in die Tasche zurück und stieg in den Wagen. Vom Griffith Park bis zum anderen Ende des Mulholland Drives waren es mindestens zehn Meilen, sein Partner, Detective Bob Payton, würde sicher vor ihm ankommen. Der Blazer schlängelte sich die gewundenen Straßen den Hügel hinunter, so schnell es der dichte Verkehr zuließ. Der Park war durch die Besucher des Observatoriums, des Zoos, des Amphitheaters und des Western Heritage Museums völlig überlaufen. Auch der Riverside Drive war hoffnungslos vom Feierabendverkehr verstopft. Ungeduldig zog Silver das Blaulicht aus seiner Halterung und setzte es aufs Autodach.

Eine Viertelstunde später hielt er vor dem weiträumig abgesperrten einstöckigen Haus an, vor dem bereits Streifenwagen, ein Krankenwagen und mehrere zivile Polizeiwagen parkten. Aufmerksam blickte er sich um. Wie er vermutet hatte, handelte es sich um eine gute Wohngegend in der Nähe des Topanga State Parks mit gepflegten Häusern und Vorgärten. In den Garageneinfahrten standen Mittelklassewagen. Um den abgesperrten Bereich drängten sich Nachbarn und Schaulustige, sowie die ersten Reporter, die sicher wieder den Polizeifunk abgehört hatten. Silver stieg aus dem Wagen, zeigte dem wachhabenden Polizisten seine Marke und bückte sich unter dem Absperrband hindurch. Er nickte einigen Kollegen flüchtig zu, während er zielstrebig auf die Haustür zuging. Auf der Treppe zum Haus traf er Carl Mayer, den zuständigen Gerichtsmediziner, der, die Hände in den Taschen seines Kittels vergraben, an einer Zigarette zog, als hinge sein Leben davon ab.

„Hallo, Carl. Ist Bob schon da?"

Mayer wies mit seinem spitzen Kinn in Richtung Tür und nuschelte mit dem Zigarettenstummel im Mund. „Seit zehn Minuten. Selbst die Reporter waren eher da als du."

„Nicht meine Schicht."

Der Gerichtsmediziner stieß ein grunzendes Lachen aus. „Das ist immer so. Wird für die nächste Zeit auch die letzte freie gewesen sein."

„So schlimm?"

Mayers rotgeäderte Augen wirkten noch verkniffener als sonst. „Noch schlimmer." Er wandte sich ab und starrte feindselig zu den Reportern hinüber, die sich um die besten Plätze rangelten. „Passt auf, dass niemand die Leiche sieht und redet."

Silver nickte und betrat das Gebäude, nachdem er sich zuvor blaue Plastikhüllen über seine Schuhe gestülpt hatte. Der typische Geruch eines gewaltsamen Todes drang ihm in die Nase und ließ ihn wünschen, wieder nach draußen treten zu können. Der Holzfußboden knackte leise, als er den Flur durchquerte und dabei der nicht zu überhörenden Stimme seines Partners folgte. Bob Payton ging ihm nur bis zur Schulter, war dafür aber doppelt so breit wie er. Reine Muskulatur, wie er stets zu beteuern pflegte. Das Auffallendste an ihm war jedoch seine Stimme, ein tiefer Bariton, der durchaus für eine Karriere als Opernsänger geeignet gewesen wäre. Dennoch hatte er sich für eine Laufbahn im Polizeidienst entschieden, wo er gerade genug verdiente, um den Unterhalt für seine fünf Kinder bezahlen zu können. Und für seine Exfrauen.

Silver trat in den Wohnbereich und blieb wie angewurzelt stehen, als sein Blick auf die Leiche fiel. Der Körper der Toten war mit zahlreichen Wunden übersät. Blut war über ihre bleiche Haut auf den Boden gelaufen und hatte dort eine große Lache gebildet, in der sie noch immer lag. Ohne Frage hatte die Frau sehr gelitten, bevor sie gestorben war. Ein Gefühl hilfloser Wut legte sich schwer auf Silvers Brust. Dies war einer der Momente, in denen er seinen Job hasste.

Erst jetzt nahm er die Person wahr, die sich gerade über den Körper der Toten beugte. Selbst mit der Kamera vor dem Gesicht erkannte er sie sofort wieder: Es war A. J. Terrence.

Sie schien zu spüren, dass jemand ins Zimmer gekommen war, denn sie blickte in genau dem Moment auf, in dem er sich wieder zurückziehen wollte. An ihrem erstaunten Blick war zu erkennen, dass sie ihn hier ebenfalls nicht erwartet hatte, doch sie brachte sich schnell wieder unter Kontrolle. Ein schwaches Lächeln glitt über ihr Gesicht, ein Wunder angesichts der Leiche zu ihren Füßen. „Hallo."

Silver räusperte sich und wollte gerade zu einer Antwort ansetzen, als Bob ohne Vorwarnung hinter ihm losdonnerte.

„Da bist du ja endlich, ich wollte schon einen Suchtrupp nach dir losschicken. An deinem Timing werden wir wohl noch etwas arbeiten müssen." Bevor Silver antworten konnte, redete er bereits weiter. „A. J., hast du schon unseren neuen Detective aus Chicago kennen gelernt?"

Sie trat vorsichtig um die Leiche herum und ging auf Silver zu. „Nein, habe ich noch nicht. Ich bin A. J. Terrence." Sie gab ihm die Hand.

„Silver, sehr erfreut. Was tun Sie hier?"

Payton schlug ihm so fest auf die Schulter, dass er beinahe vorwärts stolperte. „Was glaubst du denn, was sie hier tut? Sie ist Polizeifotografin! Gut an der Kamera zu erkennen."

Für einen Moment bestand Silvers Gehirn nur aus Leere, mühsam versuchte er, das Gehörte zu verdauen. Ana arbeitete für die Polizei, sie kannte seine Kollegen, damit wäre es ein Leichtes für sie, ihm sein Leben mit Hilfe der Aktfotos zur Hölle zu machen. Erst als sie warnend seine Finger drückte, erkannte er, dass er ihre Hand noch immer umfasst hielt. Hastig ließ er sie los und trat etwas zurück. „Tut mir leid. Sind Sie mit den Fotos fertig?"

„So gut wie, ich dokumentiere nur noch den restlichen Tatort und stehe Ihnen danach zur Verfügung, falls Sie noch etwas entdecken."

„Gut, danke." Silver wandte sich um und trat näher an die Leiche heran. „Shit."

„Exakt mein Gedanke, obwohl ich mich etwas eleganter ausgedrückt hätte." Bob stellte sich neben ihn. „Sieht so aus, als hätte sich der Täter eine Menge Zeit mit ihr gelassen."

Silver ging neben der nackten Frau in die Hocke. Unzählige Schnitte überzogen ihren gesamten Körper, von der Mitte der Oberschenkel angefangen, bis hinauf zum Haaransatz. Das Ganze wirkte wie ein symmetrisch angeordnetes Schnittmuster. Geronnenes Blut bedeckte ihre schneeweiße Haut. „Sie hat noch gelebt, als er das gemacht hat."

„Ja."

Ihr Körper war schlank und wohlgeformt, die Hände und Füße klein, beinahe zart. Das Gesicht war durch die Schnitte und den Eintritt des Todes so verzerrt, dass nicht mehr zu erkennen war, wie sie einmal ausgesehen hatte. Ihre Augenlider waren geschlossen. „Habt ihr die Augen geschlossen?"

„Nein."

„Ihr Freund?"

„Auch nicht. Er hat angegeben, sie bereits so vorgefunden zu haben, aber wir werden ihn weitervernehmen."

„Steht er unter Verdacht?"

Bob bedachte ihn mit einem kurzen Seitenblick. „Zum jetzigen Zeitpunkt ist jeder tatverdächtig, der Kontakt zu ihr hatte."

„Ich meinte, mehr als üblich."

Bob hob eine Schulter. „Lässt sich schwer sagen. Er hätte die Gelegenheit dazu gehabt und er war beim Militär, kann also mit Waffen umgehen. Wenn wir den genauen Todeszeitpunkt haben, werden wir wissen, ob er als Täter in Frage kommt. Laut seiner Aussage ist er gerade erst von einer Geschäftsreise zurückgekommen."

Silver beugte sich erneut vor. „Wie heißt sie?"

„Gwen Tudolsky. 35 Jahre alt, geschieden, keine Kinder. Arbeitete als Sekretärin in einer Anwaltskanzlei. Alles Weitere müssen wir noch herausfinden."

„Hat sie ...?" Silver zögerte, Wut und Abscheu arbeiteten in ihm. „Wurden ihre Ohren schon gefunden?"

„Bisher noch nicht."

„Ein Souvenir?" Hatten sie es hier mit einem Serientäter zu tun, der sich Teile vom Körper des Opfers mitnahm?

„Könnte sein. Oder aber jemand war unheimlich wütend auf sie." Bob kratzte sich am Kinn. „Für alles Weitere werden wir auf Carls Bericht warten müssen. Komm, ich zeige dir das Schlafzimmer, anscheinend hat der Täter sie im Schlaf erwischt." Er trat in das Zimmer und machte dann Platz für Silver. „Sie lag auf der linken Seite."

Die rechte Betthälfte war säuberlich gemacht, die Decke ohne eine einzige Falte. Der ganze Raum war tadellos aufgeräumt, ein seidener Bademantel hing an der Schranktür. Silver ging um das Bett herum. Das Laken war auf dieser Seite verrutscht und an einer Stelle aus dem Bettkasten gezogen.

„Pass auf, wo du hintrittst, da unten ist Blut."

Silver nahm die Taschenlampe aus Bobs Hand entgegen und betrachtete die dunklen Flecken, die in den dicken Perserteppich eingezogen waren. „Hat er sie schon hier im Schlafzimmer verletzt?"

„Das werden uns hoffentlich die Techniker sagen können." Sie traten wieder auf den Flur, wo Bob den

Männern ein Zeichen gab, mit ihrer Arbeit zu beginnen. Bob steckte sich einen Kaugummi in den Mund und begann, heftig darauf zu kauen. „Möchtest du auch einen?“ Er hielt die Packung vor Silvers Nase.

„Nein, danke. Ich will mit dem Freund der Toten reden.“

„Nicht nur du. Ich hole ihn.“

Bob stapfte in Richtung Hintertür, während Silver wieder ins Wohnzimmer zurückging, wo er auf Ana traf, die bewegungslos vor dem Kamin stand. Sie hatte einen verlorenen Ausdruck im Gesicht. Zögernd trat er näher. „Danke, dass Sie so getan haben, als würden wir uns nicht kennen.“

Er sah, wie viel Mühe es sie kostete, sich ein Lächeln abzuringen. „Kein Problem. Bob fragte, ob ich den neuen Detective aus Chicago schon kennen gelernt hätte und das konnte ich wahrheitsgemäß mit nein beantworten. Ich kenne nur Lincoln Silver.“

„Trotzdem, vielen Dank. Wie wäre es, wenn wir uns duzen, schließlich haben wir uns schon einmal nackt gesehen.“

Diesmal ließ ihr Lächeln Grübchen erscheinen. „Falsch, nur du warst nackt, aber ich habe nichts dagegen.“

„Das ...“ Weiter kam Silver nicht, denn Bob stand im Türrahmen und räusperte sich lautstark.

„Tut mir leid, wenn ich euch störe, aber der Verdächtige will nicht mit uns im Wohnzimmer sprechen, wo er die Tote sehen muss. Kann ich gut nachvollziehen, das ist wahrhaft kein schöner Anblick. Andererseits würde ihn das vielleicht zum Reden bringen.“

„Schon gut, ich komme.“ Silver berührte flüchtig Anas Arm, bevor er seinem Partner in die Küche folgte.

Der Freund des Opfers saß am Küchentisch, die Ellbogen auf die Tischplatte gestützt, das Gesicht in den Händen vergraben. Silver unterdrückte das Mitgefühl, das ihn bei seinem Anblick überkam. Er mochte sich nicht vorstellen, wie es sein musste, von einer Reise nach Hause zu kommen und seine Freundin tot und noch dazu in diesem Zustand vorzufinden. Vorausgesetzt, er war nicht selbst der Täter. Breite Schultern in einem ehemals gebügelten hellgrauen Hemd, die Ärmel bis zu den Ellbogen aufgerollt, sodass ein Tattoo zu sehen war. *Semper Fi.* Das Motto der Marines. Silver lehnte sich mit der Hüfte gegen die Arbeitsplatte und zog seinen Block hervor.

Bob übernahm die Vorstellung. „Das ist mein Partner, Detective Silver. Sind Sie bereit, uns ein paar Fragen zu beantworten?“

Der Angesprochene hob den Kopf. Seine geröteten Augen waren trocken, die Gesichtszüge angespannt. Ein Muskel zuckte in seiner Wange, während er Silver einen Moment lang schweigend musterte. „Ich habe Ihnen bereits etliche Fragen beantwortet.“ Die Worte kamen gepresst und leise aus seinem Mund, so als müsste er erst nach jedem einzelnen suchen.

Silver nickte ihm zu. „Mein Beileid zu Ihrem Verlust. Doch je mehr Sie uns sagen können, desto eher werden wir den Mörder finden. Ihren vollen Namen bitte.“

„Stuart Killings.“

Silver verharrte und starrte ihn an. „Killings?“

„So wie mein Vater auch.“ In seinem Gesicht arbeitete es. „Wie ich Ihren Kollegen schon sagte, war ich die letzten Tage auf einer Geschäftsreise in Indianapolis. Ich bin heute gegen 15 Uhr am Los Angeles International Aitport gelandet, Sie können das bei der Fluggesellschaft nachprüfen."

„Wie haben Sie das Opfer entdeckt?"

Stuarts Hand krampfte sich um die Tischplatte. „Es war der Geruch. Bereits als ich zur Tür reinkam, habe ich ihn bemerkt." Er schwieg ein paar Sekunden lang. „Ich war in Afghanistan und im Irak, ich weiß wie der Tod riecht. Sie lag im Wohnzimmer, überall war Blut. Ich habe ihren Puls geprüft und dann den Krankenwagen und die Polizei gerufen."

„Haben Sie irgendetwas bemerkt, das anders war als sonst? Fehlen vielleicht irgendwelche Gegenstände?"

„Nichts, was mir aufgefallen wäre, aber ich habe auch noch nicht konkret nachgesehen."

„Wäre es möglich, dass Sie noch einmal durch das Haus gehen und prüfen, ob Ihnen etwas auffällt, sobald die Tote abtransportiert worden ist?"

Stuart war deutlich anzusehen, dass er diese Bitte als Zumutung empfand, doch er nickte zustimmend.

„Wann haben Sie zuletzt mit Gwen Tudolsky gesprochen?"

Stuarts Adamsapfel bewegte sich ruckartig auf und ab. „Wir haben gestern Abend noch miteinander telefoniert."

„Wie spät war es da genau?"

„Etwa 23 Uhr, ich habe nicht auf die Uhr gesehen."

Silver notierte die Uhrzeit in seinem Notizbuch. „Klang sie anders als sonst?"

Stuart fuhr sich mit einer sichtbar zitternden Hand über den Mund. „Nein, ganz normal. Sie hat von ihrem Tag berichtet, gelacht und gescherzt." Er verstummte, als suche er nach Worten. „Sie war glücklich."

„Wie war Ihre Beziehung zueinander?"

Stuart blickte ihn verständnislos an. „Ganz normal."

„Haben Sie sich gestritten?"

„Nein."

„Nie?"

Mit verschlossenem Gesicht starrte Stuart schweigend auf die Tischplatte. Schließlich hob er den Kopf und antwortete mit leiser Stimme, aus der die unterdrückte Wut deutlich herauszuhören war. „Natürlich hatten wir hin und wieder mal Meinungsverschiedenheiten, aber nichts Ernstes."

„In Ordnung. Wissen Sie, ob sie irgendwelche Feinde hatte? Ihr früherer Mann vielleicht?"

„Soweit ich weiß, gibt es niemanden, der sie genug hasste, um so etwas zu tun. Ihr Ex-Mann ist zwar ein Idiot, aber zu so etwas wäre er nicht fähig. Davon abgesehen lebt er mit seiner zweiten Frau inzwischen in San Diego."

„Wir werden ihn trotzdem befragen." Bob blätterte in seinen Notizen. „Seit wann waren Sie mit Gwen liiert?"

„Seit ein paar Monaten."

Bob hob eine Augenbraue. „Geht es etwas genauer?"

Stuart zuckte mit den Schultern. „Ich lebe jetzt, nicht in der Vergangenheit. Wir sind uns im Park begegnet, irgendwann im Winter." Sein Blick wurde weicher, als würde er ihr erstes Treffen noch einmal erleben. Dann atmete er heftig aus, seine Hände zitterten.

„Sie wohnten zusammen?"

„Ja. Ich habe zwar noch eine kleine Wohnung über meinen Büroräumen, aber im Grunde war ich meistens hier."

Bob notierte etwas in seinen Block. „Können Sie mir die Adresse geben?"

Stuart zog eine Visitenkarte aus seiner Hemdtasche und reichte sie ihm wortlos.

„Danke. Wissen Sie, wie Gwen bei der Arbeit zurechtkam? Gab es da vielleicht irgendwelche Probleme?"

„Sie mochte ihre Arbeit in der Kanzlei, auch wenn ihre Chefs nicht ganz einfach waren. Mit den anderen Kollegen kam sie gut zurecht, einmal im Monat trifft … traf sie sich mit ein paar anderen Sekretärinnen abends auf einen Drink."

„In den letzten Tagen eventuell?"

„Soweit ich weiß, nicht."

Silver nickte. Sie würden den Kalender der Toten überprüfen und mit ihren Kollegen sprechen. „Hatte Mrs. Tudolsky Familie?"

„Ihre Eltern sind tot, und ihre Schwester lebt an der Ostküste. Soweit ich weiß, hatten sie aber schon seit Jahren keinen Kontakt mehr zueinander. Ich kenne nicht einmal ihren Namen."

Wieder eine Sackgasse. „Wir werden sie finden."

Bob übernahm wieder. „Was tun Sie beruflich?"

„Nach meinem Ausscheiden aus dem Militärdienst habe ich mich selbständig gemacht. Security consulting für Firmen und Privatleute."

„Läuft das Geschäft gut?"

Wieder ein Schulterzucken. „Besser als ich anfangs gedacht habe. Aber was hat das alles mit Gwen zu tun?"

„Vermutlich nichts. Haben Sie irgendwelche Feinde?"

Killings Hand ballte sich zur Faust, dann öffnete sie sich wieder. „Ich habe mir in meinem Leben sicher nicht nur Freunde gemacht. Wahrscheinlich sogar einige handfeste Gegner. Aber ich glaube nicht, dass jemand dabei ist, der so etwas tun würde, nur um es mir heimzuzahlen." Fast wie zu sich selbst sprach er weiter. „Gwen hatte mit all dem nichts zu tun, sie war … etwas Gutes."

Silver spürte ein kurzes Ziehen in seinen Schläfen, das sichere Zeichen für eine beginnende Migräne. Geistesabwesend presste er seine Finger dagegen.

„Werden Sie den Kerl finden?" Stuart war offensichtlich wieder aus seinen Gedanken aufgetaucht, Hass stand unübersehbar in seinen Augen. Wenn er den Täter erwischte, würde er ihn umbringen, so viel war klar.

„Wir werden alles dafür tun." Bobs Antwort sollte beruhigend klingen, aber wenn Stuart nicht völlig dumm war, hatte er den Zweifel, der in seiner Stimme mitschwang, bemerkt. „Ich nehme an, Sie können gut mit Waffen umgehen?"

„Natürlich, ich bin ein Marine." Killings zu schmalen Schlitzen verengte Augen verrieten, dass er genau wusste, dass er für sie ein Verdächtiger war, wenn nicht sogar der Hauptverdächtige, aber er verteidigte sich nicht. Keine einzige Versicherung, nicht der Täter zu sein. Nur ein direkter Blick und ein angespanntes, wenn auch entschlossenes Gesicht.

Gegen seinen Willen war Silver beeindruckt. Genauso würde Stuart Killings auch töten – schnell, direkt und effizient, das genaue Gegenteil von dem, was der Täter getan hatte. Andererseits konnte seine Haltung auch ein Trick sein, um jeden Verdacht von sich abzulenken.

„Wir werden Sie kontaktieren, wenn wir noch Fragen haben. Bitte halten Sie sich zu unserer Verfügung."

„Was passiert jetzt?"

Bob erhob sich. „Wir ermitteln. Sollten wir zu neuen Erkenntnissen gelangen, werden wir Sie sofort unterrichten."

„Das meinte ich nicht", wandte Killings ein. „Ich meinte, was passiert jetzt mit Gwen?"

Zum ersten Mal war Mitgefühl in Bobs Stimme zu hören. „Sie wird noch untersucht und dann in die Gerichtsmedizin gebracht. Wir informieren Sie, sobald ihr Leichnam freigegeben wird."

Stuart senkte den Kopf und atmete tief durch. „Ich möchte sie noch einmal sehen."

„Warten Sie doch lieber ..."

Silver unterbrach Bob. „Ich sehe nach, wie weit der Gerichtsmediziner mit seiner Untersuchung ist."

„Danke."

Rasch verließ Silver die Küche, um der Trauer in Killings Blick zu entkommen. Der Mann bewahrte mühsam seine Fassung, doch irgendwann würden seine eisern zurückgehaltenen Gefühle den Damm brechen und aus ihm herauskommen. Er war froh, dass er nicht dabei sein musste, wenn das geschah. In der Tür zum Wohnzimmer blieb er stehen. „Wie weit bist du, Carl?"

Der Gerichtsmediziner legte die Hand der Toten vorsichtig auf dem Boden ab, nachdem er einen Plastikbeutel darübergestülpt hatte. „So gut wie fertig. Den Rest erledige ich später im Labor." Er zog den Latexhandschuh ab. „Wie sieht es bei euch aus?"

Silver hob die Schulter. „Ich warte lieber auf die weiteren Ergebnisse der Autopsie. Mein Gefühl sagt mir, dass Stuart Killings nicht der Täter ist."

„Es sind keinerlei Abwehrverletzungen zu erkennen."

„Sie hat einfach nur so dagelegen und sich abschlachten lassen?“

Carl nickte stumm. „Vielleicht war sie betäubt. Ich würde es ihr jedenfalls wünschen.“ Er blickte an Silver vorbei und fragte dann an Ana gerichtet: „Sind Sie fertig im Schlafzimmer?“

Ana trat neben Silver, die Kamera um den Hals gehängt, die Hände in den Hosentaschen vergraben, als wäre ihr kalt. „Ja. Werde ich hier noch gebraucht?“

„Mach noch ein paar Fotos, nachdem wir die Leiche abtransportiert haben, ich will die Form und Größe der Blutflecken dokumentiert haben.“

„Geht in Ordnung.“

Silver stellte fest, dass das warme Funkeln völlig aus ihren Augen verschwunden war, als er sie aus der Nähe sah. Sie sah blass und abgespannt aus, tiefe Falten standen zwischen ihren Augenbrauen. Am liebsten hätte er sie berührt und versucht, ihr die verlorengegangene Wärme zurückzugeben. „Carl, der Freund des Opfers möchte die Tote noch einmal sehen, spricht von deiner Seite irgendwas dagegen?“

„Nein, obwohl ich nicht verstehe, warum er sich das antun möchte. Meinetwegen bring ihn her, aber er darf sie nicht anfassen und auch sonst keine Spuren zerstören.“

„Alles klar.“ Silver schob sich an Ana vorbei und kehrte kurz darauf mit Stuart Killings zurück. „Bitte halten Sie es kurz, sie muss so bald wie möglich abtransportiert werden.“

Stuart nickte und näherte sich dann zögernd seiner Freundin. Ein Schauder lief durch seinen Körper. Etwa einen Meter von ihrem Kopf entfernt hockte er sich hin und beugte sich vor. Carl wollte einschreiten, doch Silver hielt ihn am Arm fest und schüttelte den Kopf. Stuart küsste ihre Stirn und schloss für einen Moment die Augen. Seine Lippen bewegten sich, als er sich langsam wieder zurückzog, doch er sprach so leise, dass Silver seine Worte nicht verstehen konnte. Schließlich erhob er sich, seine Bewegungen wirkten wie die eines alten Mannes. Wortlos ging er an ihnen vorbei, den Blick nach innen gekehrt, sein Gesicht eine steinerne Maske.

„Das ist der härteste Teil dieses Berufs – den Kummer der Hinterbliebenen mitansehen zu müssen.“ Es war Anas Stimme, die hinter ihm erklang. Sie lehnte am Türrahmen, ihre dunklen Augen waren feucht und standen viel zu groß in ihrem blassen Gesicht.

Silver nickte und berührte ihren Arm. „Das Einzige was wir tun können, ist, den Täter zu fassen und zu verhindern, dass er so etwas noch einmal tut.“

„Das macht das Opfer auch nicht wieder lebendig.“

„Nein, das tut es nicht.“

3

Ana hatte es gerade noch geschafft die Autotür hinter sich zuzuziehen, als das Zittern begann. Sie verschränkte die Hände über dem Lenkrad und lehnte ihre Stirn dagegen. Erfolglos versuchte sie, die schrecklichen Bilder der Toten wieder aus ihrem Kopf zu bekommen, doch selbst wenn sie die Augen schloss, konnte sie den geschundenen Körper noch immer vor sich sehen. Seit sie als Fotografin für das Police Department arbeitete, war sie schon zu vielen Mordfällen hinzugezogen worden, doch keiner hatte sie bislang so mitgenommen wie dieser. Sie war der Toten nie zuvor begegnet, hatte gerade erst ihren Namen erfahren und trotzdem ... Ihr Kopf fuhr nach oben, als jemand an ihre Autoscheibe klopfte. Ihr Herz setzte einen Schlag lang aus und pochte dann schneller weiter, als sie Silver erkannte, der gebückt neben ihrem Wagen stand und sie besorgt ansah. Ana drehte den Autoschlüssel, um das Fenster herunterfahren zu können.

„Soll ich noch etwas fotografieren?“

„Nein, dein Job ist erledigt. Ich war gerade auf dem Weg zu meinem Blazer und habe dich hier sitzen gesehen.“ Er zögerte, die Hand auf den Türrahmen gelegt. „Geht es dir gut?“

Ana versuchte ihren momentanen Zustand herunterzuspielen. „Danke, es geht schon.“

Es sah aus, als wolle Silver noch etwas sagen, doch in diesem Moment erklang ein Ruf von der anderen Straßenseite. Er drehte sich um und gab Bob ein Zeichen, dann wandte er sich ihr wieder zu. „Gut. Wir sehen uns doch bald wieder?"

Ana war klar, dass er mit dieser Bemerkung auf seine Fotos abzielte, und musste unwillkürlich lächeln. „Genau genommen in etwa einer halben Stunde, falls du auch ins Department fährst." Sie kam seiner offensichtlichen Frage zuvor und hob die Kamera vom Beifahrersitz. „Ich liefere die Fotos ab."

„Kann niemand die Speicherkarte für dich mitnehmen? Dann brauchst du den Weg nicht extra zu machen."

„Ich habe mir angewöhnt, meine Fotos gegen Quittung immer selbst abzuliefern, damit ich auch weiß, dass sie sicher angekommen sind." Sie zuckte verlegen mit den Schultern.

„Das ist nicht gerade sehr vertrauensvoll, oder?"

„Gründlich trifft es wohl eher."

Silver lächelte. „Oder das." Er blickte sich noch einmal zu Bob um. „Ich muss los. Es war nett, dich wiedergesehen zu haben." Er drehte sich um und überquerte mit schnellen Schritten die Straße.

Ana sah ihm hinterher, ihre Anspannung war für den Moment vergessen. Silver war bereits ins Gespräch mit Bob vertieft, holte seinen Block hervor und ging gemeinsam mit seinem Partner die von ihm gemachten Notizen durch. Sie beneidete ihn nicht um die vor ihm liegende Aufgabe, denn soweit sie es beurteilen konnte, hatte der Täter keine verwertbaren Spuren hinterlassen. Wenn nun die Techniker und der Gerichtsmediziner ebenfalls nichts mehr finden würden, wäre es so gut wie unmöglich, den Mörder zu ermitteln. Ana atmete tief durch. Sie hatte sich vor einigen Jahren als Polizeifotografin beworben, weil sie polizeiliche Ermittlungen faszinierten und weil es eine gute Möglichkeit war, diese aus nächster Nähe mitzubekommen. Natürlich hatte sie gewusst, dass sie auch die Opfer und das Leid der Angehörigen zu sehen bekommen würde, doch das hatte sie geglaubt, aushalten zu können. Ana atmete tief durch und startete den Motor. In ein paar Stunden, mit einer Tasse heißer Schokolade vor dem Kamin, würde sie sich besser fühlen.

Im Vorbeifahren sah sie Silver erneut in Gwen Tudolskys Haus gehen, anscheinend war seine Arbeit hier noch nicht erledigt. Sie ignorierte die Enttäuschung, die sie kurz verspürte, weil sie ihn im Department nun wohl doch nicht sehen würde und fuhr weiter. Mit einem Anflug schlechten Gewissens trat sie aufs Gaspedal. Je schneller sie die Fotos ins Präsidium brachte, desto eher konnten sie von den Experten ausgewertet werden und zur Lösung des Falles beitragen. Keine Frage, sie wollte den Täter unbedingt hinter Gittern sehen. Die Bilder der Toten geisterten weiterhin durch ihren Kopf, ließen sich nicht vertreiben. Das war einer der Nachteile ihrer Arbeit: Alles was sie fotografierte, wurde auch automatisch und in allen Details in ihrem Gedächtnis gespeichert. Ein Umstand, auf den sie, zumindest was die Aufnahmen für die Polizei betraf, liebend gern verzichtet hätte. An der roten Ampel schloss sie für einen Moment die Augen, stellte sich Silver in ihrem Studio vor und schaffte es auf diese Weise wenigstens für kurze Zeit, an etwas Angenehmes zu denken.

Zwanzig Minuten später parkte sie vor dem Police Department. Sie steckte die Karte, die sie als Mitarbeiterin auswies, hinter die Frontscheibe und stieg aus dem Wagen. Die Kameratasche fest im Griff betrat sie das große Gebäude, setzte ihre Unterschrift auf die Liste, die der Wachhabende ihr hinhielt, machte den Ausweis am Kragen ihres Blazers fest und eilte weiter. Die meisten Polizisten kannte sie nur flüchtig, die einzige Ausnahme waren die Detectives, mit denen sie zusammenarbeitete, und Leonard Hamer, der die Technik betreute. Neben den Beweisfotos kümmerte er sich auch um die Auswertung von Videos und Überwachungen. Hätte sie ihn das erste Mal nicht im Dienst, sondern auf der Straße getroffen, wäre sie nie darauf gekommen, was er beruflich tat. Er sah aus wie ein Surfer, braungebrannt, muskulös, seine halblangen Haare stets im neuesten Wetlook gestylt. Sein Charakter entsprach seinem Äußeren, er war offen und locker und hatte immer einen frechen Spruch auf den Lippen. Wie ihm das bei alldem, was er ständig zu sehen bekam, gelang, war ihr zwar ein Rätsel, aber sie war dankbar dafür, konnte sie sich doch darauf verlassen, dass es ihr erheblich besser gehen würde, wenn sie sein Zimmer wieder verließ.

Ana klopfte an die Tür, während sie gleichzeitig schon die Klinke herunterdrückte.

Leo schwang herum und grinste sie an. „Wozu klopfst du überhaupt an, wenn du mir nicht einmal Zeit lässt, zu reagieren? Irgendwann erwischst du mich noch nackt."

Lachend ließ sich Ana auf den Besucherstuhl fallen. „Was meinst du denn, warum ich meine Kamera immer dabeihabe?" Sie wurde ernst. „Ich habe neue Fotos für dich."

Die Verwandlung, die daraufhin mit ihm vorging, war wie immer faszinierend; von einer Sekunde auf die andere wurde Leonard zu dem Profi, dessen perfekte Arbeit schon bei der Aufklärung von mehr als einem Fall wertvolle Hilfe geleistet hatte. „Der Mulholland-Mord?"

Ana legte die Speicherkarte in seine ausgestreckte Hand. „Genau. Ich sollte dich wahrscheinlich warnen, es ist kein schöner Anblick."

Leo steckte die Karte in den Schlitz des Kartenlesers und drehte sich zu ihr um. „Wann ist es das je? Ich wünschte, du würdest mir Fotos aus deinem Studio mitbringen, anstatt so etwas."

Ana fühlte Wärme in ihre Wangen steigen, als sie durch diese Worte unwillkürlich an Silver erinnert wurde. „Deshalb bin ich nicht hier. Aber wenn du dich dafür interessierst, kannst du gerne einmal bei mir vorbeikommen und dir meine Galerie anschauen."

„Irgendwann werde ich das sicher tun." Er drehte sich zum Monitor um und rief den Wechseldatenträger auf. Sofort erschienen ihre Fotodateien als kleine Icons, die er markierte und auf die Festplatte seines Computers zog. Mit wenigen weiteren Klicks hatte er das Bildbearbeitungsprogramm aufgerufen und die Fotos tauchten als kleine Vorschaubilder auf dem Bildschirm auf. Als Leo das erste Bild vergrößerte, zuckte er unwillkürlich zurück. „Verdammt, du hattest Recht. Was für ein krankes Schwein tut denn so etwas?"

Ana, die sich die Leiche nicht noch einmal anschauen wollte, blickte stattdessen Leo an. „Ich weiß es nicht, aber ich hoffe, dass auf den Fotos irgendetwas gefunden wird, das uns auf seine Spur führt. Sofern ich nichts übersehen habe.“

Leo drehte sich zu ihr um. „Du bist die gewissenhafteste Polizeifotografin, die ich je kennen gelernt habe. Wenn da etwas zu sehen war, hast du es garantiert aufgenommen.“ Er zog die Speicherkarte aus dem Kartenleser und gab sie ihr zurück. Anschließend füllte er eine Quittung für sie aus, die sie rasch einsteckte.

Ana gelang ein schwaches Lächeln. „Danke. Ich schätze, du willst mir damit zu verstehen geben, dass ich es mit der Genauigkeit fast schon wieder übertreibe?“

Grinsend holte Leo eine CD-ROM aus seinem Schreibtisch. „Sagen wir es so, deinetwegen musste ich mir eine weitere externe Festplatte zulegen und du bist die Einzige, die verlangt, dass ich in ihrer Anwesenheit die Dateien zusätzlich noch einmal auf CD-ROM brenne.“ Er wartete, bis die Daten übertragen waren, bevor er sich ihr erneut zuwandte. „Und die Speicherkarte danach trotzdem noch wochenlang ungelöscht aufbewahrt.“

Ana begann zu lachen. „Okay, du hast Recht. Aber ich halte das für den Fall, dass die Tatortfotos durch irgendeinen Fehler zerstört oder gelöscht werden und unwiederbringlich verloren sind, noch immer für die beste Lösung.“

„Gar keine Frage.“ Er lächelte sie an. „Ich ziehe dich auch nur ein bisschen auf. Es ist schön, dich wieder lachen zu sehen.“

Ana stand auf, steckte die Speicherkarte in das metallene Aufbewahrungsetui und schob es in die Kameratasche zurück, bevor sie sich zu Leo hinabbeugte. Rasch küsste sie ihn auf die Wange. „Danke, es tut gut, mit dir zu reden.“

„Irgendwann verliebe ich mich noch mal in dich." Sein Grinsen machte deutlich, dass er es nicht ernst meinte.

„Das glaube ich kaum, Reena würde dir die Ohren lang ziehen." Ana ging auf die Tür zu.

„Vermutlich, aber sie müsste es ja nicht erfahren. Wie wäre es mit einer heimlichen Affäre?"

Ana erwiderte sein Grinsen und warf ihm eine Kusshand zu. „In deinen Träumen, Casanova." Sie wurde ernst. „Du hältst mich auf dem Laufenden?"

„Wie immer." Leo winkte ihr noch einmal zu, dann drehte er sich wieder in Richtung Computer.

Sie wusste, er würde so lange dort sitzen bleiben, bis sämtliche Fotos so weit bearbeitet wären, dass die Detectives jedes noch so kleine Detail, das von Nutzen sein könnte, haarscharf erkennen konnten. Genauso ausdauernd wie die zuständigen Ermittler, die in den nächsten Tagen vermutlich mit sehr wenig Schlaf auskommen müssten. Anas Aufgabe war getan und sie konnte nach Hause zurückkehren, zu ihren Fotos und lebenden Modellen, zu Freude und Lachen, Kindergeschrei und Erotik. Sie würde Silvers Fotos bearbeiten und danach warten, bis der Fall gelöst oder so kalt war, dass die Arbeit an ihm auf ein erträgliches Maß zurückgegangen war. Dann würde sie Silver anrufen. Oder im Department nach seiner Adresse fragen und ihm die CD dorthin schicken oder in den Briefkasten werfen. Tief in Gedanken versunken ging Ana langsam den Gang hinunter.

„Du bist ja noch hier."

Erschrocken wirbelte sie herum und sah Silver auf sich zukommen. „Ich habe Leo die Fotos gegeben, er bearbeitet sie bereits." Er sah müde aus, und niedergeschlagen. „Habt ihr noch irgendetwas gefunden?"

„Nein. Und niemand hat etwas gehört oder gesehen. Ich fahre nachher noch einmal los und versuche, die Nachbarn zu erwischen, die bislang noch nicht da waren." Er drückte seine Finger gegen die Nasenwurzel. „Ich brauche erst einmal einen Kaffee. Möchtest du auch einen?"

„Lieber nicht, ich glaube, das, was ich mir darunter vorstelle, deckt sich nicht so ganz mit dem, was ihr hier habt."

Lachend ergriff er ihren Arm. „Komm mit, du wirst überrascht sein."

„Eigentlich wollte ich mir schön den Kamin anmachen …"

Silver unterbrach sie. „Bei den Temperaturen?"

Ana schwieg. In ihrer momentanen Verfassung würde sie selbst im Hochsommer mit Kamin noch frieren, aber das brauchte Silver nicht zu wissen.

„Nun komm schon, ich habe mich schließlich auch von dir überreden lassen."

„Moment mal, das war ganz allein deine Entscheidung! Ich hatte es noch nie nötig, ein Modell …"

Silver blickte sich hastig um. „Etwas leiser bitte, hier haben die Wände Ohren." Als er niemanden entdeckte, seufzte er erleichtert und meinte dann. „Also, leistest du mir nun Gesellschaft?" Der Wunsch nach Ablenkung stand dabei deutlich in seinen Augen geschrieben. „Bitte."

Lachend gab Ana schließlich nach. „In Ordnung. Aber wehe, der Kaffee ist nicht genießbar."

Sie folgte sie ihm zu der kleinen Kaffeeküche, die sich am Ende des Ganges befand. Die spärlichen Möbel waren alt, zerkratzt und mehr als hässlich, die Pappbecher befanden sich in einem Spender, der seine besten

Tage schon lange hinter sich hatte. Der einzige Gegenstand neueren Datums war eine riesige Kaffeemaschine, die leise vor sich hin brummte, während die braune Flüssigkeit langsam in die gläserne Kanne tropfte.

„Seit wann kann sich die Polizei denn so ein Gerät leisten?"

Silver lehnte sich mit der Hüfte an den Unterschrank und verschränkte die Arme über der Brust. „Das ist eine Spende von Bob. Er ist der Ansicht, dass er zumindest das Anrecht auf einen vernünftigen Kaffee hat, wenn er schon den Großteil seiner Lebenszeit hier verbringen muss." Er beugte sich vor und senkte die Stimme. „Er mahlt die Bohnen sogar in einer Handmühle."

„Im Ernst? Warum hat mir das noch nie jemand gesagt, dann hätte ich es nicht immer so eilig gehabt, wieder nach Hause zu kommen."

„Nach Chicago hatte ich damit auch nicht gerechnet, dort war die Brühe sogar noch schlimmer als jedes Vorurteil, das ich je über Polizeikaffee gehört habe."

Lachend setzte Ana sich auf einen der drei Stühle, die um einen kleinen runden Tisch standen. „Anscheinend hast du dich hier bereits gut eingelebt."

Silver schaltete die Maschine aus und füllte zwei Becher mit Kaffee. „Erstaunlicherweise ja. Bob ist als Partner ein richtiger Glücksgriff. Milch, Zucker?"

„Beides, danke." Ihr blieb der Mund offen stehen, als Silver ihr aus dem Kühlschrank echte Kaffeesahne herüber reichte. „Lass mich raten: Bob."

„Genau. Er sagt, in richtigen Kaffee gehört auch richtige Sahne, kein Milchpulver."

„Purer Luxus. Ist er verheiratet?"

Silver zog einen Stuhl heran und setzte sich zu ihr. „Soweit ich weiß, ist er es zur Zeit gerade einmal nicht.

Aber nach dem, was ich so gehört habe, wird es sicher nicht mehr lange dauern, bis er ein neues Opfer gefunden hat.“ Er beobachtete, wie Ana einen ersten Schluck nahm und grinste. „Habe ich zu viel versprochen?“

„Nein, überhaupt nicht. Ich muss Bob unbedingt fragen, wo er die Bohnen herbekommt.“ Sie roch genießerisch an ihrem Becher. „Hm, bestimmt südamerikanisch.“

„Du willst ihn aber nicht heiraten, oder?“

„Wen?“

„Bob.“

Ana lachte, als sie erkannte, dass Silver es zumindest halb ernst meinte. „Nicht unbedingt, wie kommst du darauf?“

„Irgendeiner sagte einmal, dass Liebe durch den Magen geht. Und als du eben fragtest, ob er verheiratet ...“ Er brach ab und blickte sie schweigend an, den Becher auf halbem Weg zum Mund. „Du tust mir gut.“ Die Intensität, mit der er sie ansah, erinnerte sie an die Fotosession. Verlegen nahm Ana einen weiteren Schluck Kaffee. „Das sollte keine Anmache sein.“

„Das hatte ich auch nicht angenommen ... schließlich hast du in Chicago eine Freundin.“

Seine Miene verdüsterte sich und augenblicklich war die seltsame intime Stimmung zwischen ihnen verflogen. „Ja.“ Er sah auf die Uhr. „Ich fürchte, Bob hat schon eine Vermisstenanzeige aufgegeben, er wartet auf seinen Kaffee.“

Ana stand hastig auf. „Natürlich, ich hätte dich nicht aufhalten sollen.“

„So ein Unsinn, schließlich habe ich dich gefragt, ob du mitkommen möchtest. Du hast mich auf andere Gedanken gebracht. Danke.“

„Immer gerne." Sie trank den Kaffee aus und warf den Becher in den Mülleimer. „Und solltest du es dir doch noch einmal mit dem Modeln überlegen, melde dich bei mir." Sie unterdrückte ein Grinsen, als sie seinen Gesichtsausdruck bemerkte, und verließ die Küche, ohne seine Antwort abzuwarten.

4

Silver versuchte, nicht ungeduldig zu wirken, während er mit halbem Ohr den Ausführungen der älteren Dame lauschte, die ihm lieber aus ihrem Leben erzählte, als ihm darüber zu berichten, ob sie in der vergangenen Nacht bei ihren Nachbarn etwas Verdächtiges beobachtet hatte. Durch das kleine Küchenfenster konnte er direkt auf das Haus blicken, in dem Gwen Tudolsky ermordet worden war. Hoffentlich hatte Bob mehr Glück mit seinen Befragungen, denn bisher hatten sie noch von keinem der Nachbarn etwas Bedeutsames erfahren. Niemandem war etwas aufgefallen, kein Lärm, kein Geschrei, kein Fremder, der durch die Gärten schlich, keine unbekannten Autos.

„Ihnen ist also letzte Nacht nichts Ungewöhnliches aufgefallen, Mrs Denby?"

„Oh, nein, leider nicht. Die arme Tudolsky, sie war immer so freundlich."

Mrs Denby tupfte mit einem Taschentuch an ihren Augenwinkeln, immer darauf bedacht, die falschen Wimpern nicht zu gefährden.

„Ich nehme Tabletten gegen meine Schlaflosigkeit ein, deshalb schlafe ich in der Regel bis gegen neun Uhr des nächsten Tages durch. Wäre ich doch nur wach geblieben, vielleicht hätte ich etwas gesehen."

„Sie konnten ja nicht ahnen, dass so etwas passieren würde."

Ihre Hand flatterte zum Hals. „Nein, allerdings nicht. Mrs Tudolsky war immer ruhig und ordentlich, es gab nie Probleme mit ihr."

„Auch nicht mit ihrem Freund?"

„Nicht dass ich wüsste. Zu mir war er immer höflich, er hat mir sogar hin und wieder meine Einkäufe ins Haus getragen."

Silver klopfte mit dem Stift auf den Block. Stuart Killings machte einen sehr kontrollierten Eindruck, er würde sein Privatleben wohl kaum nach außen tragen. „Haben Sie je gehört oder gesehen, dass Mrs Tudolsky und Mr Killings sich gestritten haben?"

„Nein, im Gegenteil, sie wirkten so verliebt." Erneut tupfte Mrs Denby an ihren Augen. „Nach ihrer Scheidung war Mrs Tudolsky häufig traurig und niedergeschlagen, erst seit Mr Killings in ihr Leben getreten war, lächelte sie wieder. Sie wirkte sehr glücklich und er hat sie ja auch geradezu auf Händen getragen."

„Danke, Mrs Denby. Sollte Ihnen noch etwas einfallen, rufen Sie mich bitte an." Er reichte ihr seine Karte und ließ sich von ihr zur Tür führen.

„Wer, glauben Sie, tut so etwas?"

Silver drehte sich noch einmal zu ihr um. „Das wissen wir noch nicht, aber wir werden es herausfinden."

„Grillen sollte man den Kerl!"

Er beschränkte sich darauf, der Frau noch einmal ein flüchtiges Lächeln zu schenken und ging dann rasch zu seinem Auto. Vielleicht hatte Mrs Denby ja Recht und es wäre für einen Mörder im Gegenzug für das Leben, das er genommen hatte, tatsächlich die richtige Strafe, selbst getötet zu werden, aber seiner Meinung nach sollte der Täter für den Rest seines Lebens in irgendeinem dunklen Gefängnis schmoren. Der Tod wäre Freiheit und Erlösung für ihn und das hatte er ganz sicher nicht verdient. Nur, erst einmal mussten sie den Täter fassen und sein Gefühl sagte ihm, dass sie sich an diesem Fall die Zähne ausbeißen würden.

Da Bob nirgendwo zu sehen war, ging Silver noch einmal zu Gwen Tudolskys Haus hinüber. Der Wachmann ließ ihn ungehindert passieren, nachdem er ihm seine Marke gezeigt hatte. Nur zwei Leute von der Spurensicherung waren noch bei der Arbeit, ansonsten herrschte im Haus eine fast unheimliche Stille. Silver zog sich ein weiteres Mal Plastikhüllen über seine Schuhe, bevor er langsam das Wohnzimmer betrat. Im grellen Licht der Scheinwerfer wirkte das eingetrocknete Blut auf dem Boden fast schwarz. Es war auch unter die Leiche geflossen, dennoch konnte er den Umriss des Körpers noch gut ausmachen. Wie es schien, hatte das Opfer die Tortur ohne Gegenwehr über sich ergehen lassen. Sie musste betäubt gewesen sein, denn selbst wenn der Täter sie mit einer Waffe eingeschüchtert hatte, hätte sie sicher Widerstand geleistet, während er an ihr herumschnitt. Ein bitterer Zug legte sich um Silvers Mund, bevor er sich wieder aufrichtete.

Es hatte keine Hinweise darauf gegeben, dass Gwen Tudolsky gefesselt gewesen war, was ebenfalls für den Einsatz eines Betäubungsmittels sprach. Carl Mayer würde sicher noch mehr dazu sagen können. Er hatte versprochen, die Autopsie sofort durchzuführen, spätestens morgen früh bei der Teambesprechung würden ihnen die ersten Ergebnisse vorliegen. Die Analyse des Blutes und der anderen Körperflüssigkeiten würde noch etwas länger dauern, aber meistens konnten die Gerichtsmediziner auch schon während der Obduktion einige Schlüsse ziehen. Silver wanderte durch den Raum und betrachtete die vielen kleinen Staubfänger, für die Gwen Tudolsky anscheinend eine Schwäche gehabt hatte. Sein Blick glitt über den großen Flachbildfernseher, die teure Stereoanlage, die gepflegten Möbel.

Auf keinen Fall hatten sie es hier mit einem simplen Einbruch zu tun, bei dem etwas schief gegangen war. Nach dem, was sie bisher wussten, war kein einziger Gegenstand abhanden gekommen, alles stand an seinem Platz, zudem wiesen die Opfer von Raubüberfällen in der Regel nicht solche Verletzungen auf, wie sie sie an der Toten gefunden hatten. Meist wurden ihnen Schusswunden oder einzelne Stichwunden zugefügt, sie wurden erwürgt oder erstickt, vergewaltigt und erschlagen, aber nie von oben bis unten mit seltsamen Schnitten überzogen, für die sich der Täter viel Zeit gelassen haben musste. Sie wirkten äußerst sorgfältig und gleichmäßig. Silver warf einen Blick auf die Fotos, die auf dem Kaminsims standen, bevor er sich abwandte. Es fiel ihm schwer, die Frau mit den golden schimmernden Haaren, die ihm dort fröhlich lachend entgegenblickte, mit der Toten in Verbindung zu bringen. So viel Leben – dank eines Psychopathen einfach ausgelöscht. Abscheu und Zorn stiegen in ihm hoch und drohten ihm seine Professionalität zu rauben. Rasch verließ er den Wohnraum und ging den kurzen Flur entlang zum Schlafzimmer. Auch hier war alles ordentlich, nichts wies auf die Anwesenheit eines Eindringlings hin. Nur das Blut auf dem Teppich war ein sicheres Zeichen dafür, dass das Geschehen hier seinen Anfang genommen hatte.

Auf dem rechten Nachttisch standen ein Digitalwecker und ein gerahmtes Foto der Toten. Ein Buch, das mit den Seiten nach unten aufgeklappt war, lag daneben. „Sicherheitstechnik für Industrie und Handel“ las Silver auf dem Umschlag, es war eindeutig Stuart Killings’ Seite des Bettes. Silver zog sich einen Latexhandschuh über und öffnete die Schublade. Ein Schreibblock, Stifte, ein weiteres Buch, eine Packung Taschentücher und Kondome lagen wild darin durcheinander. Sie waren offensichtlich von Mrs Tudolskys Ordnungswut verschont geblieben. Silver wollte die Schublade schon wieder schließen, als er links unter dem Block noch etwas Schwarzes aufblitzen sah. Er griff hinein und zog eine Pistole hervor. Sie war geladen und gesichert. Nachdem er sich Marke, Modell und Nummer notiert hatte, legte er die Waffe wieder zurück. Sie wurde als Beweismittel nicht gebraucht.

Hatte das Opfer nur keine Zeit und Gelegenheit mehr gehabt, die Waffe zu erreichen, oder hatte Gwen gar nicht gewusst, dass ihr Freund eine Pistole im Nachttisch aufbewahrte?

Silver wechselte zur linken Bettseite hinüber. Auch hier ein Wecker, allerdings ein analoger, Handcreme, Nasenspray und ein Bilderrahmen, der mit dem Glas nach unten auf dem Nachttisch lag. Wahrscheinlich war er während des Überfalls umgefallen. Vorsichtig hob Silver ihn hoch und drehte ihn um. Im Rahmen befand sich ein Foto von Stuart Killings, ein halber Akt. Die Augen zusammengekniffen, betrachtete er das Foto genauer. Das konnte doch wohl nicht wahr sein. Silver öffnete den Rahmen und fand seine Befürchtung auf der Rückseite des Fotos bestätigt. Die Lippen fest zusammengepresst, schloss er den Rahmen wieder und legte ihn exakt dorthin zurück, wo er ihn weggenommen hatte.

„Hast du noch etwas entdeckt?“

Bobs Stimme drang so unerwartet durch den Raum, dass Silver vor Schreck schmerzhaft mit dem Schienbein gegen die Bettkante stieß. „Verflucht! Musst du mich denn immer so erschrecken."

„Das musst du abkönnen, stell dir vor, ich wäre ein Mörder", konterte Bob, sichtlich erfreut, ihn aus der Fassung gebracht zu haben.

„Da ich mich in einem von der Mordkommission abgesperrten Haus befinde, muss ich wohl kaum damit rechnen, dass plötzlich ein Mörder hinter mir auftaucht." Er ging zur Tür.

„Hast du etwas gefunden?"

„Eine Pistole im Nachttisch von Killings. Ich schätze mal, die Techniker haben sie auch schon entdeckt."

„Vermutlich. Zu dumm, dass die Lady sie nicht benutzt hat."

Silver nickte, während er gedankenverloren sein schmerzendes Schienbein rieb.

„Noch etwas?"

„Wie? Nein, nichts. Das Übliche halt, Kondome, Handcreme ..." Er blieb stehen. „Verdammt, du hast mich so durcheinander gebracht, dass ich völlig vergessen habe, die andere Schublade ebenfalls zu untersuchen."

„Bist du sicher, dass du in Chicago auch Detective warst?"

Silver warf Bob einen wütenden Blick zu. „Sehr witzig." Er ging zum Bett zurück und öffnete die Schublade. „Taschentücher, ein Buch über Gartenpflege ... noch mehr Kondome." Hastig schob er die Lade wieder zu.

„Das nenne ich Arbeitsteilung", meinte Bob mit einer Kopfbewegung in Richtung des Nachttischs.

Silver verdrehte die Augen. Der Humor seines Partners war selten passend, an einem Tatort wie diesem war er jedoch völlig fehl am Platz. „Reiß dich gefälligst ein wenig zusammen?"

Bob wirkte etwas reumütiger. „Entschuldige, das ist mir so rausgerutscht."

„Hast du noch etwas von den Nachbarn erfahren? Von denen, die ich befragt habe, hat kein einziger etwas gehört oder gesehen. Sowohl das Opfer als auch Killings waren immer nett und freundlich. Und sie hatten nie öffentlich Streit." Silver ging in die Küche und blickte sich um. Auch hier herrschte perfekte Ordnung, kein dreckiges Geschirr in der Spüle, alles war an seinem Platz.

„Nein, mehr haben sie mir auch nicht erzählt. Scheint so, als hätte tatsächlich niemand etwas bemerkt."

Silver betrachtete den Messerblock. „Die Tatwaffe wurde bislang nicht gefunden, oder?" In jedem Schlitz steckte ein Messer.

„Nein."

„Ich glaube zwar nicht, dass eines davon für den Mord benutzt wurde, aber wir sollten sie trotzdem mitnehmen." Er öffnete jede Schublade, fand dort aber nur Messer, die für die Ausführung der Schnitte wohl kaum in Frage kamen. Dennoch steckte er die Arbeitsmesser vorsichtig in die Beweismitteltüte, die Bob ihm aufhielt. Dann übergaben sie den Beutel den Technikern, die sämtliche Beweismittel gesammelt im Hauptquartier abgeben würden und verließen den Tatort.

Auf den Stufen vor dem Haus blieb Silver stehen und atmete tief durch. Unbemerkt war die Dunkelheit hereingebrochen und die Luft hatte sich ein wenig abgekühlt. Den Kopf in den Nacken gelegt, blickte er zum

Himmel hinauf. Es waren keine Sterne zu sehen, aber bei dem Smog, der über der Stadt hing, war das auch kein Wunder. Oben im Griffith Park beim Observatorium wäre das sicher kein Problem, aber er sollte lieber nach Hause fahren und versuchen, ein wenig Schlaf zu bekommen, solange es noch möglich war. Sobald die Beweise gesichert und ausgewertet wären, würden sie den Täter jagen, bis sie ihn gefunden hatten oder die Spur, die sie verfolgten, kalt war.

„Was hast du heute noch vor?"

Silver tauchte aus seinen Gedanken auf und blickte seinen Partner ungläubig an. „Was glaubst du wohl?"

„Ein Treffen mit unserer hübschen Fotografin?"

Silver erstarrte. „Wohl kaum."

Bob zuckte mit den Schultern. „Warum nicht? Die Funken, die zwischen euch gesprüht haben, waren schließlich nicht zu übersehen."

„Hast du auch gesehen, wie nahe ihr der Mord gegangen ist?"

„Ja. Normalerweise steckt sie es etwas besser weg. Aber einen Fall wie diesen haben wir bislang auch noch nicht so oft gehabt."

„Dann wirst du sicher nachvollziehen können, dass ihr derzeit bestimmt nicht der Sinn nach einem Treffen mit mir steht, genauso wenig wie mir."

Bob grinste ihn an. „Nein, ich denke, dass sie gerade heute eine starke Schulter zum Anlehnen brauchen könnte."

Silver schüttelte belustigt den Kopf. „Jetzt weiß ich auch, warum du so oft geschieden bist."

„Und warum ich immer wieder eine neue Frau finde."

Silver, der wusste, dass er sich nur noch verdächtiger machen würde, wenn er ein weiteres Mal abstritt, Interesse an Ana zu haben, kam auf das ursprüngliche Thema zurück. „Du verbringst den Abend also mit deiner derzeitigen Freundin?"

„Ich denke, ich werde früh ins Bett gehen."

„Und warum nimmst du von mir dann etwas anderes an?"

Bob rieb über sein Kinn. „Ich wollte nur hören, ob du dich herauszureden versuchst, wenn ich dich mit A. J. in Verbindung bringe."

„Du scheinst nicht genug zu tun zu haben, wenn du noch Zeit hast, dir über solche Dinge Gedanken zu machen."

Bob blickte zum Haus zurück. „Ich fürchte, das wird sich schon sehr bald ändern."

„Gut, dann kümmerst du dich wenigstens um deinen eigenen Kram."

Silver wandte sich ab, um zu seinem Trail Blazer zu gehen, doch Bob hielt ihn am Arm fest. Ausnahmsweise waren seine Augen ernst. „A. J. ist eine außergewöhnliche Frau, sie hat einen guten Mann verdient."

„Das glaube ich dir gern, aber ich bin sowieso nicht der richtige Mann für sie." Silver konnte nur hoffen, dass Bob das Bedauern, das in seinen Worten mitgeschwungen hatte, nicht heraushörte. „Wir sehen uns morgen."

„In Ordnung. Ich werde wohl die Kaffeevorräte aufstocken müssen, es wird viel los sein."

Ana blickte von ihrem Buch auf, als es an der Tür klingelte. Es war bereits nach 21 Uhr, wer mochte das so spät noch sein? Sie klappte das Buch zu und ging zur Tür. Sicher war es Natalie. Ihre Freundin kam oft unangemeldet bei ihr vorbei und achtete dabei grundsätzlich nicht auf die Uhrzeit. Lächelnd öffnete Ana die Tür. Als sie sah, wer davorstand, wurde sie unsicher. Am Türrahmen lehnte Lincoln Silver, die Arme über der Brust verschränkt. Ein Ausdruck lag auf seinem Gesicht, den sie nicht deuten konnte.

„Bist du immer so unvorsichtig und öffnest einfach die Tür? Ich hätte sonst wer sein können."

Sein vorwurfsvoller Ton war mehr, als sie heute noch zu ertragen bereit war. „Du bist sonst wer."

Ihre Antwort schien ihm nicht zu gefallen, denn sein Gesichtsausdruck wurde noch finsterer. „Darf ich reinkommen?"

„Deine Fotos sind noch nicht fertig. Ich rufe dich an, wenn ..."

Silver trat näher an sie heran. „Die Fotos interessieren mich im Moment nicht, ich bin beruflich hier."

„Oh." Ana machte unwillkürlich einen Schritt zurück und gab ihm so unbeabsichtigt die Gelegenheit, sich an ihr vorbeizudrängen. „Aber bitte, komm doch herein."

Ihr Sarkasmus schien ihn kein bisschen zu beeindrucken. Natürlich verstand sie, dass er wegen des Mordfalls unter Druck stand, aber nur wenige Stunden vorher hatte er sich ihr gegenüber noch ganz anders verhalten. Was war in der Zwischenzeit geschehen? Sie wies ihm mit der Hand den Weg zum Wohnzimmer und folgte ihm. „Setz dich. Möchtest du etwas trinken?"

„Eine Cola." Er ließ sich in einen Sessel sinken und taxierte sie weiterhin mit abschätzenden Blicken. „Wenn es nicht zu viel Mühe macht."

Anscheinend hatte er sich gerade wieder an seine Manieren erinnert. Ana beschloss, es ihm nicht noch schwerer zu machen. „Kein Problem." Sie ging in die angrenzende Küche und holte eine Flasche aus dem Kühlschrank. „Woher hast du meine Adresse?"

„Ich verfüge da so über einige Kontakte ..."

Ana schnitt eine Grimasse. Dumme Frage, natürlich konnte er als Cop innerhalb von Sekunden ihre Adresse herausbekommen. Mit der Flasche und einem Glas kehrte sie ins Wohnzimmer zurück. Silver saß zusammengesunken da, die Ellbogen auf die Knie gestützt, das Kinn in beide Hände gelegt und starrte ins Feuer.

„Hier, bitte."

Er blickte kurz auf. „Danke, die Hitze in dieser Stadt wird mich noch umbringen." Er sah noch einmal zum Kamin und schüttelte dann den Kopf. „Du hast dir bei diesen Temperaturen tatsächlich ein Feuer gemacht."

„Und eine heiße Schokolade dazu getrunken." Verlegen zuckte Ana mit den Schultern. „Mir war kalt."

Silver nickte geistesabwesend. Schließlich richtete er sich auf, goss sich ein und trank einen großen Schluck. „Warum hast du es mir nicht gesagt?"

„Was?", Ana konnte seinem Gedankensprung nicht folgen. Entweder hatte der Tag sie mehr mitgenommen als sie gedacht hatte, oder Silver redete wirr.

„Ich habe mir eben bei Leo die Fotos angesehen, um zu überprüfen, ob meine Theorie stimmt."

Ana beugte sich vor. „Hast du Hinweise auf den Täter gefunden?"

„Das nicht unbedingt – aber mir ist dabei etwas anderes aufgefallen. Du hast am Tatort doch auch Fotos im Schlafzimmer gemacht, was hast du dort entdeckt?"

„Nur das, was ihr auch gesehen habt – was ich fotografiert habe." Ana rutschte unruhig auf dem Sofa herum. Sie hatte einen vagen Verdacht, worauf Silver anspielte.

„Auf dem Nachttisch der Toten stand ein Foto von Stuart Killings. Ich dachte zuerst, es wäre vielleicht bei einem Kampf des Opfers mit dem Täter umgefallen. Doch nachdem, was ich bei Leo gesehen habe, war es nicht so. Auf dem Foto, das du am Tatort geschossen hast, stand das Bild noch aufrecht an seinem Platz, wenn auch so gedreht, dass sich der Blitz im Glas spiegelte und vom Motiv kaum etwas zu erkennen war. Möchtest du mir dazu etwas sagen?“

Ana zog die Schultern hoch. „Eigentlich nicht.“

„Himmel noch mal, Ana, was hast du dir dabei gedacht?“ Sie zuckte zusammen, als er lauter wurde. „Das sind Beweismittel, du hättest das Bild nicht bewegen dürfen. Davon einmal abgesehen, hast du uns verschwiegen, dass du Stuart Killings, der immerhin ein Tatverdächtiger ist, kennst.“

„Ja, ich habe vor ein paar Wochen Fotos von ihm gemacht, aber als ich heute an den Tatort gerufen wurde, wusste ich weder, dass er in dem Haus wohnte, noch dass seine Freundin das Opfer war.“ Ihre Stimme zitterte und brach dann ab. Etwas ruhiger fuhr sie fort. „Ich war geschockt, als ich das Foto gesehen habe. Du hättest hören sollen, wie er mir von seiner Freundin, der er das Foto schenken wollte, vorgeschwärmt hat. Die Vorstellung, dass sie jetzt nicht mehr lebt ...“

„Trotzdem hättest du es uns sagen sollen. Du machst dich unnötig verdächtig, wenn du uns eure Bekanntschaft verschweigst.“

„Du hast doch nicht wirklich geglaubt, dass ich ...“

Silvers Stimme hatte nun wieder ihre normale Lautstärke angenommen. „Ich war schockiert, dass du einen

Tatort verändert und uns belogen hast. Ich halte dich nicht für den Mörder, aber mit deinem Verhalten machst du dich unnötig verdächtig." Er hob die Hand als sie etwas erwidern wollte. „Stuart Killings scheint mir ebenfalls kein Mensch zu sein, der auf diese Art und Weise jemanden töten würde, dennoch würde ich meine Hand nicht dafür ins Feuer legen. Hattest du eine Beziehung mit ihm?"

Zornig sprang Ana auf. „Glaubst du etwa, dass ich mit jedem Mann, den ich fotografiere, eine Affäre beginne? Hältst du mich für so unprofessionell? Du solltest jetzt besser gehen."

Doch Silver blieb sitzen und sah sie gelassen an. „Wohl kaum. Falls du es noch nicht bemerkt hast, das hier ist eine Zeugenbefragung. Du hattest mit einem Verdächtigen Kontakt und darum wirst du mir jetzt ganz genau erzählen, was ich von dir wissen will. Verstanden?"

Langsam sank Ana in die Polster zurück und schwieg. Sie wusste, dass es unsinnig war, aber seine schroffe Art forderte ihren Widerstand heraus. Natürlich war es dumm von ihr gewesen, das Bild umzudrehen, sie hätte sich denken können, dass es irgendjemandem auffallen würde. Allerdings hatte sie nicht mit Silvers gutem Gedächtnis gerechnet, der ihre Art und Weise zu fotografieren bei Killings Aufnahme wiedererkannt haben musste.

„Gut, versuchen wir es noch mal. Kanntest du Stuart Killings bevor du das Foto von ihm gemacht hast?"

„Nein, er tauchte einfach eines Tages bei mir im Studio auf." *So wie du.*

„Und danach hast du ihn nicht wieder gesehen?"

„Doch."

Silvers Gesichtsausdruck änderte sich augenblicklich, prüfend blickte er sie an. „Du hast ihn noch einmal getroffen?"

„Natürlich, er hat das Foto bei mir abgeholt, damit es seine Freundin in der Wohnung unter keinen Umständen vorher finden und sehen kann."

An Silvers schmalen Lippen konnte sie erkennen, dass er an etwas anderes gedacht hatte. „Wie weit ist er gegangen?"

„Wie bitte?"

„Bei der Fotosession. War er ... nackt?"

Beinahe hätte sich Ana über Silvers Reaktion amüsiert, doch dazu war sie im Moment zu wütend. So starrte sie nur zurück und hob eine Augenbraue. „Er hat die Hose anbehalten. Normalerweise nehme ich für Akte nur professionelle Models, die anderen Kunden gehen nicht so weit."

„Und was ist mit mir?" Der drohende Unterton in seiner Stimme war nicht zu überhören.

Ana zuckte mit den Schultern. „Du warst gut und da du bereit warst, weiterzumachen, habe ich ebenfalls weitergemacht."

Erregt sprang Silver auf und stellte sich hinter den Sessel, als ob er sich daran hindern wollte, auf sie loszugehen. Seine Finger, mit denen er die Rückenlehne umklammerte, waren weiß vor Anspannung. „*Du* hast gesagt, was ich ausziehen soll, nicht ich. Wenn du mir gesagt hättest, dass es üblich ist, beim T-Shirt Schluss zu machen, hätte ich sofort aufgehört."

Ruhig blickte Ana ihn an, bemüht, nicht zu zeigen, dass er ihr Angst machte. „Genau deshalb habe ich nichts gesagt."

Schweigend starrte er sie eine Weile an, schließlich atmete er tief durch und richtete sich auf. „Warum?"

Ana verschränkte ihre Hände im Schoß und senkte den Blick. „Du hast einen sehr schönen Körper", sie hob die Hand, um seiner Antwort zuvorzukommen, „... und die Arbeit mit dir war sehr viel interessanter als mit professionellen Models, die im besten Fall halbwegs gute Schauspieler sind, die bestimmte Empfindungen nachstellen, während ich sie fotografiere. Deine Empfindungen waren hingegen authentisch und erotisch zugleich, kein müdes Abbild der Realität. Du musst wissen, dass Aktfotos nicht nur einfach nackte Haut und eindeutige Posen zeigen, sie müssen beim Betrachter Gefühle auslösen, erst dann sind sie wirklich gut." Sie versuchte ein Lächeln, das ihr aber misslang, als sie seine abweisende Miene sah. „Ich sollte vermutlich sagen, dass es mir leidtut, aber das kann ich nicht, wenn ich das Ergebnis sehe, das dabei herausgekommen ist."

„Ich habe dir vertraut."

Ana musste schlucken, Hitze stieg in ihre Wangen. Silver hatte treffsicher ihren wunden Punkt gefunden. Sie legte großen Wert darauf, im Fotogeschäft einen guten Namen zu haben und stets das Vertrauen ihrer Kunden zu gewinnen. Anders funktionierte ihre Arbeit nicht. Diese Regel hatte sie jedoch bei ihm gebrochen, weshalb Silver zu Recht wütend auf sie war. Doch die Enttäuschung, die sie in seinem Gesicht las, traf sie noch viel härter.

„Du hättest es mir sagen müssen." Seine Stimme war leise, aber sie verstand jedes Wort.

„Hättest du dann weitergemacht?" Sie konnte ihm nicht mehr in die Augen sehen und senkte den Kopf.

„Ich weiß es nicht, aber es wäre immerhin meine Entscheidung gewesen."

„Du hast Recht, es tut mir leid. Die Stimmung war nur so ... so ..."

„Perfekt?"

Unwillkürlich schaute Ana wieder nach oben, als seine Stimme plötzlich direkt neben ihr erklang. Sie verlor sich in seinem Blick. „Ja, perfekt." Das Wort kam rau und atemlos aus ihrer Kehle. „Ich ..." Sie stockte, als sich seine Hand plötzlich sanft um ihr Kinn legte.

„Du hättest mich nie dazu bringen können, wenn ich es selbst nicht auch gewollt hätte. Eine Erfahrung, die durchaus ... interessant war." Er beugte sich zu ihr herunter, sein Atem strich über ihren Mund, als er weitersprach. „Versuch nie wieder, etwas vor mir zu verheimlichen."

„Sonst?" Ihre Lippen kribbelten, ihr Atem ging stoßweise.

„Werde ich nicht mehr so nachsichtig sein wie heute." Sein Finger strich über ihre Lippe, dann trat er zurück. „Hat Killings irgendetwas zu dir gesagt?"

Der abrupte Themenwechsel verwirrte Ana ebenso sehr wie Silvers Rückzug. Sie konnte noch deutlich die Hitze spüren, die seine Berührung in ihr ausgelöst hatte. „Wann?"

„Als du ihn fotografiert hast."

„Nein, nur das Übliche, das Foto wäre für seine Freundin, er hätte so etwas noch nie gemacht, und so weiter. Er fühlte sich nicht recht wohl und war froh, als er es überstanden hatte."

„Hat er heute, im Haus seiner Freundin etwas zu dir gesagt?"

Bedrückt schüttelte Ana den Kopf. „Nein, ich glaube, da hat er mich nicht einmal wahrgenommen, kein Wunder, bei dem Schock, den er erlitten hat." Sie sah Silver fest in die Augen. „Ich glaube nicht, dass er der Täter ist, er schien sie aufrichtig zu lieben."

„Das wird sich herausstellen." Mit einer müde wirkenden Handbewegung strich er sich die Haare aus der Stirn. „Du musst im Department melden, dass du Stuart Killings kennst. Weißt du, was passiert, wenn jemand auf die Rückseite des Fotos schaut und dort deinen Namen entdeckt? Oder in seiner Wohnung eine Quittung dafür findet?"

„Ich sichere meinen Kunden Anonymität zu, wenn ich Aktfotos von ihnen mache. Würdest du wollen, dass ich verrate, woher wir uns kennen?"

Silver blickte sie direkt an. „Wenn es um einen Mordfall ginge, ja, das würde ich." Er schüttelte resigniert den Kopf. „Wir werden sehen, falls wir keine Anhaltspunkte auf einen anderen Täter finden, werden wir uns Killings jedenfalls genauer vornehmen müssen."

Ana schwieg. Es würde ihr sicher keine Pluspunkte bei Silver einbringen, wenn sie noch einmal darauf hinwies, dass sie Stuart Killings nicht für den Mörder hielt. Sie erhob sich, als Silver auf sie zukam.

Er nahm das Glas vom Tisch und trank es in einem Zug aus. „Danke für die Cola."

„Bitte." Sie berührte seinen Arm, als er sich zur Tür wandte. „Wegen der Fotos ..."

Seine Miene verhärtete sich. „Ich glaube nicht, dass du dieses Thema heute noch einmal erwähnen solltest."

Ana schob ihr Kinn vor und hielt ihn einfach fest. „Du warst der Einzige, bei dem ich so etwas je gemacht habe. Ich habe dich gesehen und wollte dich unbedingt fotografieren, diese Intensität, diese unterschwellige Erotik musste ich unter allen Umständen einfangen. Ich habe nicht geplant, so weit zu gehen, es ist einfach passiert. Das ist keine Entschuldigung, aber ich wollte, dass du es weißt."

Silver schwieg so lange, dass sie schon fürchtete, er würde ihr nicht mehr antworten. Schließlich streckte er die Hand aus und strich ihre widerspenstige Haarsträhne hinters Ohr zurück. „Soll ich mich jetzt geschmeichelt fühlen?"

Ana nickte zögernd.

„Ich werde darüber nachdenken." Er verließ ihre Wohnung, ohne sich noch einmal umzudrehen, die Tür fiel leise hinter ihm ins Schloss.

Ana starrte auf das weiße Holz, bis ihre Augen zu tränen begannen. Wie konnte er einfach so gehen? Immerhin sagte sie einem Mann nicht jeden Tag, dass sie ihn erotisch fand und nackt sehen wollte, da durfte sie schon irgendeine Reaktion von ihm erwarten! Wütend auf Silver und auf sich selbst beschloss sie, nicht sofort schlafen zu gehen, sondern noch an seinen Fotos zu arbeiten. Stumm und nackt gefiel er ihr sowieso viel besser als angezogen und schlecht gelaunt.

5

„Hallo, hier spielt die Musik."

Ana schreckte aus ihren Gedanken auf, als Natalies Hand plötzlich vor ihren Augen auftauchte. „Entschuldige, was hast du eben gesagt?"

Natalie lehnte sich zurück und betrachtete sie besorgt. „Was ist nur los mit dir? Du bist schon den ganzen Morgen so abwesend."

Ana schnitt eine Grimasse. So viel zu ihrer Fähigkeit, so zu tun, als ob nichts geschehen wäre. Sie blickte sich im Café um, ob sie jemand hören konnte und beugte sich dann zu Natalie vor. „Ich habe gestern für die Polizei fotografiert."

„Ich verstehe immer noch nicht, warum du das machst. Ja, sicher, sie bezahlen dich gut, aber dafür könntest du woanders einen Job finden, der dich weniger mitnimmt."

Seufzend rührte Ana in ihrem Tee. „Wir haben das Thema doch schon so oft besprochen. Ich finde den Job interessant und ich habe das Gefühl, anderen damit helfen und etwas zurückgeben zu können."

Natalie legte ihre Hand auf Anas und hinderte sie dadurch daran, weiterhin in ihrer Tasse zu rühren. „Ja, und er macht dich fertig. Was war es diesmal?"

Ein Schauder lief über Anas Rücken, als Gwen Tudolskys geschundener Körper vor ihrem inneren Auge auftauchte. Behutsam zog sie den Löffel aus dem Tee und legte ihn auf der Untertasse ab. „Du weißt, dass ich nicht darüber reden darf."

Ihre Freundin strich sich frustriert durch die kurzen blonden Haare und schob ihre Unterlippe vor. „Als ob ich schon jemals etwas von dem, was du mir unter vier Augen anvertraut hast, weitererzählt hätte. Immer muss ich mir die Geschichten aus der Zeitung besorgen."

Ana nippte erst einmal an ihrem Tee, bevor sie antwortete. „Das dürfte auch dieses Mal der Fall sein, es war genug Presse da."

„Also etwas Großes?"

„Meine Lippen sind versiegelt. Silver würde mich lynchen, wenn ich auch nur einen Ton von mir geben würde."

Natalie richtete sich interessiert auf. „Silver?"

Blut schoss in Anas Wangen, während sie sich gleichzeitig über sich selbst ärgerte. Warum hatte sie den Namen nur erwähnt? Jetzt würde ihre Freundin nicht eher locker lassen, als bis sie sämtliche Details aus ihr herausgepresst hätte. „Einer der Detectives."

Grinsend deutete Natalie mit dem Finger auf sie. „Dein Gesichtsausdruck verrät, dass da noch mehr dahinter steckt. Also, erzähl!"

„Es gibt nichts zu erzählen. Er ist neu im Department und kommt aus Chicago." *Ich habe ihn nackt fotografiert und finde ihn unheimlich anziehend.*

„Nach deinem Rötegrad zu urteilen, ist er wohl recht attraktiv?"

„Schon möglich."

Natalie beugte sich vor. „Was ist denn das für eine Antwort? Seit wann erzählen wir uns nicht mehr, wenn eine von uns einen Mann kennen gelernt hat, der ihr gut gefällt?"

„Wir standen über einer Leiche, Natalie!"

Ihre Freundin wurde eine Spur blasser. „Gut, ich verstehe, das kann die Gefühle schon ein wenig dämpfen. Also, wie sieht er aus?"

Gut, unglaublich gut, erotisch. „Ganz nett." Sie hob die Hand, als Natalie zu einer Antwort ansetzte. „Okay, sehr nett. Groß und schlank, dunkle Haare, blaue Augen."

„Ist dieses Prachtstück verheiratet?"

Ana rollte mit den Augen. „Nein, aber er hat eine Freundin in Chicago."

Breit grinsend führte Natalie ihre Tasse zum Mund. „Und das hast du herausgefunden, während ihr gemeinsam über der Leiche standet?"

Ana gab es auf. Sie war direkt in die Falle getappt, wie immer. Noch nie hatte sie ein Geheimnis lange vor Natalie verbergen können. Ihre Freundin kannte sie einfach zu gut. Kein Wunder, schließlich waren sie seit fünfzehn Jahren mehr oder weniger unzertrennlich.

„Nun?"

„Ich habe ihn vorher schon einmal getroffen."

„Tatsächlich? Wo denn?"

„Im Studio. Er brauchte Fotos." *Jetzt nur nicht erröten ...*

Natalie starrte sie mit offenem Mund an. „Etwa Nacktaufnahmen?"

„Du weißt, wie ich über die Privatsphäre meiner Kunden denke. Können wir jetzt bitte das Thema wechseln?"

„Nein, sicher nicht jetzt, wo es gerade interessant wird." Natalie stützte ihr Kinn in eine Hand und sah Ana gespannt an. „Ich hätte doch Fotografin werden sollen und nicht Brokerin. Was hast du sonst noch über diesen Silver erfahren? Und vor allem, wie hat er auf dich reagiert?"

„Nat! Hast du nicht zugehört? Er hat eine Freundin und ist außerdem noch Detective, beides ist Grund genug, um eine Beziehung zwischen uns unmöglich zu machen, denkst du nicht?"

„Also hast du bereits darüber nachgedacht." Natalie lächelte sie an. „Es wurde aber auch Zeit, dass du endlich einmal wieder auf einen Mann triffst, der dich interessiert."

Ana seufzte resigniert. „Ja, es stimmt, ich finde ihn interessant und nett – meistens jedenfalls – und wenn seine Freundin in Chicago und der Fall, an dem wir gemeinsam arbeiten, nicht wären, könnte ich mir durchaus vorstellen, dass sich zwischen uns etwas entwickelt. Da dem aber nicht so ist, halte ich mich zurück und warte ab, wie es weitergeht."

„Gut." Natalie grinste. „Zeigst du mir die Fotos?"

„Ganz sicher nicht!"

Silver drückte mit den Handballen gegen seine Augen und hoffte, dass der Druck die Kopfschmerzen lindern würde, die ihn schon quälten, seit er aufgestanden war. Aber es half genauso wenig wie die vor ihm auf dem Sitzungstisch liegenden Abzüge der Tatortfotos oder der Bagel, den Bob ihm zugeschoben hatte. Silver fühlte sich ganz und gar unwohl. Müde und angeschlagen saß er mit seinen Kollegen im Besprechungszimmer und wartete auf das Erscheinen des Gerichtsmediziners. Es war offensichtlich, dass sie den Fall Gwen Tudolsky nicht so schnell aufklären würden. Noch immer gab es keine Spuren, die ihnen Hinweise auf den Täter lieferten – der einzige Verdächtige war Stuart Killings, obwohl sein Alibi wasserdicht zu sein schien. Silvers Finger krampften sich um den Stift, als er sich an Anas Dummheit erinnerte. Soweit er in Erfahrung gebracht hatte, war sie schon seit einigen Jahren als Polizeifotografin dabei und hätte daher wissen müssen, dass sie keine möglichen Beweismittel bewegen durfte, trotzdem hatte sie es getan und ihn damit in eine unangenehme Lage gebracht, denn er hatte sie bislang gedeckt und Bob nichts davon erzählt. Ob er es getan hatte, um sie schützen oder weil er nicht zugeben wollte, dass er sich von ihr hatte fotografieren lassen, konnte er nicht mit Gewissheit sagen. Es war auch nicht wichtig, denn beide Gründe waren inakzeptabel. Infolgedessen hatte er in der vergangenen Nacht kaum geschlafen. Silver fuhr sich über sein Gesicht, als er sich an den Albtraum erinnerte, der ihn in den frühen Morgenstunden aus unruhigem Schlaf gerissen hatte. Darin hatte er sich über Gwens misshandelten Körper gebeugt, jedoch nicht in ihr Gesicht, sondern in das von Ana geblickt. Ihre Augen hatten sich geöffnet und ihn angestarrt ...

Silver zuckte zusammen. Er schwang auf seinem Stuhl herum und erkannte Bob, der sich neben ihm niedergelassen und ihm eine Hand auf die Schulter gelegt hatte. Erleichtert atmete er tief auf.

„Du siehst schlimm aus."

„Vielen Dank auch. Das ist genau das, was ich hören wollte."

„Bitte." Bob beugte sich zu ihm vor und senkte seine Stimme. „Geht es dir nicht gut?"

„Es sind nur Kopfschmerzen, nach einer Tablette sollte es wieder gehen."

Bob nickte. „So ein Fall nimmt einen immer mit, man kann sich einfach nicht daran gewöhnen. War noch etwas, während ich Kaffee gemacht habe?“

„Nein, wir warten nach wie vor auf Carl Mayer, er müsste jeden Moment kommen.“

„Hoffentlich hat er etwas gefunden, das uns weiterbringt.“ Bob schob ihm einen Becher Kaffee hin. „Trink, ich habe extra einen Magenmilden genommen, der Spannungen löst.“

Silver gelang ein Lächeln. „Du bist zu gut zu mir.“

„Merk's dir, ich werde später kassieren.“ Bob lehnte sich zurück und beobachtete ihn. „Und, wie war es bei A. J.?“

Silver verschluckte sich prompt und begann zu husten.

Grinsend klopfte Bob ihm auf den Rücken. „Erwischt.“

Silver wischte die Tränen aus seinen Augen und räusperte sich. „Du bist ...“

„Ich wünsche einen guten Morgen!“ Mit diesen Worten betrat Carl den Besprechungsraum, wo er seine Akten auf den Tisch warf und sich auf einen Stuhl fallen ließ. Doch sein Gesichtsausdruck strafte seinen Gruß Lügen. Sein Hemd war zerknittert, die Krawatte nur lose um den Hals geschlungen. Silver wusste nicht, ob es sich dabei um den normalen Aufzug des Arztes handelte, oder ob er dem Fall geschuldet war, vermutete aber Letzteres, denn Carls Augen waren noch geröteter als gestern. Auch die Falten um Augen und Mund schienen über Nacht noch tiefer geworden zu sein. Seine Finger spielten nervös mit seiner Zigarettenschachtel, während er sie einen nach dem anderen anblickte. „Tut mir leid, dass ich so spät komme, aber ich wollte unbedingt noch einige Untersuchungsergebnisse abwarten."

Captain Harris, ihr direkter Vorgesetzter, nickte ihm zu. „Kein Problem, wir haben bereits begonnen, unsere Erkenntnisse zusammenzutragen", meinte er verständnisvoll, während sein Schnauzbart bei jeder seiner Lippenbewegungen auf und ab ging. „Die wenigen, die es gibt." Er seufzte. „Bob, fass bitte für Carl noch einmal alles zusammen, damit er ebenfalls auf dem Laufenden ist."

Leonard Hamer schob Carl ein weiteres Set von Tatortfotos zu, die dieser intensiv betrachtete, während Bob zu berichten anfing.

„Der Täter ist durch ein Garagenfenster eingestiegen, hat die Tür zum Hauswirtschaftsraum aufgebrochen und ist auf diese Weise ins Haus gelangt. Es könnte sein, dass er schon im Laufe des Tages eingebrochen ist und danach gewartet hat, bis das Opfer nach Hause kam. Die Spuren an Fenster und Tür waren nicht sehr auffällig und Gwen Tudolsky hatte die Angewohnheit, ihren Wagen stets in der Auffahrt zu parken. Laut Aussage ihres Lebensgefährten Stuart Killings hat er abends noch mit ihr telefoniert, daher können wir davon ausgehen, dass sie irgendwann nach 23 Uhr vom Täter in ihrem Bett überfallen worden ist."

„Sind die Aussagen von diesem Killings überprüft worden?"

Silver blätterte in seinen Unterlagen. „Die Fluggesellschaft hat bestätigt, dass er den von ihm vor Wochen gebuchten Rückflug von Indianapolis auch angetreten hat. Er ist gestern gegen 15 Uhr am Los Angeles International Airport gelandet. Sein Parkschein weist das Datum desselben Tages auf. Der Portier des Hotels, in dem er abgestiegen war, ist sich sicher, Killings sowohl vorgestern Abend als auch gestern Morgen gesehen zu haben. Zudem hat Killings' Kunde bestätigt, sich morgens um zehn Uhr mit ihm getroffen zu haben." Er zuckte mit der Schulter. „Das sieht nach einem wasserdichten Alibi aus. Davon abgesehen haben wir kein Motiv gefunden, aus dem heraus Killings Gwen Tudolsky hätte ermorden sollen."

„Gibt es noch andere Verdächtige?" Carls Stimme klang flach, die Zigarettenschachtel lag für einen Moment still.

„Derzeit nicht." Bob nahm den Faden wieder auf. „Sämtliche Nachbarn haben weder etwas gesehen noch etwas gehört, heute werden wir die Arbeitskollegen und Freunde der Toten aufsuchen. Der Täter hat weder das Einbruchswerkzeug noch die Tatwaffe zurückgelassen. Das Labor ist noch dabei, alles auf fremde Haare, Fusseln oder Samenspuren zu untersuchen."

„Sie wurde nicht vergewaltigt." Carls Einwurf sicherte ihm die Aufmerksamkeit aller Anwesenden. „Es gibt keinerlei Verletzungen und/oder Samenspuren an ihrer Vagina. Keine fremden Haare im Geschlechtsbereich. Keine Zeichen eines Eindringens mit anderen Gegenständen. Was immer der Täter auch für ein Motiv hatte, Geschlechtsverkehr war es jedenfalls nicht."

Stille senkte sich über den Raum, während jeder darüber nachdachte, was Carls Ergebnis im Hinblick auf den Fall bedeutete. Captain Harris strich über seinen Bart. „Wenn wir von den vielen Wunden ausgehen, muss der Täter eine unheimliche Wut auf das Opfer gehabt haben."

Carl schüttelte den Kopf. „Normalerweise schon, doch hier scheint mir das eher unwahrscheinlich."

Wieder Stille.

„Was meinen Sie damit, Carl?“ Harris beugte sich erwartungsvoll vor.

„Sie haben natürlich Recht, der Körper des Opfers weist extrem viele Wunden auf, was durchaus auf eine große Wut des Mörders schließen lässt. Dagegen spricht allerdings, dass die Schnitte nur oberflächlich sind, also nicht sehr tief ins Gewebe gehen und keine inneren Organe verletzt wurden. Die Todesursache ist, dass die Frau schlicht und einfach verblutet ist.“ Er hob die Hand, als alle durcheinanderzureden begannen. „Das ist aber nicht der einzige Grund, warum ich glaube, dass Wut als Tatmotiv ausscheidet. Hinzu kommt noch, dass die Schnitte einfach zu sauber, nahezu gleichmäßig ausgeführt worden sind. Wäre Wut mit im Spiel gewesen, wären sie je nach Stärke des Gefühls unregelmäßiger und weniger ordentlich. Hier wurden jedoch über zwanzig Schnitte angebracht, die, was die Schnitttiefe und Linienführung angeht, mehr oder weniger identisch sind. Salopp formuliert: Der Täter muss ein eiskalter Kerl sein und viel Übung im Umgang mit der Waffe haben.“

„Eine Serie?“

Carl hob die mageren Schultern. „Das kann ich nicht sagen, auf meinem Tisch ist jedenfalls noch niemand mit dem gleichen Verletzungsmuster gelandet.“

„Wir suchen also nach jemandem, der Erfahrung mit dem Schneiden von Fleisch hat, ein Chirurg oder Tierarzt, ein Fleischer, oder Ähnliches.“

„Das könnte gut sein. Die Stellen, an denen dem Opfer die Verletzungen beigebracht wurden, erinnern durchaus an Operationswunden, doch noch nie zuvor habe ich sie in solch einer Häufung an einem Körper gesehen. Es ist fast, als ob jemand die Kunst des perfekten

Schnitts an ihr geübt hätte. Also ein Chirurg vielleicht, oder ein Medizinstudent. Andererseits kommt auch jeder andere dafür in Frage, der die Möglichkeit hat, an Fleisch zu üben."

„Das schränkt die Zahl der möglichen Täter nicht gerade ein." Bob lehnte sich in seinem Stuhl zurück. „In Ordnung, kommen wir auf das Opfer zurück. Sie ist also verblutet, wenn ich das richtig verstanden habe?"

„Ja. Wäre sie ein paar Stunden früher entdeckt worden, hätte sie vielleicht noch gerettet werden können."

„Der Täter wusste also, dass Killings erst nachmittags zurückkehren würde." Bob machte sich eine Notiz in seinem Block.

Silver hob den Kopf. „Oder aber, es war für ihn nicht von Bedeutung, ob sein Opfer überlebt oder nicht."

„Beides würde zu der Bezeichnung ‚eiskalt' passen."

„Ihre Ohren sind nirgendwo gefunden worden, er muss sie mitgenommen haben." Bob hatte Mühe, das Zittern in seiner Stimme zu unterdrücken.

Carl nickte. „Das dachte ich mir schon, denn er hat sich viel Mühe gegeben, sie fein säuberlich abzutrennen."

Harris sah nicht besonders glücklich drein. „Wurde sie betäubt?"

„Da ich keine Fesselspuren finden konnte und die Kopfwunde nicht schwer genug war, um sie mehr als ein paar Minuten bewusstlos sein zu lassen, gehe ich davon aus." Er zog ein Foto heraus und hielt es hoch. Ana hatte es aufgenommen, nachdem die Leiche entfernt worden war. Deutlich waren die Umrisse des Körpers, umgeben von Blut, auf dem Holzfußboden zu erkennen. „Niemand wäre einfach still liegen geblieben und hätte sich solche Verletzungen zufügen lassen, wenn er bei vollem Bewusstsein gewesen wäre. Ich denke, die Blut- und Urinuntersuchungen werden das bestätigen."

„Wann werden die Ergebnisse vorliegen?"

„Heute Nachmittag, sagt das Labor."

„Gut, dann werden wir in ein paar Stunden mehr darüber wissen. Können Sie sonst noch etwas über die Waffe sagen?"

„Eine sehr scharfe, sehr dünne Klinge, vermutlich ein Skalpell. Ich werde jedoch noch weitere Tests durchführen müssen." Carl zog eine Speicherkarte aus seiner Aktentasche und schob sie Leonard zu. „Meine Fotos vom Opfer, vielleicht ist ja was für euch dabei." Er erhob sich. „Wenn ihr keine weiteren Fragen mehr habt, werde ich mich wieder an die Arbeit machen. Ich schreibe den Bericht so schnell wie möglich, je nachdem, was heute sonst noch bei mir eingeliefert wird." Seine Brauen zogen sich zusammen, sein Mund wirkte verkniffener als sonst. „Ich denke, ich brauche euch nicht zu sagen, dass diese Sache übel aussieht, ich habe ein ganz schlechtes Gefühl dabei." Damit nickte er kurz in die Runde, griff seine Tasche und verließ den Raum.

Silver lehnte sich in seinem unbequemen Stuhl zurück. Carl war nicht der Einzige, der ein schlechtes Gefühl bei diesem Fall hatte, ihnen allen war schon beim ersten Blick auf die Tote klar gewesen, dass es sich dabei um keinen ‚einfachen' Mord handelte. Ein Täter, der sich Zeit nahm, sein Opfer dermaßen methodisch zu traktieren, handelte nicht im Affekt, sondern ging äußerst gezielt vor. Er hatte die Tat bis ins kleinste Detail hinein geplant und war sich deshalb sicher, unerkannt entkommen zu können. Vermutlich hatte er Tage, wenn nicht sogar Wochen oder Monate vorher in Gwen Tudolskys Leben herumgeschnüffelt, ihre Gewohnheiten studiert und nach Schwachpunkten gesucht, bevor er zugeschlagen hatte.

Die Stimme des Captains riss ihn aus seinen Gedanken. „Hamer, machen Sie uns Abzüge von Doc Mayers Autopsiefotos."

Leonard sprang auf und verließ, offensichtlich froh, wieder etwas zu tun zu haben, eilig den Raum. Silver blickte ihm hinterher und wünschte sich, ebenfalls woanders sein zu können. Schließlich wandte er sich an Captain Harris. „VICAP?", fragte er nur und meinte damit das Violent Criminal Apprehension Program, das zur Sammlung, Archivierung und Analyse von Gewaltverbrechen, mit besonderem Schwerpunkt auf Mordfällen, diente und ihnen hoffentlich Auskunft darüber geben würde, ob bereits ein ähnlicher Fall innerhalb der USA vorlag. Natürlich immer vorausgesetzt, die für einen früheren Fall zuständige Behörde hatte diesen überhaupt an VICAP gemeldet.

Harris zupfte an seinem Schnurrbart. „Ich werde mit dem Commander darüber sprechen. Bis wir genauere Hinweise haben, werden wir den Fall Tudolsky jedoch behandeln wie jeden anderen Mord auch. Also machen Sie sich an die Arbeit."

Silver sah zu Bob hinüber, um zu sehen, wie dieser reagierte. Dann folgte er dessen Beispiel, packte seine Sachen zusammen und ging zur Tür. Anscheinend war jetzt nicht der richtige Zeitpunkt, um Druck auf den Captain auszuüben.

„Und noch etwas: Sprechen Sie nicht mit der Presse. Sollte irgendein Reporter Sie ansprechen, antworten Sie mit ‚Kein Kommentar', verstanden? Im

Laufe des Tages wird eine Pressemitteilung herausgegeben werden."

„Ja, Sir."

Silver biss sich auf die Lippe, während Bob salutierte, bevor er den Raum verließ. In ihrem Büro angekommen, warf Silver die Unterlagen auf seinen Schreibtisch und setzte sich auf dessen Kante. „Wird er VICAP einschalten?"

Bob zog einen Schokoriegel aus seiner Schublade, riss die Verpackung auf und biss ein Stück davon ab. „Wenn sich der Verdacht erhärtet, dass wir es mit einem Serientäter zu tun haben, ja. Ansonsten werden sie es hinauszögern, so lange sie können."

Wut stieg in Silver auf. „Warum? Es kann bei den Ermittlungen doch nur helfen. Entweder finden wir ähnliche Fälle und können untersuchen, ob sie miteinander zusammenhängen, oder wir finden nichts und ermitteln auf normalem Weg weiter."

„Mir musst du das nicht erzählen, ich weiß das. Aber das LAPD ist traditionell auf nichts, was in irgendeiner Form mit dem FBI zu tun hat, gut zu sprechen. Und VICAP wurde nicht nur vom FBI entwickelt, sondern uns auch von ihm zur Verfügung gestellt. Es hat jederzeit Zugang zu unseren Daten, genauso wie jede andere angeschlossene Polizeistation. Das ist den Chefs unangenehm."

„Wenn es helfen kann ..."

„... werden wir es nutzen. Hier kommt man nur weiter, wenn man viel Geduld hat und nicht locker lässt."

Silver massierte seine Schläfen. Er hatte schon so etwas Ähnliches befürchtet. Kaum zu glauben, dass Los Angeles nach New York und Chicago das drittgrößte Department der USA war. Er stand auf, ging um den

Schreibtisch herum und ließ sich in seinen Stuhl fallen. „In Ordnung, und was machen wir jetzt?"

„Möchtest du einen Schokoriegel?"

Ein Blick in Bobs betont harmloses Gesicht ließ Silver seinen Ärger augenblicklich vergessen. „Überleg dir lieber, wie wir einen Mörder finden, der keinerlei Spuren hinterlassen hat und dessen Motiv uns völlig unbekannt ist." Er hob den Deckel der Mappe an, zog die Tatortfotos daraus hervor und breitete sie vor sich aus. Die Stirn in beide Hände gestützt, betrachtete er sie nacheinander, während er sich mehrere Fragen stellte. Wie war der Mörder nur auf Gwen Tudolsky aufmerksam geworden, die doch anscheinend ein völlig normales Leben geführt hatte? Aus irgendeinem Grund musste der Mörder schließlich auf sie aufmerksam geworden sein und beschlossen haben, sie auf die grausam langsame Art und Weise zu töten, in der er die Tat dann auch begangen hatte. Hatte ihm das Opfer vielleicht irgendein Unrecht zugefügt? Oder hatte der Täter Gwen Tudolsky einfach nur nach dem Zufallsprinzip ausgewählt?

„Dort wirst du keine Antworten finden." Bob stand auf und nahm sein Jackett vom Haken. „Lass uns lieber Gwen Tudolskys Freunde und Arbeitskollegen befragen, vielleicht können sie ja etwas Licht in die Angelegenheit bringen."

Zögernd sah Silver auf. Bob hatte Recht, die Fotos würden ihm nicht weiterhelfen, sie konnten ihn nur an seine Aufgabe erinnern, den Mörder so schnell wie möglich aus dem Verkehr zu ziehen. „Hoffen wir es. Ich habe genau wie Carl ein ganz schlechtes Gefühl bei dieser Sache."

Die Schere glitt leise quietschend durch das dünne Zeitungspapier, exakt an der Linie entlang, die den interessanten Artikel von den üblichen Tagesnachrichten abtrennte. Es war eine überraschend kurze Notiz, anscheinend hatte der Reporter noch nicht herausgefunden, was wirklich am Mulholland Drive passiert war. Gut, zu viel Aufmerksamkeit würde den Plan nur stören. Wenig später hing der Artikel mit Reißzwecken an der Pinnwand, direkt neben den Fotos der verstorbenen Gwen Tudolsky. Sie sah gut aus, keine Frage, aber im Grunde war sie nichts Besonderes. Eine gewöhnliche Sekretärin, ein Nichts. Der ehemalige Soldat hatte eine Herausforderung dargestellt, war aber mit ein wenig Planung lächerlich einfach zu umgehen gewesen. Eine weitere Zeitung, ein weiterer Artikel, diesmal länger und sogar mit einem alten Foto der Toten.

„Das Opfer wurde auf bisher nicht bekannte Weise in der Nacht zum Freitag ermordet. Die Polizei hat zu dem Verbrechen bisher keine Stellung genommen, eine Pressemitteilung wurde für den heutigen Tag angekündigt."

Es wäre sicher interessant zu hören, was die Polizei wusste, andererseits würde sie ihre Erkenntnisse wohl kaum vollständig an die Presse weitergeben. Trotzdem würde die weitere Entwicklung gut in den Medien zu verfolgen sein, und mehr als sie jetzt wussten, würden die Ermittler sowieso nicht herausfinden.

Eine weitere Zeitung, diesmal mit einem Foto, das den abgesperrten Tatort zeigte. Die Vorstellung, all das in Bewegung gesetzt zu haben und sogar in der Presse darüber zu lesen, war ... befriedigend. Erneut schnitt die Schere durch das Papier. Auch dieser Artikel würde

Bestandteil der Galerie werden. Noch erregender war es allerdings gewesen, selber zwischen den Reportern zu stehen und live zu erleben, was vor Ort geschah. Eine tolle Sache, die moderne Technik. Der handliche Fotodrucker spuckte ein Digitalfoto nach dem anderen aus. Oder vielmehr Abzüge davon. Man brauchte kein Fotolabor mehr, in dem später durch Zufall Fotos gefunden wurden, die zurückverfolgt werden konnten. Zudem war auf ihnen alles noch viel deutlicher zu erkennen als auf den grobkörnigen Zeitungsbildern.

Mit einer Lupe kamen interessante Details zum Vorschein: Uniformierte Polizisten, denen der Schrecken deutlich ins Gesicht geschrieben stand, obwohl sie versuchten, möglichst unbeteiligt zu wirken, Techniker der Spurensicherung in Schutzanzügen, ein großer Mann in Jeans und Jackett. Der Freund der Toten war es nicht, der hatte hellere Haare. Einer der Ermittler? Auf einem anderen Foto stand derselbe Mann auf der Straße und beugte sich zu einem Auto hinab. Auch mit der Lupe war nicht zu erkennen, wer darin saß. Vielleicht eine Frau? Sicherlich konnte das beim nächsten Mal erkundet werden. Jedes Detail musste festgehalten und bei der weiteren Planung berücksichtigt werden. Der Drang, mehr über die Erkenntnisse der Polizei zu erfahren, war groß, musste jedoch zurückgestellt werden, es gab andere Aufgaben, die zu erledigen waren. Zuerst aber das Wichtigste … Öl tropfte auf die Schraube, die die Scherenblätter zusammenhielt und ließ das nervige Quietschen augenblicklich verstummen.

6

„Wir würden gerne Mrs Tudolskys Arbeitsplatz nach Hinweisen auf den Täter oder ein mögliches Motiv durchsuchen." Bobs Aufforderung war freundlich, aber bestimmt.

Gary Humble, der direkte Vorgesetzter der Verstorbenen, wurde noch blasser, als man es bei seiner ohnehin schon bleichen Haut überhaupt für möglich hielt. Seitdem er von ihnen erfahren hatte, dass es um einen Mordfall ging, in dem grundsätzlich jeder verdächtig war, hatte er seine anfängliche Überheblichkeit verloren. Inzwischen wirkte er sogar ausgesprochen nervös, er trat von einem Bein auf das andere und seine Finger zupften an seiner Krawatte, als wolle er sie sich am liebsten vom Hals reißen.

„Das ist leider nicht möglich, wir sind eine Anwaltskanzlei, unsere Akten unterliegen der Schweigepflicht!"

Bobs Geduld war bemerkenswert, während Silver drauf und dran war, die seine zu verlieren. „Wir wollen keine Akten untersuchen, sondern nur Mrs Tudolskys private Dinge, die sie hier im Büro hatte, sowie ihre E-Mails einsehen."

„Nein, das ..."

„Wir können natürlich auch auf den Durchsuchungsbefehl warten, aber Sie sehen gewiss ein, dass in einem Mordfall der Zeitfaktor eine wichtige Rolle spielt." Bob beugte sich vor und sah Humble direkt in die Augen. „Sie wollen doch sicher auch, dass Mrs Tudolskys Mörder so schnell wie möglich gefasst wird." Bob machte eine bedeutungsvolle Pause. „Oder etwa nicht?"

„Ja, ja natürlich. Es ist nur ..."

„Wie wäre es, wenn Sie oder eine andere Person Ihres Vertrauens anwesend ist, während wir uns ihren Schreibtisch ansehen? So hätten Sie jederzeit die Kontrolle über das, was geschieht."

Humble zögerte nur kurz. „Ich spreche mit meinen Partnern darüber. Warten Sie bitte so lange im Vorraum."

Schweigend verließen sie das Büro des Anwalts, der die Tür eigenhändig hinter ihnen schloss. Die Sekretärin blickte sie neugierig an, beließ es aber bei einem unsicheren Lächeln, bevor sie sich wieder auf ihre Arbeit konzentrierte. Die Mitarbeiter der Kanzlei wussten mittlerweile, dass eine ihrer Kolleginnen ermordet worden war, und Detectives im Haus waren, die jeden befragten, der Kontakt mit dem Opfer gehabt hatte. Mehr als eine Angestellte war ihnen bereits mit geröteten Augen entgegengekommen, anscheinend war Gwen bei ihren Kolleginnen sehr beliebt gewesen. Vielleicht würde eine von ihnen einen Hinweis geben können, der sie zum Täter führte.

Außer Hörweite der Sekretärin wandte sich Silver an seinen Partner. „Mir kam Humble sehr nervös vor, so, als ob er uns etwas verschweigen würde."

Bob nickte. „Das ist mir auch aufgefallen."

Silver seufzte, seine üblichen Kopfschmerzen waren wieder im Anzug und er rieb sich seine Schläfen. „Ich glaube allerdings nicht, dass er sich selbst die Finger schmutzig machen würde."

„Wir werden es herausfinden.“ Bob sah ihn scharf an. „Hast du immer noch Kopfschmerzen?“

„Ich werde es überleben.“ Silver verzog den Mund.

„Hast du das öfter?“

Silver zog eine Röhrchen aus seiner Jackentasche, öffnete es und schüttelte sich eine Tablette auf die Hand. Er nickte dankend, als Bob ihm aus einem Spender Wasser in einen Becher zapfte und ihm diesen reichte. Die Tablette auf der Zunge, spülte er das Medikament mitsamt dem Wasser hinunter. „Hin und wieder. Meistens wenn ich es gerade nicht brauchen kann.“

„Warst du bei einem Arzt?“

Silver zuckte leicht zusammen, als ihm eine neue Schmerzwelle durch den Kopf fuhr. „Es ist nur eine einfache Migräne, nichts Ernstes. Können wir jetzt zum Thema zurückkommen?“

Bob sah auf die Uhr. „Wo bleibt Humble nur? Es dürfte ja wohl nicht so schwierig sein, zu entscheiden, ob wir ohne Durchsuchungsbefehl an den Schreibtisch dürfen oder nicht.“

„Normalerweise nicht. Vielleicht ...“ Silver brach ab, denn in diesem Moment betrat ein Mann das Vorzimmer und kam auf sie zu. Sein Anzug war aus feinstem Stoff und sah genauso teuer aus wie der konservative Haarschnitt und die goldene Rolex, die an seinem Unterarm aufblitzte, als er ihnen zur Begrüßung die Hand gab.

„Alexander Candelier. Sie müssen die beiden Detectives sein. Mein Partner sagte mir, Sie möchten Mrs Tudolskys Schreibtisch sehen?“ Sein Ton war freundlich, wenn auch etwas herablassend. Vermutlich lernten Anwälte schon im Studium, wie sie mit anderen Leuten reden mussten, um sie zu verunsichern. Was ihm in diesem Fall aber nicht gelang, wie Bobs Antwort deutlich zeigte.

„Detective Bob Payton, mein Partner Detective Silver. Sie wissen, dass Mrs Tudolsky vorletzte Nacht ermordet wurde?"

Candeliers freundliches Lächeln erstarrte und sein Gesicht nahm augenblicklich einen betroffenen Ausdruck an. „Ja, die arme Frau. Sie war immer freundlich und aufmerksam, ich kann mir einfach nicht vorstellen, wer ihr so etwas antun sollte." Der Anwalt in ihm kam zum Vorschein. „Haben Sie denn schon einen Verdächtigen festgenommen?"

„Dazu können wir leider nichts sagen."

„Natürlich, ich verstehe. Wenn Sie den Täter schon hätten, bräuchten Sie Ihre Zeit sicher nicht damit zu vergeuden, einen Schreibtisch zu durchsuchen." Er sah, dass er einen Treffer gelandet hatte und winkte ihnen, ihm zu folgen. „Ich werde Ihnen jemanden zur Seite stellen, der darauf achtet, dass die Vertraulichkeit der Unterlagen gewahrt bleibt."

„Danke." Bobs Stimme klang bemüht höflich.

Sie folgten Candelier in ein mit vier Schreibtischen besetztes Büro. „Unser Sekretärinnenpool. Mrs Tudolskys Schreibtisch ist der hinterste, direkt am Fenster." Er winkte einen jungen Mann zu sich heran, der gerade einige Akten sortierte. „Thomas, helfen Sie den beiden Herrschaften und achten Sie darauf, dass die Vertraulichkeit unserer Mandanten gewahrt bleibt."

Bobs Gesichtsausdruck wurde noch finsterer. „Ich möchte mich gerne mit Ihnen unterhalten, während mein Kollege sich den Schreibtisch ansieht."

„Ich bin sehr beschäftigt, lassen Sie sich von meiner Sekretärin einen Termin geben."

Bob senkte seine Stimme. „Wir können Sie zur Aussage auch gern aufs Revier vorladen, wenn Sie das vorziehen. Allerdings denke ich, dass es bei weitem einfacher wäre, wenn Sie jetzt eine Viertelstunde erübrigen könnten."

Silver sah befriedigt, wie Candeliers Gesicht vor Ärger rot anlief und es ihn offensichtlich Mühe kostete, ruhig zu bleiben. „In Ordnung, zehn Minuten, danach habe ich jedoch einen Termin mit einem Mandanten. Gehen wir in mein Büro."

In der Tür drehte sich Bob noch einmal zu Silver um und zwinkerte ihm zu. Silver bemühte sich, das in ihm aufsteigende Lachen zu unterdrücken und war einmal mehr überrascht, wie gut sie sich ergänzten. Kein Vergleich zu seinem früheren Partner in Chicago. Dann aber schüttelte er diesen Gedanken rasch von sich ab und wandte sich an den jungen Mann neben ihm. „Thomas, ja?"

Der Mann schüttelte seine Hand. „Tom. Praktikant, ich bin im dritten Jahr an der Uni."

„Silver. Beeilen wir uns, damit ich Ihnen nicht zu viel von Ihrer Zeit stehle."

Tom grinste. „Das ist nun wirklich kein Problem, im Gegenteil, ich bin ganz froh, auch einmal etwas anderes machen zu können."

Silver ging zum Schreibtisch hinüber und setzte sich auf den Stuhl. „Kannten Sie Mrs Tudolsky?"

Ein Anflug von Trauer legte sich auf Toms Gesicht. „Nicht besonders gut, ich bin noch nicht so lange hier, aber sie war immer nett zu mir und hat mir geholfen, mich zurechtzufinden. Vor allem hat sie mich mehr als einmal vor Candeliers Wutausbrüchen bewahrt."

Interessiert sah Silver von der Schublade auf, die er gerade durchsuchte. „Ist er denn jähzornig?"

Tom blickte sich vorsichtig um, um zu sehen, ob jemand in der Nähe war. „Meist ist er nur arrogant und bemüht alle anderen als minderbemittelte Idioten dastehen zu lassen, aber hin und wieder kommt es schon vor, dass er ausrastet. Dann versucht ein jeder, sich möglichst nicht in seiner Nähe aufzuhalten."

„Mrs Tudolsky auch?"

Ein trauriges Lächeln umspielte Toms Lippen. „Nein, sie war die Einzige, die es immer wieder geschafft hat, ihn von seinem Trip runterzuholen. Ich hatte das Gefühl, er hat sich Chancen bei ihr ausgerechnet. Dabei ist er verheiratet."

„Und Mrs Tudolsky hatte einen Freund."

„Ja. Das war etwas, was Candelier gar nicht gefallen hat. Er war der Ansicht, ein Ex-Soldat wäre nicht der richtige Umgang für Gwen."

„Wie hat er überhaupt von ihm erfahren, hat ihm Mrs Tudolsky selbst von ihrem Freund erzählt?"

„Das weiß ich nicht." Tom schob seine Brille hoch. „Nach was genau suchen Sie hier eigentlich?"

„Nach irgendetwas, das uns einen Hinweis auf den Täter geben könnte."

Gwen Tudolskys Schreibtisch sah so aus wie ihr Zuhause – von oben bis unten durchorganisiert, nichts lag am falschen Platz. Systematisch blätterte Silver sämtliche Papiere durch und legte sie schließlich enttäuscht zurück. „Sie hat wohl nichts Privates an ihrem Arbeitsplatz aufbewahrt", murmelte er vor sich hin.

„Das wundert mich nicht, denn in diesem Büro kann jeder an den Schreibtisch des anderen."

Silver nickte und nahm sich den Tischkalender vor. Fein säuberliche Einträge für Treffen mit Klienten, Gerichtstermine und sonstige Verpflichtungen der Vorgesetzten. Wieder nichts Privates. Ebenso wenig wie auf den Adresskärtchen des Rolodex. „In Ordnung, versuchen wir es mit dem Computer."

Unbehaglich trat Tom vor. „Ich weiß nicht, ob ..."

„Ich aber." Silver lächelte ihm beruhigend zu. „Ich werde keine vertraulichen Vorgänge lesen, nur private Dateien und E-Mails, falls es die geben sollte, was ich allerdings nicht annehme."

Unruhig blickte Tom zur Tür. „Wenn Candelier das sieht ..."

„Wird er nichts tun können. Keine Angst, und sollte er etwas merken, nehme ich die Verantwortung auf mich."

Tom schnitt eine Grimasse. „Ja, und wenn Sie wieder weg sind, wird er mich zerfleischen. Aber machen Sie weiter, es ist bei weitem wichtiger, Gwens Mörder zu fassen."

„Wollen Sie nicht lieber bei der Polizei anfangen, anstatt Anwalt zu werden?"

Lachend winkte Tom ab. „Nein, da wäre ich viel zu nah dran, ich brauche ein wenig Abstand zum Geschehen. Davon abgesehen ist die Bezahlung auch nicht sonderlich berauschend, wie ich gehört habe."

Silver blickte zum Bildschirm, der ihm anzeigte, dass der Computer hochfuhr. „Das stimmt leider. Dafür bekommt man jede Menge Stress gratis dazu."

„Sehr verlockend, aber ich würde es vorziehen, in einem bequemen Büro zu sitzen und dabei viel Geld zu verdienen." Das Lächeln verschwand aus seinen Augen. „Wenn ich jemals in einer Kanzlei als Anwalt arbeite, hätte ich gerne eine Sekretärin wie Gwen."

Silver nickte und konzentrierte sich wieder auf den Computer, der für den weiteren Zugriff nun ein Passwort verlangte.

Tom kam um den Schreibtisch herum und blickte über seine Schulter. „Versuchen Sie es mit Cahule, normalerweise haben hier alle PCs – bis auf die der Chefs – das gleiche Passwort, damit jeder drankann."

„Wie wird das genau geschrieben?"

„C-a-h-u-l-e, wie Candelier, Humble und Leland."

Silver verzog den Mund. Sehr originell. Er tippte die Buchstaben ein und hielt den Atem an. Ja, er war drin! „Danke."

„Kein Problem. Ich denke, Sie werden sowieso nichts auf dem Rechner finden, die Angestellten werden angehalten, sie nur für geschäftliche Zwecke zu benutzen."

„Woran sich aber sicher nicht jeder hält."

Tom nickte. „Jeder nicht, aber Gwen bestimmt."

Die offensichtliche Korrektheit und Zurückhaltung des Opfers, nichts über sein Privatleben zu erzählen und Computer sowie Schreibtisch nicht für private Zwecke zu nutzen, erschwerten Silvers Untersuchung. Immer vorausgesetzt, es gäbe im Büro überhaupt einen Anhaltspunkt auf den Täter zu entdecken. Nichtsdestotrotz durchforstete Silver die Dateien gründlich, fand jedoch nichts Privates. Für den Bruchteil einer Sekunde fühlte er sich in Versuchung geführt, alles auf eine CD-ROM zu kopieren und Leo seine Künste daran unter Beweis stellen zu lassen, doch damit würde er nie durchkommen, die Anwälte würden ihn sofort verklagen. Also musste es auch anders gehen. Er klickte das E-Mailprogramm an und atmete erleichtert auf, als es, ohne dass ein weiteres Passwort abgefragt wurde, startete. Sehr unvorsichtig, aber vermutlich eher ein Zeichen dafür, dass Gwen Tudolsky auch hier nicht privat tätig gewesen war. Außerdem war sich Silver sicher, dass sie, sollte sie von irgendjemandem merkwürdige Nachrichten an ihre Büroadresse bekommen haben, damit sofort zu ihrem Chef gegangen wäre oder zumindest Stuart Killings darüber informiert hätte. Silver machte sich eine Notiz, diesen danach zu fragen.

Die neu heruntergeladenen Mails bestanden hauptsächlich aus einigen Nachfragen zu aktuellen oder abgeschlossenen Fällen und Anweisungen der Anwälte. Silver schüttelte den Kopf, als er eine ausführliche To-Do-Liste von Humble fand. Da machte die Arbeit doch gleich noch einmal so viel Spaß, wenn man morgens mit so etwas konfrontiert wurde. Das Datum deutete an, dass Humble noch erwartet hatte, das Opfer am nächsten Tag zu sehen. Warum hatte eigentlich niemand die Polizei informiert, als sie nicht erschienen war? Silver machte sich eine Notiz. Eine weitere Mail, diesmal von Candelier, oberflächlich gesehen freundlich, aber zwischen den Zeilen konnte man durchaus eine gewisse Bissigkeit erkennen. Es schien, als wäre an Toms Vermutung, Candelier hätte mit der Verstorbenen gerne mehr als ein reines Arbeitsverhältnis unterhalten und es ihr übel genommen, dass sie ihn abgewiesen hatte, etwas dran.

Die Zeit lief ihm davon, lange würde Bob Candelier sicher nicht mehr befragen. Er überflog die Betreffzeilen der weiteren Mails und kam schließlich zu dem Schluss, dass dort nichts mehr zu holen war. Als nächstes öffnete er den Browser und sah sich die gespeicherten Lesezeichen an. Die Liste war zu lang, um sie in der noch verbleibenden Zeit komplett zu überprüfen. Kurzentschlossen öffnete Silver daher eine Worddatei und kopierte sämtliche Adressen hinüber, bevor er den Cache kontrollierte. Wenn an diesem Computer keine automatische Löschung des Speichers eingestellt war, würde er genau sehen können, welche Seiten zuletzt besucht worden waren. Volltreffer! Auch diese Informationen schob er in die neue Datei. „Ist der Drucker angeschlossen?“

Tom gab seinen Platz bei der Tür auf und kam näher. „Was wollen Sie denn machen?“

„Ein paar Internetadressen ausdrucken.“

„Ich weiß nicht ...“

„Tom, es sind sicher keine geheimen Daten dabei.“

Schweigend blickte Tom ihn an, bevor er schließlich den Drucker anschaltete. „Wählen Sie Nr. 3 aus, sonst landet der Ausdruck im Büro vom Chef.“

„Danke.“ Silver klickte auf ‚drucken‘. Er war gerade dabei zu überlegen, ob er noch weitere Dateien im PC durchsuchen sollte, als er auf dem Flur Bobs laute Stimme hörte. Eilig klickte er sämtliche geöffneten Fenster weg und fuhr den Computer wieder herunter. Die Stimmen kamen näher, es blieben nur noch wenige Sekunden. Silver sprang auf, riss die Blätter aus dem Drucker, faltete sie zusammen und steckte sie in die Innentasche seines Jacketts. Mit einem leisen Piepsen meldete sich der PC gerade in dem Moment ab, als Bob zusammen mit Candelier wieder den Raum betrat.

Der Anwalt musterte Silver eindringlich. „Haben Sie etwas gefunden?“

Bedauernd schüttelte Silver seinen Kopf. „Nein, leider nicht. Es gibt keinen Hinweis darauf, dass jemand Mrs Tudolsky schaden wollte ...“

„Das habe ich Ihnen ja gleich gesagt.“

„... außer ihrer Leiche, natürlich.“

Silver bemühte sich, seine Befriedigung nicht zu zeigen, als Candelier eine Spur blasser wurde. „Sollten wir noch Fragen haben, werden wir auf Sie zurückkommen. Bob, wie sieht es mit den anderen Angestellten aus?“

„Heute ist nur eine der Sekretärinnen im Haus, mit denen sie direkt zusammengearbeitet hat, die zwei anderen kommen erst am Montag wieder. Ich habe mir ihre Adressen geben lassen, damit wir sie noch dieses Wochenende befragen können.“

„Mir ist gar nicht wohl dabei, Privatadressen herauszugeben.“ Candelier hatte wieder zu seiner anfänglichen Überheblichkeit zurückgefunden.

Bob warf ihm einen spöttischen Blick zu. „Wir werden Ihren Angestellten sicher nicht schaden, sofern sie mit dem Mord nichts zu tun haben. Davon einmal abgesehen, hätten wir die Adressen auch ohne Ihre Hilfe herausgefunden, es hätte uns nur mehr Zeit gekostet.“ Er steckte seinen Block ein und wandte sich zum Gehen. „Und es dürfte wohl kaum in Ihrem Interesse sein, wenn wir uns noch ausführlicher mit Ihrer Kanzlei beschäftigen müssten.“

Erneut überzogen sich Candeliers Wangen mit einer leichten Röte. „Was wollen Sie damit andeuten?“

Bob lächelte ihn an. „Gar nichts. Nur, dass wir alles tun werden, um den Mörder so schnell wie möglich zu finden.“

„Natürlich.“ Candelier presste das Wort zwischen seinen unnatürlich weißen Zähnen hindurch.

„Gut zu hören. Dann unterhalten wir uns jetzt nur noch mit Ihrer Sekretärin, danach sind Sie uns los.“

Grinsend startete Silver zwanzig Minuten später den Motor. „Ich weiß nicht, wie du es schaffst, die Leute mit deiner freundlichen Art immer wieder zur Weißglut zu bringen.“

Bob lachte. „Lange Erfahrung mit arroganten Schnöseln wie Candelier.“ Sofort wurde er wieder ernst. „Du hast nichts gefunden, oder etwa doch?“

Silver fädelte den Wagen in den Verkehr ein, bevor er antwortete. „Zumindest nichts Konkretes. Und was hat dir Candelier erzählt?“

„Nichts, was uns weiterhelfen würde. Das Übliche eben. Die Verstorbene war eine geschätzte Mitarbeiterin, immer zuverlässig, nett und höflich. Seines Wissens hatte niemand etwas gegen sie. Sie hat sich in letzter Zeit genauso benommen wie immer, also keine Hinweise, dass sie von jemandem belästigt wurde, Angst hatte oder Ähnliches. Das war im Grunde alles.“

„Hat er auch erwähnt, dass er gerne eine Affäre mit ihr gehabt hätte?“

Bob warf ihm einen erstaunten Blick zu. „Nein, woher weißt du das?“

„Tom, der Praktikant, hat diese Vermutung geäußert. Und ich bin sicher, dass uns die Kolleginnen des Opfers noch mehr dazu sagen können, oder vielleicht auch Stuart Killings.“

„Als Verehrer abgewiesen – ich glaube nicht, dass das ein Grund für Candelier wäre, sie umzubringen.“

„Das glaube ich auch nicht, auch wenn er zusätzlich noch jähzornig veranlagt zu sein scheint. Aber unser Täter ist Carls Ausführungen entsprechend äußerst kalt und berechnend vorgegangen.“

„Und das passt nicht zu Candelier. Also suchen wir nach jemand anderem.“ Bob seufzte auf. „Es wäre auch zu schön gewesen, wenn die Auflösung so einfach gewesen wäre."

„Das war nicht zu erwarten. Ich denke, der Täter war ein Fremder, der das Opfer nicht gekannt hat, sonst hätte er auch nicht bei ihr einbrechen müssen. Und er hätte der Toten irgendwelche Gefühle entgegengebracht, sei es Wut oder Bedauern, was laut Carls Autopsiebericht aber nicht der Fall war."

„Fahren wir zu den anderen beiden Sekretärinnen, irgend jemand muss doch einfach etwas wissen."

„Hoffen wir es ..." Silver unterbrach sich, als sein Handy klingelte. Mit einem entschuldigenden Seitenblick zu Bob klappte er es auf. „Ja?"

„Hallo Süßer, du glaubst nicht, was ich gerade mache!" Stacy.

Silver schloss für einen kurzen Moment die Augen, das hatte ihm gerade noch gefehlt. „Entschuldige, aber ich habe gerade keine Zeit."

„Die hast du nie!", meinte sie mit ihrer schmollenden, vorwurfsvollen Stimme, die ihm schon in Chicago den letzten Nerv geraubt hatte.

„Ich bin im Einsatz, ich rufe dich heute Abend zurück."

„Du glaubst doch nicht, dass ich darauf noch reinfalle, Lincoln?" Dass sie ihn bei seinem Vornamen nannte, verhieß nichts Gutes. „Das sagst du immer, tust es dann aber nie." Sie probierte es mit einer anderen Methode. „Komm schon, Schätzchen, du weißt, wie sehr ich dich vermisse. Du kannst nicht einfach in eine andere Stadt ziehen und dann noch nicht einmal mit mir telefonieren wollen." Ein Zittern schwang in ihrer Stimme mit. „Ich bin so allein, seit du fort bist. Ich liege gerade auf dem Bett, ich habe dieses schwarze

Nichts an, das dir so gut gefällt. Meine Haare sind offen und kitzeln meine ..."

„Tut mir leid, aber ich muss jetzt wirklich Schluss machen. Wir reden später." Silver klappte das Telefon zu und steckte es in seine Tasche zurück. Es war einfach nicht zu fassen! Vor ein paar Wochen hätte er vielleicht noch einen Anflug von Lust verspürt, nun waren es nur Unbehagen und Ärger. Auf sie, auf sich selbst, er vermochte es nicht zu sagen.

„Wer war das?", fragte ihn Bob neugierig, in seiner Stimme schwang ein Lachen mit.

„Meine Freundin aus Chicago. Sie ... nimmt die Trennung nicht so gut auf."

„Du hast Schluss mit ihr gemacht?"

Silver spürte Wärme in seine Ohren steigen. „Nicht direkt, ich bin einfach hierhergekommen und sie ist dortgeblieben."

Bob schüttelte den Kopf. „Und dann wunderst du dich, dass sie dich anruft und fragt, was los ist? Hast du denn überhaupt kein Gespür für Frauen?" Er hob die Hand, als Silver antworten wollte. „Nein, lass, das war nur eine rhetorische Frage."

Silver wurde wütend. „Ich glaube nicht, dass ausgerechnet du der Geeignete bist, mich in solchen Dingen zu beraten."

Bob grinste ihn an. „Warum denn nicht? Schließlich habe ich schon einige Trennungen hinter mir." Er hob die Augenbrauen. „Oder willst du dich vielleicht gar nicht von ihr trennen? Andererseits, so wie es zwischen dir und A. J. aussieht ..."

„Da sieht es nach gar nichts aus." Genervt überholte Silver einen vor sich hinzuckelnden Wagen. „Ich glaube, es ist das Beste, wenn ich mich von Stacy trenne, sie hat mehr verdient, als ich ihr geben kann. Nur möchte ich das ungern am Telefon machen, allerdings sieht es nicht so aus, als ob ich demnächst von hier wegkommen würde. Und deshalb muss ich ihr möglichst so lange aus dem Weg gehen, bis ich mehr Zeit habe."

Bob wurde ernst. „Glaubst du, Stacy findet es befriedigend, zu warten, bis du mal wieder Zeit für sie hast?"

Silver verzog den Mund. „Nein, aber ich weiß auch nicht, was ich sonst machen sollte."

„Du hoffst, dass sie von sich aus Schluss macht."

Mit dieser Vermutung hatte Bob direkt ins Schwarze getroffen, was Silver aber unter keinen Umständen zugeben wollte, und so verlief die weitere Rückfahrt, ohne dass einer von ihnen das Thema noch einmal zur Sprache gebracht hätte.

7

Silver ließ die Haustür hinter sich zufallen und lehnte sich mit geschlossenen Augen gegen das Holz. Die kühle Luft war ihm ebenso willkommen wie die Stille, die ihn innerhalb des Hauses in Empfang nahm. Der Kopfschmerz tobte noch immer in seinem Schädel und ließ ihn wünschen, einfach ins Bett fallen zu können. Aber er hatte noch zu arbeiten und musste außerdem langsam damit beginnen, seine Umzugskisten auszupacken, was er sich für dieses Wochenende fest vorgenommen hatte. Heute Abend wollte er jedoch nur noch die wichtigsten Sachen heraussuchen und den Rest so lassen, wie er war – überall im Haus verteilt, unsortiert und dank der Renovierungsarbeiten mit einer dicken Schmutzschicht überzogen. Immerhin hatte er in den ersten Wochen bereits die wichtigsten Dinge erledigt, sodass es zumindest mit Strom, Wasser und Klimaanlage keine Probleme mehr gab. Es war reines Glück gewesen, dass er dieses Haus in einer ruhigen, ordentlichen Gegend und zu einem annehmbaren Mietpreis gefunden hatte, da waren ein paar Ausbesserungen zu verschmerzen gewesen.

Mit einem tiefen Seufzer trat er ins Wohnzimmer, oder das, was einmal sein Wohnzimmer werden sollte. Bisher standen jedoch nur sein Entspannungssessel, den er als Erstes aufgestellt hatte, und der große Fernseher in einer Ecke darin. Ein Mantelkamin wartete noch darauf, kontrolliert und wieder in Betrieb genommen zu werden, aber das würde warten müssen, bis es kälter wurde. Ein Grummeln in seinem Magen erinnerte ihn daran, dass er seit dem frühen Morgen nichts mehr gegessen hatte. Der Fall war ihm eindeutig auf den Magen geschlagen, genauso wie Stacys Anruf. Ein scharfer Stich fuhr ihm durch den Kopf und ließ ihn einen Moment lang schwanken. Die Finger fest auf seine Schläfen gepresst, trat Silver in die Küche und griff halb blind nach einem Glas, das er mit Leitungswasser füllte. Mit zitternden Fingern grub er in seiner Jackentasche nach den Tabletten, holte eine heraus und schluckte sie hinunter. Lauwarm rann das Wasser seine Kehle herunter, doch wegen der starken Schmerzen achtete er kaum darauf. Mühsam zog er sein Jackett aus und warf es über den einzigen Stuhl in der Küche, bevor er wieder ins Wohnzimmer wankte. Vorsichtig setzte er sich in den Sessel, ließ die Rückenlehne herunterfahren und lehnte sich zurück. Silver schloss die Augen und atmete tief durch.

Das Klingeln des Telefons riss ihn aus seinem unruhigen Schlaf. Er stemmte sich aus dem Sessel und fluchte leise, als seine Muskeln schmerzend dagegen protestierten. Wie üblich fühlte er sich nach einer seiner Migräneattacken wie gerädert, sogar seine Zähne schmerzten, während sich sein Magen vor Hunger zusammenzog. Einzelne Lichtstrahlen drangen durch die zugezogenen Vorhänge und tauchten den Raum in ein schummriges Halbdunkel. Wie spät war es? Und welcher Tag? Noch immer klingelte das Handy und schien mit jeder Sekunde lauter und schriller zu werden. Nicht unbedingt ein Geräusch, das seinem Kopf momentan besonders guttat. Entsprechend schlecht gelaunt meldete er sich. „Ja."

Pause am anderen Ende der Leitung, dann eine Frauenstimme. „Oh, tut mir leid, ich wollte nicht …"

„Mit wem spreche ich überhaupt?" Silver klang ungehalten, aber es war ihm egal, er war nicht in Stimmung für höfliche Konversation.

„Ana. Ich scheine dich zu einem ungünstigen Zeitpunkt erwischt zu haben. Ich versuche es einfach später noch mal. Bis …"

„Nein, warte!" Silver atmete einmal tief durch und versuchte, seinen Ärger hinunterzuschlucken. Schließlich war es nicht Anas Schuld, dass er schlechter Stimmung war. „Weshalb rufst du an?" Er ließ sich in den Sessel zurücksinken, schloss für einen Moment die Augen und stellte sich Anas Gesicht vor. Große, dunkle Augen, eine Haarsträhne, die ihr ins Gesicht fiel …

„Es geht um deine Fotos. Sie sind fertig, du kannst sie jederzeit abholen. Natürlich hast du gerade sehr viel zu tun, ich wollte dir auch nur Bescheid geben, falls …" Sie brach ab, eindeutig nervös.

„Danke, derzeit komme ich wohl nicht dazu, aber vielleicht nächste Woche, wenn weniger los ist." Na, das klang doch schon wesentlich freundlicher, es ging also doch.

„Gut, alles klar. Dann will ich dich nicht länger …"

„Hast du dich schon im Department gemeldet?"

Diesmal dauerte die Pause etwas länger. „Nein, wieso?"

„Wegen der Fotos, die du von Stuart Killings gemacht hast."

„Nein, und das werde ich auch nicht. Die ganze Sache hat nichts mit dem Mord zu tun, wie du weißt.

Wäre es anders, hätte ich auch sofort etwas gesagt, aber so sehe ich mich gezwungen, die Privatsphäre meines Kunden zu schützen." Ana klang nun deutlich verärgert. So viel zu seinen Fähigkeiten, die Stimmung zu verbessern. „Ich bin davon ausgegangen, dass du es selbst melden würdest, wenn du der Angelegenheit so viel Bedeutung beimisst."

„Habe ich aber nicht."

Sie zögerte. „Gibt es irgendwelche neuen Entwicklungen?"

Silver strich über seine Bartstoppeln. „Du weißt, dass ich nicht mit dir darüber reden darf, solange die Ermittlungen noch laufen."

„Kannst du mir dann wenigstens sagen, ob Stuart Killings noch verdächtigt wird?"

Silver war von der Eifersucht, die ihn plötzlich überfiel, überrascht. Abrupt setzte er sich auf. „Er scheint ein Alibi zu haben. Warum interessiert dich das?"

Ana schwieg so lange, dass er schon dachte, sie würde nicht mehr antworten. „Ich weiß nicht, was heute mit dir los ist, aber ich habe keine Lust, mir deine schlechte Laune noch länger anzutun. Sag mir Bescheid, wenn du dich wieder beruhigt hast." Ihre Stimme wurde sanfter. „Du hast viel zu tun und stehst unter Stress, das verstehe ich, dennoch diene ich nicht gern als Blitzableiter. Mach's gut, ich wünsche euch, dass ihr den Täter möglichst schnell fasst."

„Ana, warte ..." Aber sie hatte bereits aufgelegt. Kein Wunder, so wie er sich benommen hatte. Wie hatte es Stacy überhaupt so lange mit ihm ausgehalten? Es wurde Zeit, das Richtige zu tun und sie gehen zu lassen.

Er wollte gerade ihre Nummer wählen, als das Telefon erneut klingelte. Ana! Es war geradezu lächerlich, wie sein Herz plötzlich schneller zu schlagen begann, nur weil er sich darauf freute, wieder ihre Stimme zu hören. „Es tut mir leid, Ana, ich …“

„Was tut dir denn leid? Ich bin schon ganz auf genauere Details gespannt, aber wo zum Teufel bist du?“ Bobs Stimme dröhnte durch den Hörer, im Hintergrund war Stimmengemurmel zu hören.

Silver stand ruckartig auf und presste eine Hand an seinen Schädel, in dem es heftig zu pochen anfing. Ein Blick auf seine Uhr bestätigte, dass ihn die Tabletten für mehrere Stunden außer Gefecht gesetzt hatten. Er hätte bereits vor einer halben Stunde im Büro sein sollen. „Entschuldige, ich habe verschlafen, bin schon unterwegs. Fangt derweil ohne mich an.“

Bob senkte seine Stimme zu einem Flüstern. „Geht es dir gut?“

„Ja, es geht schon. Danke für den Weckruf.“ Silver warf das Handy auf den Sessel und rieb sich mit den Händen über das Gesicht. Da war er gerade einmal drei Wochen im Dienst und kam schon das erste Mal zu spät, das machte sicher einen hervorragenden Eindruck. Wütend auf sich selbst, auf den Mörder, auf Stacy und merkwürdigerweise auch auf Ana, duschte er in Rekordzeit und sprang in frische Kleider. Danach fühlte er sich etwas wohler, auch wenn er immer noch leichenblass war. Mit einer Flasche Wasser und seinen Notizen lief er einige Minuten später zum Auto. Unterwegs würde er eine Schachtel Donuts besorgen, die meist weit besser als eine einfache Entschuldigung dazu angetan waren, die Kollegen zu besänftigen.

Langsam ließ Ana den Hörer sinken. Sie wusste nicht genau, was für eine Reaktion sie von Silver erwartet hatte, aber mit der kalten Wut in seiner Stimme hatte sie ganz sicher nicht gerechnet. Gut, sie hätte ihn vielleicht nicht ausgerechnet jetzt wegen der Fotos anrufen sollen, zumal sie durchaus wusste, wie wenig Zeit er im Moment hatte, aber sie hatte einfach nicht abwarten können, wieder mit ihm zu sprechen. Selber schuld, und einen Vorgeschmack auf seine derzeitige Stimmung hatte sie ja bereits vorgestern Abend schon erhalten, als er sie wegen Stuart Killings Aktfoto befragt hatte. Wie war sie nur auf die Idee gekommen, dass er diese Sache bereits vergessen haben könnte? Interessant war nur, dass er sie seinem Chef noch nicht gemeldet hatte. Ana setzte sich wieder vor den Computer und betrachtete erneut die Fotos. Ein schwaches Lächeln hob ihre Mundwinkel. Silver war sogar noch fotogener, als sie vermutet hatte, er sah zum Anbeißen aus. Die Erinnerung an die Session mit ihm verursachte auch jetzt noch ein Flattern in ihrem Magen, erhöhte ihren Pulsschlag und schaltete ihren Verstand aus. Anders konnte sie sich nicht erklären, warum sie eben hinter ihm hergelaufen war, obwohl er ihr zuvor deutlich zu verstehen gegeben hatte, was er von ihr hielt. Langsam fuhr sie mit dem Finger seine Körperkonturen auf dem Bildschirm nach. Als sie sich dabei ertappte, zog sie rasch ihre Hand zurück und beendete das Programm. Ihr war anscheinend wirklich nicht zu helfen.

Entschlossen setzte sie sich auf. Noch einmal würde sie sich nicht zum Narren machen. Wenn Silver vorbeikommen würde, um die Bilder abzuholen, würde sie ihn kühl und professionell empfangen, ihm die CD-ROM übergeben und ihn dann verabschieden. Wenn sie Glück hatte, würde sie ihm in den nächsten Monaten an keinem Tatort mehr begegnen und sich so der Anziehungskraft, die er auf sie ausübte, entziehen. Bald würde sie ihn und die Art, wie er sie im Studio angesehen hatte, vergessen haben. Überhaupt lag alles nur an ihrer momentanen Beziehungslosigkeit. Und an seiner im Scheinwerferlicht verführerisch schimmernden Haut … Nicht schon wieder, dachte sich Ana kopfschüttelnd und ließ ihre Stirn resigniert auf die Tastatur sinken.

„Wir haben die Daten an VICAP geschickt, bisher aber noch keine hundertprozentige Übereinstimmung gefunden." Captain Harris strich sich mit einem Kugelschreiber durch den Schnurrbart. „Genau wie wir es erwartet haben. Die ein oder andere Ähnlichkeit zu unserem Fall mag es zwar geben, aber das große Ganze passt einfach nicht zusammen. Bob, Silver, ihr bekommt die Liste gleich im Anschluss. Findet heraus, ob unser Täter dennoch dabei sein könnte." Und als er ihre begeisterten Gesichter aufgrund dieser zusätzlichen Aufgabe bemerkte, fügte er noch hinzu: „Ihr wolltet VICAP, jetzt müsst ihr auch damit leben."

Silver verzog den Mund. Offenbar machte es ihrem Chef durchaus Spaß, sie zu triezen. Nun, wenn sie Glück hatten, würde ihnen das Programm vielleicht tatsächlich eine Spur zum Täter weisen, denn sie alle wussten, dass dieser nicht auf die gleiche perfekte Art und Weise mit dem Töten angefangen haben konnte, die nun vorlag. Zumindest wäre dies äußerst ungewöhnlich.

„Bob hat bereits von euren Zeugenbefragungen berichtet, gibt es sonst noch etwas zu berichten, Silver?"

„Ich habe mich in der Kanzlei, in der das Opfer gearbeitet hat, mit einem Praktikanten unterhalten. Er hat unsere Vermutung bestätigt, dass Gwen Tudolsky eher zurückgezogen lebte und ihr Privatleben nicht im Büro ausgebreitet hat. Candelier war wohl von ihr angetan und wollte eine Affäre mit ihr beginnen, aber sie hat ihn abgewiesen. Dies wurde auch von ihren Kolleginnen bestätigt, mit denen sie sich hin und wieder im Café getroffen hat. Im Schreibtisch der Verstorbenen habe ich nichts entdecken können, was für den Fall relevant wäre, auf dem PC eventuell." Er bemerkte Bobs Stirnrunzeln, ignorierte aber den Hauch von Schuldgefühl, das in ihm aufkam, weil er nach Stacys gestrigem Anruf einfach nicht mehr daran gedacht hatte, seinem Partner davon zu erzählen. Rasch suchte er in seiner Tasche nach den Ausdrucken. „Ich habe eine Liste der auf dem PC vorhandenen Lesezeichen und der zuletzt besuchten Homepages ausgedruckt. Mehr habe ich leider nicht mehr geschafft, bevor Bob wieder mit Candelier zurückkam."

„Das war rechtswidrig und wird vor Gericht nicht als Beweis anerkannt werden."

„Ich weiß. Ich glaube auch nicht wirklich, dass uns die Liste weiterführende Informationen liefern wird, dennoch wollte ich sie sicherheitshalber von Leo checken lassen. Wenn er einen Treffer landet, können wir immer noch einen regulären Durchsuchungsbefehl beantragen und den Computer konfiszieren." Er legte die Blätter auf den Tisch. „Ich wollte einfach nicht riskieren, dass der nächste Benutzer den Cache leert und die Lesezeichen löscht."

„In Ordnung, warten wir also erst einmal ab, ob Hamer etwas findet. Aber Silver, nicht dass das zur Gewohnheit wird. Ich weiß nicht, wie dergleichen in Chicago gehandhabt wird, aber hier haben wir es gerne, wenn unsere Beweise vor Gericht auch verwendet werden können."

Silver presste die Lippen zusammen. „Verstanden."

Harris nickte befriedigt. „Gut." Er schob seine Papiere zusammen. „Wenn ich mir unsere bisherigen Ergebnisse so ansehe, fällt mir lediglich auf, dass wir unseren einzigen Verdächtigen entlastet haben, dem wahren Täter aber noch keinen Schritt näher gekommen sind. Carl, können Sie uns noch etwas sagen?"

Der Gerichtsmediziner rückte seine Lesebrille zurecht. „Meine endgültigen Befunde decken sich weitestgehend mit dem, was ich schon berichtet habe. Die Tatwaffe war ein handelsübliches Skalpell, wie es jeder im Fachhandel, im Internet oder auf einem Flohmarkt erwerben kann. Die Tote muss den Spuren am Tatort nach betäubt gewesen sein, allerdings konnte ich bislang kein derartiges Mittel in ihrem Blut nachweisen." Er fingerte nervös an den Autopsiefotos. „Das ist aber nicht weiter ungewöhnlich, schließlich wurde das Opfer auch nicht sofort nach Eintritt des Todes gefunden. Todeszeitpunkt war zwischen fünf und sechs Uhr morgens. Vermutlich hat es einige Zeit gedauert, bis sie verblutet war, aber wir wissen nicht, wie lange der Täter sein Opfer traktiert und wann er ihm das Betäubungsmittel verabreicht hat. Manche dieser Mittel lassen sich schon nach wenigen Stunden nicht mehr nachweisen." Carl nahm die Brille ab und rieb seine geröteten Augen. „Eine Sache passt allerdings nicht ganz zu den ermittelten Details ..."

„Und die wäre?", hakte Harris ungeduldig nach, als der Arzt nicht weitersprach.

„Nun, ich weiß nicht, wann sie betäubt und welches Mittel dafür verwendet wurde, aber die hohen Adrenalin- und Glucosewerte in ihrem Blut weisen darauf hin, dass sie zumindest für einige Zeit bei Bewusstsein war und genau mitbekommen hat, was mit ihr passierte."

Schweigen senkte sich über den Raum, als allen bewusst wurde, was das für die Verstorbene bedeutet hatte: Angst, Schmerzen, Hilflosigkeit. War sie irgendwann erwacht, aber durch den Blutverlust zu sehr geschwächt gewesen, um um Hilfe zu rufen? Eine grausame Art zu sterben, so viel war sicher.

Fast zwanghaft blickte Silver auf ein Tatortfoto. „Hätte sie dann nicht wenigstens versucht, ein wenig Gegenwehr zu leisten?"

Carl hob die Schultern. „Das kann ich nicht sagen. Vielleicht haben sich die erhöhten Werte auch gleich zu Beginn ergeben als sie bemerkte, dass jemand ins Haus eingedrungen war, der Täter aber noch nicht begonnen hatte, an ihr herumzuschneiden." Leise fügte er hinzu. „Ich würde es ihr jedenfalls wünschen."

„Also, was war los?" Bob hatte die Tür zu ihrem Büro geschlossen und blieb mit verschränkten Armen davor stehen, als wolle er Silver an einer möglichen Flucht hindern.

Innerlich seufzend ließ Silver sich auf die Tischkante sinken. „Es tut mir leid, ich hatte die Sache mit dem PC gestern völlig vergessen, ich wollte sie dir mit Sicherheit nicht vorenthalten."

Bobs Stirnrunzeln vertiefte sich. „Davon rede ich nicht."

Verwirrt fuhr sich Silver durch seine Haare. „Wovon dann?"

Bob zählte die einzelnen Punkte an seinen Fingern ab. „Stacy. Die Kopfschmerzen. Die Verspätung heute

Morgen. A. J. – oder soll ich lieber Ana sagen?" Letzteres wurde von einem übertriebenen Heben der Augenbrauen begleitet.

„So heißt sie nun einmal, was soll ich weiter dazu sagen?"

Sichtlich genervt trat Bob auf ihn zu. „Lass das, meine Geduld ist nahezu erschöpft."

Silver hob abwehrend die Hände. „In Ordnung. Nicht, dass es dich etwas anginge, aber gut. Ich bin gestern sofort eingeschlafen, deshalb habe ich nicht mehr bei Stacy angerufen, werde das aber heute nachholen. Die Kopfschmerzen sind heute besser, danke der Nachfrage. Für die Verspätung habe ich mich bereits entschuldigt, mehr gibt es nicht zu sagen."

„Hast du öfter Kopfschmerzen?"

Unbehaglich stand Silver auf und ging um den Tisch herum zum Fenster. „Hin und wieder. Ich nehme Tabletten dagegen ein und bin dann am nächsten Tag wieder fit."

„So wie heute? Du siehst schlimm aus."

„Oh vielen Dank, wie reizend von dir."

Doch Bob blieb ernst. „Komm mir nicht so, Silver, das solltest du nicht auf die leichte Schulter nehmen. Schon gar nicht in unserem Beruf. Warst du deswegen bei einem Arzt?"

„Ja, in Chicago. Ich neige zu Migräne, das ist alles."

„Hm." Bob sah offensichtlich ein, dass er so nicht weiterkommen würde und wechselte das Thema. „Du bist mit A. J. also schon so vertraut, dass du sie Ana nennst? Hätte ich nicht irgendwann einmal ihren Personalbogen eingesehen, wüsste ich bis heute nicht, wie sie mit Vornamen heißt."

Silver zuckte mit den Schultern. „Ich habe sie danach gefragt und sie hat ihn mir gesagt."

„Ich lasse das mal so stehen, obwohl ich genau weiß, dass eine viel längere Geschichte dahintersteckt. Aber ich würde zu gerne wissen, warum du heute Morgen dachtest, A. J. wäre am Telefon.“

Weil sie kurz zuvor angerufen hat, um mir mitzuteilen, dass meine Aktfotos fertig sind … wir uns darüber unterhalten haben, ob sie Harris gestehen soll, dass sie Stuart Killings kennt oder nicht und weil ich sie schlecht behandelt habe. Silver schüttelte den Kopf. „Mir fällt keine gute Antwort auf diese Frage ein.“

„Wie wäre es mit der Wahrheit?“

Silver lachte einmal kurz auf. „Die würdest du mir sowieso nicht glauben. Können wir das Thema jetzt bitte beenden?“

Bob schien zunächst widersprechen zu wollen, besann sich dann aber eines Besseren. „Irgendwann wirst du es mir schon noch erzählen. Im Moment konzentrieren wir uns wohl lieber wieder auf den Fall.“

„Gute Idee. Was haben die Techniker auf Gwen Tudolskys Anrufbeantworter gefunden?“

Bob suchte die Mitschrift aus den Unterlagen heraus. „Drei Anrufe. Alle von der Anwaltskanzlei.“

Enttäuscht ließ sich Silver in seinen Stuhl sinken. „Also wieder nichts, ich hatte es auch nicht wirklich erwartet. Im Grunde können wir nur noch einmal Stuart Killings befragen, ob er in letzter Zeit irgendetwas Ungewöhnliches bemerkt hat. Anrufe, Nachrichten, verändertes Verhalten.“

„Gwen Tudolskys Ex-Mann hat jedenfalls genau wie Killings ein Alibi, er war die ganze Nacht mit seiner Familie zusammen – in San Diego. Laut dem Detective, der ihn dort befragt hat, schien er über die Nachricht von Gwens Tod ziemlich geschockt zu sein. Nach Killings' Ausführungen hatte ich aber sowieso nicht daran geglaubt, dass er etwas mit der Tat zu tun haben könnte. Außerdem wissen wir ja, dass der Täter anscheinend ohne jedes Gefühl vorgegangen ist und ich glaube kaum, dass das bei einem Ex-Ehemann der Fall wäre."

„Harris hat Recht, die Ermittlungen haben bisher noch nirgendwohin geführt."

„Vergiss nicht, dass wir noch sämtliche von VICAP ausgespuckten Fälle miteinander vergleichen müssen."

„Oh Freude ..."

Bob hob die Schultern. „Vielleicht ist ja etwas dabei. Wenn nicht, bleibt uns nur noch ein einziges Mittel."

„Und das wäre?" Neugierig beugte Silver sich vor.

„Hickman."

„Was?"

Grinsend deutete Bob nach oben an die Decke. „Caroline Hickman, BSS." Seine Verwirrung musste Silver deutlich anzusehen sein, denn sein Partner setzte umgehend zu einer Erklärung an. „Behavioral Science Services. In schwierigen Fällen wird sie dazugerufen, um ein psychologisches Profil des Täters zu erstellen. Harris hasst sie. Er geht schon in die Luft, wenn er nur ihren Namen hört. Doch manchmal muss es eben sein."

„Ich dachte, ihr hättet hier keinen Profiler."

„Schscht." Bob blickte sich gespielt ängstlich um. „Lass das bloß keinen hören, das ist hier geradezu ein Schimpfwort. Die BSS ist nur dazu da, den geplagten Angestellten – also uns – psychologische Hilfestellung zu geben. Stress Management, die Verhinderung von Selbstmord, Hilfe bei allen Sorten von Ärger und Unterstützung bei der Verarbeitung von traumatischen

Situationen. Natürlich sind sie auch dabei, wenn es um Geiselnahmen geht."

„Dann wäre es vielleicht sinnvoll gewesen, die Abteilung gleich hinzuzuziehen. Ein Mord wie dieser schreit geradezu danach. Oder glaubt Harris tatsächlich, dass wir es hier mit einem ‚normalen' Mord zu tun haben?"

Bob wiegte seinen Kopf hin und her. „Wahrscheinlich wünscht er sich das, aber er ist lange genug dabei, um es besser zu wissen."

Silver presste seine Finger gegen die Schläfen. „Wir ermitteln jetzt seit fast achtundvierzig Stunden und haben noch keine einzige Spur gefunden, die zum Täter führt. Killings ist aus dem Schneider. Und wenn ich Gwen Tudolskys Chefs Humble und Candelier auch nicht besonders sympatisch finde, glaube ich dennoch nicht, dass sie den Mord begangen haben."

„Vergiss nicht, dass Candelier hinter ihr her war."

„Mag sein, aber erstens gibt es dafür keine Beweise, das wissen wir nur vom Hörensagen, und zweitens – was hätte er davon, sie umzubringen?"

Von Bob kam ein resignierter Seufzer. „Ich weiß. Dabei hätte ich diesen Anwalt so gerne eingebuchtet. Können wir nicht wenigstens so tun, als ob er ein Verdächtiger wäre und ihn zu einer Befragung ins Department kommen lassen?"

Silver musste bei dieser Bemerkung unwillkürlich schmunzeln. „Damit würden wir leider nicht durchkommen." Sein Humor verflog jedoch sofort wieder, als er den Computerausdruck von VICAP näher zu sich heranzog. „Ich fürchte, das Einzige, was wir noch tun können, ist nach Parallelen zu anderen Fällen zu suchen, zumindest solange wir weder von Carl Mayer, der Spurensicherung oder Leo etwas hören, das uns weiterbringt. Der Fall ist kalt."

Bob verzog sein Gesicht zu einer Grimasse. „Ich hasse es, wenn so etwas passiert. Der Täter geht methodisch vor und ist intelligent genug, keine Spuren zu hinterlassen. Ein wahres Kinderspiel für uns, ihn zu erwischen."

„Immerhin ist noch nichts an die Presse durchgesickert, sonst würden wir hier nicht mehr so ruhig sitzen."

„Das kommt noch, ich habe jedenfalls noch keinen einzigen spektakulären Fall erlebt, der nicht auf irgendwelchen Kanälen bei der Presse gelandet wäre. Spätestens wenn wir morgen immer noch keine näheren offiziellen Angaben machen können, sind wir geliefert. Ich weiß nicht, wie es in Chicago ist, aber hier können die Reporter sehr unangenehm werden."

„Da gibt es keinen Unterschied zu Chicago. Hat Harris schon eine Stellungnahme abgegeben?"

„Das Übliche: Wir sind kurz vor der Lösung des Falles, können aber aus ermittlungstaktischen Gründen derzeit keine weiteren Informationen herausgeben."

Sowohl Silver als auch Bob wussten natürlich, dass das keinen Reporter davon abhalten würde, tiefer zu bohren. Und sollte einer herausbekommen, wie Gwen Tudolsky gestorben war, würde das zu einiger Unruhe führen, denn selbst in Los Angeles waren Fälle dieser Art nicht an der Tagesordnung.

„Hoffen wir wenigstens, dass es bei nur einem Opfer bleibt." Silver hielt Bob die eine Hälfte der VICAP-Liste hin. „Hier, dein Teil."

Bob stand auf und zog sein Jackett über. „Fang schon einmal damit an, ich werde unterdessen noch einmal bei Stuart Killings vorbeifahren."

„Meinst du nicht, dass es besser wäre, wenn wir das zu zweit machen?“

„Nein, denn ich möchte nicht, dass es wie eine Befragung aussieht, zumal er offiziell auch nicht mehr als Verdächtiger gilt. Harris wird außerdem nur wenig Lust haben, zwei Leute dafür zu bezahlen, dass Killings eine kleine Frage gestellt bekommt.“

„Du lässt mich hier also im Recherchesumpf zurück, während du dich vergnügen gehst?“

Grinsend öffnete Bob die Bürotür. „Ich bin schon länger hier als du.“ Er drehte sich noch einmal um. „Und ich bin eher auf die Idee gekommen.“

8

Ihr war nicht zu helfen, so viel stand fest. Anas Hand krampfte sich um den Riemen ihres Lederrucksacks, während sie langsam die Treppe hochstieg. Auch nach all den Jahren hielt sie sich noch immer ungern in einem Polizeigebäude auf, noch dazu in der Mordkommission, warum also war sie hier? Silver würde sich seine Fotos selber abholen, wenn er Zeit dazu hatte, es war also nicht nur völlig sinnlos, ihn hier bei der Arbeit an diesem grauenhaften Fall zu stören, sondern auch aufdringlich. Eine Eigenschaft, die ihr normalerweise fremd war. Trotzdem öffnete sie die Glastür und betrat den langen Flur, der zu den Büros der Detectives führte. Es gab ein Großraumbüro mit angeschlossenem Sitzungsraum, in dem auch die Sekretärin Debra Faloney ihr Reich hatte. Ana kannte sie nur vom Telefon, wenn sie von ihr für einen Fall angefordert wurde, persönlich waren sie einander noch nie begegnet.

Zögernd trat Ana in das Großraumbüro und sah sich neugierig um. Jalousien schützten die großen Fenster gegen die Sonneneinstrahlung, kaltes Neonlicht erhellte den Raum. Etliche Schreibtische standen in verschiedenen Stadien der Unordnung bis hin zum totalen Chaos teils zusammengeschoben, teils einzeln in dem sonst eher kargen Büro. Die Wände waren in einem matten Beigeton gestrichen, der nur von einer riesigen Wandtafel, einer ebenso großen Pinnwand, einer Karte des Stadtgebiets und der umgebenden Gemeinden, sowie einer aufgerollten Leinwand durchbrochen wurde. Ana brauchte nicht näher heranzutreten, um zu wissen, dass einige der dort aufgehängten Fotos zum Mordfall Tudolsky gehörten. Schaudernd wandte sie sich ab. Noch immer hatte sie das Bild der Ermordeten vor sich, sobald sie die Augen schloss. Auch der Geruch des Todes stieg ihr dann wieder in die Nase.

„Sie müssen A. J. sein."

Erschrocken wirbelte Ana herum. Sie hatte niemanden gesehen, als sie den Raum betreten hatte. Hinter einer leicht erhöhten Theke entdeckte sie schließlich einen von roten Locken umrahmten Kopf und ging auf ihn zu. „Ja, genau. Entschuldigen Sie, ich dachte, es wäre niemand hier."

Ein vergnügtes Lachen antwortete ihr. „Das geht mir öfter so." Eine Hand streckte sich Ana entgegen. „Ich bin Debra, endlich lernen wir uns einmal persönlich kennen."

Ana bemühte sich, sich nicht anmerken zu lassen, wie überrascht sie war. Debras tiefe, volle Stimme passte so gar nicht zu ihrer übrigen Erscheinung, die so zierlich und klein war, dass sie Ana gerade einmal bis zur Brust reichte. Trotzdem strahlte sie eine ungeheure Energie aus, und auch an Selbstsicherheit schien es ihr nicht zu mangeln. Ihr Alter war schwer zu schätzen, zumal sie die typische sonnengegerbte Haut der Leute besaß, die ihr ganzes Leben in Los Angeles verbracht hatten. Ihre für ihr kleines Gesicht viel zu großen blauen Augen blinzelten Ana fröhlich an.

„Stolze 1,40 m, falls Sie sich das gefragt haben."

Lachend schüttelte Ana die ihr dargebotene Hand. „Tut mir leid, ich wollte nicht unhöflich sein."

„Kein Problem, das waren Sie nicht. Normalerweise benutze ich auch das hier ...“ Sie zog einen Schemel unter dem Tisch hervor und stieg darauf, „... so kann ich einfach besser sehen, was meine Jungs so treiben.“ Sie stieg wieder herunter. „Da im Moment jedoch nur noch Detective Silver da ist, habe ich es mir schon einmal gemütlich gemacht.“

„Woher wussten Sie eigentlich, wer ich bin?“

„Jedes Mal, wenn ich Sie für einen Tatort anfordere, trage ich das in die Personalkartei ein, in der sich auch ein Foto von Ihnen befindet.“ Ihre Augen glitzerten neugierig. „Zu wem wollen Sie denn?“

„Zu Detective Silver. Ich war noch nie hier oben, wo kann ich ihn finden?“

„Den Gang lang, vorletztes Zimmer auf der rechten Seite.“

„Vielen Dank. Müssen Sie immer sonntags arbeiten?“

Debra seufzte tief. „Normalerweise nur, wenn es einen schwierigen Fall gibt, mit Sitzungen und so weiter.“ Sie blickte auf die Uhr. „Ich warte eigentlich nur noch darauf, dass Detective Silver ebenfalls geht. Vielleicht könnten Sie ...?“

Ana lächelte sie an. „Ich werde ihn dezent darauf hinweisen.“

„Gut. Bei den Detectives, die schon länger da sind, würde ich einfach gehen, aber es könnte ja sein, dass Silver noch etwas braucht, und nachdem er sich hier noch nicht so gut auskennt, möchte ich ihn nur ungern alleine lassen.“

„Es war schön, Sie endlich kennen zu lernen, Debra, ich hätte schon viel früher einmal vorbeikommen sollen.“

Ein fast mütterliches Lächeln legte Debras Haut um die Augen und Mundwinkel in Fältchen. „Sie brauchten eben ein wenig Zeit, das verstehe ich." Damit winkte sie ihr zu und tauchte wieder hinter ihrer Theke ab.

Ana blieb wie angewurzelt stehen und starrte auf die Stelle, wo eben noch Debras Kopf gewesen war. Woher wusste sie ...?

„Gehen Sie, ich weiß nicht, wie lange Silver noch da ist. Sie wollen ihn doch nicht verpassen."

Ana schüttelte verwirrt den Kopf, bevor sie sich gehorsam in Bewegung setzte. Debra schien nichts zu entgehen und Ana wusste nicht, was sie davon halten sollte. Rasch verließ sie das Großraumbüro und ging den Flur entlang. Vor Silvers Tür blieb sie stehen und holte tief Luft. Sie sollte besser wieder umkehren, allerdings hatte Debra sie bereits gesehen, weshalb Silver vermutlich sowieso erfahren würde, dass sie hier gewesen war. Es wäre daher noch um einiges peinlicher, erklären zu müssen, warum sie wieder gegangen war. Noch einmal tief Luft holend klopfte sie schließlich an die Tür.

Stille, dann ein schroffes „Ja!"

Es schien nicht so, als ob sich Silvers Laune seit heute Morgen wesentlich gebessert hätte. Natürlich konnte sie verstehen, dass ihm der Fall an die Nieren ging, das war bei ihr nicht anders. Sie würde ihm einfach die CD-ROM übergeben und dann so schnell wie möglich sein Büro und das Gebäude verlassen.

Silver blickte auf, als die Tür aufging. Er hatte sein Jackett und sein Hemd gegen ein T-Shirt eingetauscht und seine Haare sahen aus, als wäre er einmal zu oft mit den Fingern hindurchgefahren. Fragend blickte er ihr aus rot unterlaufenen Augen, die gut zu seinen Bartstoppeln passten, entgegen. Bevor er etwas sagen konnte, trat Ana ein und schloss die Tür hinter sich.

„Hallo."

„Was machst du hier?"

Vermutlich eine berechtigte Frage, aber der Ton, in dem er sie stellte, war nicht dazu angetan, sich wirklich willkommen zu fühlen. Ana setzte den Rucksack ab, holte die CD-ROM heraus und legte die Hülle vor ihn auf den Tisch. „Da ich weiß, wie viel du zu tun hast, habe ich dir die Fotos vorbeigebracht. Schau sie dir irgendwann in Ruhe an und sag mir Bescheid, von welchen du Abzüge haben möchtest." Ana zog den Riemen wieder über ihre Schulter. „Ich wünsche dir noch einen schönen Tag." Damit wandte sie sich zur Tür. Silver hatte bis auf seine erste Frage keinen Ton mehr gesagt, und sich auch noch keinen Millimeter bewegt, seitdem sie hereingekommen war. Die Hand auf der Türklinke drehte sie sich noch einmal um. „Wenn du noch länger bleibst, schick doch bitte Debra nach Hause. Sie ist nur noch deinetwegen da." Sie schloss leise die Tür hinter sich und bezwang den Drang, den Gang hinunterzurennen, um nur möglichst schnell aus Silvers Nähe zu kommen.

Silver starrte erst die Tür, dann die Hülle auf seinem Tisch an und schüttelte den Kopf. Läge die CD nicht direkt vor ihm, hätte er geglaubt, sich Anas Besuch nur eingebildet zu haben. Er verzog das Gesicht, als ihm bewusst wurde, dass er schon wieder mehr als unhöflich zu ihr gewesen war. Und das innerhalb eines Tages. Erst das morgendliche Telefonat und nun das hier. Ana musste ihn inzwischen für einen ungehobelten Klotz halten, was er auch zweifellos war. Eilig schob er seinen Stuhl zurück und erhob sich. Er sollte sich zumindest entschuldigen und ihr dafür danken, dass sie sich extra auf den Weg gemacht hatte, nur um ihm die Fotos vorbeizubringen. Bei der Gelegenheit konnte er auch gleich Debra nach Hause schicken, ihm war gar nicht bewusst gewesen, dass sie noch da war. Entschlossen schob er die Unterlagen in den Papprdner zurück, warf die CD dazu, griff sich Hemd und Jackett und verließ den Raum. Die Papiere konnte er genauso gut zu Hause studieren, kein Grund, noch länger hier herumzuhängen. Aber der Flur war leer und Enttäuschung breitete sich in ihm aus. Er hatte gehofft, Ana noch rechtzeitig ...

„Gehen Sie?“

Silver kniff die Augen zusammen, bis er Debra hinter der Theke entdeckte. „Ja. Sie hätten meinetwegen wirklich nicht so lange bleiben müssen.“

Debra grinste ihn an. „Das mache ich doch gerne. Sieht so aus, als hätte A. J. Ihnen Feuer unter dem Hintern gemacht.“

Silver verzog den Mund. „So ähnlich.“

„Gut so, Sie müssen nach Hause und etwas essen, sonst werden Sie noch dünner.“

„Ja, Ma'am.“ Er lächelte sie an. „Wären Sie so nett, Bob einen Zettel hinzulegen, dass ich nach Hause gefahren bin? Ich habe es vergessen.“

„Aber natürlich. Laufen Sie lieber, sonst holen Sie sie nicht mehr ein.“

„Ich ...“ begann Silver, klappte den Mund dann aber wieder zu. Schließlich gab es keinen Grund, das Offensichtliche zu leugnen. „Einen schönen Abend, Debra.“

„Ebenso." Ihr Lachen begleitete ihn noch, als er bereits in Richtung Treppe rannte.

Sein Bedürfnis, Ana wiederzusehen, überraschte ihn. Ebenso wie der Wunsch, sie lächeln zu sehen, ihre Augen warm und fröhlich, so wie während der Fotosession. Die Zähne zusammengepresst, unterdrückte er die unwillkürliche Reaktion seines Körpers bei dieser Erinnerung. Solche Gedanken führten zu nichts. Sollte er sie einholen, würde er sich für sein Verhalten entschuldigen, sich für die CD bedanken und sonst nichts. Schließlich arbeiteten sie zusammen, da war es sinnvoll, freundlich miteinander umzugehen. Das Problem war nur: Das war nicht das, was er von ihr wollte und er wusste es. Es hatte rein gar nichts mit dem Job zu tun. Silver stieß die Hintertür auf und trat ins Freie. Die Augen mit der Hand gegen das Sonnenlicht beschattet, ließ er seinen Blick über den fast leeren Parkplatz gleiten. Die Sonntagsschicht war auf das notwendigste Personal heruntergefahren worden. Gut für ihn, denn so entdeckte er bereits nach wenigen Sekunden Anas Wagen, der gerade rückwärts aus der Parklücke stieß. Ohne lange nachzudenken, rannte er los und blieb dicht hinter dem Auto stehen. Mit einem Ruck brachte Ana den Wagen gerade noch rechtzeitig zum Stehen. Ein paar Zentimeter weiter und sie hätte ihn erwischt.

Ana stieß ihre Tür auf und sah ihn mit großen Augen an. „Bist du verrückt? Beinahe hätte ich dich überfahren!"

„Ich wollte verhindern, dass du wegfährst."

Sie zog die Augenbrauen zusammen. „Nun, das ist dir ja wohl gelungen. Falls du dich aber doch umbringen wolltest, such dir das nächste Mal bitte eine andere Methode dafür aus."

Silver grinste sie an. „Ich werde es mir merken.“ Er trat zu ihr, legte die Hand auf die Fahrertür und beugte sich zu ihr hinunter. „Ich wollte mich für mein Benehmen entschuldigen. Es war nett von dir, mir die CD vorbeizubringen.“

Ana blickte ihn einen Moment ernst an, dann lächelte sie. „In Ordnung, Entschuldigung akzeptiert, auch wenn sie nicht nötig war. Ich weiß wie angespannt du momentan bist, ich hätte einfach warten sollen, bis du Zeit für die Fotos hast.“

„Ich kann dir schon mal das Geld für die Abzüge geben, wenn …“

„Nein, darum geht es nicht, ich …“ Sie brach ab und suchte nach den richtigen Worten.

„Ja?“

Sie lachte verlegen. „Ich schätze, ich wollte einfach, dass du die schönen Fotos siehst und genauso begeistert von ihnen bist wie ich. Reine Eitelkeit meinerseits.“ Ana blickte zu ihm auf. „Nimm dir so viel Zeit wie du brauchst, ich kann warten.“

Bezaubert von Anas Begeisterung und entwaffnender Ehrlichkeit sah er sie eine Weile nur an, bevor er eine Entscheidung traf. „Ich werde mir die Fotos gleich anschauen.“

Ein strahlendes Lächeln traf auf seine ohnehin schon geschwächte Widerstandskraft und löste sie vollends auf. „Sehr schön. Wenn du dich entschieden hast, ruf mich heute Abend oder morgen an.“

„Nein.“

„Nein?“

Er räusperte sich. „Ich hatte gehofft, dass wir uns die Fotos zusammen ansehen würden. Das heißt, wenn du Zeit hast.“

„Ich habe heute nichts mehr vor. Willst du sie dir oben im Büro ansehen?"

„Nein, alles, bloß das nicht!"

Ana lachte über das Entsetzen, das ihm deutlich ins Gesicht geschrieben stand. „War ja nur eine Frage, kein Grund zur Beunruhigung. Zu dir oder zu mir?"

Silver atmete tief durch. „Ich habe meinen PC noch nicht aufgebaut, ich dachte, wir könnten vielleicht in dein Studio fahren …"

„Okay. Dann sehen wir uns gleich."

Silver trat zurück, damit sie die Tür schließen konnte, und beobachtete, wie sie vom Parkplatz fuhr. Jetzt, wo sie nicht mehr in seiner Nähe war, kehrten seine ursprünglichen Zweifel wieder zurück. Was tat er hier eigentlich? Er hatte sich noch nicht einmal von Stacy getrennt, konnte es aber anscheinend kaum erwarten, in die nächste private Katastrophe zu schlittern. Dabei schreckte er sogar vor einer Lüge nicht zurück, denn seinen Computer hatte er schon gleich, als er eingezogen war, aufgebaut. Er hatte nur nicht gewollt, dass Ana sehen konnte, wie karg er wohnte. Außerdem hielt er es für zu gefährlich, in seiner Wohnung allein mit ihr zu sein. Ihr Studio stellte hoffentlich eine sicherere Alternative dar. Kopfschüttelnd ging er zu seinem Trail Blazer. Weshalb setzte er zudem voraus, dass Ana nicht einfach nur nett zu ihm war, sondern ebenfalls diese merkwürdige Anziehung zwischen ihnen spürte? Hoffentlich würde er der Verlockung, noch heute Abend eine Antwort auf diese Frage zu erhalten, widerstehen können. Langsam fuhr er vom Parkplatz, wartete, bis eine Fußgängerin die Ausfahrt überquert hatte, gab dann Gas und reihte sich in den dreispurigen Verkehr ein.

Gerade als er vor Anas Studio hielt, klingelte sein Handy. Bobs Nummer leuchtete im Display auf. Langsam wurde ihm sein Partner unheimlich, er schien immer genau zu wissen, wann er anrufen musste, um am meisten zu stören. „Ja?"

„Bob hier. Ich bin im Department und habe deine Nachricht gefunden. Vielmehr Debras, der Schrift nach zu urteilen. Bist du auf eine Spur gestoßen?"

„Nein, ich habe Feierabend gemacht."

„Und die Akten mitgenommen, wie ich sehe. Hast du Kopfschmerzen?"

„Nein, Mama."

Bob lachte. „Schon gut, ich wollte nur sicherstellen, dass alles in Ordnung ist."

„Ist es. Hast du von Killings etwas Neues erfahren?"

Ein Knistern war zu vernehmen, vermutlich wickelte Bob gerade wieder einmal einen Schokoriegel aus dem Stanniolpapier. „Nein, nichts Neues. Soweit er weiß, hat seine Freundin keinerlei Drohungen mündlicher oder schriftlicher Art erhalten. Auch sonst keine merkwürdigen Nachrichten und wie er schon bei der ersten Befragung sagte, ist ihm auch an ihrem Verhalten nichts Ungewöhnliches aufgefallen."

„Also wieder nichts. Genau wie ich befürchtet habe." Silver massierte seine Schläfe. „Hast du dir sein Büro angesehen?"

„Nur die Wohnung. Und da auch nur das Zimmer, in dem wir miteinander gesprochen haben. Es war ein kleiner, dunkler Raum direkt unterm Dach und es sah ganz so aus, als hätte er in den letzten Tagen nicht mehr dort aufgeräumt. Kein Wunder, der Mann ist ein Wrack."

„Trauer oder Schuldgefühle?"

„Beides, würde ich sagen. Und bevor du weiterfragst: Nein, ich habe kein blutiges Skalpell herumliegen sehen. Killings fühlt sich meiner Meinung nach schuldig, weil er nicht da war, als seine Freundin Hilfe brauchte. Er tut mir leid. Obwohl er Sicherheitsberater ist, hat er das Haus mit keiner Alarmanlage ausgestattet, so dass der Täter keinerlei Problem hatte, leicht und unbemerkt einzudringen."

„Es ist ein ruhiges Wohngebiet."

„Ja, aber trotzdem L. A."

Silver blickte zu den Studiofenstern hinauf. Ana würde sich sicher schon fragen, wo er so lange blieb. „Also hältst du Stuart Killings nicht mehr für den möglichen Täter?"

Etwas quietschte im Hintergrund. „Ich würde eher sagen, ich warte ab, ob sich noch etwas anderes ergibt. Ich möchte unseren einzigen Tatverdächtigen nur ungern aufgeben." Ein Lieferwagen fuhr laut klappernd an Silvers Trail Blazer vorbei, und der Luftzug brachte seinen Wagen zum Schwanken. „Wo bist du überhaupt?", wollte Bob sofort wissen. „Ich dachte, du wärst zu Hause."

Silver verdrehte die Augen. Seinem Partner entging aber auch wirklich gar nichts. „Ich bin noch unterwegs. Aber wenn wir jetzt alles besprochen haben, komme ich vielleicht noch heute nach Hause."

Bob lachte schnaubend. „Ich möchte dich keinesfalls von deinem Schönheitsschlaf abhalten. Einen schönen Abend noch."

„Ja, wird sicher sehr gemütlich mit den VICAP-Daten."

„Soll ich rüberkommen und dir damit helfen?"

„Danke, nicht nötig, alles werde ich heute sowieso nicht mehr schaffen und den Rest bekommst du morgen auf deinen Schreibtisch."

„Ich freue mich schon darauf."

Bobs Stoßseufzer brachte Silver zum Lachen. „Du wirst es überleben. Bis morgen dann."

Silver schaltete das Handy aus und steckte es in seine Jacketttasche zurück. Automatisch griff er nach dem Aktenordner, bevor er aus dem Wagen stieg und zur Eingangstür des Studios ging. In Chicago war es ratsam gewesen, sensible Akten nie im Auto liegen zu lassen, und für Los Angeles galt vermutlich dasselbe. Er streckte die Hand nach der Klingel aus, hielt dann aber abrupt inne, als ihm bewusst wurde, dass es gerade einmal zwei Tage waren, seit er das erste Mal hier gewesen war, obwohl es ihm, nach allem was in der Zwischenzeit geschehen war, viel länger her zu sein schien. Silver atmete tief durch und klingelte. Nichts passierte. Ungeduldig beugte er sich vor und versuchte, durch die matte Glasscheibe ins Innere zu blicken. Plötzlich wurde die Tür aufgerissen und Ana winkte ihn herein.

„Ich dachte schon, du wärest verloren gegangen."

„Nur ein Anruf von Bob."

Ana drehte sich auf der Treppe zu ihm um. „Ist etwas passiert?"

„Nein, alles in Ordnung. Er war bei deinem Freund Killings."

Ihr Mund wurde um eine Spur schmaler. „Er ist nicht mein Freund, das weißt du genau!"

Silver staunte über sich selbst. Warum war es ihm einfach nicht möglich, sich wenigstens zwei Minuten lang zivilisiert mit Ana zu unterhalten? „Entschuldige, das war nicht so gemeint."

„Gut, denn sonst müsste ich dich bitten wieder zu gehen, anstatt dir einen Kaffee anzubieten."

Kaffee, eine Tasse frischen, heißen Kaffees, wäre jetzt genau das Richtige. Sein sehnsüchtiger Blick musste ihn verraten haben, denn Ana lachte und führte ihn direkt in die kleine Küche.

„Du hast Glück, dadurch, dass du so lange gebraucht hast, ist er schon fast fertig. Ich würde dir gerne einen Stuhl anbieten, aber wie du siehst, gibt es hier keinen. Wenn du möchtest, kannst du dich aber schon an den Computer setzen."

„Danke, ich bleibe lieber hier." Silver lehnte sich an die Wand, um nicht im Weg zu stehen und beobachtete, wie Ana zwei Becher aus einem Hängeschrank nahm. Dabei rutschte ihr T-Shirt hoch und gab den Blick auf ein Stück weißer, glatter Haut frei. Silver konnte nicht anders, er musste einfach hinsehen, bis der Stoff wieder herunterrutschte.

„Habt ihr ihn verhaftet?"

Silvers Kopf ging nach oben. „Wen?"

„Stuart Killings. Oder falls ihr ihn nicht für den Täter haltet, wahlweise jemand anderen?"

Es war erstaunlich, wie schnell Ana es schaffte, seine Gedanken wieder in unverfänglichere Bahnen zu lenken – weg von der Erinnerung an die Fotosession, hin zu dem Fall. „Zweimal nein. Bob sagt, Killings wäre völlig fertig."

In Anas Augen stand ein Ausdruck der Trauer und des Mitgefühls, aber auch noch etwas anderes, nur schwer Fassbares. „Ja, das kann ich mir vorstellen. Jemanden zu verlieren, den man liebt und dann auch noch auf so eine grausame Art und Weise, ist schrecklich. Ich wünsche ihm, dass er es irgendwann schafft, diese Erinnerung hinter sich zu lassen und sein Leben wieder zu genießen."

„Was …“ wollte Silver nachfragen, brach aber ab, als Ana sich umwandte und den Kaffee in die Becher goss. Es war klar, dass sie im Moment nicht dazu bereit war, mit ihm darüber zu sprechen. So nahm er nur den Becher dankbar nickend in Empfang und folgte ihr dann ins Studio.

Die Vorhänge waren offen und ließen die letzten Sonnenstrahlen des Tages ins Zimmer. Die Fensterkreuze zeichneten dunkle Schatten auf das warm schimmernde Parkett. Die Fotoausrüstung war in eine Ecke des Raumes geräumt und mit Plastikhauben gegen den Staub geschützt worden. „Stellst du jedes Mal alles zur Seite, wenn du keine Kunden hast?“

Fasziniert beobachtete er, wie Ana errötete. „Nein, aber hin und wieder …“ Sie brach ab und schien sich nicht sicher, ob sie weiterreden sollte.

„Ja?“

Sie machte eine ausladende Bewegung zum Raum hin. „Manchmal mache ich mir Musik an und tanze. Früher war das hier einmal eine Tanzschule und ab und zu nutze ich den Raum noch immer, wofür er einst geschaffen wurde.“ Sie sah sein Lächeln und verzog den Mund. „Ich wusste, dass du lachen würdest.“

Als sie sich wegdrehen wollte, ergriff Silver ihren Arm. „Ich lache nicht über dich, sondern weil mir der Gedanke gefällt.“ Ein Prickeln zog von der Stelle, an der seine Finger Ana berührten, weiter seinen Arm hinauf. Rasch ließ er sie los und fragte stattdessen schnell. „Tanzt du auch vor Publikum?“

Glücklicherweise nahm sie ihm seine Bemerkung nicht übel, sondern lachte. „Nur über meine Leiche. Möchtest du jetzt die Fotos sehen?“

Silver bejahte gequält. „Bringen wir es hinter uns.“

„Hey, sie sind wirklich gut! Was bin ich froh, dass die meisten anderen Kunden die Fotos, die ich von ihnen mache, auch wirklich haben wollen, ansonsten hätte ich den Laden schon längst geschlossen."

„Ich habe doch gesagt, ich bezahle ..."

Ana wirbelte zu ihm herum und legte ihren Finger auf seinen Mund. „Es geht nicht ums Geld, das habe ich dir schon einmal gesagt. Ich bin glücklich, wenn meine Kunden zufrieden sind, so einfach ist das."

„Ich bin sicher, die Fotos werden mir gefallen."

Ana betrachtete sein Gesicht und lächelte leicht. „Lügner." Sie zog den Stuhl unter dem Schreibtisch hervor und deutete darauf. „Setz dich."

„Aber ..."

„Setz dich, Silver und sei still. Ich kenne die Bilder schließlich schon."

Wortlos ließ er sich auf den Stuhl sinken und versuchte, ihren Arm zu ignorieren, der seine Schulter streifte, als sie die Maus bediente. Aus den Augenwinkeln heraus betrachtete er sie. Das T-Shirt spannte sich über ihren Brüsten, ihr Hals war lang und wirkte fast zerbrechlich, deutlich konnte er ihren Pulsschlag erkennen. Und ihre Haut sah auch von nahem so weich aus, dass er sich wünschte ... Silver schloss kurz die Augen und schob den Gedanken weit von sich weg. Nicht hier, nicht jetzt.

„Du musst die Augen schon aufmachen, sonst bringt das Ganze nichts."

Anas lachende Bemerkung ließ ihn seine Augen wieder öffnen. Ihr Gesicht war nah an seinem, viel zu nah, als dass er seine Ruhe hätte wiederfinden können. Er bezwang den Drang, ihre widerspenstige Haarsträhne wieder hinters Ohr zu schieben und ihre weichen Lippen mit den seinen zu berühren. Stattdessen blickte er starr geradeaus auf den Bildschirm.

„Die Fotos sind chronologisch geordnet, klick dich einfach durch." Ana trat einen Schritt zur Seite und verschränkte die Arme vor der Brust.

Zögernd legte Silver seine Hand auf die Maus und klickte auf das Vorschaubild. Ana sah ihn zusammenzucken, als das erste Bild von ihm auf dem Monitor erschien. Lautlos seufzend gestand sie sich ein, dass sie von ihm wohl nie das zu hören bekommen würde, was sie gerne hören wollte. Wenn er schon Probleme damit hatte, sich selbst angezogen auf einem Foto zu sehen, wie würde er dann erst reagieren, wenn er sich völlig nackt sah? Erneut ein Zucken beim zweiten Foto, beim dritten atmete er tief durch und schließlich zeigte er gar keine Reaktion mehr. Völlig bewegungslos saß er vor dem Computer und starrte auf den Bildschirm, nur sein Zeigefinger bewegte sich noch auf der Maus.

Schließlich hielt Ana es nicht länger aus. „Wir können auch aufhören, wenn es dir so schwer fällt. Ich lasse dir einfach das erste oder zweite Foto abziehen, damit du es deiner Freundin schicken kannst und damit ist die Sache erledigt."

Unendlich langsam drehte ihr Silver sein Gesicht zu, sein Blick traf den ihren und ließ sie innehalten. Wie schon beim Shooting lag eine Hitze darin, die sie zu verbrennen drohte. „Wenn ich diese Fotos anschaue, sehe ich nicht mich, sondern das, was mich überhaupt dazu bewogen hat, sie zu machen." Seine leise Stimme klang rau.

„Deine Freundin?"

Silver stieß ein heiseres Lachen aus. „Nein, ganz sicher nicht. Dich. Ich sehe dich, dich und deine Liebe für deinen Beruf, dein Talent, eine bestimmte Stimmung herauszuarbeiten."

Sprachlos starrte sie ihn an. „Ich ..." Hilflos brach sie ab.

„Du hattest diesen Glanz in den Augen, als würdest du etwas ganz Besonderes sehen. Als hättest du nicht schon Hunderte andere vor mir fotografiert, sondern nur auf mich gewartet." Sein sinnliches Lächeln ließ ihr Herz heftiger schlagen. „Das habe ich mir eingebildet und mich deshalb weiter von dir fotografieren lassen. Nicht, weil ich die Fotos haben wollte, sondern weil ich in der Stimmung gefangen war, die du geschaffen hattest."

„Würde ..." Ana befeuchtete ihre trockenen Lippen. „Schockiert es dich, wenn ich dir jetzt gestehe, dass mich die Stimmung ebenso mitgerissen hat? Normalerweise läuft das alles viel professioneller bei mir ab. Jedes Modell ist etwas Besonderes, aber es gibt einige wenige, da springt etwas über." Um ihre Verlegenheit zu verbergen, beugte sie sich vor und übernahm die Maus wieder. „Ich möchte dir mein Lieblingsfoto zeigen." Sie brauchte sich nicht extra durch die Reihe der Bilder zu klicken, sie kannte die Nummer des von ihr favorisierten auswendig. Es zeigte Silver auf der Seite liegend, den Kopf auf einen Arm gestützt, nur das Tuch verhüllte seine Blöße. „Einmal abgesehen von deinem wunderschönen Körper ist es auch dein Blick, der mich fasziniert. Als würdest du mich sehen, nicht die Kamera."

Silver betrachtete das Foto lange, bevor er ihr wieder sein Gesicht zuwandte. Ihr wurde bewusst, dass sie sich viel zu nah waren, doch sie konnte sich nicht bewegen, selbst wenn sie es gewollt hätte. „Ich habe nur dich gesehen.“ Sein Atem strich über ihre Lippen. Er beugte sich vor, bis sie nur noch wenige Millimeter voneinander entfernt waren. „Nur dich.“

Sie war verloren, und sie wusste es. Ihr Arm gab nach, als könne er ihr Gewicht nicht mehr halten, wodurch sie ihm die letzten zwischen ihnen fehlenden Zentimeter entgegenkam, ihre Lippen berührten die Silvers. Darauf hatte er anscheinend nur gewartet, denn sofort legte sich sein Mund fest auf den ihren und seine Zunge forderte Einlass. Anas Augen schlossen sich, während sie das Gefühl genoss, von Silver geküsst zu werden. Heiß und erregend, ohne die Zurückhaltung, die sie bisher von ihm kannte. Es bestätigte, was sie bei der Fotosession bereits vermutet hatte: hinter seiner zurückhaltenden Fassade brodelten die unterschiedlichsten Gefühle. Vermutlich war es nicht sehr sinnvoll, ihm so nahe zu kommen, doch sie wollte jetzt nicht denken. Dazu hätte sie später noch Zeit, wenn er wieder fort war. Silver zog ihre Hand von der Maus und legte sie um seinen Nacken, die andere landete auf seiner Brust, direkt auf seinem rasenden Herzschlag. Er strich die Strähne aus ihrem Gesicht, löste dann das Zopfband und vergrub seine Finger in ihren Haaren.

Atemlos vertiefte Ana den Kuss, drängte sich an Silver und ließ ihre Finger über seine Brust gleiten. Sie schob das Jackett zur Seite und berührte etwas Hartes. Sie brauchte einen Moment, um daraufzukommen, was es war: seine Pistole! Sie öffnete ihre Augen und bemerkte Silvers wachsamen Blick. Er schien auf irgendetwas zu warten, aber sie wusste nicht, worauf. Ana rückte ein Stück von ihm ab und begann damit, ihm das Jackett auszuziehen.

„Was machst du?“

„Wonach sieht es denn aus? Ich befreie dich von diesen einengenden Sachen.“ Die Augenbrauen zusammengeschoben versuchte sie, den Mechanismus des Schulterholsters zu verstehen. „Wie funktioniert das?“

Wortlos schlüpfte Silver aus dem Holster und griff sofort wieder nach Ana. „Zufrieden?“, fragte er gedämpft, den Mund an ihren Hals gepresst.

„Ja“, wisperte sie. In ihrem Kopf drehte sich alles, während sich Silvers Zunge und Lippen weiterhin ihrem Haar und Ohr widmeten. Am liebsten hätte sie sich mit ihm zusammen auf den Boden gleiten lassen, da schlang Silver auch schon seine Arme um sie und zog sie auf seinen Schoß. Eine Position, an die sie sich durchaus gewöhnen konnte. Mit einem zufriedenen Seufzer presste sie sich an ihn und genoss die Gefühle, die seine Liebkosungen in ihr weckten. Gierig suchte sie erneut seinen Mund, biss spielerisch in seine Lippe und fühlte ihn zusammenzucken.

Augenblicklich schloss sich sein Mund über ihrem und seine Zunge erkundete ausgiebig ihre Mundhöhle.

Anas Augen schlossen sich wie von selbst, ihre Sinne übernahmen die Führung. Heftige Lust ließ sie aufkeuchen und ihre Finger in Silvers Nacken graben. Ein nervtötendes Klingeln riss sie aus ihrer Verzauberung. Ana sah Silver an und konnte sehen, wie die Leidenschaft in seinen Augen augenblicklich zurückhaltender Aufmerksamkeit wich, der Detective in ihm war zurückgekehrt.

„Entschuldige, ich muss …“ Er beugte sich zu seinem Jackett und zog sein Handy aus der Tasche. „Ja?“

Es war interessant zu beobachten, wie sich die unterschiedlichsten Gefühle in seinen Augen spiegelten, während er der Stimme am anderen Ende lauschte.

Ärger, Schuldgefühle und Irritation wechselten einander ab. Es war eine Frau, wie es sich anhörte. Ana löste sich von ihm und erhob sich. Silver blickte zu ihr auf und drückte ihre Hand, bevor er ebenfalls aufstand und rasch ans andere Ende des Raumes ging. Definitiv eine Frau.

„Ich habe es gestern Abend nicht mehr geschafft … nein, daran lag es nicht … ich habe gearbeitet." Aufgebracht fuhr er sich mit der Hand durch seine Haare. „Ja, stell dir vor, manchmal muss ich in meinem Job auch am Wochenende arbeiten. Du hast Recht, es hat sich nichts geändert." Silver blickte zu Ana und schüttelte schließlich den Kopf. „Ich werde dich heute Abend zurückrufen, jetzt muss ich los … ja, wirklich. Bis dann." Er unterbrach die Verbindung und starrte einen Moment lang aus dem Fenster, dann stieß er einen tiefen Seufzer aus und kehrte zu Ana zurück.

Sie tat gar nicht erst so, als ob sie dem Gespräch nicht interessiert zugehört hätte. „Deine Freundin?"

Silver war sichtlich unwohl zumute. „Stacy, ja. Sie war etwas ungehalten, dass ich sie gestern Abend nicht wie versprochen zurückgerufen habe."

„Unverzeihlich."

Wütend funkelte Silver sie an, bis er erkannte, dass sie einen Scherz gemacht hatte. Ein weiterer Seufzer. „Ja."

„Na, mit dem Foto wirst du sie sicher beschwichtigen können."

„Ich habe es mir anders überlegt. Genauer gesagt habe ich schon gewusst, dass ich ihr keines schicken würde, als ich dein Studio verlassen habe."

Erstaunt sah Ana ihn an. „Aber warum hast du dann …"

Silver legte seinen Finger unter ihr Kinn. „Das musst du nicht wirklich fragen, oder?“ Als er erkannte, dass sie ihm nicht glaubte, seufzte er zum dritten Mal. „Ich hatte mich schon entschlossen, die Beziehung zu beenden, bevor wir … du weißt schon.“

Ana grinste ihn an. „Uns geküsst haben?“ Sie wurde wieder ernst. „Ich würde mich schlecht fühlen, wenn ich wüsste, dass ich eine Beziehung zerstört habe.“

Silver strich sanft über ihre Lippen. „Das brauchst du nicht, ich habe schon länger gewusst, dass es nicht gut gehen würde. Es war mein Fehler, Stacy nicht gleich zu sagen, dass wir keine gemeinsame Zukunft haben.“

Ana trat zurück und verschränkte die Arme über der Brust. „Irgendwie tut sie mir leid. Wir hätten nicht …“

„Es war nicht geplant, das kannst du mir glauben.“ Silver hob sein Holster auf und band es sich wieder um, bevor er in sein Jackett schlüpfte. „Aber ich bereue es auch nicht.“

Gleiches galt auch für Ana, aber sie wusste nicht, ob sie darüber glücklich war oder nicht.

9

Die Dunkelheit wurde nur vom schwachen Schein der Schreibtischlampe durchbrochen. Kleine, vergitterte Fenster waren mit dicken Vorhängen zugezogen, eigentlich völlig unnötig, da die blinden Scheiben nur zu Luftschächten führten, die von Erde umgeben waren. Aber das machte nichts, Vorsicht war immer besser als Nachsicht, wie es so schön hieß. Die steinharte Pritsche war mit einem sterilen Tuch bedeckt, ein Strahler wartete darauf, die Szenerie zu beleuchten. Erfahrungsgemäß schmerzte das grelle Licht in den Augen, aber was tat man nicht alles für seine kleinen Hobbys. Beinahe liebevoll strichen die Finger über die auf einem Tisch neben der Pritsche ausgelegten Instrumente. Scharf und glänzend, schön und nützlich, brachten sie viel Gutes. Es fehlte nur noch eine Kleinigkeit. In der Ecke des Kellerraums summte ein moderner Kühlschrank, die Digitalanzeige gab die korrekte Gradzahl an. Perfekt. Ein Schwall kalter Luft entwich, als die Tür geöffnet wurde. Auf dem obersten Brett lag ein faustgroßer, mit einer klaren Flüssigkeit gefüllter Beutel, in dem die auserwählten Kostbarkeiten schwammen. Die Aufregung wuchs. Nicht mehr lange und sie würden ihrer neuen Bestimmung zugeführt werden.

Ein Blick auf die Uhr zeigte, dass es noch nicht so weit war. Eine gute Gelegenheit, noch einmal das Programm der nächsten Tage durchzugehen. Bis zum Planungszentrum waren es nur wenige Schritte. Der Schlüssel quietschte leise im Schloss der Metalltür, dann war auch das letzte Hindernis beseitigt. Die kühle, angenehm duftende Luft rief ein zufriedenes Lächeln hervor. Mit einem leisen Klicken fiel die Tür zu, Stille breitete sich aus. Wie magisch zog die lange Pinnwand den Blick an, es gab keinen Grund, ihrer stummen Aufforderung nicht zu folgen. Die neuen Fotos hingen bereits dort und warteten darauf, betrachtet zu werden. Unter Gwen Tudolskys Bild zierte das einer anderen jungen Frau die Wand. Es würde sich bald herausstellen, wer als Zielperson lohnender wäre: sie oder die Freundin des großen Polizisten.

Ein leises Lachen klang durch den Raum. Es war reiner Zufall gewesen, sie dort zu entdecken, ursprünglich war nur geplant gewesen, die Detectives zu beobachten, um sicherzustellen, dass sie weiterhin im Dunklen tappten. Ein Foto zeigte die Frau, wie sie das Police Department verließ. Offenbar hatte sie sich über etwas aufgeregt, weshalb ihre Gesichtszüge auch nicht entspannt genug waren, um genau beurteilen zu können, ob sich die Anstrengung lohnte. Die großen braunen Augen waren recht ausdrucksstark … Nein, es wäre nicht gut, den ursprünglichen Plan so kurzfristig zu ändern, dafür war bereits zu viel Zeit investiert worden und es konnte zu viel schiefgehen. Vielleicht beim nächsten Mal, aber zunächst war Miss Shampoo an der Reihe. Das Ticken der Wanduhr rief ein weiteres Lächeln hervor. Es war soweit, nun würde sich zeigen, ob sich die ganze Sache gelohnt hatte.

Silver wusste nicht mehr, wie er nach Hause gekommen war. Während der Fahrt hatten sich seine Gedanken dauernd um Ana, ihren Kuss und natürlich um Stacy gedreht. Auch wenn er es unhöflich und unsensibel fand, ihre Beziehung per Telefon zu beenden, würde ihm wohl nichts anderes übrig bleiben, denn momentan konnte er unmöglich von hier weg. Glücklicherweise hatte er all seine Sachen bereits bei seinem Umzug nach L. A. mitgenommen. Sein schlechtes Gewissen wurde durch diesen Umstand nicht gemindert, aber das würde er durchstehen müssen. Er brachte den Wagen in der Einfahrt zum Stehen, schaltete den Motor aus, blieb noch einen Moment sitzen und starrte auf seine Haustür. Vermutlich waren inzwischen keine Heinzelmännchen da gewesen, die während seiner Abwesenheit alle Möbel aufgebaut und seine Sachen eingeräumt hatten. Was für ein Chaos. Mit einem tiefen Seufzer nahm er den Ordner vom Beifahrersitz und stieß die Tür auf. Bei seinem Aufbruch war er so zerstreut gewesen, dass er die Papiere in Anas Küche hatte liegen lassen. Hätte sie ihm die Mappe nicht hinterhergetragen, wäre ihm sicher erst zu Hause aufgefallen, dass er sie bei ihr vergessen hatte. Das war ihm in all seinen Jahren als Detective noch nie passiert.

Silver schloss die Haustür auf und wurde vom willkommenen Röhren der Klimaanlage und einem Schwall kalter Luft empfangen. Die Mappe legte er auf dem Küchentisch ab, dann ging er ins Obergeschoss, um sich umzuziehen. Im Jackett konnte er einfach weniger gut denken und es wurde Zeit, sich alle Fakten des Falls noch einmal sorgfältig anzusehen und sich zu vergewissern, dass sie nichts übersehen hatten. Vermutlich wäre die ganze Arbeit umsonst, aber er hatte sowieso nichts Besseres vor. Unwillig verzog er das Gesicht. Außer Stacy anzurufen und sich ihre wütenden Beschuldigungen anzuhören. Aber das hatte er verdient, so wie er in den letzten Wochen mit ihr umgegangen war. Nichtsdestotrotz fühlte er sich wesentlich besser, seitdem er beschlossen hatte, die Beziehung zu beenden und er hoffte, dass es Stacy in ein paar Tagen ebenso ergehen würde. Sie musste inzwischen genau wie er erkannt haben, wie unglücklich sie in den letzten Monaten miteinander gewesen waren. Es war ihm immer noch unbegreiflich, weshalb er zugestimmt hatte, die Fotos für sie machen zu lassen. Allerdings tat es ihm auch nicht leid, denn dadurch hatte er Ana kennen gelernt. Gut, das hätte er kurze Zeit danach am Tatort auch, aber sie wären dort ganz sicher anders miteinander umgegangen, wenn es das Fotoshooting vorher nicht gegeben hätte. Vielleicht wäre sie ihm nicht einmal aufgefallen ... Ein Lächeln umspielte seine Lippen.

Wieder in der Küche nahm er sich ein Bier aus dem Kühlschrank und stellte es auf den Tisch, bevor er sich auf die Suche nach etwas Essbarem machte. Eigentlich hatte er vorgehabt, das Wochenende für einen Großeinkauf zu nutzen, doch der Mord hatte ihm einen Strich durch die Rechnung gemacht. So blieb ihm nichts anderes übrig als zusammenzusuchen, was noch an Essbarem vorhanden war und sich fest vorzunehmen, am nächsten Tag einkaufen zu gehen. Oder vielleicht noch heute Nacht, sollte er schneller als erwartet fertig werden. Mit dem Teller in der Hand kehrte er zum Tisch zurück. Erst ein schneller Snack, danach Stacy und dann die VICAP-Akten, es versprach, ein gemütlicher Abend zu werden. Unwillkürlich kehrten seine Gedanken zu Ana zurück. Ihr zarter Hals, die weichen Lippen, ihre Hand auf seiner Brust. Ein Schauder der Erregung lief durch seinen Körper. Abrupt setzte Silver sich auf. So würde er sich nie konzentrieren können, er brauchte dringend eine Ablenkung. Sein Blick fiel auf den Ordner, die Akten würden gewiss dafür sorgen, dass er nicht mehr an Ana denken musste. Er zog ihn zu sich heran und schlug den Deckel auf.

Seine Augen schmerzten, als er ihn Stunden später wieder zuschlug. Die Lampe verströmte ein warmes Licht in der Küche, während es draußen bereits so finster war, dass sich sein Bild in den Fensterscheiben spiegelte. Zeit, sich unter die Dusche zu stellen, sicher würde er dann auch wieder einen klaren Kopf bekommen, denn er spürte, dass die nächste Migräne bereits im Anzug war. Erschrocken blickte er auf die Uhr. Es war nach 23 Uhr und er hatte Stacy noch immer nicht angerufen. Wie hatte er das nur vergessen können? Aber er würde sie jetzt anrufen, selbst wenn es schon spät war. Normalerweise ging sie nicht besonders früh zu Bett, die Chancen standen also gut, sie noch wach zu erwischen.

Seine Knochen knackten, als er aufstand. Das lange Sitzen auf dem harten Stuhl war der Gesundheit nicht gerade förderlich. Er sollte sich bald einige Möbel zulegen, eine Couch mit Tisch oder vielleicht sogar einen richtigen Schreibtisch mit einem ordentlichen Stuhl. Silver schnitt eine Grimasse, er wollte den Anruf nicht länger hinauszögern. Er fand sein Handy in der Jacketttasche, setzte sich in seinen Sessel und wählte Stacys Nummer. Es war geradezu lächerlich, wie sehr er sich wünschte, sie wäre unterwegs, und nicht erreichbar …

„Hallo?“

„Stacy, ich bin’s.“

„Oh, hallo Lincoln, schön, dass du dich doch noch meldest, ich hatte schon gar nicht mehr damit gerechnet."

Silver biss die Zähne zusammen, um eine scharfe Erwiderung zu unterdrücken. Aber sie hatte Recht, er war in letzter Zeit wirklich nicht gerade der Zuverlässigste gewesen. „Entschuldige, dass ich mich erst so spät melde, ich habe bis eben gearbeitet."

„Herrje, bezahlen sie dir wenigstens die Überstunden?" Typisch Stacy, bei ihr drehte sich fast immer alles um Geld oder Ansehen.

„Nein, aber wir können sie abfeiern."

„Als wenn jemals so wenig los wäre, dass es dazu käme." Seit wann war sie so verbittert? Hatte er sie durch seine häufige Abwesenheit so verletzt?

„Darüber wollte ich nicht mit dir reden."

„Nein? Worüber dann? Wann kommst du das nächste Mal nach Chicago?"

„So schnell ganz sicher nicht, wir haben hier einen Fall …"

„Ja, ja, was gibt es sonst Neues?" Stacy stieß einen langgezogenen Seufzer aus. „Ist wenigstens das Foto fertig, das du für mich machen lassen wolltest?"

Silver schnaubte. „Von wollen kann keine Rede sein, du hast mich praktisch dazu genötigt."

„Meinetwegen. Wann bekomme ich es?"

„Gar nicht. Stacy, es tut mir leid, ich wollte es dir eigentlich persönlich sagen, aber …"

Wieder unterbrach sie ihn. „Was soll das heißen, gar nicht? Ich denke, es ist nicht zu viel verlangt, wenn ich dich bitte, mir Aufnahmen von dir zu schicken, wo du jetzt so weit weg bist." Ihr Tonfall wurde weicher. „Ich vermisse dich so sehr, das kannst du dir gar nicht vorstellen. Nachts wache ich auf und denke, du müsstest da sein und …"

„Stacy, bitte hör mir zu." Silver kniff die Augen zusammen und presste einen Finger gegen seine Schläfe. „Ich sehe nicht, wie wir unsere Beziehung über die Entfernung hinweg aufrechterhalten können. Und es wäre weder dir noch mir gegenüber fair, wenn wir so tun, als ob es möglich wäre."

Stille am anderen Ende der Leitung, dann ein merkwürdiges Geräusch. Ein Schluchzen? Gott, bloß das nicht, er konnte es nicht ertragen, wenn eine Frau weinte – und das wusste Stacy genau.

„Du … du willst mich verlassen?"

„Das habe ich im Grunde schon, als ich nach L. A. gezogen bin. Es tut mir wirklich leid, Stacy."

„Aber … unsere Pläne, du kannst doch nicht einfach …"

Silver schüttelte den Kopf. „Das waren deine Pläne, nicht meine. Es hat dich nie interessiert, was ich wollte und wenn ich es dir gesagt habe, hast du nicht zugehört."

„Also bin ich schuld? Das war ja klar, du verlässt mich und gibst mir die Schuld dafür!"

„Das habe ich nicht behauptet. Ich sage nur, dass wir einfach nicht zusammenpassen, selbst wenn ich in Chicago geblieben wäre, hätten wir uns früher oder später getrennt und das weißt du auch."

„Ich wollte dich heiraten!"

„Das glaubst du doch selbst nicht, du hasst meinen Job und vor allem das geringe Gehalt, das ich dafür bekomme."

„Aber dich liebe ich."

Verzweifelt schloss Silver die Augen. „Es tut mir leid, aber so kommen wir nicht weiter. Wir sollten das

Gespräch beenden, es führt zu nichts. Bitte akzeptiere meine Entscheidung und auch meine Entschuldigung, wenn ich dir wehgetan habe. Das war nicht meine Absicht. Leb wohl, Stacy."

„Aber das kannst du nicht ..."

Doch Silver konnte einfach nicht mehr. Er unterbrach die Verbindung und schaltete das Handy aus. So war er zwar auch für das Police Department nicht mehr erreichbar, aber das war eben nicht zu ändern. Stacy würde garantiert zurückrufen und er brauchte seinen Schlaf. Wenn sie Pech hatten, würde morgen ein weiterer anstrengender, potentiell frustrierender Tag folgen, an dem sie wieder keinen Hinweis auf den Mörder finden und keinen Schritt weiterkommen würden. Und soweit er das dem Studium der Akten bisher hatte entnehmen können, gab es bei VICAP tatsächlich keinen Mordfall oder Mordversuch, der zu dem an Gwen Tudolsky passte. Was nicht hieß, dass eine solche Tat bislang nicht begangen, sondern vielleicht nur nicht eingetragen worden war. Silver rieb über seine Schläfen und versuchte auf diesem Weg den Druck in seinem Kopf zu lindern.

Der Mord war für eine erste Tötung viel zu genau geplant und zu methodisch ausgeführt worden, da war er sich ziemlich sicher. Blieb nur noch, Carls Hinweis zu folgen und damit zu beginnen, die Listen aller eingetragenen Ärzte, Metzger, Präparatoren und sonstigen Berufe mit Kenntnissen über Schnitttechniken zu prüfen. Was Tage, wenn nicht sogar Wochen in Anspruch nehmen und vermutlich nicht einmal etwas bringen würde, denn schließlich konnten sie ohne weitere Beweise wohl schlecht sämtliche Personen, die auf den Listen aufgeführt waren, wegen des Mordes befragen und deren Alibis überprüfen. Blieb also nur, in den Verbrecherkarteien nach Übereinstimmungen zu suchen. Vorsichtig schob er die Blätter wieder in den Ordner zurück, schaltete das Licht in der Küche aus und schleppte sich ins Obergeschoss.

Lachend verließen Ana und Natalie das Kino. Eigentlich hatte Ana vorgehabt, nach Silvers Besuch im Studio sofort nach Hause zu fahren, doch während der Fahrt hatte sie es sich anders überlegt und stattdessen bei Natalie vorbeigeschaut. Eine gute Entscheidung, wie sich herausstellte. Ihre Freundin hatte sie auf andere Gedanken gebracht, und so hatte sie nicht nur Silver, sondern auch den Mord für kurze Zeit vergessen können. Kurzentschlossen waren sie in die Kino-Abendvorstellung gegangen und hatten sich einen Piratenfilm angesehen, über dessen einzelne Szenen sie noch immer schmunzeln mussten.

Natalie lächelte sie an. „Gut, deine Stimmung hat sich gebessert."

„Ja, es scheint so", bestätigte Ana. „Danke, das war genau das, was ich mal wieder gebraucht habe."

„Ich habe dir ja gleich gesagt, dass du dir zu viel zumutest, damit meine ich nicht das Studio, sondern deine Arbeit bei der Polizei. Kein Wunder, dass du verlernt hast, Spaß zu haben."

„Das habe ich nicht!" Entrüstet blieb Ana stehen und funkelte Natalie an.

„In Ordnung, vielleicht habe ich etwas übertrieben. Aber du brauchtest eindeutig Abwechslung." Natalie grinste sie an. „Muss ich dich jetzt erst noch mit Wein abfüllen oder sagst du mir auch ohne, was dich heute so beschäftigt hat?"

Ana schüttelte den Kopf. „Lieber nicht." Sie strich sich ihre widerspenstige Haarsträhne hinters Ohr.

„Ach komm schon, wozu sind wir denn befreundet? Ich erzähle dir doch auch immer alles, mein Leben ist wie ein offenes Buch für dich."

„Das glaube ich kaum. Was ist zum Beispiel mit dem geheimnisvollen Mann, den du neulich so sexy fandest, dass du ihn am liebsten gleich vernascht hättest?"

„Erinnere mich nicht daran, das war ein ziemlicher Reinfall. Er hatte nämlich keinerlei Interesse an mir. Und selbst das habe ich dir erzählt."

„Ja, aber nur in kurzen Andeutungen, weshalb ich immer noch nicht weiß, wer er war, wo du ihn getroffen hast und wie er aussieht."

Natalie machte eine wegwerfende Handbewegung. „Das ist Schnee von gestern, völlig uninteressant. Sollte ich jedoch einen neuen Mann kennen lernen, werde ich dich ausführlich informieren."

„Gut."

Abwartend sah Natalie sie an, dann schüttelte sie den Kopf. „Nun los, sag schon. Geht es um deinen Polizisten? Was hat er getan, soll ich ihn für dich in die Mangel nehmen?"

Lachend lehnte Ana ab. Seit ihre Freundin einen Selbstverteidigungskurs gemacht hatte, suchte sie verzweifelt nach einer Gelegenheit, ihre neuen Kenntnisse zur Anwendung zu bringen. „Er hat nichts Schlimmes getan, beruhige dich. Es ist nur so", sie holte tief Luft, „dass ich ihn gern weniger interessant finden würde, seitdem ich weiß, dass er eine Freundin hat. Ursprünglich sollte eines der Fotos für sie sein, aber er hat es sich anscheinend anders überlegt."

Natalies Augen wurden größer. „Deinetwegen?"

Ana hob unbehaglich die Schultern. „Er hat heute gesagt, er hätte es sich schon nach der Fotosession anders überlegt."

„Bei der er dich kennen gelernt hat …"

„Was denkst du nur von mir? Ich habe ihn ganz professionell fotografiert!"

Grinsend legte Natalie ihren Arm um Anas Schulter. „Habe ich etwas anderes behauptet? Ich meine nur, man kann auch jemanden im Supermarkt treffen und danach verändert sich alles."

„So gesehen hast du Recht."

„Hat er angedeutet, dass er dich mag?"

Ana spürte, wie eine verräterische Röte ihren Hals hinaufkroch. „Irgendwie schon."

Natalie brach in lautes Gelächter aus. „Ha, hab ich's doch gewusst! Seid ihr euch nähergekommen?"

„Hmhm."

„Das ist alles, was du dazu zu sagen hast? Dann kann es ja nicht sehr berauschend gewesen sein."

Ana wusste, dass ihre Freundin sie nur aus der Reserve locken wollte und presste die Lippen fest aufeinander. Sie war seltsam unwillig, mit jemandem über die Verbindung zwischen sich und Silver zu sprechen, so neu und ungewiss wie sie war.

Natalies Belustigung verwandelte sich in Erstaunen. „Es ist dir ernst?" Und als Ana nichts sagte, legte sie ihr die Hände auf beide Schultern und zwang sie, stehen zu bleiben. „Du magst ihn wirklich."

„Ja."

„Und er ist auch an dir interessiert."

„Ja, ich denke schon."

„Na dann steht einer Beziehung doch nichts mehr im Wege."

„Bis auf seine Freundin in Chicago."

„Von der er sich sicher schon getrennt hat."

Ana zuckte zusammen. „Das hat er nicht, denn sie hat ihn gerade vorhin angerufen, als er bei mir im Studio war und gleich darauf ist er aufgebrochen."

„Klarer Fall von schlechtem Gewissen. Was hat er zu dir gesagt, bevor er gegangen ist?"

„Dass es ein Fehler war, seiner Freundin nicht gleich zu sagen, dass sie keine gemeinsame Zukunft haben. Und dass er die Sache mit mir nicht geplant hat." Ihre Finger strichen über ihre Lippen. „Und dass er es nicht bereut."

„Siehst du, kein Grund, Trübsal zu blasen. Lass uns lieber feiern."

Ana lachte, ihre Anspannung löste sich. „Du bist unverbesserlich."

„Ich weiß." Natalie grinste. „Und du willst mir wirklich nicht die Fotos von ihm zeigen?"

„Keine Chance. Weißt du, er …" Ana brach ab, denn sie hatte plötzlich das Gefühl, beobachtet zu werden. Rasch drehte sie sich um, doch da war niemand, der sich für sie zu interessieren schien.

„Was hast du?" Natalie, die ihre Unruhe spürte, drehte sich ebenfalls um. „Ist irgendetwas?"

Ana verneinte. „Mir war nur eben so, als ob wir beobachtet werden würden."

Natalie hakte sich bei ihr unter und zog sie weiter. „Natürlich werden wir beobachtet, schließlich sind wir zwei überaus gutaussehende Frauen, die die Blicke aller Männer automatisch anziehen."

Ana musste lachen, auch wenn sie sich nach wie vor unsicher fühlte. Aber vermutlich hatte Natalie Recht, weshalb sollte sie auch jemand beobachten wollen.

„Komm, wir genehmigen uns noch einen Drink zur Feier des Tages, dann muss ich allerdings ins Bett, sonst schlafe ich morgen über den Börsenzahlen ein."

„Solange du dabei nicht mein Portfolio massakrierst ..."

„Nichts, rein gar nichts, verdammt noch mal!" Bob zuckte zusammen, als Silver mit der Faust auf den Schreibtisch schlug. „In der VICAP-Datenbank befindet sich kein einziger Fall, der ausreichende Übereinstimmungen zu unserem aufweist. Keine Beweise, keine Zeugen, nicht der Ansatz einer Idee, warum Gwen Tudolsky umgebracht wurde."

„Das kommt vor", antwortete Bob vollkommen unaufgeregt. „Oder habt ihr etwa in Chicago immer alle Fälle gelöst?"

„Natürlich nicht, aber das hier ..." Silver brach ab und starrte eine Weile ins Leere.

„Was für eine Laus ist dir denn heute Morgen über die Leber gelaufen?"

„Keine." Silver klappte den Aktendeckel zu. „Ich hätte vermutlich nur nicht bis tief in die Nacht noch die Akten studieren sollen. Es ist unvorstellbar, wie viel kranke Leute da draußen herumlaufen."

„Der eine oder andere ist mir schon begegnet. Und jetzt trink erst einmal einen guten, starken und heißen Kaffee. Ich habe die Erfahrung gemacht, dass das meistens hilft."

Widerwillig verzog sich Silvers Mund zu einem Grinsen. „Keine schlechte Idee. Ich gehe mir welchen holen, möchtest du auch einen?"

„Oh ja, danke, wie nett von dir."

Schon wieder besserer Stimmung zog Silver die Tür hinter sich zu. Bob schaffte es immer wieder, ihm die

Anspannung zu nehmen oder sie zumindest deutlich zu verringern. Er war ein guter Partner, und Silver hatte es bisher noch keine Sekunde bereut, Chicago verlassen zu haben. Erst recht nicht, seit er Ana begegnet war. In diesem Moment begann das Handy in der Tasche seines Jacketts zu vibrieren. Nicht schon wieder! Auf seiner Mailbox hatte er mittlerweile sechs Nachrichten von Stacy vorgefunden, mal wütend, mal schluchzend, aber immer wenig erfreulich. Seitdem er das Telefon am Morgen wieder angestellt hatte, hatte es jede Viertelstunde geklingelt, weshalb er es zuletzt auf Vibrationsalarm gestellt hatte, um nicht ständig bei der Arbeit gestört zu werden. Ein Blick auf das Display zeigte erneut Stacys Nummer. Silver steckte das Handy wieder ein.

„Wollen Sie denn nicht drangehen?“

Es war Debra. Unbemerkt hatte sie sich an ihn herangeschlichen und blickte ihn nun neugierig an.

„Nein.“ Normalerweise hätte sein Ton sie davor warnen müssen, weiterzusprechen, doch sie ließ nicht lokker.

„Aha. Klarer Fall.“

Obwohl er nicht nachfragen wollte, tat er es trotzdem. „Was meinen Sie damit?“

„Sie haben Ärger mit einer Frau. Männer, die so schauen wie Sie es gerade tun und nicht ans Telefon gehen, haben so gut wie immer etwas ausgefressen.“

Silver bedachte sie mit einem genervten Blick, sagte jedoch nichts.

Debra grinste ihn an. „Ich liebe es, Recht zu haben.“ Dann wurde sie ernst. „Und jetzt sagen Sie mir, dass es nicht A. J. ist, deren Anrufen Sie ausweichen, sonst müsste ich Ihnen die Ohren lang ziehen.“

„Ana? Nein, ganz sicher nicht."

Debra tätschelte seinen Arm. „Braver Junge." Noch bevor er auf ihre Bemerkung reagieren konnte, war sie schon wieder zu ihrem Arbeitsplatz zurückgeeilt.

Kopfschüttelnd ging Silver den Gang hinunter. Kaffee würde jetzt sicher helfen.

„Silver! Warte auf mich." Bobs Stimme hallte über den Flur.

Silver wartete, bis sein Partner bei ihm war, bevor er die Augenbrauen hochzog. „Traust du mir jetzt nicht einmal mehr zu, deine heilige Kaffeemaschine allein zu bedienen?"

„Nein. Doch. Ach egal." Bob versuchte, nach seinem Sprint wieder zu Atem zu kommen. „Darum geht es nicht. Wir sind gerade zu einem Tatort gerufen worden, West Manchester Boulevard in der Nähe des Flughafens. Eine Tote mit Schnittwunden. Kirby und Johnston haben den Fall bereits übernommen, aber da es Ähnlichkeiten zum Tudolsky-Mord gibt, sollten wir uns die Sache besser ansehen." Bob zerrte ihn am Ärmel zum Fahrstuhl. „Carl ist schon da, sie wollen die Tote so schnell wie möglich wegbringen, anscheinend lag sie schon ein paar Tage in ihrer Wohnung. Ihre Mitbewohnerin ist verreist, deshalb hat es erst jemand mitbekommen, als der Geruch nicht mehr auszuhalten war."

Silver presste die Lippen zusammen. Tolle Aussichten, nicht nur ein weiterer Todesfall, sondern auch noch einer von denen, bei denen man schon beim Betreten des Tatorts seinen Mageninhalt zu verlieren drohte.

„Sie haben A. J. angefordert, nur damit du vorgewarnt bist."

„Danke. Wie gut hält sie so etwas aus?"

Bob betrat den Fahrstuhl und drückte auf den Knopf für das Erdgeschoss. „Sie ist hart im Nehmen, sie hat schon Schlimmeres gesehen.“

10

Es war auffällig, wie weit die Streifenpolizisten, die die Absperrung sicherten, vom Haus entfernt standen. Normalerweise gab es immer Neugierige, die freiwillig an der Tür Stellung bezogen, um zu sehen, was im Haus vor sich ging. Aber diesmal nicht. Der Grund dafür wurde offensichtlich, je näher sie kamen: Der Gestank war nicht auszuhalten. Bob zog eine Dose aus der Jackentasche, strich sich etwas von der Salbe, die sich darin befand, unter die Nase und gab sie dann an Silver weiter. Dankbar nahm dieser sie entgegen und roch daran. Das Menthol trieb ihm die Tränen in die Augen, doch das war immer noch besser, als den Geruch im Haus ertragen zu müssen. Normalerweise verzichtete er lieber auf solche Hilfsmittel, aus Angst, dadurch andere für die Ermittlung wichtigen Gerüche überriechen zu können, doch heute würde er die Salbe benötigen.

„Danke. Fertig?“

Bobs Mundwinkel zuckten. „Kann ich auch nein sagen?“ Er zog sich Überschuhe an und betrat dann dicht gefolgt von Silver das Haus.

Trotz des Menthols war der Geruch nach Tod und Verwesung kaum auszuhalten. Silver unterdrückte ein Würgen und bemühte sich, nur noch durch den Mund zu atmen. Als er sich umblickte, erkannte er, dass sich dieser Tatort nicht nur wegen des Gestanks vom Tudolsky-Haus unterschied. Ein dunkler, unaufgeräumter Flur führte zu einem ebenso düsteren Treppenhaus, an dessen unterster Stufe ein Polizist mit Mundschutz stand, der sie nach oben winkte, als sie ihre Marken vorzeigten. Im Obergeschoss sah es auch nicht gemütlicher aus als unten, vier Türen führten von einem Gang ab, eine davon stand offen. Warme, bestialisch stinkende Luft schlug ihnen von dort entgegen und verlor sich danach im Treppenhaus. Nacheinander betraten sie den mittelgroßen Raum, der sich nicht nur wegen der draußen herrschenden Wärme, die durch das weit geöffnete Fenster eindrang, aufgeheizt hatte, sondern auch wegen der vielen Menschen. Kirby stand mit weißen, fest zusammengepressten Lippen neben Carl Mayer, die Hände in den Hosentaschen vergraben, während Johnston sich weit aus dem Fenster beugte.

„Er will doch nicht etwa springen, oder?"

Carl hob bei Bobs Frage den Kopf und drehte sich um. „Das will ich nicht hoffen, ich habe derzeit schon genug zu tun."

Kirby indessen fühlte sich bemüßigt, eine genauere Erklärung abzugeben. „Wir wechseln uns ab, einer muss hier stehen und versuchen, seinen Mageninhalt bei sich zu behalten, während sich der andere am Fenster erholen darf. Sagt mir bitte, dass die Leiche mit eurem Fall zu tun hat, dann kann ich endlich gehen." Er winkte Johnston heran.

Bob zog seine Salbe heraus. „Hier, ich spendiere eine Runde. Mann, Kyle, ich würde fast sagen, du siehst blass aus." Selbst jetzt scherzte er noch.

Johnstons farbiges Gesicht hatte tatsächlich einen gräulichen Schimmer, Schweißtropfen standen auf seiner Stirn. „Sehr witzig, Payton."

„Genug jetzt", meinte Carl, „schließlich haben wir hier zu arbeiten. Bob, Silver, ich kann noch nicht mit Bestimmtheit sagen, ob es der gleiche Täter war wie bei Gwen Tudolsky, dazu muss ich die Leiche erst in meinem Labor untersuchen. Aber soweit ich bei diesem Grad der Verwesung feststellen kann, hat das Opfer ebenfalls multiple Schnittwunden von den Oberschenkeln bis zum Kopf zugefügt bekommen, an denen es verblutet ist."

„Bis zu diesem Punkt passt also alles zusammen." Silver zögerte. „Fehlt ihr ebenfalls irgendein Körperteil?"

Carl nickte, trat zur Seite und gab damit den Blick auf die Tote frei. Silver machte unweigerlich einen Schritt rückwärts. Sie lag mit dem Körper auf einem rechteckigen niedrigen Couchtisch, ihre Arme und Unterschenkel hingen zu Boden. Füße und Fingerspitzen berührten den ehemals flauschigen, nun blutverklebten Teppich. Das Blut war nicht mehr rötlich wie bei Gwen Tudolsky, sondern bereits schwarz und völlig verkrustet. Es bedeckte große Teile ihres nackten Körpers.

„Großer Gott!", entfuhr es Bob.

Silver konnte nur stumm nicken. Das Opfer hatte zwar noch seine Ohren, dafür fehlten ihm jedoch beide Brüste. Sehnsüchtig blickte Silver zum Fenster, doch er wusste, dass es noch lange dauern würde, bis er den Tatort wieder verlassen konnte. Anscheinend war ihre Vermutung, dass der Täter vorher schon geübt haben musste, richtig gewesen. „Wie lange ist sie schon tot?"

Carl wiegte seinen Kopf hin und her. „Schwer zu sagen. Die Leiche ist noch recht gut erhalten, was größtenteils daran liegt, dass sämtliche Fenster und Türen geschlossen waren, kaum Insekten eindringen konnten und die Klimaanlage den Raum gekühlt hat. Ein bis zwei Wochen, schätze ich. Nach den Untersuchungen werde ich Genaueres wissen."

Wenn Carl *das* gut erhalten nannte, wollte Silver gar nicht erst wissen, wie eine Leiche dann in schlechtem Zustand bei ihm aussah. Silver bemühte sich, jeden Gedanken daran zu verdrängen, während er auf die Tote hinabblickte. Sie schien jung zu sein, jedenfalls jünger als das letzte Opfer. Oder vielmehr das spätere Opfer, denn diese Frau war eindeutig vor Gwen Tudolsky gestorben. „Warum wurde sie nicht schon früher gefunden? Hat sie denn niemand vermisst? Familienangehörige, Kollegen, Freunde?"

Johnston tupfte seine Stirn mit einem Taschentuch ab. „Über die Familie wissen wir noch nichts. Ihre Mitbewohnerin ist zurzeit verreist, daher hat der Vermieter erst Alarm geschlagen, als der Gestank bei ihm im Erdgeschoss angekommen ist."

„Und vorher hat er nichts gemerkt?"

Kirby zog die Augenbrauen hoch. „Hast du den Saustall unten nicht bemerkt? Wahrscheinlich ist er es gewohnt, dass es nicht so gut riecht."

„In Ordnung, wir reden später noch mit ihm."

Hoffnungsvoll sah Johnston abwechselnd von Silver zu Bob. „Ihr übernehmt den Fall also?"

Verstimmt blickte Bob auf die Leiche. „Ja, das müssen wir wohl. Aber sagt mir erst, was ihr schon erfahren habt, damit wir nicht noch einmal ganz von vorn anfangen müssen."

„Können wir das auch draußen machen?"

Bob winkte sie raus und drehte sich unter der Tür zu Silver um. „Kommst du hier alleine klar?"

„Ja, solange Carl noch mit der Toten beschäftigt ist, kann ich sowieso nicht sehr viel tun."

„Ich meinte wegen A. J." Bob deutete mit dem Kopf auf Ana, die in einer Ecke des Zimmers beschäftigt war. Er lachte, als er bemerkte, dass Silvers Augen an Anas schmaler Gestalt haften blieben. „Ich sehe schon, du brauchst mich nicht."

Silver warf Bob einen genervten Blick zu und ging danach zu Ana hinüber, die völlig in ihre Arbeit vertieft war und gerade etwas neben dem Bett fotografierte. Dicht hinter ihr blieb er stehen, unsicher, was er zu ihr sagen sollte. Er hatte keine Ahnung, ob sie ihm die gestrige Episode, vor allem seinen abrupten Aufbruch, übel genommen hatte. Die Hände in den Hosentaschen vergraben, um der Versuchung zu widerstehen, ihren weichen Nacken zu berühren, der unter ihrem Pferdeschwanz zum Vorschein kam, räusperte er sich schließlich. „Ana ..."

Sie fuhr zu ihm herum und verlor dabei das Gleichgewicht. Silver griff rasch zu, damit sie nicht stürzte und sich dabei verletzte oder wichtige Beweise zerstörte. Er hatte nicht erwartet, sie an einem Ort wie diesem unvermittelt in seinen Armen zu halten, ihr Körper dicht an seinem, ihr Mund nur wenige Zentimeter von seinem entfernt. Wortlos sahen sie sich in die Augen, keiner rührte sich. Es dauerte einen Moment, bis sich Silver wieder so weit gefangen hatte, dass er sie losließ und von ihr wegtrat. „Entschuldige, ich wollte dich nicht erschrecken."

Anas Augen waren geweitet, ihr Atem kam stoßweise.

„Was tust du hier? Ich dachte, Kirby und Johnston wären für den Fall zuständig."

„Das waren sie, aber da es Parallelen zu einem unserer …“

„Der Tudolsky-Mord, nicht wahr? Mir sind einige Ähnlichkeiten aufgefallen, als ich das Opfer fotografiert habe.“ Ihr Gesicht wies eine ungesunde Färbung auf, in ihren Augen spiegelte sich das Entsetzen über die Tat wider.

Als Polizist war Silver ständig mit den schlimmsten Verbrechen konfrontiert, aber für Ana musste ein solcher Anblick viel schwerer zu ertragen sein. Ihre normalen Fotoarbeiten befassten sich mit Freude und Schönheit, mit dem Leben. Was für ein krasser Gegensatz zu dem furchtbaren Leid, das sie während ihrer Arbeit für die Polizei zu dokumentieren hatte.

„Ich habe die Leiche fotografiert, dann das Umfeld und alles andere, was mir irgendwie wichtig oder auffällig erschien. Es sieht danach aus, als ob sie im Bett gelegen hätte, als sie überfallen wurde, ähnlich wie Mrs Tudolsky, deshalb fotografiere ich auch im Schlafbereich. Wenn ihr noch andere Bilder haben wollt, sag mir einfach Bescheid.“

„In Ordnung. Sobald die Tote abtransportiert worden ist, mach bitte noch ein paar Fotos vom Tatort ohne den Körper.“

Ana nickte und wandte sich wieder um.

Silver legte seine Hand auf ihren Arm. „Wenn du eine Pause brauchst, geh ruhig nach draußen, die Fotos haben Zeit.“

„Danke, nicht nötig.“ Ana lächelte leicht, als sie seine skeptische Miene bemerkte. „Wirklich, mir geht es gut. Ich bringe das lieber schnell hinter mich und fahre dann nach Hause.“

„Zu Kamin und heißem Kakao.“

„Genau."

Silver drehte sich kurz zu Carl um, der weiterhin mit grimmiger Miene die Leiche untersuchte. „Können wir nachher noch miteinander sprechen", fragte er mit gesenkter Stimme.

Ana tat nicht so, als wüsste sie nicht genau, worüber. Sie sah ihn einen Moment lang schweigend an, dann nickte sie. „In Ordnung."

Silver widerstand dem Impuls, über ihre blasse Wange zu streichen und schob die Hand stattdessen in die Hosentasche. „Danke."

Widerwillig kehrte er zu Carl zurück und blickte sich dabei im Zimmer um. Einige Teelichter, eine Frauenzeitschrift und eine Schale mit vergammeltem Obst waren ordentlich in einer Linie auf dem Boden abgestellt worden. Wahrscheinlich hatte der Täter sie vom Tisch genommen, bevor er das Opfer daraufgelegt hatte. Ein weiteres Zeichen dafür, wie geordnet und methodisch der Mörder vorging.

Silver starrte immer noch auf den Teppich, als Bob zurückkehrte. Er trat neben Silver und folgte dessen Blick. „Pervers."

„Ja. Hast du von den beiden Kollegen noch etwas erfahren?"

„Nicht wirklich viel. Das Opfer hieß Delia Hoffman, über genauere Angaben verfügte der Vermieter auch nicht. In der Wohnung werden wir hoffentlich noch irgendwo einen Ausweis oder sonstige Papiere finden. Sie hat das Obergeschoss zusammen mit einer Freundin bewohnt. Sie hatten zwei getrennte Zimmer, teilten sich aber das Bad und die Küche. Felicia Damon, die Mitbewohnerin, soll verreist sein, der Vermieter weiß aber nicht, seit wann und für wie lange. Es wurden bisher keine Einbruchspuren gefunden, also kannte das Opfer den Täter entweder, oder – was ich für wahrscheinlicher halte – der Täter ist einfach so hereinspaziert, hat irgendwo im Haus auf das Opfer gewartet und sie danach überfallen. Laut Angaben des Vermieters stehen die Türen öfter mal offen."

„Na toll." Ein leichtes Ziehen in Silvers Schläfe, kündigte ihm die nächste Migräne an. „Vielleicht ist sie ebenfalls nachts im Bett überfallen worden."

„Möglich." Bob sah zum Bett hinüber. „Sind Spuren gefunden worden, die darauf hinweisen?"

„Ich habe es mir noch nicht so genau angesehen, Ana hat dort fotografiert."

„Klar, da warst du abgelenkt."

„Nein, aber ich wollte sie nicht unnötig bei ihrer Arbeit behindern, indem ich ihr ständig in die Quere komme."

„Ja, natürlich, das verstehe ich." Es war deutlich, dass sich Bob über ihn lustig machte.

Doch Silver war nicht nach Scherzen zumute. „Wenn du nicht willst, dass wir gleich über deine Exfrauen reden, wechsele lieber das Thema."

„Ein sehr dezenter Hinweis, den ich trotzdem verstanden habe." Bob drehte sich zu Carl um. „Irgendetwas Neues?"

„Nein, ich lasse sie jetzt wegbringen, mehr kann ich hier sowieso nicht mehr tun. Sobald ich sie untersucht habe, werdet ihr das Ergebnis als Erste erfahren."

„Okay, danke." Bob blickte sich im Zimmer um, während er sich Einmalhandschuhe überzog. „So, wo fangen wir an?"

„Beim Bett." Silver ging zu Ana. „Carl lässt die Leiche jetzt wegbringen, bist du hier fertig?"

„Ja, ich denke schon."

„Hast du die Teelichter auf dem Boden neben dem Tisch?"

„Ja, alles schon dokumentiert."

„Gut." Silver sah ihr hinterher, als sie den Raum durchquerte.

„Sie sieht nicht gut aus." Bob stand neben ihm.

„Nein, aber das ist auch nicht verwunderlich bei dem, was sie hier zu sehen bekommen hat. Ich verstehe nicht, warum sie sich das antut."

„Sie hat ihre Gründe, wie jeder von uns", lautete Bobs rätselhafte Antwort.

„Was ...?"

„Konzentrieren wir uns lieber auf den Fall, ich möchte mich hier nicht länger als unbedingt nötig aufhalten."

Ein guter Vorschlag, denn je schneller sie hier fertig wären, desto eher könnte er mit Ana reden. Vielleicht würde er dann auch herausfinden, auf was Bob in Bezug auf Anas Gründe angespielt hatte. Das Bett war zerwühlt, die Decke am Fußende zusammengeknüllt, während das Laken seitlich aus dem Bettgestell heraushing. Das deutete jedoch nicht unbedingt auf einen Überfall im Bett hin, die Tote konnte auch einfach schlampig gewesen sein oder eine unruhige Schläferin. Beinahe wünschte sich Silver an den aufgeräumten Tudolsky-Tatort zurück, dort waren die Spuren viel leichter zu erkennen gewesen. Allerdings waren sie trotzdem nicht weitergekommen. Mit zusammengebissenen Zähnen ging er das übliche Verfahren durch und untersuchte jeden Zentimeter des Zimmers auf Hinweise nach dem Täter. Schließlich gab er entnervt auf. Wieder konnte er nur hoffen, dass die Techniker bei der Spurensicherung mehr Glück hatten als sie, sonst würden sie den Mörder nie erwischen. Natürlich würden sie wie immer auch noch die Nachbarn, Freunde und Verwandten des Opfers befragen, aber es war unwahrscheinlich, dass sich jemand noch genau daran erinnerte, wen oder was er vor ein bis zwei Wochen gesehen hatte.

Und selbst dazu benötigten sie erst den genauen Tatzeitpunkt von Carl. Silver wandte sich zu Bob um, der gerade einen der Techniker dabei beobachtete, wie er die Gegenstände auf dem Boden nach Fingerabdrücken untersuchte. „Wie sieht es bei dir aus?"

„Nichts Sichtbares. Wir können nur hoffen, dass der Täter irgendwo Fingerabdrücke oder genetische Spuren hinterlassen hat." Bob kratzte sich am Kinn. „Ich habe Kirby und Johnston schon einmal zu den Nachbarn geschickt, aber ich erwarte nicht, dass bei ihrer Befragung etwas herauskommt."

„Braucht ihr noch weitere Aufnahmen? Sonst würde ich jetzt gehen."

Silver fuhr zusammen, er hatte Anas Kommen überhaupt nicht bemerkt. Rasch drehte er sich zu ihr um. „Wir sehen uns schnell noch die anderen Zimmer an, vielleicht finden wir dort noch Spuren."

„Ich warte so lange." Ihr Gesicht war inzwischen leichenblass.

„Geh doch schon runter, wenn noch etwas ist, rufen wir dich."

Zögernd schüttelte sie den Kopf. „Ich denke nicht, dass ich mich dann noch einmal motivieren könnte, wieder hereinzukommen."

Bob legte ihr beruhigend einen Arm um die Schultern. „Wir beeilen uns. Kirby und Johnston haben vorhin bereits alle Räume untersucht und keine Spuren gefunden, also wird es uns vermutlich auch nicht anders gehen."

Gemeinsam verließen sie das Wohn- und Schlafzimmer und warfen einen Blick in Küche und Bad, bevor sie schließlich den Raum der Mitbewohnerin inspizierten. Dieser war bei weitem aufgeräumter als der des Opfers, aber auch hier waren keine Spuren zu erkennen.

„Die Techniker werden sich freuen, wenn sie die anderen Zimmer auch noch untersuchen dürfen, aber alles ist besser, als irgendeine Spur zu übersehen."

Ana machte eine weitere Aufnahme, dann senkte sie die Kamera. „So, das war's. Sofern nichts mehr ansteht, werde ich die Fotos jetzt bei Leo abliefern und dann nach Hause fahren." Muskelschmerzen in Armen und Nacken zeigten ihr, dass sie sich während der Aufnahmen wieder einmal völlig verkrampft hatte. Ihr war übel und ihr Kopf dröhnte, weil sie wieder einmal viel zu lange ohne Unterbrechung durch den Sucher gestarrt hatte. Hinzu kam die Unruhe, die sie wegen Silvers Anwesenheit und seiner Bitte um ein Gespräch befallen hatte. Natürlich hätte sie ihm absagen können, das konnte sie auch jetzt noch, aber sie musste einfach wissen, was er ihr zu sagen hatte, wollte sie sich nicht noch eine weitere Nacht ruhelos in ihrem Bett herumwälzen.

Bob nickte ihr zu. „Alles klar. Danke für die gute Arbeit."

Ein schwaches Lächeln glitt über Anas Gesicht. „‚Gerne' wäre jetzt das falsche Wort. Aber ich hoffe, meine Fotos tragen dazu bei, den Verbrecher zu schnappen."

„Ganz sicher." Bob strich über ihre Hand. „Ruh dich aus, wir sehen uns später." Er wandte sich an Silver. „Geht schon mal vor, ich regle das mit den Technikern." Damit verschwand er im Zimmer des Opfers und ließ sie allein im dunklen Treppenhaus zurück. Ana zuckte zusammen, als Silver sie unterhakte.

„Lass uns gehen, du siehst aus, als würdest du gleich umkippen." Besorgt sah er sie an. „Soll ich dich nach Hause fahren?"

„Nein, danke, das ist nicht nötig, ich komme zurecht. Außerdem fahre ich sowieso erst ins Department."

„Richtig, die Fotos. Ich kann dich gerne mitnehmen, ich wollte auch dorthin."

„Mein Auto ..."

Silver ließ sie nicht ausreden. „Ich fahre dich später zurück oder lasse dein Auto von jemandem abholen."

Ana blieb stehen und blinzelte zu ihm hinauf. „So sehr willst du mit mir reden?"

Silver legte einen Finger unter ihr Kinn und hob es an. „Ist das so auffällig? Ja, ich möchte unbedingt mit dir reden und dir erklären, ..." Er brach ab und schüttelte den Kopf. „Aber ich wollte dich vor allem nach Hause bringen, damit du auch gut dort ankommst, denn momentan siehst du nicht so aus, als ob du noch Auto fahren solltest."

Ana stieß den Atem aus, den sie bei seiner Berührung automatisch angehalten hatte. „Gut, einverstanden." Ihr gelang ein zittriges Lächeln. „Danke."

Sein Daumen fuhr ihren Mundwinkel nach bevor er leicht über ihre Unterlippe strich. „Bleibt nur noch eine Kleinigkeit." Sein Gesicht kam näher.

„Und die wäre?" Ihre Stimme zitterte hörbar.

Warum hatte Silvers Nähe nur solche Auswirkungen auf sie? Sie standen hier in einem von Gestank verpesteten Haus, in dem absolute Unordnung herrschte, sie hatte gerade einen grauenerregenden Tatort fotografiert, Silver war bisher meist schroff und abweisend zu ihr gewesen und hatte zudem eine Freundin. Trotzdem fühlte sie sich unwiderstehlich zu ihm hingezogen. Ihr Herz klopfte erwartungsvoll, als Silvers Mund den ihren berührte. Sanft strich er über ihre Lippen, fachte das Feuer in ihrem Innern an und vertrieb die Kälte, die sich während der Arbeit in ihr ausgebreitet hatte. Rasch hielt sie sich an seinen Armen fest, um nicht rückwärts die Treppe hinunterzufallen, als ihre Beine unter ihr nachgaben. Silvers Finger umfingen ihren Kopf, seine andere Hand schob sich unter ihrem Arm hindurch auf ihren Rücken. Für einen kurzen Moment genoss sie die Wärme seines Mundes, die Weichheit seiner Lippen und die von seinem Körper ausgehende Hitze.

Schließlich löste er sich langsam von ihr. Ana öffnete ihre Augen und konnte deutlich den Gefühlsaufruhr in seinem Gesicht sehen, dann hatte er sich auch schon wieder unter Kontrolle.

„Falscher Ort, falsche Zeit“, meinte er leise.

„Ich fand es gerade richtig. Du solltest das patentieren lassen, ich fühle mich schon viel besser.“

Lachend strich Silver ihr die Haarsträhne aus dem Gesicht. „Führ mich nicht in Versuchung. Hier sind zu viele Leute und es ist auch nicht wirklich gemütlich.“

„Das stimmt allerdings.“ Ana drehte sich um und ging weiter die Treppe hinunter. „Vielleicht ein andermal?“

„Garantiert. Wenn wir nicht gerade diesen Fall hätten ..." Der Rest des Satzes blieb unausgesprochen, aber es war auch so klar, was er meinte.

Sie nickte dem Polizisten zu, der an der Haustür Wache stand und trat ins Freie. Grelles Licht blendete sie. Die Hand als Schutz gegen die stechende Sonne vor den Augen, blieb sie einen Moment stehen und atmete tief die frische Luft ein. Es war erstaunlich, an was sich der Mensch alles gewöhnen konnte. Die letzten Minuten über hatte sie den Gestank im Haus nicht mehr ganz so unerträglich gefunden wie zu Beginn, doch jetzt würde sie niemand mehr ins Haus zurückbekommen. Sie würde schlicht und einfach umkippen. Deutlich war sie sich Silvers Präsenz bewusst, der wieder ihren Arm nahm und sie langsam vom Tatort wegführte.

„Ich habe ein Stück entfernt geparkt. Als ich ankam, war alles schon abgesperrt."

„Kein Problem, ein wenig Bewegung wird mir guttun." Sie verzog ihren Mund, als sie ihr von allen Seiten eingekeiltes Auto sah. „Ich schätze, ich wäre in absehbarer Zeit sowieso nicht weggekommen."

„Sieht so aus. Wie gut, dass du mich hast. Ohne mich ..." Er brach ab und blieb abrupt stehen.

Besorgt sah Ana ihn an. „Was ist?" Sie folgte seinem Blick, als er nicht antwortete. An seinem Geländewagen lehnte eine Frau, die Arme über der Brust verschränkt, ein Bein angewinkelt. „Eine Reporterin?"

„Nein", entgegnete Silver, er war deutlich aufgebracht. „Das ist Stacy. Aus Chicago."

„Deine Freundin? Hast du sie mitgebracht?"

Silver sah sie irritiert an. „Nein, natürlich nicht. Ich

dachte, sie wäre in Chicago. Ich weiß nicht, was sie hier will."

„Dich besuchen, vielleicht?"

„Wozu? Wir haben uns getrennt."

Ana blieb stehen. „Wirklich? Warum hast du mir nichts davon gesagt?"

Silver drehte sich zu ihr um. „Ich wollte doch mit dir reden ..." Er schüttelte den Kopf. „Es tut mir leid, ich werde mich darum kümmern, dass sie sich gleich wieder ins Flugzeug setzt."

Doch für Ana, die Stacys wütend verzogenes Gesicht nun deutlich erkennen konnte, sah es nicht danach aus, als ob diese mit Silvers Entscheidung, ihre Beziehung zu beenden, einverstanden wäre. „Ich glaube nicht, dass sie das tun wird. Ich lasse euch wohl lieber allein."

„Nein, ich möchte nicht, dass du Auto fährst, es ..."

Ana unterbrach ihn. „Bob nimmt mich sicher mit." Sie berührte seinen Arm. „Es ist besser, wenn du erst deine Angelegenheiten regelst. Wir können später immer noch reden." Stacy war nicht nur wütend, sondern auch schön, ein wahrer Männertraum mit langen blonden Haaren und einer üppigen Figur. Vielleicht würde es sich Silver, jetzt, wo sie ihm leibhaftig gegenüberstand, doch noch einmal anders überlegen. Ana gelang ein mattes Lächeln. „Bis dann." Damit wandte sie sich um und ging rasch zum Haus zurück.

„Ana ..."

Sie hörte seinen Ruf, reagierte aber nicht auf ihn. Auf keinen Fall sollte er sehen, wie sehr ihr der Gedanke, dass er sich wieder mit Stacy versöhnen könnte, wehtat. Würde er Stacy genauso küssen, wie er sie gerade noch geküsst hatte? Ana schloss die Augen und versuchte, das Bild aus ihrem Kopf zu bekommen, doch es gelang ihr nicht. Sie war ganz klar ein hoffnungsloser Fall. Hastig blinzelte sie die Tränen fort, während sie sich dem Haus näherte.

11

Silver schaute Ana so lange hinterher, bis sie in der Menschenmenge vor dem Haus verschwunden war, dann wandte er sich zögernd Stacy zu. Seine Laune war durch den Mord schon sehr in Mitleidenschaft gezogen und Stacys unerwarteter ‚Besuch' trug nicht gerade dazu bei, sie zu verbessern.

„Was willst du hier?" Er war nicht in der Stimmung, höflich oder gar freundlich zu sein. „Und vor allem, woher wusstest du, wo du mich findest?"

Stacy stieß sich vom Wagen ab und funkelte ihn wütend an. „Du kommst wie immer gleich zur Sache, was?" Erst als sie sah, dass er nicht vorhatte, sich zu rechtfertigen, versuchte sie es mit einer anderen Taktik. „Ich bin natürlich hier, um dich zu sehen und deine Kollegen im Department waren so nett, mir zu sagen, wo ich dich finden kann."

Silver trat wütend näher. „Ich glaube kaum, dass sie das getan haben. Also, woher wusstest du, wo ich bin?"

Stacy schob ihre Unterlippe vor. „Nun ja, sie haben es mir nicht direkt gesagt. Ich stand zufällig daneben, als sie darüber redeten, dass ihr am West Manchester Boulevard einen Mord untersucht. Also habe ich mir ein Taxi genommen und mich die Straße runterfahren lassen, bis ich den Menschenauflauf hier gesehen habe. Dein Auto war ebenfalls nicht zu übersehen." Sie trat näher an ihn heran und legte ihm beide Hände auf die Brust. „Freust du dich denn gar nicht, mich zu sehen?“

Silver packte ihre Hände und trat zurück. „Was genau hast du nicht verstanden, als ich dir gesagt habe, dass unsere Beziehung beendet ist?“

In Stacys Blick flackerte für den Bruchteil einer Sekunde Unsicherheit auf, dann hatte sie sich wieder gefangen. „Das meintest du doch nicht ernst! Erinnerst du dich nicht, wie gut wir uns immer verstanden haben?“ Sie schenkte ihm einen tiefen Blick und rückte wieder näher. „Das wird auch wieder so sein, wenn wir nur endlich wieder zusammen sind und uns so wie früher lieben können.“

Silver stieß einen tiefen Seufzer aus und ließ ihre Hände los. Anscheinend hatte Stacy nichts von dem, was er ihr am Telefon gesagt hatte, verstanden. Er hätte wissen müssen, dass sie seine Entscheidung nicht akzeptieren würde. Wenn überhaupt, hätte die Trennung von ihr und nicht von ihm ausgehen dürfen, etwas anderes ließ ihr Selbstverständnis nicht zu. „Es tut mir leid, dass du den weiten Weg umsonst gemacht hast. Aber es bleibt dabei, ich möchte nicht mehr mit dir zusammen sein.“

Ihre Augen nahmen einen zornigen Ausdruck an. „Liegt es an ihr?“ Sie deutete zum Haus hin.

„An wem?“

„Nun tu nicht so scheinheilig, ich rede von dieser kleinen Schlampe, die eben an deinem Arm hing!“

Silver spürte, wie er wütend wurde, bemühte sich aber weiterhin um eine ruhige Stimme. „Erstens geht dich das gar nichts an und zweitens ist hier gerade eine junge Frau grausam ermordet worden. Ich würde also vorschlagen, dass wir das Gespräch auf später vertagen.“

Erneut ein Hauch von Unsicherheit. „Du hast Recht, das ist nicht der richtige Ort und die richtige Zeit für solch ein Gespräch, aber ich denke, du schuldest mir eine persönliche Erklärung. Oder war ich für dich nur ein angenehmer Zeitvertreib?“ Diesmal schimmerten Tränen in ihren Augen.

Silver fühlte sich hilflos. Mit ihrer Wut konnte er umgehen, nicht jedoch mit ihren Tränen. „Das warst du nie und das weißt du auch genau.“ Er öffnete die Wagentür und hielt sie auf. „Steig ein, ich bringe dich zum Flughafen.“

„Ich habe aber keinen Rückflug gebucht. Ich dachte, wir würden zu dir fahren und dann …“

Silver schüttelte den Kopf, warf die Tür hinter ihr zu, ging um den Wagen herum und schwang sich auf den Fahrersitz. „Wir suchen dir ein Hotelzimmer.“

Sehr interessant, es gab nicht nur eine, sondern gleich zwei Frauen im Leben des großen Detectives Lincoln Silver. Es war nicht schwierig gewesen, an diese Information zu gelangen, genau genommen brauchte man sich dazu nur ein wenig zu verkleiden, unter die Reporter zu mischen und gut zuzuhören. Ein älterer Fotograf kannte sogar den Namen der Dunkelhaarigen – A. J. Terrence. Also wirklich, A. J. war doch kein Name für eine Frau! Sie arbeitete als Polizeifotografin, unterhielt zudem aber auch ein eigenes Studio. Es könnte lohnend sein, sie weiter im Auge zu behalten. Was nun die üppige Blondine anging, würde es kein Problem sein, mehr über sie herauszufinden, wenn sie erst einmal im Hotel abgestiegen war. Eine nette Unterhaltung mit dem Portier, vielleicht ein zufälliges Treffen im Frühstücksraum ... Ein Kinderspiel. Aber zuerst mussten die

Fotos ausgedruckt und an die Wand geheftet werden, alles musste seine Ordnung haben. Miss Shampoo würde weiterhin überwacht werden, um sicherzustellen, dass sich in ihrem Tagesablauf nichts geändert hatte. Langsam artete die ganze Angelegenheit in Arbeit aus, aber wenn man etwas erreichen wollte, musste man auch bereit sein, etwas dafür zu opfern. Außerdem wäre es viel interessanter, die Ermittler zu beobachten und sich auszumalen, wie sie reagierten, wenn es jemanden aus ihrer unmittelbaren Umgebung traf. Zu wissen, dass man sie ausgetrickst hatte, könnte sehr befriedigend sein …

Zwanzig Minuten später fuhr Silver zum Department zurück. Er hatte sich bemüht, Stacy während der Fahrt zum Hotel noch einmal seinen Standpunkt klarzumachen, doch er bezweifelte, dass sie ihm überhaupt zugehört hatte. Ihre Dickköpfigkeit war schon immer ein Problem gewesen. Wenn sie etwas nicht hören wollte, tat sie es auch nicht. Dann zählte nur, was sie als richtig empfand. Und jetzt hatte sie sich in den Kopf gesetzt, ihn als Freund zu behalten. Nun, wenn sie sein ‚Nein' nicht verstand oder akzeptierte, konnte er es auch nicht ändern, mit der Zeit würde sie sich jedoch damit abfinden müssen. Außerdem war er sicher, dass sie ihn schnell vergessen würde, wenn sie erst einmal wieder nach Chicago zurückgekehrt wäre. Ein paarmal würde sie ihn noch anrufen, doch irgendwann würden auch die Telefonate weniger werden und schließlich ganz aufhören.

Silver schreckte aus seinen Gedanken, als das Handy klingelte. Misstrauisch zog er es aus seiner Jacketttasche und kontrollierte die Nummer des Anrufers. Es war

Bob. Erleichtert atmete er auf und nahm das Gespräch an. „Ja?"

„Wo zum Teufel bist du?"

„Ich könnte schwören, wir haben in letzter Zeit schon öfter ein Telefonat mit genau diesen Worten begonnen." Bobs Schnauben brachte ihn zum Lachen. „Im Auto, unterwegs zum PD. Warum?"

„Ich hatte angenommen, du würdest A. J. nach Hause fahren, stattdessen stand sie einsam und verloren vor dem Haus, bleicher als ein Bettlaken. Was hast du dir dabei gedacht, sie einfach so stehen zu lassen?"

Silvers Gewissen war schon schlecht genug, da brauchte er nicht noch Bob, der ihn auf seine Unterlassung hinwies. „Ich wollte sie ursprünglich nach Hause bringen, aber dann ist mir etwas dazwischen gekommen. Hast du sie jetzt nach Hause gefahren?"

„Natürlich, was denkst du von mir? Sie war sehr still, hat gerade mal ein ‚Danke' herausgebracht. Ich mache mir wirklich Sorgen um sie."

Das tat Silver auch, aber er sagte nichts dazu. „Ich werde nachher noch bei ihr vorbeifahren. Können wir die Unterhaltung weiterführen, wenn ich im Büro bin, oder gibt es noch etwas Dringendes?"

Einen Moment Stille, dann räusperte sich Bob. „Nein. Wir sprechen uns später."

Das Knacken in der Leitung zeigte, dass Bob aufgelegt hatte. Sein Partner war also nicht zufrieden mit der Art, wie er Ana behandelt hatte, aber das war er selbst auch nicht. Anscheinend war in Chicago nicht nur sein Job, sondern auch sein Privatleben unerträglich geworden. Es widerstrebte ihm, Ana Stacys Wut und Eifersucht auszusetzen, weshalb er auch darauf verzichtet hatte, die beiden einander vorzustellen. Er konnte nur hoffen, dass Ana ihm verzieh, sie ein weiteres Mal so abrupt stehen gelassen zu haben.

Mit quietschenden Reifen bog er auf den Parkplatz des Departments ein. Es war eindeutig Zeit, sich ganz auf den Fall zu konzentrieren. Wenn Carl die Ähnlichkeit zum Tudolsky-Fall bestätigte, mussten sie vom gleichen Täter ausgehen und ihre Ermittlungen ausweiten. Und wenn die Medien davon Wind bekämen, hätten sie keine ruhige Minute mehr, so viel war sicher. Silver warf einen Blick auf die anderen Fahrzeuge, doch Anas Auto war nicht darunter. Natürlich, Bob hatte sie ja hierher mitgenommen und danach nach Hause gefahren. *Konzentrier dich endlich auf den Fall!* Immer zwei Stufen auf einmal nehmend, kam er kurz darauf in den Räumen der Mordkommission an. Es herrschte hektisches Treiben, kein Wunder, denn montags wurden häufig Morde entdeckt, die bereits am Wochenende begangen worden waren. Außerdem gab es jetzt erste Hinweise auf einen Serientäter, Anrufe von Reportern und Fernsehsendern, Druck von den Vorgesetzten – ja, so machte die Arbeit richtig Spaß. Silver riss die Tür zum Büro auf und erstarrte, als er sah, dass sich Captain Harris und Bob am Schreibtisch gegenübersaßen. Beide sahen zur gleichen Zeit auf und musterten ihn missbilligend, wie es ihm vorkam.

„Da sind Sie ja, Silver. Payton sagte, Sie hätten eine wichtige Erledigung zu machen. Sind Sie einem Hinweis auf den Täter nachgegangen?“

Unbehaglich ließ sich Silver in seinen Stuhl sinken. „Nein, Sir, wir haben noch immer keinerlei Hinweise auf den Täter. Wir hoffen, dass Carl Mayer etwas herausfindet oder die Techniker diesmal Spuren entdecken.“

„Wir haben also nichts." Harris' Gesicht zeigte deutliches Missfallen.

„Derzeit, ja." Silver zog den Stapel VICAP-Akten hervor. „Ich konnte keinerlei passende Fälle in VICAP finden. Entweder hat der Täter irgendwann seinen MO und/oder seine Signatur geändert, oder wir haben es mit einem Neuling zu tun, der bisher noch nicht aufgefallen ist." Der Modus Operandi, kurz MO genannt, bezeichnete die Vorgehensweise eines Täters und seinen Opfertypus, die Tages- oder Nachtzeit, in der er mordete, sowie den Ort. Die Signatur hingegen beinhaltete alles, was für die Ausführung der Tat nicht essentiell war, aber für die Art und Weise, in der sie begangen worden war, wie in diesem Fall die Schnittwunden und die Entfernung einzelner Körperteile.

„Oder seine früheren Taten sind nicht in der Datenbank eingetragen."

„Oder das."

„So viel zu diesem ganzen neumodischen Schnickschnack. Viel Aufwand, hohe Kosten, aber völlig nutzlos."

Silver wollte bereits zu einer Erwiderung ansetzen, schloss dann aber den Mund, als er Bobs kaum wahrnehmbares Kopfschütteln bemerkte. Er presste die Lippen zusammen und wartete darauf, zu erfahren, was der Captain von ihnen wollte.

Harris ließ sie nicht lange im Unklaren. „Sollte sich herausstellen, dass die beiden Morde zusammenhängen, werde ich ein Ermittlungsteam zusammenstellen. Da Sie den ersten Fall bearbeitet haben, werde ich Ihnen die Leitung des Teams übertragen, Payton. Suchen Sie sich zuverlässige Leute, die Ihnen bei der Arbeit helfen, Sie haben meine volle Unterstützung."

„Ja, Sir."

Harris wuchtete sich aus dem Stuhl und ging zur Tür. „Und Payton … finden Sie den Mörder. Wenn möglich schnell und ohne dass die Medien etwas davon mitbekommen." Er nickte Silver zum Abschied zu und verließ den Raum, ohne eine Antwort abzuwarten.

„Na toll." Bobs Gesicht verzog sich. „Was glaubt er, wie wir das anstellen sollen? Ich nehme gerne jede Art von Herausforderung an, aber das hier gleicht der berühmten Suche nach der Nadel im Heuhaufen. Und wenn schon der Tudolsky-Fall wegen mangelnder Spuren nach wenigen Tagen kalt war, ist der neue Fall bereits jetzt gefroren."

„Lass uns erst abwarten, was Carl und die Spurensicherung noch an Ergebnissen bringen, vielleicht haben wir ja Glück."

Bob sah ihn skeptisch an. „Das glaubst du doch nicht wirklich, oder?"

„Den Fall gleich zu Beginn abzuschreiben, bringt auch nichts. Außerdem haben wir gar keine andere Wahl, als den Täter zu finden. Allerdings haben wir ein ziemliches Problem, wenn es sich in beiden Fällen um den gleichen Mörder handelt, denn er ist nicht nur ausnehmend gut organisiert, sondern geht auch innerhalb kurzer Sequenzen vor. Zwischen dem Mord an Gwen Tudolsky und Delia Hoffman liegt gerade einmal eine Woche, vielleicht etwas mehr. Wenn er weiterhin in diesem Rhythmus tötet, werden wir in vier bis zehn Tagen den dritten Mord haben. Wenn er aber eskaliert …"

„Könnten wir sogar noch früher ein neues Opfer finden. "

„Exakt." Silver fuhr sich frustriert durch seine Haare. „Ich scheine solche Fälle geradezu anzuziehen."

„Wie meinst du das?"

„In Chicago hatten wir vor einigen Monaten auch eine Mordserie, an der wir uns die Zähne ausgebissen haben."

Bob setzte sich auf. „Könnten die Fälle miteinander zusammenhängen?"

„Nein, der Täter hat seine Opfer erschossen, allerdings ebenfalls ohne brauchbare Spuren zu hinterlassen. Bei einem seiner Morde hat er jedoch einen Zeugen übersehen, von dem wir dann wertvolle Hinweise erhalten haben." Silver schluckte heftig bei der Erinnerung daran. „Es war ein kleiner Junge, der im selben Raum, in dem der Mörder seinen Vater erschoss, hinter einem Sofa gespielt hat."

„Armer Kerl." Bob beobachtete ihn eindringlich. „Bist du deshalb nach Los Angeles gewechselt?"

„Du meinst, weil es in L. A. keine Morde und kein Leid gibt? Aber sicher." Als Bob ihn jedoch weiterhin fragend ansah, ohne etwas zu sagen, gab er schließlich seufzend nach. „Der Fall spielte tatsächlich eine Rolle, denn er machte mir deutlich, dass ich mit meinem Partner auf keinen Fall länger zusammenarbeiten konnte. Seine Art den Jungen zu befragen, war das Schlimmste, was ich je miterlebt habe. Ich wollte eingreifen, wurde aber von unserem Vorgesetzten aus dem Zimmer geschickt."

„Was hast du dann gemacht?"

„Ich habe gewartet, bis der Täter gefasst war, am gleichen Tag meine Kündigung eingereicht und angefangen, mir einen anderen Job zu suchen." Ein grimmiges Lächeln huschte über sein Gesicht. „Und ich habe meinen Partner zu Hause aufgesucht und ihm deutlich gemacht, was ich von seinen Methoden halte."

„Mit Worten?"

Silver grinste ihn befriedigt an. „Sagen wir einmal so, die nächsten paar Wochen konnte er keine Zeugen mehr befragen."

Lachend stand Bob auf. „Ich werde es mir merken und versuchen, dich nie auf dem falschen Fuß zu erwischen. Das schreit nach einem ordentlichen Kaffee, möchtest du auch einen?"

„Gerne."

In der Tür blieb Bob stehen. „Eine Frage noch: Warum hast du dafür keine Verwarnung bekommen?"

„Meinem lieben Partner war die ganze Sache so peinlich, dass er behauptet hat, er wäre nachts von einer Bande in einer dunklen Gasse erwischt worden."

„Und das haben sie ihm geglaubt?"

„Sie wollten es ihm glauben, weil sie sich sonst mit seinem unvorschriftsmäßigen Verhalten, das zudem noch vom Captain abgesegnet worden war, hätten befassen müssen. Da war es wesentlich bequemer, mich mit einer sauberen Akte gehen zu lassen."

„Ihr Verlust, unser Gewinn." Damit war Bob endgültig aus dem Raum und zog die Tür leise hinter sich zu.

Lächelnd lehnte Silver sich zurück. Es tat gut, endlich einen Partner zu haben, der diese Bezeichnung auch verdiente. Eigentlich hatte er nicht vorgehabt, Bob etwas über den Vorfall in Chicago zu erzählen, doch jetzt war er froh, dass er es getan hatte. So gab es keinerlei Geheimnisse oder ungeklärte Fragen zwischen ihnen, die ihre Zusammenarbeit irgendwann einmal belasten konnten.

Das Klingeln des Telefons riss ihn aus seinen Gedanken. „Silver."

„Carl Mayer hier. Ich habe eure Tote jetzt auf dem Tisch und oberflächlich untersucht, ich dachte, ihr wärt vielleicht an den ersten Erkenntnissen interessiert."

„Auf jeden Fall. Moment, ich hole mir etwas zu schreiben. In Ordnung, schieß los."

Carl atmete hörbar aus, bevor er zur Sache kam. „Es sieht ganz danach aus, als ob wir es mit dem gleichen Täter zu tun hätten."

„Verdammt!"

„Ja, so könnte man es ausdrücken. Das Opfer ist definitiv an unzähligen Schnittverletzungen verblutet, von denen keine einzige tief genug war, um tödlich zu sein. Die Brüste wurden sauber entfernt, durchaus vergleichbar mit den Ohren des früheren, vielmehr späteren, Opfers. Ich werde Blut- und Gewebetests veranlassen, bin mir aber ziemlich sicher, dass wir kein Betäubungsmittel nachweisen werden können, dafür liegt der Todeszeitpunkt schon zu weit zurück."

„Wurde sie ebenso wie Gwen Tudolsky am Kopf verletzt?"

„Nein, bisher konnte ich außer den Schnittwunden keine Verletzungen feststellen, werde aber weiter danach Ausschau halten."

„Hast du schon den genauen Todeszeitpunkt ermittelt?"

„Nein, und das wird auch noch dauern, weil ich dafür erst einige andere Untersuchungen durchführen muss."

„Aber du bist dir so gut wie sicher, dass wir es mit dem gleichen Täter zu tun haben?"

„Ich bin nur Gerichtsmediziner, aber ja, ich denke, dass wir davon ausgehen müssen. Mein endgültiges Urteil werde ich dann zusammen mit meinem Bericht vorlegen."

„Captain Harris hat Bob bereits zum Leiter eines Ermittlungsteams ernannt, sollten die beiden Fälle zusammenhängen. Ich schätze, wir sehen uns dann bei der nächsten Besprechung."

„Gut, ich werde mich beeilen, auch wenn hier noch einige weitere Fälle auf mich warten."

„Danke Carl."

Mit einem gegrummelten Abschiedsgruß legte der Gerichtsmediziner auf, während Silver seinen Kopf in die Hände stützte und auf diese Weise Druck auf seine schmerzenden Schläfen ausübte.

In dieser Haltung fand ihn Bob auch einige Minuten später noch vor, als er mit zwei dampfenden Kaffeebechern wieder hereinkam. Besorgt beugte er sich zu ihm hinunter. „Was ist passiert?"

„Carl hat gerade inoffiziell bestätigt, dass es sich höchstwahrscheinlich um ein und denselben Täter handelt."

„Verflucht."

„Genau. Ist dir beim Kaffeemachen zufällig eine Idee gekommen, wie wir den Täter finden können, obwohl er keine Spuren hinterlässt?"

„Nein, aber ich werde mir gleich die Fotos von der Absperrung um den Tatort anschauen und prüfen, ob jemand unter den Gaffern ist, der irgendwie auffällt. Oder der sowohl am Mulholland als auch in West Manchester gewesen ist. Ich glaube zwar nicht, dass ein Täter, der so zielgerichtet vorgeht wie der unsere, diesen Fehler begeht, aber ausschließen können wir es nicht."

„Sind denn die Fotos vom zweiten Tatort schon fertig?"

Wortlos hob Bob den Hörer hoch und wählte eine Nummer. „Leo? Hier ist Bob Payton. Wie weit bist du mit den Fotos? Gut, ich verstehe. Kannst du mir die Aufnahmen von den Leuten draußen zuerst hochschikken? Die Gesichter bitte alle vergrößert. Ja, gerne auch als Mail, wenn es auf diese Weise schneller geht. Danke."

„Ist er schon fertig?"

„Noch nicht ganz. Aber glücklicherweise liefert A. J. immer nahezu perfekte Aufnahmen ab, an denen er nicht mehr viel tun muss." Bob bückte sich unter den Schreibtisch und schaltete seinen PC an. „Sowie er fertig ist, schickt er sie mir per E-Mail, die Abzüge kommen später." Er sah auf. „Hast du …"

Silver hatte inzwischen die Fotos des Tudolsky-Tatorts herausgesucht und schob einen Teil zu Bob hinüber.

„Danke."

Wenige Minuten später sah Silver auf und schloss kurz seine schmerzenden Augen. „Ich habe niemanden gefunden, der mir aus irgendeinem Grund besonders aufgefallen wäre. Du?"

Bob schnitt eine Grimasse. „Ich auch nicht. So gut wie alles Frauen, Kinder und Rentner. Und natürlich Reporter. Kaum zu glauben, wie schnell die immer erfahren, wo es was zu holen gibt. Nur eine Handvoll Männer im richtigen Alter – wenn wir einmal von der Annahme ausgehen, dass der Täter ein Mann zwischen 25 und 45 ist. Was sagst du zu der Auswahl?"

„Wie gesagt, mir ist nichts Verdächtiges aufgefallen, aber man kann ja nie wissen. Vielleicht haben wir Glück und einer von ihnen taucht auch beim Hoffman-Tatort wieder auf."

Ein Schussgeräusch kündigte den Eingang einer neuen E-Mail auf Bobs PC an.

Silver verdrehte die Augen. „Himmel, kannst du nicht endlich einmal den Benachrichtigungston ändern? Irgendwann bekomme ich noch einen Herzinfarkt."

Bob lachte. „Das glaube ich kaum, dein Herz muss sowieso aus Stein sein, wenn du die liebreizende Miss Terrence einfach so im Regen zurücklassen kannst."

„Es hat nicht geregnet. Außerdem wäre es mir lieber, wir würden weiter am Fall arbeiten, wenn es dir nichts ausmacht."

„Wie du willst, komm auf meine Seite rüber, dann sehen wir uns die neuen Fotos an." Bob klickte eifrig mit der Maus, während Silver seinen Stuhl auf die andere Seite des Doppelschreibtischs schob. Sie nahmen sich ein Foto nach dem anderen vor, konnten aber auf keinem etwas Außergewöhnliches feststellen. „Nichts. Anscheinend ein völlig anderes Publikum."

Auch hier hielten sich vermehrt Frauen, Alte und Jugendliche am Tatort auf, allerdings gehörten sie nicht der weißen Mittelschicht an, wie sie beim Tudolsky-Mord anwesend gewesen war. Diesmal handelte es sich größtenteils um Schwarze, Latinos und Asiaten, dazwischen einige Weiße. Die wenigen Männer waren nicht miteinander identisch. Nach und nach verglichen sie sämtliche vorhandenen Fotos, doch auf keinem war eine Übereinstimmung zu erkennen. Eine der Reporterinnen kam Silver zwar bekannt vor, aber er war sich diesbezüglich nicht ganz sicher. Außerdem kam wohl eher ein Mann als eine Frau als Täter in Frage. Silvers Magen zog sich unangenehm zusammen, als er die vielen Reporter sah, die nach Informationen gierten und dabei völlig ignorierten, dass hier gerade ein Mensch gestorben war. Auch einige Gaffer hatten sich unter die Menge gemischt, vielleicht in der Hoffnung, durch falsche Augenzeugenberichte etwas Geld mit dem Unglück anderer machen zu können.

Schließlich klickte Bob die letzte Aufnahme vom Bildschirm und lehnte sich in seinem quietschenden Stuhl zurück. „Wie ich es mir gedacht habe. Auch hier kein einziger Hinweis. Wir stecken fest!“

12

„Entschuldigt die Verspätung, ich habe noch mit Carl Mayer telefoniert." Bob ließ sich schwer atmend in seinen Sessel sinken und sah sich im Besprechungszimmer um. „Er kommt heute Abend nicht, dazu hat er zu viel zu tun. Sowie der Bericht über den Hoffman-Fall fertig ist, schickt er ihn uns zu. Seine vorläufigen Erkenntnisse hat er mir durchgegeben."

Captain Harris strich über seinen Schnurrbart. „In Ordnung, nachdem wir nun vollzählig sind, können wir ja endlich anfangen. Ist Dr. Mayer bei seiner Vermutung, dass es sich bei beiden Morden um den gleichen Täter handelt, geblieben?"

„Ja, er ist sich da ziemlich sicher, und wir sind es ehrlich gesagt auch."

Harris' Wangen röteten sich. „Das ist gar nicht gut." Sofort riss er sich wieder zusammen. „Was wissen wir über das neue Opfer?"

Silver zog einen Zettel hervor. „Delia Hoffman, 24 Jahre alt, ledig. Sie teilte sich mit ihrer Mitbewohnerin Felicia Damon ein Apartment am West Manchester. Delia studierte im dritten Jahr Kunst und Design an der University of California, im Frühjahr hätte sie ihren Abschluss gemacht. Sie stammt ursprünglich aus Hainesville, Illinois, dort leben wohl auch ihre Mutter und eine jüngere Schwester, bisher konnten wir sie allerdings noch nicht erreichen. Es scheint so, als würden sie in einem Wohnwagenpark residieren, in dem es keinen direkten Telefonanschluss gibt. Ich habe im dortigen Sheriffbüro angerufen, sie schicken einen Deputy vorbei, der die Familie informiert und sie befragt. Sollten wir weitergehende Informationen benötigen, wird einer von uns hinfliegen müssen.

Vielleicht sollten wir gezielt nach Übereinstimmungen im Leben der beiden Opfer suchen. So fällt zum Beispiel auf, dass auch Gwen Tudolsky keine Familienangehörigen hier hatte, nur ihren Lebensgefährten, der zur Tatzeit allerdings nicht in der Stadt war – genau wie Delias Mitbewohnerin."

Es herrschte Stille am Tisch, während jeder über Silvers Vorschlag nachdachte.

„Es könnte sein, muss aber nicht." Bob lehnte sich zurück und faltete die Hände über dem Bauch.

Silver nickte zustimmend. „Ansonsten konnte ich bisher keine Gemeinsamkeiten entdecken. Gwen Tudolsky war nicht reich, hatte aber genügend Geld, um ein sorgenfreies Leben zu führen, während Delia Hoffmans Lebensumstände eher auf einen weniger gesicherten Hintergrund schließen lassen. Sobald wir von der Bank die Erlaubnis erhalten haben, ihr Konto zu überprüfen, werden wir das sicher bestätigt bekommen. Mrs Tudolsky war über zehn Jahre älter als Delia. Die eine war blond, die andere hatte schwarze Haare. Sie gingen zwei völlig unterschiedlichen Berufen nach. Lebten in anderen Wohnvierteln. Sie hatten unterschiedliche Freunde und Bekannte, die sich untereinander auch nicht kennen." Frustriert klopfte Silver mit dem Stift auf seinen Notizblock. „Ich sehe zumindest derzeit keine weiteren Übereinstimmungen."

„Wissen wir mittlerweile, wo sich Delia Hoffmanns Mitbewohnerin aufhält?“

„Die Spurensicherung hat einen Zettel mit einer Anschrift in Colorado entdeckt. Wir hoffen, dass wir sie dort finden.“

„Immerhin etwas. Wie sieht es mit der Befragung der Nachbarn aus?“

Johnston war die Begeisterung, dem Ermittlungsteam anzugehören, förmlich anzusehen. „Kirby und ich sind überall in der Nachbarschaft herumgegangen und haben allgemeine Fragen zum Opfer gestellt und ob jemand etwas Verdächtiges bemerkt hat. Aber in dieser Gegend hat natürlich wie immer keiner etwas beobachtet. Und angeblich will auch niemand das Opfer näher gekannt haben, höchstens vom Sehen her. Eine ältere Frau meinte, sie habe gehört, dass die Verstorbene in einer Sex-Bar gearbeitet hätte. Ihr Ausdruck, nicht meiner. Allerdings wusste sie nicht, in welcher. Sie war ziemlich empört, als ich davon ausging, dass sie wissen könnte, wo so ein schändliches Etablissement zu finden wäre.“

Wieder herrschte Stille im Raum, bis Bob sich räusperte. „Eine Stripperin also? In diesem Milieu könnte sie natürlich ohne weiteres auf den Täter gestoßen sein. Aber es wird eine Tortur werden, dort Nachforschungen anstellen zu müssen.“

„Vielleicht steht der Name der Bar auf einem ihrer Kontoauszüge?“

Bob musterte Kirby interessiert. „Du glaubst wirklich, dass so ein Job irgendwo offiziell gemacht wird? Meist werden Striptease-Tänzerinnen bar bezahlt, damit es keine Unterlagen gibt und keine Steuern anfallen. Das hat für beide Seiten Vorteile, außer es gibt eine Razzia.“

„Ich frage lieber nicht, woher du das so genau weißt. Außerdem haben wir noch nicht einmal geklärt, ob die Aussage der Nachbarin überhaupt zutreffend ist, es könnte sich auch nur um ein Gerücht handeln."

„Ach, ich könnte mir gut vorstellen, dass es stimmt." Alle starrten Leo an, der in seinen Fotos blätterte. Als er die Stille wahrnahm, die auf seinen Einwand hin folgte, sah er auf und hob entschuldigend beide Hände. „Ich weiß, Vorurteile und so weiter, und glücklicherweise sitzt keine Frau hier mit am Tisch, sonst hätte sie mich sicher schon massakriert."

Bobs Stimme war bemerkenswert ruhig. „Wie wäre es, wenn du uns einfach sagst, wie du darauf kommst?"

„Die Techniker haben mir ein paar aktuelle Fotos mitgebracht, damit ich sie einscanne und vergrößere. Für Handzettel und so weiter."

„Ja, wir wissen, wofür sie gebraucht werden, komm zur Sache."

Endlich hatte Leo das gesuchte Foto gefunden und hielt es triumphierend in die Höhe. „Das ist der Grund, weshalb ich denke, dass der Hinweis auf das Strippen stimmen könnte."

Silver lehnte sich vor und betrachtete das Foto. Die Farbaufnahme zeigte eine lachende Delia Hoffman in einem knappen Bikini und verlockender Pose am Strand. Äußerst lebendig und wunderschön, schlank und an den richtigen Stellen gerundet, dazu die langen schwarzen Haare und ein fast exotisch wirkendes Gesicht. Ja, wenn man von dieser Pose ausging, konnte man sich durchaus vorstellen, dass sie als Stripperin gearbeitet hatte. Doch gleich darauf erinnerte er sich an die entstellte Leiche auf dem Couchtisch, die keinerlei Ähnlichkeit mehr mit der Frau auf dem Foto aufwies und sofort begann ein dumpfer Schmerz in seiner Schläfe zu pochen. Manchmal hasste er seinen Job.

„Eine Schande.“ Bob räusperte sich. „Gut, wir werden der Sache nachgehen, obwohl ich es als meine Pflicht ansehe, darauf hinzuweisen, dass Schönheit nicht automatisch gleichbedeutend mit einem Job als Stripperin gesetzt werden darf.“

Damit nahm er ein wenig Spannung aus der Runde. Bob hatte einfach ein Talent, mit anderen Menschen umzugehen, das er selbst nie besitzen würde. Silver lehnte sich wieder zurück und betrachtete die kleine Gruppe. Auch wenn sich alle bemühten, es nicht zu zeigen, war dies doch einer der Fälle, die unter die Haut gingen und niemanden kalt ließen.

„Was hatte Dr. Mayer denn sonst noch für uns?“ Captain Harris war deutlich anzusehen, dass er den Fall lieber gestern als heute gelöst hätte.

Bob zog seinen Block hervor und starrte einen Moment lang auf seine Notizen, bevor er zu berichten begann. „Der Tod erfolgte durch Verbluten, der genaue Zeitpunkt ist noch zu bestimmen, liegt aber vermutlich zwischen dem 1. und 7. September. Carl muss das noch mit den damaligen Wetterdaten und der Einstellung der Klimaanlage im Haus der Toten abgleichen und berechnen. Der Körper des Opfers weist zahlreiche Schnitte auf, vierundzwanzig, um genau zu sein, die alle flach und sehr gleichmäßig ausgeführt worden sind. Die Tote hat aus allen geblutet, was laut Carl darauf hindeutet, dass sie zu diesem Zeitpunkt noch gelebt haben muss. Die Gleichmäßigkeit der Schnitte legt außerdem nahe, dass das Opfer betäubt war und sich während der Operationen des Täters nicht bewegen konnte. Ein Betäubungsmittel kann er jedoch nicht nachweisen, da sich

Gewebe und Blut bereits zu stark zersetzt haben. Spuren von Fesseln oder dergleichen wurden nicht gefunden, was wiederum auf eine Betäubung hinweist. Das Opfer wurde nicht vergewaltigt, zumindest wurden keine Hinweise darauf gefunden. Die Brüste wurden abgetrennt – ebenfalls bei lebendigem Zustand. Der hohe Blutverlust durch diese beiden Wunden lässt vermuten, dass das Opfer bald darauf gestorben ist." Zögernd blickte er auf und legte den Block beiseite. „Die Art der Wunden, ihre Ausführung sowie das Skalpell, als wahrscheinliche Tatwaffe, legen nahe, dass wir es mit demselben Täter zu tun haben wie beim Tudolsky-Fall." Er hielt kurz inne. „Soweit Carls vorläufige Diagnose."

„Also suchen wir nach einem Serienmörder."

Captain Harris richtete sich kerzengerade auf. „Sagen Sie so etwas nicht, Silver! Die Presse wird sich auf uns stürzen, sobald sie das erfährt."

„Mit Verlaub, Sir, ich fürchte, wir haben es hier mit einem schwerwiegenderen Problem zu tun als uns über die Reaktion der Medien Sorgen zu machen. Innerhalb von ein bis zwei Wochen sind zwei Frauen auf abscheuliche Art und Weise ermordet worden, anscheinend von ein und demselben Täter und wir haben nicht die leiseste Ahnung, wer er sein könnte. Wenn wir nicht innerhalb der nächsten Tage auf seine Spur kommen, befürchte ich, dass es ein weiteres Opfer geben wird."

„Das vermuten Sie doch nur!" Harris Kopf war hochrot angelaufen.

„Ja, aber trotzdem müssen wir damit rechnen und alles dafür tun, dass es nicht so weit kommt."

„Selbstverständlich, aber ..."

Bob mischte sich ein. „Ich stimme Silver zu. Ich würde gern Hickman mit ins Team holen, damit sie uns bei der Tätersuche berät."

Damit hatte Bob sehr geschickt den Ausdruck ‚Profil' umgangen, der den Captain sofort an die Decke befördert hätte. So zog dieser nur an seiner Krawatte, die ihm plötzlich zu eng am Hals zu sitzen schien, während er versuchte, seine Abneigung gegen die Leiterin der Behavioral Science Services nicht allzu deutlich werden zu lassen. „Das ist zum jetzigen Zeitpunkt ganz sicher nicht nötig. Wir haben noch nicht einmal alle Quellen ausgeschöpft, um ..."

„Captain, ich denke, dass wir jede Hilfe, egal von welcher Seite sie kommt, im Moment sehr gut brauchen können, wenn sie dazu dient, den Fall zu lösen und den Täter zu schnappen."

Da auch alle anderen im Raum dieser Meinung waren, blieb Harris nichts anderes übrig, als der Anforderung Caroline Hickmans schließlich zuzustimmen. „In Ordnung, sobald wir die Berichte für den Hoffman-Fall von Dr. Mayer und der Spurensicherung bekommen haben, werde ich Chief Police Psychologist Hickman informieren. Ich wünsche aber, dass Sie auch darüber hinaus jede Maßnahme ergreifen, die es uns erlaubt, den Fall so schnell wie möglich abzuschließen. Irgendwelche Ideen?"

„Wir könnten bei Stuart Killings nachfragen, ob er das neue Opfer kennt. Ich bezweifle das zwar, aber immerhin können wir ihn so endgültig von unserer Verdächtigenliste für den Mord an Gwen Tudolsky streichen, denn es werden sicher nicht zwei Täter mit der gleichen Signatur herumlaufen." Silver nahm die Tatortfotos entgegen, die ihm Leo über den Tisch zuschob.

„Ein Nachahmungstäter vielleicht?"

„Unwahrscheinlich, die Einzelheiten sind bisher noch nicht an die Öffentlichkeit gedrungen und die gesamte Vorgehensweise bis hin zu den Schnitten ist nur schwer zu kopieren." Ein Blick auf das oberste Bild bestätigte seine Aussage. Es konnten nicht zwei Täter zur gleichen Zeit in L. A. unterwegs sein, die dieselbe Technik beherrschten und gleichzeitig so abgebrüht waren, eine solche Tat zu begehen. Carls Bericht würde das morgen zweifellos bestätigen, wenn er die Schnittwunden der beiden Opfer miteinander verglichen hatte. „Davon abgesehen ist Stuart Killings durch sein Alibi theoretisch kein Verdächtiger mehr."

„Nur theoretisch?"

Bob erläuterte den Umstand genauer. „Mangels anderer verdächtiger Personen erschien uns die Liste zu leer, weshalb wir ihn noch drauf stehen gelassen haben."

Kirby unterdrückte ein Lachen, während Johnston gequält zur Decke blickte.

„Finden Sie es etwa witzig, dass wir keinen Verdächtigen haben, Detective Kirby?" Harris' Gesichtsfarbe hatte sich wieder seiner roten Krawatte angepasst.

Rasch setzte Kirby einen todernsten Gesichtsausdruck auf. „Nein, natürlich nicht, Sir."

Der Captain grunzte daraufhin nur und wandte sich dann an Bob. „Sorgen Sie dafür, dass innerhalb der nächsten vierundzwanzig Stunden ein echter Verdächtiger auf Ihrer Liste steht. Ich kann nicht zulassen, dass ein Mörder durch die Stadt zieht und wahllos Frauen massakriert."

„Ganz sicher nicht wahllos, Captain."

„Dann sagen Sie mir, nach welchen Kriterien er seine Opfer auswählt."

„Genau das werden wir hoffentlich in den nächsten Tagen herausfinden. Bisher haben wir allerdings noch nicht genügend Informationen über Delia Hoffman zusammengetragen, um diesbezüglich Mutmaßungen anstellen zu können. Uns fehlen nach wie vor noch die Aussagen ihrer Eltern und ihrer Mitbewohnerin, die wir morgen aber erhalten sollen."

„Gut. Nutzen Sie sämtliche Ressourcen und Leute, die Ihnen zur Verfügung stehen." Harris schlug mit der Faust auf den Tisch. „Ich will diesen Täter haben, noch bevor man in der Stadt überhaupt merkt, dass es ihn gibt!"

„Ja, Sir."

Harris wuchtete sich aus seinem Stuhl, warf einen letzten schlecht gelaunten Blick in die Runde und stürmte dann aus dem Raum. Totenstille folgte auf seinen Abgang, Kirby hielt eine Hand vor seinen Mund gepresst, um nicht laut aufzulachen. Erst als der Captain außer Hörweite sein musste, gestattete er sich ein leises Glucksen.

„Immer wieder ein Erlebnis."

Silver schaute die anderen verwundert an. „Ist er etwa öfter so?"

Bob grinste. „Du wirst dich daran gewöhnen. Willkommen im Club."

„Nicht zu fassen, wo bin ich denn hier hineingeraten?" Kopfschüttelnd packte Silver seine Unterlagen zusammen. „Was passiert, wenn wir den Täter nicht so schnell erwischen wie sich der Captain das vorstellt?"

„Harris wird uns bei jeder Besprechung das Gleiche sagen." Kirby ahmte die Stimme des Captains nach.

„‚Findet ihn, ich kann nicht zulassen, dass ein Mörder durch die Stadt zieht.‘“

Bob nickte. „Glücklicherweise bellt er nur, beißt aber nicht.“ Er wurde ernst. „Er weiß, dass wir unser Bestes tun und den Täter genauso sehr schnappen wollen wie er, nur manchmal reicht das Wollen einfach nicht. Wenn ein Täter wie in diesem Fall keine Spuren hinterlässt, bleibt uns nur zu hoffen, dass er irgendwann einen Fehler macht oder wir durch einen glücklichen Zufall auf seine Spur kommen. Ich hasse solche Fälle, sie geben mir das Gefühl, unfähig zu sein.“

Johnston legte ihm eine Hand auf die Schulter. „Uns auch, aber diesen Kerl werden wir erwischen, ich spüre es in meinen Knochen.“

„Hey Kyle, sagen dir deine Knochen vielleicht auch, wo wir ihn finden können? Ich stelle mir gerade die Schlagzeilen vor: ‚Polizeiknochen entlarven Täter!‘“ Kirby grinste breit. „Und ich darf mit diesem Wunderknochen zusammenarbeiten, was habe ich nur für ein Glück!“ Bevor Johnston etwas erwidern konnte, war Kirby bereits aus der Tür und Johnston folgte ihm grummelnd.

Silver grinste Bob an. „Verfügst du zufällig auch über so eine Art von Intuition? Wir könnten sie gut brauchen.“

„Leider nicht. Daher werden wir wohl gleich noch einmal alle Unterlagen durchgehen müssen, bevor wir Feierabend machen. Und danach könnten wir uns die Arztlisten ansehen.“

Silver stöhnte laut auf. Er hatte gehofft, endlich nach Hause gehen zu können, um zu verhindern, dass sich seine Kopfschmerzen zu einer waschechten Migräne auswuchsen. Aber Bob hatte natürlich Recht, es gab noch viel zu tun, und jede Minute konnte entscheidend sein.

Anas Kopf ruckte hoch, sie hatte ein merkwürdiges Geräusch gehört. Es schien aus dem Hausflur zu kommen, aber wahrscheinlich war es nur einer der Nachbarn, der gerade nach Hause kam. Halbwegs beruhigt wandte sie sich wieder dem Buch zu, mit dem sie sich auf andere Gedanken bringen wollte. Doch bislang hatte sie noch keine einzige Zeile darin gelesen, sondern die ganze Zeit über in die Flammen des Kaminfeuers gestarrt. Mit einem tiefen Seufzer schob sie das Lesezeichen zwischen die Seiten und klappte das Buch zu. Ein schabender Laut an der Wohnungstür ließ sie erneut aufhorchen. Sie sprang auf und schlich auf Socken durch das Wohnzimmer. Im Türrahmen blieb sie stehen und lauschte. Es war nichts zu hören, wahrscheinlich hatte sie sich das Geräusch nur eingebildet, oder es war tatsächlich ein Nachbar, der etwas in seine Wohnung transportierte und damit gegen ihre Tür gestoßen war.

Den Blick weiterhin starr auf den Eingang gerichtet, tastete sie mit der Hand nach ihrem Elektroschocker, den sie in der obersten Schublade der Flurkommode aufbewahrte. Es war das erste Mal, dass sie wünschte, sich für eine Pistole entschieden zu haben, mit der sie einen Verbrecher auch auf größere Entfernung hin in Schach halten konnte. Doch das war damals nicht für sie in Frage gekommen, weil sie einen großen Widerwillen gegen jede Arte von Schusswaffen empfand. Erleichtert atmete sie auf, als sich ihre Finger um den Elektroschocker schlossen.

Wenigstens war sie nicht ganz hilflos. Wenn jemand in ihre Wohnung wollte, musste er zuerst an ihr vorbei. Von sich selbst überrascht, schüttelte Ana den Kopf. So ein Unsinn, niemand versuchte, in ihre Wohnung einzudringen. Was sollte er auch hier wollen, sie besaß keinerlei Reichtümer und ihre technischen Geräte waren größtenteils mittleren Alters. Nichts, was sich zu stehlen lohnte. Andererseits hatte der Täter bei Gwen Tudolsky auch kein Interesse an ihrem Besitz gehabt ... Ein Schauder lief ihr über den Rücken, ihre Hand krampfte sich um die Waffe. Sie wusste, wie unwahrscheinlich es war, dass der Mörder unter den Millionen Einwohnern von Los Angeles gerade auf sie aufmerksam geworden war, aber es war auch nicht viel wahrscheinlicher gewesen, Stuart Killings ein zweites Mal am Tatort zu begegnen, oder Silver, nachdem sie ihn fotografiert hatte. Doch beides war geschehen und dieser Gedanke steigerte ihre Unruhe.

Ana atmete tief durch und zwang sich dazu, ihren Griff um den Elektroschocker etwas zu lockern. Sie würde jetzt ganz ruhig zur Tür gehen, durch den Spion sehen und sicherstellen, dass niemand versuchte, in ihre Wohnung einzubrechen. Danach würde sie sich zur Beruhigung einen Tee machen und anschließend ein entspannendes Bad nehmen. Wenn sie dann immer noch unruhig wäre, würde sie Natalie anrufen und sich von ihr den Kopf wieder gerade rücken lassen. Der Gedanke an ihre Freundin rief ein leichtes Lächeln hervor. Sie würde Natalie auf jeden Fall anrufen, eine Prise Normalität und Lachen würde ihr guttun. Entschlossen richtete sie sich auf und schlich geräuschlos zur Tür, die Hand mit dem Schocker dabei gerade nach vorne gestreckt. Angespannt beugte sie sich vor, um durch den Spion zu blicken.

In diesem Moment erschütterte ein dumpfes Poltern die Holztür. Erschrocken wich Ana zurück. Die Tür fest im Blick ging sie zur Flurgarderobe zurück und griff nach dem Telefon. Für einen winzigen Augenblick fiel ihr die Notrufnummer der Polizei nicht mehr ein und Panik stieg in ihr hoch, die nichts mehr mit dem Verbrecher im Hausflur zu tun hatte. Ihre Finger krampften sich um den Hörer, aus Angst, ihn fallen zu lassen. Mühsam gelang es ihr, sich wenigstens so weit zu beruhigen, dass sie die Nummer eintippen konnte. 9-1-1 ... Ana schloss die Augen und atmete tief durch. *Nein, denk nicht daran, das ist lange her.* Stille umgab sie, die fast noch unheimlicher war als die Geräusche zuvor. In einer Hand das Telefon, in der anderen den Elektroschocker trat sie einen Schritt vor, dann noch einen und noch einen, bis sie schließlich so dicht vor der Tür stand, dass sie durch den Spion blicken konnte. In Erwartung eines weiteren Polterns hielt sie den Atem an und ließ ihn geräuschvoll wieder entweichen, als sie niemanden entdeckte, der vor ihrer Tür stand.

Auf Zehenspitzen balancierend blickte sie auf den Flurboden hinunter, um sicherzustellen, dass niemand versuchte, sich ihrem Blick zu entziehen und stieß vor Schreck einen unterdrückten Laut aus. Jeansbekleidete Beine und Wildlederschuhe streckten sich über ihrer Fußmatte aus, der Oberkörper war nicht zu sehen. Ana hob das Telefon und kontrollierte, ob die Notrufnummer noch im Display stand. Egal wer es war, sie würde diese Person von der Polizei entfernen lassen, auch wenn es so schien, als würde diese einfach nur vor ihrer Tür sitzen. Es war ein Mann, wenn sie von der Länge der Beine und der Größe seiner Schuhe ausging und er hatte sich noch keinen Zentimeter bewegt, seitdem sie ihn entdeckt hatte.

Was aber, wenn der Mann krank war, einen Herzinfarkt oder etwas Ähnliches hatte und vor ihrer Tür starb, weil sie darauf wartete, dass die Polizei kam, anstatt selbst zu helfen oder zumindest einen Notarzt zu rufen? Und was, wenn er nur darauf wartete, dass sie die Tür öffnete, um sie dann zu überfallen? Nun, dann würde er Bekanntschaft mit dem Elektroschocker machen und ein Tastendruck würde sie mit der Polizei verbinden. In Ordnung, wenn sie jetzt noch ein wenig mehr Mut aufbrachte, würde sie ihren Plan ausführen. Ana atmete tief durch und kontrollierte noch einmal, ob sich der Mann bewegt hatte, bevor sie den Schlüssel so leise wie möglich im Schloss drehte. Mit einem Ruck riss sie die Tür auf, etwas drückte von außen dagegen und zwang sie, zurückzuspringen. Furcht überkam sie. Sie richtete die Waffe auf den Mann, der vor ihr lag.

„Bleiben Sie, wo Sie sind oder ich ... Oh mein Gott!“

13

„Silver?“ Rasch kniete sie neben ihm nieder und legte ihre Hand auf seine Schulter. „Was ist passiert? Was tust du hier?“ Sein Oberkörper lag in ihrer Wohnung, seine Beine noch immer halb im Hausflur. Er schien Mühe zu haben, die Augen zu öffnen und sie zu fokussieren, das Weiß seiner Augen war mit roten Äderchen durchzogen, die Iris wirkte trüb. „Soll ich einen Arzt rufen?“

Die Frage löste zumindest eine Reaktion aus. „Nein, kein ... Arzt.“ Seine Worte kamen stockend und waren kaum zu verstehen.

Ana lehnte sich vor und schnupperte an ihm. „Bist du betrunken?“ Aber sie konnte keine Alkoholfahne riechen.

Silver verzog schmerzlich das Gesicht. „Wünschte ... ich wäre ... es.“

„Hier kannst du jedenfalls nicht liegen bleiben. Komm, ich helfe dir hoch.“ Sie schob ihren Arm unter seinen Oberkörper und stemmte ihn mühsam hoch. So sehr sie seinen muskulösen Körper auch bewunderte, wünschte sie sich in diesem Moment doch, dass er etwas leichter wäre. Silver versuchte hochzukommen, schien jedoch keine Kraft mehr zu haben. Was war in den letzten Stunden mit ihm passiert? Eines stand fest: Silver brauchte sofort Hilfe. Er kam ihr nicht wie jemand vor, der freiwillig die Kontrolle über sich und seinen Körper aufgab. Also musste er verletzt oder krank sein.

Schließlich gelang es ihr, Silver in ihr Schlafzimmer zu schleppen und dort aufs Bett zu legen. Behutsam tastete sie ihn ab. „Wo tut es dir weh?“

Silver versuchte die Augen zu öffnen, kniff sie jedoch sofort wieder zusammen. „Kopf.“

„Hast du dich verletzt?“

„Nein ... Mi...gräne.“

Ah, das erklärte einiges, nur nicht, was er dann vor ihrer Tür machte, anstatt zu Hause im Bett zu liegen.

„Licht.“

Erstaunt sah sie ihn an. Das Licht war bereits eingeschaltet und ... Dann verstand sie, was er meinte. Natürlich, das Licht war zu grell für ihn, wenn er unter Kopfschmerzen litt. Rasch ging sie zur Tür und schaltete die Lampe aus, sodass nur noch ein schwacher Lichtschein vom Flur ins Zimmer drang.

„Besser so?“

„Ja.“ Seine Augen öffneten sich einen Spalt weit.

Ana trat wieder zum Bett und legte ihre Hand auf seine Stirn. Sie war feucht und warm, wärmer als normal. „Soll ich dir ein paar Tabletten holen?“

„Habe ... schon ... welche ... genommen.“

Hilflos blickte sie auf ihn nieder. „Ich weiß nicht was ich machen soll, ich kenne mich mit Migräne nicht aus. Kann ich dir irgendetwas bringen? Wasser?“

Silver sah furchtbar mitgenommen aus. Tiefe Falten hatten sich um seine Mundwinkel und zwischen die Augenbrauen gegraben. Seine Gesichtsfarbe konkurrierte mit dem weißen Laken, Schweiß bedeckte seine Stirn. „Wasser ... danke.“

So schnell wie möglich holte Ana ein Glas mit Wasser und einen feuchten Waschlappen. Bei ihr hatte so etwas früher immer geholfen, wenn sie ... Ana blieb im Türrahmen stehen und atmete tief durch. Jetzt nicht an damals denken, Silver brauchte ihre Hilfe. Vorsichtig setzte sie sich auf die Bettkante und strich mit dem Lappen über seine Stirn. Im ersten Moment zuckte er zusammen, dann seufzte er auf.

„Tut ... gut."

„Ich habe dir einen Strohhalm in das Glas gesteckt, damit du besser trinken kannst. Hier, ich halte es dir." Silver trank mühsam ein paar Schlucke und ließ sich dann mit schmerzverzerrtem Gesicht zurück ins Kissen sinken. „Am besten schläfst du ein wenig, damit dein Kopf sich wieder erholen kann."

„Aber ..."

„Schlaf. In deinem Zustand kannst du sowieso nichts anderes tun." Erneut wischte sie mit dem Lappen über sein Gesicht. Auch wenn sie sich Sorgen um ihn machte, war es doch schön, ihn hier zu haben. So hatte sie etwas zu tun, und würde nicht die ganze Zeit an ... *Stopp! Denk an etwas Angenehmes, zum Beispiel daran, dass Silver in deinem Bett liegt.* Ana schüttelte den Kopf. Es sagte viel aus, wenn sie sich schon darüber freute, dass Silver, der sie wegen seiner Schmerzen noch nicht einmal wahrnahm, in ihrem Bett lag. Immerhin war er nicht zu seiner Exfreundin gefahren, sondern zu ihr. Fantastisch, ihre Dummheit war kaum zu überbieten. „Warum bist du hier, Silver?"

Doch sie bekam keine Antwort, er war eingeschlafen. Sein Atem ging leichter als vorher, sein Gesicht hatte sich ein wenig entspannt. Gut so, wenn er wieder aufwachte, würde es ihm hoffentlich besser gehen und wenn nicht, würde sie einen Arzt rufen, egal was er sagte. Mit einem tiefen Seufzer stand sie auf und begann, ihm seine Schuhe auszuziehen. Es konnte nicht schaden, es ihm etwas bequemer zu machen.

Mit geschlossenen Augen tastete Silver nach seinem dumpf pochenden Schädel. Ein Wunder, er war noch da, nachdem er zwischenzeitlich das Gefühl gehabt hatte, dass sein Kopf jeden Augenblick explodieren würde. Mit einer vorsichtigen Bewegung rollte er sich auf die Seite, um auf den Wecker zu sehen, doch als er sein Auge einen Spaltbreit öffnete, sah er nur eine Matratze, ein Kissen und eine zerwühlte Decke. Was zum Teufel ...? Er wollte sich aufsetzen, sank jedoch mit einem lauten Stöhnen wieder zurück. Während er ganz still lag, um seinen dröhnenden Kopf wieder zu beruhigen, versuchte er sich zu erinnern, was geschehen war. Er war nach der Arbeit doch hoffentlich nicht ins Hotel gefahren und ... Nein, ganz sicher nicht. Auf dem Parkplatz des Departments hatte er sich von Bob verabschiedet und war dann ... automatisch hielt er den Atem an. War er wirklich in diesem Zustand zu Ana gefahren? Was hatte er sich nur dabei gedacht? Und vor allem, wie war er in dieses Bett gekommen? Seine Erinnerung daran war mehr als bruchstückhaft. Es schwebte gerade noch einmal ein Bild von Anas besorgter Miene in seinem Gedächtnis. Da war ihr angenehmer Geruch, der auch dem Kissen entströmte, und ihre kühle Hand auf seiner Stirn.

Aber wenn er hier in ihrem Bett lag, wo war dann Ana? Hoffentlich hatte sie noch ein Gästebett oder etwas Ähnliches in der Wohnung, es wäre ihm unangenehm, sie aus ihrem eigenen Bett vertrieben zu haben. Seine Hand glitt über das Laken, als könne er dadurch erfahren, wo Ana geschlafen hatte. Sein Blick fiel auf die

Kuhle in ihrem Kopfkissen. Sicher hatte sie nicht neben ihm gelegen ... oder doch? Hitze durchströmte ihn, die nichts mit seiner Migräne zu tun hatte. Sie hatte neben ihm geschlafen und er hatte nichts davon mitbekommen? Er würde sich hier einen neuen Arzt suchen müssen, so konnte es nicht weitergehen. Wenn er seinen Job ordentlich erledigen wollte, durften solche Ausfälle nicht mehr vorkommen und für sein Liebesleben galt das Gleiche. Obwohl es sicher etwas voreilig war, im Hinblick auf Ana schon von so etwas wie einem Liebesleben zu sprechen.

Vorsichtig setzte er sich auf. Sofort wurde das Pochen in seinem Kopf wieder stärker, aber es war auszuhalten. Als Erstes würde er Ana suchen, sich für die Unannehmlichkeiten, die er ihr bereitet hatte, entschuldigen und ihr für ihre Hilfe danken. Dann würde er nach Hause fahren und dort den Rest seiner Migräne mit einer kalten Dusche bekämpfen. Vielleicht könnte er sogar noch ein paar Stunden schlafen, bevor er ins Department fuhr. Bedächtig schob er seine Beine aus dem Bett und starrte sie an. Ana musste ihn ausgezogen haben, während er geschlafen hatte, anders ließ sich nicht erklären, dass er nur noch seine Socken und seinen Slip trug. Warum auch nicht, sie hatte während der Fotosession schon viel mehr von ihm gesehen. Nur dass er dabei wach gewesen war und genau mitbekommen hatte, was geschah. Ein leiser Schauer der Erregung fuhr durch seinen Körper, als er sich daran erinnerte. Schnell stemmte er sich hoch und hieß den Schmerz, der durch seinen Kopf fuhr, beinahe willkommen. Besser das, als Ana mit dem deutlichen Zeichen seiner Erregung zu erschrecken, nachdem sie sich so fürsorglich um ihn gekümmert hatte.

Im Dämmerlicht des Zimmers suchte er nach seiner Jeans und fand sie schließlich auf einem Stuhl neben der Kommode, wo auch seine Schuhe standen, die Jacke und das Schulterholster hingen über der Lehne und sein Handy lag auf der Ablage neben seinem Autoschlüssel. Gut, er hatte anscheinend nichts auf dem Weg hierher verloren. Da er wusste, wie anstrengend es war, nach einem solchen Anfall wieder in die Jeans zu kommen, beschloss er, sie vorläufig noch nicht anzuziehen, sondern sich erst auf die Suche nach Ana zu begeben. Lautlos, eine Hand immer an der Wand, um nicht zu stürzen, durchquerte er den langen Flur und trat ins Wohnzimmer. Hier waren die Vorhänge aufgezogen, Sonnenstrahlen malten Muster aufs Parkett. Sonne! Silver erschrak, als er erkannte, dass es nicht mitten in der Nacht war, wie er gedacht hatte, sondern bereits früher Morgen, wenn nicht noch später. Er unterdrückte ein Stöhnen, als er sich für seinen Kopf viel zu schnell bewegte, doch darauf konnte er jetzt keine Rücksicht nehmen. Es gab eine furchtbare Mordserie und er trödelte hier herum!

„Ana?“

Seine Stimme hallte in der Wohnung wider und ließ ihn erneut vor Schmerz zusammenzucken, doch er erhielt keine Antwort. Rasch blickte er in die Küche, traf Ana dort aber ebenfalls nicht an. Dafür war der Tisch gedeckt, es roch nach Kaffee und frischen Donuts. Wasser lief ihm im Mund zusammen und machte ihm bewusst, dass er das letzte Mal gestern Mittag etwas zu sich genommen hatte, und selbst das war nur ein Snack gewesen. Irgendwie schien Ana das geahnt zu haben. Vorsichtig ließ er sich auf dem Hocker nieder und betrachtete den liebevoll gedeckten Tisch. Eine Vase mit einer einzelnen Blume stand auf der einen Seite, ein Kerzenständer auf der anderen, dazwischen der Teller mit Donuts, Muffins und Bagels und eine Isolierkaffeekanne. Jetzt erst entdeckte er den Zettel, der am Kerzenständer lehnte.

Guten Morgen,

bin im Studio. Ich hoffe, es geht dir besser, ich habe dich schlafen lassen, damit du dich erholst. Bob weiß Bescheid, dass du heute später kommst, ich habe ihn vorhin angerufen. Du kannst gerne die Dusche benutzen. Iss etwas, damit du wieder zu Kräften kommst. Ich habe dir den Ersatzschlüssel auf den Tisch gelegt, schließ bitte hinter dir ab und wirf ihn in den Briefkasten.

Bis bald, Ana

Silver stützte seinen Kopf in beide Hände und atmete tief durch. Er hatte dem Zettel folgende Informationen entnommen: 1. er würde einmal mehr zu spät zur Arbeit kommen, 2. Bob würde ihn gnadenlos damit aufziehen, dass Ana wusste, wo er nachts gewesen war, 3. Ana vertraute ihm genug, um ihn in ihrer Wohnung alleine zu lassen. Er wusste zwar nicht, womit er es verdient hatte, dass sie sich so um ihn kümmerte, nahm ihre Fürsorge aber dankbar an. Ein Blick auf die Wanduhr bestätigte ihm, dass es bereits neun Uhr war, eigentlich sollte er schon längst im Büro sein oder wenigstens sofort losfahren, aber nachdem Ana sich solche Mühe mit dem Frühstück gemacht hatte, mochte er nicht gehen, ohne etwas gegessen zu haben.

Gesättigt erhob er sich wenig später und schleppte sich ins Bad. Ein Lächeln huschte über sein Gesicht, als sein Blick auf die ungebrauchte Zahnbürste fiel, die auf der Ablage auf ihn wartete. Eigentlich hatte er keine Zeit mehr für eine Dusche, aber nachdem ihm der Geruch des Tatorts noch immer anhaftete, schlüpfte er rasch aus Socken und Slip und stellte sich unter den lauwarmen Strahl. Nachdem er den Gestank und zumindest die Nachwirkungen der Migräne teilweise losgeworden war, trat er aus der Duschkabine.

Zehn Minuten später zog er mit Bedauern Anas Wohnungstür hinter sich zu, schloss sie gewissenhaft ab und warf den Schlüssel in den Briefkasten. In ihrer Wohnung konnte man sich zu Hause fühlen, während sein gemietetes Haus bisher nur eine bessere Abstellkammer war. Er sollte sich rasch darum bemühen, es etwas wohnlicher zu gestalten, zumal, wenn er Ana einmal zu sich einladen wollte. Eine halbe Stunde später traf er im Department ein, wo Bob sicher schon seinen ersten Anfall bekommen hatte, weil er immer noch nicht aufgetaucht war.

„Ich frage jetzt nicht, wo du gewesen bist, denn das weiß ich dank A. J.s Anruf ja bereits." Bob hatte sich direkt vor ihm aufgebaut, die Hände in die massigen Hüften gestemmt. Die Lautstärke seiner Stimme war für Silver in seinem angeschlagenen Zustand dabei nur schwer zu ertragen. „Die Frage ist viel eher: warum hast du mir gestern Abend nicht gesagt, dass du Kopfschmerzen hast? Wir hätten viel eher Schluss machen können. Aber nein, du sagst keinen Ton und dann lässt du dich von A. J. verhätscheln, bereitest ihr Sorgen und kommst zu spät zur Arbeit." Bob warf ihm einen missbilligenden Blick zu. „Du siehst furchtbar aus, ein Wunder, dass sie dich überhaupt reingelassen hat."

Silver verzog den Mund. „Ihr blieb nichts anderes übrig, nachdem ich vor ihrer Tür gestrandet war."

„Na toll, und in diesem Zustand bist du auch noch Auto gefahren! Man sollte nicht nur deinen Führerschein, sondern gleich auch noch deine Marke einziehen. Du ..."

„Würde es dir etwas ausmachen, ein wenig leiser zu sprechen? Mir platzt gleich der Schädel."

Bob schüttelte den Kopf. „Und dann machst du mir auch noch meine Tirade kaputt. Setz dich, bevor du umfällst. Brauchst du irgendwas, Kaffee oder so?"

„Danke, im Moment nichts. Ana ..."

„Ja?"

„Sie hat mir ein Frühstück hingestellt, bevor sie ins Studio gefahren ist." Er ließ sich auf seinen Stuhl fallen. „Es tut mir wirklich leid, dass ich zu spät gekommen bin, ausgerechnet jetzt, wo bei diesem Fall doch jede Minute zählt. Es wird nicht wieder vorkommen."

„Das will ich auch hoffen." Bob reichte ihm eine Liste.

„Sind das etwa weitere Listen mit potentiell Verdächtigen?"

„Das, mein Freund, sind gute Ärzte, die sich mit Migräne auskennen, und von denen du umgehend einen aufsuchen wirst, damit so etwas nicht noch einmal passiert. Klar?" Bob wartete seine Antwort nicht ab, sondern drehte sich um und verließ den Raum.

Mit einem tiefen Seufzer lehnte sich Silver zurück und starrte blicklos auf die Berge von Unterlagen, Mappen, und sonstigen Papiere, die bei einer Ermittlung anfielen. Warum konnte er Bobs Schreibtischplatte sehen, während seine eigene völlig überladen war? Es schien fast so, als ob sein Partner sein Zuspätkommen genutzt hatte, um ein wenig bei sich aufzuräumen und alles bei ihm abzuladen. Unwillkürlich musste er grinsen, ja, er fühlte sich wirklich wohl hier. Das Klingeln des Telefons erweckte den Schmerz in seinem Schädel zu neuem Leben. Innerhalb von Sekunden hatte er den Hörer abgenommen und gegen sein Ohr gepresst. „Was?"

„Oh, einen wunderschönen guten Morgen, mein Sonnenschein", empfing ihn, Debras Stimme. „Man sollte doch denken, dass Sie heute Morgen bessere Laune haben, nachdem Sie die Nacht bei A. J. verbracht haben."

Silver massierte seine Schläfen und versuchte, eine angemessene Erwiderung zu finden. „Woher ...?"

„Sie hat in der Früh hier angerufen, weil sie Bobs Durchwahl nicht wusste."

„Es ist nicht ..."

Aber Debra ließ ihn nicht ausreden, sondern sprach einfach weiter. „Darum rufe ich allerdings nicht an, ich habe eine Anruferin in der Leitung, die Sie unbedingt sprechen möchte." Debra machte eine Pause. „Privat! Zwei Frauenanrufe an einem Morgen, Sie müssen wirklich fleißig gewesen sein."

Silver stöhnte hörbar. „Stellen Sie bitte einfach durch, Debra. Vielen Dank." Ein Klicken ertönte. „Ja? Silver hier."

„Wo warst du, verdammt noch mal?" Silver hielt den Hörer einige Zentimeter vom Ohr weg, weil Stacys Stimme die für einen Zuhörer erträgliche Lautstärke um etliche Dezibel überschritt. „Ich habe im Hotel auf dich gewartet! Doch statt dich zu treffen, musste ich die ganze Zeit über dem Gequassel einer alten Schnepfe zuhören. So stelle ich mir einen gelungenen Abend ganz sicher nicht vor!"

„Ich habe nie gesagt, dass ich zu dir ins Hotel komme, im Gegenteil, ich habe dir deutlich gemacht, dass ich kein Interesse an einer Fortführung unserer Beziehung habe. Ich dachte, ich hätte mich klar genug ausgedrückt. Davon einmal abgesehen, habe ich gearbeitet."

„Ach ja? Die ganze Nacht? Als du nicht gekommen bist, habe ich versucht, dich zu Hause zu erreichen, doch dort warst du nicht. Auf deinem Handy hat sich nur die Mailbox gemeldet."

Silver bemühte sich, ruhig zu bleiben, auch wenn er keine Lust hatte, länger mit Stacy zu sprechen. „Es ist meine Sache, ob ich ans Telefon gehe oder nicht. Ich denke nicht, dass wir uns noch etwas zu sagen haben. Ruf mich bitte nicht wieder an."

„Was fällt dir ein!" Silver wollte schon auflegen, doch Stacys Geschrei ließ ihn innehalten. „Du warst bei dieser Schlampe, oder? Die gestern beim Tatort war. Ich habe es ja gewusst, du hast mich von Anfang an betrogen!"

„Zum allerletzten Mal: ich habe mich von dir getrennt, weil ich nicht mehr mit dir zusammensein will. Also steig in dein Flugzeug und kehr nach Chicago zurück, hier verschwendest du nur deine Zeit." Seine Hand zitterte vor Ärger, als er den Hörer auflegte. Er atmete mehrmals tief durch und versuchte, sich wieder zu beruhigen. Hoffentlich hatte Stacy die Botschaft diesmal verstanden, denn er war am Ende seiner Geduld und wollte sich wegen ihrer Trennung nicht immer wieder von neuem mit ihr auseinandersetzen müssen. Er nahm den Hörer erneut ab und drückte die Kurzwahltaste, die ihn mit Debra verbinden würde.

„Hier ist das Mädchen für alles, was kann ich für Sie tun?“

„Debra, Silver noch mal. Bitte stellen Sie mir nie wieder die Dame von eben durch, in Ordnung?“

„Verstanden und was soll ich ihr sagen?“

„Ich arbeite hier nicht mehr, ich bin im Krankenhaus, tot, was weiß ich, Hauptsache, sie kapiert, dass ich nicht für sie zu sprechen bin.“

„Okay.“

„Danke. Und können Sie mir noch die Telefonnummer von A. J.'s Studio geben?“

„Haben wir einen Tatort von dem ich nichts weiß?“

„Als wenn es so etwas gäbe. Ich möchte einfach nur die Nummer haben, bitte.“

„Oh, ich verstehe und nachdem Sie Ihre andere Freundin gerade abserviert haben, kann ich ja ein Auge zudrücken.“ Ein Lachen schwang in ihrer Stimme mit. Sie gab ihm die Nummer durch und verabschiedete sich dann mit den Worten: „Seien Sie nett zu ihr.“

Grimmig drückte Silver auf die Gabel. Warum glaubte hier jeder, sich in seine Angelegenheiten einmischen zu können? Am besten rief er Ana sofort an, bevor Bob wieder da war und ebenfalls einen Kommentar dazu abgab. Er wählte ihre Nummer und wartete mit angehaltenem Atem darauf, dass sie sich meldete.

„Fotostudio Terrence.“

Anas warme Stimme beruhigte ihn sofort und hüllte ihn wohltuend ein. Auch wenn er sich nicht an viel von dem, was in der Nacht passiert war, erinnerte, ihre besänftigenden Worte und sanften Hände hatten sich in sein Gedächtnis eingegraben. Wärme strömte durch seinen Körper. „Hier ist Silver. Ich wollte mich bei dir dafür bedanken, dass du dich um mich gekümmert hast. Auch für das Frühstück und alles andere."

„Gern geschehen. Geht es dir inzwischen besser?"

„Ja, danke, ich bin wieder fast wie neu."

„Das freut mich." Eine Weile sagte keiner von ihnen ein Wort.

„Würdest ...?"

Ana sprach zur gleichen Zeit. „Entschuldige, ich habe gerade einen Kunden hier, vielleicht können wir später noch miteinander reden?"

„Ja, natürlich. Ich wollte dich nicht von der Arbeit abhalten. Danke noch mal für alles."

„Kein Problem, gerne wieder." Damit legte sie auf.

Gerne wieder? Er konnte sich ja vieles vorstellen, aber ein weiterer Migräneanfall vor ihrer Haustür gehörte nicht zu den Dingen, die er als wiederholenswert betrachtete. Allerdings war die Erfahrung, in ihrem Bett aufzuwachen, nicht übel gewesen, daran könnte er sich gewöhnen. Auch wenn er nur aus einem einzigen Grund in ihrem Bett gelandet war – weil er krank gewesen war. Wenn er jemals in Bestform bei ihr ankommen wollte, würde er mehr tun müssen, als sie ständig stehen zu lassen, sie anzumotzen, sie irgendwelcher Verbrechen zu beschuldigen oder sie mit seiner Exfreundin zu konfrontieren. Der letzte Punkt hatte sich zwar nun erledigt, an den anderen würde er jedoch noch arbeiten müssen.

14

Wie konnte sie es wagen, die sorgfältige Planung zunichte zu machen? Wochenlanges Beschatten und Auskundschaften – alles umsonst, nur weil sich Miss Shampoo plötzlich entschied, nach New York zu gehen. Zumindest hatte das eine Nachbarin erzählt, während sie gemeinsam beobachtet hatten, wie der Umzugswagen beladen worden und schließlich langsam die Straße heruntergefahren war. Vermutlich Richtung New York. Maßlose Wut drohte, die mühsam bewahrte Haltung ins Wanken zu bringen. So etwas durfte einfach nicht passieren! Was bildete sie sich ein? So ein zweitrangiges Model würde in New York nicht einmal die Miete bezahlen können, geschweige denn, einen anständigen Job finden. Damit beendete sie nicht nur ihre eigene Karriere, sondern gleichzeitig auch noch sämtliche Pläne, die andere für sie hatten. Eigentlich müsste man sie schon aus Prinzip ... Nein, Ruhe und sorgfältige Planung waren stets die wichtigsten Grundsätze. Es durfte nichts schiefgehen, das Ziel musste erreicht werden.

Atme tief durch und beruhige dich. Es ist alles in Ordnung. Du brauchst diese Schlampe nicht, im Gegenteil, vielleicht ist es sogar besser, dass sie aus dem Spiel ist. Nimm einfach einen Ersatzkandidaten und schon ist alles wieder so wie es sein sollte. Ein Lächeln spielte um die Mundwinkel. Genau betrachtet war der Ersatz sogar noch besser als das Original, denn er würde nicht nur liefern, was benötigt wurde, sondern zudem auch noch einen ganz anderen Zweck erfüllen. Es war eine Freude, zu beobachten, wie die Polizei planlos herumlief, die Toten einsammelte und Nachbarn befragte, ohne auch nur die geringste Chance zu haben, eine heiße Spur zu finden. Es wurde Zeit, die Sache noch eine Stufe weiterzutreiben – und das ohne die geringste Gefahr der Entdeckung, denn diesmal würde es erst recht keinen Berührungspunkt geben, der zurückverfolgt werden konnte. Diese Vorstellung löste ein weiteres Lächeln aus, das in lautes Lachen überging, als das Auto losfuhr.

Silver schaute nicht auf, als sich die Bürotür öffnete. „Was dauert das denn ..." Er brach ab, als ihm nicht der vertraute Kaffeeduft, sondern ein für seinen schmerzenden Kopf viel zu intensiver Parfümgeruch in die Nase stieg. Langsam hob er den Kopf und betrachtete erstaunt die Frau, die gerade eingetreten war. Mit ihrer zierlichen Figur und den kurzen schwarzen Haaren wirkte sie, als wäre sie gerade einmal Anfang 20, doch ihre Haltung und ihr energischer Gesichtsausdruck sprachen dagegen. „Was kann ich für Sie tun?"

Als sie näher kam, nahm er die feinen Fältchen an ihren Augen wahr, vermutlich war sie eher in seinem Alter. „Entschuldigen Sie, dass ich nicht angeklopft habe, ich dachte, Bob würde mich erwarten." Als sie seinen verwirrten Blick sah, verzog sich ihr Mund zu einem leichten Lächeln. „Ich bin Caroline Hickman, BSS."

Silver stand auf und reichte ihr die Hand. „Silver. Setzen Sie sich doch bitte, Bob kommt sofort wieder, er ist Kaffee holen gegangen."

Caroline nickte dankend, setzte sich in den Besucherstuhl und schlug ihre schlanken Beine übereinander. „Natürlich, ich hätte mir denken können, dass es länger dauert, wenn Bob mit seinem geliebten Kaffee hantiert. Mein Fehler." Sie legte den Kopf schräg und sah ihn aufmerksam an. „Schlimme Nacht gehabt?"

Silver widerstand dem Wunsch, zu seufzen und lächelte sie stattdessen an. „Nein. Hat Bob Ihnen bereits gesagt, um welchen Fall es geht?"

„Was für eine dezente Art, mir zu verstehen zu geben, dass ich meine Nase nicht in Ihre Angelegenheiten stecken soll." Sie hob die Hand, als er protestieren wollte. „Nein, wirklich, das ist völlig in Ordnung, diese Reaktion erlebe ich ständig." Sie beugte sich vor. „Ich möchte nur, dass Sie wissen, dass Sie jederzeit zu mir oder meinen Kollegen kommen können, wenn Sie arbeitsbedingte Probleme haben."

„Danke, ich weiß das zu schätzen. Woher wussten Sie, dass ich nicht immer so schlimm aussehe?"

Lachend lehnte Caroline sich wieder zurück. „Ihr Foto in der Personalakte."

„Und das sieht schon furchterregend aus."

„Ich fand es nicht so schlecht, da ist mein Führerscheinfoto schon ein ganz anderes Kaliber."

„Das kann ich mir beim besten Willen nicht vorstellen."

Caroline schmunzelte. „Ich könnte es Ihnen zeigen, aber das werde ich mit Sicherheit nicht tun." Sie rückte die Mappe auf ihrem Schoß zurecht und setzte sich aufrechter hin. „Kommen wir zur Sache. Bob hat mir heute Morgen die wichtigsten Erkenntnisse der beiden Mordfälle zukommen lassen, aber bevor ich mich auf ein mögliches Profil des Täters festlege, bespreche ich immer gerne mit den zuständigen Detectives, also mit Ihnen beiden, was sie von dem Täter halten. Meist haben die Ermittler schon sehr brauchbare Vorstellungen, mit wem sie es zu tun haben."

Silver nickte. „Der Ansatz gefällt mir. Diesmal stehen wir allerdings mehr oder weniger ohne jede Vorstellung vom Täter da."

„Ich halte die Morde für sehr bedenklich und die Gefahr, dass der Täter sich weitere Opfer sucht, für sehr hoch, um schon eines meiner Ergebnisse vorwegzunehmen. Ich werde auch Captain Harris einen Bericht zukommen lassen und dringend empfehlen, sämtliche möglichen Ermittlungswege auszunutzen, um den Mörder zu fassen." Bei der Erwähnung des Captains zog sie ihre Nase kraus.

„Sollten wir das FBI kontaktieren?"

Carolines Mund verzog sich zu einem schiefen Lächeln. „Auch auf die Gefahr hin, dass Harris dann einen Herzinfarkt bekommt – ich denke schon, dass es sinnvoll wäre. Vielleicht nicht gleich nach dem zweiten Opfer, vor allem solange noch nicht hundertprozentig feststeht, dass es sich um denselben Täter handelt, aber spätestens wenn noch ein Opfer auftaucht, würde ich es empfehlen."

Der Gedanke an eine weitere Tote ließ Silvers Kopfschmerzen wieder stärker werden, aber er bezwang den Drang, sich beide Hände an die Schläfenzu pressen, da er sich Carolines scharfen Blicks bewusst war. „Ich bin sicher, dass Bob auch dafür ist."

„Ob er seine Kaffeebohnen erst noch in Guatemala pflückt?"

„Ich würde es nicht für unmöglich halten." Silver warf einen Blick auf Bobs Schreibtisch. „Wenn er sein

Handy nicht hier liegen gelassen hätte, könnte ich ihn anrufen und fragen wo er bleibt."

„Nicht nötig, ich habe noch ein paar Minuten Zeit. Wie gefällt es Ihnen denn bislang in Los Angeles?"

„Sehr gut." Bis auf die Morde, Stacys Anwesenheit, die Tatsache, dass er noch so gut wie keine Möbel besaß ... „Die Arbeit ist hier wesentlich angenehmer, was zu 99% an den Kollegen liegt."

„Und das eine Prozent?"

„Der Kaffee ist besser." Als Caroline daraufhin laut loslachte, fiel Silver in ihr Lachen mit ein.

„Also, wenn ich gewusst hätte, dass hier eine Party stattfindet, hätte ich mich mehr beeilt." Bob balancierte ein Tablett mit Kaffeebechern in einer Hand, während er mit der anderen die Tür hinter sich schloss.

„Wir hatten ja keine andere Möglichkeit, nachdem du so lange verschwunden warst." Silver nahm ihm das Tablett ab und verteilte die Kaffeebecher. „Außerdem hättest du mir sagen können, dass du Besuch erwartest."

Bob zuckte mit den Schultern und ließ sich in seinen Stuhl fallen. „Du warst ja mit den Nachwirkungen deiner Migräne beschäftigt."

Silver warf ihm einen wütenden Blick zu. „Möchtest du nicht gleich noch einen Aushang am Schwarzen Brett machen? Oder es Debra über die Lautsprecheranlage durchsagen lassen?"

Bob, der bemerkte, dass er soeben einen Fauxpas begangen hatte, wechselte rasch das Thema. „Ihr habt euch einander ja sicher schon vorgestellt." Er wartete, bis Caroline nickte, dann fuhr er fort. „Ich habe Caroline gebeten, sich unsere Unterlagen anzuschauen und uns danach zu sagen, nach welcher Art von Täter wir Ausschau halten müssen."

„Das haben wir bereits geklärt.“ Silver trank einen Schluck Kaffee. „Hm, der ist gut.“

„Ich habe dir extra einen Magenschonenden gemacht, damit ...“ Bob brach ab und wurde rot. „Kommen wir lieber zu den Ergebnissen.“

Silver starrte ihn an. „Ja, das wäre wohl besser.“ Bei seinem früheren Partner hätte es ihn aufgeregt, wenn er etwas Persönliches ausgeplaudert hätte, doch bei Bob wusste er, dass er sich nur verplapperte, weil er sich Sorgen machte. „Lieutenant Hickman, würden Sie ...“

„Caroline.“

Silver nickte dankend, bot ihr aber nicht an, ihn im Gegenzug ebenfalls mit seinem Vornamen anzusprechen.

„Er ist nicht unhöflich, falls du das denkst, er wird nur von allen Silver genannt, weil sein Vorname ...“

„Bob! Ich bin sicher, Caroline kann sich den Rest selbst zusammenreimen.“

„In der Tat.“ Caroline hatte offensichtlich Mühe, ein Lachen zu unterdrücken. „Ich sehe schon, hier haben sich die beiden Richtigen gefunden.“ Sie lächelte. „Ich freue mich darüber, ein gutes Team ist viel wert.“

Damit brachte sie sowohl Silver als auch Bob zum Schweigen. Erneut stieg eine leichte Röte in Bobs Gesicht, während sein Blick auf Caroline ruhte. Lauter als nötig klappte Silver seinen Ordner auf und erlangte so Bobs Aufmerksamkeit. Silvers hochgezogene Augenbrauen vertieften die Röte in seinen Wangen.

„Entschuldige, Caroline. Wie sieht dein Täterprofil nun aus?“

„Gut, fangen wir an.“ Sie öffnete die Mappe vor sich. „Zuerst sollte ich wohl vorausschicken, dass der Täter nicht viel hinterlassen hat, anhand dessen man ihn bewerten kann. Was uns aber wiederum etwas über die Art von Persönlichkeit sagt, mit der wir es zu tun haben. Er ist sehr gut organisiert und fühlt sich anscheinend völlig sicher, denn er lässt sich mit dem Morden Zeit und er weiß offensichtlich nicht nur, wie man dabei keine Spuren hinterlässt, sondern setzt diese Kenntnisse auch akribisch um. Ich schließe daraus, dass er überdurchschnittlich intelligent ist. Dazu passen auch die Verletzungen, die den Opfern zugefügt wurden. Aus Carl Mayers Bericht ist deutlich zu erkennen, dass sie genau durchdacht und perfekt ausgeführt sind, weshalb sie auch immer von gleich bleibender Tiefe sind. Das Ganze deutet auf eine gewisse Gefühlskälte hin, der Täter hat jeden Schnitt geplant und ausgeführt, ohne dabei den geringsten Skrupel zu haben."

„Ein eiskalter Killer."

Carolines Mund verzog sich. „So kann man es auch ausdrücken."

„Es ist also ein Mann?"

„Ausgehend von dem, was wir bisher über Serienmörder wissen, ist es höchstwahrscheinlich ein Mann, wobei ich jedoch anmerken möchte, dass bei zwei Morden noch nicht von einer Serie gesprochen werden kann. Die Opfer sind junge, schöne Frauen, was ebenfalls auf einen männlichen Täter hindeutet. Hinzu kommt noch die Art der Tötung, die typisch männlich ist. Zudem müssen die Opfer überwältigt werden, was ebenfalls für einen – meist – kräftigeren Mann spricht. Ich schätze, er ist zwischen 25 und 45 Jahre alt, dafür spricht sein Level an Spezialisierung und die Fertigkeit, mit der er das Skalpell zu handhaben weiß. Ich tippe auf einen Beruf oder zumindest ein Hobby, das mit der Verarbeitung von Fleisch zu tun hat. Fleischer, Arzt, Tierpräparator, oder etwas Ähnliches."

Bob verzog den Mund und stellte seinen Kaffeebecher beiseite. „Das sagte Carl auch schon. Wir haben versucht, dem nachzugehen, aber hast du eine Ahnung, wie viele Ärzte es allein schon in der Region von Los Angeles gibt?"

„Ich kann es mir vorstellen. Natürlich könnte er sich die Technik auch selbst beigebracht und fleißig geübt haben. In dem Fall würde ich erwarten, dass es noch frühere Opfer gibt, die Monate oder vielleicht sogar Jahre vor den hiesigen umgebracht worden sind. Er könnte umgezogen sein und seine Serie hier neu gestartet haben."

Silver lehnte sich vor. „In VICAP war keine Tat mit einem ähnlichen MO zu finden."

„Vielleicht wurden die Opfer nicht entdeckt, oder die Akten schlummern noch in irgendeinem Sheriffbüro im Landkreis Minetonka."

„Dann ist die Wahrscheinlichkeit ziemlich gering, dass wir sie jemals finden werden, beziehungsweise erst dann, wenn wir den Täter identifiziert und seine Vergangenheit genau durchleuchtet haben."

„Richtig, deshalb kann ich auch nur ganz allgemein sagen, was für ein Mensch unser Täter sein könnte." Caroline blätterte in ihrer Mappe. „Kommen wir zum Motiv. Es handelt sich eher um ein sexuell motiviertes Tötungsdelikt, weniger um ein Motiv wie Gier. Der Freund des zuerst entdeckten Opfers sagte aus, dass keine Wertgegenstände fehlen würden."

„Sie wurde aber auch nicht vergewaltigt."

„Das stimmt, aber das ist auch nicht notwendig, um ein Verbrechen zu einem sexuell motivierten zu machen. Denn die sexuelle Motivation bezieht sich nicht nur auf real vollzogene sexuelle Handlungen, sondern auf alles, was mit dem Körper zu tun hat. Beide Opfer waren nackt, der Täter hat ihre Körper benutzt, um etwas klarzustellen und er hat sich jeweils ein ‚Souvenir' mitgenommen. Sexuell ist hier also bereits im Sinne der Geschlechtsunterschiede zu sehen – eine Betonung der körperlichen Merkmale des Opfers ist schon ausreichend."

„Also ‚du schwaches Weib, ich starker Mann', oder wie?" Die Abscheu in Bobs Stimme war nicht zu überhören.

„Ganz genau. Häufig stellt sich in solchen Fällen heraus, dass der Täter in seiner Kindheit oder Jugend über viele Jahre hinweg von seiner Mutter oder von einer anderen Frau dominiert worden ist. Oder die ihn seiner Meinung nach nicht ausreichend vor einem gewalttätigen Vater beschützt hat. Das führt dann dazu, dass sich die angestaute Wut, die er gegenüber dieser Frau verspürt, entlädt, indem er gegenüber anderen Frauen gewalttätig wird, wobei diese Gewalttätigkeit dann auch oft mit Sexualität vermischt ist. Viele dieser Täter können nur Erregung verspüren, wenn sie jemand anderem dabei Schmerzen zufügen. Hin und wieder ist der Täter sogar impotent und das könnte auf unseren Fall übertragen auch der Grund sein, weshalb die Frauen nicht vergewaltigt und keine Spermaspuren gefunden wurden." Caroline holte tief Luft. „Allerdings passt das soeben aufgezeigte Profil nicht ganz auf unseren Täter. Ich denke jedoch, wir können ganz klar ausschließen, dass er durch materiellen Gewinn motiviert ist. Auch Rache scheint mir als Motiv abwegig, denn das würde tiefe Gefühle wie Liebe oder Hass voraussetzen. Denen stehen aber wiederum die gleichmäßigen Schnitte und das langsame Verbluten entgegen." Sie zupfte an ihrem Ohr. „Es kommt mir fast so vor, als ob er überhaupt nichts fühlen würde, während er die Opfer quält, als wäre das nur eine lästige Aufgabe, die er zu erfüllen hat, um dadurch zu bekommen, was ihm wirklich wichtig ist. Und ehrlich gesagt macht mir das mehr Sorgen als es ein wütender Mörder je könnte. Denn sobald Gefühle mit im Spiel sind, neigt ein Mörder dazu, Fehler zu begehen, während ein durchorganisierter, kalter Killer unberechenbar ist."

„Wir hatten gehofft, du könntest uns eine Skizze malen." Typisch Bob, der auch in der schlimmsten Situation noch versuchte, die Lage mit einem Scherz zu entspannen. Silver schüttelte den Kopf, während Caroline ihn schwach anlächelte.

„Leider nicht. Und es kommt sogar noch schlimmer. Ich kann nicht einmal genau sagen, wie er in der Öffentlichkeit auftritt. Organisierte Täter sind normalerweise gut in ihr soziales Umfeld eingebunden, sie können eine Frau haben, vielleicht sogar Kinder. Nach ihrer Verhaftung hört man immer wieder: „Oh, das hätten wir nie von ihm gedacht, er war ja so ein netter Mensch." So gut wie immer geht diese Art von Täter tagsüber einem geregelten Beruf nach, weshalb die Morde auch meist nachts verübt werden. Er ist möglicherweise stolz auf seine Taten, wird aber nicht offensichtlich mit ihnen angeben oder sich für die Ermittlungen der Polizei interessieren."

Silver nickte. „So viel zu unserem Versuch, ihn vielleicht auf einem der Tatortfotos zu entdecken."

„Moment, ich sagte ‚normalerweise'. Der Täter hat auch Trophäen mitgenommen, was durchaus darauf hindeuten könnte, dass er Spaß an der Sache hat und die Macht und Kontrolle genießt, die er über seine Opfer hat. Womit wir wieder bei einem komplett anderen Tätertyp wären, einem Einzelgänger, der weit weniger sozial angepasst ist. Er könnte großes Interesse an den Ermittlungen zeigen oder sich sogar bei der Polizei oder den Zeitungen melden."

„Dann könnten wir ihn zurückverfolgen."

„Möglich, aber ich fürchte, dass wir es eher mit dem ersten Typ zu tun haben, dazu passt auch die Tatsache, dass er keine Spuren hinterlässt." Sie hob entschuldigend beide Hände. „Ich würde euch wirklich gerne weiterhelfen, aber dazu hat der Täter einfach zu wenig Spuren hinterlassen, aus denen man Schlüsse ziehen kann. Wir können nur hoffen, dass es beim nächsten Mal anders ist oder er sonst irgendeinen Fehler macht, der uns hilft, ihn zu überführen."

„Na ja, immerhin wissen wir jetzt, dass wir es wahrscheinlich mit einem Mann zwischen 25 und 45 zu tun haben. Das ist dann nur noch so etwa ein Viertel der Einwohner von L. A."

„Da seine Opfer weiß sind, nehme ich an, dass er es auch ist. Serienmörder gehen selten über ihre eigene ethnische Herkunft hinaus."

Silver stützte sein Kinn, das mangels einer morgendlichen Rasur voller Stoppeln war, in beide Hände. „Immerhin, das wären dann schon einige Verdächtige weniger. Vielleicht entdecken wir noch etwas, wenn wir ein wenig in den alten Akten stöbern. Irgendjemanden, auf den unser Profil passt und der gerade aus dem Gefängnis entlassen wurde."

Caroline klappte ihre Mappe zu. „Wenn ihr keine weiteren Fragen mehr habt, werde ich in mein Büro zurückkehren und dort einen Bericht schreiben, den ihr an Captain Harris weiterleiten könnt. Außer es ist euch noch etwas eingefallen, das ein anderes Licht auf den Täter werfen könnte."

Bob schüttelte missmutig den Kopf. „Nein, nichts. Dein Profil entspricht ziemlich genau der Vorstellung, die wir vom Täter hatten. Er ist organisiert und eiskalt."

„Ich sehe das leider genauso. Schon allein, dass er abgewartet hat, bis Gwen Tudolskys Freund, ein Ex-Marine, auf Geschäftsreise war, zeigt, wie planvoll er vorgeht und dass er seinen Impuls zu töten durchaus unterdrücken kann, bis sich eine gute Gelegenheit bietet."

„Trotzdem kann es sein, dass er sich sein nächstes Opfer schneller suchen wird, nachdem er erst einmal festgestellt hat, wie einfach es ist, jemanden zu töten, ohne erwischt zu werden. Die Abstände zwischen den Morden werden meiner Meinung nach immer geringer werden. Was aber auch bedeutet, dass er weniger Zeit haben wird, sich im Einzelnen auf sie vorzubereiten und ihm Fehler unterlaufen werden. Es sind noch keine Gemeinsamkeiten zwischen den ersten beiden Opfern festgestellt worden?"

„Nein, bisher nicht. Sie sind weiblich, weiß und gutaussehend, das war es aber auch schon. Sie sehen sich nicht ähnlich, wohnten in verschiedenen Vierteln und kauften in verschiedenen Läden ein. Die eine war Sekretärin, die andere Studentin und eventuell Stripperin in einem Nachtclub. Wir sind noch dabei, das zu prüfen. Eine hatte mehr Geld, die andere weniger." Frustriert klopfte Silver mit dem Stift auf seine Papiere. „Mehr haben wir nicht."

„Gwen Tudolsky arbeitete in einer Anwaltskanzlei, richtig? Wäre sie das einzige Opfer gewesen, könnte sie vielleicht etwas gehört haben, das nicht für ihre Ohren bestimmt war. Dann hätte ein Auftragskiller sie vielleicht auf diese Weise getötet, um von jedem Zusammenhang mit ihrer Arbeit abzulenken. Und die Ohren wären dann ein Symbol dafür, dass sie sterben musste, weil sie zu neugierig war. Oder ein Geschenk an den Auftraggeber, ein Beweis sozusagen. Allerdings passt diese Theorie nicht zum zweiten Opfer, daher ist sie eher unwahrscheinlich."

Bob starrte sie an. „Vielleicht hättest du Detective werden sollen."

Lachend stand Caroline auf. „Nein, danke. Den Job möchte ich nicht geschenkt haben. Ich bin zufrieden mit dem, was ich tue – und vor allem bin ich gut darin. Die Vorstellung, ständig mit Leichen zu tun zu haben, ist dagegen nicht besonders ... angenehm."

„Allerdings nicht." Silver erhob sich und hielt ihr die Hand hin. „Vielen Dank, dass Sie sich die Zeit genommen haben, wir können Ihr Profil für die weiteren Ermittlungen gut brauchen."

Caroline nickte ihm freundlich zu. „Gern geschehen und jederzeit wieder. Solltet ihr noch Fragen haben, meldet euch einfach. Sollte es ein weiteres Opfer geben, schickt mir Kopien der Akten hoch, damit ich das Profil entsprechend erweitern oder abändern kann."

„Machen wir." Bob ging zur Tür und hielt sie ihr auf. „Bis bald."

Stille herrschte im Büro, während Silver wieder Platz nahm und Bob die Tür sanft hinter Caroline schloss. Amüsiert stellte Silver fest, dass sich Bobs Gesichtsfarbe immer noch nicht normalisiert hatte. „Weiß sie, dass sie dir gefällt?"

Verstimmt sah Bob auf. „Nein, und das soll auch so bleiben! Ein bisschen Schwärmerei wird ja wohl erlaubt sein."

„Ja, sicher, aber wenn du nicht willst, dass sie es merkt, solltest du dich vielleicht etwas weniger auffällig verhalten."

Bob ließ sich in seinen Stuhl fallen. „Weshalb, was habe ich denn getan?"

„Du siehst aus wie ein Feuermelder."

„Tue ich ..."

„Und du überschlägst dich fast, um ihr die Tür zu öffnen."

„Das ist nur höflich!"

Silver grinste. „Ja, natürlich, aber es kommt immer darauf an, wie man es macht."

Bob rutschte unbehaglich auf seinem Stuhl hin und her. „Das musst gerade du sagen, ich komme hier nichts ahnend rein und sehe euch beide miteinander schäkern, obwohl ihr euch erst ein paar Minuten kennt!"

Nachdenklich betrachtete Silver seinen Partner. „Bist du sicher, dass du nichts von ihr willst? Aber zu deiner Beruhigung, ich finde Caroline zwar durchaus sympathisch, aber sie ist nicht ..." Ana, hatte er sagen wollen, beendete den Satz aber gerade noch rechtzeitig noch mit: „... meine Liga. Wenn du dich ernsthaft für sie interessierst, warum lädst du sie dann nicht einmal zum Essen ein?"

„Das kann ich nicht machen."

„Warum nicht? Ist sie liiert?"

„Nein, derzeit nicht, aber ... wenn sie schon nicht deine Liga ist, dann erst recht nicht meine."

Silver wurde einer Antwort enthoben, denn in diesem Augenblick öffnete sich die Tür und Kirby steckte den Kopf herein. „Wir haben die Mitbewohnerin von Delia Hoffman ausfindig gemacht. Die Polizei vor Ort hat sie über den Todesfall informiert und sie ist bereits auf dem Weg hierher."

„Gut. Wie sieht es mit der Mutter des Opfers aus?"

„Sie scheint gerade mit ihrer anderen Tochter auf einer Reise zu sein, laut dem Verwalter des Wohnwagenparks wird es wohl einige Tage dauern, bis sie wieder zurück sind."

„Okay, danke."

Kirby schloss die Tür und Bob schlug die Akte auf. „Na schön. Dann wollen wir mal hören, ob die Mitbewohnerin mit irgendwelchen Neuigkeiten aufwarten kann."

15

Silver lehnte sich an die Theke zurück und nippte an seiner Cola, während er seinen Blick durch die Bar des ‚Tiger's Club' gleiten ließ, der seiner Klientel eindeutig ein gehobenes Ambiente bot. In Chicago war er beruflich meist in wesentlich heruntergekommeneren Strip-Clubs unterwegs gewesen. Silver musste an die Befragung von Delia Hoffmans Mitbewohnerin zurückdenken. Felicia Damon hatte im Department als Zeugin ausgesagt, auch wenn sie von der Tat selbst nichts mitbekommen hatte, weil sie zu diesem Zeitpunkt Urlaub in Colorado gemacht hatte. Aber immerhin konnte sie den möglichen Tatzeitraum eingrenzen – sie hatte vor zwei Wochen noch mit dem Opfer telefoniert. Abwechselnd wütend und in Tränen aufgelöst, hatte Felicias Verfassung eine gründliche Befragung unmöglich gemacht. Sie würden sie deshalb in einigen Tagen noch ein zweites Mal befragen müssen. Silver nahm einen weiteren tiefen Schluck.

Felicia war in der verzweifelten Hoffnung zu ihnen gekommen, dass eine andere Frau als ihre Freundin in der Wohnung getötet worden und ihre Mitbewohnerin ebenfalls in Urlaub gefahren war oder bei Freunden übernachtet hatte. Sie hatte selbst der DNA-Analyse von Carl Mayer nicht glauben wollen, sondern darauf bestanden, ein Foto zu sehen. Bob hatte alles versucht, sie davon abzubringen, dann aber schließlich nachgegeben, um endlich weiterzukommen. Es war nur eine Aufnahme vom Gesicht gewesen, aber sie hatte ausgereicht, um Felicia aufspringen und zum nächsten Waschraum rennen zu lassen. Sie hatten Debra hinterhergeschickt, die wenige Minuten später mit der Zeugin zurückkam und ihnen einen vorwurfsvollen Blick zuwarf. Es war klar, was sie davon hielt, dass sie der jungen Frau ein Foto gezeigt hatten. Normalerweise hätte Silver ihr zugestimmt, aber sie hatten einen Mord, vielmehr zwei Morde, aufzuklären und die Zeit lief ihnen davon. Der Täter konnte jeden Moment erneut zuschlagen und ihnen eine weitere Leiche bescheren.

Bob sprach die junge Tänzerin an, die gerade ihre Show an der Stange beendet hatte, zeigte seine Marke und führte die Frau in eine geschützte Sitzecke. Silver ließ seinen Blick währenddessen weiter durch den Raum schweifen und suchte nach Personen, die wiederum Bob beobachteten oder sich sonst irgendwie verdächtig benahmen. Aber es fiel ihm niemand auf. Die anwesenden Männer waren eindeutig der Kategorie Anzugträger zuzuordnen, es waren sogar einige wenige Frauen anwesend, die nach der Arbeit noch einen Schluck mit Kollegen trinken gegangen waren und nun den Tänzerinnen zusahen. Natürlich war der Täter laut Caroline sozial wahrscheinlich so weit angepasst, dass er nicht weiter auffallen würde. Dennoch hatte Silver das Gefühl, dass er ihn hier nicht treffen würde, denn es würde seiner Vorsicht widersprechen, noch einmal an einen Ort zurückzukehren, an dem er eines seiner Opfer getroffen hatte. Wenn er es überhaupt jemals hier getroffen hatte. Vielleicht war er Delia auch im Supermarkt begegnet, oder in einem Bus, oder einfach auf der Straße. Frustriert nahm Silver sein Glas, ging zu Bob hinüber und rutschte neben ihn auf die Bank. Auf diese Weise behielt er die Bar im Auge, konnte gleichzeitig aber auch hören, was die Tänzerin zu sagen hatte.

Unruhig sah Ana erneut auf die Uhr und haderte mit sich selbst, als sie sich dabei ertappte. Sie war diejenige gewesen, die gesagt hatte, dass sie später noch miteinander reden könnten, nicht Silver. Vielleicht ging er davon aus, dass sie sich bei ihm melden würde. Oder es war ihm peinlich, dass sie ihn in einem Moment der Schwäche gesehen hatte. Unsinn, sicher hatte er einfach nur viel zu tun und noch keine Zeit gefunden, sich bei ihr zu melden. Ana schlug mit der flachen Hand auf die Tischplatte und stand auf. Das war's, sie hatte keine Lust, noch länger auf ihn zu warten. Genauso gut konnte sie noch ein wenig Arbeit erledigen. Entschlossen griff sie sich ihren Rucksack und die Schlüssel und verließ die Wohnung. Normalerweise hätte sie Natalie angerufen, doch sie wusste, dass ihre Freundin heute zu einem Geschäftsessen eingeladen war. Also blieb ihr nur die Arbeit, um sich abzulenken und wieder ein wenig Ruhe und Ordnung in ihr Leben zu bringen.

Im Studio warteten noch die Fotos der Kundin auf sie, die diesen Vormittag bei ihr gewesen war. Und wenn das nicht reichte, würde sie sich noch den jungen Mann von heute Nachmittag vornehmen. Glücklicherweise waren es keine Aktaufnahmen gewesen, denn nach Silver fühlte sie sich seltsam unwillig, einen anderen Mann so zu fotografieren. Aber das würde sich mit der Zeit sicher wieder legen. Ana trat aus der Wohnung und zog die Tür energisch hinter sich ins Schloss. Eilig lief sie die Treppe hinunter und merkte erst, dass sie nicht alleine war, als sie mit jemandem zusammenstieß.

Starke Hände schlossen sich um ihre Arme und verhinderten, dass sie stürzte.

„Entschuldigen Sie, ich habe Sie gar nicht gesehen."

Der Mann lächelte sie an und trat einen Schritt zurück. „Kein Problem. Haben Sie sich wehgetan?"

Neugierig betrachtete Ana ihr Gegenüber. Sie konnte sich nicht erinnern, den Mann schon einmal hier gesehen zu haben, er wäre ihr sicher im Gedächtnis geblieben. Er hatte ein interessantes Gesicht, gut zu fotografieren. Dann merkte sie, dass sie ihm noch immer eine Antwort schuldete. „Nein, dank Ihnen nicht. Außerdem müsste ich Sie das fragen, schließlich habe ich Sie umgerannt. Sie wohnen nicht hier, oder doch?"

„Ich bin nur zu Besuch." Er sah auf seine Uhr. „Und ich komme zu spät. Ich wünsche Ihnen noch einen schönen Abend."

„Danke, gleichfalls." Ana ging weiter die Treppe hinunter, drehte sich auf dem Absatz aber noch einmal nach ihm um, doch er war schon verschwunden.

Ana trat auf den Gehsteig und atmete tief die frische Nachtluft ein. Glücklicherweise wohnte sie in einem höher gelegenen Teil von Los Angeles und blieb damit weitestgehend von der alltäglichen Smogglocke verschont. Manchmal konnte sie nachts sogar eine frische Meeresbrise erahnen, deshalb ging sie, sobald es dunkel war, hin und wieder ins Freie, schloss die Augen und ließ sich den Wind um die Nase wehen. Doch heute hatte sie nicht die notwendige Ruhe dazu, sie musste etwas tun, sich beschäftigen, um zu vergessen, was um sie herum vorging. Rasch lief sie zu ihrem Auto, das sie wegen Parkplatzmangels vor dem Haus in einer Querstraße abgestellt hatte. Es war noch nicht so spät, dass ihr die Gegend unheimlich vorgekommen wäre. Vereinzelt waren Leute mit ihren Hunden unterwegs, einige kamen von der Arbeit, andere fuhren zu einer Verabredung. Noch herrschte Alltag in ihrer Siedlung, es war mit ein Grund, warum sie gerne hier wohnte. Die Häuser waren gepflegt, die Straßen sauber und sie fühlte sich sicher. Was einem kleinen Wunder gleichkam.

Sie blieb abrupt stehen, weil sie glaubte, beobachtet zu werden. Unruhig sah sie sich um, doch es hatte sich nichts verändert. Da war niemand, der sie verfolgte oder in einer dunklen Ecke lauerte, bereit, sich auf sie zu stürzen. Es war sicher nur Einbildung gewesen. Vermutlich irgendein neugieriger Nachbar, der ihr aus dem Fenster nachgeschaut hatte und sich fragte, wo sie um diese Uhrzeit wohl noch hinging. Das gleiche Gefühl hatte sie zwar vorgestern schon einmal gehabt, als sie mit Natalie aus dem Kino gekommen war. Aber wahrscheinlich war das einfach nur ein Zeichen für ihre überreizten Nerven und Natalie hatte Recht, wenn sie meinte, dass sie sich eine Auszeit von der Polizeiarbeit nehmen und sich ganz auf ihr Studio konzentrieren sollte. Andererseits widerstrebte es ihr, eine einmal begonnene Arbeit ohne zwingenden Grund aufzugeben, schon gar nicht, wenn sie wichtig war. Für die Ermittlungen, aber auch für die Opfer.

Ana beschleunigte ihren Schritt und erreichte endlich ihren Wagen. Per Fernbedienung öffnete sie die Verriegelung und zog mit zitternden Fingern die Tür auf. Hastig setzte sie sich hinein, schloss die Tür hinter sich und drückte den Zentralverriegelungsknopf herunter. Sie warf einen raschen Blick auf den Rücksitz – keiner versteckte sich hinter ihr und wartete darauf, sie anzugreifen. Sie war in Sicherheit. Eine Hand auf ihr wild pochendes Herz gepresst, schüttelte sie den Kopf.

Ihre Einbildung war mit ihr durchgegangen und hatte ihr eine Gefahr vorgegaukelt, wo überhaupt keine vorhanden war. Trotzdem blickte sie sich noch einmal wachsam nach allen Seiten um, bevor sie den Motor startete und auf die Fahrbahn rollte. Niemand hielt sie auf oder lief hinter ihr her. Vermutlich sollte sie wirklich weniger Thriller lesen, zumal sie schon genug schreckliche Dinge gesehen hatte, die für ein ganzes Leben reichten.

Die Tür öffnete sich mit einem leisen Knacken, ein Geräusch, das im Dröhnen der Klimaanlage unterging. Gut so, genau wie geplant. Eine reine Vorsichtsmaßnahme, denn es war niemand hier. Noch nicht zumindest. Aber in einigen Minuten oder auch Stunden würde sie zurückkommen, um zu sterben. Natürlich wusste sie das noch nicht, aber sie würde es bald merken, spätestens, wenn das Skalpell über sie glitt und die Angst und der Blutverlust sie immer schwächer werden ließen. Sie würde keine Möglichkeit haben, den Kampf zu gewinnen. Wenn sie jemand fände, wäre sie längst tot. Eine junge Frau, wunderschön, und sich dessen vollkommen bewusst. Es war kein großer Verlust für die Welt, wenn sie nicht mehr existierte, wenn sie mit ihrer Figur und ihren langen Haaren keinem Mann mehr den Kopf verdrehen konnte. Es gab so viele wie sie, Los Angeles wimmelte förmlich von ihnen.

Der Raum war ordentlich, alles stand an seinem Platz. Sehr angenehm, so würde nichts im Weg sein und die Stätte konnte danach leicht wieder hergerichtet werden. Keine Spuren, keine Zeugen, so musste es sein. Es war wirklich schätzenswert, wie leicht es einem manchmal gemacht wurde. Jedes Kind wusste mittlerweile dank etlicher Fernsehsendungen, was man tun musste, um keine Beweise zu hinterlassen. Alles wurde detailliert beschrieben, was dachten sich die Produzenten eigentlich dabei? Gar nichts, vermutlich. Hauptsache, die Einschaltquoten stimmten. Eine weitere wunderbare Quelle war das Internet, man konnte sich darin alles, was man über Kriminalfälle wissen wollte, mit einem Klick heraussuchen. Auch Bücher über Profiling und Polizeiarbeit bis hin zu True Crime-Berichten waren sehr interessant, alles war für den Täter von morgen mundgerecht vorgefertigt. Wie praktisch.

Es wurde Zeit, einen geeigneten Platz zu finden, schließlich konnte die Auserwählte jederzeit zurückkommen. Eine dunkle Ecke, wo sie nicht sofort hinsah, die aber trotzdem bequem genug war, um die Wartezeit nicht unangenehm werden zu lassen. Eingeschlafene Arme oder Beine konnten beinträchtigen und schließlich sollte das Kunstwerk vollkommen werden. Ach ja, so würde es sich gut aushalten lassen. *Nun komm, meine Schöne, komm ...*

Silver spürte die Anspannung des Tages von sich abfallen, als er die Papiertüte aus dem Wagen nahm und die Tür mit dem Fuß zuschob. Heute hatte er keine Unterlagen, sondern etwas zu essen für sich und Ana mitgebracht, als kleines Dankeschön für ihre Gastfreundschaft letzte Nacht. Vorfreude erfüllte ihn und ließ alle Sorgen in den Hintergrund treten. Nahezu beschwingt legte er die wenigen Meter zur Haustür zurück und stieß sie mit der Schulter auf. Irgendjemand sollte einmal den Schließmechanismus reparieren, so konnte ja jeder Verrückte das Haus betreten. Silver runzelte die Stirn. Er würde mit Ana darüber reden, Los

Angeles war schon gefährlich genug, aber wenn auch noch ein Serienmörder dazu kam, der es scheinbar auf schöne Frauen abgesehen hatte ... Aber das hätte Zeit bis nach dem Essen, er wollte ihnen die Stimmung nicht verderben. Sie konnten beide eine Auszeit gut brauchen, so viel war sicher.

Rasch stieg er die Stufen zu Anas Wohnung hinauf. Er konnte es kaum noch erwarten, sie zu sehen. Wann hatte er sich das letzte Mal so auf eine Verabredung gefreut? Bei Stacy jedenfalls nicht, aber auch was die Zeit vor Stacy betraf, würde er lange suchen müssen. Dabei hatten sie noch nicht mal ein Rendezvous, Ana wusste gar nicht, dass er vorbeikam. Sein Schritt wurde langsamer, als ihm bewusst wurde, dass sie vielleicht gar keine Zeit haben oder bereits mit einem anderen Mann ausgegangen sein könnte. Vermutlich wäre es besser gewesen, sie vorher anzurufen, aber darauf war er in seinem Bestreben, möglichst schnell aus der Bar verschwinden zu können, gar nicht gekommen. Er hatte sich nur noch kurz von Bob verabschiedet, war in seinen Blazer gesprungen und dann hierhergefahren. Nur einen kleinen Zwischenstopp beim Italiener, mehr hatte er sich nicht gegönnt. Jetzt würde es auch nichts mehr bringen, sie anzurufen, schließlich stand er schon vor ihrer Tür.

Silver atmete tief durch, bevor er auf die Klingel drückte. Hätte er nicht doch einen Blumenstrauß mitbringen sollen? Nein, das wäre zu offensichtlich gewesen. Gut, er hätte sich durchaus mit Blumen bedanken können, aber das Essen sollte eigentlich ausreichen. Nervös verlagerte er sein Gewicht von einem Bein auf das andere. Außerdem würde es Ana sowieso unglaubwürdig finden, wenn er plötzlich den Kavalier spielen würde, dazu war der Anfang ihrer Beziehung viel zu ungewöhnlich und zu intensiv gewesen. Silver starrte auf die geschlossene Tür, aber es rührte sich nichts. Sie schien tatsächlich nicht da zu sein.

Nachdenklich blickte er auf seine Uhr. Ob sie um diese Zeit noch im Studio war? Wenn er sich recht erinnerte, war es nur bis 19 Uhr geöffnet, sie sollte also längst hier sein, sofern sie keine Verabredung hatte. Hätte er sich heute Morgen die Telefonnummer gemerkt, die Debra ihm genannt hatte, könnte er jetzt im Studio anrufen. Die Auskunft, genau. Er war wirklich ein toller Polizist! Kopfschüttelnd zog er sein Handy heraus und rief die Auskunft an. Eine halbe Minute später hätte er Anas Nummer einprogrammiert und ließ sich verbinden.

Es klingelte einige Male, dann wurde abgehoben. „Fotostudio Terrence. Es tut mir leid, aber wir haben leider schon geschlossen ..."

„Ana, ich bin es, Silver."

Sie lachte. „In dem Fall habe ich nicht geschlossen. Möchtest du dich fotografieren lassen?"

Vergnügt ließ sich Silver auf einer Treppenstufe nieder. „Ich denke, das haben wir hinter uns. Ich wollte fragen, ob du heute Abend schon etwas vorhast."

Eine kurze Pause entstand. „Nein, habe ich nicht."

„Gut. Ich dachte nämlich, ich könnte bei dir vorbeikommen und etwas zu Essen mitbringen ..."

„Das ist eine nette Idee. Wann kannst du da sein?"

Silver räusperte sich. „Genau genommen bin ich schon da. Ich sitze vor deiner Tür."

„Hier, vor dem Studio?" Die Überraschung war ihr deutlich anzuhören.

„Nein, bei dir zu Hause. Ich weiß, ich hätte vorher anrufen sollen, aber es war eine spontane Idee."

„Wunderbar, dann bleib sitzen, ich bin in einer Viertelstunde da."

„Schön. Bis gleich." Silver steckte das Handy wieder ein und stellte fest, dass er jetzt schon die Minuten zählte, während Erregung durch seinen Körper strömte.

Ana stieg zwei Stufen auf einmal nehmend die Treppe hinauf und hielt erst auf dem vorletzten Absatz an, um ihr wild klopfendes Herz zu beruhigen. Die Vorstellung, dass Silver sie sehen wollte und bereits vor ihrer Tür auf sie wartete, machte sie geradezu lächerlich glücklich. Wie schnell sich ein trüber, einsamer Abend doch wandeln konnte. Mit einem tiefen Atemzug machte sie sich bereit die letzten Stufen hinauf zu gehen, und bemerkte dabei aus dem Augenwinkel eine Bewegung auf dem nächsten Treppenabsatz. Einen kurzen Moment setzte ihr Herzschlag aus, dann aber erkannte sie Silver, der rasch aufstand und ihr entgegenlächelte.

„Hallo", begrüßte sie seine tiefe Stimme.

„Hallo." Sie wandte sich schnell zur Tür, damit er ihrem Gesicht nicht ansehen konnte, wie aufgewühlt sie war. Das Klicken des Schlosses klang laut in der Stille der Wohnung. „Leg deine Sachen ab."

„Alles?" Sein Atem strich über ihre Haare, so dicht stand er hinter ihr.

Ein atemloses Lachen entkam ihr. „Wenn du willst, gerne." Allein die Erinnerung an das Fotoshooting ließ ihren Atem schneller gehen.

Silver trat neben sie und warf seine Jacke über einen Garderobenhaken. „Diesmal nicht." Er hängte sein Pistolenholster daneben. „Jedenfalls nicht, wenn ich der Einzige bin, der nichts anhat."

Offensichtlich befand sich Silver heute in einer für ihre Seelenruhe eindeutig gefährlichen Verfassung. „Ich dachte, du wolltest etwas essen?“

„Das auch.“ Er hielt eine Tüte hoch. „Hast du eine Mikrowelle? Ich fürchte, das Essen ist kalt geworden, während ich gewartet habe.“

Ana zog die Augenbrauen hoch. „Ich habe mich extra beeilt und war innerhalb einer Viertelstunde hier.“

Silver sah auf seine Uhr. „Zwölf Minuten und siebenundvierzig Sekunden, um genau zu sein, aber das ist nicht wichtig.“

Sein Blick traf den ihren und wanderte dann tiefer. Ana befeuchtete nervös ihre Lippen. „Es scheint, als hättest du Hunger.“

„Ja.“ Er trat näher, bis er sie fast berührte. „Großen.“

Eine Sekunde lang erlag Ana der Versuchung, dann wandte sie sich rasch ab. „Ich wärme das Essen lieber gleich auf, bevor du mir noch verhungerst.“ Sie nahm ihm die Tüte ab und zog sich in die Küche zurück. „Möchtest du etwas ...“ – sie brach ab, als sie feststellte, dass er ihr gefolgt war – „... trinken?“

„Gern. Wenn du mir sagst, wo ich Gläser finde, nehme ich dir das ab, während du das Essen aufwärmst.“

„In dem Hängeschrank links über der Spüle.“

Mit gesenkten Lidern beobachtete sie, wie Silver den Raum ohne Zögern durchquerte und den Schrank öffnete, als ob er hier zu Hause wäre. Erschreckend – und gleichzeitig erregend. Es hatten sie durchaus schon einige Männer begehrlich angesehen, aber noch nie so hungrig, wie Silver es gerade getan hatte. Als ob sie, wenn nicht schon der erste Gang, so doch zumindest der Nachtisch auf seiner Speisekarte wäre. Ein Lachen stieg bei dieser Vorstellung in ihr auf, das sie hastig unterdrückte. Dennoch hatte Silver es bemerkt und sah sie nun fragend an.

„Was ist?"

„Nichts. Warum nimmst du dir nicht etwas zu Trinken aus dem Kühlschrank und setzt dich schon mal ins Wohnzimmer, ich komme dann nach, sobald das Essen heiß ist."

„Der Tisch steht aber hier."

Guter Punkt. „Im Wohnzimmer ist es gemütlicher." Und als er immer noch keine Anstalten machte, zu gehen, scheuchte sie ihn hinaus. „Nun geh schon."

„Ich könnte fast glauben, dass du mich loswerden willst."

„Jetzt weiß ich auch, warum du Detective geworden bist!", spöttelte Ana.

Lachend gab er nach, griff sich zwei Flaschen aus dem Kühlschrank und verließ die Küche. Ana sah ihm nach und wunderte sich über den leichten Ton, der auf einmal zwischen ihnen herrschte. Das war ein ganz anderer Silver als sonst, kein Vergleich zu dem Migräneopfer von gestern. Gutgelaunt und sorgenfrei, so als hätte er diesen Abend alles abgeschüttelt, was ihn sonst belastete. Das Klingeln der Mikrowelle riss sie aus ihren Gedanken. Egal, was mit ihm passiert war, sie war dankbar dafür. Sie hatte sich Ablenkung und Unterhaltung gewünscht und nun war Silver hier. Ana richtete ein Tablett her, verteilte das Essen auf die Teller und trat mit einem Lächeln ins Wohnzimmer.

„Es kann losgehen."

Silver drehte sich vom Fenster weg und kam ihr entgegen. Er wartete, bis sie Platz genommen hatte und setzte sich dann ebenfalls hin. „Ich hoffe, italienisch ist in Ordnung."

„Natürlich. Das duftet unheimlich gut."

„Genauso wie du."

„Okay, das reicht. Was ist heute mit dir los? Wo bist du gewesen?"

Grinsend nahm sich Silver einen Teller. „In einer Strip-Bar."

Ana schaute ihn überrascht an. „Wie bitte?"

Silver lächelte sie betont harmlos an. „Du weißt schon, diese Lokale, in denen eine Frau auf einer Bühne tanzt und sich dabei auszieht."

„Danke, das weiß ich auch." Ana hob die Augenbrauen. „Und warum erzählst du mir das?" Sie hatte geglaubt, dass die Antwort im Department, bei Zeugen oder sogar in einer Kneipe lauten würde, mit einer Strip-Bar hatte sie nicht gerechnet.

„Warum denn nicht? Ich habe nur eine Cola getrunken und mit Bob die Mädchen dort befragt. Rein dienstlich, natürlich."

Er legte die Gabel beiseite, rückte nach vorne und nahm ihre Hand. „Ich wollte es dir sagen, damit du es nicht von jemand anderem, wie zum Beispiel Plaudertasche Bob, erfährst und falsche Schlüsse ziehst."

Ana sah ihn einen langen Moment stumm an, dann nickte sie zögernd. „Okay." Sie atmete tief durch. „Was ist mit deiner ...?" Freundin, wollte sie sagen.

Silver legte seine Finger auf ihren Mund und verhinderte, dass sie den Satz zu Ende brachte. „Heute Abend sind nur wir beide hier. Keine Arbeit, keine Kollegen, keine Ex-Freunde. Nur wir beide." Sein Blick tauchte in ihren. „Wenn du das möchtest."

„Das wäre schön." Silvers Finger fuhren die Konturen ihrer Lippen nach und Erregung überschwemmte sie. Sie musste sich mit irgendetwas ablenken, wenn sie nicht wollte, dass er bemerkte, wie es um sie bestellt war. „Das Essen wird kalt, wenn ..." Weiter kam sie nicht, denn Silver setzte sich neben sie. Seine Nähe drohte all ihre guten Vorsätze zunichte zu machen, doch bevor sie von ihm wegrücken konnte, hatte er bereits ihre Arme umfasst.

„Weißt du, worüber ich seit heute Morgen nachgedacht habe?"

„Nein. Worüber?" Sie verlor sich im Blau seiner Augen.

„Ob du wirklich neben mir geschlafen hast, oder nicht." Sein Gesicht näherte sich. „Die Vorstellung, dass du nur eine Armlänge von mir entfernt gelegen hast und ich es nicht gemerkt habe, hat mich den ganzen Tag über beschäftigt. Ich hätte nur die Hand auszustrecken brauchen, um deine Haut zu berühren. Meinen Kopf ein Stück bewegen, um dich küssen zu können." Sein Atem strich über ihre Lippen. Sein Mund berührte ihren, erst sanft, dann fordernder, als sie nicht protestierte. Doch wie hätte sie das tun sollen, sie brachte keinen Ton mehr heraus und ihre Hände dienten nur noch dazu, ihn näher an sich heranzuziehen. Er schien ihre Antwort auch so zu kennen, denn er schlang seine Arme um sie und vertiefte den Kuss.

16

Ana wusste nicht mehr, wie sie in eine liegende Position gekommen war, oder wann sie Silvers Hemd aufgeknöpft hatte. Sie wurde nur noch von ihren Gefühlen beherrscht. Die Hitze, die von Silvers Körper ausging, seine harte Brust unter ihren Handflächen und seine Küsse ließen sie alles andere um sich herum vergessen. Eifrig erkundete sie mit ihren Händen seinen Körper und genoss sein Gewicht auf sich. Es fühlte sich gut an, seine Stärke und Entschlossenheit zu spüren und zu wissen, dass er sie genauso begehrte wie sie ihn. Der Beweis dafür drückte immer energischer gegen ihren Oberschenkel.

Silvers Hände schlossen sich um ihr Gesicht. Erregung stand in seinen Augen, die ihre Leidenschaft noch weiter anfachte. „Mehr?“ Die Frage kam zögernd über seine Lippen, als wäre bereits dieses eine Wort zu viel.

Ana nickte nur stumm. Sie wollte nicht *mehr,* sie wollte alles und zwar so schnell wie irgend möglich. Aber sie sagte nichts.

Silvers Finger strichen über ihre Wangen, ihre Augenbrauen, fuhren ihre Nase und ihren Mund nach, bevor sie an ihrem Hals abwärts glitten. „Ich möchte mehr von dir sehen.“

Ana befeuchtete ihre Lippen. „Was ... hindert dich daran?“

Silver stieß ein raues Lachen aus, kniete sich neben das Sofa und beugte sich über sie. Seine Finger wanderten über ihre Bluse. Einen Knopf nach dem anderen arbeitete er sich langsam nach oben, während seine Fingerknöchel immer wieder über ihre Haut strichen.

Anas Finger streiften über seine warme Haut, fuhren durch seine Brusthaare und folgten ihnen nach unten. Scharf sog er die Luft ein, als sie seinen Bauchnabel umkreiste und langsam tiefer glitt. Seine Hände bewegten sich nicht mehr. „Was ist, bist du immer noch nicht fertig?"

Anstelle einer Antwort zog er ihr mit einem Ruck die Bluse auf und schob sie über ihre Schultern. Sein gieriger Blick ließ sie den Atem anhalten. Angespannt folgte sie dem Kreisen seiner Hand, die sich dunkel von der hellen Haut ihres Bauches abhob. Bedächtig glitten seine Finger höher, umrundeten ihren Spitzen-BH und bewegten sich dann zu ihrem Rücken. Silver löste den Verschluss, beugte sich dicht über sie und betrachtete sie bewundernd. „Du bist wunderschön."

Mit zitternden Händen schob ihm Ana das Hemd über die Schultern und sah zu, wie er eilig aus den Ärmeln schlüpfte. Seine Haut schimmerte bronzen im gedämpften Licht der Stehlampe. Auf einen Ellbogen gestützt wandte sie sich Silver zu, ihre Lippen strichen über seine Schulter. Sie beugte sich weiter vor und legte eine Spur von Küssen über sein Schlüsselbein. Ein dumpfer Laut entfuhr seiner Kehle, der sie anstachelte, ihn weiterhin zu reizen, ihn aus der Reserve zu locken und abzuwarten, was geschah.

Die Reaktion erfolgte prompt. Seine Arme schlangen sich um sie und Ana verlor das Gleichgewicht. Das Geschirr klapperte, als er mit dem Rücken gegen den

Tisch stieß, doch das interessierte Ana nicht, denn sie landete auf Silvers Körper und war endlich dort, wo sie hinwollte: Haut an Haut. Sie senkte den Kopf und küsste ihn. Seine rauen Hände strichen über ihren Rücken, legten sich um ihre Taille. Unvermittelt schob er sie höher und zwang sie dadurch, sich mit beiden Händen auf dem Boden abzustützen. Sie atmete schwer, als sie seinen Mund an ihrer Brust spürte, gefolgt von seiner heißen Zunge, die sanft über ihre Brustspitze leckte. Anas Augen schlossen sich und sie gab sich ganz ihren Empfindungen hin. Unruhig rieb sie ihren Unterleib an Silver, ihre Arme zitterten. Sie zuckte heftig zusammen als seine Hände an ihrem Bauch entlang zielstrebig nach unten glitten, während sich sein Mund gleichzeitig über ihrer Brust schloss. Seine Finger fuhren unter ihren Hosenbund und entlockten ihr ein Stöhnen. Er öffnete die Hose und schob sie langsam nach unten. Sie merkte erst, dass er ihren Slip mit heruntergezogen hatte, als ihre nackte Haut die seine berührte. Besitzergreifend legten sich seine warmen Hände um ihre Pobacken und zogen ihren Unterleib an seinen heran. Ana schloss die Augen und bewegte automatisch ihre Hüften. Ein zufriedenes Brummen entkam ihm. „Mach weiter so."

Auf die Ellbogen gestützt brachte sie sich näher an Silvers gierigen Mund, ihr Körper rieb sich ruhelos an seinem. Mit den Füßen begann sie, ihre Hose weiter nach unten zu schieben, um sie endlich ganz loszuwerden und ihre Beine wieder frei bewegen zu können. Silver nutzte die Zeit, um seine Finger weiterwandern zu lassen. Geschickt zog er ihr Bein zur Seite, so dass sie über ihm kniete, ihr Körper dicht an seinen. Sie war nun völlig nackt.

„Du hast aber noch zu viel an.“

Ein heiseres Lachen entkam ihm. „Das hat Zeit. Zuerst möchte ich dich schmecken und berühren. Komm näher.“

Ana beugte sich weiter zu ihm vor. Sanfte Finger fuhren über ihre Beckenknochen, streiften ihren Bauch, folgten den Haaren tiefer, bis er ihre Weiblichkeit berührte, darüber strich, die Feuchtigkeit wahrnahm und schließlich mit einem Finger in sie glitt. Ein lautes Keuchen entkam ihr. Reflexartig lehnte sie sich zurück, wodurch sich sein Finger noch tiefer in sie senkte.

Langsam zog er den Finger aus ihr zurück.

Verwundert öffnete Ana ihre Augen und sah ihn an. Seine Wangen waren gerötet, sein Mund wirkte angespannt und sein Atem ging schnell, während sein Finger aus ihr heraus- und wieder in sie hineinglitt und ihr ein Stöhnen entlockte. Bei jeder Bewegung seiner Hand kam sie ihm entgegen, drängte sich an ihn. Mehr, sie wollte mehr! Silver kam ihrer unausgesprochenen Bitte augenblicklich nach. Nun füllten sie zwei seiner Finger aus, brachten sie immer mehr in Ekstase. Sie konnte spüren, wie sich der Höhepunkt in ihr aufbaute, bis er sie schließlich in einer großen Welle überrollte. Ana stieß einen lauten Schrei aus und brach auf Silvers Brust zusammen, seine Finger immer noch tief in ihr.

Nach einer Weile, stemmte sie sich hoch und wandte sich Silver zu. Seine Lider waren geschlossen, hoben sich aber, als ob er ihren Blick bemerkt hätte. Seine Augen verrieten eine Erregung, wie sie sie noch nie zuvor bei einem Mann gesehen hatte. Doch als sie ihm die Hose öffnen wollte, hielt er ihre Hände fest.

„Nicht.“

Erstaunt setzte sie sich auf die Fersen zurück. „Du willst nicht? Ich dachte ..."

Silver sah sie ernst an. „Natürlich will ich." Sein Blick streifte seine unter der Hose deutlich sichtbare Erektion. „Aber ich habe kein Kondom dabei. Ich war seit zwei Tagen nicht zu Hause, woher sollte ich denn wissen ..." Er brach ab. „Ich werde es überleben."

„Das wirst du, denn ich habe welche in meinem Nachttisch."

Silver schloss die Augen und atmete tief durch. Dann stand er auf, hob Ana hoch und trug sie ins Schlafzimmer, wo er sie aufs Bett sinken ließ und die Nachttischlampe anschaltete. Sein Blick glitt über ihren Körper. Nackt und voller Verlangen lag sie auf der Decke und wartete darauf, von ihm geliebt zu werden. „Die Kondome?" Er presste die Worte zwischen den Zähnen hervor.

Rasch rollte sich Ana über das Bett und beugte sich über den Nachttisch.

Silver folgte gierig ihrer Bewegung und bewunderte die sanfte Rundung ihres Hinterteils. Er erinnerte sich wieder an ihre samtige Haut, die festen Muskeln darunter und an die feuchte Hitze, die seine Finger umschlossen hatte. Ein Schauder der Erregung jagte durch seinen Körper als sie sich mit dem Kondom in der Hand zu ihm zurückdrehte.

Silver öffnete den Verschluss seiner Hose und schob sie zusammen mit dem Slip herunter. Rasch stieg er aus seiner Jeans und schob sie mit dem Fuß zur Seite. Ana ließ ihren Blick über seinen nackten Körper wandern und breitete die Arme aus. „Komm zu mir."

Eine Aufforderung, der Silver nicht widerstehen konnte und wollte. Er schob sich über sie, Haut rieb über Haut, die Hitze steigerte sich. Sein Schaft glitt zwischen ihre Schenkel, die sich ihm einladend öffneten, ihre Brustwarzen rieben sich an seiner Brust. Es war ... perfekt. Ana schlang die Arme um ihn und zog ihn zu sich herunter. Sein Mund traf ihren, ihre Zungen umwanden einander, imitierten den Geschlechtsakt. Fiebrig glitten seine Hände über ihren Körper, berührten jede Stelle, die er erreichen konnte, ohne sich von ihr lösen zu müssen.

„Knie dich über mich." Anas Stimme klang tiefer als sonst, ihre Finger fuhren drängend über seinen Rücken.

Ohne nachzufragen tat Silver, worum sie ihn bat.

„Tiefer."

Silver lehnte sich auf seine Ellbogen und senkte die Hüfte, bis die Spitze seines Schafts ihren Bauch berührte.

„Genau so."

Anas Finger schlossen sich um sein Glied. Ihre Zunge umschmeichelte seine Brustwarze und ließ ihn fast die Beherrschung verlieren. Mühsam versuchte er, sich zurückzuhalten, damit Ana ihn so erforschen konnte, wie er sie zuvor. Er beugte sich tiefer herunter, um ihr den Zugang zu erleichtern und schloss die Augen. Das Gefühl ihrer Finger, die die Länge seines Schafts nachfuhren, seine Hoden umfingen und sich schließlich in einem langsamen Rhythmus an seiner Erektion auf und ab bewegten, war unbeschreiblich. Seine Hüfte bewegte sich unwillkürlich im gleichen Rhythmus, stieß immer wieder gegen ihren Bauch. Er griff nach dem Kondom und schob es über seinen Penis, während Ana unter ihm weiter nach oben rutschte, ihn vor ihrem Eingang positionierte und Silver dann zu sich herabzog. Langsam drang er in sie ein, tiefer, immer tiefer, bis er komplett in ihr war. Ebenso langsam zog er sich wieder zurück, um dann erneut in sie einzutauchen. Anas Stöhnen, ihre Hitze und ihre zuckenden Muskeln erregten ihn über alle Maßen. Unruhig bewegte sich Ana unter ihm, ihre Hüfte kam seiner entgegen, steigerte das Tempo seiner Stöße. Sie hob ihre Beine an und öffnete sich ihm weiter, während ihre Finger seine Hoden massierten.

Schweiß bildete sich beim Versuch, den Orgasmus zurückzudrängen, auf seiner Stirn. Doch er konnte sich einfach nicht länger beherrschen. Immer schneller, immer härter drang er in sie ein, beinahe verzweifelt saugte er an ihrer Brust, stimulierte sie, bis sie erneut den Höhepunkt erreichte. Erst jetzt gönnte er sich seinen eigenen Orgasmus. Wieder und wieder tauchte er in sie ein, konnte einfach nicht genug bekommen. Schließlich sank er schwer atmend auf ihren Körper, das Herz raste in seiner Brust. Silver öffnete die Augen und sah Ana an. Ihre Lippen waren leicht geöffnet, ihre Wangen rosig. Sie gab einen protestierenden Laut von sich, als er sich bewegte.

„Wo willst du hin?“

„Nirgendwohin.“ Silver drehte sich mit ihr zusammen auf den Rücken, sodass sie auf ihm lag und sein Schaft weiterhin in ihr war. „Besser so?“

„Ja.“

Silver schloss einen Moment die Augen, genoss es, Ana so dicht bei sich zu spüren, in ihr zu sein, ihre Wärme zu fühlen und seufzte dann tief auf. Ein langer Kuss, dann zog er sich widerwillig aus ihr zurück und löste sich von ihr. Auf der Bettkante blieb er sitzen und betrachtete Ana. Ihre Fingerspitzen glitten über seinen

Rücken, bis sie auf seine Narbe stieß. Sanft strich sie darüber.

„Woher hast du die?"

„Ein alter Fall, als ich noch nicht Detective war. Ein Mann hat seine Frau bedroht, wir haben die Wohnung gestürmt und ich stand dummerweise im Weg, als er mit einer Machete um sich schlug." Er versuchte Leichtigkeit in seine Worte zu legen, doch vermutlich würde er Ana nicht täuschen können.

Sie setzte sich auf und umschlang ihn fest mit ihren Armen. „Das war sicher furchtbar."

„Das war es, aber ich hatte noch Glück, im Prinzip hat er mich nur ein wenig geritzt. Ein Kollege hat bei dem Angriff einen Arm verloren."

Ein Schauder lief durch ihren Körper. „Ich bin froh, dass du noch lebst und noch alles an dir dran ist." Sie begann, leichte Küsse auf seinen Rücken zu drücken, immer tiefer, bis sie bei der Narbe ankam. Erneut fuhr Erregung durch seinen Körper. Langsam drehte er sich zu Ana um. Ihre Haut war gerötet, die Lippen leicht geschwollen, ihre Lider halb geschlossen. Mit dem Finger fuhr er über ihren Wangenknochen, über das Kinn, den Hals, über ihre Brustspitze, die sich bei seiner Berührung zusammenzog, über ihre Rippen bis zur Hüfte. Er fuhr durch ihre Schamhaare und tauchte noch einmal mit seinem Finger in sie ein. Auf einmal fühlte er sich schwach und verletzlich ihr gegenüber. Rasch zog er seine Hand zurück und stand auf.

Im Bad entfernte er das Kondom, dann steckte er seinen Kopf unter kaltes Wasser. Was ihm half, seine Gedanken zu klären, ihn aber nicht von der Erregung befreite, die seinen Körper noch immer fest im Griff hatte. Aber dagegen konnte er im Moment nichts tun.

Er musste weg von hier. Das Ganze war zu schnell, zu intensiv für ihn. Als er ins Schlafzimmer zurückkam, lag Ana noch immer im Bett, hatte sich aber inzwischen zugedeckt. Überrascht erkannte er, wie sehr es ihn danach verlangte, zu ihr unter die Decke zu kriechen und sie in seine Arme zu nehmen. Stattdessen setzte er sich wieder auf die Bettkante und griff nach ihrer Hand.

„Ich muss los."

„Schon?" In ihren Augen stand sowohl Enttäuschung als auch eine Spur Verletztheit.

„Ja, leider. Ich kann nicht noch eine Nacht hier verbringen, ich muss nachsehen, ob zu Hause alles in Ordnung ist."

„Wenn du meinst."

„Ana ..."

Sie zog die Bettdecke bis unters Kinn. „Geh einfach."

Mit einem Seufzer beugte er sich über sie. „Das kann ich nicht, wenn du nicht verstehst, warum ich gehe." Sein Mund berührte sanft den ihren. „Der Abend war wunderschön. Aber ich möchte uns mehr Zeit geben, zu erkennen, was wir wollen." Er sah an sich herunter und schüttelte den Kopf. „Gut, derzeit ist das ziemlich offensichtlich."

Ana folgte seinem Blick und begann zu lächeln. „Eindeutig." Ihre Finger strichen über seine Erektion. „Bist du sicher, dass du nicht lieber wieder ins Bett kommen willst?" Einladend hob sie die Decke an.

Gierig glitt sein Blick über sie. Seine Hand legte sich auf ihre, schloss sie um seine Erektion. „Du glaubst nicht, wie gerne ich dich noch einmal lieben würde."

Ihre Finger steigerten den Druck und sandten einen Hitzestrom durch seinen Körper. „Doch, ich denke, ich kann es fühlen."

Sanft nahm er ihre Hand und steckte sie zurück unter die Decke. „Aber nicht heute. Ein anderes Mal."

„Wann ist das?"

„Wann immer du möchtest – außer heute."

Ana sah ihn lange schweigend an, dann nickte sie. Um seine guten Vorsätze nicht zunichte zu machen, stand Silver auf und schlüpfte rasch in seine Kleidung. Dabei war ihm bewusst, dass Ana jede seiner Bewegungen mit den Augen verfolgte. Er trat in den Flur, hängte sein Holster um und zog sich die Jacke über. Als er sich umdrehte, stand Ana im Bademantel hinter ihm.

„Du hast kaum etwas gegessen."

„Dafür war der Nachtisch umso reichhaltiger." Er zog sie an sich und hielt sie fest umschlungen. „Danke." Seine Hand glitt in den Spalt des Bademantels und legte sich auf ihren Rücken.

„Jederzeit gerne wieder."

Silver küsste sie ein letztes Mal und verließ die Wohnung, ohne sich noch einmal umzudrehen.

Was fiel ihr ein, einfach einen Mann mitzubringen und damit die Pläne zu durchkreuzen? Als hätte sie geahnt, dass sie heute von jemandem erwartet wurde. Seit Stunden waren sie schon zugange, das erregte Stöhnen war kaum noch zu ertragen. Es wurde Zeit, das Stelldichein zu beenden, sonst geriet die gesamte Planung durcheinander. Doch jeder Schritt musste wohl überlegt sein, ein kleiner Fehler konnte die ganze Operation scheitern lassen. Das war inakzeptabel. Geduld war die wichtigste Eigenschaft bei solch einer Aktion, doch es war schwierig, sich zu konzentrieren, wenn gleichzeitig nebenan stundenlang gevögelt wurde.

Stille breitete sich aus, dann das Gemurmel von Stimmen, zu leise, um im Versteck zu verstehen, was sie sagten. Erneut Schweigen, das Geräusch von plätscherndem Wasser. Die Stimme des Mannes, diesmal klar zu verstehen. Er musste weg, ach wie schade. Die Frau war wohl nicht ganz damit einverstanden, gab aber schließlich klein bei. Gut so, sie hatte heute Abend schließlich noch etwas vor, auch wenn sie es noch nicht wusste. Ein letzter schmachtender, schmatzender Kuss, dann schloss sich endlich die Tür hinter ihm. Leise summend ging die Frau ins Bad, der Geruch von Sex haftete an ihr. Hoffentlich duschte sie noch, sonst würde die Aufgabe unangenehm werden. Wasser prasselte gegen die Duschabtrennung, der Geruch nach parfümiertem Duschgel drang durch die halb offene Tür. Sehr schön. Die Ungeduld wurde zunehmend schwerer zu zügeln.

Endlich, nach einer halben Ewigkeit, verließ sie das Bad, den Bademantel um die Schultern gehängt, aber nicht zugeknotet. Ihr Körper glitzerte an manchen Stellen noch feucht, ihre Brüste waren gerötet, die Brustwarzen klein und fest. Ein schöner Körper, keine Frage. Die Arbeit würde angenehm werden, genauso wie bei den vorangegangenen Kandidatinnen. Im Vorbeigehen löschte sie das Licht und tauchte das Versteck ins Dunkel. Die Nachttischlampe ließ erkennen, wie sie den Bademantel ablegte und nackt ins Bett stieg. Sehr schön, ein Arbeitsschritt weniger. Mit einem tiefen Seufzer knipste sie die Lampe aus. Endlich die Gelegenheit, das Versteck zu verlassen und erste Vorbereitungen zu treffen. Einige Male drehte sie sich unruhig im Bett, dann wurden ihre Atemzüge tiefer, sie war eingeschlafen. *Showtime!*

17

Silver blickte auf, als sich die Tür öffnete und lächelte Bob entgegen.

Die Hände in die Hüften gestemmt blieb sein Partner vor ihm stehen. „Was ist denn mit dir los?“

„Auch dir einen schönen guten Morgen.“ Silver hob eine Augenbraue. „Was soll denn los sein? Du bist doch eben hereingekommen, nicht ich.“

Irritiert schüttelte Bob den Kopf, hängte sein Jacket über die Stuhllehne und setzte sich. „Erstens bist du schon vor mir da, zweitens siehst du besser aus als gewöhnlich und drittens bist du widerlich gut gelaunt.“

Silver unterdrückte ein Lachen. „Dir kann man es aber auch nie recht machen. Erst erzählst du mir, ich solle mich ausruhen, und wenn ich es dann tue, ist es auch wieder nicht richtig.“

Bob betrachtete ihn nachdenklich. „Hast du mir vielleicht etwas zu beichten?“

Silver wandte sich wieder seinen Unterlagen zu. „Auf keinen Fall.“

„Himmeldonnerwetter!“

Erschrocken fuhr Silver zusammen und blickte zu Bob hinüber, doch der grinste nur von einem Ohr zum anderen.

„Ich wusste doch, dass ihr gut zusammenpasst.“

„Könntest du vielleicht etwas leiser sein, schließlich braucht nicht gleich das ganze Department von deinen Vermutungen zu erfahren.“

„Vermutungen, dass ich nicht lache! Vom ersten Moment an, als ich euch zusammen gesehen habe, war mir klar, dass ihr zusammenkommen werdet."

Silver verdrehte die Augen. „Ich frage lieber nicht, wen du meinst. Aber da du dafür keinerlei Beweise hast, behalte bitte deine Spekulationen für dich." Er grinste Bob an. „Sonst muss ich Caroline erzählen ..."

„Wage es ja nicht!", zischte Bob ihn an.

„Wir sind uns also einig?"

Bob schwieg eine Weile, dann nickte er. „Wenn es denn sein muss ..."

Um ihn abzulenken, blätterte Silver in den Unterlagen. „Stuart Killings hat vorhin angerufen."

„Was wollte er? Ein Geständnis ablegen?" sah ihn Bob hoffnungsvoll an.

„Ich weiß nicht, was du gegen den armen Mann hast. Nein, er wollte wissen, wann Gwen Tudolskys Leichnam zur Bestattung freigegeben wird."

„Hat uns Carl denn diesbezüglich schon Bescheid gegeben?"

„Noch nicht, aber ich werde ihn gleich anrufen, vielleicht ist er ja schon fertig." Er nahm den Hörer auf und wählte Carls Nummer.

„Gerichtsmedizinisches Institut."

„Carl? Hier ist Silver."

„Sag nicht, dass es noch eine Leiche gibt!"

„Nein, natürlich nicht. Es geht um den Tudolsky-Mord, ihr Lebensgefährte hat mich gefragt, wann sie beigesetzt werden kann."

„Ich bin mit den Untersuchungen soweit fertig, würde es aber vorziehen, wenn ich die Leiche noch hierbehalten könnte, falls wir es wirklich mit einer Serie zu tun haben und ich sie für spätere Analysen noch benötige." Stille, dann ein tiefes Ausatmen. „Wenn der Lebensgefährte oder ihre Angehörigen allerdings darauf bestehen, müssen wir sie freigeben."

„In Ordnung, ich werde es ihm sagen."

„Silver?"

„Ja?"

„Seht zu, dass es nicht noch mehr Tote gibt, ich bin bis oben hin ausgelastet."

Silver verzog den Mund. „Wir bemühen uns."

„Gut. Was der Täter mit den Opfern angestellt hat, gefällt mir gar nicht, ich könnte mir vorstellen, dass er uns noch einige Arbeit machen wird."

„Sehr aufmunternd, danke. Bis bald."

Carl brummelte etwas und legte auf.

Bob sah ihn fragend an. „Und?"

„Im Grunde ist er mit Gwen Tudolsky fertig, aber er befürchtet, dass er sie noch für Vergleiche mit weiteren, neuen Opfern braucht."

„Der alte Schwarzseher! Aber das ist ja kein Wunder bei dem Beruf."

„Ich befürchte nur, dass er Recht hat."

Bob stand auf und ging zum Fenster hinüber. Er blickte eine Weile hinaus und meinte dann: „Ja, vermutlich."

Es waren schöne Haare, ein gleichwertiger Ersatz für den Verlust von Miss Shampoo. Fast zärtlich strichen die Finger über die glänzenden Strähnen. Die Verzögerung war zwar ärgerlich gewesen, aber ansonsten war der Plan wie immer perfekt ausgeführt worden. Ein weiterer Teil des Puzzles war geschafft und die restlichen würden genauso leicht zu besorgen sein. Vorsichtig wurde das Souvenir wieder im Beutel verstaut und in den Kühlschrank gelegt. Zu den anderen Kostbarkeiten. Doch jetzt war keine Zeit dafür, das Werk zu bewundern, die nächsten Aktionen mussten geplant werden, außerdem würde es im Fernsehen sicher bald eine Sondersendung zum neuesten Fall geben. Diesmal war dafür gesorgt, dass die Polizei die Sache nicht länger geheim halten konnte. Dadurch würde alles noch viel interessanter werden, die geifernden Medien, die verängstigten Menschen, die wütenden Detectives. Einer von ihnen würde ganz besonders unglücklich sein. Ein Lächeln umspielte die schmalen Lippen. Es wäre besser, schon vor den Polizisten da zu sein und damit einen Live-Blick auf das Geschehen zu haben. Es wäre eine Schande, die Show zu verpassen.

Silver lehnte sich an seinen Blazer und genoss den leichten Wind, der die Hitze erträglich machte. Natürlich hätte er auch vom Büro aus telefonieren können, aber er wollte nicht, dass Bob oder sonst jemand hereinplatzte, während er mit Ana sprach. Seine Aufregung verstärkte sich, als er den Freiton hörte. Sowie er gestern Nacht zu Hause gewesen war, hatte er bereits bereut, Anas Bett verlassen zu haben. Warum war er nicht geblieben? Ihm war klar, dass seine Begründung, bei sich zu Haus nach dem Rechten sehen zu müssen, nach nichts anderem als einer Ausrede geklungen hatte. Aber es war ihm einfach nicht geheuer gewesen, jemandem so schnell so nah gekommen zu sein und er hatte das Gefühl gehabt, Abstand gewinnen zu müssen. Ein schwerer Fehler, den er nicht noch einmal wiederholen würde.

Nach mehrmaligem Klingeln stellte er fest, dass Ana nicht ans Telefon ging. Es kam ihm merkwürdig vor, denn das Studio hatte um diese Uhrzeit normalerweise geöffnet. Aber vielleicht machte sie gerade Mittagspause oder war nach Hause gefahren, weil sie etwas vergessen hatte. Silver unterbrach die Verbindung und wählte ihre private Nummer. „Komm schon, geh ran." Doch auch hier meldete sie sich nicht. Eine Unruhe, die er sich selbst nicht recht erklären konnte, kam in ihm auf. Ana führte schließlich ein eigenständiges Leben und hatte ein Geschäft, da konnte er nicht erwarten, sie jederzeit zu erreichen. Entschlossen klappte er sein Handy zu und steckte es ein. Er würde es später noch einmal versuchen und sich auf jeden Fall ihre Handynummer besorgen, damit er sie immer erreichen konnte.

Kopfschüttelnd stieß er sich vom Wagen ab, um ins Gebäude zurückgehen, als Bob ihm entgegenkam. Ein Blick in das Gesicht seines Partners reichte, um ihm klarzumachen, dass etwas passiert sein mußte. „Was ist los?"

„Wir haben einen weiteren Mord." Bob stieß den Satz zwischen zusammengebissenen Zähnen hervor und bedeutete Silver, ihm zu folgen.

„Welchen Wagen?"

„Meinen. Beeil dich, sonst zertrampeln sie uns den ganzen Tatort." Bob wirkte erschöpft, wütend und resigniert in einem.

Silver holte sein Jackett aus dem Trail Blazer und folgte Bob. Der Fall schien seinen Partner mehr als sonst zu belasten. Schweigend legte er den Weg zum Auto zurück, den Kopf gesenkt, die Schultern gebeugt. Erst jetzt merkte Silver, wie sehr er sich die letzten Wochen darauf verlassen hatte, dass Bob die Stimmung hochhielt, der Fels in der Brandung war, ruhig, solide und durch nichts zu erschüttern. Silver schwang sich auf den Beifahrersitz und schnallte sich an, während Bob den Motor startete. Erst als sie auf der Straße waren, sah Silver seinen Partner an. Der hielt seinen Blick stur auf die Fahrbahn gerichtet und sagte kein Wort.

„Was ist los?"

Bob warf ihm einen kurzen Blick zu, dann konzentrierte er sich wieder auf den Verkehr. „Außer, dass eine dritte junge Frau sinnlos gestorben ist?"

Silver nickte. Das war in der Tat keine besonders intelligente Frage gewesen, die er Bob gestellt hat.

„A. J. ..." Bob brach ab und schüttelte den Kopf.

Silver erstarrte, Adrenalin schoss durch seinen Körper und sein Herz begann wild zu schlagen. „Was ist mit Ana? Sag nicht, dass sie ..." Silver brach ab, seine Stimme versagte.

Bob sah ihn einen Moment verständnislos an, dann erbleichte er. „Um Gottes willen, nein. Beruhige dich. Ich wollte nur sagen, dass Ana angefordert wurde und wahrscheinlich schon am Tatort ist."

Erleichtert atmete Silver auf und versuchte, seinen Herzschlag wieder zu normalisieren. Allein der Gedanke, dass Ana etwas geschehen sein könnte, ließ ihm die Knie weich werden.

„Tut mir leid, ich wollte dich nicht erschrecken."

Silver schloss für einen kurzen Moment die Augen. „Vermutlich habe ich überreagiert. Ich hatte nur gerade vergeblich versucht, Ana anzurufen, und als ich dann deinen Gesichtsausdruck sah und du ihren Namen sagtest, dachte ich ..." Erneut brach Silver ab. Er kannte Ana zwar erst seit wenigen Tagen, konnte sich aber nicht vorstellen, wie es wäre, sie nie wieder zu sehen, oder – noch schlimmer – ähnlich zugerichtet, wie die anderen Frauen. „Egal, ich bin froh, dass es ihr gut geht."

„Dann vergiss nicht, ihr das zu sagen, wenn du sie siehst."

Silver runzelte die Stirn. „Erst erschreckst du mich fast zu Tode und dann erteilst du mir gute Ratschläge?"

„Für irgendwas muss ich ja gut sein."

Kopfschüttelnd lehnte Silver sich zurück. „Warum glaubt jeder, dass ich nicht selbst weiß, was gut für mich ist?"

„Weißt du es denn?", fragte Bob.

„Im Moment weiß ich es ziemlich genau. Zuallererst will ich diesen Mörder schnappen."

„Nicht nur du." Bob blickte in den Rückspiegel und wechselte die Spur. „Vielleicht haben wir ja diesmal Glück und er hat irgendwelche Spuren hinterlassen. Er hatte nur wenig Zeit, sich vorzubereiten. Es sind gerade einmal fünf Tage seit Gwen Tudolskys Tod vergangen."

„Carl hatte also Recht."

„Scheint so. Aber vielleicht hat ihn diesmal auch jemand gesehen, es müsste auf jeden Fall Zeugen geben."

Überrascht sah Silver ihn an. „Wie kommst du darauf?"

„Weil der Tatort diesmal kein Privathaus ist, sondern ein Hotel."

„Welches?" Silvers Magen zog sich zusammen, als er aus dem Fenster sah und erkannte, in welcher Gegend sie sich befanden.

„Wir sind gleich da, es ist im L. A. Court Hotel. So ein teures Etablissement hat sicher Videokameras installiert, und wenn das der Fall ist, befindet sich der Täter möglicherweise auf einem der Bänder." Bob bog um die Ecke und hielt vor dem Eingang des Hotels an. Kopfschüttelnd betrachtete er die Reporter und Fernsehteams, die von Streifenpolizisten zurückgehalten wurden. „Diesmal werden wir die Sache nicht geheim halten können, Harris wird darüber nicht glücklich sein."

Schweigend folgte ihm Silver ins Hotel, während eine unbestimmte Ahnung von ihm Besitz ergriff. Nein, es war sicher nur ein Zufall, es konnte gar nicht anders sein.

„Und die Techniker auch nicht, wer weiß, wie viele Spuren von früheren Gästen noch im Zimmer zu finden sind. Die miteinander abzugleichen wird Monate dauern."

Bobs Stimme drang nur noch halb zu ihm durch. Aus den Augenwinkeln nahm er Menschen wahr, Hotelgäste, die sich neugierig in der Lobby versammelt hatten, Hotelangestellte, Polizisten, Techniker. Bob erkundigte sich bei einem Kollegen, wo sie die Leiche finden würden. Die Leiche – ruhig, ganz ruhig. Es gab keinen Grund zu der Annahme, dass Stacy überhaupt noch hier war. Er schob seine Hände in die Jacketttaschen, um ihr Zittern zu verbergen und betrat hinter Bob den Fahrstuhl. Im fünften Stock ertönte eine dezente Glocke, bevor sich die Türen wieder öffneten und den Blick auf einen langen Gang freigaben.

„Zimmer 517 hat Hodges gesagt."

Sie folgten der Nummerierung an den Wänden, doch eigentlich brauchten sie nur den Stimmen nachzugehen. Silver spürte, dass Bob ihn von der Seite musterte, doch er reagierte nicht darauf.

„Fehlt dir etwas? Du siehst gar nicht gut aus."

Silver schüttelte nur den Kopf. Die Tür war angelehnt, ein Polizist stand davor Wache und blickte ihnen angespannt entgegen. Als er ihre Ausweise sah, nickte er erleichtert und ließ sie eintreten. Der Geruch schlug ihnen als erstes entgegen, stechend und unangenehm. Silver bemühte sich, möglichst flach einzuatmen, konnte dem Gestank jedoch nicht entkommen. Er riss sich zusammen. Dies war ein Tatort wie schon viele andere zuvor. Sie würden sich das Opfer ansehen, mit Carl und den Technikern reden, das alles war Routine. Unwillkürlich glitt sein Blick durch den Raum und landete bei Ana, die das Opfer gerade fotografierte.

„Bist du bereit?"

Bobs Stimme riss ihn aus seinen Gedanken. Nein, er war nicht bereit, aber er wusste, dass er sich auf seine Arbeit konzentrieren musste. So nickte er nur wortlos und trat neben Carl, der darauf wartete, mit der Untersuchung beginnen zu können. Ana sah kurz auf, ihrem Gesicht war deutlich anzusehen, dass sie sich gerne woanders befunden hätte. Als er Bobs heftiges Atmen hörte, zwang Silver sich, das Opfer anzuschauen. Blut, so viel Blut. Zögernd glitt sein Blick höher, zum Gesicht der Toten. Übelkeit stieg in ihm auf, er begann zu würgen. Die Frau hatte keine Haare mehr, sie waren ihr mitsamt der Kopfhaut entfernt worden, blutverkrustete Schnitte verunstalteten ihr Gesicht, trotzdem erkannte er sie wieder. Es war Stacy. Langsam ging er neben ihr in die Hocke, ein Schwindelgefühl ließ ihn taumeln. Das Summen in seinen Ohren überdeckte alle anderen Geräusche. Er nahm nur noch Stacy wahr, ihren geschundenen Körper, jeden Schnitt, den ihr dieser Verrückte beigebracht hatte. All die Schönheit, die Energie und die Lebendigkeit, die ihn anfangs zu ihr hingezogen hatten, waren fort. Er hatte nur noch eine leere Hülle vor sich.

Langsam streckte er eine zitternde Hand aus, um sie zu berühren. Verwirrt sah er auf, als jemand seine Hand zur Seite schlug, ein Gesicht tauchte vor ihm auf. Bob. Sein Partner redete auf ihn ein, aber er hörte nicht, was er sagte. Es war ihm egal. Sein Blick kehrte zu Stacy zurück, die Übelkeit verstärkte sich. So schnell seine zitternden Beine es erlaubten, rappelte er sich auf und schwankte ins Bad. Gerade noch rechtzeitig erreichte er die Toilette und übergab sich. Nach einer Weile beruhigte sich sein Magen, doch Stacys Anblick stand ihm so deutlich vor Augen, als wäre er noch immer über ihre Leiche gebeugt. Tot. Einfach so, willkürlich von einem Mörder ausgewählt und bestialisch getötet, aus welchen Gründen auch immer.

„Silver, geht es wieder?"

Langsam, unendlich langsam hob er den Kopf und sah Ana in der Tür stehen. So lebendig. Sie trat vor und legte ihre Hand auf seine Schulter. Erst jetzt bemerkte er, dass er an die Badewanne gelehnt auf dem Boden saß. Mühsam zog er sich nach oben und nahm dabei dankbar ihre Hilfe an.

„Es geht schon wieder, danke." Er hörte selbst, wie wenig überzeugend das klang.

„Was ist passiert?" Ihre kühle Hand strich über seine Stirn. „Bist du krank?"

„Nein, es ist ..." Er brach ab, sein Blick schweifte zur Tür ins andere Zimmer, wo die Tote noch immer auf dem Boden lag. Erneut ging er in die Knie, doch Ana stützte ihn.

Sie sah über ihre Schulter und dann zu ihm. Deutlich erkannte er den Moment, in dem sie die Verbindung herstellte. „Oh mein Gott, du kennst sie! Wer ...?" Ihr Gesicht wurde noch bleicher. „Nein, das kann nicht ..."

Sie lehnte für einen Moment ihre Stirn an seine. „Es tut mir so leid." Tränen schwammen in ihren Augen.

Silver fehlten die Worte, deshalb zog er sie dichter an sich, lehnte sein Kinn auf ihren Kopf und schloss die Augen. Es tat ihm gut, ihre Wärme und ihren Herzschlag zu spüren. Ein lautes Räuspern ließ ihn aufblicken. Bob stand in der Tür, eindeutig unsicher, was er sagen oder tun sollte.

„Wir sind hier an einem Tatort, wäre es daher wohl möglich, dass ihr eure Zärtlichkeiten woanders austauscht?" Er begutachtete die Toilette und meinte dann knapp. „Die Techniker werden dich dafür hassen." Mit einem behandschuhten Finger betätigte er die Spülung.

Silver trat einen Schritt von Ana weg und bemühte sich um einen neutralen Gesichtsausdruck. „Tut mir leid. Ist Carl schon bei der Arbeit?"

„Ja." Bob wartete, bis Ana den Raum verlassen hatte und betrachtete ihn dann aufmerksam. „Also gut, was ist los mit dir? Wenn ich darüber nachdenke, warst du vorher schon so merkwürdig, als wir vorgefahren sind." Ein weiterer prüfender Blick, dann verhärteten sich seine Züge. „Du wusstest, was wir hier vorfinden würden. Ich weiß zwar nicht woher, aber du wusstest es."

„Bob ..."

„Und du hast mir nichts gesagt. Wozu sind wir Partner, wenn du nicht mit mir redest?"

„Halt den Mund, Bob." Silver rieb über seine Schläfe und betrachtete das Muster der Fliesen. „Ich wusste nicht, was uns hier erwartet. Woher auch? Als du den Namen des Hotels nanntest und wir vor dem Eingang hielten, hatte ich eine vages Gefühl, eine Befürchtung, aber nichts Konkretes, in Ordnung?"

Bob wirkte noch nicht überzeugt. „Und hat sich deine Befürchtung bestätigt?"

Silver nickte knapp. „Es ist Stacy."

„Stacy ..." Bob brauchte einen Moment, bis er den Zusammenhang begriff und seine Augen weiteten sich vor Schreck. „Du meinst, deine Freundin aus Chicago?"

Erneut nickte Silver, ein bitterer Geschmack füllte seinen Mund. „Meine Ex-Freundin. Ich dachte, sie wäre inzwischen abgereist. Gestern Morgen hat sie mich noch im Department angerufen, danach habe ich nichts mehr von ihr gehört." Er fuhr sich fahrig durch die Haare. „Hätte ich sie nur eigenhändig ins Flugzeug gesetzt, dann wäre sie jetzt nicht hier." Wieder dachte er daran, was sie durchgemacht haben musste und wie sehr sie gelitten hatte. Die Vorstellung war grauenvoll. Sie war nur seinetwegen hier gewesen, wäre sie ihm nicht nachgereist, weil er sie telefonisch abgewiesen hatte, säße sie noch immer gesund und munter in Chicago. Stattdessen musste er mit ansehen, wie Carl sich über sie beugte und eingehend ihre Wunden untersuchte.

„Ich werde dich vom Fall abziehen." Bobs Bemerkung holte ihn in die Gegenwart zurück.

„Das kannst du nicht machen!"

„Silver, du bist zu nah dran. Das dort draußen war deine Freundin, wie willst du vernünftig ermitteln, wenn du bei ihrem Anblick fast zusammenbrichst?"

Silver starrte Bob eine Weile schweigend an. Erst als er sicher war, seine Gefühle unter Kontrolle zu haben, antwortete er. „Wie wäre es dir ergangen, wenn du eine deiner Exfreundinnen so zugerichtet gesehen hättest? Ich will den Mörder unbedingt fassen – und nicht nur wegen Stacy, sondern auch wegen Gwen Tudolsky und Delia Hoffman. Wenn du mir den Fall wegnimmst, werde ich einen Weg finden, alleine weiterzumachen."

„Silver, sei doch vernünftig ..."

„Ich bin vernünftig. Wie willst du außerdem ohne mich weitermachen? Mit Kirby und Johnston?"

Bob schüttelte den Kopf. „Wenn Harris erfährt, wie nahe du dem Opfer standest, wird er der gleichen Meinung sein. Und er wird sich durchsetzen."

„Warum sollte er es erfahren? Stacy ist eine ehemalige Freundin, mehr muss er nicht wissen, schon gar nicht, dass ich mich erst diese Woche von ihr getrennt habe." Silver räusperte sich. „Bitte Bob, ich muss weiter an diesem Fall arbeiten, sonst werde ich mir nie verzeihen können."

Seufzend gab Bob nach. „In Ordnung, ich werde sehen, wie es läuft, aber sobald ich merke, dass es zu viel für dich ist, oder dein Urteilsvermögen von deinen Gefühlen beeinträchtigt wird, werde ich dich abziehen. Hast du das verstanden?"

Silver nickte.

„Gut." Bob kramte in seiner Jackentasche und drückte Silver einen Kaugummi in die Hand. „Nimm das und dann mach dich an die Arbeit. Bleib aber von der Toten weg, ich möchte nicht, dass du noch mehr Spuren zerstörst." Bob ging zur Tür und drehte sich noch einmal um. „Es tut mir leid." Damit verließ er den Raum und ließ Silver allein zurück.

Der Druck in seiner Brust nahm wieder zu, Tränen schossen ihm in die Augen. Silver senkte den Kopf und atmete tief durch. Er musste jetzt einfach funktionieren, sonst würde Bob ihn wirklich aus dem Team werfen. Später würde noch genug Zeit sein, um um Stacy zu trauern und sich Vorwürfe zu machen, doch im Moment war er nichts anderes als ein Detective, der seine Arbeit erledigen musste. Das war er Stacy und den anderen Opfern schuldig – aber auch sich selbst. Silver richtete sich auf und betrachtete sich im Spiegel, aus dem ihm sein Spiegelbild bleich und mitgenommen entgegenblickte. Dankbar steckte er sich den Kaugummi in den Mund und atmete noch einmal tief durch, bevor er das Bad wieder verließ.

18

Ana war froh, als sie genügend Aufnahmen vom Opfer gemacht hatte und endlich dazu übergehen konnte, den Raum zu dokumentieren. Das zerwühlte Bett, das Buch auf dem Nachttisch, die neben der Couch liegende Kleidung. Seltsam, normalerweise hängte man sie in einem Hotelzimmer meistens über einen Stuhl, in die Garderobe oder sonst ein Möbelstück, doch Stacy hatte sie anscheinend genau dort fallen gelassen, wo sie zuletzt gestanden hatte. Oder der Täter hatte sie ihr ausgezogen und ... Nein, er war nachts gekommen, als sie bereits im Bett gelegen hatte. Ein Nachthemd hatte sie auf den ersten Blick allerdings auch nicht entdeckt, nur einen Bademantel, der über einem Haken an der Tür hing. Ein Souvenir für den Täter? Bloß nicht darüber nachdenken und ruhig die Fotos machen, alles andere würde nur dazu führen, dass sie ihre Arbeit nicht professionell ausführte. Ana richtete sich auf und sah sich um. Carl bereitete Stacy gerade für den Abtransport vor und die Techniker suchten bereits überall dort nach Spuren, wo sie schon fotografiert hatte. Bob unterhielt sich mit Carl, während Silver die Kleidung des Opfers durchsuchte.

Sie wusste genau, wie er sich fühlte – sein Entsetzen, sein Kummer und sein Schuldgefühl waren ihm deutlich anzusehen. Auch dass er weiterhin bei der Ermittlung dabei sein wollte, nein musste, verstand sie vollkommen. So würde er wenigstens etwas zu tun und das Gefühl haben, bei der Ergreifung des Täters helfen und damit seine Freundin rächen zu können. Sie fühlte Mitleid mit ihm, denn obwohl er die Beziehung beendet hatte, waren seine Gefühle für Stacy sicher noch nicht vollständig erloschen. Sie in diesem Zustand zu sehen, musste eine Qual für ihn sein. Ana wandte sich ab und betrat das Badezimmer, in dem sich eine Dusche, ein Waschbecken und eine Toilette auf engstem Raum drängten. Nicht leicht zu fotografieren, aber sie konnte jetzt gut eine Herausforderung brauchen.

Akribisch dokumentierte sie alles, was ihr wichtig schien. Shampoo und Duschgel standen in einer Pfütze auf der Ablage in der Dusche, wahrscheinlich hatte Stacy abends noch geduscht. Zahnbürste und Zahnpasta lagen auf einer weiteren Ablage über dem Waschbecken, ein Stück Hotelseife lag kaum gebraucht auf dem Rand. Eine Kulturtasche hing an einem Haken an der Wand, eine Bürste ragte heraus. Ana erinnerte sich daran, wie sie Stacy am letzten Tatort zum ersten Mal gesehen hatte. Ihre langen blonden Haare waren ihr sofort aufgefallen. Sicher hatte sie für deren Pflege sehr viel Zeit aufgewendet. Ana schluckte heftig, als sie nun an Stacys kahlen, blutigen Schädel dachte. Was für ein Mensch musste man sein, um einem anderen so etwas antun zu können?

Mühsam konzentrierte sie sich wieder auf ihre Aufnahmen. Je schneller sie fertig wurde, desto eher konnte sie gehen und diesen ganzen Wahnsinn hinter sich lassen. Aber sie wusste, dass ihr das Abschalten diesmal noch schwerer fallen würde als sonst, denn jetzt war Silver persönlich betroffen und sie wollte für ihn da sein. Ana beugte sich vor und nahm den Mülleimer ins Visier. Halb verdeckt unter einigen gebrauchten Wattepads lag ein benutztes Kondom. Rasch schoss sie ein Foto, bevor sie die Kamera senkte und direkt in den Eimer hineinblickte. Ja, eindeutig ein Kondom. Vielleicht würden sie auf diese Weise ja nun wenigstens an eine genetische Spur vom Täter kommen. Aufgeregt trat sie aus dem Badezimmer.

„Bob, Silver, ich habe hier etwas gefunden, das euch sicher interessieren dürfte."

Die beiden Detectives kamen sofort zu ihr herüber. Bob warf ihr einen neugierigen Blick zu. „Was denn?"

„Schaut einmal in den Mülleimer." Sie deutete ins Bad. Da der Raum für drei Personen zu klein war, wartete sie vor der Tür.

Bobs Miene war skeptisch, als er wieder herauskam, während Silver verwirrt schien.

„Ich kann mir nicht vorstellen, dass er so einen Fehler begehen würde."

„Vielleicht hatte sie noch Herrenbesuch, bevor der Mörder gekommen ist." Dabei sah Bob Silver vielsagend an.

„Das kann ich mir …" Silver hielt inne und starrte Bob wütend an. „Du denkst, dass *ich* …" Zornesröte stieg ihm ins Gesicht. „Habe ich dir nicht gesagt, dass ich mich von Stacy getrennt habe."

„Ja, aber wie wahrscheinlich ist es denn, dass sie sich nur einen Tag nach dem Ende eurer Beziehung bereits einen anderen Mann gesucht hat – in einer fremden Stadt wohlgemerkt?"

„Auch wenn es mir selbst schwerfällt, das zu glauben, muss es doch so gewesen sein. Es gibt nur zwei Möglichkeiten: entweder hat sie tatsächlich mit einem anderen Mann geschlafen oder sie ist mit ihrem späteren Mörder aufs Zimmer gegangen. Ich war es jedenfalls nicht."

Ana konnte sehen, wie viel Mühe es ihn kostete, ruhig zu bleiben. Nicht ein Mal hatte sein Blick sie gestreift, anscheinend hatte er nicht vor, sie als Alibi zu nennen. Wärme durchströmte sie, als sie erkannte, dass er sie beschützen wollte. Zu gerne hätte sie ihn jetzt berührt, doch sie wusste, dass ihm das nicht recht gewesen wäre.

„Bist du dir auch ganz sicher? Denn wenn wir das Sperma testen lassen, werden wir es auch mit deinem genetischen Fingerabdruck vergleichen."

Silvers Mund verzog sich zu einemr bitteren Lächeln. „So viel zum Vertrauen zwischen Partnern. Teste es, meines ist es ganz sicher nicht." Damit drehte er sich um und ging an seine vorherige Arbeit zurück.

Bob schaute ihm unglücklich hinterher und sah dann Ana an. „Entschuldige, wir hätten das nicht vor dir besprechen dürfen."

Ana schüttelte den Kopf. „Ich bin nicht die Person, bei der du dich entschuldigen solltest. Wie kannst du glauben, dass Silver so etwas tun würde?"

„Ich habe ja nicht gesagt, dass er der Mörder ist. Ich habe nur die Vermutung geäußert, dass er derjenige ist, der kurz vor ihrem Tod noch mit ihr geschlafen hat. Tatsache ist nun mal, dass sie seine Freundin war."

Langsam wurde Ana wütend. „Genau, sie *war* es. Und wenn du es genau wissen willst, hat er ein Alibi."

Bob betrachtete sie interessiert. „Für die ganze Nacht?"

„Nein, aber doch lange genug, um sicher zu sein, dass er nicht hierhergekommen ist, um mit seiner Ex-Freundin zu schlafen."

„Kann ich das in meinen Bericht aufnehmen?"

„Natürlich, sonst hätte ich es dir nicht erzählt."

Bob lächelte schwach. „Danke." Er warf noch einen Blick auf Silver, der mit steifem Rücken seiner Arbeit nachging und schlug dann die andere Richtung ein. Anscheinend war er über sein vorangegangenes Verhalten selbst nicht ganz glücklich.

Ana schüttelte den Kopf. Natürlich waren die äußeren Umstände denkbar ungünstig und bei beiden Männern lagen die Nerven blank, dennoch hätten beide gut daran getan, erst einmal in Ruhe darüber nachzudenken, was sie einander zu sagen hatten. Gut, vielleicht hätte sie auch geglaubt, dass Silver seine Ex-Freundin besucht hätte, wenn er nicht bei ihr gewesen wäre ... Hitze stieg in ihre Wangen, als sie sich an ihr Liebesspiel erinnerte. Sie müsste sich schon sehr in ihm täuschen, wenn er aus ihrem Bett geflüchtet wäre, um gleich danach noch in das von Stacy zu kriechen. Unmöglich war es natürlich nicht und sie kannte ihn erst seit einigen Tagen, doch sie spürte, dass er kein Mann war, der zwei Frauen zur gleichen Zeit hatte. Andererseits verstand sie noch immer nicht, warum er so plötzlich gegangen war. Wäre er geblieben, hätte er für die ganze Nacht ein Alibi gehabt. Doch das war jetzt nicht mehr zu ändern. Außerdem würde die DNA-Probe sowieso ergeben, dass Stacy mit jemand anderem Geschlechtsverkehr gehabt hatte und damit wäre die Sache erledigt.

Die Spannung der Journalisten vor dem Hotel war beinahe mit Händen zu greifen. Sie wussten, dass ein ungewöhnlicher Mord verübt worden war. Das schockierte Zimmermädchen hatte nach der Entdeckung der Leiche nicht nur ihren Vorgesetzten informiert, sondern nach Zahlung einer nicht unerheblichen Summe auch die inzwischen angekommenen Reporter mit sämtlichen Einzelheiten versorgt. Genau wie geplant, es war immer wieder interessant, wie einfach man Menschen manipulieren konnte. Leider war es nicht möglich gewesen, das Gesicht des Detectives zu sehen, als er entdeckte, wer das neue Opfer war, aber vielleicht war er so nett und zeigte sich später noch. Zur Not würden die Fernsehbilder reichen müssen, der DVD-Recorder nahm alles auf, was in den Nachrichten kam. Auch diesmal war wieder die Dunkelhaarige dabei, die Fotografin. Mit ihrer Kameratasche war sie schon kurz nach den ersten Polizisten am Tatort angekommen, einen angespannten Ausdruck im Gesicht. Verständlich, wer würde sich schon freiwillig einen Toten ansehen wollen? Das Lachen wurde sofort in ein Räuspern verwandelt. Vorsicht, die wochenlang vor dem Spiegel geübte, bestürzte Miene durfte nicht ins Wanken geraten.

Unruhe breitete sich unter der wartenden Menschenmenge aus, als sich der Fahrstuhl öffnete und von Polizisten gesichert eine Bahre mit einem Leichensack herausgeschoben wurde. Fotoapparate klickten, Fernsehkameras surrten, aus der drängelnden Reportermasse wurden erste Fragen gerufen. Es war nur noch niemand da, der antworten konnte. Ganz zum Schluss kam der Kettenraucher aus dem Hotel, ein gewisser Dr. Mayer. Er war schon bei den anderen Morden anwesend gewesen, daher handelte es sich vermutlich um den Gerichtsmediziner. Wie konnte jemand nur einen solchen Beruf ausüben, ohne völlig abzustumpfen? Der Mann sah irgendwie frustriert aus, so als hätte er genau erkannt, dass die Taten zusammengehörten, aber keine belastenden Spuren zu finden waren. Wie auch, es war alles genau geplant und so perfekt ausgeführt, dass niemand jemals einen Hinweis darauf finden würde, wer die Morde begangen hatte. Und so sollte es auch bleiben. Noch besser: dieses Werk ließ endgültig keinen Zusammenhang mehr mit den früheren Opfern erkennen, was die Ermittlungen noch einmal erschweren würde.

Eine Gruppe von Polizisten schwärmte aus und begann, mögliche Zeugen zu befragen. Es wurde Zeit, sich zurückzuziehen und die weitere Entwicklung aus sicherer Entfernung zu beobachten. Es bestand keine Notwendigkeit, unliebsame Aufmerksamkeit zu erregen und damit Fragen aufzuwerfen, die besser unbeantwortet blieben.

Silver versuchte, sein Gesicht vollkommen ausdruckslos zu halten, während er sich zusammen mit Bob und Ana durch die Menge schob. Zwar hätte er den Reportern ihre Mikrofone und Kameras am liebsten sonst wohin geschoben, aber zur Aufgabe eines ermittelnden Detectives gehörte es, sich niemals anmerken zu lassen, was er an Schrecklichem gesehen hatte, sondern die Zuversicht auszustrahlen, dass sie den Täter innerhalb von einigen Stunden fassen würden. Was bei diesem Fall natürlich utopisch war. Silver konzentrierte sich auf Ana, während er Bob zum Wagen folgte. Sie ging zwischen ihnen, damit sie nicht sofort von Journalisten umzingelt werden konnte. Als spürte sie seinen Blick auf sich, drehte sie sich zu ihm um und lächelte ihn zaghaft an, während sie aufmunternd seine Hand drückte. Silver erwiderte den Druck und wünschte sich, ihr ein Zeichen der Zuneigung zurückgeben zu können, doch im Moment war er dazu nicht fähig, er fühlte sich leer und völlig ausgebrannt.

Ana schien das zu verstehen, denn sie drehte sich wortlos wieder um und trat auf die Straße, wo weitere Reporter und eine ganze Horde von Gaffern warteten. Die Streifenpolizisten hatten Mühe, sie zurückzuhalten, und so dauerte es viel zu lange, bis sie endlich im Auto saßen. Anas Wagen würde später zum Department gebracht werden, die Gefahr, dass übereifrige Journalisten sie bedrängen würden, war einfach zu groß. Schweigend fuhren sie los, Bob am Steuer, Ana auf der Rückbank. Silver starrte blicklos aus dem Fenster. Wie schnell sich alles ändern konnte. Gerade heute Morgen hatte er noch gedacht, seine Entscheidung, nach Los Angeles überzusiedeln, wäre gut gewesen, sein Leben würde endlich wieder auf die richtige Bahn kommen. Und nur ein paar Stunden später musste er sich fragen, ob er Stacys Tod nicht auf dem Gewissen hatte. Natürlich hatte er sie nicht selbst umgebracht, aber ohne ihn wäre sie noch in Chicago und dem Täter nie begegnet.

Sie war nur zwei Tage hier gewesen, wo hatte sie ihren Mörder kennen gelernt? Im Hotel oder in einer Bar? Und von wem war das Kondom? Er glaubte nicht daran, dass es vom Täter stammte, außer er wollte unbedingt geschnappt werden, was aber seinem ganzen bisherigen Vorgehen widersprach. Also ein neuer Freund? Eine flüchtige Bekanntschaft? Soweit Silver wusste, war Stacy mit ihren Freunden recht wählerisch gewesen, hätte sie wirklich einen Fremden mit auf ihr Hotelzimmer genommen? Carl würde ihnen sicher sagen können, ob sie zum Sex gezwungen worden war oder freiwillig mit dem Mann geschlafen hatte. Die Vorstellung, was der Gerichtsmediziner mit ihrer Leiche machen würde, verursachte ihm erneut Übelkeit. Silver schloss die Augen und lehnte seinen Kopf gegen die Nackenstütze.

„Im Handschuhfach ist eine Tüte."

Silver setzte sich bei Bobs Stimme auf. „Das ist nicht nötig"

„Ich kann auch anhalten …"

„Halt lieber den Mund und fahr, ich bin nicht in Stimmung für deine Scherze."

Bob warf erst Ana einen Blick im Rückspiegel zu, dann räusperte er sich. „Das meinte ich ernst. Ich weiß, dass es dir schlecht geht, aber wenn du meinst, mich …" – ein weiterer Blick zu Ana – „… uns ausschließen zu müssen, dann können wir dir nicht helfen."

„Ana muss mir nicht helfen, denn sie glaubt mir, dass ich letzte Nacht nicht bei Stacy gewesen bin. Außerdem brauchst du mir nicht zu helfen, *ich* bin schließlich nicht tot und werde gerade von Carl aufgeschnitten." Silver merkte, dass er zu heftig reagiert hatte, und lenkte ein. „Lass uns lieber den Täter finden, das ist alles was ich will."

„Das habe ich vor. Die Frage ist nur, ob du weiterhin ermitteln kannst oder nicht." Er hob die Hand, als Silver ihn unterbrechen wollte. „Du brauchst deine Argumente nicht zu wiederholen, ich habe sie schon beim ersten Mal verstanden. Tatsache ist, dass du eine Beziehung zu einem der Mordopfer hattest – dabei zählt nicht, ob die Beziehung schon beendet war oder nicht – und ob es dir gelingt, weiterhin objektiv deine Arbeit zu machen. Ich werde die Entscheidung nicht heute treffen, denn ich will erst mal sehen, wie es dir morgen geht. Carls Ergebnisse werden sowieso nicht früher eintreffen."

Silver schwieg. Egal was er sagte, er würde Bobs Entscheidung nicht beeinflussen können und solange Ana mit im Wagen saß und mit großen Augen ihrer Unterhaltung folgte, konnte er sowieso nicht offen sprechen.

„Glaub nicht, dass mir das Spaß macht, oder ich dich nicht im Team haben will, aber ich habe eine Ermittlung zu leiten und es liegt in meiner Verantwortung, dass wir keinen Fehler machen." Bobs Fingerknöchel traten weiß hervor, so fest hielt er das Lenkrad umklammert. „Ich will diesen Killer kriegen und das werde ich auch."

Silver musste sich eingestehen, dass Bob Recht hatte. An seiner Stelle hätte er vermutlich genauso gehandelt, auch wenn es ihm gegen den Strich gegangen wäre. Es musste ihm einfach gelingen, sich wieder so weit in den Griff zu bekommen, dass Bob ihn nicht vom Fall abzog. Stuart Killings fiel ihm ein. Jetzt wusste er, wie der ehemalige Marine sich gefühlt haben musste, nachdem er Gwen Tudolsky so zugerichtet gesehen hatte – nur noch tausendmal schlimmer, denn im Gegensatz zu ihm hatte er seine Freundin geliebt.

Eine Berührung ließ ihn zusammenzucken. Er drehte sich zu Ana um, deren Hand warm auf seiner Schulter lag. Ihr Gesichtsausdruck zeigte deutlich, dass sie verstand, wie es ihm ging, schweigend bezeugte sie ihm ihre Solidarität. Dankbar bedeckte Silver ihre Finger mit seiner Hand und drückte sie, bevor er sich wieder abwandte, damit sie nicht sah, wie seine Augen feucht wurden. Womit auch immer er sie verdient hatte, er war froh, sie an seiner Seite zu haben. Die Vorstellung, dass es genauso gut sie anstatt Stacy hätte treffen können, ließ ihn erstarren. Wenn er sich jetzt schon so schlecht fühlte, wie würde er es dann erst ertragen, Anas missshandelten Körper vor sich zu sehen? Gar nicht. Die Antwort kam prompt aus seinem tiefsten Innern, gemeinsam mit der Gewissheit, dass er dann nicht mehr an der Ermittlung teilnehmen könnte. Erst jetzt erkannte er, wie stark Killings wirklich gewesen war, als sie ihn befragt hatten, während seine tote Geliebte im Nebenzimmer gelegen hatte. Trotz seines Schmerzes war er in der Lage gewesen, nach außen hin normal zu funktionieren. Sie hielten vor dem Department. Der Anblick des vertrauten Gebäudes riss ihn aus seinen Gedanken. Es wartete eine Menge Arbeit auf sie, und sie konnten es sich nicht leisten, auch nur eine Sekunde Zeit zu verschwenden. Rasch stieg er aus und wandte sich Ana zu, die gerade ihre Tür aufstieß.

„Bringst du die Fotos zu Leo?“

„Ja, natürlich, dann kann er sich gleich an die Arbeit machen.“

Dankbar nickte Silver ihr zu. „Gut. Wie kommst du nach Hause?“

„Ich hoffe, dass mein Auto schon hier ist, wenn ich zurückkomme, sonst nehme ich mir ein Taxi.“

„Ich würde dich fahren, aber ...“

„Ich weiß, das ist kein Problem. Findet lieber dieses Monster!“

Bob kam ebenfalls um den Wagen herum. „Das haben wir vor. Könntest du nachher noch kurz hochkommen wegen der Aussage?“

Silver starrte ihn an. „Was für eine Aussage?“

Ana wandte sich ihm flüchtig zu. „Die, mit der ich bestätige, dass du letzte Nacht – vielmehr einen Teil davon – bei mir gewesen bist.“

Hitze breitete sich in ihm aus, aber er wusste nicht, ob sie der Erinnerung an die letzte Nacht oder eher seiner

Wut auf Bob geschuldet war. Vermutlich beidem. „Ich wollte nicht, dass du da mit hineingezogen wirst, Ana."

Bob zuckte mit den Schultern. „A. J.s Aussage war nur reine Formsache, den Rest habe ich deinem Gesicht heute Morgen angesehen."

Diesmal färbten sich auch Anas Wangen rot. Hilflos begann sie zu lachen.

Silver nahm den Klang in sich auf und spürte, wie seine Welt wieder ein wenig ins Lot kam. „Geht es auch etwas dezenter, Bob?"

„Sicher, aber warum sollte ich lange darum herum reden. Ihr seid schließlich beide erwachsen und wisst was ihr tut, also habt ihr meinen Segen."

Kopfschüttelnd sah Silver ihm nach, als er sich umwandte und ins Gebäude ging. „Nicht zu fassen, der Kerl."

„Ja."

Forschend blickte Silver sie an. „Es tut mir leid."

Ana nahm seine Hand. „Das macht nichts, ich hätte es zwar nicht unbedingt jedem auf die Nase gebunden, aber ich hatte auch nicht vor, es geheim zu halten." Unsicher strich sie ihre Haarsträhne zurück. „Oder wäre dir das lieber gewesen? Ich weiß ja nicht, ob ..." Sie brach ab und sah zu Boden.

Silver hob ihr Kinn, damit sie ihm in die Augen sehen musste. „Was weißt du nicht?"

„Ich weiß nicht, wie viel dir das, was zwischen uns passiert ist, bedeutet und wie ernst es dir ist."

„Ich schätze, ich habe gestern etwas falsch gemacht, wenn du das nicht weißt."

„Ich rede nicht von Sex, Silver."

„Ich auch nicht." Er strich über ihre Wange. „Als ich heute Morgen dachte, dir wäre etwas passiert, wurde mir sehr schnell klar, wie viel du mir bedeutest. Auch wenn es nur wenige Sekunden waren, waren sie grauenvoll."

„Warum sollte mir etwas geschehen sein?"

„Es war nur ein Missverständnis zwischen Bob und mir, als er mir erzählte, dass es wieder einen Mord gegeben hat, ich dich kurz zuvor telefonisch aber nicht erreichen konnte. Die Vorstellung, dass du nicht mehr da sein könntest ..." Silver ließ den Satz ausklingen, denn er fand keine Worte für das Entsetzen, das ihn bei diesem Gedanken ergriffen hatte.

Ana beugte sich vor, stellte sich auf die Zehenspitzen und küsste ihn. „Danke."

Silver legte seine Arme um sie und zog sie fest an sich. Es war herrlich, ihren warmen Körper an seinem zu spüren, zu wissen, dass sie lebte und es ihr gut ging. Er vergrub sein Gesicht in ihren Haaren und sog ihren Duft ein. Seinetwegen hätten sie ewig so stehen bleiben können, aber die Zeit drängte. „Wir sollten reingehen."

„Ja, Leo wartet schon auf die Fotos. Wir sehen uns dann oben."

Noch einmal strich er sanft über ihre Lippen, bevor er sie endgültig freigab. Silver öffnete die Tür und ließ Ana zuerst eintreten. Er wollte sich nicht mit den Geschehnissen des Tages befassen, doch es musste sein. In Gedanken schon wieder beim Fall lief er die Treppen zu seinem Büro hinauf, nachdem Ana sich verabschiedet hatte.

19

„Was ist denn hier los, ich bin eben kaum noch ins Gebäude gekommen, sämtliche Medienvertreter L. A.'s haben sich vor der Tür versammelt und fordern eine Stellungnahme zu der neuesten Mordserie." Captain Harris wischte sich mit einem Taschentuch über die feuchte Stirn, sein Gesicht war rot angelaufen. „Deren Worte, nicht meine. Wie haben die das so schnell herausgefunden?" Aufgebracht sah er jedes einzelne Teammitglied an. „Hat etwa jemand geredet?"

„Sie wissen genau, dass es niemand von uns war, zumal sie im Fernsehen schon seit Stunden das Interview mit dem Zimmermädchen wiederholen, das im Detail beschreibt, wie sie das Opfer gefunden hat und wie es aussah." Bob ließ eine solche Anschuldigung weder auf sich noch auf seinem Team sitzen und fuhr fort. „Das war zu erwarten, sie haben ihr vermutlich eine Menge Geld dafür geboten und sicher gefällt es ihr auch, im Rampenlicht zu stehen. Es war nur gut, dass die anderen Opfer in Privathäusern gefunden wurden, sonst hätten sie uns schon viel eher die Tür eingerannt."

„In einem anderen Beitrag hat sich der Vermieter geäußert, der das zweite – vielmehr das erste – Opfer entdeckt hat." Kirby rümpfte die Nase. „Ein Wunder, dass er nicht schon vorher geredet hat."

Bob verschränkte die Hände ineinander. „Wir haben ihm klargemacht, dass wir ihn strafrechtlich verfolgen würden, wenn er irgendwelche Details preisgibt, die die Ermittlungen beeinträchtigen." Er seufzte. „Dummerweise ging das bei der Hotelangestellten nicht mehr. Sie hatte schon verschiedene Kollegen informiert, bevor wir mit ihr sprechen konnten. Aber irgendjemand hätte sowieso geredet."

Harris zog das Gespräch wieder an sich. „Das ist keine Entschuldigung! Es geht nicht, dass jemand während einer laufenden Ermittlung Details an sämtliche Medien weitergibt."

„Was sollen wir tun? Alle einsperren oder sie erschießen?"

Kirby kaschierte sein Lachen mit einem dezenten Husten, während sich Silver insgeheim amüsierte. Bob konnte es einfach nicht lassen, Harris vorzuführen, dabei stand der Captain sowieso schon kurz davor, einen Anfall zu bekommen. Es wäre gut, die Wogen wieder zu glätten. „Das Zimmermädchen hat nur einen kurzen Blick auf die ... Tote geworfen und ist nach eigener Aussage danach sofort schreiend weggerannt. Sie konnte also höchstens ein paar unbedeutende Details beschreiben, die wichtigen Einzelheiten, die nur der Mörder wissen kann, werden nicht in der Presse stehen."

„Hoffen wir es, sonst werden wir uns vor Leuten, die sich als Täter ausgeben, nicht mehr retten können. Oder noch schlimmer, einer kommt auf die Idee, die Morde zu kopieren." Harris fummelte nervös an seiner Krawatte herum.

Caroline Hickman ergriff das Wort. „Deshalb wäre es gut, so schnell wie möglich eine Pressekonferenz einzuberufen, bevor die Sache in den Medien noch weiter aufgebläht und Geschichten dazuerfunden werden."

Harris fühlte sich sichtbar angegriffen. „Wir wissen schon selbst, wie wir mit den Medien und der Situation umzugehen haben. Vielen Dank, Doktor." Das letzte Wort troff vor Sarkasmus.

„Warum jammern Sie dann herum, anstatt etwas zu tun?"

Bob mischte sich ein, bevor die Situation eskalierte. „Erst einmal müssen wir alle verfügbaren Informationen sammeln und überlegen, welche wir davon an die Presse weitergeben wollen. Ich denke, wir sollten bestätigen, dass die Morde zusammenhängen und die Bevölkerung um Mithilfe bitten. Vielleicht fällt es dem Täter auf diese Weise etwas schwerer, sein nächstes Opfer zu finden."

„Wenn er es nicht schon längst gefunden hat", warf Johnston sofort ein.

„Du bist nicht hier, um ständig schwarzzumalen, Kyle." Das darauf folgende Gelächter enspannte die gereizte Stimmung wieder ein wenig. „Also weiter im Text. Was wissen wir über das Opfer?" Dabei sah Bob Silver an.

„Stacy Muldoon, 33 Jahre, ledig. Sie arbeitete in Chicago in einer Werbeagentur." Er brauchte nicht auf seinen Block zu schauen. „Sie landete am 18. September gegen 12 Uhr und nahm sich ein Zimmer im L. A. Court Hotel. Dort wurde sie zwei Tage später ermordet." Silver spulte die gewünschten Informationen wie ein Automat herunter, er konnte nur hoffen, dass es niemand bemerkte.

„Familie?"

„Ihr Vater lebt in einem Seniorenheim, er hat Alzheimer. Ihre Mutter hat die Familie verlassen, als sie noch klein war. Keine Geschwister, nur ein paar entfernte Verwandte."

„Wie haben Sie das so schnell herausbekommen, Silver? Alte Kontakte zur Chicago PD?“ Harris hatte sich interessiert vorgebeugt.

Silver verzichtete auf irgendwelche Ausreden und antwortete stattdessen wahrheitsgemäß. „Ich kannte das Opfer.“

Stille setzte ein, niemand bewegte sich, während ihn außer Bob alle anstarrten. Schließlich räusperte sich Harris.

„Und das sagen Sie erst jetzt?“

„Nein, das sagte ich bereits, als ich das Opfer erkannte.“

Bob räusperte sich und sprang ein. „Das stimmt. Silver setzte mich sofort davon in Kenntnis, dass er das Opfer kannte.“

„Und Sie haben ihn nicht vom Fall abgezogen?“

„Ich sehe derzeit keinerlei Veranlassung dazu.“

Wenn Silver im Team bleiben wollte, durfte er sich spätestens ab jetzt keinen Fehler mehr erlauben. Bobs Entscheidung würde davon abhängen, ob er es schaffte, weiterhin professionell in dem Fall zu ermitteln.

„Wissen wir, was sie hier gemacht hat?“

Silver bemühte sich, vollkommen neutral zu antworten. „Sie wollte mich besuchen.“

Erneute Stille. In Carolines Augen konnte er erkennen, dass sie sich bereits zusammengereimt hatte, in welcher Beziehung er zu Stacy stand, wahrscheinlich würde er schon heute Abend nicht mehr zum Team gehören.

Harris blickte ihn befremdet an. „Sie waren also befreundet?“

„Das waren wir, aber ich habe nicht gewusst, dass sie kommen würde und sie in den zwei Tagen auch nur ein einziges Mal kurz gesehen." Silver wog jedes seiner Worte genau ab. „Ich dachte, sie wäre schon wieder abgereist."

„Wann und wo haben Sie sie gesehen?"

„Auf dem West Manchester Boulevard, nachdem wir dort den Tatort untersucht hatten."

„Sie haben sie mitgenommen?" Harris' Stimmlage stieg um eine halbe Oktave, während sich die für ihn in solchen Situationen übliche Röte in seinem Gesicht vertiefte.

Silver, der von Harris' Fragen mittlerweile ziemlich genervt war, bemühte sich nicht länger, dies zu verbergen. „Nein, natürlich nicht. Irgendjemand im Department hat erwähnt, wo ich bin und sie ist mit dem Taxi hingefahren."

Bob nahm den Gesprächsfaden wieder auf. „Vielleicht hat der Täter sie dort gesehen."

Überrascht blickte Silver auf. Konnte es wirklich so ‚einfach' sein? Während der Mörder den Aufruhr beobachtete, den er verursacht hatte, fand er sein nächstes Opfer. Schließlich nickte Silver langsam. „Ja, das könnte sein. Ich glaube, sie stand einige Zeit bei meinem Wagen und hat auf mich gewartet. Das hieße aber, dass der Mörder an den Schauplatz seines Verbrechens zurückgekehrt ist und wenn ich Caroline das letzte Mal richtig verstanden habe, wäre das für diese Art von Täter zumindest ungewöhnlich."

„Wenn er dem klassischen Bild entspricht, ja. Allerdings sendet er wie gesagt unterschiedliche Signale aus, einmal das organisierte, ruhige, fast kalte Vorgehen und dann die Entnahme eines ‚Souvenirs'. Es könnte durchaus sein, dass er zu einem Tatort zurückkehrt und das Geschehen unauffällig aus der Ferne beobachtet, ohne auf sich aufmerksam zu machen." Sie hob die Hände. „Mehr kann ich erst sagen, wenn wir weitere Indizien haben."

Nachdenklich kaute Bob auf dem Ende seines Kugelschreibers. „Wir haben uns die Fotos genau angesehen, aber uns ist niemand aufgefallen."

„Vermutlich ist er zu angepasst, um wirklich aufzufallen. Außerdem besitzt er zweifellos genügend Intelligenz, um sich entweder zu verkleiden oder fern von allen Kameras und Polizisten zu halten."

„Wir werden die Fotos trotzdem alle noch einmal einzeln durchgehen. Gut, kommen wir zu den Zeugen." Bob schlug eine neue Seite seines Blocks auf. „Kirby, Johnston?"

Johnston schnitt eine Grimasse. „Wir haben das Zimmermädchen befragt, sie hat uns das Gleiche erzählt wie dem Fernsehteam. Um 11:45 Uhr wollte sie wie üblich das Zimmer reinigen, schloss die Tür auf und fand die Leiche. Nachdem sie sich vom ersten Schock erholt hatte, ist sie zum Manager gerannt und hat den Todesfall gemeldet. Der wollte ihr zuerst nicht glauben, und ist deswegen noch einmal mit ihr nach oben gegangen, wo er sich die Leiche ebenfalls angesehen hat. Danach hat er die Tür abgeschlossen und die Polizei gerufen." Johnston räusperte sich. „Wir wissen nicht, wie viele Personen das Zimmer zwischen dem Auffinden der Leiche und dem Eintreffen der Polizei sonst noch betreten haben. Denn in ihrer Aufregung hat die Angestellte die Tür wohl offen gelassen, theoretisch konnten den Raum sämtliche Zimmermädchen und das gesamte andere Hotelpersonal betreten, da sie alle eine Generalschlüsselkarte haben."

Bob schlug mit der flachen Hand auf den Tisch. „Na toll! Als ob es nicht so schon schwierig genug wäre, in einem Hotelzimmer brauchbare Spuren zu sichern."

Johnston hob die Hände. „Immer mal langsam, ich bin schließlich nur der Überbringer der Nachricht und nicht der Verantwortliche für die Misere."

Kirby übernahm von seinem Partner. „Der Kellner im Hotelrestaurant und der Barkeeper sagen übereinstimmend aus, dass sie das Opfer am Abend mit einem Mann gesehen haben. Groß, schlank, dunkle Haare, gut aussehend. Das deckt sich mit den Beobachtungen des Nachtportiers."

Silver entgingen die verstohlenen Blicke, die ihm die anderen daraufhin zuwarfen, keineswegs. Dass die grobe Beschreibung des Unbekannten auf ihn passte, hatte ihm gerade noch gefehlt und fügte sich gut zum Rest des Tages.

„Wie seid ihr so schnell an die Aussagen gekommen? Tagsüber ist doch sicher eine andere Schicht im Dienst."

Grinsend hob Kirby die Schultern. „Wir sind eben gut." Auf den gereizten Blick des Captains fügte er eine Erklärung hinzu. „Der Besitzer des Hotels hat veranlasst, dass wir sofort eine Liste des gesamten gestern Abend anwesenden Personals ausgehändigt bekamen. Einige Zeugen haben wir persönlich erreicht, andere telefonisch. Alle anderen werden wir heute Abend oder morgen befragen."

„In Ordnung, ich möchte eine genaue Beschreibung des Mannes haben, der mit dem Opfer gesehen wurde und vor allem möchte ich wissen, ob er ebenfalls Gast im Hotel war oder Stacy Muldoon dort nur getroffen hat. Vielleicht haben wir Glück und er hat das Essen per

Kreditkarte bezahlt oder auf seine Zimmerrechnung setzen lassen."

„Alles klar. Wir werden auch noch versuchen, ein paar der anderen Hotelgäste zu erwischen, aber viele hatten nur für eine Nacht gebucht und waren schon abgereist. Der Besitzer hat uns versichert, dass er uns die Telefonnummern besorgen wird."

„Gut, kommen wir zum Zimmer. Wie auch an den anderen Tatorten keine mit bloßem Auge erkennbaren Spuren, allerdings lag im Badezimmermüll ein gebrauchtes Kondom." Bob sagte es, ohne Silver anzusehen.

Wieder richteten sich alle Augen auf Silver, den das Verhalten der anderen langsam wütend machte. Doch bevor er seine Meinung diesbezüglich äußern konnte, sprach Bob bereits weiter.

„Wir gehen davon aus, dass sie den unbekannten Mann mit auf ihr Zimmer genommen hat, wo es zum Geschlechtsverkehr kam. Ob freiwillig oder nicht wird uns Carl Mayer sagen können. Solange wir also nicht wissen, ob dieser Mann unser Täter ist oder einfach nur eine flüchtige Bekanntschaft, müssen wir alle Möglichkeiten in Betracht ziehen. Und um jeder Frage zuvorzukommen, Silver hat für die mutmaßliche Tatzeit ein Alibi."

Dankbar für Bobs Bemerkung hoffte Silver, dass niemand wissen wollte, wo genau er gewesen war. Es reichte schon, wenn Bob es wusste, keinesfalls wollte er sein Liebesleben vor der ganzen Abteilung ausgebreitet sehen.

Caroline beugte sich zu ihm vor. „Geht es Ihnen nicht gut, Silver?" Ihre Stimme war so leise, dass die anderen sie nicht verstehen konnten.

Abrupt tauchte er aus seinen Gedanken auf. „Wie bitte?“

„Ich fragte, wie es Ihnen geht.“

„Den Umständen entsprechend, schätze ich. Es war ... kein schöner Anblick. Stacy hat es nicht verdient, so zu enden.“

„Das hat keines der Opfer.“ Ihr Tonfall war sanft.

„Ja.“ Silver setzte sich auf und sprach lauter weiter. „Deshalb werden wir den Täter auch so schnell wie möglich zu fassen versuchen, damit er nicht noch mehr Unheil anrichten kann.“

„Sein Drang, zu töten, wird immer stärker.“ Bobs Feststellung ließ alle im Raum unruhig auf den Stühlen herumrutschen. „Zwischen den ersten beiden Taten lagen etwa zehn Tage, zwischen der zweiten und der dritten nur noch fünf. Und, was noch schlimmer ist, bisher konnten wir noch nicht feststellen, dass er trotz des extrem kurzen Planungszeitraums irgendeinen Fehler gemacht hat. Außer das Kondom wäre wirklich von ihm, aber davon gehe ich nicht aus. In den vorangegangenen Fällen gab es keinerlei Anzeichen, die auf eine sexuelle Handlung zwischen Täter und Opfer schließen ließen. Trotzdem könnten wir Glück haben. Es ist relativ einfach, unbemerkt in ein Privathaus einzusteigen, das Hotel verfügt jedoch über Sicherheitskameras am Eingang, in den öffentlichen Räumen und vor den Fahrstühlen, eine von ihnen wird den Täter hoffentlich aufgenommen haben. Die Bänder werden uns noch heute geliefert.“

Die Vorstellung, vielleicht schon bald ins Gesicht des Mörders blicken zu können, ließ alle verstummen. Silver verschränkte seine Hände im Schoß, damit die anderen nicht sahen, dass sie zitterten. Wenn sie den

Täter fanden, würde er sich sehr zurückhalten müssen, ihn nicht eigenhändig umzubringen.

„In Ordnung, mehr gibt es derzeit nicht zu besprechen, wir müssen warten, bis der Autopsiebericht und die Ergebnisse der Spurensicherung vorliegen.“ Harris erhob sich. „Bob, kommen Sie in mein Büro, damit wir die Details für die Pressekonferenz besprechen können.“ Als Silver sich ebenfalls erheben wollte, hielt Harris ihn auf. „Silver, ich möchte Sie nicht in der Nähe der Presse sehen.“

„Aber ...“

„Sie sind zu dicht an dem Fall dran, und ich möchte unter allen Umständen vermeiden, dass Sie möglicherweise vor aller Augen aus der Fassung geraten, wenn Ihnen jemand eine brisante Frage stellt. Haben wir uns verstanden?“

Silver überlegte kurz, ob er protestieren sollte, nickte dann aber wortlos und beobachtete, wie Bob mit dem Captain den Raum verließ. Er legte nicht unbedingt viel Wert darauf, bei der Pressekonferenz anwesend zu sein, aber es ging ihm ums Prinzip. Als Bobs Partner war es seine Pflicht, aber auch sein Recht, Termine dieser Art wahrzunehmen. Durch Harris' Weisung kam er sich nicht nur zurückgesetzt, sondern auch so vor, als ob er etwas Unrechtes getan hätte. Ja, er hatte das Opfer gekannt, aber das war noch lange kein Grund, ihn auszuschließen.

Der Rest des Teams verließ mit gemurmelten Abschiedsworten ebenfalls das Besprechungszimmer, nur Caroline war noch dabei, ihre Unterlagen in ihrer Aktentasche zu verstauen. Danach schaute sie ihn aufmerksam an.

„Sie denken, es ist nicht fair, Sie auf Abstand zu halten.“

Silver nickte. „Gut geraten.“

Caroline lächelte ihn an. „Ihr Gesicht spricht Bände. Ich vermute, das ist auch der Grund, warum der Captain Sie nicht bei der Pressekonferenz dabeihaben möchte. Ihre Gefühle wären Ihnen allzu leicht anzusehen, und das ist nichts, was die Reporter mitbekommen sollten, und dem Täter würde es nur Genugtuung verschaffen, wenn er sich die Konferenz im Fernsehen ansieht."

Silver ließ sich auf den Stuhl zurücksinken. An den Mörder hatte er noch gar nicht gedacht. Wenn er tatsächlich am zweiten Tatort gewesen war, hatte er ihn vermutlich dort mit Stacy zusammen gesehen und Harris hatte gut daran getan, ihn im Hintergrund zu halten. „Sie haben Recht."

„Ich finde es furchtbar, mit dem Captain einer Meinung sein zu müssen."

Carolines gespielt bestürzter Gesichtsausdruck entlockte ihm ein leichtes Lächeln.

Doch Caroline wurde rasch wieder ernst. „Es tut mir leid, Silver. Wie kommen Sie damit zurecht?"

„Mit Harris' Anweisung?"

Sie sah ihn nur abwartend an. Soviel zu seiner Hoffnung, um das Thema herumzukommen.

„Ich weiß es noch nicht. Zurzeit fühle ich mich noch wie betäubt, ich kann es nicht fassen, dass Stacy tot ist. Sie war gerade noch da ..." Hilflos zuckte er mit den Schultern. „Ich sage mir die ganze Zeit, dass sie nur meinetwegen hier war und dass sie jetzt nicht tot wäre, wenn ich nicht den Job gewechselt hätte."

„Das ist ganz normal, jeder fühlt sich schuldig, wenn er einen Freund oder Geliebten verloren hat. Erst recht, wenn es sich um ein Verbrechen handelt."

„Ich weiß. Leichter wird es dadurch trotzdem nicht. Vielleicht wenn wir den Täter endlich verhaftet haben."

„Ein Ziel zu haben, ist immer gut, aber versuchen Sie, sich nicht zu sehr hineinzusteigern, daran sind schon einige Polizisten zugrunde gegangen."

„Ich werde mich bemühen."

Caroline trat zu ihm und legte ihm freundschaftlich ihre Hand auf den Arm. „Ich bin mir sicher, dass Sie es schaffen." Sie lächelte ihn an. „Kann es sein, dass Sie sich mit Bob gestritten haben?"

„Gestritten würde ich das nicht nennen. Er wollte mich vom Fall abziehen."

„Und Sie sind darüber nicht sehr erfreut."

Silver stieß ein bitteres Lachen aus. „So kann man es auch nennen. Wir sind Partner, es ist unser Fall und ich will ihn auch zu Ende bringen. Er hätte es besser wissen müssen, anstatt anzunehmen, dass ich letzte Nacht bei Stacy war."

„Ich verstehe beide Standpunkte. Versuchen Sie einfach, mit Bob zu reden, bisher habe ich ihn immer als sehr besonnen und zugänglich erlebt. Es wäre schade, wenn eure weitere Zusammenarbeit darunter leiden würde."

„Ich werde es versuchen."

„Gut." Sie drückte noch einmal seinen Arm und warf ihm ein aufmunterndes Lächeln zu, dann nahm sie ihre Aktentasche und verließ den Raum.

Kopfschüttelnd packte Silver seine Unterlagen zusammen. Er konnte sich nicht so recht entscheiden, ob ihn Carolines Einmischung nun amüsierte oder ärgerte. Schließlich beschloss er, dass sie nicht als Leiterin der BSS mit ihm gesprochen hatte, sondern als Privatperson. Vielleicht sollte er das Bob gegenüber erwähnen und ihn damit zum Schwitzen bringen ...

Eine halbe Stunde später verfolgte er die Pressekonferenz vor dem Fernseher des Besprechungszimmers mit einem Gefühl hilflosen Zorns. Kirby, Johnston und sogar Caroline konnten wenigstens hinaus gehen und die Konferenz live verfolgen, er dagegen musste sich hier drinnen verkriechen, damit seine Reaktionen nur ja von keiner der Kameras aufgenommen werden konnten. Jedenfalls war das Bobs Begründung gewesen, als er Harris' Befehl, auch als Zuschauer nicht auf der Pressekonferenz erscheinen zu dürfen, an ihn weitergeben hatte. Gebannt hing sein Blick an den Fernsehbildern, die erst die Hotellobby zeigten, durch die eine Bahre geschoben wurde und schließlich Bob, Ana und ihn selber, wie sie wortlos durch die Menge drängten, ohne auf die Rufe der Reporter einzugehen. Silver erschrak, als er sein weißes Gesicht wahrnahm, dem die Erschütterung deutlich anzusehen war. Kein Wunder, dass ihn keiner mehr im Team haben wollte, er sah aus, als würde er jeden Moment zusammenbrechen! Trotz aller Anstrengung hatte er alles andere als ein professionelles Bild abgegeben.

Dennoch musste es ihm irgendwie gelingen, seine Kollegen davon zu überzeugen, dass er sehr wohl in der Lage war, seine persönlichen Gefühle zurückzustellen und seine Aufgabe zu erfüllen. Nicht nur dieser Fall hing davon ab, sondern auch sein Ansehen im Department. Ein Neuer wurde immer besonders kritisch beurteilt und bisher hatte er noch nicht besonders viele Pluspunkte gemacht. Das musste sich ändern, sonst würde er den Job schneller wieder los sein, als er ihn bekommen hatte. Und dazu musste er Stacys Mörder zur Strecke bringen, koste es, was es wolle.

Silver verfolgte noch den Rest der Pressekonferenz, bevor er sich wieder in sein Büro zurückzog. Harris und

Bob hatten nicht besonders viele Informationen, sondern nur eine vorgefertigte Erklärung abgegeben und die meisten Fragen mit ‚Kein Kommentar' beantwortet. Natürlich hatten sich die Medien wie die Geier auf die Meldung gestürzt, dass es eine Serie erschreckender Frauenmorde in der Stadt gab und mehr Details gefordert, obwohl ihnen klar sein musste, dass sie aus ermittlungstaktischen Gründen nicht mehr erfahren würden. Aus diesem Grund hatte der Moderator der Nachrichtensendung auch noch einmal genüsslich jede Einzelheit geschildert, die das Zimmermädchen und der Wohnungsvermieter des ersten Opfers berichtet hatten. Angewidert hatte Silver den Fernseher abgeschaltet und sich erneut auf die Arbeit konzentiert.

Gründlich las er noch einmal alle Unterlagen durch, die sie bisher gesammelt hatten. Er nahm die Fotos der ersten beiden Opfer in die Hand, legte sie jedoch schnell zur Seite, da sie ihn zu sehr an Stacys übel zugerichtete Leiche erinnerten. Stattdessen nahm er sich die Autopsieberichte vor, in der Hoffnung, doch noch etwas zu entdecken, was sie bislang übersehen hatten. Warum zum Beispiel quälte der Täter die Frauen so lange, bevor er sie ermordete? Wenn er es nur auf die Souvenirs abgesehen hatte, könnte er sie doch einfach töten und ihnen die dementsprechenden Körperteile entfernen. Stattdessen nahm sich der Mörder viel Zeit, um seinem Opfer eine Vielzahl von exakten Schnitten zuzufügen, an denen es dann langsam verblutete, also musste ihm auch dieser Teil des Rituals wichtig sein. Wenn der Mörder wirklich sozial so gut angepasst war, wie Caroline vermutete, musste er ein teuflisch guter Schauspieler sein. Denn jeder, der zu so etwas fähig war, war ein ausgemachter Psychopath. Die Berichte listeten jede

Verletzung akribisch auf: in beiden Fällen waren es genau die gleichen Schnitte, an den gleichen Stellen, in der gleichen Ausführung. Das musste einfach etwas bedeuten, es konnte gar nicht anders sein!

Silver schrak hoch, als das Telefon klingelte. Zögernd nahm er den Hörer ab. „Silver."

„Hier ist Carl Mayer. Ich dachte mir, dass ihr vielleicht schon die vorläufigen Ergebnisse meiner Untersuchung wissen wollt."

„Natürlich. Warte einen Moment ..." Silver zog einen Block zu sich heran. „Jetzt kannst du losschießen."

„Zuerst einmal – auch wenn daran eigentlich kein Zweifel mehr bestand – es war derselbe Täter wie in den Fällen Tudolsky und Hoffman. Exakt die gleiche Anzahl und Tiefe der Schnitte, mit anschließendem Tod durch Verbluten. Ich werde sehen, ob ich diesmal ein Betäubungsmittel nachweisen kann, aber da es keine Abwehrwunden gibt, gehe ich davon aus."

„Okay. Sonst irgendwelche Spuren? Sperma vielleicht?"

„Nein, aber das hätte mich auch gewundert, schließlich lag ein Kondom im Müll. Einige Haare konnte ich sichern, ich habe sie ins Labor gegeben." Carl zögerte einen Moment. „Ich habe noch etwas anderes entdeckt ..."

Als er nicht weitersprach, wurde Silver ungeduldig. „Hat er sie vergewaltigt?" Allein die Vorstellung verursachte ihm Übelkeit.

„Darauf gibt es keinerlei Hinweise. Ich gehe davon aus, dass der Geschlechtsverkehr einvernehmlich war." Carl räusperte sich. „Mir ist allerdings eine Verdickung des Uterus aufgefallen, und nach einer näheren Untersuchung hat sich meine anfängliche Vermutung, dass die Tote schwanger war, auch bestätigt. Ich tippe auf die zehnte Woche."

Der Stift fiel Silver aus der Hand. Stacy hatte ein Kind erwartet? Ihn schwindelte. In der zehnten Woche – sie war im dritten Monat gewesen. Und es war sein Kind, das zusammen mit ihr gestorben war! Wie aus weiter Ferne hörte er, dass Carl immer wieder seinen Namen rief, doch er war nicht in der Lage, zu antworten. Sein Herz hämmerte wie wild und auf seiner Brust lastete ein Druck, der ihm das Atmen schwer machte. Das konnte einfach nicht sein, das durfte nicht sein! Wieso hatte sie ihm nichts davon erzählt? Dann wusste er auf einmal, warum, und erstarrte. Er erinnerte sich daran, dass sie sehr wohl versucht hatte, mit ihm zu reden. Er hatte ihr nur nicht zuhören wollen.

20

Den Finger bereits auf der Klingel, zögerte Ana. Als sie losgefahren war, war sie noch von ihrer Idee überzeugt gewesen, doch inzwischen war sie sich nicht mehr sicher. Zuerst hatte sie Silver im Department gesucht, doch Debra hatte ihr gesagt, dass er nach Hause gefahren war. Also hatte sie sich seine Adresse geben lassen und war hierhergekommen. Hätte sein Blazer nicht in der Einfahrt gestanden, hätte sie angenommen, dass er gar nicht da war. Das Haus war dunkel und still, ohne jede Spur von Leben. Unbehaglich sah sich Ana unauffällig um. Niemand war zu sehen, die Straße lag verlassen da. Allein der Gedanke, dass Silver vielleicht ihre Hilfe brauchte, bewegte sie schließlich dazu, zu klingeln. Ein lauter Gong hallte durch das zweigeschossige Haus und ließ die Tür leicht vibrieren. Ein paar Sekunden später wurde sie aufgerissen und Ana blickte forschend in Silvers Gesicht, das nur vom schwachen Schein einer Straßenlaterne beleuchtet wurde, weshalb sie nicht mehr von ihm erkennen konnte als zerwühlte Haare, blutunterlaufene Augen und zusammengekniffene Lippen.

„Was tust du hier, Ana?“ Seine leise Stimme war ohne jedes Gefühl, irgendwie ... tot.

„Ich wollte sehen, wie es dir geht und fragen, ob ich dir irgendwie helfen kann.“

Silvers Gesicht blieb unbewegt. „Ich lebe noch. Danke für das Angebot, aber ich glaube nicht, dass du mir helfen kannst, Ana. Stacy und die anderen Frauen sind tot, daran kann niemand mehr etwas ändern."

Ana spürte Ärger in sich aufsteigen. „Das hatte ich auch nicht angenommen. Ich wollte bei dir sein, mit dir reden, dich ablenken, was immer du brauchst. Aber ich sehe, dass du das gar nicht willst. Entschuldige die Störung." Damit drehte sie sich um und ging die kurze Auffahrt hinunter. Ihre eigenen Nerven lagen viel zu blank, um sich noch länger darum zu bemühen, Silver davon zu überzeugen, dass er ihre Hilfe benötigte. Entweder nahm er ihr Angebot an, oder er ließ es. Ana zuckte zusammen, als sich plötzlich Hände auf ihre Schultern legten. Sie blieb stehen. Wärme drang durch ihre Kleidung, als Silver seine Arme um sie schlang und sein Gesicht in ihrem Nacken vergrub.

„Es tut mir leid, ich wollte dich nicht so abfertigen. Ich gebe derzeit nur keine gute Gesellschaft ab, du solltest dir daher den Gefallen tun und so schnell wie möglich wieder fahren."

Ana schloss die Augen und seufzte leise. Langsam drehte sie sich zu ihm um. „Ich bin nicht hier, um mich unterhalten zu lassen und das weißt du genau."

„Ja, vermutlich." Silver räusperte sich. „Ich wollte gerade wegfahren, möchtest du mitkommen?"

„Wohin?"

Silver löste sich von ihr. „Das ist egal, aber im Haus kam ich mir wie eingesperrt vor. Vielleicht zum Griffith-Park?"

„Gern. Soll ich fahren?"

Silver warf einen Blick auf ihr Auto. „Glaubst du nicht, dass meines bequemer ist? Ich sitze ungern so eingezwängt."

„Bist du in der Lage zu fahren?"

„Natürlich, wie sollte ich denn sonst hierher gekommen sein?“

Ana merkte, dass er ihre Frage nicht richtig verstanden hatte. „Das meinte ich nicht. Ich wollte wissen, ob du etwas getrunken hast oder deine Migräne zurückgekehrt ist.“ Von seinem Gefühlszustand gar nicht zu sprechen.

„Weder noch. Ich trinke keinen Alkohol wegen der Migräne.“ Damit nahm er ihre Hand und führte sie zum Blazer.

Dankbar ließ Ana sich in den Sitz gleiten und wartete, bis Silver ebenfalls eingestiegen war. „Dein Auto ist wirklich bequemer beim Einsteigen.“

Ein leichtes Lächeln zeigte sich auf seinem Gesicht. „Nicht nur dabei. Ich fühle mich nicht wohl, wenn ich mit dem Kopf ständig an die Decke stoße.“

Ana sah nach oben. „Das Problem habe ich selten.“

„Das ist der Vorteil, ein Erdnuckel zu sein.“

„Ein Erdnuckel?“ Empört wandte Ana sich zu ihm um. Als sie jedoch sein Grinsen sah, konnte sie ihm nicht mehr böse sein. Anscheinend tat ihre Gegenwart ihm gut, zumindest hatte sich seine Stimmung bereits gebessert.

Silver nahm ihre Hand und hauchte einen Kuss darauf. „Entschuldige, du bist sogar ziemlich groß ...“

„Sag jetzt nicht ‚für einen Erdnuckel‘.“

„Nein. Für eine Frau.“

„Fahr lieber los, wenn du heute noch in den Park willst.“ Wenn sie noch länger hier standen, würde sie anfangen, darüber nachzudenken, wie es wäre, ihn zu küssen und sie wusste, dass er heute etwas anderes brauchte.

Schweigend ließ Silver den Motor an. Während der Fahrt hing ein jeder seinen eigenen Gedanken nach, trotzdem war die Stille zwischen ihnen nicht unangenehm. Es war erstaunlich, wie schnell sie sich gefunden hatten, und wie wohl sie sich bei ihm fühlte – wenn er sie nicht gerade aufregte. Sie hatte ihm immer noch nicht vollständig verziehen, dass er in der letzten Nacht so schnell gegangen war, aber das war im Moment unwichtig. Silver hatte heute jemanden verloren, der ihm nahegestanden hatte. Was jetzt zählte war, ihm zuzuhören, für ihn da zu sein und ihm klarzumachen, dass er keine Schuld an der Sache trug. Ana wusste nur zu gut, wie es war, sich schuldig zu fühlen.

Wenige Minuten später lenkte Silver den Wagen die gewundenen Straßen des Griffith Parks hinauf. Obwohl es schon dunkel war, gab es immer noch etliche Ausflügler, die sich das Observatorium ansahen oder einen Blick auf die hell erleuchtete Stadt werfen wollten. So wunderte sich Ana nicht, als Silver in eine kleine Straße einbog, die in die andere Richtung führte, fort von den Menschen und dem Lichtermeer der Stadt. Schließlich hielt er an und stellte den Motor ab. Ohne die Scheinwerfer war es stockfinster, Ana hatte keine Ahnung, wo sie waren. Silver stieg aus, kam um den Wagen herum und öffnete ihr die Tür.

„Komm."

„Wo willst du hin? Hier ist doch nichts."

„Genau darum geht es ja." Er beugte sich zu ihr herunter. „Du hast doch nicht etwa Angst?"

Ana horchte in sich hinein und schüttelte den Kopf. „Nein." Vermutlich sollte sie sich fürchten, so ganz alleine mit einem Mann, den sie erst seit ein paar Tagen kannte, im Nirgendwo zu sein, besonders nachdem ein Unbekannter unterwegs war, der Frauen tötete und dessen letztes Opfer Silvers Freundin gewesen war, doch seltsamerweise tat sie es nicht. Nur ein leichtes Kribbeln im Nacken, das vermutlich der Urangst des Menschen vor der Dunkelheit geschuldet war. Ana ergriff die ihr angebotene Hand und stieg aus dem Wagen. Befreit atmete sie tief durch. Die milde Luft roch nach einem vergangenen Sommertag, Grillen zirpten im hohen Gras. „Es ist schön hier."

„Das finde ich auch." Er führte sie zu einem Felsen und half ihr hinauf. „Ich habe mir angewöhnt, hierher zu kommen, wenn ich nachdenken will. In den ersten Wochen war ich oft hier, doch dann kam der Fall dazwischen." Er schwieg einen Moment. „Nach unserem ersten Treffen habe ich hier lange gesessen."

„Wenn es dir so unangenehm war, dich fotografieren zu lassen, warum hast du es dann getan?"

„Ich habe keine Ahnung. Ganz am Anfang wollte ich auch sofort wieder gehen, aber dann ..." Sein vielsagender Blick löste Hitze in ihr aus. „Jedenfalls habe ich hier oben gesessen und mir gesagt, was für ein Idiot ich war, überhaupt auf Stacys Bitte einzugehen. Wäre unsere Beziehung noch intakt gewesen, hätte ich ihre Idee vielleicht merkwürdig gefunden, es aber gerne getan, um ihr eine Freude zu machen. Doch ich wusste, dass wir keine Zukunft miteinander hatten. Hättest du mich nicht so eingewickelt, wäre ich sofort wieder gegangen."

„Aber, ich ..." Weiter kam Ana mit ihrem Protest nicht, denn Silver sprach bereits weiter.

„Ich hätte besser ‚verzaubert' sagen sollen. Die Stimmung hat mich eingefangen und nicht wieder losgelassen und vielleicht wollte ich mich ja sogar vor dir ausziehen."

Ana wollte etwas sagen, entschied sich dann aber dafür, Silver weiterreden zu lassen. Wohin seine Erklärung auch führen würde, sie war jetzt schon von ihr fasziniert.

„Es war ein merkwürdiges Erlebnis, völlig außerhalb meines bisherigen Erfahrungsbereichs. In deinem Studio habe ich die ganze Zeit über völlig vergessen, wofür ich die Fotos überhaupt habe machen lassen und es ist mir erst wieder eingefallen, nachdem dein Blick nicht mehr auf mich gerichtet war." Er strich mit den Fingern über ihre Wange. „Weißt du eigentlich, wie sehr man dir deine Gefühle von den Augen ablesen kann?"

Ana schüttelte den Kopf. So viel zu ihrer Hoffnung, professionell gewirkt zu haben. „Ich habe es befürchtet."

Ein kurzes Lächeln huschte über sein Gesicht, dann wurde er wieder ernst. „Ich war also hier im Park, als ich zu dem Tudolsky-Mord gerufen wurde. Schon beim ersten Blick auf die Leiche war klar, dass es sich um keinen Fall handelte, der leicht zu lösen sein würde." Ein kurzes Zögern. „Du warst an diesem Tag der einzige Lichtblick und auch in den Tagen danach. Durch dich habe ich erkannt, dass ich die Beziehung mit Stacy endlich beenden musste. Ich mochte sie wirklich, aber spätestens nach den ersten aufregenden Monaten mit ihr war mir klar, dass wir nicht zusammenpassten und es nie gut mit uns gehen würde. Deshalb war ich auch froh, als ich beim LAPD angenommen wurde, es löste nicht nur meine Probleme im Job, sondern gab mir zudem die Möglichkeit, mich indirekt von Stacy zu trennen." Er verzog den Mund, als er ihren Blick bemerkte. „Ja, ich weiß, das war nicht fair ihr gegenüber. Und sie wäre jetzt nicht tot, wenn ich ihr gleich die Wahrheit gesagt hätte." Anas

Herz zog sich zusammen, als sie den bitteren Selbstvorwurf in seiner Stimme hörte. „Das konntest du nicht wissen."

„Nein? Sie war nur hergekommen, weil ich ihr am Telefon gesagt hatte, dass sie mich nicht mehr anrufen soll. Es kann sogar sein, dass der Täter sie mit mir zusammen am letzten Tatort gesehen und sie nur deshalb als Opfer ausgewählt hat."

„Glaubst du wirklich?" Ein Schauder rann über Anas Rücken. Die Vorstellung, dass ihnen der Mörder so nah gewesen war, ließ sie frösteln.

„Ich weiß es nicht, halte es aber durchaus für möglich. Es wäre schon ein sehr großer Zufall, wenn er unter Millionen von Frauen ausgerechnet die eine erwischt, die ich kenne und die nur für zwei Tage in Los Angeles ist. Zudem hat er seinen Modus Operandi geändert, indem er sie an einem mehr oder weniger öffentlichen Ort getötet hat. Verstehst du, was das heißt?"

„Was denn?" Verwirrt sah sie ihn an.

„Falls der Täter tatsächlich am Hoffman-Tatort war, hat er dich dort auch gesehen. Und zwar mit mir zusammen." Silver atmete tief durch. „Ich habe lange darüber nachgedacht und bin deshalb zum dem Schluss gekommen, dass es besser ist, wenn wir uns solange nicht mehr sehen, bis der Fall gelöst ist."

Sprachlos starrte Ana ihn an. „Also erstens ist das eine reine Vermutung von dir, zweitens arbeiten wir zusammen. Wir werden uns also ständig weiterhin über den Weg laufen und drittens, wie lange soll das so gehen? Was ist, wenn ihr ihn in drei Wochen immer noch nicht gefasst habt? Oder in zwei Monaten oder in einem halben Jahr? Sollen wir unser Leben so lange anhalten?"

„Hast du nicht begriffen, worum es geht? Du könntest sterben!“ Silver umfasste ihre Schultern, es war ihm todernst.

„Und daran willst du nicht schuld sein? Das kann ich verstehen, aber es ist mein Leben und damit meine Entscheidung. Und wenn ich dich weiterhin sehen will, werde ich das auch tun.“

Silver schüttelte sie leicht. „Das hat nichts mit Schuld zu tun, ich ...“ Er brach ab und befeuchtete seine Lippen. „Ich könnte es nicht ertragen, wenn dir etwas zustoßen würde.“

Ana fand die Vorstellung, wie Stacy zu enden, zwar furchtbar, doch sie ließ sich nicht von ihr abschrecken. Sie hatte gelernt, aus jedem Moment ihres Lebens das Beste zu machen, weil jeder der Letzte sein konnte. Wenn sie Silvers Bitte nachkäme, würde er sich von ihr fernhalten. Aber wozu taugte seine Art von Überlegung, wenn sie eine Woche später genauso gut bei einem Verkehrsunfall sterben, oder Silver etwas passieren konnte. So wollte sie keinesfalls leben. Ana umfing sein Gesicht mit ihren Händen. „Ich will, dass wir zusammen sind. Er wird mir nichts tun, wenn du bei mir bist.“

„Ich werde nicht viel Zeit haben, um bei dir zu sein, solange der Täter nicht gefasst ist. Du wärst meistens allein.“

„Ja, aber nur tagsüber, und soweit wir wissen, greift er nur nachts an. Wenn du also nachts immer bei mir wärst, könnte mir nichts passieren.“

Beinahe verzweifelt presste Silver seine Stirn gegen die ihre. „Bitte Ana, es ist zu gefährlich.“

„Wenn du nicht bei mir sein willst, sag es einfach. Aber alle anderen Gründe zählen für mich nicht, denn sie sind mit ein wenig Vorsicht und einfachen Regelungen leicht zu entkräften."

„Natürlich will ich bei dir sein, aber was ist, wenn ich nachts zu einem Tatort gerufen werde? Oder sonst irgendwas dazwischen kommt?"

„Das können wir dann immer noch regeln. Gut, ich mache dir die Entscheidung ganz einfach. Du hast zwei Möglichkeiten: entweder du bist jetzt mit mir zusammen, oder nie. Ich werde nicht darauf warten, dass du dir überlegst, wann es für uns passend ist." Ana wusste, wie viel sie mit diesem Ultimatum riskierte und dass es genauso gut darin enden konnte, dass Silver sie verließ, aber sie konnte nicht anders.

Silver ließ sie abrupt los und sofort fehlte ihr seine Nähe und Wärme. Würde ihr nur die Erinnerung an eine Liebesnacht bleiben?

„Willst du wissen, warum Stacy nach Chicago gekommen ist" fragte Silver mit gepresster Stimme.

Stumm sah Ana ihn an, sie hatte keine Ahnung, worauf er hinauswollte.

„Sie war schwanger. Doch da ich nicht mit ihr sprechen wollte, habe ich die Nachricht nicht von ihr, sondern erst heute Abend von Carl Mayer erfahren." Er schluckte heftig. „Willst du wirklich mit einem Mann zusammen sein, der nicht einmal weiß, dass er ein Kind gezeugt hat und nicht in der Lage ist, es zu beschützen?"

Wie erstarrt blieb Ana sitzen. Die Vorstellung, dass Silver beinahe mit einer anderen Frau ein Kind bekommen hätte, schockierte sie. Dann setzte ihr Gehirn wieder ein und sie schämte sich für diesen Gedanken. Silver hatte heute nicht nur seine ehemalige Freundin verloren, sondern auch noch sein ungeborenes Kind, das musste furchtbar für ihn sein. Ohne lange nachzudenken, umarmte Ana ihn.

„Es tut mir so leid.“ Sie spürte, dass er am ganzen Körper zitterte und schlang ihre Arme noch fester um ihn. Eine Weile hielt sie ihn so umfangen und lauschte seinen tiefen Atemzügen. Egal was für einen Fehler er gemacht hatte, trauerte er doch um das ungeborene Baby. Sanft strich sie ihm über den Kopf und wünschte, ihn irgendwie trösten zu können.

„Danke, das tut gut.“ Seine Stimme war kaum zu verstehen. „Ich wünschte ...“ Er hielt mitten im Satz inne und räusperte sich. „Ich wollte kein Kind und erst recht keines von Stacy, aber ich glaube, ich hätte es dennoch geliebt und versucht, ihm ein guter Vater zu sein.“

„Du hast absolut nichts davon gewusst?“

„Nein, aber ich habe Stacy auch nicht zugehört, ich hätte ...“

Ana unterbrach ihn. „Wie lange wusste sie schon, dass sie schwanger war?“

„Ich weiß es nicht, Carl sagte, sie wäre in der zehnten Woche gewesen.“

„Also wusste sie es wahrscheinlich schon seit mehreren Wochen, habt ihr in der ganzen Zeit denn nie miteinander gesprochen?“

„Doch, aber immer nur kurz.“

„Wenn sie es dir hätte sagen wollen, hätte sie auch die Gelegenheit dazu gefunden. Du hast sie zum Hotel gefahren, worüber habt ihr da geredet?“

„Ich habe versucht ihr zu erklären, warum ich mich von ihr trennen will und ihr klargemacht, dass es mir völlig ernst damit ist.“ Wieder war ihm deutlich anzuhören, dass er sich schuldig fühlte.

„Denkst du nicht, sie hätte es dir spätestens in diesem Moment sagen müssen? Sie wusste sicher, dass es ihre letzte Chance war, dich umzustimmen."

„Vielleicht." Silver schwieg eine Weile. „Aber sie hätte mich nicht umstimmen können. Ich hätte auf jeden Fall für das Kind gesorgt und sie finanziell unterstützt, aber die Beziehung hätte ich trotzdem nicht fortgeführt. Es wäre nicht gut gegangen."

„Ich verstehe einfach nicht, wie es dazu kommen konnte, dass sie einen fremden Mann mit aufs Zimmer genommen hat."

„Ich weiß es nicht, ich weiß auch nicht, wie sie überhaupt schwanger werde konnte, wir haben immer verhütet. Entschuldige, das ist kein Thema, über das ich jemals mit dir sprechen wollte."

„Das müssen wir aber, denn es betrifft dich."

„Ich weiß. Und ich möchte auch nicht, dass wir unsere Beziehung mit irgendwelchen Lügen beginnen. Stacy war für eine gewisse Zeit ein Teil meines Lebens, aber sie war es schon nicht mehr, als wir uns kennen lernten. Jedenfalls war das Thema für mich bereits abgeschlossen. Ich habe nur den Fehler begangen, es Stacy nicht schon mehrere Wochen vorher zu sagen." Seine Lippen pressten sich zusammen. „Und das werde ich mir nie verzeihen."

„Du konntest nicht wissen, was passieren würde, dich trifft keine Schuld. Allerdings war es wirklich nicht die feine Art, die Aussprache mit Stacy so lange hinauszuzögern. Ich hoffe, du wirst so etwas nicht noch einmal machen."

„Ganz sicher nicht. Normalerweise hätte ich mich auch nie so verhalten, aber irgendwie kam damals alles zusammen. Der Ärger im Job, Stacys Drängeln, die Migräne ... das soll keine Entschuldigung sein, nur der Versuch einer Erklärung." Er stieß ein bitteres Lachen aus. „Ich frage mich nur, ob hier irgendetwas besser geworden ist. Ich habe immer noch Migräne, Stacy wurde ermordet und meinen Job habe ich vermutlich auch nicht mehr lange."

„Warum, wurdest du von dem Fall abgezogen?"

„Noch nicht, aber ich schätze, ich werde ihn spätestens morgen früh los sein, wenn Bob erfährt, dass Stacy schwanger war."

Ana war voller Mitgefühl für ihn. Silver brauchte seine Arbeit, um sich an ihr festzuhalten, ohne sie würde er nur noch öfter über Stacys Tod – und den seines Kindes – nachgrübeln. Bob wusste das sicher auch, aber es gab gewisse Regeln, die auch er nicht so einfach ignorieren konnte. „Selbst wenn sie dich vom Fall abziehen, habt ihr doch sicher auch noch andere aktuelle Fälle, die du bearbeiten kannst."

„Ja, aber es wäre nicht dasselbe. Außerdem will ich diesen Kerl unbedingt schnappen!"

„Ich weiß, und das werdet ihr auch." Eine Weile blickte Silver sie nur schweigend an, dann zog er sie auf seinen Schoß und drückte sie eng an sich. Unwillkürlich erwiderte Ana seine Umarmung und schmiegte sich noch enger an ihn.

„Danke, dass du für mich da bist."

Später fuhren sie schweigend in die Stadt zurück. Zwischen ihnen war vieles unausgesprochen geblieben, aber Ana wollte ihm heute nicht noch mehr zumuten, erst musste er sich wieder einigermaßen von dem Schock erholen, den er gerade erlitten hatte. Wie es danach weitergehen würde, war noch nicht abzusehen, sie würde es einfach auf sich zukommen lassen. Silver war zwar immer noch angespannt, aber längst nicht mehr so verzweifelt wie vorher, vielleicht hatte es ihm geholfen, mit ihr zu sprechen. Schon von Anfang an hatte sie gewusst, dass es nicht einfach werden würde, sich mit jemandem wie Silver einzulassen, doch dass es so kompliziert werden würde, hatte sie nicht geahnt. Eine seltsame Unruhe überkam sie, als sie vor seinem Haus hielten.

Silver sah sie entschuldigend an. „Ich würde dich gerne hereinbitten, aber mein Domizil ist wirklich noch nicht vorzeigbar."

„Das habe ich auch nicht erwartet, nachdem du gerade erst eingezogen bist."

„Es sollte auch nur eine Vorwarnung sein." Nachdenklich sah er sie an. „War es dir ernst damit, dass du nichts mehr mit mir zu tun haben willst, wenn wir eine Pause einlegen, bis der Mörder gefasst ist?"

„Ja."

„Gut. Dann darfst du dir aussuchen, wo wir die Nächte verbringen. Außer einem Bett und einem Küchentisch steht bei mir noch nicht sehr viel, bei dir wäre es vermutlich komfortabler für dich. Aber es ist deine Entscheidung."

„Dann sehe ich es mir wohl lieber erst einmal an." Ana stieß die Autotür auf und trat auf die Straße. Die Gegend war wie immer ruhig, doch trotzdem hatte sie wieder das Gefühl, beobachtet zu werden. Aber diese Art von Einbildung war wahrscheinlich ganz normal wenn man wusste, dass ein Frauenmörder gerade sein Unwesen in der Stadt trieb. Rasch ging sie den Weg zu Silvers Haus voraus, wartete, bis er die Tür aufgeschlossen hatte, und trat dann erleichtert ein. Silvers beruhigende Präsenz in ihrem Rücken bewirkte, dass sie sich nahezu lächerlich vorkam. Dort draußen war niemand, der sie observierte, es gab gar keinen Grund, so etwas anzunehmen.

Ana sah sich in seinem Haus um. Silver hatte nicht übertrieben, es wirkte tatsächlich ziemlich leer. Im Wohnzimmer stand nur ein Sessel und ein Fernseher, die Küche war zwar etwas besser ausgestattet, bedurfte aber einer gründlichen Renovierung.

„Schlimm, nicht wahr?" Silver hatte wohl ihren Gesichtsausdruck bemerkt.

„Ziemlich." Sie öffnete die Kühlschranktür und schüttelte den Kopf. „So auf den ersten Blick würde ich sagen, wir fahren besser zu mir."

Silver beugte sich zu ihr herunter und küsste sie. „Danke, genau das wollte ich hören. Ich hole nur ein paar Sachen und bin gleich wieder da."

Erstaunt sah Ana ihm hinterher, als er die Treppe hinaufsprintete und trat dann neugierig wieder auf den Flur hinaus, um auch die anderen Räume zu erkunden. Das Bad war nicht besonders groß und wirkte durch die dunklen Fliesen noch kleiner. Auf der anderen Seite befand sich ein weiteres Zimmer, das Silver als Arbeitszimmer nutzte. Auf einem Computertisch standen Bildschirm und Tastatur, anscheinend hatte er inzwischen Zeit gefunden, seinen PC aufzubauen. Nachdenklich strich sie mit dem Finger über den Bildschirm.

„Ana?" Schritte näherten sich. „Oh, da bist du." Schuldbewusst sah er von ihr zum PC. „Erwischt."

„Scheint so. Warum hast du mir gesagt, dass dein Computer noch nicht aufgebaut ist?"

„Weil ich nicht wollte, dass du das hier siehst." Resigniert machte er eine weitausholende Bewegung in

die er das gesamte Haus mit einbezog. „Außerdem dachte ich zu diesem Zeitpunkt noch, dass es besser wäre wenn wir uns auf neutralerem Boden treffen könnten, wo ich weniger in Versuchung geraten würde."
„Was aber nicht der Fall war."

„Mir ging es genauso, immer wenn ich im Studio war, habe ich mich sofort daran erinnert, wie du während des Shootings ausgesehen hast."

„Warum hast du dann nichts gesagt? Ich hätte mir die Fotos auch alleine ansehen können."

„Vielleicht wollte ich es so?"

Silver betrachtete sie einen Moment lang, dann wandte er sich zum Gehen. „Fahren wir, es ist schon spät."

21

Das Klingeln des Weckers riss Silver aus einem tiefen, traumlosen Schlaf. Rasch schaltete er ihn aus und ließ sich zurück ins Bett sinken. Ein Lächeln glitt über sein Gesicht, als sich Ana mit einem Protestlaut noch einmal tiefer in die Kissen grub. Es war ein schönes Gefühl, neben ihr aufzuwachen und ihren warmen Körper neben sich zu wissen. Wenigstens etwas Erfreuliches, wenn er sich sonst schon in jeder Hinsicht miserabel fühlte. Aber Erleichterung würde es für ihn erst wieder geben, wenn sie den Mörder hinter Schloss und Riegel gebracht hatten. Mit diesem Gedanken setzte er sich auf und schwang die Beine aus dem Bett.

„W...was ist? Musst du etwa schon aufstehen?" fragte Ana mit schläfriger Stimme.

„Ja. Aber schlaf ruhig weiter, es ist noch früh."

Anas Hand strich über seinen nackten Rücken. „Warum schläfst du nicht auch noch etwas? Du könntest etwas mehr Ruhe gut brauchen."

„Ich will heute früh im Büro sein, die Videobänder aus dem Hotel müssten inzwischen fertig sein. Leo wollte sie überspielen und ein wenig aufbereiten."

Ana setzte sich auf und schlang von hinten ihre Arme um seinen Oberkörper. „Glaubst du, der Kerl hat sich filmen lassen?"

„Falls du auf den Täter anspielst, nein, aber wenn du damit Stacys unbekannten Verehrer meinst, bin ich mir sicher, dass wir ihn identifizieren werden."

„Dann wird keiner mehr sagen können, dass du bei ihr warst und du kannst weiterhin am Fall mitarbeiten."

„Ersteres, ja, Letzteres dagegen ... Wenn Captain Harris erfährt, dass Stacy von mir schwanger war, wird er mich schneller vor die Tür setzen, als ich bis drei zählen kann."

„Aber es ist doch nicht deine Schuld ..."

„Wenn es laut DNA-Test mein Kind ist, zählt alles andere nicht." Sanft schob er sie in die Kissen zurück. „Schlaf weiter, ich wecke dich, bevor ich gehe."

Ana murmelte etwas, das er nicht verstand, protestierte aber nicht weiter. Kein Wunder, dass sie müde war, sie waren gestern erst spät in ihrer Wohnung angekommen und hatten danach noch lange geredet, bevor sie ins Bett gegangen waren. Es war merkwürdig, neben Ana aufzuwachen und sich, obwohl sie nicht miteinander geschlafen hatten, dennoch so zufrieden zu fühlen.

Rasch stand er auf, suchte sich frische Kleidung heraus und ging ins Badezimmer. Die Dusche vertrieb die letzte Müdigkeit aus seinen Knochen und klärte seine Gedanken. Als erstes würde er mit Bob reden, er musste ihn unbedingt über Carls Untersuchungsergebnis informieren, was er gestern schon hätte tun sollen, doch da war er zu geschockt gewesen und hätte riskiert, dass ihn sein Partner gleich vom Dienst suspendiert und nach Hause geschickt hätte, wenn er ihn in diesem Zustand gesehen hätte. Genau wie Debra, die ihm auf dem Flur begegnet war und ihn gefragt hatte, ob er nicht lieber für heute Schluss machen wolle. An ihrem mitleidigen Blick hatte er sofort erkannt, dass sie wusste, wer im Hotel ermordet worden war.

Das T-Shirt noch in der Hand verließ Silver das Bad und stieß mit Ana zusammen. „Was machst du denn hier? Ich dachte, du wolltest weiterschlafen."

Ana hob eine Augenbraue. „Das war deine Idee, ich habe so etwas nie gesagt. Ich dachte, wir könnten zusammen frühstücken."

„Ich wollte eigentlich nur einen Kaffee trinken und dann losfahren."

Als er jedoch ihr enttäuschtes Gesicht sah, nahm er sie bei der Hand und führte sie in die Küche. „Aber ein Toast geht immer."

Als Silver eine Stunde später vor dem Department aus dem Wagen stieg, begleitete ihn noch immer ein Rest des warmen Gefühls, das Ana während des gemeinsamen Frühstücks in ihm hinterlassen hatte. Hatte er jemals mit Stacy so zusammengesessen? Nein, kein einziges Mal. Aber ihm war klar, dass es unfair war, die beiden Frauen miteinander zu vergleichen, zumal es größtenteils an ihm gelegen hatte, dass er Stacy nie so nahegekommen war. Silver schüttelte den Gedanken ab, während er zu Leo Hamers Büro ging. Wenn er Glück hatte, konnte er die Überwachungsbänder gleich mitnehmen, um sie dann mit Bob zusammen durchzugehen. Es wurde Zeit, dass sie endlich einen Durchbruch erzielten, was die Ermittlungen betraf. Der Druck der Medien würde mit jedem Tag zunehmen, es grenzte fast schon an ein Wunder, dass er das Gebäude heute Morgen unbehelligt hatte betreten können.

Vor Leos Tür angekommen atmete er tief durch, bevor er anklopfte.

„Herein!“

Silver öffnete die Tür. „Hallo, Leo. Ich komme wegen der Videos.“

„Hallo.“ Leos Lächeln wirkte angespannt, als er sich auf seinem Schreibtischstuhl zu ihm herumrollte. „Hier sind die Bänder ...“ Er brach ab und räusperte sich. „... und auch die Detailfotos, die ihr haben wolltet.“

Silver nahm die Kassetten und den Umschlag mit Fotos in Empfang. „Danke. Wenn wir noch etwas brauchen, melden wir uns.“

„Gut.“

Silver war schon fast an der Tür, als Leo ihn noch einmal ansprach. „Silver ...“

„Ja?“ Die Hand auf der Klinke drehte er sich unruhig um, er ahnte, was jetzt kommen würde.

„Es tut mir wirklich leid.“

Silver gab nicht vor, nichts zu wissen, was Leo meinte. „Danke. Bis später.“ Damit flüchtete er aus dem Büro. Wie lange es wohl dauern würde, bis sich seine Bekanntschaft mit dem letzten Opfer im ganzen Department herumgesprochen hätte? Wenn er seine Erfahrungen in Chicago als Maßstab nahm, vermutlich nur einen Tag.

Bob erschien eine Viertelstunde später, sein Jackett war offen, ein Zipfel seines Hemdes hing aus der Hose. Noch nie hatte Silver seinen Partner in solch einem ungepflegten Zustand gesehen. Normalerweise war er immer perfekt gekleidet, die Frisur makellos, die Schuhe auf Hochglanz poliert.

„Was ist passiert?“

Bob sah ihn ungläubig an. „Hast du den Auflauf vor der Tür nicht bemerkt? Ich bin kaum noch durchgekommen, eine Reporterin ist mir sogar an die Wäsche gegangen!“

„Und da bist du trotzdem geflüchtet?"

„Sehr witzig." Bob sah ihn forschend an. „Alles okay bei dir?"

Sofort fiel jeglicher Humor von Silver ab. „Ja. Aber als ich gekommen bin, war da unten auch noch nichts los."

„Das meinte ich nicht, und das weißt du genau."

Seufzend fuhr sich Silver über sein Gesicht. „Es geht mir so gut, wie es unter den gegebenen Umständen möglich ist."

„Warum bist du gestern gegangen, bevor ich zurück war?" Bob ließ sich in seinen Stuhl fallen. „Nachdem du weg warst, kam Carls Bericht. Wusstest du ..." Er brach ab und verzog den Mund.

„Dass Stacy schwanger war? Nein. Jedenfalls nicht, bis Carl mich anrief und es mir sagte."

„Ist es dein Kind?"

Silver schluckte schwer. „Da sie bereits im dritten Monat war, nehme ich es an."

„Mein Gott, Silver ..." Bob fehlten ausnahmsweise die Worte. „Das tut mir wirklich leid." Er schwieg eine Weile, bevor er sich räusperte und fortfuhr. „Sie wird es vermutlich gewusst haben. Hat sie denn niemals mit dir darüber gesprochen?"

„Nein, hat sie nicht, sonst hätte ich es ja gewusst", brach es bitter aus Silver hervor. „Entschuldige, ich wollte das nicht an dir auslassen."

„Schon gut, ich kann mir vorstellen, wie du dich fühlen musst." Bob schaute bewusst zu Boden, während er fortfuhr. „Wir sollten herausfinden, ob sie es tatsächlich schon wusste, es könnte relevant sein."

„Inwiefern?"

„Für ihr Verhalten."

„Herrgott, Bob, Stacy sitzt hier nicht auf der Anklagebank, es geht allein darum, den Täter zu finden, der ihr und den anderen Opfern das angetan hat!"

„Da stimme ich dir voll zu, aber es könnte auch ein Motiv sein."

Irritiert warf Silver seinen Stift auf den Schreibtisch. „Für wen? Der Täter kann es ihr weder angesehen noch gewusst haben, außerdem sind alle seine vorangegangenen Opfer nicht schwanger gewesen und es gibt auch keinerlei Hinweise darauf, dass sich der Täter überhaupt dafür interessiert hätte."

„Muss ich es dir wirklich erklären?" Wütend zog Bob an seinem Hemdkragen. „Wenn sie es nicht gewusst hat, kann sie es dir auch nicht erzählt haben und damit hättest du ein Motiv weniger."

Silver sprang auf. „Du denkst tatsächlich, *ich* hätte sie umgebracht? Und die anderen Opfer noch dazu, um dadurch eine Serie vorzutäuschen und die Spur von mir abzulenken?"

„Möglich wäre es." Bob hob eine Hand, als Silver aufgeregt dazwischenfahren wollte. „Aber ich glaube es nicht und jeder normal denkende Mensch würde es auch nicht tun. Aber das heißt nicht, dass wir bei der Ermittlung nicht jede Möglichkeit mit einbeziehen müssen."

„Dann sieh dir doch die verdammten Bänder an, ich bin da sicher nicht drauf." Silver nahm die Videos und warf sie auf Bobs Schreibtisch.

Bob stapelte sie ruhig aufeinander. „Das werde ich." Jetzt erst sah er wieder auf und suchte Blickkontakt mit Silver. „Du solltest dich von dem Fall zurückziehen, Silver, du bist nicht mehr objektiv."

„Wie sollte ich das auch, wenn du mich beschuldigst, meine ehemalige Freundin und mein eigenes Kind umgebracht zu haben?“ Er trat nah an Bob heran und beugte sich zu ihm hinunter. „Wie würdest du dich denn fühlen, wenn ich dich für einen Mörder halten würde?“

„Beschissen. Und ich verstehe, was du durchmachst und genau deshalb solltest du dich auch von dem Fall abziehen lassen.“

Silver verschränkte die Arme vor der Brust. „Das werde ich ganz sicher nicht tun.“

„In Ordnung, wir werden sehen.“ Der Stuhl ächzte, als Bob sich erhob. „Schauen wir uns das Video an, vielleicht wissen wir danach schon mehr.“

Schweigend folgte ihm Silver in den Videoraum. Wut brandete in ihm auf und die kurz zuvor bei Ana gefundene Ruhe war mit einem Schlag verschwunden. Obwohl es durchaus verständlich war, dass Bob ihm nicht hundertprozentig vertraute, nachdem sie sich erst wenige Wochen kannten, schmerzte ihn sein Misstrauen trotzdem. Das Video würde zwar beweisen, dass ein anderer Mann bei Stacy gewesen war, aber vermutlich würde auch das nicht reichen, um ihn als Mörder hundertprozentig auszuschließen. Daran würde nicht einmal Anas Aussage etwas ändern, schließlich umfasste sein Alibi nicht die gesamte Nacht. Warum war er nur nicht bei ihr geblieben? Nur mühsam gelang es Silver, sich zusammenzureißen. Aber er wusste, dass es ihm und dem Fall nicht weiterhelfen würde, wenn er sich immer wieder die gleichen Fragen stellte.

Silver zog den Zettel hervor, den Leo zu den Bändern gelegt hatte. „Auf Band 1 ist die Lobby von vorgestern 12 Uhr Mittag bis gestern 12 Uhr Mittag zu sehen. Auf Band 2 sind die Fahrstühle, während des gleichen Zeitraums. In den einzelnen Gängen, den Zimmern und im

Restaurant gibt es anscheinend keine Kameras. Die Leerläufe hat Leo herausgeschnitten."

Bob schob das erste Band in das Abspielgerät und griff nach der Fernbedienung. „Dann wollen wir mal sehen, was wir finden." Mit einem leichten Rauschen begann das Gerät, das Band abzuspielen.

Es zeigte eine gut gefüllte Hotellobby, Gäste gingen ein und aus, Angestellte erledigten ihre Arbeit. Bob schaltete nach einiger Zeit auf Schnelldurchlauf, um die Suche abzukürzen. Eine Weile saßen sie stumm da und verfolgten die Bilder, bis Silver auf einmal den Atem anhielt, als eine blonde Frau auf dem Bildschirm erschien, die kurz mit dem Portier sprach und dann weiter zu den Aufzügen schlenderte. Auch wenn sie nur von hinten zu sehen war, erkannte er sie sofort: Es war Stacy. „Stopp!"

Bob ließ das Band auf Normalgeschwindigkeit weiterlaufen. „Ist sie das?"

„Ja." Silver räusperte sich.

Bob spulte vor, bis Stacy erneut auf dem Bildschirm zu sehen war. „Okay, da haben wir sie wieder. Diesmal schick angezogen. Uhrzeit: 19 Uhr." Auf dem Film durchquerte Stacy die Lobby und ging zielstrebig zum Restaurant. „Noch kein Mann in Sicht." Er sah Silver an. „Wollen wir zum zweiten Band wechseln oder erst dieses ganz durchgehen?"

„Erst dieses." Silvers Kehle war wie zugeschnürt. Es war schwer, Stacy so lebendig zu sehen und gleichzeitig zu wissen, was für ein Ende sie nur wenige Stunden später gefunden hatte.

Bob vergrößerte den Ausschnitt, sodass ein Teil von Stacys Gesicht zu sehen war. „Ich finde, sie sieht wütend aus."

Nicht nur das, sie wirkte vor allem verletzt. Vielleicht sogar verzweifelt, aber die Auflösung war nicht gut genug, um das mit Bestimmtheit sagen zu können. Die Vorstellung, dass sie seinetwegen so bedrückt gewesen war, schmerzte ihn. Kurz zuvor war er sich noch relativ sicher gewesen, dass sie das Ende ihrer Beziehung leicht wegstecken würde, doch nun sah es so aus, als wäre diese Annahme ein Irrtum gewesen. Natürlich hatte er nicht gewusst, dass sie sein Kind erwartete, aber das änderte nichts an der Tatsache, dass er sich schlecht fühlte.

„Soll ich weiterspulen?“

Silver nickte wortlos. Einige Minuten später stoppte Bob das Band erneut, die mitlaufende Uhr zeigte 22:20 Uhr an. Stacy verließ das Restaurant und war damit über drei Stunden im Restaurant gewesen. Diesmal wurde sie von einem Mann begleitet, der sie galant vorgehen ließ und dabei eine Hand auf ihren Rücken legte. Silver biss die Zähne zusammen. Was war in diesen drei Stunden geschehen? Vielleicht würde die Aussage des Kellners darüber Aufschluss geben, doch würde ihnen dieser natürlich nicht sagen können, wie es in Stacy ausgesehen hatte und warum sie innerhalb von drei Stunden bereit gewesen war, einen fremden Mann mit auf ihr Zimmer zu nehmen.

„Die Beschreibung passt jedenfalls“, meinte Bob. „Kennst du den Mann?“

„Nein, ich habe ihn noch nie gesehen, soweit ich das vom Profil her beurteilen kann. Allerdings glaube ich nicht, dass der Täter so öffentlich mit ihr herumgelaufen wäre, ich glaube eher, dass sich unsere Annahme bewahrheiten wird.“ Auf dem Bildschirm verschwanden Stacy und ihr Liebhaber im Fahrstuhl. Bevor die Tür ganz geschlossen war, sah man noch, wie der Mann sich vorbeugte und sie leidenschaftlich küsste. Silver stand auf. Er wollte sich das nicht weiter ansehen, es reichte schon, zu wissen, wie es ausgegangen war.

Bob wechselte die Bänder und spulte das zweite bis zu der Uhrzeit vor, zu der Stacy das Restaurant verlassen hatte. „Sehr gut, da haben wir sie wieder." Er vergrößerte den Ausschnitt, der den Gang vor den Fahrstühlen zeigte. „Schreib dir die Zeit auf, Leo soll uns davon ein größeres Foto ziehen, mit dem wir dann im Hotel herumgehen können. Sicher wird einer der Angestellten den Mann identifizieren können."

„Außer es ist kein Hotelgast, sondern nur ein Besucher."

Bob winkte ab. „Vielen Dank, aber ich ziehe die optimistischere Einstellung vor und tippe auf Ersteres."

Silver zuckte mit den Schultern. „Ich habe nur sämtliche Möglichkeiten in Betracht gezogen. Wir sollten außerdem auch überprüfen, ob der Mann das Hotel danach wieder verlassen hat."

Schweigend ließen sie das Band durchlaufen, doch Stacys Begleiter tauchte nicht mehr auf. Silver ging auf und ab, während er überlegte. „Also hat der Mann das Hotel in dieser Nacht nicht mehr verlassen, denn sonst hätte er den Ausgang benutzen müssen und wäre auf dem Band zu sehen. Das heißt, dass er vermutlich ein eigenes Zimmer gebucht hat."

„Das habe ich doch gesagt, nur kürzer."

Silver schüttelte leicht den Kopf. Es lohnte nicht, mit Bob darüber zu streiten, wer Recht hatte, für solche Spielchen fehlte ihm einfach die Geduld, weshalb er auch regelmäßig den Kürzeren dabei zog. „Es wäre sinnvoll, den Film mit allen Fotos und den Leuten, die an den Tatorten waren, zu vergleichen."

Bob nickte zustimmend. „Das wird eine Scheißarbeit."

„Vermutlich. Aber wenn Kirby und Johnston uns helfen und Leo auch noch zu uns stößt, geht es schneller und fünf Augenpaare sehen bekanntlich mehr als zwei."

„Dachtest du etwa, ich hatte vor, das alleine zu machen?" Bob grinste. „Manche Dinge teilt man gerne mit seinen Freunden."

Silver hob gerade zu einer passenden Erwiderung an, als die Tür aufgerissen wurde und Harris ins Zimmer gestürmt kam. In der Hand hielt der Captain ein Blatt Papier, sein Gesicht war tiefrot angelaufen.

„Sagen Sie mir, dass das nicht stimmt, Silver!"

Silver zwang sich, ruhig zu antworten, obwohl er bei Harris' Ton bereits Wut in sich aufsteigen fühlte. „Das würde ich gerne, wenn ich wüsste, wovon Sie reden."

„Kommen Sie mir nicht auf diese Tour! Ich habe soeben die Kopie des Autopsieberichts auf meinem Schreibtisch gefunden."

Silver schwieg, die Arme vor der Brust verschränkt.

„Haben Sie dazu nichts zu sagen?"

„Eigentlich nicht."

Eine Ader pochte deutlich sichtbar an Harris' Schläfe. Mit dem Finger deutete er anklagend auf Silver. „Ihre ehemalige Freundin war schwanger, als sie gestorben ist, und Sie haben mir nichts dazu zu sagen?"

Silver hatte Mühe, seine Antwort nicht allzu scharf ausfallen zu lassen. „Das ist eine sehr persönliche Angelegenheit, Sir."

„Sie stellen sich absichtlich dumm, aber damit werden Sie nicht weiterkommen.“ Harris holte tief Luft. „War es nun Ihr Kind oder nicht?“

„Ich weiß es nicht, es könnte aber sein.“ Es war sogar wahrscheinlich, doch das würde er dem Captain sicher nicht erzählen.

Harris ließ sich schwer atmend in einen Stuhl fallen. „Ich hatte also Recht, das letzte Opfer war nicht nur irgendeine Freundin von Ihnen, sondern Ihre Geliebte und das während der letzten Monate.“

„Was ich nie bestritten habe. Wie ich bereits sagte: Die Beziehung war beendet, als Stacy ermordet wurde.“ Silver hielt seine Stimme betont ruhig, obwohl er wusste, was nun kommen würde.

„Sie sind draußen, Silver. Ab sofort wird Bob den Fall ohne Sie weiterbearbeiten.“

Silver erhob keinen Einwand. Wie gelähmt saß er auf seinem Stuhl und schwieg.

Es war Bob, der an seiner Stelle protestierte. „Aber Captain ...“

Harris ließ ihn jedoch nicht ausreden. „Meine Entscheidung ist endgültig.“ Er erhob sich schwerfällig. „Silver, Sie bearbeiten ab sofort die Fälle weiter, die wegen der Serie zurückgestellt wurden. Und halten Sie sich zur Verfügung, sollte Bob oder einer der anderen Detectives Sie zu Stacy Muldoon befragen wollen.“ Er wartete keine weitere Erwiderung ab und verließ den Raum.

Unangenehme Stille trat ein, die nur vom Summen des Videorecorders unterbrochen wurde. Silver saß noch immer wie versteinert auf seinem Stuhl, unfähig, einen klaren Gedanken zu fassen. Es war wirklich passiert: Harris hatte ihn von dem Fall abgezogen. Hastig schob er seinen Stuhl zurück und stand auf. Er hielt es keine Sekunde länger hier drin aus!

„Es tut mir leid, Silver."

Wütend fuhr der seinen Partner an. „Ach ja? Du hast mir doch schon gedroht, mich vom Fall abzuziehen, seit wir Stacy entdeckt haben. Sei doch froh, jetzt hat Harris die Drecksarbeit für dich erledigt. Aus welchem anderen Grund wäre Carls Bericht denn sonst auf seinem Schreibtisch gelandet?"

Bob blieb erstaunlicherweise ruhig, nur seine Stimme war wesentlich leiser als sonst. „Der Captain lässt sich von allen Ermittlungsergebnissen Kopien für seine Akten geben, das wird automatisch erledigt. Ich habe sie ihm sicher nicht extra gegeben, um damit meinen Partner loszuwerden, ohne den ich die doppelte Arbeit erledigen muss. Vielleicht solltest du erst einmal nachdenken, bevor du hier mit wilden Anschuldigungen um dich wirfst."

Silver schüttelte den Kopf. Er konnte jetzt nicht denken und schon gar nicht versuchen, Verständnis für Bob aufzubringen. Das Einzige was er wollte, war, den verfluchten Mörder zu finden und zur Strecke zu bringen. „Ich muss hier raus. Warte nicht auf mich." In der Tür drehte er sich noch einmal um. „Aber wir brauchen uns ja nicht mehr untereinander abzustimmen, da ich ab heute ja an anderen Fällen arbeite." Damit schloss er leise die Tür hinter sich und verließ so schnell er konnte das Gebäude.

22

Silver saß in seinem Trail Blazer und starrte blicklos auf das schlichte Schild mit der Aufschrift *'Los Angeles County Department of Coroner – Forensic Medicine'*. Eigentlich hatte er hier nichts verloren und sollte gar nicht hier sein, aber er musste einfach wissen, was Carl in Bezug auf Stacy noch herausgefunden hatte. Vielleicht hatte er auch Glück und der Gerichtsmediziner wusste noch nicht, dass er dem Team, das den Fall bearbeitete, nicht mehr angehörte. Entschlossen schob Silver die Tür auf und stieg aus dem Wagen. Je schneller er es hinter sich brachte, desto besser. Die junge Frau hinter der verglasten Anmeldung wies ihm den Weg zu Carls Büro, während sie dem Doktor gleichzeitig seine Ankunft über eine Sprechanlage meldete. Mit einem entschuldigenden Lächeln teilte sie ihm schließlich mit, dass Dr. Mayer gerade mit einer Autopsie beschäftigt wäre, aber in einigen Minuten zu ihm kommen würde.

Als Carl endlich eintraf, atmete Silver erleichtert auf. Er hätte es keine Sekunde länger allein in dem fensterlosen Kellerbüro, dessen graue Wände immer näherzurücken schienen, ausgehalten. Carl trug noch immer seinen grünen Kittel, auf dem sich ein paar undefinierbare Flecken befanden. Glücklicherweise hatte er sich die Latexhandschuhe jedoch schon ausgezogen. Silver bemühte sich, nicht zu tief einzuatmen, während er Carl die Hand schüttelte. Ein strenger Geruch nach Chemikalien und Tod ging von ihm aus, der nur zu deutlich von seiner Arbeit kündete.

„Hallo Silver, was tust du hier?"

„Ich wollte wissen, ob du im Serienmörder-Fall etwas Neues herausgefunden hast."

Carl sah ihn aufmerksam an. „Beim letzten Opfer meinst du? Ich habe gestern versucht, dich noch einmal anzurufen, aber du hast nicht mehr abgehoben."

„Ich musste die Information erst einmal ... verarbeiten."

„Das kann ich mir vorstellen." Carl öffnete eine Schranktür und holte eine Schachtel heraus. „Wenn du mir eine Probe gibst, kann ich deine DNA mit der des gefundenen Spermas und auch mit der des Embryos vergleichen." Er hielt Silver einen dünnen Stab entgegen, der einem Wattestäbchen ähnelte.

Silver verzog den Mund, es behagte ihm nicht, eine DNA-Probe abzugeben, aber er wollte Gewissheit darüber haben, ob er der Vater von Stacys ungeborenem Kind war. Rasch wischte er an seiner Mundschleimhaut entlang und hielt Carl dann wortlos das Stäbchen hin.

„Ich werde den Test so schnell wie möglich durchführen." Carl steckte die Probe in eine durchsichtige Tüte und verschloss sie, bevor er ein Kürzel und Silvers Namen darauf schrieb.

„Danke. Hast du sonst noch etwas herausgefunden?"

„Nur das, was schon in meinem Bericht stand. Im Prinzip verhält sich alles genauso wie bei den anderen Morden, auch diesmal konnte ich kein Betäubungsmittel nachweisen, und wieder gab es keine Abwehrwunden. Der Täter hat die Haare mitsamt der Kopfhaut abgetrennt. Sehr fachmännisch, wie ich festgestellt habe, sobald das Blut abgewaschen war."

Silver tastete blindlings nach dem Besucherstuhl und ließ sich daraufsinken. Die Vorstellung, wie jemand Stacy – oder überhaupt einem anderen Menschen – so etwas bei lebendigem Leib antun konnte, verursachte ihm Übelkeit. Gerade die Haare, die Stacy an sich selbst immer am schönsten gefunden hatte. Ruckartig richtete Silver sich auf. Hatte Stuart Killings nicht etwas ganz Ähnliches gesagt? Er schloss die Augen, um sich besser konzentrieren zu können, doch es half nichts, er konnte sich einfach nicht mehr mit absoluter Sicherheit daran erinnern. Und wie war das mit Felicia Damon gewesen? Hatte sie nicht ebenfalls erwähnt, dass ihre Mitbewohnerin Delia besonders stolz auf ihre Brüste gewesen wäre? Sie sollten die Mitbewohnerin noch einmal vernehmen, vielleicht würde sie ihnen noch Genaueres dazu sagen können. Vielmehr Bob würde mit ihr sprechen müssen, da er selbst ja nicht mehr am Fall arbeiten durfte. Frustriert fuhr sich Silver durch seine Haare.

„Geht es dir nicht gut?" Carl betrachtete ihn besorgt.

Silver gab sich einen Ruck. „Nicht besonders, aber noch nicht schlecht genug, um auf einen deiner Tische zu steigen."

Carls Mundwinkel hoben sich für den Bruchteil einer Sekunde. „Das hatte ich auch nicht angenommen." Sofort wurde er wieder ernst. „Mich wundert ehrlich gesagt, dass der Captain dich nicht vom Team abgezogen hat."

Silvers Gesicht verzog sich unwillig. „Das hat er gerade getan. Aber ich musste einfach wissen, ob du bei Stacy noch irgendetwas gefunden hast, das der Ermittlung weiterhilft."

„Das dachte ich mir. Ich werde dir das Ergebnis der DNA-Analyse schicken, sofern es dich betrifft, alles andere geht an Bob."

„Ja, natürlich. Danke für die Hilfe."

„Und Silver", schickte ihm Carl noch hinterher, als er bereits an der Tür war, „ich hoffe wirklich, dass es nicht noch mehr Opfer gibt, ich stecke auch so schon bis zum Hals in Leichen, ich weiß gar nicht mehr, mit welcher ich zuerst anfangen soll."

Ob er seine Freundin noch einmal angeschaut hatte? Und sich gefragt hatte, wie er sie jemals hatte schön finden können? Trauerte er um sie oder war er froh, dass der Weg für seine neue Freundin endlich frei war? Natürlich war es auch möglich, dass ihm die Blondine gar nichts bedeutet hatte. Doch das wäre bei der Brünetten sicher nicht der Fall, schließlich war er bereits öfter außerhalb der Arbeitszeit mit ihr zusammen gewesen. Wenn sie starb, würde er leiden. Noch schöner wäre es jedoch, wenn er sie in all ihrer Schönheit vor sich ausgebreitet finden würde, bis auf ein gewisses Detail, das anderen Zwecken zugeführt werden würde. Oh ja, das würde ihm gewiss nicht gefallen. Interessant, jetzt stützte er seine Arme auf das Autodach und ließ den Kopf hängen. Ein sicheres Zeichen für Trauer oder vielleicht sogar für ein schlechtes Gewissen. Wäre es nicht noch viel besser, wenn der Detective sich am Tod seiner Freundin schuldig fühlen würde? Der große Ermittler, dem es trotz seiner Ausbildung und Waffen nicht gelang, seine Geliebte zu beschützen. Die Medien würden ihn zum Frühstück verspeisen, wenn sie das erfahren würden.

Überhaupt war das gar keine schlechte Idee, vielleicht sollte demnächst ein kleiner anonymer Hinweis bei der Presse eingehen, der auf die Tatsache hinwies, dass einer der ermittelnden Detectives ein Verhältnis mit einem der Opfer gehabt hatte. Das würde den Druck auf die Ermittlungen noch einmal erhöhen. Ein leises Lachen durchbrach die Stille im Wagen. Eine wirklich interessante und bislang nicht vorhersehbare Entwicklung, die nur durch eine flexible, aber durchdachte Planung möglich geworden war. Doch nun war es an der Zeit, noch etwas mehr über das nächste Opfer herauszufinden, um dann eine neue Strategie zu entwickeln. Das Hotel hatte sich zwar als besonders medienwirksam erwiesen, aber das war wahrscheinlich eine einmalige Gelegenheit gewesen. Zur Not würde ein kleiner Hinweis beim Sender eingehen, wo die nächste Topstory zu finden wäre. Aber das konnte später immer noch entschieden werden, erst einmal war ein wenig Überwachung angesagt.

Als Silver wieder ins Department zurückkam, herrschte hektisches Treiben in der Abteilung. Dafür konnte es nur zwei Gründe geben, entweder hatten sie den Täter gefunden, oder aber es gab ein neues Opfer. Eilig lief er den Flur entlang und öffnete die Tür zu seinem Büro. Bob sah auf und hob seinen Zeigefinger, während er weiter in den Hörer sprach. Ungeduldig wartete Silver darauf, dass sein Partner das Gespräch beendete.

„Ja, bringt ihn her, wir werden im Vernehmungszimmer mit ihm sprechen. Nein, er braucht keinen Anwalt, zumindest jetzt noch nicht. Aber wenn er einen mitbringen will, können wir das nicht verhindern. Bis gleich." Bob legte auf und wandte sich Silver zu. „Wo warst du?"

„Bei Carl Mayer." Silver hob eine Hand. „Ich weiß. Er hat jetzt eine DNA-Probe von mir und vergleicht sie mit ..." Er brach ab.

„In Ordnung."

„Was ist hier los? Habt ihr den Täter geschnappt?"

Bob verzog den Mund. „Kommt darauf an, welchen du meinst. Der Portier hat zumindest den Mann erkannt, der mit Stacy beim Essen war. Er ist am Morgen danach gleich abgereist, aber das Hotel hatte natürlich seine Adresse gespeichert. Kirby und Johnston haben ihn soeben von einem Kongress abgeholt, an dem er teilgenommen hat, und sind mit ihm auf dem Weg hierher."

„Gut."

„Silver, halte dich ab sofort aus dem Fall heraus, ja? Captain Harris wird deine weitere Mitarbeit nicht dulden. Und wenn er mitbekommt, dass du entgegen seiner Anweisung gehandelt hast, wirst du es in Zukunft sehr schwer hier haben."

„Im Moment ist mir viel wichtiger, dass der Mörder gefunden wird, vielleicht verstehst du das. Ich möchte bei dem Verhör dabei sein."

Bob schüttelte den Kopf. „Keine Chance."

„Bob ..."

„Ich werde das Gespräch mitschneiden lassen, du kannst dir die Aufnahme ansehen, mehr aber auch nicht."

Silver wusste, dass Bob ihm damit schon mehr zugestand, als er eigentlich durfte, deshalb nickte er nur dankbar. Über Kamera ein Verhör zu verfolgen, war zwar nicht das Gleiche, wie selbst mit dabei zu sein, aber immer noch wesentlich besser als gar nichts. Er wollte wissen, wer der Kerl war, den Stacy mit auf ihr Zimmer genommen und mit dem sie Sex gehabt hatte, obwohl sie mit seinem Kind schwanger gewesen war. Es fiel ihm schwer, sich vorzustellen, dass er bereits in etwa sechs Monaten Vater gewesen wäre. Was wusste er überhaupt von Babys? Kein Wunder, dass Stacy ihm nichts von ihrer Schwangerschaft erzählt hatte, zumal sie auch nie über gemeinsame Kinder gesprochen hatten, zumindest ihm war immer klar gewesen, dass ihre Beziehung nicht so lange halten würde, um ernsthaft darüber nachzudenken.

„Kommst du zurecht?“ fragte ihn Bob besorgt. „Wenn du jemanden zum Reden brauchst …“

„Danke, es geht schon. Und Ana wird mich sicher auf andere Gedanken bringen.“

„Gut. Es muss auch für sie schwer sein, vielleicht könnt ihr euch ja gegenseitig etwas ablenken.“ Bob stand auf und zog sein Jackett über. „Was machst du jetzt?“

„Ich nehme mir die schwere Körperverletzung von vorletzter Woche vor.“

„Das ist gut. Ich …“

Weiter kam er nicht, denn die Tür wurde aufgerissen und Kirby steckte seinen Kopf ins Zimmer. „Wir haben ihn, Johnston bringt ihn gerade ins Verhörzimmer.“

„Gut, ich komme sofort. Haltet ihn warm.“

„Machen wir.“ Kirby zog die Tür wieder hinter sich zu.

„Leo wird die Aufzeichnung überwachen. Du kannst dich neben ihn setzen und sie dir ansehen. Falls Harris dich dabei erwischt, sagst du einfach, dass ich dich gebeten habe, zu sehen, ob du den Mann identifizieren kannst.“

„Danke, Bob. Das bedeutet mir viel.“

Ein schwaches Lächeln glitt über das Gesicht seines Partners. „Ich gehe davon aus, dass du dasselbe für mich tun würdest, wenn unsere Rollen vertauscht wären.“

„Garantiert." Silver drückte kurz Bobs Schulter und wandte sich dann ab, bevor sein Partner sehen konnte, wie nahe ihm dessen Zugeständnis ging.

„Ich bin wirklich gespannt, was der Kerl uns erzählen wird. Ein Geständnis werden wir wohl nicht von ihm erwarten können, der Täter wäre nie so auffällig vorgegangen."

„Außer er wollte unbedingt geschnappt werden, aber das ist nach seinem bisherigen Vorgehen eher unwahrscheinlich." Silver grinste schief. „Unterhältst du dich etwa gerade mit mir über den Fall?"

Bob sah ihn genervt an. „Ach, verdammt. Wozu sitze ich hier mit dir in einem Zimmer, wenn nicht, um mit dir zusammenzuarbeiten?"

„An mir soll es nicht liegen …"

„Führ mich nicht in Versuchung. Wir sehen uns später." Bob ging aus dem Büro und ließ die Tür offen stehen.

Silver atmete tief durch und versuchte, sich darauf vorzubereiten, das er das Verhör zwar beobachten, aber nicht in seinen Verlauf eingreifen konnte. Wie gerne hätte er den Mann selbst befragt, ihm gegenüber gesessen und in seine Augen gesehen. Rasch trat er auf den Gang hinaus und folgte Bob. Durch das in die Tür eingelassene Fenster des Vernehmungsraumes konnte er einen Blick auf Stacys Liebhaber werfen, der ziemlich nervös wirkte. Kein Wunder, schließlich setzte sich Bob ihm gerade gegenüber, während Johnston an die Wand gelehnt hinter ihm stand. Jeder normale Mensch würde sich dabei wie in die Zange genommen fühlen, erst recht, wenn er im Mittelpunkt einer polizeilichen Untersuchung stand. Kirby hatte den Raum nach Bobs Eintreffen wieder verlassen, wie es bei Vernehmungen ohne Anwalt üblich war, und Bob würde jeden Moment mit der Befragung anfangen, deshalb trat Silver eilig in den daneben liegenden Raum, der mit einer großen Anlage, bestehend aus Monitoren und Reglern ganz wie in einem Tonstudio, sowie einigen Stühlen ausgerüstet war. Leo saß bereits vor einem Monitor und richtete die Kameras aus. Eine zeigte den Mann in Großaufnahme, eine andere den gesamten Raum.

„Hallo." Leo warf ihm nur einen kurzen Blick zu, bevor er sich wieder auf seine Arbeit konzentrierte.

„Haben sie schon angefangen?"

„Nein, nur ein paar Aufwärmübungen. Nimm dir einen Stuhl, es geht gleich los."

Schweigend zog Silver einen Stuhl zurück, sodass er schräg hinter Leo saß. Er wollte ihn nicht bei der Arbeit behindern, gleichzeitig aber auch verhindern, dass Leo seine unmittelbaren Reaktionen beobachten konnte.

„In Ordnung, fangen wir an." Bobs Stimme drang deutlich durch den Lautsprecher. „Das Gespräch wird mitgeschnitten, sowohl zu Ihrem eigenen als auch zu unserem Schutz. Sind Sie damit einverstanden?"

„Ja, natürlich. Aber warum bin ich überhaupt hier? Ihre Kollegen haben mir keinen Grund genannt." Der Mann versuchte ruhig zu klingen, was ihm auch überraschend gut gelang. Seine Frisur saß makellos, die Krawatte passte perfekt zum Anzug. Nur die Haut glänzte unnatürlich, Röte kroch langsam seinen Hals hinauf und seine Finger tippten nervös auf den Tisch.

„Dazu kommen wir gleich. Meine Kollegen haben Ihnen Ihre Rechte vorgelesen und Sie haben alles verstanden?" Auf das Nicken des Mannes fuhr Bob fort. „Wären Sie so nett, uns Ihre Personalien anzugeben?"

Verständnislos blickte er Bob an. „Die haben Sie … oh, ich verstehe. Collin Todd."

„Wo wohnen Sie?"

„In San Francisco, Kingston Road 527."

„Familienstand?"

Todd sah Bob zweifelnd an. „Was tut das zur Sache?"

„Das werden Sie gleich hören. Also?"

„Geschieden, ein Kind." Todd beugte sich vor. „Ich möchte jetzt endlich wissen, was hier los ist. Der Kongress, aus dem Sie mich geholt haben, ist sehr wichtig für meine Karriere."

„Welchen Beruf üben Sie aus?"

„Chirurg." Er bemerkte wohl, wie sich die Detectives einen Blick zuwarfen, denn er ging sofort in die Defensive. „Ist das etwa verboten? Was werfen Sie mir überhaupt vor?"

„Im Moment noch gar nichts, wir wollen nur mit Ihnen reden."

Seine Augen verengten sich. „Vielleicht sollte ich besser meinen Anwalt anrufen."

„Das Recht steht Ihnen zu, aber es ist nicht nötig, ihn extra herzubitten." Bob sah Todd über seine zusammengelegten Finger hinweg an. „Kennen Sie Stacy Muldoon?"

Todds Stirn runzelte sich, dann glättete sie sich wieder. „Stacy, ja natürlich. Ich habe sie gestern Abend im Hotel kennen gelernt. Wirft sie mir irgendetwas vor?"

„Nein, sie ist tot."

Niemand konnte die Blässe, die Todds Gesicht plötzlich überzog, übersehen. Wenn diese Reaktion gespielt war, hatten sie es mit einem äußerst talentierten Schauspieler zu tun.

„Was? Aber … Nein, das …" Todds Gestammel verstummte, seine Hände zitterten deutlich sichtbar. „Sie glauben doch nicht, dass ich etwas damit zu tun habe?“ Er fuhr mit beiden Händen über sein Gesicht. „Unmöglich, ich kann nicht glauben, dass ...“ Sein Adamsapfel hüpfte auf und ab. „Wir haben ...“

„Sie hatten Geschlechtsverkehr miteinander, nicht wahr? Wir haben ein Kondom gefunden und lassen das darin befindliche Sperma gerade untersuchen.“

Todd zuckte zusammen. „Das brauchen Sie nicht, es ist meines. Wir waren beide ungebunden und haben uns einen schönen Abend gemacht, das war alles.“

Bob beugte sich vor. „Sie wussten also nicht, dass sie schwanger war?“

Diesmal schimmerte Todds Haut grünlich. „Schwanger? Nein, es ... war nichts zu sehen und sie hat auch nichts gesagt. Du lieber Himmel!“

So ungern Silver es auch zugab, der Mann tat ihm fast leid. Offensichtlich war er hier völlig außerhalb seines normalen Erfahrungsbereichs. Er würde ihnen nichts sagen können, was ihnen weiterhalf, Stacys Mörder zu finden. Mit fest zusammengepressten Zähnen beobachtete Silver, wie Bob die Fotos aus der Mappe nahm und Todd eines zuschob.

„Ist das die Frau, mit der Sie letzte Nacht zusammen waren?“

Todd warf einen kurzen Blick auf das Foto und nickte dann. Nach seiner Reaktion zu urteilen, war es keine der Tatortaufnahmen gewesen.

„Würden Sie bitte laut und deutlich antworten?“

„Ja, das ist die Frau.“

„Danke. Wann sind Sie gegangen?“

„Ich habe nicht auf die Uhr gesehen, es muss gegen Mitternacht gewesen sein, vielleicht aber auch später.“

Er fuhr mit dem Handrücken über seine Lippen. „Wie ist sie, ich meine...?“

„Sie wurde in ihrem Hotelzimmer ermordet, vermutlich kurz nachdem Sie sie verlassen haben.“

Todd zuckte erneut zusammen. Wahrscheinlich dachte er gerade darüber nach, dass Stacy noch leben könnte, wenn er bei ihr geblieben wäre.

„Haben Sie irgendjemand auf dem Gang gesehen, als Sie auf Ihr Zimmer gegangen sind?“

„Es war noch ein älteres Ehepaar im Fahrstuhl, aber sonst ..., nein, niemand.“

Bob machte eine Notiz auf seinem Zettel und runzelte die Stirn. „Sie sind Chirurg? Was für Operationen führen Sie genau durch?“

Todd verstand offensichtlich nicht, was die Frage mit dem Mord zu tun hatte. „Gefäßchirurgie.“

„Sie können also mit einem Skalpell umgehen, ist das richtig?“

„Ja, natürlich. Worauf wollen Sie hinaus?“

Bob zog ein weiteres Foto heraus und hielt es Todd unter die Nase. „Ich frage, weil in dieser Stadt offensichtlich jemand sehr viel Spaß daran hat, sein Können an wehrlosen Frauen unter Beweis zu stellen.“

Todd machte einen Satz zurück, sein Stuhl schrappte laut quietschend über den Linoleumboden und stürzte dann um. Sofort machte Johnston einen Schritt auf ihn zu. Vermutlich wollte er sicher gehen, dass er niemanden angriff, aber soweit Silver erkennen konnte, hatte der Arzt das auch gar nicht vor. Fassungslos stand er da und starrte auf das Foto von Stacys Leiche, das vor ihm auf dem Tisch lag. In seinem Gesicht arbeitete es, und er sah so aus, als ob er sich jeden Moment übergeben müsste. Silver konnte diese Regung absolut nachvollziehen, schließlich war es ihm ebenso ergangen. Eine Frau, der man nahe gestanden hatte, so zugerichtet zu sehen, war schwer zu ertragen. Und auch wenn Todd nur eine Nacht mit ihr zusammen verbracht hatte, war es dennoch sicher nicht angenehm, seine Erinnerung an Stacy mit diesem Foto übereinzubringen. Auf jeden Fall ließ das Verhalten des Arztes darauf schließen, dass er aller Wahrscheinlichkeit nach nicht der Täter war.

Bob kam wohl zu dem gleichen Ergebnis, denn er winkte Johnston zurück. „Setzen Sie sich wieder, wir sind gleich fertig."

Zögernd kam Todd der Aufforderung nach. Den Handrücken vor den Mund gepresst, saß er einen Moment lang da, die Augen fest geschlossen. Schließlich sah er Bob wieder an, in seinem Blick standen Abscheu und Wut. „Das war völlig unnötig! Wer kann so etwas nur getan haben?"

„Genau das versuchen wir herauszufinden."

„Dann verschwenden Sie Ihre Zeit nicht mit mir, sondern finden Sie diesen Verrückten!"

„Das werden wir, sobald wir mit Ihnen alles geklärt haben." Bob steckte das Foto zurück in seine Mappe und verschränkte seine Hände. „Kannten Sie Stacy schon vorher?"

„Nein, wir haben uns erst im Hotelrestaurant kennen gelernt." Der Arzt verstummte, ein trauriger Ausdruck glitt über sein Gesicht. „Sie ist mir sofort aufgefallen, sie saß alleine an einem Tisch und sah so schön und gleichzeitig so wütend aus. Verzweifelt. Ich hatte sofort den Wunsch, sie kennen zu lernen, also habe ich mich ihr vorgestellt und wir haben zusammen gegessen."

„Über was haben Sie geredet?"

„Über alles Mögliche. Über ihre Arbeit, über meine, unsere Interessen, Familien, Musik, Sport, alles was uns so einfiel. Es war fast …“

„Ja?“

„Als würden wir uns schon viel länger kennen. Wir lagen einfach auf der gleichen Wellenlänge.“

„Hatten Sie vor, sie nach dieser Nacht wiederzusehen?“ Bob lehnte sich gespannt vor.

Todd blickte auf den Tisch. „Ich bin kein Mann für One-Night-Stands, ich hätte Stacy sehr gerne wiedergesehen. Ich habe aber gespürt, dass sie noch nicht für eine ernsthafte Beziehung bereit war, deshalb bin ich gegangen.“ Er zog einen Zettel aus seiner Jacketttasche. „Sie hat mir ihre Telefonnummer gegeben. Ich hätte sie angerufen.“ Seine Mundwinkel zogen sich nach unten. „Ich schätze, die brauche ich jetzt nicht mehr.“ Mit diesen Worten warf er das Papierstück auf den Tisch.

Silver wandte sich ab, er konnte Todds trostlosen Gesichtsausdruck nicht länger ertragen. Er fühlte sich alt und müde. Vielleicht wäre der Arzt der Mann gewesen, der Stacy glücklich hätte machen können, doch anstatt die Zeit mit ihm genießen zu können, lag sie jetzt in der Gerichtsmedizin.

23

Silver hing gerade in einer telefonischen Warteschleife, als Bob wieder an seinen Arbeitsplatz zurückkehrte. Nachdem sein Partner den Eindruck machte, als ob er mit ihm reden wolle, legte Silver rasch den Hörer auf und sah ihn erwartungsvoll an.

„Hast du ihn erkannt?"

„Nein. Stimmen seine Angaben?"

Bob nickte und setzte sich auf die Kante seines Schreibtischs. „Ja, zumindest die, die wir nachprüfen konnten. Was allerdings hinter verschlossenen Türen vorgefallen ist ..." Er zuckte mit den Schultern.

„Wenn er nicht gerade ein begnadeter Schauspieler ist, hat er Stacy tatsächlich gern gehabt."

Bob sah ihn aufmerksam an. „So sah es zumindest aus, ja."

Silver räusperte sich. „Ich wünschte wirklich, sie hätte schon früher einen anderen Mann kennen gelernt, dann wäre das alles nicht passiert."

Bob schwieg eine Weile. „Hinterher weiß man es immer besser. Aber niemand konnte auch nur ahnen, dass so etwas geschehen würde." Er blätterte in seinen Unterlagen. „Es ist wirklich ein verdammter Zufall, dass deine Freundin angegriffen wurde und dass der Mann, mit dem sie zusammen war, auch noch ein Chirurg ist. Ich lasse das Video von Caroline analysieren, vielleicht kann sie uns sagen, ob Todd ein eiskalter Killer ist oder einfach nur zur falschen Zeit am falschen Ort war."

Silver nickte nur. Besser, er hörte einfach stumm zu und nahm dabei so viele Informationen auf, wie nur irgend möglich, bevor sich Bob daran erinnerte, dass er gar nicht mit ihm über den Fall reden durfte.

„Allerdings kam mir seine Reaktion, als er das Foto gesehen hat, echt vor. Sein Gesicht war schneeweiß. Glücklicherweise ist er es als Arzt gewöhnt, Blut zu sehen, sonst hätte er uns bestimmt den Vernehmungsraum vollgekotzt."

Silver verzog den Mund. So wie er den Tatort.

„Kirby und Johnston hören sich ein wenig unter den Kongressteilnehmern um, wenn sie Dr. Todd zurückbringen. Zum Zeitpunkt der anderen Morde war er übrigens nicht in Los Angeles. Er hat Personen benannt, die bezeugen können, dass er sich die ganze Zeit über in San Francisco aufgehalten hat."

Diesmal konnte Silver sich nicht zurückhalten. „Auch nachts?"

Bob zuckte mit den Schultern. „Das behauptet er zumindest. Aber auch das werden wir nachprüfen. Wir haben hier das gleiche Problem wie bei Stuart Killings: Ein Alibi für die anderen Morde, keinerlei nachweisbaren Kontakt zu den anderen Opfern, kein erkennbares Motiv. Es macht einfach keinen Sinn, dass er der Täter sein soll. Verdammt!"

„Hast du die spekulative Berichterstattung in den Zeitungen schon gelesen? Teilweise aberwitzige Geschichten, die von Kannibalen über Außerirdische bis hin zu fanatischen religiösen Geheimbünden gehen."

„Sehr wahrscheinlich, die Theorie." Kopfschüttelnd tastete Bob nach seinem Kugelschreiber. „Debra hat die

Aufgabe bekommen, uns auf dem Laufenden zu halten. Sie ist mit Feuereifer dabei."

Das konnte sich Silver gut vorstellen. Debra war immer gern überall dabei und wusste über alles Bescheid, soweit er das in den letzten Wochen mitbekommen hatte. Sie konnten sicher sein, dass ihr garantiert nichts entgehen würde. „Hat sich etwas Brauchbares unter den Aussagen der Hotelgäste befunden?"

„Nein, bis jetzt leider nicht. Wir haben aber auch noch nicht alle erreichen können." Bob sah Silver bedauernd an. „Ich fürchte, der Täter hat uns wieder einmal ausgetrickst."

In Silver wechselten Enttäuschung und Wut einander ab. „Ich hatte es befürchtet." Schließlich gab er sich einen Ruck und wandte sich wieder seiner Arbeit zu.

„Welchen Fall bearbeitest du gerade?" Bob beugte sich neugierig zu ihm herüber.

„Klingman-Hill."

„Die Jugendbandenschießerei? Eine Schande."

Das war es in der Tat. Zwei Jugendbanden hatten sich auf einem brachliegenden Gelände eine Schießerei geliefert und dabei nicht mitbekommen, dass der kleine Bruder eines der Mitglieder ihnen gefolgt war. Er war ins Schussfeld geraten und auf dem Weg ins Krankenhaus gestorben. Im Nachhinein war es ihnen zwar gelungen, zu rekonstruieren, wer den Schuss abgefeuert hatte, doch der Täter war beim Eintreffen der Polizei geflohen und seitdem nirgends mehr gesehen worden.

„Ja. Ich werde wohl noch einmal mit den anderen Bandenmitgliedern reden, vielleicht ist er inzwischen wieder irgendwo aufgetaucht."

„Du glaubst, sie reden mit dir?"

Entschlossen klappte Silver die Mappe zu. „Das werden sie müssen. Ich bin derzeit nicht in der Stimmung, mir irgendwelchen Mist anzuhören."

„Vielleicht solltest du dich doch lieber beurlauben lassen ..."

„Wag es ja nicht, mich vom Dienst abziehen zu lassen! Ich bin durchaus arbeitsfähig, das weißt du genau."

Bob hob beschwichtigend die Hände. „Ist ja gut, war nur ein Vorschlag."

Silver hatte genug und stand auf. „Ich glaube, ich gehe besser, bevor du noch weitere ähnlich tolle Vorschläge von dir gibst." Er zog sein Jackett über und ging zur Tür.

„Pass auf dich auf, die Gangs können ziemlich hinterhältig sein." Bob warf ihm einen besorgten Blick zu. „Nimm dir noch jemanden mit."

Silver unterdrückte einen Seufzer. „Genau das hatte ich vor." Er öffnete die Tür. „Auch wenn du es nicht glaubst, ich habe schon ein paar Jahre Erfahrung in diesem Job."

„Deshalb prallt an dir noch lange keine Kugel ab. Zumindest nicht unterhalb deines Dickschädels."

Kopfschüttelnd verließ Silver das Büro.

Ein Lächeln breitete sich auf Anas Gesicht aus, als es an der Tür klingelte. Anscheinend war Silver heute unerwartet früh fertig geworden. Wie gut, dass sie das Essen schon vorgekocht hatte. Es war mehr oder weniger eine Beschäftigungstherapie gewesen, die sie sich selbst verordnet hatte, um ihre Gedanken wieder einigermaßen ordnen zu können. Stacys Tod, vor allem aber die Tatsache, dass sie mit Silvers Kind schwanger gewesen war, hatte sie doch mehr aufgewühlt, als sie anfänglich geglaubt hatte. Also war sie gleich nach der Arbeit einkaufen gefahren und hatte dann zu kochen begonnen. Früher hatte sie ihrer Mutter immer gerne dabei zugesehen, wie sie ... Ana verzog den Mund. Nicht jetzt, sie wollte sich den Abend nicht verderben.

Ana ging zur Tür und warf im Vorbeigehen einen Blick in den Spiegel. Fantastisch, sie sah aus, als hätte sie sich im Essen gesuhlt. Hastig entfernte sie einen Soßenrest aus ihrem Mundwinkel, der verdächtig nach Tomate aussah und versuchte, ihren Haaren wenigstens den Anschein einer Frisur zu verleihen. Erneut klingelte es, diesmal begleitet von ungeduldigem Klopfen.

„Ich komme ja schon!" Es passte so gar nicht zu Silver, dermaßen ungeduldig zu sein. Oder sich seine Ungeduld in dieser Art und Weise anmerken zu lassen. Sie sah durch den Spion und seufzte leise. Natürlich passte es nicht zu Silver, zumal er auch nicht derjenige war, der vor ihrer Tür stand. Sie schob den Riegel zurück und öffnete die Tür. „Was tust du denn hier?"

Natalie schob sich an ihr vorbei. „Das ist ja eine nette Begrüßung. Ich dachte, du würdest dich freuen, wenn ich vorbeikomme." Sie hielt eine Flasche Wein hoch. „Ich habe uns auch was Hochprozentiges mitgebracht." Ohne Anas Antwort abzuwarten, betrat sie die Küche. „Hey, du hast ja sogar für uns gekocht! Super, ich habe einen Riesenhunger. Das kleine Restaurant, wo ich während der Arbeit immer hingehe, war heute wegen Krankheit geschlossen. Sehr ärgerlich. Hm, das riecht gut."

Ana verdrehte die Augen und ergab sich in ihr Schicksal. Wenn Natalie sich erst einmal etwas in den Kopf gesetzt hatte, war sie nicht mehr zu stoppen.

„Sag mal, wieso hast du für zwei gekocht und den Tisch gedeckt, wo du doch gar nicht wissen konntest, dass ich komme?"

Ana lief rot an. „Äh ..."

Grinsend hielt ihr Natalie ein Weinglas hin. „Wenn ich dein Gestammel richtig deute, erwartest du heute Herrenbesuch. Jemand, den ich kenne?"

Ana spürte, wie sich die Röte in ihren Wangen vertiefte.

„Sag mit jetzt nicht, dass es sich um den attraktiven Detective handelt?"

Seufzend gab Ana nach. „Silver macht gerade eine schwere Zeit durch, deshalb wollte ich ihn ein wenig verwöhnen."

Natalie warf einen Blick auf den liebevoll gedeckten Tisch. „Das wird dir auf jeden Fall gelingen."

„Das hoffe ich."

Natalie sah sie einen Moment lang an und seufzte dann. „Es hat dich erwischt. Irgendwie bin ich neidisch, ich habe fast vergessen, wie sich das anfühlt."

„Beängstigend."

„Nur wenn man sich nicht traut, Gefühle zuzulassen, weil man Angst hat, verletzt zu werden. Oder den Menschen, den man liebt, zu verlieren."

„Nat ..."

„Okay, ich mische mich nicht ein." Sie wandte sich zur Tür. „Ich werde euch nicht stören."

„Wo willst du hin?"

„Raus?" Natalies Grinsen zeigte deutlich, was sie von der Frage hielt.

Ana zog sie am Ärmel zurück. „Du bleibst schön hier. Du hattest sicher einen Grund, hierherzukommen, also will ich jetzt auch wissen, welchen." Sie wurde ernst. „Außerdem möchte ich, dass du Silver kennen lernst."

Natalie umarmte sie. „Es ist dir ernst, oder? Ich freue mich so für dich."

„Ich denke schon. Er ist einfach ... anders."

Natalie schob sie etwas von sich fort und warf einen sehnsüchtigen Blick auf das Essen. „Ich bin sehr gespannt. Aber wäre es wohl möglich, etwas zu essen zu bekommen, bevor ich zusammenbreche? Dieser leckere Geruch bringt mich fast um."

„Natürlich. Setz' dich, dann bekommst du einen Teller."

So konnte es einfach nicht weitergehen. Die immer kürzeren Abstände führten zu einer ungenauen Planung, und diese wiederum zu Fehlern, die nicht toleriert werden konnten. Sie war nicht nur früher nach Hause gekommen, was den Einbruch viel schwieriger gestalten würde, sondern auch nicht mehr allein. Ihre Stimme war deutlich zu verstehen gewesen, als sie ihre Freundin begrüßt hatte. Zwei Frauen auf einmal, das wäre eine gewisse Herausforderung. Aber nein, das Risiko war nicht kalkulierbar, außerdem würde es zu lange dauern. Alles musste nach Plan verlaufen, sonst war die Gefahr einer Entdeckung viel zu groß. Geduld. Ein großer Teil des Erfolgs bestand aus dem Warten auf den richtigen Moment. Ein Fehler, und alles wäre umsonst. Das durfte nicht passieren. Ein warnendes Prickeln zeigte an, dass sich jemand näherte. Jetzt nur nicht die Nerven verlieren. Ruhig bleiben, sich verstecken. Ein Mann, groß und dunkel. Er öffnete die Haustür und lief ohne zu zögern die Treppe hinauf. Beinahe hätten sie einander berührt, so dicht kam er an dem Versteck vorbei, doch anscheinend hatte er es eilig. Kein Wunder, wenn man wusste, wer oben auf ihn wartete.

Lohnte es sich, noch länger hier zu bleiben, wenn der Detective da war? Vielleicht musste der Plan verschoben werden, doch es würde sicher nicht schaden, noch ein wenig abzuwarten um mitzubekommen, was passierte. Die Freundin war schließlich auch noch oben und musste irgendwann nach Hause fahren. Eine weitere ungemütliche Wache, ähnlich wie beim letzten Mal, stand bevor. Aber solange das Ergebnis ähnlich gut ausfiel, ließ es sich ertragen. Alles andere würde Konsequenzen nach sich ziehen, die weit weniger akzeptabel waren. Geduld. Tief ein- und ausatmen, die Muskeln lockern. Fingerübungen, um die Beweglichkeit und Geschmeidigkeit beizubehalten. Schließlich wurden sie heute noch gebraucht.

Silver versuchte, seine Frustration zurückzudrängen und sich wieder einigermaßen zu beruhigen, während er darauf wartete, dass Ana die Tür öffnete.

Einmal mehr war bei der Befragung nichts herausgekommen. Weder die Familien, noch die anderen Gangmitglieder hatten ihm irgendetwas gesagt, was ihm helfen konnte, den Flüchtigen zu finden. Ein Kind war gestorben, aber das zählte in diesem Milieu anscheinend nicht. Diesmal wollte er Ana jedoch nicht mit seinen Problemen belasten, sie hatte einen schönen Abend verdient, einen, der sich nicht um Gewalt und Tod drehte. Ihr Lachen drang durch die Tür und erfüllte ihn mit Wärme. Unwillkürlich verzog sich sein Mund zu einem Lächeln. Es war erstaunlich, was ein einfaches Lachen von Ana bei ihm auszurichten vermochte. Sein Lächeln vertiefte sich, als die Tür aufgerissen wurde und Ana vor ihm stand. Sie wirkte etwas zerzaust, ihre Wangen waren gerötet, ihre Augen glänzten.

„Da bist du ja."

Ohne dass er es beabsichtigt hatte, trat Silver einen Schritt vor und zog sie in seine Arme. Ihr Kuss war warm und weich und schmeckte nach Wein. „Hallo." Er leckte über seine Lippen. „Gibt es etwas zu feiern?"

Ana lachte erneut. „Meine Freundin ist mit einer Flasche Wein vorbeigekommen."

„Ich wusste nicht, dass du Besuch erwartest, aber es macht nichts, ich kann auch wieder gehen."

„Unsinn, du kommst schön mit." Sie nahm seine Hand und zog ihn in Richtung Wohnzimmer.

„Ich möchte wirklich nicht stören."

„Das tust du nicht, wir haben nämlich schon auf dich gewartet." Damit schob sie ihn in den Raum. „Natalie, das ist Silver. Silver, meine Freundin Natalie."

Natalie betrachtete ihn ausgiebig und lächelte ihm dann entgegen. „Freut mich, ich habe schon viel von dir gehört."

Silver drehte sich zu Ana um. Hatte sie etwa ...? Die Röte in ihren Wangen hatte sich vertieft, sie zuckte mit den Schultern. Silver fühlte sich unbehaglich. Mit Grauen dachte er daran, dass sein Fotoshooting Gesprächsthema der beiden Frauen gewesen sein könnte.

„Ich habe noch nicht so viel von dir gehört, wie du von mir, und bin daher etwas im Nachteil." Er grinste. „Der Wein, den du mitgebracht hast, schmeckt allerdings gut."

Diesmal war Ana diejenige, die zusammenfuhr, während Natalie zu lachen begann. „Es ist noch ein bisschen davon übrig, wenn du willst, ich habe mich zurückgehalten, schließlich muss ich nachher noch nach Hause fahren."

„Ein guter Grund."

„Finde ich auch. Ich hoffe, es stört dich nicht, dass ich deinen Teil des Essens schon etwas reduziert habe, ich hatte nämlich Hunger." Silvers Gesichtsausdruck brachte sie erneut zum Lachen. „War nur ein Scherz, Ana hat so viel gekocht, dass es für eine ganze Kompanie reicht. Außerdem wollte sie unbedingt auf dich warten, weshalb ich auch nur ein paar Bissen abbekommen habe."

Silver gefiel Natalies fröhliche, offene Art, die Ana augenscheinlich sehr guttat. So ruhig und sorglos hatte er sie seit dem ersten Mord nicht mehr gesehen. Er selbst konnte ebenfalls ein wenig von diesem Zaubermittel brauchen. Die beiden Frauen kamen ihm wie Schwestern vor, auch wenn sie völlig unterschiedlich aussahen, Ana etwas kleiner und schlanker, Natalie dagegen sicher an die 1,80 m groß und wesentlich kurviger. Ihre kurzen blonden Haare waren modisch geschnitten und betonten ihre Gesichtszüge. Die Form ihres Mundes war dabei besonders interessant, denn ihre Oberlippe war etwas voller als die Unterlippe und verlieh ihr dadurch ein exotisches Aussehen. Rasch wandte er den Blick ab, als Natalie ihn spöttisch angrinste, weil sie ihn dabei ertappt hatte, wie er sie ausgiebig musterte. Allerdings hatte sie ihn anfangs auch eingehend betrachtet, weshalb er sich weigerte, ein schlechtes Gewissen zu haben.

Er folgte Ana in die Küche und sog genießerisch den Essensduft ein. Sein Magen knurrte bereits vernehmlich, nachdem er wieder einmal den ganzen Tag über vergessen hatte, etwas zu sich zu nehmen. Aber wann hätte er das auch tun sollen? Erst hatte Harris ihn vom Fall abgezogen, nach dem Besuch bei Carl hatte er beim besten Willen nichts heruntergebracht, und dann war Todds Befragung und schließlich der Klingman-Hill Fall dazwischengekommen. Natürlich hätte er sich unterwegs noch etwas kaufen können, aber es war ihm wichtiger gewesen, so schnell wie möglich zu Ana zu fahren. Um sie zu sehen, aber auch um sicherzustellen, dass ihr nichts geschehen war. Bisher hatte der Täter zwar immer erst spät in der Nacht zugeschlagen, aber er konnte seinen Modus Operandi auch ändern, zumal es nun jeden Tag ein wenig früher dunkel wurde.

Als er sich gerade gesättigt zurücklehnte, klingelte sein Handy. Warum musste das nur immer dann sein, wenn es ihm gerade einigermaßen gelungen war, sich ein wenig zu entspannen? Silver entschuldigte sich und trat auf den Flur hinaus, um das Gespräch anzunehmen. Die Telefonnummer kam ihm bekannt vor, obwohl er sie nicht genau zuordnen konnte. „Silver."

„Guten Abend, hier ist Carl. Es tut mir leid, wenn ich dich so spät noch störe, aber ich dachte, du würdest das Ergebnis sicher gleich haben wollen."

Das Ergebnis? Silver erstarrte, als er verstand, was Carl meinte. Der DNA-Test. Es dauerte einen Moment, bis er seine Sprache wiedergefunden hatte. „Ja." Er räusperte sich. „Ja, bitte."

„Die Wahrscheinlichkeit, dass es nicht dein Kind war, ist mehr als gering. Eigentlich nur eine statistische Möglichkeit. Es tut mir leid."

Silvers Beine knickten unter ihm weg und er rutschte langsam an der Wand entlang zu Boden. Warum versetzte ihm die Nachricht nur so einen Schlag? Er hatte doch schon vorher gewusst, dass es sein Kind war. Stacy mochte Fehler gehabt haben, aber sie wäre ihm während ihrer Beziehung niemals untreu gewesen.

„Silver, bist du noch dran?“

„Ja. Ja, danke ... dass du es mir gesagt hast. Es tut mir leid, ich kann nicht ...“

„Ich verstehe. Wir sprechen uns bald.“ Damit unterbrach Carl die Verbindung.

Silver wusste nicht mehr, wie lange er auf dem Boden gesessen hatte, als plötzlich Füße neben ihm auftauchten.

Ana hockte sich neben ihn und legte eine Hand auf seinen Arm. „Was ist passiert? Gibt es einen neuen Mord?“ Sie beantwortete sich ihre Frage selbst. „Nein, denn dann wärst du sicher schon losgefahren.“

Silver hob den Kopf. „Falsch, ich wäre gar nicht erst informiert worden, ich bin seit heute Vormittag aus dem Fall raus.“

„Wieso das? Warum hast du mir nichts davon erzählt?“

Silver lachte bitter auf. „Das ist nichts, womit ich gerne hausieren gehe, außerdem wollte ich euch die Stimmung nicht verderben. Und mir auch nicht. Es war angenehm, eine Weile nicht daran denken zu müssen.“

„Das kann ich gut verstehen. Aber was ist es dann?“ Sanft umfasste Ana seine Wange. „Sag es mir bitte, ich möchte dir helfen.“

„Es war von mir. Carl hat einen DNA-Test durchgeführt.“

Trotz des Halbdunkels im Flur konnte er deutlich sehen, wie sich Anas Augen weiteten. „Du meinst Stacys Kind?“

Silver konnte nur nicken, worauf sich Ana vorlehnte und ihn umarmte. Silver schloss seine brennenden Augen und legte seinen Kopf an ihre Brust. Sanft strich sie ihm über den Rücken. „Ich würde dir so gern helfen, aber ich weiß nicht, wie."

„Ist schon gut, es hilft mir schon, wenn du bei mir bist." Silver hörte, wie belegt seine Stimme klang, aber es war ihm egal. „Ich weiß nicht einmal, warum es mich so sehr trifft, ich wollte nie ein Kind mit Stacy haben, aber ..." Hilflos brach er ab.

Anas Arme schlossen sich fester um ihn. „Du bist einfach ein guter Mensch, Silver, du brauchst mir nichts weiter zu erklären versuchen."

Dem stimmte Silver zwar nicht zu, aber es tat ihm gut, dass Ana ihn so sah. „Danke."

„Was auch immer ihr da tut, ich komme jetzt raus. Ich muss mir dringend die Nase pudern." Natalies Stimme drang aus der Küche zu ihnen heraus.

Ana ließ Silver los und stand hastig auf. Sofort fehlte ihm ihre Nähe und Wärme, mühsam rappelte er sich auf. Natalie warf ihnen nur einen kurzen Blick zu, bevor sie im Bad verschwand. Er musste schlimm aussehen, aber das war im Moment nicht wichtig. Nichts war wichtig, außer, dass Ana sich zu ihm umdrehte und ihn forschend ansah. Ihre Finger schlossen sich um seine Hand.

„Geht es wieder?"

„Ja. Tut mir leid, jetzt habe ich euch den Abend doch noch verdorben."

Ana schüttelte entschieden den Kopf. „So ein Unsinn! Dein Verlust zählt ja wohl tausendmal mehr als ein Abendessen. Das kann man jederzeit wiederholen."

Während ein Kind einzigartig war. Silver versuchte, diesen Gedanken in die hinterste Ecke seines Bewusstseins zu verbannen und es gelang ihm tatsächlich, sich wieder so weit in den Griff zu bekommen, dass er in die Küche zurückkehren konnte, wo sie gemeinsam auf Natalie warteten.

„Ihr könnt hier ruhig weiterreden, ich kann mich währendessen auch ins Schlafzimmer zurückziehen."

„Glaubst du wirklich, ich könnte so tun, als ob alles in Ordnung wäre, wenn ich weiß, dass du leidest? Wohl kaum." Sie holte tief Luft, langsam wurde sie ärgerlich. „Außerdem wird Natalie es verstehen, wenn ich ihr sage, dass ich morgen früh raus muss."

Silver versuchte es noch einmal. „Wirklich, mir macht ..."

„Kein Wort mehr! Wenn du mich nicht in deiner Nähe haben willst, brauchst du es nur zu sagen, ich verstehe es. Aber komm mir nicht mit irgendwelchen blöden Ausflüchten."

Zum ersten Mal seit Carls Anruf fühlte sich das Gewicht, das auf seiner Brust lastete, etwas leichter an. Er zog Ana näher zu sich heran und lehnte seine Stirn gegen die ihre. „Ich möchte dich bei mir haben, mehr als alles andere. War das deutlich genug?"

Ana beruhigte sich wieder. „Ja, ich denke schon und ich bin froh darüber."

Silver berührte sanft ihre Lippen. „Ich weiß nicht, was ich ohne dich ..." Er hörte mitten im Satz auf zu reden, denn Natalie kam wieder in die Küche zurück.

Sie sah aufmerksam vom einen zum anderen und schüttelte schließlich den Kopf. „Ihr braucht nichts zu sagen, ich gehe schon."

Ana hielt Natalie am Arm fest. „Es tut mir leid. Silver hat eine schlechte Nachricht erhalten und ...“

Natalie lächelte sie an. „Kein Problem, es macht mir wirklich nichts. Ich bin höchstens ein wenig neidisch.“

Silver folgte den beiden Frauen in den Flur, wo Natalie in ihre Jacke schlüpfte.

„Rufst du mir noch schnell ein Taxi?“

Kurzentschlossen nahm Silver den Autoschlüssel aus seiner Jackentasche. „Ich fahre dich nach Hause.“

„Das ist wirklich nicht nötig, ich ...“

Ana unterbrach sie. „Lass dich fahren, Natalie, mir zuliebe.“

„Ist ja schon gut, ich weiß, wann ich überstimmt bin.“ Sie umarmte Ana und zwinkerte ihr zu.

„Danke für den Besuch und den Wein. Und versprich mir, dass du bald wiederkommst.“

„Auf jeden Fall.“ Natalie winkte Ana noch einmal zu und lief dann die Treppen hinunter.

Silver drehte sich auf der Türschwelle zu Ana um und zog sie noch einmal kurz an sich. „Schließ hinter mir ab und warte auf mich, okay? Ich bin so schnell wie möglich wieder zurück.“

Er gab ihr noch einen letzten Kuss, dann folgte er Natalie.

Silver war bereits auf dem Rückweg zu Ana, als sein Handy klingelte. Mit einer Hand suchte er nach seinem Telefon, während er mit der anderen den Wagen steuerte. Er hatte keine Ahnung, wer ihn so spät noch anrief und hoffte nur, nicht zu einem weiteren Tatort gerufen zu werden. Auch die Nummer, die im Display erschien, sagte ihm nichts. „Ja, Silver.“

„Hier Sheriff Barnes, Hainesville, Illinois. Tut mir leid, wenn ich Sie so spät noch störe, aber ich dachte, Sie wollen die Nachricht, dass Mary-Lynn Hoffman wieder aufgetaucht ist, sicher umgehend erhalten."

Die Mutter von Delia Hoffman war also zurück. Er hatte schon fast vergessen, dass sie verreist war und er beim zuständigen Sheriffsbüro seine Dienst- und Handynummer hinterlassen hatte, damit er sofort angerufen werden konnte, sobald sie wieder auftauchte. Natürlich war das gewesen, bevor er vom Fall suspendiert worden war. Er wollte Barnes schon sagen, dass er sich an Bob wenden sollte, überlegte es sich dann jedoch anders. „Hat sie ihren Trip inzwischen beendet?"

Ein kurzes Lachen drang durch den Hörer. „Den nach Las Vegas ja. Sie müssen wissen, dass Mary-Lynn immer auf irgendeiner Art von Trip ist, sei es Alkohol, Marihuana oder etwas anderes. Das ist auch der Grund – oder zumindest einer der Gründe, warum Delia von hier weggegangen ist. Sie konnte es nicht länger mit ansehen, sie wollte mehr aus ihrem Leben machen." Er räusperte sich. „Wir haben uns hier alle gefreut als wir hörten, dass sie in Los Angeles einen Studienplatz bekommen hat. Delia war intelligent und talentiert, es ist eine Schande …" Er brach ab und einen Moment lang hörte Silver nur noch seine schweren Atemzüge am anderen Ende der Leitung.

Er lenkte den Blazer an den Bordstein, stellte den Motor ab und nahm Block und Stift zur Hand. „Kannten Sie sie gut?"

„Wir waren zusammen auf der Schule." Wieder ein kurzes Lachen. „Gut, das ist logisch, bei uns in der Gegend gibt es schließlich nur die eine. Delia war ein paar Jahrgänge unter mir, sie war gut mit meiner Schwester befreundet, die im gleichen Alter ist wie sie. Delia war eine tolle Frau, ich mochte sie sehr."

„Es tut mir leid."

Einen Moment herrschte Schweigen. „Danke." Barnes räusperte sich. „Um auf den Grund meines Anrufes zurückzukommen: Ich habe mit Mary-Lynn gesprochen. Sie hat seit Monaten nichts mehr von Delia gehört, der einzige Hinweis, dass sie noch lebte, waren die regelmäßigen Schecks, die sie nach Hause schickte. Ich weiß nicht, wie sie es geschafft hat, sich das teure Studium zu finanzieren und gleichzeitig auch noch ihre Familie zu unterstützen. Das Leben in Los Angeles ist ja sicher nicht allzu billig."

„Nein, das ist es nicht. Sie hat sich zusammen mit einer Mitbewohnerin eine kleine Wohnung geteilt."

„Das passt zu ihr, immer sparsam. Sie wollte, dass es ihre kleine Schwester einmal besser hat, deshalb hat sie Geld geschickt. Aber es blieb natürlich nichts davon übrig, nachdem ihre Mutter zunächst einmal ihre Süchte damit befriedigt hat. Das letzte Mal als sie hier war, gab es einen riesigen Streit, weil sie Nicole, das ist ihre Schwester, mit nach Los Angeles nehmen wollte. Mary-Lynn hat es nicht zugelassen." Ein abschätziges Schnauben. „Sie wusste genau, dass sie dann kein Geld mehr bekommen würde, deshalb hat sie Nici bei sich behalten."

„Eine wahrhaft treusorgende Mutter." Silver zögerte. „Es tut mir leid, Sie danach fragen zu müssen, aber wussten Sie, dass Delia in einer Strip-Bar gearbeitet hat?"

„Nein. Aber wenn, kann ich mir nicht vorstellen, dass sie es ohne Not getan hat. Vermutlich brauchte sie das Geld." Ein gedämpfter Fluch, gefolgt von einem

Geräusch, als wäre etwas zu Boden gefallen, drang durch den Hörer. „Entschuldigung. Wenn ich mir überlege, dass Delia so etwas tun musste und ihre Mutter das von ihr verdiente Geld dann in den Casinos von Las Vegas rausgeschleudert hat… Meinen Sie, der Täter hat sie dort gesehen?“

„Es wäre möglich, aber wir wissen noch nicht, nach welchen Kriterien sich der Täter seine Opfer aussucht.“

„Es gibt mehrere Opfer? Heißt das, Sie haben dort einen Serienkiller am Werk?“

Stacy tauchte wieder vor Silvers innerem Auge auf. Es gelang ihm einfach nicht, die Bilder vom Tatort wieder aus seinem Kopf zu bekommen „Ja. Bisher sind es drei und wir fürchten, dass er schon bald wieder zuschlagen wird. Die Opfer haben nichts miteinander zu tun gehabt und außer ihrem guten Aussehen gibt es keine uns bekannten Gemeinsamkeiten zwischen ihnen.“

„Dann hoffe ich, dass Sie den Mörder bald erwischen. Muss die Leiche noch identifiziert werden? Mary-Lynn wird den Weg nach Los Angeles sicher nicht auf sich nehmen, aber ich könnte …“

„Danke, aber das ist nicht nötig, ihre Mitbewohnerin hat sie bereits identifiziert. Sobald sie von der Gerichtsmedizin freigegeben wird, können die Angehörigen verfügen, was weiterhin mit ihr geschehen soll. Holt sie niemand ab, wird sie eingeäschert und bekommt ein anonymes Grab.“

„Nein, ich werde auf jeden Fall kommen, wenn ihre Mutter nicht dazu bereit ist. Sagen Sie mir bitte Bescheid, wenn es so weit ist.“

„Natürlich, ich werde Ihre Telefonnummer in der Gerichtsmedizin hinterlegen.“

Die Stimme des Sheriffs klang belegt. „Danke. Ich werde Ihnen den Bericht mit der Aussage von Delias Mutter und Schwester gleich faxen. Wenn Sie noch Fragen haben oder persönlich mit ihr sprechen wollen, rufen Sie mich an."

„In Ordnung. Danke für Ihren Anruf."

Nachdem Silver das Gespräch beendet hatte, blieb er noch eine Weile bewegungslos im Auto sitzen. Dann lehnte er seine Stirn an das Lenkrad und schloss die Augen. Ob Delia Hoffman gewusst hatte, dass sie geliebt worden war? So viel Leid und Schmerz und das alles nur wegen der Taten eines Wahnsinnigen. Sie mussten ihn einfach stoppen, bevor er sich ein neues Opfer suchen konnte. Nur wie? Frustriert startete Silver den Motor und machte sich auf den Nachhauseweg.

Ana fuhr aus dem Schlaf hoch, als sie merkte, wie sich die Matratze zuerst unter ihr senkte und dann wieder nach oben hob. Schlaftrunken richtete sie sich auf und starrte in die Dunkelheit. „Silver?"

Keine Antwort. Sie tastete mit der Hand auf seine Seite des Bettes, spürte jedoch nur noch seine Körperwärme am Laken. Er war also gerade noch hier gewesen. Doch warum antwortete er nicht? Hatte er erneut einen Migräneanfall? Rasch warf sie die Bettdecke zur Seite und stand auf. Nachdem Silver von Natalie zurückgekommen war, hatte sie gleich gesehen, dass er gedanklich noch immer mit dem Verlust seines Kindes beschäftigt gewesen war. Was er jetzt brauchte, war jemand, der ihm zuhörte und ihm Wärme und Geborgenheit spendete. Also hatten sie es sich im Bett gemütlich gemacht und Silver hatte sich alles von der Seele geredet, während sie ihn festgehalten hatte.

Irgendwann waren sie dann eng aneinandergeschmiegt eingeschlafen.

Ana stand auf und schlüpfte in ihren Bademantel, während sie auf den Flur hinaus trat. Die Wohnung war dunkel und bis auf das Summen der Klimaanlage war kein Laut zu hören. Ihre nackten Füße verursachten kein Geräusch, als sie den Flur entlangschlich und erst ins Bad, danach in die Küche und schließlich ins Wohnzimmer sah. Dort entdeckte sie Silver zunächst nicht, doch schließlich machte sie seine breitschultrige Gestalt vor dem Fenster aus.

„Was machst du denn hier?"

Silver fuhr zu ihr herum, einen Gegenstand in der Hand. Im Vorbeigehen knipste Ana die Stehlampe an und sah, dass es sein Telefon war.

„Entschuldige, ich wollte dich nicht wecken. Ich habe einen Anruf zu einem Fall bekommen, den ich gerade bearbeite."

„Etwas Wichtiges?" Ana winkte ab. „Natürlich, sonst würde ja niemand mitten in der Nacht anrufen."

„Es geht um eine Bandenschießerei vor einigen Wochen, bei der ein kleiner Junge getötet wurde. Ein Familienmitglied des mutmaßlichen Täters hat mich soeben angerufen und mir gesagt, wo er sich aufhält. Ich muss sofort dorthin, bevor er wieder untertaucht."

„Aber doch wohl nicht allein?" Besorgt legte Ana eine Hand auf seinen Arm.

„Nein, ich treffe mich dort mit einer Einsatzgruppe."

„Gut, dann bin ich beruhigt."

Silver schlang seine Arme um sie und zog sie an sich. „Ich aber nicht. Ich lasse dich nur ungern allein, kann dich aber auch nicht mitnehmen."

„Ich lebe nun schon seit Jahren allein, und mir ist noch nie etwas passiert. Ich habe gute Türschlösser und sollte jemand versuchen, in die Wohnung einzudringen, rufe ich sofort die Polizei. Außerdem wirst du doch nicht ewig wegbleiben, oder?"

„Vermutlich nicht mehr als ein oder zwei Stunden, je nachdem, ob wir ihn finden und er sich freiwillig stellt oder nicht."

„Siehst du, du wirst also bald wieder da sein. Außerdem habe ich deine Handy-Nummer, und wenn etwas ist, werde ich dich anrufen. Verbrechen finden nicht nur tagsüber statt und es ist schließlich dein Job sie aufzuklären. Du kannst nicht ständig bei mir bleiben, um mich zu schützen, wenn dort draußen jemand deine Hilfe braucht oder du die Möglichkeit hast, einen Verbrecher zu schnappen. Ein kleiner Junge wartet darauf, dass Gerechtigkeit geübt wird."

Silver seufzte tief auf. „Ich weiß."

„Mir wird nichts geschehen. Nun fahr schon, bevor dir der Täter noch entwischt."

„Wenn etwas ist ..."

„Melde ich mich."

Silver lächelte leicht. „Genau." Er wurde wieder ernst. „Ana, pass bitte auf dich auf, ich könnte es nicht ertragen, wenn dir etwas geschieht."

Dafür hatte er eindeutig einen Kuss verdient. Ana genoss den kurzen Moment, bevor sie sich wieder von ihm löste. „Geh jetzt." *Und komm schnell wieder.*

Endlich schlief sie, es hatte aber auch lange genug gedauert. Durch die Anwesenheit des Detectives war der Plan ein wenig durcheinandergeraten, aber jetzt war alles wieder im Lot. Der Unterschied würde kaum zu bemerken sein. Die Latexhandschuhe waren angenehm vertraut, genauso wie das Gefühl der nachgebenden Haut beim ersten Schnitt. Trotzdem war es immer wieder ein Reiz, genau an diesen Punkt zu kommen, die glatte nackte Haut enthüllt, die regungslos auf diesen Moment zu warten schien. Das Mittel wirkte schnell, schon nach ein paar Minuten konnte die Arbeit beginnen. Alles musste seine genaue Ordnung haben. Hier einen Zentimeter tiefer, dort ein Stück weiter nach rechts. Perfekt. Es war wunderschön. Elegante, geschwungene Linien in einzigartiger Harmonie. Die Versuchung, das Blut auf seinem Weg über die blasse Haut zu stoppen, war groß, doch das würde nur das Gesamtkunstwerk zerstören. Nein, die Natur würde ihren Weg finden und das Werk vollenden, so wie schon unzählige Male zuvor.

24

Das Klingeln des Telefons ließ Ana erneut hochschrecken. Verwirrt sah sie sich um. Sie saß noch immer in ihrem Sessel, fest in ihre Decke eingewickelt, das Telefon neben sich auf dem Tisch. Der Elektroschocker lag auf dem Boden, er musste heruntergefallen sein, nachdem sie eingeschlafen war. Silvers Warnung hatte sie so nervös gemacht, dass sie beschlossen hatte, wach zu bleiben, bis er zurückkam. Ihr Körper hatte das jedoch offensichtlich anders gesehen und sie war wieder eingeschlafen. Ana nahm das Telefon auf. Wahrscheinlich war es Silver, der sich vergewissern wollte, dass es ihr gut ging. Dann musste sie jedoch unwillkürlich lächeln, als ihr bewusst wurde, dass er sie deshalb nie wecken würde.

„Ja?"

Keine Antwort. Ein leises Rauschen drang durch die Leitung, ein Zeichen dafür, dass jemand am anderen Ende war.

„Hallo? Silver?"

Wieder nur ein ominöses Knistern, dann ein merkwürdiges Stöhnen. Anas Herz klopfte schneller. War das jemand, der sich nur verwählt hatte, oder befand sich ein Perverser am anderen Ende der Leitung? „Entweder Sie melden sich jetzt, oder ich lege auf!"

Wieder ein Stöhnen, diesmal lauter. Okay, das war es, sie würde sich das nicht länger anhören. Sie nahm das

Telefon vom Ohr und wollte die Verbindung gerade unterbrechen, als sie die Rufnummer auf dem Display sah. Es war Natalies Nummer! „Nat, bist du das?“

Ein dumpfes Ächzen, das ihr einen kalten Schauder über den Rücken jagte. „Brauchst du Hilfe? Bist du krank?“ Keine Antwort, nicht das geringste Geräusch. „Natalie! Sprich mit mir!“

Ana sprang auf und rannte in ihr Schlafzimmer, das Telefon immer noch ans Ohr gepresst. „Natalie, hör mir zu. Ich bin auf dem Weg zu dir, okay? Ich bin gleich da.“ Sie schlüpfte aus dem Bademantel und stieg in ihre Jeans. „Kannst du etwas sagen? Nur einen Ton, damit ich weiß, dass du mich noch hörst.“ Nichts. Totenstille am anderen Ende. Mit einem Mal war sich Ana sicher, dass etwas Schreckliches passiert sein musste.! „Ich muss jetzt auflegen, aber ich bin gleich bei dir.“ Es war ihr nicht wohl dabei, die Telefonverbindung zu Natalie zu kappen, aber es musste sein, wenn sie ihr helfen wollte.

Nach kurzem Überlegen wählte sie den Notruf. Vielleicht war Natalie ja auch nur betrunken, doch sie wollte das Risiko nicht eingehen, dass ihre Freundin vielleicht verletzt war und nicht schnell genug Hilfe bekam.

„Hier ist die Notrufzentrale. Wie kann ich Ihnen helfen?“

„Mein Name ist A. J. Terrence. Ich habe soeben einen merkwürdigen Anruf von meiner Freundin bekommen und vermute, dass irgendetwas nicht in Ordnung ist. Sie hat nur gestöhnt ...“

„Sie wissen also nicht, was passiert ist?“

„Nein. Sie war vor wenigen Stunden noch bei mir, und da ging es ihr noch gut. Sie hat ein wenig Wein getrunken, mein Freund hat sie nach Hause gefahren.“

„Wo wohnt Ihre Freundin?“

„1563 Columbus Avenue. Ihr Name ist Natalie Brennan.“

Einen Moment herrschte Stille in der Leitung. „Tut mir leid, wir haben eine Massenkarambolage auf dem Highway und haben derzeit keinen freien Krankenwagen, den wir erübrigen können, ohne zu wissen, ob überhaupt einer benötigt wird. Ich schlage daher vor, dass Sie selbst erst einmal zu ihr fahren und sich dann wieder melden, sollte ihre Freundin wirklich Hilfe brauchen.“

„Aber ...“

„Sonst müssen Sie so lange warten, bis wieder ein Wagen zur Verfügung steht. Ich schicke einen zu der angegebenen Adresse so schnell es geht.“

„Nein ... nein, ich habe einen Schlüssel, ich fahre zu ihr und sehe nach. Danke.“ Langsam legte Ana das Telefon zur Seite. Angst um Natalie schnürte ihr die Kehle zu. Auch wenn sie Silver ursprünglich versprochen hatte, das Haus nicht zu verlassen, konnte sie ihre Freundin jetzt nicht im Stich lassen.

Ana fand ihr Handy auf der Kommode, steckte es ein und stürzte auf den Flur. Sie griff sich ihre Jacke und den Autoschlüssel und war bereits fast aus der Tür, als sie sich an den Elektroschocker erinnerte. Damit würde sie sich zumindest etwas sicherer fühlen, auch wenn es vermutlich nur eine Illusion war, sich damit gegen einen möglichen Angreifer verteidigen zu können. Aber sie hatte ja keinen weiten Weg zurückzulegen, außerdem würde sie Silver anrufen, sowie sie im Auto saß. Den Schocker fest in der Hand, trat sie schließlich aus der Wohnung und schloss die Tür hinter sich ab. Sie lauschte einen

Moment, im Treppenhaus war alles still, zu still für ihren Geschmack.

Ana hastete die Treppe hinunter, verfehlte eine Stufe und fiel hart auf die Knie. Der Elektroschocker rutschte aus ihrer Hand und polterte einige Stufen hinunter. Mit zusammengepressten Zähnen zog sich Ana am Geländer hoch und rieb über ihr pochendes Knie. Vorsichtig testete sie, ob sie aufstehen konnte und atmete erleichtert auf, als sie ihr Bein problemlos belasten konnte. Jetzt brauchte sie nur noch den Elektroschocker ... Ihre Finger schlossen sich gerade um das Gerät, als ein oder zwei Stockwerke unter ihr eine Treppenstufe knarrte. Ana erstarrte. War etwa noch jemand außer ihr im Treppenhaus? Aber warum hörte sie dann keine Schritte? Egal wer oder was es auch immer war, sie konnte jetzt nicht warten, bis sich das Geräusch aufklärte, Natalie brauchte ihre Hilfe. Den Elektroschocker fest in der Hand humpelte sie weiter die Treppe hinab. Schließlich kam sie unten vor der Haustür an, ohne jemanden getroffen zu haben. Vielleicht hatte sich nur ein Nachbar über den Lärm im Treppenhaus gewundert und war aus seiner Tür getreten, um nachzuschauen. Anders konnte sie sich das Knarren nicht erklären.

Glücklicherweise hatte sie diesen Abend noch einen Parkplatz direkt vor ihrer Haustür gefunden, so dass sie nicht auch noch durch die nächtlichen, verlassenen Straßen laufen musste. Sie atmete erleichtert auf, als sie endlich im Auto saß und sämtliche Türen verriegelt waren. Ihre Hand zitterte, als sie den Schlüssel ins Zündschloss steckte und herumdrehte. Ana lenkte den Wagen auf die Straße und fuhr so schnell es ging zu Natalies Wohnung. In der Hauptverkehrszeit brauchte sie für diese Strecke immer ziemlich lange, doch jetzt mitten in der Nacht, bei nur spärlichem Verkehr, würde sie die Strecke wesentlich schneller schaffen. Während sie an einer roten Ampel anhielt, holte sie ihr Handy heraus und wählte Silvers Nummer. Ungeduldig lauschte sie dem Freiton. Geh dran, bat sie im Stillen, hörte jedoch nach einer Weile nur eine Frauenstimme, die sie aufforderte, eine Nachricht auf der Mailbox zu hinterlassen.

„Hier ist Ana. Ich habe einen merkwürdigen Anruf von Natalie bekommen, sie scheint in Schwierigkeiten zu sein. Ich bin gerade auf dem Weg zu ihr. Wenn du diese Nachricht hörst, ruf mich bitte an." Ana beendete die Verbindung und steckte das Handy wieder in ihre Jackentasche zurück. Verdammt, was sollte sie nur tun? Wie gern hätte sie Silver in diesem Moment bei sich gehabt, oder zumindest mit ihm gesprochen. Doch das war jetzt zweitrangig, zuerst musste sie herausfinden, was mit Natalie los war. Unruhig trommelte sie mit den Fingern auf das Lenkrad und atmete erleichtert auf, als die Ampel endlich Grün zeigte.

Wenige Minuten später parkte sie vor dem dreigeschossigen Mehrfamilienhaus, in dem Natalie lebte. Ana sprang aus dem Wagen, warf die Tür hinter sich zu und drückte blind auf den Knopf für die Zentralverriegelung, während sie bereits zur Haustür sprintete. Sie hatte das Gefühl, dass jede Sekunde zählte, deshalb klingelte sie gar nicht erst, sondern zog gleich den Zweitschlüssel heraus, den sie stets an ihrem Schlüsselbund hatte. Vor einigen Jahren hatten sie ihre Schlüssel getauscht, um im Notfall oder während eines Urlaubs jederzeit in die Wohnung der anderen zu können. Und dies war eindeutig ein Notfall. Gott, sie mochte sich nicht vorstellen, was Natalie zugestoßen sein konnte. War ihr etwa vom Wein schwindelig geworden, so dass sie gestürzt war? Oder hatte sie sich anderweitig schwer verletzt?

Trotz ihres schmerzenden Knies rannte Ana, immer zwei Stufen auf einmal nehmend, die Treppe hinauf, bis sie atemlos vor Natalies Wohnungstür ankam. Erst beim dritten Versuch gelang es ihr, den Schlüssel ins Schlüsselloch einzuführen und ihn herumzudrehen. Seltsam, die Tür war nur ins Schloss gezogen worden und nicht abgeschlossen und verriegelt, wie Natalie es sonst immer zu tun pflegte. Vorsichtig schob Ana die Tür auf und blickte in den dunklen Flur. Irgendetwas stimmte hier ganz und gar nicht, ein Schauer kroch über ihren Rücken, Gänsehaut überzog ihre Arme. Den Elektroschocker vor sich haltend, tastete sie mit der anderen Hand nach dem Lichtschalter. Die Deckenlampe flammte auf und tauchte den Flur in helles Licht. Es sah aus wie immer, alles schien an seinem Platz zu sein. Langsam trat Ana in die Wohnung und bewegte sich vorsichtig den Flur entlang in Richtung der anderen Zimmer.

„Natalie?“ Obwohl sie beinahe flüsterte, kam ihr der Ruf in der Stille der Wohnung unnatürlich laut vor.

Ein Blick ins Schlafzimmer zeigte ihr ein zerwühltes Bett und die übliche Unordnung, aber nichts Außergewöhnliches. Natalie war also anscheinend bereits im Bett gewesen und dann noch einmal aufgestanden. Im Bad befand sie sich ebenfalls nicht, genauso wenig wie in der Küche. Die hohen Glastüren zum Wohnzimmer waren geschlossen. Erneut sandte ihr Unterbewusstsein eine Warnung. Normalerweise ließ Natalie die Türen immer offen stehen, weil sie sich sonst eingeschlossen vorkam. Ana wischte sich die schweißnasse Hand an ihrer Hose ab, damit sie den Elektroschocker wieder sicher halten konnte. Nur Mut, es war nur ein Zimmer. Egal, was darin auf sie wartete, sie würde damit fertig werden. Sie holte noch einmal tief Luft und legte ihre Hand auf die Türklinke. Eins – zwei – ... Mit Schwung stieß sie die Tür auf, trat einen Schritt vor und erstarrte.

Der Geruch traf sie als Erstes, sie kannte ihn nicht erst, seitdem sie als Polizeifotografin arbeitete. Ihre Finger zitterten, als sie den Lichtschalter betätigte. Licht flammte auf. Als wäre einer ihrer Albträume wahr geworden, befand sie sich wieder an einem Tatort. Blut bedeckte den hellen Parkettboden, viel Blut. Die ungleichmäßige Spur verschwand hinter einem Wandvorsprung, der das Aufladegerät fürs Telefon verdeckte. Angespannt zwang sich Ana dazu, dem Blut zu folgen. Als sie um den Vorsprung bog und den ersten Blick auf Natalies Körper warf, vergaß sie jedoch jede weitere Vorsicht.

„Natalie!“ Sie eilte zu ihrer Freundin und warf sich neben ihr auf die Knie.

Ihr nackter Körper war mit stark blutenden Schnitten verunstaltet. Wie schon bei den anderen Opfern des Serienmörders waren sie präzise, einem Muster folgend, angeordnet und reichten von den Oberschenkeln bis hinauf zum Kopf. Natalie lag auf der Seite, das Gesicht von einem ihrer Arme verdeckt, neben ihr lag das Telefon, aus dem ein Besetztzeichen drang. Zögernd berührte Ana ihre Freundin an der Schulter. Ihre Haut war kühl und schweißbedeckt. Sachte drehte Ana Natalie auf den Rücken und konnte einen Laut des Entsetzens nicht unterdrücken. Auch über das ganze Gesicht und den gesamten Oberkörper zogen sich Schnitte, doch diesmal waren nicht die Ohren oder Brüste entfernt worden, sondern die Lippen. Völlig fassungslos starrte Ana auf die entsetzliche Wunde hinab

„He...hnn."

Erschrocken zuckte Ana zusammen, als Natalie zu sprechen versuchte. Sie lebte! Warum hatte sie nur nicht sofort nach ihrem Puls gefühlt? „Ich bin hier, Nat. Ich kümmere mich um dich." Sie wusste, dass sie die Blutungen unbedingt zum Stoppen bringen musste, sonst würde Natalie sterben. Die Wunden waren zu lang und zu tief, und vor allem waren es zu viele, um sie mit einfachem Verbandszeug stillen zu können. Deshalb riss Ana einen Vorhang von einem der Fenster und wickelte ihn fest um Beine und Oberkörper ihrer Freundin. „Bleib ganz ruhig, ich rufe einen Krankenwagen."

„...eg?" Natalies Worte waren nicht zu verstehen.

„Versuch, nicht zu sprechen. Es wird alles gut." Ana zog ihr Handy heraus und fluchte, als es ihr aus den vor Blut glitschigen Fingern rutschte. Beim zweiten Versuch schaffte sie es jedoch, den Polizeinotruf zu wählen. Sie legte Natalie eine Hand auf die Schulter. „Ich komme gleich zurück", erklärte sie und lief rasch ins Bad.

„Hier ist die Notrufzentrale. Wie kann ich Ihnen helfen?"

„Terrence. Ich habe vorhin schon angerufen. Meine Freundin wurde in ihrer Wohnung angegriffen und ist schwer verletzt. Sie blutet sehr stark."

„Name und Adresse Ihrer Freundin?"

„Natalie Brennan. 1563 Columbus Avenue."

„Ah ja, ich habe den Vermerk gefunden."

„Bitte beeilen Sie sich, sie hat schon zu viel Blut verloren."

„Ein Krankenwagen ist schon unterwegs. Ist der Täter noch am Tatort?"

Ana sah sich unruhig um. „N...ein, ich glaube nicht."

„In Ordnung. Schließen Sie sich ein und öffnen Sie die Tür nur der Polizei, haben Sie verstanden?"

„Ja. Könnten Sie bitte auch Detective Bob Payton vom LAPD verständigen? Er bearbeitet den Fall."

„Der Überfall hängt mit einem anderen Verbrechen zusammen?"

„Hören Sie, ich kann Ihnen das jetzt nicht alles erklären, ich muss mich wieder um meine Freundin kümmern."

„Warten ..."

Aber Ana beendete das Gespräch, suchte Verbandszeug und einige Handtücher heraus und lief dann zu Natalie zurück. „Okay, ich habe alles. Der Krankenwagen wird gleich hier sein."

Ana erschrak, als sie sah, dass Natalies Augen jetzt geöffnet waren und bewegungslos zur Decke starrten. Im ersten Moment befürchtete sie schon, dass ihre Freundin tot wäre, doch dann entdeckte sie die Tränen, die ihr seitlich aus den Augenwinkeln herabliefen. Anas Magen zog sich zusammen, sie vermochte sich nicht vorzustellen, was Natalie erlebt hatte und welche Schmerzen sie haben musste. Rasch beugte sie sich vor, sodass sich ihr Gesicht dicht über dem Natalies befand. „Halt noch ein bisschen durch. Ich bin bei dir." Es war schwer, dabei nicht auf ihren zerstörten Mund zu sehen, sondern sich nur auf ihre Augen zu konzentrieren.

„L...a...s ...ich ster...gen.“ Natalies Worte waren überraschend klar artikuliert und mussten sie viel Kraft kosten. Die Verzweiflung, die dabei in ihren Augen stand, war nicht zu übersehen.

Ana begann, das Verbandsmaterial um die Wunden zu wickeln. Doch sie hatte nach wie vor viel zu wenig davon, um den Blutfluss wirkungsvoll eindämmen zu können. „Sprich bitte nicht mehr. Ich werde dich nicht sterben lassen, das verspreche ich dir.“ Bevor sie noch mehr sagen konnte, klingelte ihr Handy. Vor lauter Schreck zuckte sie zurück und konnte gerade noch verhindern, dass sie gegen die Telefonkonsole stieß. Ihre bebenden Hände konnten das Telefon kaum halten, als sie es ans Ohr presste. „Ja?“

Rauschen drang durch die Leitung, dann ein Fluch und schließlich Silvers Stimme. „Ana, hörst du mich? Wir sind hier direkt am Highway. Ich habe deine Nachricht bekommen. Was denkst du dir nur dabei, nachts in der Gegend herumzufahren? Es könnte dir sonst was dabei passieren!“

Tränen liefen Ana über das Gesicht, sie presste die Hand vor den Mund, um das Schluchzen, das ihr in die Kehle stieg, zu unterdrücken. „Ich bin hier bei Natalie. Sie ...“ Ana unterbrach sich, als ihr bewusst wurde, dass Natalie jedes Wort mithörte. „Er war hier und hat sie verletzt. Ich habe einen Krankenwagen gerufen, er wird sicher jeden Moment kommen.“

„Ich verstehe nur jedes zweite Wort. Was ist passiert?“

„Komm hierher, so schnell wie möglich.“

Silver schien die Dringlichkeit in ihrer Stimme zu hören, denn er fragte nicht weiter nach. „Ich bin gleich bei dir.“ Er schwieg kurz. „Geht es dir gut?“

„J...ja.“ Nein, es ging ihr gar nicht gut, aber immer noch wesentlich besser als Natalie.

„In Ordnung. Wir sehen uns gleich.“

Ana legte das Telefon zur Seite und beugte sich wieder über Natalie. „Das war Silver, er kommt hierher. Er wird die ganze Sache in die Hand nehmen.“ Ana versuchte ein Lächeln. „Das kann er gut, ich fühle mich derzeit nämlich etwas überfordert.“

„Nicht ...eg.“

Ana schob ein gefaltetes Handtuch unter Natalies Kopf. „Keine Angst, ich werde die ganze Zeit bei dir bleiben.“ Vorsichtig wischte sie Blut von Natalies Wange und befestigte dann ein weiteres Wundtuch über einem Schnitt. Hoffentlich kam der Krankenwagen bald, denn die Decke hatte die Blutungen nur geringfügig stoppen können, überall breiteten sich rote Flecken auf ihr aus. Sie wählte die zwei größten Wunden aus und presste Handtücher darauf.

In der Ferne war das Geräusch einer Sirene zu hören, dicht gefolgt von einer zweiten. Gott sei Dank, endlich! Mit der Schulter wischte sich Ana die Tränenspuren von ihrer Wange, während sie weiterhin versuchte, Natalie bei Bewusstsein zu halten. „Hörst du das? Der Krankenwagen wird gleich da sein. Die Sanitäter werden mehr für dich tun können als ich.“ Vor allem wissen sie bei weitem besser, was sie zu tun haben. Ana schüttelte den Gedanken ab. Niemand hätte unter diesen Umständen mehr vermocht. Die Sirenen wurden lauter und verstummten schließlich, als der Notarztwagen endlich vor dem Haus angekommen war.

„Ich muss die Haustür öffnen. Halte bitte so lange durch, ja? Ich bin sofort wieder da.“ Ana rappelte sich mühsam hoch und lief rasch zur Tür, um den Summer zu betätigen. Als unten die Haustür aufgestoßen wurde, beugte sie sich ins Treppenhaus.

„Hier im Obergeschoss! Beeilen Sie sich!“

Ana ließ die Wohnungstür offen stehen und kehrte zu Natalie zurück. „Da bin ich wieder. Gleich ...“ Sie erschrak, als sie sah, dass ihre Freundin die Augen geschlossen hatte. „Nat?“ Langsam ging sie neben ihr in die Knie und legte zögernd ihre Hand auf Natalies Brustkorb. Nichts. Oh Gott, sie durfte nicht tot sein! Nicht so kurz bevor die Rettung kam. „Bitte Natalie, du musst durchhalten.“ Ihre Stimme war kaum mehr als ein Flüstern.

„Hallo?“ Der Ruf hallte durch die Wohnung und ließ Ana erschreckt zusammenzucken.

Hastig stand sie auf. „Hier hinten im Wohnzimmer, kommen Sie schnell, ich glaube, sie atmet nicht mehr!“

Schon Sekunden später tauchte der Notarzt auf, dicht gefolgt von einem Streifenpolizisten. „Wo ist die Verletzte?“

„Hier in der Ecke.“ Ana trat zur Seite, um Platz zu machen und sah zu, wie der Arzt sich sofort an die Arbeit machte. „Sie hat bis eben noch geatmet. Bitte ...“

Der Polizist nahm sie sanft am Arm und führte sie zu einem Sessel. „Setzen Sie sich, wir werden alles tun, um ihr zu helfen. Kann ich Ihnen ein paar Fragen stellen?“

Ana wandte ihren Blick kurz von Natalie ab. „Ja, natürlich.“ Der Arzt hatte die Decke gelöst und begutachtete nun die zahllosen Wunden. Sie erkannte deutlich, wie er erbleichte. Dann beugte er sich vor und verdeckte Ana damit jede weitere Sicht auf ihre Freundin. Was tat er da?

„Miss?"

Erst jetzt bemerkte Ana, dass der Polizist mit ihr sprach. „Ja?"

„Würden Sie mir Ihren Namen sagen?"

„A. J. Terrence. Ich arbeite als freie Fotografin für das LAPD. Ist Bob Payton schon unterwegs?"

„Wer?"

„Detective Payton, LAPD. Er ist für diesen Fall zuständig." Aus den Augenwinkeln heraus nahm Ana wahr, dass Natalie eine Atemmaske angelegt wurde und sie eine Infusion in den Arm erhielt. Das konnte doch nur bedeuten, dass sie noch lebte? Ana sprang auf und sprach den Arzt an. „Wie geht es ihr?"

Sein ernster Blick sprach Bände. „Sie ist sehr schwach und braucht sofort eine Bluttransfusion." Er stand auf und gab den Sanitätern ein Zeichen, die Trage hereinzubringen. Erst jetzt sah Ana, dass sich neben dem Personal des Krankenwagens auch noch weitere Streifenpolizisten in der Wohnung aufhielten. Der Arzt berührte ihre Schulter. „Wir werden alles tun, was in unserer Macht steht. Wir fahren ins Wellington, das ist am Nächsten."

Ana spürte, wie ihr erneut Tränen in die Augen stiegen. „Danke." Sie sah zu wie der Arzt damit begann, Druckverbände an den größten Wunden anzubringen, um die Blutungen zu stoppen. Ein Sanitäter beatmete Natalie weiterhin über die Atemmaske, während ein anderer eine zweite Infusion legte. Sie hörte, dass der Polizist hinter ihr etwas sagte, war aber nicht mehr in der Lage, den Sinn seiner Worte aufzunehmen. Wie gebannt hing ihr Blick an Natalie und den Menschen, die um ihr Leben kämpften. Wenn sie doch nur irgendwie helfen könnte! Sie kam sich so hilflos vor, unfähig, ihrer

Freundin zu helfen. Sie zu retten. Ana schlang die Arme um ihren Oberkörper, um auf diese Weise ihr Zittern unter Kontrolle zu bringen.

Erschrocken wirbelte sie herum, als sich plötzlich eine Hand auf ihre Schulter legte. Silver! Endlich! Instinktiv drängte sie sich ihm entgegen und vergrub ihr Gesicht an seiner Brust. All die Gefühle, die sie bislang unterdrückt hatte, brachen sich nun Bahn. Silvers warme Hand auf ihrem Rücken, seine Finger, die ihr zärtlich über den Kopf strichen, seine geflüsterten, beruhigenden Worte, ließen den Damm brechen. Schließlich zwang sie sich, ihre Gefühle wieder unter Kontrolle zu bringen und sah Silver an. Ein Muskel zuckte in seiner Wange, während er über ihren Kopf hinweg die Arbeit der Ärzte beobachtete.

„L...lebt sie noch?“

Silver senkte seinen Blick. „Ja. Sie ist in guten Händen.“ Besorgt musterte er sie. „Wie geht es dir? Bist du verletzt?“

„Nein, ich ...“ Sie sah an sich hinunter und verstummte. Sie war über und über mit Blut beschmiert, kein Wunder, dass Silver dachte, sie wäre verletzt. „Das ist von Natalie. Es tut mir leid, ich hätte dich nicht umarmen sollen.“

Silver zog sie wieder in seine Arme und drückte sie fest an sich. Sein Herz hämmerte unter ihrem Ohr. „So ein Unsinn! Das ist doch gar nicht wichtig. Wichtig ist allein, dass es dir gut geht, und dass Natalie durchkommt.“ Sachte schob er sie in Richtung eines Sessels und bestand darauf, dass sie sich setzte. „Warte hier, ich muss kurz etwas klären. Ich bin gleich wieder bei dir.“ Er drückte noch einmal ihre Hand und ging dann zu dem Arzt hinüber.

Anas Blick saugte sich an seinem Rücken fest, während er mit dem Arzt sprach. Sie beobachtete, wie er sich zu Natalie hinunterbeugte und etwas zu ihr zu sagte, dann richtete er sich wieder auf. Der Ausdruck, der dabei auf seinem Gesicht lag, erschreckte sie zutiefst. Wut, Trauer und Schmerz waren darin zu lesen, aber auch noch ein anderes Gefühl, das diese überdeckte: Das Gefühl von Schuld. Sie wollte zu ihm gehen und ihn trösten, ihm sagen, dass es nicht seine Schuld war, doch er drehte ihr schon wieder den Rücken zu. Der Arzt nickte und gab den Sanitätern ein Zeichen, Natalie auf die Trage zu heben und sie hinauszubringen. Ana erhob sich, um ihnen zu folgen, doch in diesem Moment kam Bob durch die Tür. Er warf einen Blick auf die Trage und verzog das Gesicht. Als er sie mitten im Zimmer stehen sah, erbleichte er und eilte auf sie zu.

„A. J., was tust du hier? Wer ...?“ Er brach ab und starrte Silver an, der ihm in den Weg trat. „Okay, was ist hier los? Ich habe von der Zentrale einen Anruf bekommen, dass der Serienmörder hier erneut zugeschlagen haben soll. Was machst du hier, Silver? Du bist nicht mehr an dem Fall dran, hast du das vergessen?“ Er senkte die Stimme, doch Ana konnte ihn trotzdem hören. „Und warum, zum Teufel, ziehst du A. J. da mit hinein?“

Wütend trat Ana vor Silver, der keinerlei Anstalten machte, sich zu verteidigen. „Ich habe ihn da mit hineingezogen, nicht andersherum. Dieses Opfer, für das du so viel Mitgefühl zeigst, ist zufällig meine beste Freundin. Ich habe heute Nacht einen Anruf von ihr erhalten und bin hierhergekommen, um ihr zu helfen. Ich habe sie halb tot vorgefunden, den Notruf verständigt und darum gebeten, dass sie dich benachrichtigen sollen. Danach habe ich erst mit Silver telefoniert. Er wusste gar nichts davon."

Silver legte seine Hand auf ihre Schulter. „Ist schon gut, Ana, ich kann mich selber verteidigen, wenn ich das für nötig halte."

„Aber ich finde es nicht richtig ..."

„Ana, bitte."

Wütend drehte Ana sich zu ihm um. „Gut, wenn ihr hier eure Spielchen treiben wollt, macht das. Ich fahre zum Krankenhaus, Natalie braucht mich." Sie hob ihr Handy und den Elektroschocker auf und kontrollierte, ob der Autoschlüssel noch in ihrer Jackentasche war. Erst an der Wohnungstür fiel ihr auf, dass Silver ihr folgte. „Was ist?"

„Du glaubst doch wohl nicht, dass ich dich alleine irgendwohin fahren lasse? Ich bin hier, um dir zu helfen, nicht wegen des Falls." Er warf Bob einen verächtlichen Blick zu. „Du weißt, wo du uns findest, wenn du eine Aussage brauchst." Damit verließ er die Wohnung, ohne noch ein weiteres Wort zu verlieren.

25

Zum wahrscheinlich tausendsten Mal trat Ana aus dem Wartezimmer auf den Krankenhausflur hinaus und betrachtete die geschlossenen Flügeltüren zum OP-Bereich. Silver hatte es aufgegeben, ihr zu folgen und ihr zu sagen, dass sie benachrichtigt werden würden, sobald Natalie die Operation überstanden hatte – oder auch nicht. Aber Ana hatte sich dadurch nicht beruhigen lassen, wahrscheinlich brauchte sie das Gefühl, irgendetwas zu tun, um nicht völlig zusammenzubrechen. Er konnte das durchaus nachvollziehen, doch es tat ihm weh, sie so zu sehen und ihr nicht helfen zu können.

Nachdem sie Natalies Wohnung verlassen hatten, hatte er Ana den Autoschlüssel aus der Hand genommen und sie zu seinem Blazer geführt. Noch immer unter Schock, war sie ihm widerstandslos gefolgt. Ein Schauder lief über seinen Rücken. Die Vorstellung, dass es genauso gut auch Ana hätte sein können, die so in ihrer Wohnung lag, ließ Panik in ihm aufsteigen. Noch nie in seinem Leben hatte er solche Angst verspürt, einen Menschen zu verlieren.

Ruckartig drehte er sich um und ging mit langen Schritten zur Tür. Hier im Krankenhaus konnte ihr wohl kaum etwas geschehen, aber er fühlte sich trotzdem wohler, wenn er sie in seiner Nähe wusste. Ana lehnte an einer Wand, die Augen geschlossen, die Arme um ihren Oberkörper geschlungen und etwas in seiner

Brust zog sich schmerzhaft zusammen, als er ihr bleiches Gesicht und die gerötete Haut um ihre Augen sah. Die hellgrüne Krankenhauskleidung, die ihr jemand gegeben hatte, damit sie ihre blutverschmierten Sachen ausziehen konnte, ließ sie noch elender aussehen. Aber immerhin war sie nicht mehr von oben bis unten mit Blut bedeckt. Als er in Natalies Wohnung gekommen war und sie so gesehen hatte, war ihm vor lauter Schreck beinahe das Herz stehen geblieben, weil er im ersten Moment geglaubt hatte, es wäre ihres.

„Komm, setzen wir uns."

Ana schreckte hoch, als er sie ansprach. Ihre Lider hoben sich und sie brauchte einen Moment, bis sie ihn fokussiert hatte. Es stand so viel Elend und Angst in ihren Augen, dass er nichts weiter sagte, sondern ihr nur seine Hand entgegenhielt und erleichtert aufatmete, als sie sie ergriff und ihm zurück ins Wartezimmer folgte. Der karg ausgestattete Raum bot keinerlei Ablenkung, aber vermutlich war jeder, der hier wartete, sowieso völlig von seinen Gedanken und Ängsten in Beschlag genommen und achtete nicht weiter darauf. Silver setzte sich auf einen Plastikstuhl in der Ecke des Raumes, von dem aus er den besten Überblick hatte und zog Ana auf seinen Schoß. Ein leiser Protestlaut entkam ihr, doch dann schmiegte sie sich dichter an ihn und vergrub ihr Gesicht an seiner Schulter. Als er spürte, wie sie zu weinen begann, schloss er gequält die Augen. Was hätte er in diesem Moment dafür gegeben, das Geschehene rückgängig machen oder ihr zumindest helfen zu können. Er hasste es, sich so hilflos zu fühlen, so nutzlos.

War es nicht seine Pflicht, Verbrecher zu fassen und zu verhindern, dass genau so etwas geschah? Doch seinetwegen war Natalie überhaupt erst ins Visier des Mörders geraten. Ebenso wie Stacy und höchstwahrscheinlich auch Ana. So gern er diese Verbindung auch ausgeblendet hätte, ließ sie sich doch nicht länger übersehen. Die ersten Opfer hatte der Täter noch nach einem ihnen unbekannten Schema ausgesucht, danach war er jedoch eindeutig auf Frauen umgeschwenkt, die sich in Silvers unmittelbarem Umkreis befanden. Erst Stacy, die er vermutlich am Tatort gesehen hatte und jetzt Natalie, Anas Freundin. Es wäre zu viel des Zufalls, wenn die beiden Opfer völlig unabhängig von ihm und den laufenden Ermittlungen ausgesucht worden wären. Hatte er Natalies Schicksal etwa damit besiegelt, dass er sie nach Hause gefahren hatte? Er wünschte sich so sehr, mit seiner Annahme falsch zu liegen.

Er sah auf, als sich auf dem Gang Schritte näherten. Ana schien seine Anspannung zu fühlen, denn auch sie hob ihren Kopf und wischte sich mit dem Ärmel über ihre Augen. Schnell richtete sie sich auf. Silver hielt ihre Taille locker umfangen, damit sie nicht auf die Idee kam, aufzustehen. Egal wie die Nachricht ausfallen würde, er wollte bei ihr sein, sie halten und ihr Kraft geben. Und zugegebenermaßen konnte auch er jemanden brauchen, an dem er sich festhalten konnte. Silver atmete tief durch, als er Bob mit ernster Miene um die Ecke biegen sah.

Sein Blick blieb an Ana hängen, nur zögernd sprach er sie an. „Gibt es schon Neuigkeiten über den Zustand deiner Freundin?“

„Nein“, gab Ana leise zur Antwort, ihr ganzer Körper war angespannt.

Seufzend setzte sich Bob neben sie. „Ich hatte gehofft ...“ Er senkte den Kopf und blickte ein paar Sekunden stumm zu Boden. „Es tut mir wirklich leid, wenn ich vorhin den Eindruck vermittelt habe, als ob mir deine Freundin egal wäre – denn das ist sie nicht. Es ist nur so, dass ich im Laufe einer Ermittlung jedes Opfer persönlich kennen lerne und manchmal sogar mehr über es weiß als seine engsten Freunde oder Familienmitglieder. Manche Fälle sind besonders schrecklich, dieser ist einer davon, und wir Ermittler versuchen dann, sie nicht zu nah an uns herankommen zu lassen. Manchmal funktioniert das nicht, weil wir ausgebrannt sind, weil ein bestimmter Aspekt uns Albträume beschert oder weil wir das Opfer persönlich kannten." Dabei sah er Silver an. „Wir verlieren dadurch unsere Objektivität, die Ruhe, genau zu überlegen, wie wir vorgehen müssen." Er stützte seinen Kopf in beide Hände. „Als ich euch dort gesehen habe, dachte ich im ersten Moment nur, dass Ana die Tatortfotos macht und du irgendwie mitbekommen hättest, was los ist und ..."

„Das ist völlig unlogisch und das weißt du auch."

Bob verzog den Mund. „Ja, jetzt weiß ich es, aber als ich in die Wohnung kam, war ich zuerst einmal nur überrumpelt und habe spontan reagiert." Er berührte zögernd Anas Hand. „Es tut mir leid."

Müde strich sich Ana eine Haarsträhne zurück und lehnte sich wieder gegen Silver. „Ist schon gut, wir waren alle nicht besonders höflich zueinander." Sie drehte den Kopf, bis sie Silver ansehen konnte. „Es war auch nicht richtig, was ich zu dir gesagt habe."

„Schon vergessen."

Der Anblick, wie sie ein Lächeln versuchte, schnitt in sein Herz. Er schlang seine Arme um sie und zog sie enger an sich. Mit den Fingerspitzen strich er ihre

Haare zurück, beugte sich vor und küsste ihre Schläfe. Es war ihm egal, dass Bob ihn dabei beobachtete, er wollte nur, dass Ana sich endlich wieder etwas besser fühlte. Stattdessen begann sie erneut zu zittern. Anscheinend reichte seine Körperwärme nicht aus, um die durch den Schock verursachte Kälte zu vertreiben. Er sah auf, als Bob ihm seine Jacke hinhielt. Dankbar nickte er seinem Partner zu und wickelte die warme Windjacke um Anas Oberkörper.

Silver suchte nach einem unverfänglichen Gesprächsthema. „Wir konnten Hill vorhin festnehmen. Einer seiner Brüder hat ihn verpfiffen."

Bob lehnte sich im Stuhl zurück. „Hätte nicht gedacht, dass das so schnell geht, nachdem sie wochenlang gemauert haben."

„Scheint so, als hätten sie begriffen, dass wir nicht lockerlassen werden, bis sie ihn ausgeliefert haben." Silver sprach leise, um Ana nicht zu stören. „Ich hatte Juanez und Fern gebeten, alle paar Tage nachzuhaken, solange wir mit dem Serienmörder beschäftigt sind."

„Gute Arbeit."

Silver zuckte leicht mit der Schulter. „Bandenstreitigkeiten bin ich aus Chicago gewöhnt, man lernt, mit ihnen umzugehen."

„Und mit schlechten Partnern?"

Bob bemerkte es so trocken, dass Silver wider Willen ein Grinsen nicht unterdrücken konnte. „Das auch. Allerdings kann ich dich beruhigen, mein früherer Partner übertrifft dich bei weitem."

„Ich Glücklicher." Bob wurde ernst. „Du weißt, dass ich dich bei den Ermittlungen gerne weiter dabei gehabt hätte, aber wenn Harris erst einmal eine Entscheidung getroffen hat, revidiert er sie nicht mehr.

Auch wenn wir dabei wertvolle Ressourcen verschwenden."

„Als solche bin ich noch nie von jemandem bezeichnet worden."

„Rahm dir den Spruch ein und häng ihn dir übers Bett." Bob senkte seine Stimme. „Ich brauche eure Aussagen. Es muss nicht mehr heute Nacht sein, außer, ihr habt etwas erfahren, was wir sofort wissen müssen. Aber auf jeden Fall morgen früh."

„Natürlich."

Ana setzte sich langsam auf, ihre Augen glühten geradezu in ihrem blassen Gesicht. „Mir wäre es lieber, es gleich hinter mich zu bringen."

„Ich dachte, du schläfst."

„Das kann ich nicht, solange ich nicht weiß, wie es Natalie geht." Sie hob das Kinn. „Was möchtest du wissen?"

Bob holte rasch seinen Block hervor. „Erst einmal nur das Wichtigste, den Rest können wir wirklich morgen machen. Woher wusstest du, dass sie Hilfe brauchte?"

„Sie hat mich angerufen ... etwa gegen zwei Uhr. Ich dachte erst, ich hätte einen obszönen Anrufer in der Leitung, doch dann habe ich ihre Nummer auf dem Display erkannt." Ana schluckte. „Sie konnte nicht sprechen. Ich habe zuerst angenommen, sie hätte sich vielleicht verletzt, wäre gefallen oder so, deshalb bin ich so schnell wie möglich hingefahren, nachdem mir die Frau beim Notruf gesagt hat, dass sie derzeit keinen Krankenwagen schicken können, sofern kein Notfall vorliegt. Ich konnte nicht so lange warten, bis Silver wiederkam."

Bob sah Silver mit hochgezogenen Augenbrauen an. „Klingman-Hill?"

Silver nickte schweigend.

„Warum hast du nicht mich oder jemand anderen angerufen?"

„Ich wusste ja nicht, was passiert war. Sie hatte zuvor schon etwas bei mir getrunken, und es hätte sein können, dass sie zu Hause noch weitergemacht hat. Ich weiß, es war dumm von mir, aber ich hätte nie geglaubt, dass der Mörder ..."

„Niemand konnte es wissen."

„Wieso hat er sich gerade Natalie ausgesucht? Ich bin mir ziemlich sicher, dass sie keines der anderen Opfer kannte."

Silver presste die Lippen zusammen. „Durch mich."

Ana sah ihn verwirrt an. „Wie bitte?"

„Genau wie bei Stacy, die am Hoffman-Tatort auf mich gewartet hat. Der Täter muss uns dort zusammen gesehen haben. Genauso wie er dich dort gesehen haben muss."

„Du meinst, der Mörder hat Natalie und mich zusammen gesehen? Dabei fällt mir ein, dass ich neulich, als wir gemeinsam im Kino waren, doch tatsächlich das Gefühl hatte, dass uns jemand beobachten würde, aber ich habe niemanden entdecken können."

„Wahrscheinlicher ist, dass er mir und Natalie gefolgt ist, als ich sie gestern Abend nach Hause gefahren habe. Woher hätte er sonst wissen sollen, wo sie wohnt?"

„Er war vor meiner Haustür?" Anas Stimme war nur noch ein Hauch.

Bob mischte sich ein. „Das wäre eine Möglichkeit, aber wir wissen es noch nicht."

Ana hatte erneut zu zittern begonnen, aber diesmal nicht vor Kälte. „Er wollte zu mir, nicht wahr? Was sollte er sonst vor meiner Haustür gemacht haben.

Doch Silver war bei mir, deshalb hat er seinen Plan geändert und ist stattdessen Natalie gefolgt."

„Du bist also dorthin gefahren und was dann? War die Tür offen?"

Ana nahm sich mühsam zusammen. „Ich habe einen Schlüssel zu ihrer Wohnung. Die Wohnungstür war zugezogen, aber nicht abgeschlossen."

„Und weiter?"

Anas Lippen zitterten. „Es sah alles aus wie immer. Der Flur, das Schlafzimmer, das Bad, die Küche ... nur im Wohnzimmer, da ...dort habe ich die Blutspur gesehen, die um die Ecke zum Telefon führte. Und dort lag Natalie. Sie ... sie ..."

Silver unterbrach sie, indem er seine Finger auf ihre Lippen legte. „Das wissen wir, du brauchst dazu nichts weiter zu sagen."

Bob sprang ein. „Danach hast du die Polizei und Silver angerufen."

„Ja. Ich habe versucht, Natalie zu verbinden, die Blutungen zu stillen, aber ... es war einfach ... zu viel. Ich wusste nicht, wo ich anfangen sollte, wie ich ihr helfen konnte. Warum habe ich nur nicht gewusst, wie man so etwas richtig macht? Gerade ich hätte es wissen sollen!"

Silver fing ihre Hand ein. „Niemand konnte wissen, dass so etwas passieren würde, schon gar nicht du. Du hast getan, was möglich war, mehr hätte ein anderer auch nicht tun können."

Skeptisch und gleichzeitig hoffnungsvoll sah Ana zu ihm auf. „Wirklich?"

Bob antwortete für ihn. „Ja, wirklich. Selbst die Ärzte hatten ihre Schwierigkeiten. Ich fand es jedenfalls bewundernswert, wie du dich verhalten hast. Nach allem ..." Er unterbrach sich und warf ihr einen verlegenen Blick zu. So als hätte er bereits mehr gesagt, als er eigentlich durfte.

„Danke." Sie drückte Silvers Hand. „Ich habe die ganze Zeit über nur gehofft, dass ihr noch rechtzeitig kommt. Denn nachdem ich die Tür für die Sanitäter aufgemacht hatte, war Natalie nicht mehr ansprechbar. Wären sie nur ein wenig später eingetroffen, hätte ich sie verloren." Tränen schimmerten in ihren Augen.

„Die Ärzte werden alles tun, um sie zu retten." Silver drückte sie liebevoll an sich. „Und wir werden alles dafür tun, den Täter endlich dingfest zu machen." Er warf Bob einen warnenden Blick zu, als dieser offensichtlich einwenden wollte, dass er vom Fall abgezogen war.

„Genau, wir werden nicht aufgeben, bis wir ihn haben."

Ana gelang ein schwaches Lächeln. „Danke."

„Vielleicht bringt uns die Blutprobe weiter. Ich habe sie gleich ins Labor schicken lassen. Im Gegensatz zu den anderen Opfern hat Natalie den Angriff nicht nur überlebt, sondern sie konnte sich auch bewegen, zumindest genug, um Hilfe zu rufen."

„Als ich angekommen bin, hat sie sich nicht mehr bewegt und konnte nur undeutlich sprechen." Ana runzelte die Stirn. „Die Augenlider schien sie allerdings bewegen zu können."

„Vielleicht kann sie uns mehr dazu sagen, wenn sie aus der Narkose erwacht."

Bobs Optimismus schien Ana gut zu tun. „Vielleicht hat sie ja gesehen, wer ihr das angetan hat."

„Die Möglichkeit sollten wir auf jeden Fall in Betracht ziehen. Deshalb habe ich auch ein paar Polizisten angefordert, die sie rund um die Uhr bewachen, falls der

Täter mitbekommen sollte, dass sie noch lebt. Außerdem werden wir die Nachricht verbreiten, dass sie gestorben ist, dann hat der Täter keinen Grund, nach ihr zu suchen."

„Aber wie soll sie mit euch reden, ihr Mund ist doch eine einzige offene Wunde." Ihr Gesicht verzog sich bei diesem Gedanken, als ob sie selber Schmerzen hätte.

„Für solche Fälle haben wir ein Gerät, in das der Patient seine Antworten eintippen kann."

Ana lehnte sich erleichtert zurück. „Gut, das wird ihr sicher helfen. Zumindest bis ..."

Ana stockte, denn in diesem Momen betrat ein Arzt den Raum.

„Ich bin Dr. Winston. Sind Sie Verwandte der Patientin Brennan?"

Bob übernahm es, ihm zu antworten. „Freunde und LAPD. Was können Sie uns bezüglich ihres derzeitigen Zustands sagen?"

„Wenn Sie keine Angehörigen sind, darf ich nicht mit Ihnen darüber reden."

Bob ballte die Fäuste. „Das ist ja wohl der größte Unsinn, den ich jemals gehört habe. Es geht hier um die Ermittlung in einer Mordserie."

„Das ist schlimm und ich würde Ihnen gerne helfen, aber ich darf nicht." Der Arzt blickte sie bedauernd an. „Falls also niemand von Ihnen mit der Patientin verwandt ist ..."

Ana trat vor, ihr Gesicht war bleich. „Natalie hat keine Verwandten mehr. Für mich ist sie wie eine Schwester."

„Es tut mir leid ..."

Den Mund zusammengekniffen, griff Ana in ihre Jackentasche. „Moment, ich habe hier", sie zog ihr Portemonnaie hervor und wühlte darin, bis sie einen Zettel hervorzog, den sie dem Arzt hinhielt, „eine notariell beglaubigte Vollmacht, die mich im Fall einer lebensgefährlichen Verletzung oder des Todes von Natalie Brennan dazu ermächtigt, in ihrem Sinne mit Ärzten und anderen zu sprechen und im Notfall Entscheidungen zu treffen. Reicht Ihnen das?“

Erleichtert atmete Dr. Winston auf. „Ja, das reicht mir völlig. Sie lebt, befindet sich aber noch immer in einem kritischen Zustand.“ Seine Haare waren zerzaust und er machte einen müden Eindruck. Kein Wunder, nach der langen Operation. „Wir konnten die Blutungen weitgehend stoppen, die Wunden sind versorgt. Die Schnitte selber waren nicht besonders tief und daher theoretisch nicht lebensbedrohlich, doch der hohe Blutverlust hätte beinahe zum Tode geführt. Sie hat einige Blutkonserven bekommen und ist derzeit stabil, aber wir wissen noch nicht, welche länger anhaltenden Schäden sie eventuell davongetragen hat. Wir müssen abwarten, bis sie wieder aufwacht.“

Ana hatte die Hand vor den Mund gepresst, ihr Blick war fest auf Dr. Winston gerichtet. „Sie wird aber wieder aufwachen?“

Der Arzt versuchte, zuversichtlich zu wirken, aber es gelang ihm nicht ganz. „Wir hoffen es. Sie ist jung und stark, das wird ihr helfen.“

„Wie ... wie haben Sie ihre Wunden behandelt?“

„Wir haben die Schnitte genäht und lassen morgen einen Schönheitschirurgen kommen, der sich ansehen wird, was er tun kann.“

Wenn Natalie bis dahin noch lebte.

„Besonders was das Gesicht angeht, sind wir auf seine Erfahrung angewiesen.“

Ana nickte. Selbst wenn Natalie überlebte, würde sie für immer von diesem Überfall gezeichnet bleiben.

Bob räusperte sich. „Kann ich die Patientin morgen befragen, wenn sie aufgewacht ist?"

Dr. Winston blickte skeptisch drein. „Ich weiß nicht, ob sie schon in der Lage sein wird, Ihnen zu antworten. Wir werden erst einmal sehen, ob sie überhaupt aufwacht und wie sie sich dann fühlt."

„Kann ich mich wenigstens zu ihr setzen, damit sie nicht allein ist?" Anas Stimme zitterte.

„Heute Nacht nicht, aber morgen können Sie zu ihr."

„Danke." Ana bat Bob um einen Zettel und einen Stift und schrieb dem Arzt ihre Telefonnummer auf. „Würden Sie mich bitte anrufen, wenn irgendetwas sein sollte?"

Der Arzt steckte den Zettel ein. „Natürlich. Ich werde Ihre Nummer der Schwester geben, damit Sie auch dann benachrichtigt werden, wenn ich selbst nicht da bin."

„Vielen Dank. Wäre es wohl möglich, dass ich Natalie wenigstens kurz sehe?"

Zunächst sah es so aus, als ob Dr. Winston ablehnen wollte, dann aber schien er es sich anders zu überlegen. „Kommen Sie mit."

Silver folgte Ana, er würde sie jetzt ganz sicher nicht allein lassen, auch wenn der Arzt ihn stirnrunzelnd ansah.

An der Tür drehte Dr. Winston sich noch einmal zu Bob um. „Finden Sie den Kerl, der das getan hat."

„Wir tun unser Bestes."

„Tun Sie mehr. Ich möchte keinen zweiten Fall wie diesen hier erleben."

Bob schob den Block in seine Jackentasche zurück. „Immerhin lebt sie noch, im Gegensatz zu den anderen Opfern."

Dr. Winston presste die Lippen zusammen und nickte Bob kurz zu, bevor er den Raum verließ.

Silver nahm Anas Hand, während sie dem Arzt den Gang entlang folgten. Der Geruch nach Krankenhaus wurde intensiver, je weiter sie ins Innere der Station vordrangen.

„Wir haben sie auf die Intensivstation gebracht, sie hat dort ein Einzelzimmer." Schließlich blieb der Arzt vor einer Tür stehen und drehte sich zu ihnen um. „Treten Sie bitte nicht zu dicht an sie heran und fassen Sie sich kurz."

„Danke, Doktor."

Anas Blick ruhte bereits auf dem Bett, bevor die Tür hinter ihnen zufiel. Sie saugte Natalies Anblick förmlich in sich auf, die Verbände, die blasse Haut, die Infusionsschläuche, den Herzmonitor. Dessen gleichmäßige Ausschläge schienen Ana einigermaßen zu beruhigen, denn sie holte einmal tief Luft und lehnte sich dann an Silver.

„Sie lebt."

„Ja. Und ich bin sicher, sie schafft es. Ich kenne sie zwar erst seit ein paar Stunden, aber sie schien mir eine Kämpfernatur zu sein, jemand, der sich nicht unterkriegen lässt."

Ana sah ihn mit Tränen in den Augen an. „Das ist sie. Und ich werde für sie da sein, so lange sie mich braucht."

Silver strich über ihre Wange. „*Wir* werden für Sie da sein."

„Danke."

Er zog sie zu sich heran und küsste ihre Schläfe. „Komm, du musst dich jetzt erholen und endlich etwas schlafen, sonst wirst du irgendwann noch zusammenbrechen."

„Ja." Ana sah zurück zum Bett, es war klar, dass es ihr lieber gewesen wäre, schon heute Nacht bei ihrer Freundin bleiben zu können.

Sanft schob Silver sie zur Tür und auf den Gang hinaus, wo Bob schon auf sie wartete.

„Wie geht es ihr?"

„Sie scheint über den Berg zu sein."

„Gut." Bob atmete erleichtert aus. „Dann werde ich jetzt wohl zum Department fahren und sehen, ob die Techniker noch irgendetwas gefunden haben." Als Silver etwas sagen wollte, hob Bob die Hand. „Nein, du wirst nicht mitkommen, du wirst woanders gebraucht."

Silver verzog den Mund. „Danke für die Belehrung. Eigentlich wollte ich nur sagen, dass wir uns dann morgen sehen, aber ich glaube, ich überlege es mir noch mal."

Bob sah zerknirscht drein. „Tut mir leid, war ein Reflex."

Silver verzichtete darauf, seinem Partner in diesem Moment die Meinung zu sagen und meinte stattdessen nur: „Wie wäre es mit etwas mehr Vertrauen?"

Bob zuckte zusammen. „Ist bei mir angekommen. Wir unterhalten uns morgen darüber. Ich werde Caroline sagen, dass sie das Profil anpassen soll. Ich habe das Gefühl, der Täter hat seinen Modus geändert."

„Das kommt mir auch so vor. Vorhin hat mich übrigens Sheriff Barnes aus Illinois angerufen. Delia Hoffmans Mutter ist endlich wieder aufgetaucht. Allerdings kann sie zur Aufklärung des Falls wohl nichts beitragen. Barnes schickt einen Bericht ins Büro und meinte, wenn wir noch Fragen haben, sollen wir uns bei ihm melden. Ich hatte das Gefühl, dass er das Opfer sehr gut kannte."

„Gut, wir sprechen morgen darüber. Genauso wie über die Tatsache, dass dein Name in den Zeitungen mit Stacy Muldoon in Verbindung gebracht wird." Bob schüttelte nur den Kopf, als Silver etwas sagen wollte. „Heute nicht mehr." Er wandte sich an Ana. „Versuch, etwas zu schlafen, morgen wird alles schon viel besser aussehen."

Ana nickte wortlos. Wie verloren stand sie im Gang, ein bleiches Häuflein Elend in hellgrüner Krankenhauskleidung. Bob hatte Recht, Ana gehörte so schnell wie möglich ins Bett. Und so legte Silver seinen Arm um ihre Taille und führte sie aus dem Gebäude.

26

Obwohl Ana aus dem rechten Autofenster starrte, bemerkte sie, dass ihr Silver von der Seite immer wieder besorgte Blicke zuwarf. Wahrscheinlich befürchtete er , dass die Ereignisse der letzten Stunden zu viel für sie waren und sie zusammenbrechen könnte, doch sie hatte sich geschworen, es nie mehr so weit kommen zu lassen. Sie konnte es sich schlicht und einfach nicht leisten – außerdem würde Natalie sie brauchen, wenn sie wieder aufwachte. Und sie brauchte Natalie. Seit fünfzehn Jahren waren sie Freundinnen, sogar mehr als das. Sie verließen sich blind aufeinander und vertrauten darauf, dass der andere da war, wenn ein kleineres oder größeres Unglück geschah. Doch diesmal würde es schwer werden, die Sache zu überstehen, wenn sie es überhaupt schaffen. Ana, die unwillkürlich einen Moment den Atem angehalten hatte, atmete tief aus.

„Alles in Ordnung?" Silvers Stimme riss sie aus ihren Gedanken.

„Könntest du mich bitte zum Studio fahren?"

Erstaunt sah Silver sie an. „Jetzt?"

„Ja, ich brauche meinen Terminkalender, um die Termine der nächsten Tage absagen zu können, außerdem wollte ich noch das ‚Geschlossen'-Schild an die Tür hängen."

„Ist das wirklich der einzige Grund?"

Ana musste lächeln, weil er sie so leicht durchschaut hatte. „Nur zum Teil. Zum anderen möchte ich jetzt nicht in meine Wohnung zurück, wo Natalie erst vor ein paar Stunden noch mit uns zusammengesessen hat. Wo ich selig geschlafen habe, während sie von diesem Verrückten überfallen und fast getötet wurde.“

„Wie wäre es, wenn wir zunächst in dein Studio fahren, dort alles erledigen und danach zu mir gehen, damit du dich ausruhen kannst? Ich habe zwar noch immer nicht viel Mobiliar, aber immerhin ein Bett.“

„Das hört sich gut an.“

Silver nahm ihre Hand und führte sie an seine Lippen. „Du kannst so lange bleiben, wie du möchtest.“

„Danke.“

Müdigkeit drohte Ana zu überwältigen, doch sie wusste genau, dass sie nicht schlafen können würde. Sobald sie die Augen schloss, sah sie sofort Natalies malträtierten Körper vor sich, ihr Gesicht und vor allem das blutende Loch, an dem sich früher einmal ihre Lippen befunden hatten. Ana wandte sich von Silver ab und starrte auf die vorbeifliegenden Häuser. Wie konnte sie nur jetzt über ihre Albträume jammern, wo Natalie fast gestorben wäre und noch lange unter den Folgen der Verletzungen leiden würde? Als Brokerin würde sie sich außerdem keine längere Auszeit gönnen können, vermutlich würde ihre Position in der Firma schnell mit jemand anderem besetzt werden. Es würden Operationen auf sie zukommen, Schmerzen, Erniedrigung, Wut. Vorausgesetzt, sie überlebte.

„Denk jetzt nicht daran, du bist müde und stehst unter Schock. Wir werden uns morgen zusammen etwas überlegen. Einverstanden?“

Ana nickte stumm. Silver hatte Recht, sie war kaum noch fähig, einen klaren Gedanken zu fassen, sondern drehte sich ständig im Kreis und kam zu keinem Ergebnis. „Glaubst du, ihr werdet ihn finden?"

Zwischen Silvers Augenbrauen tauchte eine steile Falte auf. „Das müssen wir."

„Aber wenn er doch keine Spuren hinterlässt ..."

Silver unterbrach sie. „Diesmal hat er einen Fehler begangen. Das Opfer konnte Hilfe herbeirufen und hat überlebt. Warten wir ab, was Natalie uns über den Täter erzählen wird, vielleicht hat sie ihn erkannt oder kann ihn uns wenigstens beschreiben. Eine Kleinigkeit kann schon ausschlaggebend sein."

„Hoffentlich."

Silver schenkte ihr einen weiteren kurzen, nachdenklichen Seitenblick. „Ich habe mich gefragt ..."

„Ja?"

„Was, würdest du sagen, ist Natalies auffälligstes, schönstes Körperteil."

Verwirrt sah Ana ihn an und meinte dann nach einer Weile: „Die Augen?"

„Versuch wie ein Mann zu denken."

„Sie ist groß und kurvig."

„Das stimmt, aber das ist nichts, was sich der Täter abschneiden und mitnehmen kann, und Brüste hat er schon."

Entsetzt begriff Ana, worauf er hinaus wollte. „Du meinst, er nimmt sich das, was er an seinen Opfern am Schönsten findet?"

„Ja." Silver fuhr vor ihrem Studio an den Straßenrand und schaltete den Motor aus, bevor er sich zu ihr umdrehte. „Der Gedanke ist mir gekommen, als ich gestern bei Carl Mayer war. Killings meinte, dass Gwen Tudolsky ihre Ohren schön fand. Delia Hoffman war insgesamt attraktiv, aber ihre Mitbewohnerin sagte aus, sie wäre besonders stolz auf ihre Brüste gewesen. Stacy ..." Er brach ab und räusperte sich. „Stacy hat viel Zeit in ihre Haare investiert und ich denke, sie gefielen ihr. Und als Mann gesprochen, war das erste, was mir an Natalie auffiel, ihr Mund. Er hat eine ungewöhnliche Form."

Ana ignorierte den kleinen Stich Eifersucht, der sie unerwartet überfiel, als sie hörte, dass Silver Natalies Mund anziehend fand. „Ja, das ist er. Als Jugendliche war sie damit sehr unglücklich, aber ich denke, sie hat sich irgendwann damit abgefunden und ihn später sogar schön gefunden und ihn gezielt dazu benutzt, um Männer um den Verstand zu bringen."

„Sie hatte vermutlich einigen Erfolg damit."

„Den ein oder anderen, ja. Erst vor einigen Wochen hatte sie einen Mann kennen gelernt, aber es ist nichts daraus geworden."

Silver setzte sich alarmiert auf. „Kennst du seinen Namen?"

„Nein, sie hat ihn mir gegenüber nie erwähnt. Ich weiß nur, dass er nach ihrer eigenen Aussage nicht an ihr interessiert war und wohl kaum als Serienmörder in Frage kommt. Ich bezweifle, dass er die anderen Opfer kennt, besonders Stacy nicht."

„Vermutlich hast du Recht, aber ich werde Bob trotzdem sagen, dass er Natalie danach fragen soll." Silver machte sich eine Notiz. „Andererseits, wenn er es gewesen wäre, hätte sie ihn sicher erkannt."

„Ja."

„Gut, erledigen wir hier schnell alles und fahren dann nach Hause."

Nach Hause, das klang gut und war genau das, was sie jetzt brauchte. Rasch öffnete sie die Wagentür und sprang aus dem Blazer. Ein kühler Windstoß drang durch ihre Krankenhauskleidung und ließ sie frösteln. Je eher sie in ein warmes Bett kommen würde, desto besser. Sie suchte ihren Schlüssel heraus und lief zum Eingang des Studios. Silvers Körper schirmte sie vor dem Wind ab und seine Wärme drang durch ihre Kleidung. Am liebsten hätte sie sich an ihn gelehnt und ihrem Bedürfnis, sich gehen zu lassen, nachgegeben. Aber sie wusste, dass hier nicht der geeignete Ort dafür war. Vergeblich versuchte sie, den Schlüssel ins Schloss zu stecken und als es ihr auch beim dritten Versuch nicht gelang, nahm Silver ihn ihr ab und öffnete die Tür.

Ana schaltete das Licht an und ging die Treppe hinauf, während Silver hinter ihnen abschloss. Es war merkwürdig, sich in dem ihr so vertrauten Studio aufzuhalten, während sich die Welt um sie herum verändert hatte. Silver, die grauenvollen Morde, Natalie – nichts war mehr so wie früher, sondern neu und beängstigend. Ana sah sich im Studio um, ihre Fotoausrüstung, der Computer, das schimmernde Parkett, alles war an seinem Platz. Tief atmete sie den Geruch nach Bohnerwachs ein und fühlte sich zum ersten Mal seit Natalies Anruf wieder ein wenig sicherer. Sie drehte sich um und stieß dabei mit Silver zusammen, der hinter sie getreten war, ohne dass sie es bemerkt hatte. Seine Besorgnis um sie war offenkundig. Er hatte sich die ganze Zeit über liebevoll um sie gekümmert, obwohl er sich nicht weniger schrecklich fühlen musste als sie. Sie konnte die Trauer und die Wut in seinen Augen sehen, in seinen angespannten Gesichtszügen. Behutsam umfasste sie sein Gesicht und zog seinen Kopf zu sich herunter. Ihre Lippen legten sich auf seine. Es war ein Kuss, der ihm ihre Dankbarkeit zeigen, aber auch Trost spenden sollte. Seine Arme schlangen sich um ihren Rücken, ein Zittern lief durch seinen Körper. Silver hob sie hoch, bis sich ihre Gesichter auf gleicher Höhe befanden. Der Druck seiner Arme nahm ihr den Atem, doch das war ihr egal. Sie wollte ihm nahe sein, ihn spüren, in ihn hineinkriechen und nie wieder aus ihm herauskommen. Da das nicht möglich war, versuchte sie, all ihre Sehnsucht, ihre Wünsche und Bedürfnisse in ihren Kuss zu legen. Silver schien sie zu verstehen, denn er antwortete ihr mit der gleichen Intensität. Ana schlang ihre Beine um seine Hüfte, damit seine Arme nicht ihr ganzes Gewicht tragen mussten. Außerdem ließ diese Position keinerlei Raum mehr zwischen ihren Körpern. Ein zufriedenes Brummen drang aus seiner Brust und vibrierte in ihrem Körper. Er vertiefte den Kuss, ihre Zungen spielten miteinander.

Kälte hatte sich in Hitze verwandelt, die Angst war der Leidenschaft gewichen. Silver tat ihr gut. Mit ihm fühlte sie sich lebendig, er gab ihr Kraft und Halt. Ana schlang die Arme um seinen Hals und grub ihre Finger in seine Haare. Ein tiefes Stöhnen entrang sich ihr.

Ana fühlte sich in einen merkwürdigen Zustand versetzt. So als wäre sie krank und hätte Fieber. So heiß und schwindelig, so ... erregt. Als könnte sie es keine Sekunde mehr aushalten, ohne Silvers Haut zu spüren. Sein Körper fühlte sich so gut an, sie wollte ihm das Hemd vom Leib reißen und ihn ganz nah bei sich haben. Silver schien ihre Gedanken erraten zu haben, denn er hob sie hoch und trug sie quer durch den Raum.

Ana keuchte auf, als sie die Mauer in ihrem Rücken spürte. Ihr Kuss wurde noch intensiver und ließ sie vor Erregung zittern. Silvers Finger strichen über ihren Hals und tauchten in den Ausschnitt ihres Hemds. Wie von Zauberhand lösten sich die Knöpfe und ließen sie nackt zurück. Ihr Kopf sank gegen die Wand, während sie Silvers Liebkosungen genoss. Gierig saugte er an ihrer Brust, löste das Band ihrer Hose und schob sie so weit nach unten, wie es ihre um seine Hüfte geschlungenen Beine zuließen. Ana öffnete ihrerseits sein Hemd und streichelte seine feuchte Brust.

Sie riss die Augen auf, als Silvers Schaft gegen ihren Eingang drängte. Von ihr unbemerkt hatte er seine Hose geöffnet, während sie sich ganz den Gefühlen hingegeben hatte, die seine Berührungen in ihr auslösten. Gut so, sie wollte ihn – und zwar sofort. Ana sah Silver an und erkannte, dass er auf ein Zeichen von ihr wartete. Ohne lange zu überlegen, kam sie ihm entgegen, küsste ihn und senkte gleichzeitig ihre Hüfte. Silver verstand ihre Aufforderung, denn er drang mit einem tiefen Stoß in sie ein. Mühsam rang Ana nach Atem, ihr Herz hämmerte gegen ihren Brustkorb. Langsam zog Silver sich wieder zurück, bevor er sie erneut füllte. Sein Mund fand den ihren, seine Hände hielten sie fest an ihn gepresst und gaben ihr gleichzeitig Halt. Ana konnte sich nur an ihn klammern, während sie die Leidenschaft fest im Griff hatte. Der Rhythmus wurde schneller. Härter und immer tiefer drang Silver in sie ein. Hitze baute sich in ihr auf und ließ sie alles andere um sich herum vergessen. Ihre Finger krallten sich in Silvers Fleisch, während sie sich zusammen mit ihm bewegte und jedem Stoß entgegenkam.

Immer heftiger wurde die Erregung, bis sie sich schließlich ins Unermessliche steigerte. Ein Schrei entrang sich ihrer Kehle, als sie den Höhepunkt erreichte und von ihm wie von einer Welle davongetragen wurde. Silver folgte ihr nur wenige Sekunden später mit einem lang gezogenen Stöhnen, ein letztes Mal drang er tief in sie ein, während sein Körper von Schaudern geschüttelt wurde. Stirn an Stirn versuchten sie, wieder zu Atem zu kommen.

Silver fand zuerst seine Sprache wieder. „Das war ..." Es schien ihm kein passendes Wort einzufallen.

„Fantastisch?"

„Auf jeden Fall, und nicht nur das. Wunderschön, unglaublich erotisch, und viel zu kurz, würde mir noch einfallen", ergänzte Silver und verschaffte Ana mit diesen Worten eine Befriedigung, die weit über die körperliche hinausging. „Danke."

Silver zog sich aus ihr zurück, ließ sie sanft an seinem Körper hinabgleiten und hielt sie weiterhin eng umfangen. „Wofür?"

„Dafür, dass du da bist. Dass du gewusst hast, was ich gerade brauche. Dass ich mich bei dir anlehnen kann."

Silver schenkte ihr einen warmen Blick. „Jederzeit." Er gab ihr einen Kuss auf die Nasenspitze. „Dabei hatte ich schon vor, mich bei dir zu entschuldigen."

Erstaunt sah sie ihn an. „Wofür?" Bedauernd schaute sie ihm zu, wie er seine Hose wieder hochzog.

„Dafür, dass ich die Situation ausgenutzt habe? Und es nicht gerade romantisch war?"

„Alles Unsinn, es war genau das, was ich wollte und brauchte."

Silver beugte sich vor und küsste sie sanft auf die Lippen. „Das beruhigt mich." Er entfernte das Kondom und schloss den Reißverschluss. „Sieh mich nicht so an, ich hätte nie ohne Schutz mit dir geschlafen."

„Ich frage mich eher, wo du das Kondom so schnell her hattest."

Sein Gesicht überzog sich mit einer leichten Röte. „Es war zufällig in der Hosentasche."

Ana strich über seine Wange. „Gut zu wissen."

„Du bist nicht ärgerlich?"

„Ich könnte es werden, wenn du noch weiter versuchst, dich zu entschuldigen."

Silver grinste sie an. „Schön, dann lasse ich das wohl lieber." Sofort wurde er wieder ernst. „Wie geht es dir?"

Ana horchte in sich hinein. Obwohl sich nichts an der Situation geändert hatte, fühlte sie sich dennoch besser als zuvor und stark genug, um alles, was getan werden musste, anzugehen. „Überraschend gut."

„Das freut mich." Silver knöpfte ihr liebevoll das Hemd zu, während sie ihre Hose hochzog und die Bänder verknotete. „Wie wäre es, wenn wir jetzt schnell erledigen, wozu wir hergekommen sind und dann nach Hause fahren?"

„Klingt gut. Wenn du ein Schild schreibst, dass das Studio die nächsten Tage wegen Krankheit geschlossen ist, kann ich mich um meine Termine kümmern."

„Wird gemacht."

Ana beugte sich vor und küsste Silver, bis sie beide atemlos waren. „Danke."

„Wenn du dich weiterhin so bei mir für etwas bedankst, werde ich alles für dich machen."

Ana schmunzelte nur, dann wandte sie sich ab, um ihren Terminkalender zu suchen.

Ana genoss die angenehme Wärme des Frühlingstages. Die Vorgärten der Vorstadtsiedlung, in der sie mit ihren Eltern und ihrem Bruder ein kleines Haus bewohnte, strahlten in frischem Grün. Fröhlich winkte sie ihrer besten Freundin Marlee nach, als sie sich wie immer auf ihrem Nachhauseweg von der Schule an der Kreuzung trennten.

Kräftig trat Ana in die Pedale, denn ihre Mutter hasste es, wenn sie zu spät zum Essen kam. Und gerade heute wollte sie ihre Eltern keinesfalls gegen sich aufbringen, schließlich brauchte sie deren Erlaubnis, um mit der Fotoprojektgruppe zu einem dreitägigen Intensivkurs nach San Francisco fahren zu können. Es wäre einfach gigantisch, böte die Fahrt ihr nicht nur die Möglichkeit, etwas Zusätzliches zu lernen, sondern auch drei Tage mit Josh verbringen zu können. Josh war nicht nur der bestaussehende Junge der Schule, sondern auch klug und er liebte es wie sie, zu fotografieren. Das Problem war nur – er war zwei Jahre älter als sie und hatte sie bisher kaum wahrgenommen. Aber das würde sich während ihres Aufenthalts in San Francisco sicher ändern. Dort könnte sie ihn mit ihren Kenntnissen beeindrucken und er würde sich daraufhin unsterblich in sie verlieben. Ana lachte. Nun ja, zumindest war das der Plan und sollte es auf diesem Weg nicht klappen, konnte sie sich immer noch etwas anderes einfallen lassen.

Vor dem Haus ihrer Eltern bremste sie scharf ab, bog in die Einfahrt und sprang vom Rad. Ihr Vater würde schimpfen, wenn er sehen würde, dass sie das Fahrrad einfach gegen die Hauswand lehnte, anstatt es gleich wegzustellen, doch sie würde es später noch wegräumen, bevor er es merkte.

Ana hüpfte die Stufen hoch und schob die angelehnte Haustür auf. Ordentlich schloss sie die Tür wieder hinter sich, denn sie wusste, dass ihre Mutter viel Wert darauf legte, seit ein Nachbarshund durch die offene Tür einge-

drungen war und ihr Wohnzimmer verwüstet hatte. Sie zog die Schuhe aus und lief auf Socken weiter. Was war das nur für ein merkwürdiger Geruch? Entweder war das Essen angebrannt oder im Haus gab es wieder einmal Probleme mit dem Abwasser. Vielleicht hatte die Tür ja offen gestanden, weil der Handwerker gekommen war. Anas Herz sank. Ihre Mutter würde bestimmt schlechte Laune haben und – was noch viel schlimmer war – die Reparatur würde Geld kosten, das dann nicht mehr für ihren Fotokurs zur Verfügung stand. Dabei hatte sie sich so sehr darauf gefreut! Langsamer als vorher durchquerte sie das Esszimmer und ging in die Küche. Es war niemand im Zimmer, obwohl ein Kochtopf auf der Herdplatte stand. Ana nahm ihn herunter und schaltete den Herd aus. Tatsächlich roch es ein wenig angebrannt, aber das erklärte nicht den anderen, weit intensiveren Geruch.

„Mom? Ich bin zu Hause!"

Keine Antwort. Überhaupt war es ungewöhnlich still im Haus, nirgendwo rührte sich etwas. Anas Herz begann schneller zu schlagen, ein Kribbeln lief durch ihren Körper. Wo waren sie nur alle?

„Dad? Phil?" Normalerweise hing ihr kleiner Bruder sofort an ihrem Bein, sowie sie nach Hause kam, doch diesmal hatte sie noch nicht einmal das Krachen seiner Matchbox-Autos gehört, wenn er sie die Holztreppe hinunterfahren ließ. Vielleicht war ein Familienmitglied krank geworden und sie waren mit ihm zum Arzt gefahren? Aber dann hätten sie ihr einen Zettel dagelassen oder Mrs Piezza, die Nachbarin, informiert. Ihre Socken verursachten kein Geräusch, als sie die Küche wieder verließ. Versteckten sie sich vielleicht, um sie zu überraschen? Aber ihr Geburtstag war erst nächsten Monat und ihre Mutter würde unter normalen Umständen nie ihr Essen aus dem Blick lassen. Es musste

etwas Schlimmes passiert sein, wenn sie so überstürzt aufgebrochen waren. Furcht kroch in ihr hoch. Ruhig, ganz ruhig. Sie konnten nicht weit weg sein, sonst wäre das Essen schon viel verbrannter gewesen.

Ana trat durch die Terrassentür und sah in den Garten. Aber auch hier war weit und breit niemand zu sehen. Eine Schaufel lag vor einem Loch im Boden, daneben stand ein Busch, den ihr Vater wohl gerade hatte einpflanzen wollen. Seine Schuhe standen auf der Terrasse, damit er keinen Dreck ins Haus schleppte. Also musste er drinnen sein! Tränen stiegen ihr in die Augen, die sie ärgerlich fortwischte. Was war sie nur für eine Memme! Ihre Eltern waren gewiss nicht weit, es gab sicher eine ganz natürliche Erklärung für ihre Abwesenheit und sie würde sich totlachen, wenn sie sich später einmal an ihre kindische Angst zurückerinnern würde. Aber jetzt wollte sie einfach nur ihre Familie sehen, lebhaft und gesund wie immer. Entschlossen machte sie kehrt und trat wieder ins Haus zurück. Aber auch im Wohnzimmer und im Bad befand sich kein Mensch. Als sie die Treppe ins Obergeschoss schon halb nach oben gelaufen war, fiel ihr auf einmal auf, dass der Gestank, der das Haus durchzog, nicht von oben kam, sondern unten viel intensiver war. Wenn also irgendetwas im Haus defekt war, würde sich ihre Familie dort aufhalten und nicht oben in den Schlafzimmern sitzen und warten, bis Abhilfe geschaffen war. Erst recht nicht, wenn das Essen auf dem Herd stand. Also drehte sie auf dem Absatz um und folgte dem Geruch, der immer stärker wurde, je mehr sie sich dem hinteren Teil des Hauses näherte. Gott, das roch ja wirklich eklig! Ana hielt sich die Nase zu und atmete durch den Mund, während sie die Tür zum Keller öffnete.

„Mom, Dad?“

Keine Antwort. Sie drehte den Lichtschalter an und ging einige Stufen hinunter, bis sie den gesamten Raum überbli-

cken konnte. Niemand da. Prüfend schnupperte sie. Von hier kam der Geruch jedenfalls nicht. Rasch lief sie die Treppe wieder hoch und verschloss die Tür hinter sich. Sie hatte den Keller immer ein wenig unheimlich gefunden, und war deshalb froh, wieder draußen zu sein. Jetzt blieb nur noch der Durchgangsraum zur Garage übrig, in dem sich die Waschmaschine und einiges andere Gerümpel befanden. Kurz vor der Tür atmete sie noch einmal flach durch. Irgendetwas in ihr warnte sie davor, den Raum zu betreten, doch sie ignorierte das Gefühl. Wo auch immer ihre Familie war, da wollte sie auch sein. Nie zuvor hatte sie gedacht, dass sie sich so einsam fühlen könnte ohne sie, normalerweise hatte sie sich sogar immer nach ein wenig Ruhe und der Möglichkeit gesehnt, tun zu können, was sie wollte. Mit einem Ruck öffnete sie die Tür und tastete nach dem Lichtschalter. Der Gestank war jetzt so stark, dass er kaum noch zu ertragen war. Ana würgte, doch sie ließ sich dadurch nicht davon abhalten, nachzusehen, was hier vor sich ging.

Die Lampe flammte auf und ließ rote Farbtropfen auf dem Boden sichtbar werden. Wollte ihr Vater etwas anstreichen? Vielleicht war es die Farbe, die so widerlich roch. Doch noch während sie das dachte, spürte sie in sich die Gewissheit, dass diese Annahme falsch war. Vorsichtig betrat sie den Raum und bemühte sich dabei, nicht in die Tropfen zu treten. Ihre Mutter würde sie umbringen, wenn sie ihre Socken so beschmutzte, dass sie nicht mehr sauber zu kriegen waren. Ihr T-Shirt unter die Nase gepresst, tastete sie sich weiter vorwärts. Ihre Übelkeit verstärkte sich mit jedem Schritt, ihr Körper gab ihr deutlich zu verstehen, dass es besser wäre, umzukehren. Doch sie tat es nicht. Die über einem hohen Ständer hängende Bettwäsche war ebenfalls rot gesprenkelt, einige Flecken waren verschmiert, als hätte jemand über sie hinweggewischt. Ana ging um die Wäsche herum und erstarrte. Ihr Vater lag auf dem

Boden, in einer seltsam verdrehten Haltung, sein Hemd war rot. Ebenso wie sein Gesicht und die Fliesen um ihn herum.

„Dad!" Ana eilte zu ihm hinüber und warf sich neben ihm auf die Knie. Hilflos fuhr sie mit den Händen über seinen Körper, versuchte, ihn aufzuwecken. „Bitte, sag etwas, Dad!" Doch sie wusste, dass er nie mehr etwas sagen würde. Seine Augen waren weit geöffnet und starrten an die Decke. Vollkommen hilflos blickte sich Ana im Raum um. Wenn ihr Vater hier alleine war, wo waren dann ihre Mutter und Philip? Hatten sie ihn etwa gefunden und waren fortgerannt, um Hilfe zu holen? Sie konnte nur hoffen, dass es sich so verhielt. Schwerfällig erhob sie sich, Entsetzen und Angst lähmten sie fast vollständig, aber sie musste weiterhin nach ihnen suchen. Ana trat zur Tür, die zur Garage führte und stieß sie auf, bevor ihr Mut sie noch ganz zu verlassen drohte. Durch das kleine Fenster auf der gegenüberliegenden Seite war die Garage in diffuses Dämmerlicht getaucht, aber es reichte aus, um sie erkennen zu lassen, dass ihre Suche beendet war. Mit einem Klagelaut sank sie zu Boden, Tränen liefen ihr lautlos über das Gesicht und tropften auf die Fliesen, wo sie sich mit dem Blut mischten, das im ganzen Raum verteilt war. Es bedeckte die beiden Körper, lief über den Boden und war über die Werkbank und die Regale gespritzt. Blut, so viel Blut. Ana begann zu schreien ...

27

„Ana, es ist alles gut, du bist bei mir."

Nur langsam drang die Stimme in ihr Bewusstsein und verdrängte das Entsetzen und die Panik. Am ganzen Körper zitternd krallte Ana ihre Finger in die schweißdurchtränkte Bettdecke und versuchte, die Übelkeit zurückzudrängen. Etwas presste sich an ihren Rücken, strich über ihre Wange. Licht flammte auf. Jemand beugte sich über sie, ein Gesicht tauchte auf. Silver.

„Es war nur ein Traum, es ist alles in Ordnung." Er sah sie besorgt an, seine Hand bedeckte ihre. „Geht es wieder?"

Stumm schüttelte Ana den Kopf. Natalie ... Der Anblick, der Geruch ... Ihr Magen krampfte sich zusammen. Sie kämpfte gegen Silvers Griff und sprang, eine Hand vor den Mund gepresst, aus dem Bett. Sie schaffte es gerade noch rechtzeitig zur Toilette zu kommen, bevor sie sich übergeben musste. Danach wusste sie nicht mehr, wie lange sie dort gesessen hatte, zitternd, würgend, bis sich ihr schließlich eine warme Hand auf die Schulter legte.

„Komm, ich helfe dir hoch."

Ana brachte nicht mehr als ein schwaches Nicken zustande, ihr Kopf fühlte sich an, als würde er jeden Moment zerspringen. Obwohl ihr der Schweiß den Rücken hinunterlief, fühlte sich der Rest ihres Körpers eiskalt an und es gelang ihr kaum, die einzelnen Glieder zu bewegen. Silver griff unter ihre Achseln und zog sie hoch, dann trug er sie ins Wohnzimmer hinüber. Sanft setzte er sie auf dem Sessel ab und breitete eine Decke über ihr aus, die er sorgfältig links und rechts von ihr feststeckte.

„Ich mache dir einen Tee."

Sie wollte ihn zurückrufen und ihm sagen, dass er bei ihr bleiben sollte, dass sie jetzt jemanden brauche, der sie festhielt, der lebendig war und sie davon abhielt, nachzudenken und sich zu erinnern, doch ihre klappernden Zähne hinderten sie daran. Selbst nach fünfzehn Jahren kam es ihr immer noch so vor, als wäre es erst gestern geschehen. Sie konnte sich an jede Einzelheit erinnern, an jede Sekunde, die sie nach ihrer grausamen Entdeckung weiterhin im Haus zugebracht hatte. Die Blutlachen, die Gerüche, die totale Stille. Ana schloss die Augen und holte mehrfach tief Luft. So detailliert war der Traum schon lange nicht mehr gewesen, meist war er nur bruchstückhaft, das Gefühl von Einsamkeit, Angst und etwas Schrecklichem mit einzelnen Szenen und Bildern verknüpft. Die Blutspritzer an den Laken, der verdrehte Körper ihres Vaters, ihre Mutter und Phil, das Blut an ihrer Kleidung und ihren eigenen Händen, nachdem sie vergeblich versucht hatte, sie wiederzubeleben. Erneut wurde ihr Körper von einem so heftigen Zittern geschüttelt, dass es sich sogar auf den Sessel übertrug. Ana betrachtete ihre Hände, doch es war kein Blut an ihnen zu sehen. Kein Wunder, nachdem sie sie im Krankenhaus mit heißem Wasser und Desinfektionsseife geschrubbt hatte.

Sie versteckte ihre Finger unter der Decke, als Silver aus der Küche kam, einen Becher mit dampfendem Tee in der Hand. Sein besorgter Blick tat ihr gut und ließ sie sich weniger allein fühlen. Silver stellte den Becher auf den Tisch und hob Ana mitsamt der Decke aus dem Sessel. Danach nahm er mit Ana in den Armen wieder in ihm Platz. Er zog die Decke über sie beide und drückte ihr den Becher in die Hand.

„Trink."

Vorsichtig nippte Ana am Tee und ließ das heiße Getränk schlückchenweise ihre ausgetrocknete Kehle hinunter rinnen.

Silver, der ihren Gesichtsausdruck dabei wohl falsch verstand, hob entschuldigend die Schultern. „Ich habe Zucker hineingetan, ich dachte, du könntest ein wenig Energie gut brauchen."

„Ist schon in Ordnung so, es war nur ein wenig heiß."

„Dann ist es gut." Silver nahm ihr den Becher wieder aus der Hand, stellte ihn zur Seite und zog sie enger an sich. „Besser?"

Ana vergrub ihr Gesicht an seinem Hals und atmete tief seinen Geruch nach Mann und Duschgel ein. „Viel besser."

Silver schwieg und wiegte sie sacht hin und her, seine Arme schützend um sie gelegt. Damals hatte sie niemanden gehabt, der sie so liebevoll getröstet und ihr das Gefühl gegeben hatte, nicht allein auf der Welt zu sein. Selbst ihre Freundin Marlee hatte sich nach der Ermordung ihrer Familie bald von ihr zurückgezogen, und als sie in das Waisenhaus eines anderen Stadtteils gebracht worden war, hatte sie zudem auch noch die Schule wechseln müssen. Die Kollegen ihres Vaters hatten sich ihrer angenommen und versucht, sie dazu zu überreden, Polizistin zu werden, doch sie hatte gewusst, dass diese Art von Arbeit nichts für sie war. Stattdessen hatte sie die Schule beendet, eine Ausbildung zur Fotografin absolviert und mit dem Geld aus dem Hinterbliebenenfonds sowie dem Erlös aus dem Verkauf ihres Elternhauses das Fotostudio eröffnet. Fotografieren war das Einzige, was ihr geblieben war. Und Natalie, die sie im Waisenhaus kennen gelernt hatte. Wenn sie nun auch noch ihre Freundin verlieren würde ...

„Es ist ganz normal, dass du nach so einem Erlebnis einen Albtraum hast. Das passiert mir auch immer wieder."

„Was mit Natalie geschehen ist, mag zwar der Auslöser für den Traum gewesen sein, aber nicht die Ursache."

„Wie meinst du das?"

Ana rückte ein wenig von ihm ab und blickte ihm forschend in die Augen. „Hat Bob es dir nicht erzählt?"

„Was?" Verwirrt sah er sie an.

„Den Grund, warum ich Polizeifotografin geworden bin."

„Nein, hat er nicht. Er hat zwar einige Andeutungen gemacht, aber ich habe nicht weiter nachgefragt, weil ich dachte, du würdest es mir schon selbst irgendwann erzählen." Silver strich Ana ihre vorwitzige Haarsträhne hinters Ohr und betrachtete sie dabei aufmerksam. „Jedenfalls würde ich es lieber von dir persönlich erfahren, als von jemand anderem. Aber nur, wenn du willst."

Ana überlegte kurz. Wollte sie sich innerhalb so kurzer Zeit erneut daran erinnern, wie es gewesen war, wieder eintauchen in diese Zeit und ihren Albtraum noch einmal durchleben? Nein, ganz sicher nicht. Andererseits hatte Silver ein Recht darauf, zu erfahren, was ihr widerfahren war, er musste wissen, mit wem er zusammen war, wenn ihre Beziehung Bestand haben sollte. Sie lehnte sich wieder an ihn und legte ihr Ohr an die Stelle über seinem Herz. Es schlug so regelmäßig, so beruhigend. Als er nichts weiter sagte, wusste sie, dass er nicht weiter in sie dringen würde. Dankbar registrierte sie, dass er geduldig darauf wartete, bis sie so weit war. Wie sollte sie so einen Mann nicht lieben? Schließlich gab Ana sich einen Ruck und begann zu erzählen.

„Mein Vater war Polizist bei der LAPD, meine Mutter war Hausfrau. Zumindest ab der Geburt meines Bruders, der zehn Jahre nach mir zur Welt gekommen ist. Ich bin mir sicher, es war ein Unfall, aber als er dann da war ..." Ana brach ab, als sie sich an Phils breites Zahnlückengrinsen erinnerte, wenn er wieder einmal etwas ausgefressen hatte, oder an seinen kleinen warmen Körper, wenn er nachts einen schlechten Traum hatte und zu ihr ins Bett gekrochen kam. „Wir waren glücklich, auch wenn Dad nicht viel Geld mit nach Hause brachte und wir deshalb auf einiges verzichten mussten. Wir hatten uns."

„Familie ist immer wichtiger als Besitz."

Ana lächelte ihn durch ihre Tränen hindurch an. „Das hat mein Vater auch immer gesagt. Es war vor fünfzehn Jahren, als ich von der Schule nach Hause kam und sie fand."

Silvers Atem ging schneller, als ahnte er, dass nun etwas Schreckliches folgen würde.

„Dad war zu Hause, er hatte Erholungsurlaub, weil er eine Woche zuvor in eine Schießerei an einer Tankstelle verwickelt gewesen war, wie ich später von seinen Kollegen erfahren habe. Er war als erster bei der überfallenen Tankstelle angekommen. Der Überfall war von einem Teenager verübt worden, der mit einer Schusswaffe die Angestellte und einige Kunden bedroht hatte. Er war auf Drogen und fürchterlich aufgeregt. Er hatte wild um sich geschossen, so lange bis mein Vater ihn gestoppt hat. Er ist später im Krankenhaus gestorben. Sein älterer Bruder hat damals wohl Schmiere gestanden und alles mitbekommen, jedenfalls hat er geschworen, seinen Bruder zu rächen. An diesem Tag nun ..." Anas Stimme versagte. „Als ich nach Hause kam, war niemand da. Aber ich wusste, dass sie da sein mussten, denn das Auto stand vor der Tür und auf dem Herd ein Topf ... um diese Uhrzeit gab es immer Essen bei uns." Den Rest des Satzes hatte Ana nur noch geflüstert.

Beruhigend fuhren Silvers Hände über ihren Rücken.

„Ich dachte, es hätte vielleicht einen Notfall gegeben, aber eigentlich spürte ich von Anfang an, dass irgendetwas nicht stimmte." Sie brach ab und presste die Hand gegen ihre Lippen. „Mein Vater lag in der Waschküche, anscheinend hat er noch versucht, meine Mutter und meinen Bruder zu schützen, aber der Verbrecher hatte ihn angeschossen und dann zusehen lassen, wie er ..." Diesmal konnte sie nicht weiter reden. Tränen liefen über ihre Wangen und versickerten in Silvers T-Shirt. „Ich habe sie in der Garage gefunden. Überall war Blut, so viel Blut." Ein Schluchzen erstickte ihre Stimme. „Wie kann man einen sechsjährigen Jungen einfach so abschlachten? Was hatte Phil denn schon getan?"

„Nichts." Silver umfasste ihren Kopf, seine Finger glitten durch ihre Haare. „Gar nichts."

„Trotzdem wurde er umgebracht. In der Hand hielt er noch sein geliebtes Matchbox-Auto."

„War der Täter schon weg, als du gekommen bist?"

Ana erschauerte. „Er muss das Haus nur wenige Minuten zuvor verlassen haben." Sie schloss die Augen. „Ich habe geschrien, bis die Nachbarin mich gehört hat. Danach weiß ich nichts mehr."

Silver hielt sie fest an sich gedrückt. „Ich bin froh, dass du nicht zu Hause warst."

„Jetzt bin ich es auch, aber damals habe ich mir gewünscht, ich wäre mit ihnen gestorben. Ich konnte mir ein Leben ohne meine Familie einfach nicht vorstellen, ich fühlte mich allein und verlassen. Ich war egoistisch."

„Das ist doch ganz normal. Jeder, der den Tod einer geliebten Person betrauert, denkt darüber nach, was er verloren hat. Wie viel schlimmer muss es für ein Kind sein, das seine ganze Familie verliert."

„Ich war sechzehn."

„Und du hattest ein traumatisches Erlebnis. War in der Zeit danach wenigstens jemand da, der sich um dich gekümmert hat?"

„Die Jugendfürsorge. Ich war in einem Heim, bis ich achtzehn war."

„Das tut mir leid. Hattest du keine Verwandten, die dich hätten aufnehmen können?"

„Nein, niemand. Das Heim war auch gar nicht so schlimm, ich habe dort sehr viel gelernt. Und vor allem habe ich dort Natalie kennen gelernt, ihre Mutter war an Krebs gestorben und ihr Vater hatte sich schon früher aus dem Staub gemacht. Wir haben uns gegenseitig getröstet und aufgebaut, sie ist wirklich zu meiner Schwester geworden."

Ana presste ihre Wange an Silvers Brust. „Ich wüsste nicht, wie ich ohne sie weitermachen soll. Sie war immer für mich da."

„Das wird sie auch weiterhin sein, genauso wie du für sie da sein wirst. Und außerdem hast du jetzt ja auch noch mich."

Anas Herz klopfte schneller. „Habe ich das?"

Er küsste sie auf die Stirn. „Sollte es dir bisher noch nicht aufgefallen sein, weiß ich auch nicht, womit ich es dir noch deutlicher machen kann."

Ana hob ihren Kopf und blickte in seine Augen. „Seit dem Mord an meiner Familie gehe ich keine oberflächlichen Freundschaften mehr ein, dazu ist mir das Leben und meine Zeit zu kostbar. Ich kann es mir nicht leisten, Gefühle in jemanden zu investieren, den ich wieder verlieren werde."

Zärtlich berührte Silver ihren Mund mit seinem Finger. „Ich kann dir natürlich nicht versprechen, ewig zu leben, aber so lange ich lebe, werde ich bei dir sein."

Tränen verschleierten Anas Blick. „Ich werde dich daran erinnern."

„Das brauchst du nicht." Er senkte den Kopf und küsste sie. „Ich weiß nicht, wie du es geschafft hast, aber du hast mich schon beim ersten Blick eingefangen."

Sie musste lachen, um nicht schon wieder weinen zu müssen. „Und du mich, sowie du dein T-Shirt ausgezogen hattest."

Sie war überrascht, als Silver ihr daraufhin mit einem Kuss antwortete, der sowohl tief und leidenschaftlich, als auch liebevoll und Trost spendend war.

Eine kleine Ewigkeit später löste sich Silver von ihr und lächelte sie an. „Gut, dass ich nicht wieder gegangen bin, ohne mich vorher ausgezogen zu haben."

Ana stimmte ihm aus vollem Herzen zu. „Es wäre eine Schande gewesen, die wunderschönen Fotos nicht zu machen." Sie bemerkte seinen empörten Blick. „Aber wenn ich ehrlich bin, fand ich dich auch schon interessant, als du noch vollständig angezogen warst."

„Gut." Die tiefe Befriedigung, die in seiner Antwort lag, war nicht gespielt, das konnte sie an seinem Gesichtsausdruck erkennen.

Sie umfasste sein Gesicht mit beiden Händen. „Gerade du solltest wissen, dass Schönheit allein keine Garantie für eine glückliche Beziehung ist. Und dass ich als Fotografin durchaus zwischen der äußeren Hülle und dem Innern eines Menschen unterscheiden kann."

"Dann sind wir uns ja einig." Er beugte sich vor. „Möchtest du noch Tee?"

Es war eindeutig, dass Silver nicht weiter über das Thema sprechen wollte und so nahm sie schweigend ihren Becher entgegen und trank ein paar Schlucke.

„Der Täter wurde gefasst?"

Ana stellte den Becher weg und schob ihre Hände zurück unter die Decke. „Ja, ein paar Tage nach der Tat. Er hatte bei seinen Kumpels mit der Tat geprahlt und sich in Widersprüche verwickelt, als er überprüft wurde. Er wurde verhaftet und verurteilt."

„Befindet er sich noch im Gefängnis?"

„Natürlich, er hat mehrmals lebenslänglich bekommen. Wenn er freigekommen wäre, hätte man mich sofort informiert."

„Also kann er nicht unser Täter sein."

Ana spürte, wie das Blut aus ihrem Kopf wich, als sie erkannte, worauf Silver mit seinen Fragen hinaus wollte. „Nein, auf keinen Fall! Denn er ist nicht nur für immer weggesperrt, er hat seine Taten auch ganz anders ausgeführt als der jetzige Täter und vor allem war er nicht der Schlaueste. Seine Methode war, herauszufinden, wo sein Opfer wohnte, dann einfach dort hinzufahren und es zu erschießen. Außerdem haben die jetzigen Opfer nichts mit dem Fall von damals zu tun." Als Silver nicht antwortete, sah sie ihn entsetzt an. „Das haben sie doch nicht, oder?"

Silver wog bedächtig den Kopf. „Da ich von dem Fall bisher nichts wusste, kann ich das nicht mit hundertprozentiger Sicherheit ausschließen, aber vermutlich nicht. Eine Möglichkeit wäre dennoch die, dass er es auf dich abgesehen hat, denn bis auf Delia Hoffman hattest du mit allen Opfern etwas zu tun." Er hob die Hand, als sie protestieren wollte. „Das ist keine Schuldzuweisung, sondern eine Tatsache. Gwen Tudolsky war Stuart Killings Freundin, für die du Fotos von ihm gemacht hast, Stacy war die meinige, und Natalie ..." Entschuldigend drückte er ihre Hand. „Es mag weit hergeholt und vermutlich auch unsinnig sein, aber wir können es uns einfach nicht leisten, nicht jeder noch so kleinen Spur nachzugehen. Ich werde mich morgen also gleich danach erkundigen, ob der Mörder deiner Familie noch im Gefängnis ist."

Der Gedanke, dass die Morde in direktem Zusammenhang mit ihr stehen könnten, gefiel Ana nicht, daher war es sicher besser, wenn der Verdacht so schnell wie möglich von offizieller Seite ausgeräumt wurde. Sollte es sich wirklich um den Mörder von damals handeln, wusste sie nicht, wie sie damit umgehen würde.

„Ich bin zu spät gekommen."

Silver sah sie verwirrt an. „Was meinst du damit?"

Ana biss sich auf die Lippen. „An dem Tag vor fünfzehn Jahren war ich spät dran, weil ich vorher noch eine Besprechung wegen eines Fotoprojekts hatte. Wäre ich pünktlich gewesen, ich meine, wäre ich zur gleichen

Uhrzeit wie sonst zu Hause gewesen, hätte er mich ebenfalls getötet. Zumindest muss er das vorgehabt haben."

„Aber du warst nicht pünktlich und hast deswegen überlebt."

„Aber nur durch Zufall!"

„Und? Es war auch nur Zufall, dass ich mir dein Fotostudio ausgesucht habe und kein anderes. Viele entscheidende Dinge geschehen im Leben einfach, ohne dass man etwas dafür getan hat."

„Vielleicht."

„Ganz bestimmt."

Silvers Gewissheit bewirkte zumindest, dass Ana sich ein wenig entspannte. Zudem war sie viel zu müde, um sich mit ihm über diesen Punkt zu streiten. Der Überfall auf Natalie und der darauf folgende Albtraum hatten sie zu sehr mitgenommen, sie war einfach zu keinem klaren Gedanken mehr fähig.

„Bob wird dich sicher morgen bitten, in Natalies Wohnung nachzusehen, ob etwas fehlt." Er hob ihr Kinn an und betrachtete sie prüfend. „Wirst du das schaffen? Wenn nicht, sag es einfach, jeder wird es verstehen."

Ana überlegte kurz, war sich dann aber sicher. „Ich schaffe es. Solange nur das Blut ..."

„Du wirst es nicht sehen müssen. Ich werde dich außerdem nicht alleine hingehen lassen. Ich selbst kann zwar nicht mit dir kommen, da hätte Bob wahrscheinlich etwas dagegen. Aber ich werde dafür sorgen, dass er oder ein anderer aus dem Team dich begleiten."

Ana gelang ein schwaches Lächeln. „Danke. Ich werde morgen früh erst einmal ins Krankenhaus fahren, aber im Laufe des Tages habe ich sicher Zeit, Natalies Wohnung zu überprüfen. Ob ich allerdings merken werde, wenn etwas fehlt, kann ich nicht sagen."

„Ich rechne auch nicht unbedingt damit, dass etwas fehlt. Bisher war das noch bei keinem der Tatorte der Fall, zumindest fehlte nie etwas Offensichtliches."

„Vielleicht findet sich diesmal eine Spur, der Mörder kann doch in der kurzen Vorbereitungszeit unmöglich so exakt vorgegangen sein, wie bei den Malen zuvor."

„Wir wissen aber nicht, wie lange er sich im Einzelnen auf sie vorbereitet hat und Stacys Ermordung hat deutlich gezeigt, dass er auch mit weit weniger Planungszeit auskommt." Silvers Gesicht nahm einen grimmigen Ausdruck an. „Nicht einmal ein öffentlicher Ort mit Sicherheitskameras und Wachleuten hat ihn abgehalten."

Furcht stieg in Ana auf. „Glaubst du, er wird sich schon bald ein neues Opfer suchen?"

An Silvers Miene konnte sie erkennen, dass er zögerte, ihr die Wahrheit zu sagen. „Es besteht die Möglichkeit."

„Also ja."

Silver nickte. „Serienmörder hören nur selten von alleine wieder auf zu morden. Haben sie erst einmal gemerkt, wie leicht es ist und dass sie ungeschoren davonkommen, gehen sie immer weiter und töten in immer kürzeren Abständen, so lange, bis sie gestoppt werden. Unser Täter weiß inzwischen, dass wir noch keine Spur haben, die auf ihn hinweist, das wird ihn dazu treiben, herauszufinden, wie weit er gehen kann."

Ana schloss die Augen. „Bitte nicht."

Silver überlegte einen Augenblick, dann meinte er entschlossen: „Ich werde Bob darum bitten, einen anderen Fotografen anzufordern, falls noch ein Mord geschieht."

Überrascht starrte Ana ihn an. „Warum denn das?"

„Ich will nicht, dass du so etwas noch einmal sehen musst. Du hast schon genug durchgemacht. Warum willst du dich dem noch länger aussetzen?“ Er drückte ihre Hand. „Ich möchte dich aus der Schusslinie halten, bis wir den Kerl gefasst haben.“

Obwohl Ana sich darüber freute, dass Silver sie beschützen wollte, war sie dennoch nicht mit seinem Vorschlag einverstanden. Sie wollte dabei helfen, den Mörder zu überführen. Es war so etwas wie ihr persönlicher Beitrag. Für sich und für alle anderen Opfer. „Ich möchte aber weitermachen. Es wird zwar schwierig sein, jetzt wo Natalie meine Unterstützung braucht. Doch ich habe mir die Arbeit ausgesucht und werde sie auch beenden. Das schulde ich ihnen.“

„Wem? Du schuldest niemandem etwas!“

Ana setzte sich auf und sah Silver ernst an. „Ich schulde es meinem Vater, der gestorben ist, weil er seine Arbeit als Polizist getan hat. Ich schulde es seinen Kollegen, die mich nach seinem Tod unterstützt haben und ich schulde es den Opfern, die keine zweite Chance erhalten haben, so wie ich. Ihnen allen möchte ich helfen und etwas von dem zurückgeben, was ich bekommen habe.“ Als Silver etwas darauf erwidern wollte, legte sie ihm ihre Finger auf die Lippen. „Früher einmal wollte ich Polizistin werden, so wie mein Vater, doch nach dem Vorfall konnte ich das nicht mehr. Ich wusste, dass ich mich nie so sehr auf eine Ermittlung einlassen könnte, wie man es muss, um wirklich gut zu sein. Wenn ich Blut sehe, muss ich unweigerlich an meine Familie denken, ich wäre abgelenkt. Mit meiner Kamera gelingt es mir jedoch, mich ein wenig von dem Opfer zu distanzieren und auf diese Weise dazu beizutragen, den Fall zu lösen. Ich liebe meine Arbeit im Fotostudio, aber ich brauche die Arbeit für die Polizei als Ausgleich. Sie gibt mir einen Lebenszweck, einen Grund, warum ich sagen kann: Es war gut, damals nicht zu sterben. Ich werde gebraucht."

Silver schwieg einen Moment lang, bevor er sich vorbeugte und sie sanft auf den Mund küsste. „Du bist etwas ganz Besonderes, Anabelle Terrence."

Ana atmete einmal tief durch. „Danke." Gefühle kamen in ihr hoch, die sie jahrelang unterdrückt hatte. Sie wollte niemanden brauchen und schon gar nicht lieben, erst recht niemanden wie Silver, der den gleichen gefährlichen Beruf ausübte wie ihr Vater. Wenn ihm etwas passieren sollte... Ana führte den Gedanken nicht zu Ende. Es würde sowieso nichts ändern. Da sie nicht bereit war, auf ihn zu verzichten, würde sie mit der Situation zurechtkommen müssen. Außerdem mochte sie ihn genau so wie er war, er sollte sich nicht für sie ändern. Zufrieden und erschöpft ließ sie zu, dass sich langsam Müdigkeit in ihr ausbreitete und ihre Lider immer schwerer wurden.

„Möchtest du hierbleiben, oder wollen wir wieder ins Bett gehen?"

Schläfrig hob Ana den Kopf. „Es ist so schön, auf dir zu liegen und deinen Herzschlag zu spüren."

Sein Lachen ließ seinen Brustkorb vibrieren. „Das kannst du definitiv auch im Bett, ich stehe gerne als deine Unterlage zur Verfügung." Sein Lächeln ließ ihr Herz schneller klopfen. „Abgemacht?"

Ihr Gesichtsausdruck war ihm Antwort genug, denn er schob sich mit ihr zusammen aus dem Sessel und trug sie ins Schlafzimmer.

28

Es war falsch, alles falsch. Die falsche Person, das falsche Objekt. Nicht schlecht, sicher, aber nicht so wie es ursprünglich geplant gewesen war. Was brachte es, eine Aktion minutiös und in allen Details vorzubereiten, wenn hinterher irgendeine Nichtigkeit dazwischen kam und alles zerstörte? Und das war ganz allein die Schuld dieser Person, dieser Fotografin! War ihre Beziehung zu dem Detective vorher noch eine nette Beigabe gewesen, nervte sie jetzt nur noch. Es konnte nicht geduldet werden, dass etwas oder jemand die Planung störte oder sogar zunichte machte. Zu viel hing von ihrem Gelingen ab. Die Fotowand zeigte, wie viel Arbeit in dieses Projekt gesteckt worden war. Die Spenderinnen waren sorgfältig ausgewählt und auf ihre Eignung hin geprüft worden. Miss Shampoo hatte der blonden Freundin des Detectives Platz gemacht, kein schlechter Ersatz und eine abgesegnete Aktion. Doch diese Natascha oder wie sie hieß, war nie auch nur annähernd in Betracht gezogen worden. Das Material war nicht schlecht, aber hier ging es ums Prinzip.

Die Fotografin wirkte so unschuldig, dabei brachte sie nur Unruhe und Ärger mit sich. Sie musste als nächste getötet werden, damit alles weiter nach Plan verlaufen konnte. Nicht mehr lange, und alles würde wieder so sein, wie es sein sollte.

Die Pinnnadel bohrte sich in A. J. Terrence' Papierauge.

„Was kann ich heute für Sie tun?" Den Kopf in den Nacken gelegt, blickte Debra zu ihm auf. „Sie sehen müde aus."

„Ich hatte einen Einsatz letzte Nacht."

Debra nickte. „Ich habe davon gehört. Gut, dass der Täter endlich gefasst wurde."

„Ja." Silver stützte sich auf die Theke und ging gleichzeitig etwas in die Knie, damit Debra sich nicht länger den Hals verrenken musste. Außerdem wollte er nicht, dass die anderen Kollegen sein Anliegen mitbekamen. „Jetzt geht es mir aber um einen anderen Fall."

„Um den Serienmörder?"

„Sie wissen doch, dass ich nicht mehr an der Ermittlung beteiligt bin."

Debra grinste. „Offiziell nicht."

„Genau. Ich habe versucht, Informationen zu dem Mord an der Familie von A. J. Terrence zu bekommen, aber nichts gefunden. Kann es sein, dass die Akten nicht im Computer sind?"

Debra richtete sich auf, das Lächeln war aus ihrem Gesicht verschwunden. „Darüber sollten Sie besser zuerst mit A. J. reden."

Silver seufzte. „Das habe ich. Sie hat mir erzählt, was passiert ist. Es geht mir momentan auch nur darum, herauszufinden, ob der Mörder ihrer Familie noch im Gefängnis sitzt oder ob er irgendetwas mit dem, was derzeit passiert, zu tun haben kann."

„Warum sagen Sie das nicht gleich?" Debra bückte sich und wühlte in einer Schublade herum. „Einige der ehemaligen Kollegen ihres Vaters kommen hin und wieder vorbei, deshalb bin ich immer auf dem neuesten Stand. Wo ist nur dieser …? Ah, hier." Sie tauchte wieder auf und schob ihm eine dicke Akte zu. „Die aktuellste Meldung liegt immer oben auf." Debra öffnete den Pappdeckel und fuhr mit dem Finger auf dem obersten Blatt entlang, während sie vorlas. „Clayton Burns, 37 Jahre alt, ledig. Nach zwei Jahren Untersuchungshaft während des Prozesses kam er 1993 in das gerade fertig gestellte California State Prison. Dort sitzt er seitdem ein. Das Urteil lautet drei Mal lebenslänglich, ohne Möglichkeit auf Bewährung." Sie sah auf. „Er wird dort nur auf einer Bahre liegend wieder herauskommen."

„Gut." Die Befriedigung, die er in diesem Augenblick empfand, war seinem Gesicht wohl deutlich anzusehen, denn Debras Lächeln kehrte zurück.

„Grüßen Sie A. J. von mir."

Silver grinste sie an, als er erkannte, dass sie durch ihre Frage erfahren wollte, wie es zwischen ihm und Ana stand. „Das werde ich tun."

„Und passen Sie auf sie auf."

Das würde er ganz sicher. Bob musste sofort eine ständige Überwachung veranlassen, denn Silver wollte, dass Ana auch dann geschützt war, wenn er nicht bei ihr sein konnte. Der Täter war bereits in ihrer Nähe, es würde nicht viel fehlen … Aber daran wollte er jetzt nicht denken. Silver stieß die Tür zum Büro auf. Bob saß bereits an seinem Schreibtisch, sein Jackett hing über der Stuhllehne, seine Krawatte saß schief, sein Hemd war verknittert.

Er sah Silver aus geröteten Augen an. „Wie geht es A. J.?"

„Den Umständen entsprechend. Ich habe sie schon vorgewarnt, dass du sie wegen der Untersuchung von Natalies Wohnung wahrscheinlich anrufen wirst. Sie ist gerade ins Krankenhaus gefahren, aber sie hat versprochen, im Laufe des Tages noch dorthin zu fahren."

„Gut. Je eher, desto besser." Bob hatte anscheinend Mühe, seine Augen offen zu halten. „Es sind noch immer nicht alle Spuren ausgewertet, aber es deutet alles darauf hin, dass sich der letzte Fall analog zu den vorangegangenen Fällen verhält. Keine Hinweise auf den Täter. Die einzige Ausnahme besteht darin, dass Natalie sich noch bewegen konnte, weil das Betäubungsmittel vermutlich zu niedrig dosiert war. Es wurde ein uns bisher unbekanntes Mittel in ihrem Blut gefunden, das aber erst noch genauer analysiert werden muss. Anhand von Fotos wurden die Schnitte mit denen der anderen Opfer verglichen: Sie sind von ihrer Form und ihrer Position her miteinander identisch. Ich werde vom Krankenhaus benachrichtigt, sobald Natalie aufwacht. Hoffentlich kann sie uns etwas über den Täter verraten."

„Und wenn es nur die Augenfarbe ist, ein Geruch oder sonst irgendeine Kleinigkeit." Silver setzte sich auf seinen Stuhl. „Habt ihr inzwischen die Videobänder des Hotels mit den Fotos der anderen Tatorte abgeglichen?"

„Was glaubst du wohl, weshalb meine Augen diese interessante Färbung angenommen haben?" Mit einem tiefen Seufzer lehnte Bob sich zurück. „Wir haben nichts entdeckt. Weder jemanden, der an einem der Tatorte war, noch jemanden, der sich sonst irgendwie auffällig benommen hat. Es ist, als hätte sich der Täter erst im Zimmer materialisiert."

„Das kann nicht sein, irgendwie muss er hineingekommen sein."

Bob fuhr sich mit beiden Händen über seine Haare. „Wir vermuten, dass er sich unter die Angestellten gemischt hat und über den Personaltrakt zum Zimmer gelangt ist. Da die Kameras aber nur vor den Fahrstühlen und nicht in den Gängen und vor den Türen angebracht sind ..."

Eine Sackgasse. Schon wieder.

„Wir werden das Personal weiterhin befragen, vielleicht erinnert sich im Nachhinein doch noch jemand an ein Detail, das er bislang für unwichtig hielt." Was eher unwahrscheinlich war in einem großen Hotel mit so vielen Beschäftigten. Bob setzte jedoch eine zuversichtliche Miene auf. „Vielleicht bringt uns ja Natalie den Durchbruch. Wenn sie uns den Täter beschreiben kann, werden wir ihn kriegen."

„Könntest du Ana vom Krankenhaus mit zu Natalies Wohnung nehmen? Ich möchte nicht, dass sie alleine durch die Gegend fährt."

„Natürlich. Ich werde sie auch bewachen lassen."

„Danke."

„Keiner möchte, dass ihr etwas passiert. Oder irgendeiner anderen Frau. Ich kann den Schutz zeitlich natürlich nicht unbegrenzt bestehen lassen, aber für die nächsten Wochen dürfte es kein Problem sein."

„Wenn ich da bin, reicht eine Streife."

Bob warf ihm einen interessierten Blick zu. „Wie oft planst du denn, bei ihr zu sein?"

„Jede freie Minute."

Ein leichtes Lächeln huschte über Bobs Gesicht. „Wenn der Anlass nicht so traurig wäre, könnte ich mich direkt darüber freuen."

„Wenn es dich beruhigt: Ich würde auch bei ihr sein wollen, wenn es die Morde nicht gäbe. Vermutlich hätte es dann nur etwas länger gedauert."

„Garantiert."

Silver verdrehte die Augen. „Können wir jetzt wieder zum Fall zurückkehren?"

„Wenn du darauf bestehst ..." Bob griff vor sich auf den Schreibtisch und warf ihm eine Zeitung zu. „Hast du schon gelesen?"

Silver verzog den Mund, als sein Blick auf die Schlagzeile fiel: *LAPD Detective Geliebter eines Opfers?* Angewidert warf er die Zeitung wieder auf den Arbeitsplatz zurück. „Nein, ich bin noch nicht dazu gekommen, mir hier eine Zeitung zu abonnieren. Steht etwas Interessantes drin?"

„Kommt darauf an, ob du etwas auf Gerüchte gibst. Angeblich ist einer der ermittelnden Detectives in der Mordserie mit einem der Opfer gut befreundet gewesen. Detective Lincoln Silver, gerade aus Chicago übergesiedelt, wird mit Stacy Muldoon, dem im L. A. Court Hotel gefundenen Opfer, in Verbindung gebracht, die ebenfalls aus Chicago stammt. Weiter wird spekuliert, ob besagter Detective selbst der Täter ist oder der mögliche Täter sich wegen irgendetwas an ihm rächen will."

Silver ließ sich auf seinen Stuhl fallen und schüttelte den Kopf. „Na toll. Woher die das nur haben?"

„Das habe ich natürlich sofort überprüfen lassen. Von den Redaktionen der einzelnen Zeitungen kam einheitlich zurück, dass sie einen anonymen Hinweis erhalten hätten, woraufhin sie einige Nachforschungen angestellt haben und zu dem Ergebnis gekommen sind, dass da etwas dran sein könnte." Bob hob eine Augenbraue. „Was ja auch stimmt. Ich glaube nicht, dass jemand von unseren Leuten geredet hat, die Information war außerdem nur ganz wenigen bekannt. Hätte ein einzelner Journalist von sich aus etwas ausgebuddelt, wäre der Artikel exklusiv in dessen Blatt erschienen. Wegen der breiten Streuung vermuten wir eher, dass diese Nachricht gezielt von jemand außerhalb der Polizei und Presse verbreitet worden ist."

Silver presste die Lippen zusammen. „Der Täter?"

„Eventuell. Wir haben uns von sämtlichen Zeitungen die anonymen Hinweise, auf die sie sich bezogen, aushändigen lassen und das Spurensicherungsteam darauf angesetzt. Bisher noch ohne Ergebnis."

„Ich glaube langsam wirklich, dass uns der Täter aufmischen will, um uns dadurch von seiner Spur abzulenken."

„Oder er verhöhnt uns, weil er weiß, dass wir noch immer keinen blassen Schimmer haben, wer er sein könnte."

„Oder das." Silver stand auf und ging aufgebracht im Zimmer auf und ab. „Wir müssen ihn endlich erwischen!"

„Gut erkannt, nur wie sollen wir das machen, wenn er keine Spuren hinterlässt? Wir ermitteln in alle Richtungen und trotzdem haben wir noch immer keinen Anhaltspunkt."

„Vielleicht doch."

„Ja, ja, sicher ..." Bob beendete seinen Satz nicht, als er Silvers ernsten Gesichtsausdruck bemerkte. „Also gut, dann lass mal hören."

„Ich habe den Verdacht, dass sich der Täter das als Souvenir mitgenommen hat, was er am Opfer am Schönsten fand – oder das, was dem Opfer an sich selbst am besten gefallen hat. Stuart Killings sagte, Gwen Tudolsky wäre mit ihren Ohren sehr zufrieden gewesen. Felicia Damon hat bestätigt, dass Delia Hoffman sehr stolz auf ihre Brüste war, das ist vielleicht auch im Strip-Club aufgefallen. Ich weiß, wie viel Zeit Stacy in ihre Haare investiert hat. Und Natalie Brennans Lippen passen ebenfalls in dieses Muster, sie waren ungewöhnlich und stachen wohl jedem Mann sofort ins Auge. Ana meinte, dass Natalie ihren Mund mochte und auch dessen erotische Wirkung sehr wohl einschätzen konnte. Vielleicht kann Caroline das mit ins Täterprofil aufnehmen."

„Wir können es ihr sagen, wenn sie gleich kommt." Nachdenklich tippte Bob mit dem Kugelschreiber gegen seine Lippe. „Ich denke, wir sind uns einig, dass die Morde im weitesten Sinne etwas mit Schönheit zu tun haben. Dazu würde auch Carls Bericht passen, dass sich die Schnitte stets an Stellen befinden, die häufig operiert werden. Die Opfer waren zudem allesamt gut aussehende Frauen zwischen 24 und 35 Jahren. Entweder der Täter hasst alle jungen, schönen Frauen und zerstört deshalb ihre Schönheit oder er will sich ein Stück dieser Schönheit mitnehmen und aufbewahren."

„Oder beides."

Bob nickte. „Caroline kann sicher mehr damit anfangen."

„Hoffentlich. Wir müssen ihn unbedingt stoppen, bevor er wieder zuschlägt."

„Wenn wir von der immer schneller aufeinander folgenden Zeitabfolge der Taten ausgehen, müssen wir diese oder nächste Nacht mit einem weiteren Überfall rechnen. Nur wie sollen wir das Opfer schützen, wenn wir nicht einmal wissen, nach welchem

Muster sie der Täter aussucht?" Bob ließ seine Faust frustiert auf den Tisch niedersausen. „Es ist zum Verrücktwerden!"

„Es war schon ein erster Fehler, dass er das Betäubungsmittel dieses Mal nicht ausreichend dosiert hat."

„Und er wird weitere begehen."

„Vielleicht. Wenn wir ..." Bob brach ab, als es an der Tür klopfte. „Ja, bitte?"

Caroline Hickman steckte den Kopf zur Zimmertür herein. „Hallo, störe ich?"

„Nein, komm herein, wir haben gerade von dir gesprochen." Bob erhob sich und rückte ihr einen Stuhl zurecht.

„Danke." Caroline schenkte ihm ein warmes Lächeln und setzte sich. „Nur Gutes, hoffe ich."

Röte überzog Bobs Wangen. „Aber natürlich."

Silver half ihm über die Situation hinweg, indem er sich nun seinerseits ins Gespräch einschaltete und Caroline direkt ansprach. „Danke dass Sie so schnell kommen konnten, Caroline. Es gibt ein paar Punkte unseren Fall betreffend, die wir gerne mit Ihnen besprechen würden."

Sofort zog Bob eine Augenbraue nach oben. „Besser gesagt, ich wollte mit dir darüber sprechen, denn Silver ermittelt diesbezüglich ja nicht mehr und ist auch nur deshalb im Zimmer, weil sich hier nach wie vor sein Schreibtisch befindet." Er warf Silver einen warnenden Blick zu. „Richtig?"

„Natürlich", bekräftigte Silver, „beachtet mich gar nicht."

Caroline nickte knapp und öffnete die mitgebrachte Mappe. „In Ordnung, kommen wir zur Sache. Ich habe den vorläufigen Bericht zum neuesten Opfer gelesen und denke, dass er unser bisheriges Profil vom Täter bestätigt. Allerdings hat sich dadurch, dass er sich seine Opfer, wie es aussieht, nicht mehr nach seinem bisherigen Schema aussucht, eine kleine Änderung ergeben. Dieses Mal ist er nach anderen Kriterien vorgegangen. Andererseits entsprechen diese immer noch dem Opfertyp. Auch das neueste Opfer war weiblich, schön, unter 40 und zum Zeitpunkt des Angriffs allein in seiner Wohnung. Aber der Täter hat dennoch zwei Dinge in seinem MO geändert: zum einen die Art, wie er sein nächstes Opfer ausgewählt hat. Zum anderen ist die Zeitspanne, die er dafür aufgewendet hat, um die Lebensumstände des Opfers auszuspionieren, beträchtlich kürzer geworden. Im Fall von Stacy Muldoon hatte er dafür nicht einmal sechsunddreißig Stunden Zeit." Sie blickte Silver entschuldigend an. „Wir wissen nicht, wie lange er Natalie Brennan schon beobachtet hat, aber ich denke, wir können davon ausgehen, dass er sie vor einigen Tagen noch nicht kannte."

Silver dachte kurz über das nach, was Caroline soeben ausgeführt hatte und meinte dann: „Also ist der Täter wirklich nur deshalb auf Natalie gekommen, weil er sie mit mir zusammen gesehen hat?"

Caroline neigte den Kopf. „Oder mit A. J. Terrence. Egal auf wen er sich als Nächstes konzentriert, es erscheint mir wichtig, dass er sich jetzt anscheinend auf dem Ermittlungsteam nahestehende Personen verlegt hat. Für mich zieht das den Schluss nach sich, dass er sich sehr wohl für die Ermittlungen interessiert und sie vermutlich in unmittelbarer Nähe zum Tatort verfolgt. Habt ihr inzwischen die Fotos ausgewertet?"

Bob sah unglücklich drein. „Ja, aber wir haben niemanden entdecken können, der uns verdächtig erschien. Ebenso wenig auf den Überwachungsvideos des Hotels."

„Ich habe es befürchtet und es stützt meine Vermutung, dass der Täter sehr intelligent ist. Ich nehme an, dass er sogar studiert hat."

„Medizin?"

Caroline zuckte mit den Schultern. „Möglicherweise. Er muss aber nicht zwingend notwendig einen Abschluss gemacht haben."

„Womit die Möglichkeit, ihn über die ärztliche Zulassungsstelle ermitteln zu können, noch unwahrscheinlicher wird. Carls Vermutungen gingen bereits in Richtung Arzt, Metzger, Präparator."

„Da würde ich ganz eindeutig zum Arzt hin tendieren, denn für die anderen Berufe braucht man zwar ebenfalls Geschick und Fingerfertigkeit, aber weitaus weniger Intelligenz. Die ist aber für die Planung solcher Taten unbedingte Voraussetzung. Wobei man das Gegenteil natürlich nie ganz ausschließen kann. Habt ihr überprüft, ob die Opfer bei denselben Ärzten in Behandlung waren?"

Bob zog einen Zettel hervor. „Ja, negativ. Zumindest im Fall der ersten drei Opfer, ich werde nachher A. J. fragen, ob sie weiß, welche Ärzte ihre Freundin aufgesucht hat. Falls sie es nicht weiß, werde ich Mrs Brennan selbst danach fragen, sofern sie schon in der Lage ist, zu antworten."

Caroline machte sich eine Notiz, bevor sie wieder aufblickte. „Gut. Allerdings befürchte ich, dass dabei ebenfalls nichts herauskommen wird. Nichtsdestotrotz muss es etwas geben, das alle Opfer miteinander verbindet und sie dem Täter besonders verlockend erscheinen lässt. Zumindest die ersten zwei Opfer könnten uns damit auf die Spur des Täters führen, bei den letzten beiden liegen andere Gründe und ein anderer MO vor, ich würde sie deshalb nicht unbedingt mit heranziehen."

Sie blätterte erneut in ihren Unterlagen. „Ich habe auch die Aussage von Collin Todd gründlich studiert. Obwohl er durch seinen Beruf perfekt in das Täterprofil passen würde, denke ich doch, dass er nichts mit den Morden zu tun hat. Mal ganz abgesehen von seinem Alibi für die beiden ersten Morde, schien er mir ehrlich erschüttert angesichts der Nachricht von Stacy Muldons Tod." Wieder ein kurzer Blick zu Silver. „Laut der Aussagen von anderen Besuchern des Kongresses, Bekannten und Familienangehörigen scheint er mir vom Typ her kein Mörder, geschweige denn ein Serientäter zu sein."

„Zum gleichen Ergebnis sind wir auch gekommen." Bob klopfte ungeduldig mit seinem Stift auf die Ermittlungsakte. „Wir sind allerdings sicher, dass das fehlende Glied, das die Fälle miteinander verbindet, irgendetwas mit der Schönheit der Opfer zu tun haben muss. Vielleicht nimmt sich der Täter das, was ihm am Opfer am besten gefallen hat, als Souvenir. Doch das hilft uns natürlich nicht weiter, wenn es um die Frage geht, woher der Täter seine Opfer kannte."

„Habt ihr die Ärzte aus der Gegend hier überprüft?"

Bob machte eine vage Geste mit seiner rechten Hand. „Weißt du, wie viele es allein schon in der näheren Umgebung von Los Angeles gibt? Wenn man dann noch den Umkreis mit all seinen Städten hinzu nimmt, kommt da so einiges zusammen. Wir haben uns die Listen aller registrierten Ärzte ausdrucken lassen, können aber unmöglich jeden Einzelnen überprüfen. Deswegen haben wir uns zunächst darangemacht, die Ärzte mit Vorstrafen genauer zu durchleuchten, bisher allerdings ohne Erfolg. Und wie du selber schon angemerkt hast, könnte unser Täter genauso gut ein Arzt ohne Erlaubnis zu praktizieren sein. Oder aus einem anderen Staat kommen und hier nicht registriert sein. Selbstverständlich werden wir dennoch weiter in der Ärzteschaft nach ihm Ausschau halten, aber das Ganze gleicht der sprichwörtlichen Suche nach der Nadel im Heuhaufen, und sollten wir ihn auf diese Art und Weise tatsächlich entdecken, werde ich anfangen, Lotto zu spielen."

„Ich verstehe." Caroline schlug die Beine übereinander. „Ich kann euch nur empfehlen, die Frauen in eurer Umgebung nicht mehr aus den Augen zu lassen. Besonders A. J. Terrence, denn sie ist nicht nur beruflich an dem Fall beteiligt, sondern zudem noch mit Silver und dem letzten Opfer befreundet."

Obwohl Silver schon Maßnahmen zu Anas Schutz eingeleitet hatte, verstärkten Carolines Worte nochmals seine Angst um sie. Es war also keine Einbildung, dass ihnen der Täter immer näher rückte.

Bob schob Caroline die Zeitung hin. „Irgendjemand scheint auch der Presse Silvers Beziehung zu Stacy Muldoon gesteckt zu haben. Könnte das deiner Meinung nach zum Profil des Täters passen?"

Carolines Lippen verzogen sich zu einem schmalen Strich, während sie den Artikel querlas. Schließlich blickte sie auf. „Ja, durchaus. Ich nehme an, die Informationen entstammen einem anonymen Quelle?"

„Ganz genau. Sie sind gestern Nachmittag bei verschiedenen Zeitungen eingegangen. Teils per Post, teils per E-Mail. Wir prüfen gerade ihre Herkunft."

„Ich vermute, dass ihr so leicht keine Spur finden werdet. Wenn die Hinweise tatsächlich vom Täter stammen, wird er auch dafür gesorgt haben, dass sie nicht zu ihm zurückverfolgt werden können. Stammen sie jedoch von ihm, deutet das für mich eindeutig auf einen Kurswechsel hin. Bei den ersten Opfern blieb er noch im Hintergrund, er hat den Mord einfach ausgeführt und ist danach verschwunden. Doch nun scheint er Wert darauf zu legen, sich aktiv in die Ermittlungen und die nachfolgende Berichterstattung einzuschalten. Und sei es nur, um uns alle in die Irre zu führen." Sie sah Silver an. „Ich denke, dass ich meiner vorangehenden Warnung nicht noch mehr Nachdruck verleihen muss: Der Täter scheint euch jetzt persönlich ins Visier zu nehmen und das gefällt mir ganz und gar nicht."

Wie hypnotisiert verfolgte Ana die Ausschläge von Natalies Herz auf dem Monitor, während sie darauf wartete, dass ihre Freundin aufwachte. Immer wieder fielen ihr die Augen zu, einerseits wegen der leisen, monotonen Geräusche, die die Maschinen im Zimmer verursachten, andererseits weil sie in der vergangenen Nacht viel zu wenig geschlafen hatte. Der Albtraum hatte ihr auch noch die letze Energie geraubt, die sie jetzt gut hätte brauchen können. Auf Silver einzuschlafen war schön gewesen, doch zwei Stunden Nachtruhe reichten nicht aus, sie fühlte sich wie gerädert. Ana beugte sich vor und legte ihre Hand auf Natalies. Sie war immer noch erschreckend blass, Verbände und Pflaster bedeckten die frisch genähten Schnitte in ihrem Gesicht. Ihr

Körper unter der Decke war so dick verbunden, dass er beinahe unförmig wirkte. Über Mund und Nase trug sie eine Maske, die sowohl die Atmung regulierte als auch Keime von der Wunde fernhielt. Hoffentlich würde der Schönheitschirurg einen Weg finden, Natalies ursprüngliches Aussehen und vor allem die Funktion ihrer Lippen wiederherzustellen. Doch erst einmal musste Natalie aus der Bewusstlosigkeit erwachen. Der Arzt war sich ziemlich sicher gewesen, dass dies bald geschehen würde, nachdem er ihre Hirnströme gemessen und für normal befunden hatte. Außerdem hatte er gemeint, dass es vielleicht hilfreich sein würde, wenn jemand mit Natalie reden und sie langsam wieder in den Wachzustand begleiten würde.

Behutsam rückte Ana ihren Stuhl näher an Natalies Bett und beugte sich vor. „Ich bin bei dir, Natalie. Es ist alles in Ordnung, niemand wird dir mehr etwas tun. Draußen vor der Tür sitzen Polizisten, die auf dich aufpassen. Du bist in Sicherheit." Sanft strich Ana über Natalies Hand. „Silver und die anderen Detectives werden den Kerl finden, das steht fest. Komm zu mir zurück, ja? Wie sagst du immer so schön zu mir: Ohne mich wäre dein Leben nur halb so interessant. Du hast Recht. Das Gleiche trifft auch auf dich zu. Was würde ich nur ohne dich anfangen?"

Um ihre Niedergeschlagenheit nicht noch weiter zu verstärken, wechselte sie schnell das Thema. „Erinnerst du dich daran, dass wir immer gesagt haben, wir würden es merken, wenn wir einmal den Mann fürs Leben finden würden? Es stimmt tatsächlich. Seit ich Silver kenne, ist mein Leben viel bunter und ich nehme alles viel intensiver wahr. Erst jetzt merke ich, dass ich nach dem Tod meiner Eltern und meines Bruders zwar weitergelebt habe, aber nie alle Möglichkeiten ausgeschöpft und mich nie an irgendetwas ganz hingegeben habe. Außer dem Fotografieren vielleicht. Aber auch da bestand mein Job nur darin, zu beobachten und etwas festzuhalten, aber ich bin nicht aktiv geworden, um mein Leben oder das anderer Menschen zu verändern. Ich war immer nur Beobachter, nicht mehr."

Natalie rührte sich nicht.

Ana bemühte sich, ihrer Stimme einen fröhlichen Klang zu verleihen. „Wenn du jetzt für mich aufwachst, zeige ich dir auch Silvers Fotos." Vielleicht war das ein Anreiz für ihre Freundin, wieder zurückzukommen, wer wusste schon, ob Natalie sie nicht doch irgendwie hören konnte und was bei Bewusstlosen funktionierte und was nicht, warum manche wieder aufwachten und andere niemals. Aber Natalie war eine Kämpferin, sicher würde sie schon in ein paar Stunden die Augen aufschlagen. Hätte sie wirklich nicht mehr weiterleben wollen, hätte sie auch die Betäubung nicht überwunden und Ana zu Hilfe gerufen. „Bob, das ist Silvers Partner, wird im Laufe des Tages noch vorbeikommen und dir ein paar Fragen stellen, die helfen sollen, den Täter zu überführen. Wenn du also irgendetwas über den Kerl weißt, musst du jetzt aufwachen."

Doch Natalie bewegte sich noch immer nicht, ihre Hand lag schlaff auf der Bettdecke.

Ana stieß einen tiefen Seufzer aus. Vermutlich war es auch gar nicht gut, Natalie zu früh zu wecken, erst musste sich ihr Körper wieder regenerieren, und ein wenig Kraft zurückgewinnen, um all dem, was sie hier erwartete, entgegentreten zu können. „In Ordnung, ruh dich noch etwas aus, ich bin auf jeden Fall bei dir."

Überrascht stand Ana von ihrem Stuhl auf, als sich die Tür öffnete. Und erleichtert sank sie wieder auf ihn zurück, als sie Bob ins Zimmer treten sah. Ihr war gar nicht bewusst gewesen, wie angespannt sie war.

„Ist sie schon aufgewacht?"

„Nein, bislang noch nicht. Der Arzt meinte, ihr Zustand habe sich stabilisiert und sie könne jeden Moment wieder zu Bewusstsein kommen. Allerdings kann es auch sein, dass sie noch einige Stunden oder sogar Tage schläft."

Bob ließ seinen Blick auf Natalies regloser Gestalt ruhen. „Ich hatte gehofft ... aber es ist ja nicht zu ändern. Silver sagte, du wärest einverstanden, ihre Wohnung auf fehlende Gegenstände zu untersuchen?"

„Ja, natürlich." Ana erhob sich. „Im Moment kann ich hier sowieso nichts machen, also erledige ich das lieber gleich, damit ich wieder zurück bin, wenn Natalie aufwacht. Ich habe den Schwestern meine Handynummer gegeben, damit sie mich anrufen, wenn sich an ihrem Zustand etwas ändert." Noch einmal drückte Ana die Hand ihrer Freundin. „Ich komme bald zurück, Natalie." Sie war dankbar, als Bob ihr anbot, sie zu begleiten.

Nachdem er der wachhabenden Schwester noch einmal eingeschärft hatte, die Polizisten vor der Tür auf jeden Fall sofort zu informieren, wenn die Patientin aufwachte, machten sie sich auf den Weg zum Parkplatz.

„Gibt es schon neue Erkenntnisse?"

Bob zögerte sichtlich, doch schließlich entschloss er sich dazu, ihre Frage zu beantworten. „Es wurde ein Betäubungsmittel in ihrem Blut festgestellt, aber wir wissen noch nicht, was es ist. Ansonsten keinerlei neue Spuren."

Enttäuschung breitete sich in Ana aus. „Wie kann es einem Verbrecher, einem Mörder, gelingen, die Polizei so lange an der Nase herumzuführen? Es muss doch irgendein Indiz geben, das ihn verrät!“

Bob sah sie entschuldigend an. „Sicher tut es das, aber bisher haben wir es noch nicht gefunden. Wenn Natalie ihn gesehen hat, oder uns sonst irgendwelche Hinweise geben kann ...“

Ana unterbrach ihn. „Und wenn nicht? Geht es dann immer so weiter? Noch eine Frau, die verstümmelt wird und langsam verbluten muss?“

„Wir tun alles, was wir können, A. J.“

Ana blieb stehen und wandte sich Bob zu. „Ich weiß. Es tut mir leid, es ist nur ... All die Opfer und jetzt auch noch Natalie! Sie so zu sehen, ihr nicht helfen zu können und gleichzeitig zu wissen, dass derselbe Täter wieder zuschlagen wird, lässt mich einfach ungerecht werden. Ich würde ihr so gern sagen können, dass sie keine Angst mehr zu haben braucht. Dass der Kerl festgenommen wurde, oder tot ist und ihr nichts mehr tun kann.“

„Du wirst es als Erste erfahren, wenn wir ihn haben, ich verspreche es dir.“

Ana gelang ein zittriges Lächeln. „Danke.“

Die Sonne blendete sie, als sie auf den Parkplatz hinaus traten. Ana wollte nach ihrem Rucksack greifen, um ihre Sonnenbrille herauszuholen, als sie bemerkte, dass sie ihn im Krankenhaus vergessen hatte. „So ein Mist!“

Bob drehte sich alarmiert zu ihr um. „Was ist?“

„Ich habe meinen Rucksack oben bei Natalie gelassen. Mein Handy und auch der Schlüssel für ihre Wohnung sind darin. Ich laufe noch einmal schnell hoch, ich bin gleich wieder da.“

Ohne weiter auf Bobs mitleidig ungeduldigen Männerblick zu achten, drehte sie sich um, trat wieder ins Gebäude und rannte die Treppen zur Intensivstation hinauf. Die beiden Polizisten vor Natalies Tür sahen ihr neugierig entgegen.

„Was vergessen."

Sie nickten ihr kurz zu und gingen dann wieder dazu über, das rege Treiben auf dem Gang zu beobachten, während Ana die Tür öffnete und sich gleichzeitig die Papiermaske wieder über den Mund zog. Überrascht zuckte sie zusammen, als sie einen Mann im Arztkittel an Natalies Bett stehen sah, der sich über ihre Freundin beugte. „Ist etwas passiert, Doktor?"

Der Arzt wandte sich rasch zu ihr um. „Ich habe Sie gar nicht hereinkommen hören. Nein, es ist alles in Ordnung, keine Angst."

Erleichtert presste Ana eine Hand auf ihr wild klopfendes Herz. „Dann ist es gut. Sind Sie Dr. Winstons Kollege von der Nachtschicht?"

Sie konnte das Lächeln, das in seiner Stimme lag, hören, als er auf sie zukam. Wegen des Mundschutzes konnte sie nur seine dunklen Augen und sein leicht gewelltes, braunes Haare sehen. „Nein, ich bin Schönheitschirurg. Ich habe mir Mrs Brennans Verletzungen angesehen."

„Werden Sie etwas für sie tun können?"

Der Arzt nickte und kleine Fältchen bildeten sich um seine Augenwinkel herum. „Natürlich. Die Schnitte selbst sind kein Problem und sollten die Nähte noch nicht schön genug sein, können wir sie wieder öffnen und so vernähen, dass keine sichtbaren Narben zurückbleiben. Der Mund ist allerdings eine andere Sache."

„Können die Lippen wieder ... angenäht werden?"

Überrascht zog der Arzt eine Augenbraue nach oben. „Wissen Sie denn, wo sie sind?“

„Nein, natürlich nicht. Ich dachte nur, wenn man sie in nächster Zeit finden würde.“

„Dann kommt es darauf an, wie sie solange aufbewahrt wurden. Richtig gekühlt und in eine Speziallösung eingelegt, bestünde eine geringe Möglichkeit. Aber auch hierbei ist der Zeitfaktor mit einzuberechnen.“ Er sah auf seine Uhr. „Inzwischen dürfte es schon zu spät sein. “

Enttäuschung breitete sich in Ana aus. „Würde eine Fremdtransplantation funktionieren?“

„Sicher, die Frage ist nur, inwieweit dann die Beweglichkeit und das Gefühl der Lippen gewährleistet werden kann. Das werden wir abwarten müssen.“ Beruhigend legte ihr der Arzt eine Hand auf die Schulter. „Wir werden unser Möglichstes tun, um der Patientin zu helfen. Heutzutage gibt es viele Methoden der Lippenrekonstruktion, und eine davon wird auch die richtige für Mrs Brennan sein.“

„Danke vielmals. Es beruhigt mich zu wissen, dass sich Natalie in guten Händen befindet.“

„Das tut sie. Wenn Sie mich nun bitte entschuldigen wollen ...“ Er machte eine Handbewegung zum Bett hin.

„Natürlich. Ich hatte nur etwas vergessen. Wir werden uns ja bestimmt noch sehen.“

„Auf jeden Fall.“

Ana griff nach ihrem Rucksack, winkte dem Arzt noch einmal zu und verließ das Krankenzimmer. Eilig riss sie sich die Maske vom Gesicht und lief zum Parkplatz zurück, wo Bob bereits ungeduldig auf sie wartete. Atemlos stieg sie in den Wagen und zog die Tür hinter sich zu. „Entschuldige die Verzögerung, aber gerade war der Schönheitschirurg bei Natalie und hat sie sich angesehen, ich musste ihn einfach nach seiner Meinung fragen."

Bob startete den Motor und fuhr über den Parkplatz. „Und, was sagt er?"

„Er meint, die Schnitte seien kein Problem, nur die Lippen könnten schwierig werden."

Bob verzog den Mund. „Die Wahrscheinlichkeit, dass wir sie finden, ist ziemlich gering, aber wir werden es trotzdem versuchen."

Ana stützte ihr Gesicht müde in beide Hände. „Ich kann noch immer nicht richtig fassen, dass etwas so Schreckliches tatsächlich passiert ist." Sie lachte bitter auf. „Geradezu absurd, nachdem ich es doch wohl am besten wissen müsste, nach allem, was mit meiner Familie passiert ist, oder?"

Bob warf ihr einen kurzen Seitenblick zu, bevor er sich wieder auf den Verkehr konzentrierte. „Niemand hätte ahnen können, dass so etwas geschieht, am wenigsten du."

„Warum nicht? Wir haben gesehen, wozu der Täter fähig ist. Nachdem er Stacy ermordet hat, hätte mir zumindest der Gedanke kommen können, dass er uns beobachtet. Mich beobachtet. Natalie wurde nur meinetwegen da mit hineingezogen."

„Das ist Unsinn, und das weißt du auch. Übrigens habe ich schon ein ähnliches Gespräch mit Silver geführt, der auch zu glauben scheint, dass der Täter ihn beobachtet hat und er damit nicht nur Stacy, sondern auch dich und Natalie in Gefahr gebracht hat." Bob schüttelte den Kopf. „Nein, hier ist nur einer schuld und das ist der Mörder. Wir wissen nicht, was in seinem Hirn vor sich geht, denn wenn wir es wüssten, hätten wir ihn schon längst geschnappt. Also tut mir den Gefallen und hört auf, euch Selbstvorwürfe zu machen und konzentriert euch lieber darauf, den Killer zu finden, verstanden?“

„Ja, Sir.“ Ana musste unwillkürlich lächeln. „Du klingst fast wie mein Vater bei einer seiner Standpauken.“

Bob legte seinen Kopf schief. „Ist das nun gut oder schlecht?“

„Gut natürlich, Dad war der Beste – und er hatte immer Recht.“

„Mission erfüllt. Wenn ich jetzt auch noch Silver klarmachen kann, dass es nicht seine Verantwortung ist ...“

„Ich rede mit ihm, vielleicht kann ich ihn ja davon überzeugen.“

29

Wo war sie? Warum konnte sie nicht ...? Nein. Nein! Sie versuchte, ihr Gesicht zu berühren, doch es gelang ihr nicht. War sie festgeschnallt? Sie konnte nichts spüren. Oder doch, Schmerzen. Überall. Sie zogen von ihren Beinen bis zum Kopf hinauf. Ihre Gedanken wirbelten durcheinander, irgendetwas stimmte nicht mit ihr. Da war ein Summen neben ihr, der Ton machte sie wahnsinnig. Obwohl sie es versuchte, konnte sie ihre Augen einfach nicht öffnen. Oder waren sie offen und sie war blind? Nein, sie konnte einen hellen Lichtschimmer erkennen. Mit aller Willenskraft, die sie aufbringen konnte, öffnete sie schließlich die Augen. Das helle Licht tat weh, alles war verschwommen, ohne Konturen, dennoch unterdrückte sie den Impuls, ihre Lider wieder zu schließen. Sie musste wissen, wo sie sich befand, was geschehen war. Das Bild vor ihr schwankte, Übelkeit stieg in ihr auf. Sie versuchte, tief durchzuatmen, doch die Schmerzen hinderten sie daran. Eine Sauerstoffmaske war über ihren Mund und ihre Nase gestülpt. Doch warum sollte ... Erste Erinnerungsfetzen tauchten auf und verschwanden wieder. Sie konnte sich nicht rühren, Schmerzen, erst nur an den Beinen und dann am gesamten Körper. Ein blutiger Handschuh direkt vor ihren Augen, ein Skalpell in einer Hand. Nein!

Panisch versuchte Natalie, sich zu bewegen, doch ihr Körper reagierte nicht. Was war mit ihr passiert? Ein

Schatten fiel über sie, ein verschwommenes Gesicht tauchte auf. Es schien eine Art Maske zu tragen. Der Anblick löste einen weiteren Erinnerungssturm in ihr aus. Mit aller Kraft, die in ihr war, versuchte sie, sich wegzubewegen, doch es passierte nichts. Sie war gefangen! Eine Hand näherte sich ihr, der Handschuh war noch ohne Blut.

„Hm ... hmhm."

Die Hand legte sich auf ihre Schulter und drückte sie sanft. „Es ist alles in Ordnung, Sie brauchen keine Angst zu haben." Die Stimme klang hohl, gewann jedoch mit jedem Wort mehr Volumen. Sie gehörte eindeutig einem Mann.

Instinktiv versuchte Natalie ein weiteres Mal von ihm wegzukommen.

„Ich tue Ihnen nichts." Er löste die Maske vom Gesicht und beugte sich weiter vor, so dass sie ihm in die Augen sehen konnte. „Meine Freundin wurde von demselben Täter überfallen wie Sie, ich möchte Ihnen nur ein paar Fragen stellen."

Natalie schüttelte den Kopf oder versuchte es zumindest, aber sie war nicht sicher, ob er sich auch nur um einen Millimeter bewegt hatte.

Ein schabendes Geräusch war zu hören, dann schrumpfte der Mann, bis er auf Augenhöhe mit ihr war. Er setzte sich auf einen Stuhl neben ihrem Bett. Natalie war froh, wenigstens dieses Rätsel gelöst zu haben. Seine breiten Schultern verdeckten, was sich hinter ihm befand. Das Bild vor ihren Augen verschwamm, wurde kurz schwarz, dann kehrte es wieder. Was war nur mit ihr los? Ein kantiges Gesicht, mit schmal zusammengepressten Lippen und intensiv blickenden Augen. Die Farbe konnte sie nicht erkennen, dazu war das Licht zu grell.

„Ich weiß, wie es Ihnen geht, deshalb fasse ich mich kurz."

Nein, er wusste ganz und gar nicht, wie es ihr ging. Niemand konnte nachempfinden, wie sehr jeder Atemzug schmerzte, wie beängstigend es war, sich nicht bewegen zu können. Natalie hätte ihm gerne gesagt, wie sich das anfühlte, doch sie brachte wieder nur einige unverständliche Laute hervor. Frustration kam zu ihrer Furcht und den Schmerzen hinzu.

„Sie können nicht sprechen. Wäre es möglich, dass Sie zwinkern, wenn Sie mich verstehen? Einmal für ‚ja' und zweimal für ‚nein'."

Unglaublich, wie viel Kraft es sie kostete, ihre Augenlider zu bewegen. Einmal.

„Sehr gut. Erinnern Sie sich an das, was letzte Nacht passiert ist?"

Wieder hatte sie den Handschuh, das Blut genau vor Augen. Die Zimmerdecke in ihrer Wohnung war über ihr, während die Schmerzen sich immer weiter in ihrem Körper ausbreiteten. Schließlich schob sich etwas vor das Licht, sie konnte ein Gesicht erkennen, mit einer weißen Maske. Ihre Augen weiteten sich vor Entsetzen.

„Ich nehme das als Zustimmung. Haben Sie jemanden gesehen? War es ein Mann?"

Ein Zwinkern. Es war eindeutig ein Mann gewesen, auch wenn sie nur seine Augen und seine Haare hatte sehen können. Und natürlich die große Hand mit dem Skalpell.

„Haben Sie ihn erkannt?"

Zweimal Augen schließen. Ihr Blick wanderte zu der Maske, die der Unbekannte neben ihrem Bett in seiner Hand hielt.

„Er war maskiert?"

Ein Zwinkern.

Ein bitterer Zug legte sich auf das Gesicht des Fremden. „In Ordnung. Können Sie irgendetwas an ihm beschreiben? Die Hautfarbe? Weiß?"

Ein Zwinkern. Es wurde immer schwerer, die Augen wieder zu öffnen und ihr Umfeld und den Mann vor ihr deutlich wahrzunehmen. Etwas lief über ihre Schläfe und tropfte auf das Kissen.

„Dunkle Haare?"

Natalie hob den Blick und konzentrierte sich auf die Haare ihres Besuchers.

„Braun, so wie meine?"

Sie wollte zwinkern, doch ihre Augen schlossen sich und es gelang ihr nicht, die Lider wieder zu heben. Erneut rann etwas Feuchtes über ihr Gesicht. Ihre Furcht verstärkte sich, das Herz hämmerte in ihrer Brust. Sie war in ihrem Körper gefangen! Wie aus weiter Ferne hörte sie ein scharfes Schaben, dann ein wildes Piepsen.

„Hören Sie mich? Antworten Sie! Ich werde ..." Seine Stimme verhallte, dann tauchte sie in die Dunkelheit ein.

Anas Magen krampfte sich zusammen, als sie in Natalies Wohnung auf all die sichtbaren Zeichen stieß, die die Spurensicherung an jedem Tatort hinterließ. In allen Zimmern waren mögliche Beweise sichergestellt worden, ohne Rücksicht auf die Privatsphäre des Opfers. Wenn die Wohnung freigegeben war, würde Ana sie erst einmal wieder in ihren ursprünglichen Zustand zurückversetzen, bevor ihre Freundin zurückkehrte. Falls sie überhaupt jemals wieder einen Fuß in dieses Haus setzen wollte. Nach dem Tod ihrer Eltern hatte Ana auch nie wieder ihr Zuhause betreten, sondern nur die ihr wichtigen Dinge herausholen lassen, bevor es dann verkauft worden war. Egal was Natalie plante, sie würde ihr dabei stets zur Seite stehen. Denn nichts war schlimmer, als allein eine Menge Entscheidungen treffen zu müssen und nicht zu wissen, wo man hinwollte oder konnte. Aber das war damals gewesen, jetzt waren sie erwachsen und würden eine Lösung finden. Wenn Natalie wollte, würde sie auch gerne bei ihr wohnen können, sobald sie aus dem Krankenhaus entlassen wurde.

Wahrscheinlich griff sie damit den Dingen weit voraus, aber sie brauchte etwas, über das sie sich Gedanken machen konnte, während sie Natalies Sachen durchging. Doch bisher war ihr nichts aufgefallen, das gefehlt oder an einem anderen Platz gestanden hätte. Die Aufgabe wurde ihr durch den Umstand, dass ihre Freundin nicht gerade die größte Ordnungsfanatikerin war, allerdings auch nicht leicht gemacht. Natalie neigte dazu, allen möglichen Kram anzuschleppen und dann wahllos in ihrer Wohnung zu verteilen. Traurig betrachtete Ana die Fotos, die kreuz und quer auf einem kleinen Beistelltisch aufgebaut waren. Neben Aufnahmen, die Natalies Mutter zeigten, bevor sie krank geworden war, gab es auch etliche, auf denen Ana alleine oder zusammen mit Natalie zu sehen war. Lachend, glücklich, froh, dass sie einander hatten.

Ob Natalie nach den Erlebnissen jemals wieder zu dieser Leichtigkeit zurückfinden würde? Ana fühlte Bobs Blick auf sich ruhen und ging rasch weiter. Er hatte viel zu tun, wenn er den Täter fangen wollte, und sie wollte ihn nicht länger als nötig aufhalten, nur weil sie mit ihren Gedanken woanders war. Ana fuhr fort, die Details mit den in ihrem Gedächtnis gespeicherten Bildern zu vergleichen, fand aber alles unverändert vor. Einige Gegenstände standen zwar woanders, aber das war bei Natalie normal. Ana trat zur Couch und untersuchte den Tisch. Ein Ständer enthielt eine halb abgebrannte Kerze, Zeitungen und Zeitschriften lagen wild durcheinander. Eine große Schale war noch mit ein paar Chips gefüllt, ein Weinglas stand daneben. Anscheinend hatte Natalie noch ein wenig den Abend genossen, nachdem Silver sie nach Hause gefahren hatte.

Gedankenverloren blätterte Ana durch die Frauenzeitschrift, die ganz zuoberst lag. Seit wann las Natalie denn so etwas? Schminktipps, die neueste Mode, wie findet man den perfekten Mann. Gut, andere fanden dafür sicher ihre Fotozeitschriften furchtbar langweilig. Beruhigt atmete sie auf, als sie auch noch ein Natur-Heft und eine Börsenzeitschrift entdeckte. Die Welt war wieder im Lot. Schnell schob sie die Hefte zusammen und erhob sich. Bob wartete sicher schon auf sie. Sie schlängelte sich zwischen Tisch und Couch durch, stieß dabei gegen ein Tischbein und brachte damit den Stapel Zeitschriften zum Einsturz. Die obersten fielen zu Boden und Ana ging in die Hocke, um die Hefte hastig wieder einzusammeln.

Als ihr Handy zu klingeln begann, sah Ana sich suchend um. Sie folgte dem Klingelgeräusch und entdeckte ihre Jacke schließlich an der Garderobe. Hastig zog sie ihr Mobiltelefon aus der Jackentasche und kontrollierte das Display. Die angezeigte Nummer war ihr unbekannt, was aber nichts zu sagen hatte, denn sie hatte die Anrufe, die im Studio ankamen, auf ihr Handy umgeleitet, um für potentielle Kunden erreichbar zu sein.

„Terrence."

Lärm war im Hintergrund zu hören, dann eine gehetzte Frauenstimme. „Hier ist das Wellington Hospital." Erneut Lärm, der einen Teil der Worte verschluckte. „... Natalie Brennan. Sie hatte ... Anfall. Die Ärzte sind ..."

Eiseskälte breitete sich in Ana aus. Ihre Hand umklammerte das Handy. „Ich kann Sie kaum verstehen. Lebt Natalie noch?"

„Ja, allerdings ... Hoffnung. Es gibt ... Kommen Sie ..."

„Ich werde sofort kommen. Bitte ..." Ana wusste nicht mehr, um was sie die Schwester hatte bitten wollen. Dass Natalie nicht starb? Das lag nicht in ihrer Macht. „Ich bin in zehn Minuten da." Ana beendete das Gespräch und rannte auf der Suche nach Bob durch die Wohnung. Sie fand ihn ebenfalls am Telefon, sein Gesicht grimmig. „Wir müssen sofort ..."

Bob hielt das Handy ein Stück vom Ohr weg. „Ich weiß, der Wachtposten hat gerade angerufen. Es scheint, als hätte Natalie gerade einen Anfall erlitten." Er war schon bei der Tür. „Fertig?"

Ana nickte stumm, sie brachte keinen Ton mehr hervor. Natalie durfte einfach nicht sterben, nachdem sie gerade erst gerettet worden war! So grausam konnte das Schicksal nicht sein. Sie musste sich beeilen, und so schnell wie möglich an Natalies Seite eilen, um das Schlimmste zu verhindern, dabei wusste sie genau, dass sie überhaupt nichts ausrichten können würde. Die Ärzte waren bei Natalie und taten alles, um sie zu retten, Ana musste einfach darauf vertrauen, dass es gut ausgehen würde.

Mit Blaulicht und Sirene gelangten sie in kürzester Zeit zum Krankenhaus. Im Fahrstuhl starrte Ana auf die Stockwerkanzeige und wischte die feuchten Hände an ihrer Hose ab. Ihr Herz raste, ihre Beine zitterten. Die Wände schienen immer näher zu rücken, kalter Schweiß rann ihr den Oberkörper hinab.

„Ruhig atmen, wir sind gleich da."

Bobs Stimme schien aus weiter Ferne zu kommen, Punkte flimmerten vor ihren Augen, die Leuchtziffern verschwammen. Sie zwang sich, regelmäßig tief Luft zu holen und wieder auszuatmen, um dadurch die Schwärze aufzuhalten und die Bewusstlosigkeit, in die sie zu fallen drohte, zurückzudrängen. Als endlich die Fahrstuhltür aufging, stürzte Ana in den hellen Korridor hinaus, wo sie keuchend um Atem rang. Auch wenn es nach Desinfektionsmitteln und Krankheit roch, sog sie die kostbare Luft tief in sich ein. Langsam ging es ihr wieder besser, die Panik legte sich.

„Geht es wieder?" Bob hatte sie fürsorglich am Arm gefasst und betrachtete sie voller Anteilnahme.

„Ja, danke." Abrupt richtete Ana sich auf. „Wo ist Natalie?"

„Ich weiß es nicht, wir werden erst fragen müssen."

Ana entdeckte eine Schwester, die weiter hinten über den Gang ging und eilte, gefolgt von Bob, auf sie zu. „Entschuldigen Sie, können Sie mir sagen, wie es Natalie Brennan geht? Sie hatte einen Anfall, wurde mir am Telefon gesagt."

Die Schwester nickte ihr freundlich zu. „Mrs Terrence? Folgen Sie mir bitte, ich bringe Sie zu ihr."

„Wissen Sie, was passiert ist?"

„Es tut mir leid, aber danach müssen Sie den zuständigen Arzt fragen, ich darf Ihnen keine Auskunft geben."

Doch so schnell ließ Ana sich nicht abwimmeln. „Lebt sie denn noch?"

„Wie gesagt, der Arzt wird Ihnen gleich mehr sagen können." Sie deutete auf das Wartezimmer. „Nehmen Sie bitte Platz, ich sage ihm, dass Sie hier sind."

„Aber ich will nicht ..." Ana brach ab, denn die Schwester hatte bereits auf dem Absatz kehrtgemacht und eilte den Flur hinab. Hilflos drehte sich Ana zu Bob um, sah aber, dass er gerade telefonierte.

„Hier ist Bob Payton. Wo seid ihr und wo befindet sich Mrs Brennan?" Während er aufmerksam lauschte, verdüsterte sich sein Gesicht zusehends. „Wie konnte das passieren? Ihr solltet doch auf sie aufpassen!" Er schwieg einen Moment. „Wo ist sie jetzt?" Seine Hand machte eine unwillige Bewegung. „Mir ist scheißegal, was der Arzt sagt. Wir kommen jetzt dorthin." Damit drückte er auf die Austaste und steckte das Telefon mit einer energieschen Bewegung in seine Jackentasche zurück. „Ich weiß, wo sie liegt, komm mit."

Das ließ sie sich nicht zweimal sagen. „Lebt sie noch?"

Wütend schob Bob seinen Kiefer vor. „Die Ärzte haben meinen Männern nichts gesagt, wegen der Schweigepflicht." Er schlug mit der Faust gegen die Wand. „Verdammt, ich hasse es, wenn sie sich hinter ihrem dämlichen Eid verstecken! Schließlich geht es hier um ein Menschenleben und die Aufklärung einer Mordserie. Entschuldige bitte, aber du glaubst nicht, wie oft mir das in meiner Zeit als Detective schon passiert ist. Doch diesmal wird mich das nicht abhalten. Ich werde die Informationen bekommen, und wenn ich sie aus jemandem herausprügeln muss."

„Das wird wohl nicht nötig sein, der Arzt wird sicher mit mir sprechen."

„Hoffen wir es."

Bob hielt ihr eine Schwingtür auf. „Hier entlang. Sie wurde noch einmal in den Operationssaal zurückgebracht."

„Was kann nur passiert sein? Ihr Zustand war soweit doch ganz stabil, als ich sie verlassen habe."

„Der Wachtposten sagte, es wäre ein Arzt bei ihr gewesen, als der Anfall begann, weshalb sie sehr schnell Hilfe erhalten hat."

„Der Schönheitschirurg?"

Achselzuckend bog Bob in einen weiteren Gang ein. „Wir werden es gleich erfahren. Ich habe die Polizisten angewiesen, sich keinen Zentimeter von ihrer Tür fortzubewegen, bis wir eintreffen."

Ana nickte schweigend. Wieder hatte eine lähmende Angst von ihr Besitz ergriffen und sie hatte das Gefühl, dass ihre Beine sie keinen Zentimeter mehr tragen würden. Trotzdem folgte sie Bob immer weiter durch das Labyrinth aus Gängen und Türen, bis sie endlich ihr Ziel erreichten, gut erkennbar durch die beiden Polizisten, die ihnen unbehaglich entgegensahen. Dennoch schienen sie froh, dass Bob endlich da war und das Kommando übernahm.

„Bericht."

Der ältere der beiden Polizisten richtete sich auf. „Wie ich schon am Telefon gesagt habe: Sie waren etwa eine halbe Stunde weg, als die Patientin einen Anfall hatte. Was genau passiert ist, weiß ich nicht, da müssen Sie den Arzt fragen." Er streifte Ana mit einem Blick. „Sie sah nicht gut aus, als sie sie rausgebracht haben, noch blasser als vorher, Blut ist wieder aus den Wunden ausgetreten, zumindest im Gesicht, mehr konnte ich nicht sehen."

Ana tastete nach einem Stuhl und setzte sich dann kurzerhand auf den Boden, als sie bemerkte, dass keiner in Reichweite war.

Bob drehte sich zu ihr um. „Geht es?“

„Ja.“ Ana schluckte krampfhaft.

„Was war das für ein Arzt, A. J. meinte, es war ein Schönheitschirurg?“

„Nein, das war der Erste, danach kam aber noch einer vom normalen Personal, der ihren Zustand überprüfen wollte.“

Bobs Augenbrauen senkten sich bedrohlich. „Noch ein Arzt? Warum erfahre ich erst jetzt davon? Und warum zum Teufel lasst ihr jeden Kittelträger herein?“

Röte überzog die Wangen des jüngeren Polizisten. „Er hat sich als Arzt des Krankenhauses ausgewiesen, sein Name stand auf der Liste des zum Eintritt befugten Personals.“

„Hattet ihr ihn vorher schon einmal gesehen?“

„Nein. Aber wir haben angenommen ...“ Er brach ab, als er Bobs mörderischen Blick bemerkte.

„Ihr habt also einen fremden Mann zu dem einzigen überlebenden Opfer eines Serienmörders gelassen, verstehe ich das richtig?“ Bob ließ sie nicht zu Wort kommen. „Ach richtig, es war ja nicht nur einer, sondern gleich zwei. Habt ihr auch den Namen des Schönheitschirurgen auf eurer Liste gehabt?“

„Natürlich. Er arbeitet schon seit Jahren mit dem Krankenhaus zusammen, sagte uns die Schwester.“

„Gebt mir den Namen, ich werde das nachprüfen. Beide Namen, und zwar ein bisschen schnell.“

Wäre Ana nicht in so großer Sorge um Natalie gewesen, hätte sie die Art, in der die beiden Polizisten beflissentlich zu Diensten waren, sicher amüsant gefunden.

„Hat dir der Schönheitschirurg seinen Namen genannt, A. J.?“

„Nein, und ich muss gestehen, ich habe ihn auch nicht danach gefragt.“ Verlegen blickte sie zu Boden. „Ich habe gleich angefangen, ihn mit Fragen zu Natalie zu löchern.“ Sie dachte angestrengt nach. „Er hat ihn mir von sich aus auch nicht genannt.“

„Kannst du ihn beschreiben?“

„Er trug die ganze Zeit über einen Mundschutz. Braune, wellige Haare, dunkle Augen. Über 1,80 m. Schlanke Hände, wie ein Chirurg.“

Der ältere Polizist nickte eifrig. „Genau. Vor der Tür hatte er noch keinen Mundschutz auf. Anhand eines Fotos oder bei einer Gegenüberstellung würden wir ihn daher sofort erkennen. Aber eigentlich brauchen wir ihn nur ausrufen zu lassen, falls er sich noch im Haus befindet, wird er bestimmt kommen.“

„Was stehen Sie hier noch rum, Hawkins, tun Sie es.“

Der Polizist eilte davon.

„Es war doch ein richtiger Arzt, oder? Er schien zu wissen, was er tat.“

„Vermutlich, aber ich werde ihn trotzdem überprüfen. Die Probleme traten ja auch erst nach dem Besuch des zweiten Arztes auf. Auch ihn werde ich prüfen lassen, sofern mir die Ärzte nicht klipp und klar sagen, dass der Anfall natürliche Ursachen hatte.“

Was dem jungen Polizisten eindeutig die liebste Lösung zu sein schien. Denn wenn der Anfall von einem Menschen verursacht worden war, trugen er und sein Kollege eindeutig eine Mitschuld daran, denn sie hatten den Verursacher in das Zimmer gehen lassen, ohne ihn eingehender zu überprüfen. Ana versuchte sich daran zu erinnern, was der Schönheitschirurg alles zu ihr gesagt und wie er sich benommen hatte. Gelassen und freundlich war er gewesen, nicht so, wie sie sich einen Serienmörder vorstellte, aber vermutlich war sie diesbezüglich viel zu naiv. Trotzdem konnte er natürlich auch genau das gewesen sein, was er sagte und erst der zweite Besucher war der Täter, sofern es einen gab.

„Wo ist der zweite Arzt geblieben, nachdem der Anfall begann?" Bobs Gedanken schienen in die gleiche Richtung zu gehen wie Anas.

Unsicher sah der jüngere Polizist Bob an. „Äh ... ich weiß nicht, Sir. Nachdem der Alarm gedrückt war, kamen von allen Seiten her Schwestern und Ärzte angerannt. Einige Zeit lang herrschte hier ein heilloses Durcheinander. Ich kann mich nicht erinnern, ob er am Ende noch hier war oder nicht."

„Toll, einfach großartig." Bob schlug sich mit der flachen Hand an die Stirn. „Wozu stelle ich eigentlich Wachtposten auf, wenn ihr die ganze Zeit nur in der Nase ..." Er brach ab, als sich die Tür öffnete und ein Arzt heraustrat.

Ana sprang auf und schob sich an Bob vorbei. „Ich bin A. J. Terrence. Wie geht es meiner Freundin?"

Dem Arzt gelang ein mattes Lächeln. „Ich bin Dr. Finch. Mrs Brennan hatte einen schweren Anfall und wir sind noch dabei, zu untersuchen, wodurch er ausgelöst wurde. Wir haben die Blutungen für den Moment gestoppt und ihren Kreislauf wieder stabilisiert, aber ich kann Ihnen noch nicht sagen, wie schnell sie sich erholen wird, oder ob weitere Rückfälle drohen."

„Sie lebt?" Ana fiel ein Stein vom Herzen. „Gott sei Dank! Ich hatte bereits befürchtet ..."

„Wir werden sie gleich in ihr Zimmer zurückbringen und zur Sicherheit eine Pflegeschwester abstellen, die ihren Zustand überwacht."

„Danke."

„Kein Problem, wir verlieren unsere Patienten nicht gern, schon gar nicht, wenn wir sie kurz zuvor schon einmal gerettet haben. Wenn Sie mich jetzt entschuldigen würden." Er ging zurück in den Operationssaal und schloss die Tür hinter sich.

„Sagte er Finch?" Die Stimme des Polizisten wackelte bedenklich.

Bob sah ihn aufmerksam an. „Ja. Warum?"

„Weil der Arzt, der die Patientin zuletzt besuchte, sich ebenfalls mit diesem Namen auswies. Aber es war nicht der Mann von gerade eben."

Während Ana starr vor Schreck war, reagierte Bob blitzschnell. Er stieß die Tür auf, ignorierte die Proteste des Personals und lief hinter dem Arzt her.

30

Unentschlossen blieb Ana zusammen mit dem Polizisten vor der Tür stehen. Sollte sie Bob folgen oder lieber warten, bis er zurückkehrte? Sie entschloss sich, auf ihn zu warten und beruhigte sich mit dem Gedanken, dass der Arzt wohl kaum im OP ein- und ausgehen können würde, wenn er nicht hier arbeitete. Also konnte nur der Arzt, der während des Anfalls bei Natalie gewesen war, der falsche Namensträger sein. Was das wiederum bedeutete, mochte sie sich gar nicht vorstellen. War der Anfall tatsächlich absichtlich herbeigeführt worden? Hatten die Polizisten den Mörder in Natalies Zimmer gelassen? Ana, die Bob nun doch folgen wollte, war schon an der Flügeltür zum OP, als ihr diese bereits entgegenschwang und sie gerade noch rechtzeitig ausweichen konnte, bevor sie von ihr getroffen wurde.

Der Arzt trat, dicht gefolgt von Bob, aus dem OP. Bob hatte seine Waffe nicht gezogen, sah aber aus, als wäre er kurz davor. Eine tiefe Falte stand zwischen seinen Augenbrauen. „Waren Sie zum Zeitpunkt von Natalie Brennans Anfall in ihrem Zimmer?"

„Nein, natürlich nicht." Finchs Stimme war fest, doch die Furcht war deutlich in seinem bleichen Gesicht zu erkennen.

„Können Sie sich ausweisen?"

„Ich habe meinen Ausweis im Spind, aber Sie brauchen nur meine Kollegen zu fragen."

„Gibt es einen anderen Arzt mit diesem Namen im Krankenhaus?“

Finch schüttelte den Kopf.

„Tate, geben Sie mir Ihre Aufzeichnungen.“ Der Polizist trat vor und reichte ihm den Block. Bob fuhr die betreffende Spalte mit einem Finger nach. „Dr. Phillip Finch. Das sind doch Sie, oder?“

„Ja.“

„Der Arzt, der bei Mrs Brennan war, trug ein Schild an seinem Kittel, auf dem genau dieser Name stand.“

Dr. Finch runzelte die Stirn. „Das kann ich mir nicht erklären. Außer es war nachgemacht oder er ist tatsächlich irgendwie an meines herangekommen.“

„Okay, wir prüfen das nach.“

„Kann ich mich nun wieder um die Patientin kümmern? Danach stehe ich für weitere Fragen gerne zur Verfügung.“

Bob erteilte sein Einverständnis mit einer Handbewegung, und drückte dem Polizisten seinen Block in die Hand. „Ab sofort kontrollieren Sie immer erst alle Ausweise, bevor Sie jemanden zu der Patientin hineinlassen, klar?“

„Ja, Sir.“

„Warum machen ...“ Bob drehte sich irritiert um, als Hawkins keuchend bei ihnen eintraf. „Was ist denn mit Ihnen passiert?“

„Der ... der Arzt ist ... falsch.“

„Ja, das wissen wir bereits. Wir haben eben mit dem richtigen gesprochen.“

Der Polizist sah ihn erstaunt an. „Aber Sie sagten doch, dass ich den Schönheitschirurgen ausrufen lassen soll.“

„Jetzt sagen Sie mir nicht, dass sich zwei verschiedene Männer als Ärzte ausgegeben haben und ohne weiteres in Natalie Brennans Zimmer spaziert sind, die im Anschluss daran ganz zufällig einen Anfall hatte!“ Eine Ader pochte an Bobs Schläfe, sein Gesicht war rot vor Zorn.

Hawkins zog den Kopf ein. „Es scheint so. Ich habe mich in der Verwaltung erkundigt: Der Schönheitschirurg Dr. Matthews befindet sich derzeit im Urlaub, sein Vertreter ist ein Dr. Preston, der bisher aber noch nicht eingetroffen ist. Der Mann hat sich uns gegenüber jedoch eindeutig als Dr. Paul Matthews ausgewiesen, das kann kein Versehen gewesen sein.“

„Genauso wenig wie mit Dr. Finch. Die Frage ist nur, welcher ist der Täter? Lassen Sie sich hier ablösen und arbeiten Sie mit dem Polizeizeichner zusammen, der von beiden ein Phantombild erstellen soll.“ Bob wandte sich an Ana. „Würdest du dir das Bild von dem angeblichen Dr. Matthews danach einmal ansehen? Vielleicht kannst du sogar noch einige wichtige Ergänzungen beisteuern.“

„Natürlich. Aber ich werde Natalie nicht allein lassen.“

„Schicken Sie es hierher, Hawkins.“

„Wird gemacht.“

Ana richtete sich auf, als die Tür erneut aufging und Dr. Finch den Kopf herausstreckte. Aufmerksam taxierte er Bob. „Haben Sie sich wieder beruhigt? Vorher möchte ich die Patientin nämlich nicht in ein normales Krankenzimmer verlegen lassen.“

„Ich bin ganz ruhig.“ Bob presste die Antwort zwischen den Zähnen heraus.

„Gut. Ich möchte sie an einem friedlichen Ort haben, bevor die Narkose nachlässt.“ Er gab den Pflegern ein Zeichen, das Bett herauszurollen.

Ana trat vor und betrachtete Natalie, deren Haut fast so blass war wie das Laken, auf dem sie lag. Ihre

Hand lag schlaff darauf, eine Infusionsnadel steckte darin. Eine Schwester schob einen Ständer mit verschiedenen Infusionslösungen hinter dem Bett her. Ana folgte ihnen, sie hatte keinen Blick mehr für etwas anderes. Noch einmal würde sie ihre Freundin nicht allein lassen, auch wenn das bedeutete, dass sie die nächsten Nächte im Hospital verbringen musste. Einen erneuten Angriff des Mörders würde Natalie sicher nicht überleben. Wenn sie überhaupt überlebte. Ana bemühte sich, nicht auf ihren Mund unter der Atemmaske zu starren, während sie zu Natalies neuem Zimmer gingen. Es wurde Zeit, sich an den Anblick zu gewöhnen. Wenn Natalie aufwachte, durfte sie keinesfalls bemerken, wie viel Überwindung es sie kostete, ihr ins Gesicht zu sehen.

Bevor sie das Krankenzimmer betrat, legte sich Bobs Hand auf ihre Schulter. Es war Bob, der sich von ihr verabschieden wollte.

„Ich werde jetzt gehen. Hawkins und Tate bleiben hier, bis ihre Ablösung eintrifft. Sie werden dafür sorgen, dass niemand mehr ins Zimmer hereinkommt, der sich vorher nicht ordentlich ausgewiesen hat."

Ana nickte. „Ich bleibe hier." Sie zögerte. „Würdest du Silver sagen ..."

„Natürlich. Gib bitte den Polizisten Bescheid, sobald Natalie aufwacht. Auch wenn es herzlos scheint, wir brauchen so schnell wie möglich ihre Aussage, um den Mörder fassen zu können."

„In Ordnung. Aber wenn es ihr schadet, werde ich die Befragung abbrechen lassen."

Bob wollte etwas darauf erwidern, doch schließlich nickte er nur. „Wir sehen uns später."

Sie sollte tot sein! Gut, der Fehler beim ersten Mal war selbst verschuldet gewesen, die Dosis war für eine kleinere Person berechnet gewesen, doch diesmal hätte alles glattgehen müssen. Das Blutgerinnungsmittel hätte allein schon ausreichen müssen, kombiniert mit dem hochdosierten Mittel zur Steigerung des Kreislaufs war es fast schon ein Overkill gewesen. Aber nein, sie lebte noch und ihre nervige Fotografenfreundin würde ihr jetzt sicher nicht mehr von der Seite weichen. Ganz zu schweigen von der Krankenschwester und den beiden Polizisten, die Wache hielten. Immerhin waren sie eben ausgetauscht worden, sodass keine Gefahr bestand, sich zu verraten. Irgendetwas musste geschehen, um sie wegzulocken, doch momentan gab es keine Möglichkeit. Die ganze Sache musste überdacht und ein neuer Plan entwickelt werden, der den Schaden begrenzte. Vielleicht wurde es Zeit, die Sache zu beenden und weiterzuziehen, aber das würde erst gehen, wenn sämtliche Stör- und Unsicherheitsfaktoren beseitigt wären. Die zwei Wichtigsten befanden sich gerade einmal dreißig Meter entfernt ...

Lustlos blätterte Ana in einer Zeitschrift, um die Wartezeit zu überbrücken. Sie war der Pflegeschwester wirklich dankbar, dass sie ihr etwas zu Lesen angeboten hatte, doch mussten es unbedingt Klatschblätter sein? Allerdings war sie sowieso nicht bei der Sache und alles andere hätte sie momentan vermutlich auch völlig überfordert. Der fehlende Schlaf und die kräftezehrende Anspannung der letzten zwei Tage forderten ihren Tribut, mehr als einmal waren ihr bereits die Augen zugefallen. Nachdem sie einige Male hochgeschreckt war, hatte die Schwester ihr versichert, sie zu wecken, sobald Natalie aus der Narkose erwachte, doch sie wollte nicht schlafen, solange Natalie um ihr Leben kämpfte.

Ana beugte sich vor und betrachtete ihre Freundin genauer. Ihre Haut war dank der Infusionen nicht mehr ganz so bleich, ihr Atem ging regelmäßiger. Dennoch ließ sich laut Einschätzung des Arztes immer noch nicht sagen, ob Natalie überleben würde. Aber die Chancen standen nicht schlecht, sofern ihr Kreislauf nicht noch einmal kollabierte. Eine Blutprobe war ins Labor geschickt worden, um sie auf mögliche körperfremde Substanzen zu untersuchen, das Ergebnis wurde für den Lauf des Nachmittags erwartet. Es wäre furchtbar, sollte sich bestätigen, dass es dem Mörder tatsächlich gelungen war, ein zweites Mal in ihre Nähe zu gelangen.

„Wenn Sie sich etwas zu essen holen wollen, machen Sie das ruhig. Ich passe auf Ihre Freundin auf."

Die Stimme der Schwester riss Ana aus ihren Gedanken. „Nein, danke, ich könnte sowieso keinen Bissen herunterbringen. Erst muss ich wissen, dass es Natalie wieder besser geht."

Die Schwester nickte mitfühlend. „Das kann ich gut verstehen, es muss ein Schock für Sie gewesen sein zu hören, dass es ihr wieder schlechter ging. Aber ich bin sicher, die Ärzte haben ihr Bestes gegeben. Sie wird bald aufwachen."

„Meinen Sie? Ich weiß nicht ..."

„Ihre Farbe ist schon viel besser geworden, außerdem zucken ihre Finger, das ist normalerweise ein sicheres Zeichen dafür, dass ein Narkosepatient bald aufwachen wird."

Ana sprang auf und ging um das Bett herum, damit sie Natalies Hand ebenfalls sehen konnte. Tatsächlich bewegte sie sich leicht, wenn man genau hinsah. Vorsichtig schloss Ana ihre Finger um Natalies kalte Hand und kämpfte gegen den Kloß in ihrer Kehle an. Wie gern würde sie erleben, dass Natalie ihre Augen öffnete und sie ansah. Vermutlich war das ein selbstsüchtiger Wunsch, denn für Natalie würde das bedeuten, dass sie mit den Folgen des Überfalls fertig werden musste, doch Ana konnte nicht anders. Je eher Natalie damit begann, sich mit der neuen Situation abzufinden, desto schneller würde sie es verkraften können. Jedenfalls hoffte sie das. Natalie war eine Kämpferin, die noch nie in ihrem Leben aufgegeben hatte, außerdem würde sie nicht allein sein.

„Ich hole den Arzt, damit er gleich einige Tests durchführen kann, sobald Mrs Brennan ganz wach ist." Die Schwester eilte aus dem Raum.

Ganz wach? Ana hob den Blick und sah, wie Natalies Lider zitterten. Sie mochte sich nicht vorstellen, wie viel Kraft es kostete, sich nach einer solchen Attacke und zwei Operationen, ganz zu schweigen von dem großen Blutverlust, wieder ins Leben zurückzutasten.

Sanft drückte sie Natalies Hand. „Ich bin bei dir, Natalie, es ist alles in Ordnung." Das war natürlich gelogen, nichts war in Ordnung, aber sie würde ihren Teil dazu beitragen, dass es wieder so werden würde! „Du kannst aufwachen, du bist in Sicherheit." Ana beugte sich vor, sodass Natalie sie sehen konnte, wenn sie die Augen öffnete. Auf einmal war ein leises Piepsen zu hören. Erschrocken sah Ana auf den Herzmonitor, der immer raschere Herzschläge anzeigte. „Reg dich bitte nicht auf, es ist alles gut. Ich bin bei dir." Sie legte ihre Hand auf Natalies Schulter. „Beruhige dich."

Natalies Lider hoben sich, ihr Blick wirkte unfokussiert. Nur langsam schien sie die Welt um sich herum besser wahrzunehmen, ihre Augen streiften Ana und weiteten sich. Erneut gab das Überwachungsgerät ein Piepsen von sich.

„Es ist alles in Ordnung, ich bin es, Ana." Sie bemerkte, dass sie durch den Mundschutz nicht zu erkennen war und zog sich die Maske vom Gesicht. „Siehst du? Ich bin bei dir."

Ein Krächzen drang aus Natalies Kehle.

„Nicht sprechen, das geht noch nicht. Aber gleich kommt der Arzt, er wird dich untersuchen und dann entscheiden, wie es weitergeht."

Natalie schloss die Lider und öffnete sie gleich wieder. Anscheinend hatte sie verstanden. Tränen schossen Ana in die Augen und trübten ihre Sicht. „Ich muss die Maske wieder aufsetzen, sonst kriege ich Ärger mit dem Arzt. Aber ich bleibe bei dir, okay?"

Wieder ein langsames Zwinkern und ein leichter Druck an ihrer Hand.

„Bob, der Kollege von Silver, muss dir nachher einige Fragen stellen. Fühlst du dich dazu schon in der Lage oder soll ich ihm sagen, dass es noch nicht geht?"

Natalie zeigte keinerlei Reaktion, allerdings wurden die Ausschläge auf dem Monitor wieder höher.

„Ich verstehe, dass du dich dazu noch nicht stark genug fühlst. Ich werde ihm sagen, dass er mit seinen Fragen warten muss." Ana wollte vom Bett zurücktreten, als Natalie ihre Hand mit überraschender Kraft drückte. „Was ist?"

„Aus…sssa...ge." Natalies Stimme war schwach und kaum zu verstehen. Ihr Gesicht war schmerzhaft verzogen.

Ana beugte sich wieder vor. „Du willst eine Aussage bei Bob machen?"

Natalie zwinkerte.

„In Ordnung, ich werde ihm Bescheid geben. Aber jetzt sprich bitte nicht mehr, bis der Arzt da ist."

Als hätte er sie gehört, betrat er in diesem Moment mit einigen Schwestern den Raum. „Sehr gut, unsere Patientin ist aufgewacht." Er warf einen prüfenden Blick auf den Monitor und runzelte die Stirn. „Die Herzrate ist recht hoch." Er beugte sich über Natalie, was sofort ein wildes Piepsen zur Folge hatte.

Ana trat rasch dazu. „Das ist Dr. Finch, Natalie. Er wird sich gut um dich kümmern."

Natalie zwinkerte mehrmals, ihre Hände krallten sich in das Laken.

„Vielleicht hilft es, wenn Sie die Maske einen Moment absetzen, damit sie Ihr Gesicht sehen kann."

„Das ist nicht ..."

Ana unterbrach ihn. „Bitte. Wir wissen nicht, was sie erlebt hat."

Dr. Finch schob seine Maske herunter und stellte sich so vors Bett, dass Natalie sein Gesicht gut sehen konnte. „Ich bin Chirurg hier am Wellington Hospital, Mrs Brennan, ich habe Sie operiert. Ich muss die Maske jetzt wieder aufsetzen, damit Sie nicht zu vielen Keimen ausgesetzt werden. Verstehen Sie mich?"

Natalie schloss die Lider und öffnete sie wieder.

„Gut. Mrs Terrence, würden Sie einen Moment draußen warten?"

„Nein, ich habe ihr versprochen, bei ihr zu bleiben."

Der Arzt sah sie gutmütig an. „Das verstehe ich, aber das ist während einer Untersuchung nicht statthaft. Die Schwestern sind hier und die Polizisten stehen vor der

Tür. Es wird ihr nichts geschehen. Sie können gleich wieder zu ihr."

„Aber ..."

„Bitte. Je eher Sie gehen, desto schneller werde ich sie untersuchen können."

Obwohl es ihr nicht behagte, leistete Ana der Aufforderung schließlich Folge, um die Untersuchung nicht länger hinauszuzögern. Ana beugte sich über Natalie. „Ich warte draußen vor der Tür und bin gleich wieder bei dir, einverstanden?"

Ein Zwinkern. Angst stand in ihren Augen.

Schweren Herzens trat Ana auf den Flur und schloss die Tür hinter sich. Sie wollte die Zeit nutzen, um Bob anzurufen und ihm zu sagen, dass Natalie zu einer Aussage bereit war. Da das Telefonieren auf der Intensivstation nicht erlaubt war, ging sie den Flur hinunter und ins Treppenhaus, wo sie Bobs Nummer wählte und ungeduldig darauf wartete, dass er sich meldete.

„Ja, Payton."

„Hier ist A. J. Natalie ist gerade aufgewacht. Ich habe sie gefragt, ob sie zu einer Aussage bereit ist. Es schien mir zwar, als ob sie noch immer große Angst hat, aber sie hat zugestimmt."

„Danke. Ich bin gleich bei euch."

„Ist Silver zufällig ...?"

Ein tiefer Seufzer. „Ja, ich gebe ihn dir. Wenn der Kerl noch einen Zentimeter weiter in mich hineinkriecht, nur weil er gehört hat, dass du am Telefon bist, müssen wir operativ voneinander getrennt werden."

Ana musste unwillkürlich lachen.

Im Hintergrund war Silvers Stimme zu hören. „Sehr witzig, Bob." Dann war er auch schon am Apparat. „Hallo. Schön, dich lachen zu hören. Geht es dir gut?"

„Ich denke schon. Natalie ist soeben aufgewacht und bekommt auch vollständig mit, was um sie herum vorgeht. Der Arzt hat mich aus dem Zimmer geschickt während er sie untersucht, aber ich gehe gleich wieder zu ihr."

„Das ist schön." Silver senkte die Stimme. „Ich wäre so gerne bei dir, aber ich kann hier nicht weg. Ich versuche, heute wenigstens früher Schluss zu machen, dann hole ich dich im Krankenhaus ab, ja?"

„Gerne. Was machst du gerade?"

„Frag nicht. Papierkram wegen einer Verhaftung." Er wurde noch leiser. „Und wenn Bob weg ist, werde ich mir die Unterlagen zum Fall anschauen."

„Lass dich nur nicht dabei erwischen."

Silver lachte. „Wenn Bob nicht gewollt hätte, dass ich sie lese, hätte er sie nicht offen auf seinem Tisch liegen lassen. Mach dir keine Sorgen."

„In Ordnung. Ich werde jetzt wieder zu Natalie gehen, ich möchte nicht, dass sie das Gefühl bekommt, allein zu sein."

„Mach das. Wir sehen uns dann später."

Ana beendete die Verbindung mit einem leichten Lächeln. Wie sehr sie Silvers beruhigende Gegenwart doch vermisste. Es war wirklich unglaublich, wie schnell sie sich an ihn und daran gewöhnt hatte, von ihm unterstützt und getröstet zu werden. Kopfschüttelnd öffnete sie die Tür zum Gang. Als sie ein Geräusch hörte, drehte sie sich beunruhigt um. Das Treppenhaus lag verlassen vor ihr, grelles Licht beleuchtete jede Ecke. Sicher hatten ihr nur ihre Sinne einen Streich gespielt, oder es war jemand über oder unter ihr ins Treppenhaus getreten. Aber dann hätte sie doch eigentlich Schritte vernehmen müssen? Sofort kehrte die Angst zurück.

Diese Stille war unheimlich, gleichzeitig dröhnte ihr der eigene Herzschlag in den Ohren. Mühsam riss Ana sich zusammen. Es war unsinnig zu denken, dass ihr jemand im Treppenhaus auflauern wollte, schließlich konnte niemand gewusst haben, dass sie zum Telefonieren dorthin gehen würde.

Sie betrat wieder den Gang und zog die Glastür entschlossen hinter sich zu, als ob sie ihre irrationale Furcht dadurch hinter sich lassen könnte. Tatsächlich kam sie sich mit jedem Schritt, den sie in Richtung Natalies Zimmer zurücklegte, lächerlicher vor. Ihre Ängste mochten ja insofern normal sein, als ein grausamer Serienmörder in ihrer unmittelbaren Nähe zugeschlagen hatte, doch wenn sie nun bei jedem Schatten oder Geräusch in Panik geraten würde, wäre das nicht besonders hilfreich. Sie waren hier umgeben von Klinikpersonal und Polizisten, noch einmal würde der Täter es bestimmt nicht wagen, den Versuch zu starten, Natalie zu verletzen. Außerdem würde Bob in Kürze eintreffen, dann würde sie sich sicherer fühlen. Ana stieß die Türen zur Intensivstation auf und atmete erleichtert auf, als sie die beiden Polizisten sah, die zu Natalies Schutz vor deren Zimmer Wache hielten.

„Geht es Ihnen gut, Mrs Terrence?“ Peters, den sie schon von einigen Tatorten her kannte, betrachtete sie besorgt.

Ana zwang sich zu einem Lächeln. „Ja, es geht schon, danke.“

„Wir werden niemanden zu Ihrer Freundin lassen.“

Diesmal fühlte sich das Lächeln schon echter an. „Das ist gut zu wissen. In einigen Minuten kommt Detective Payton, ihn dürfen Sie ruhig hereinschicken.“

Peters grinste. „Natürlich, schließlich wollen wir unseren Job noch etwas länger behalten."

Ana nickte ihm zu, öffnete die Tür, zog sich erneut ihre Maske über und trat dann in den Raum. Dr. Finch schrieb noch an seinem Bericht, während die Pflegeschwester wieder in einer Zeitschrift blätterte. Die Krankenschwestern hatten den Raum bereits verlassen.

Als er sie hereinkommen hörte, hob der Arzt den Kopf. „Ah, da sind Sie ja wieder. Kann ich Sie draußen noch kurz sprechen, Mrs Terrence?"

„Natürlich." Ana trat an Natalies Bett und strich ihr beruhigend über die Hand. „Ich bin sofort wieder da, Natalie." Natalies Augen öffneten sich, die Qual, die in ihnen stand, war unübersehbar. Anas Herz zog sich zusammen. „Halt noch etwas durch." Ein schwaches Zwinkern, bevor sich die Lider wieder schlossen.

Schweren Herzens trat Ana vom Bett zurück und folgte dem Arzt auf den Flur hinaus.

„Das Ergebnis der Blutuntersuchung ist eingetroffen. Der Patientin ist eindeutig ein Blutgerinnungsmedikament verabreicht worden. Gleichzeitig wurden auch Spuren eines hochdosierten Kreislaufmittels gefunden. Beide Mittel sind nicht von uns angeordnet worden."

„Sie meinen, jemand hat einen Mordanschlag auf Natalie verübt?"

Dr. Finch zog die Maske vom Gesicht. „Es sieht ganz danach aus. Ich kann mir das nicht erklären und würde auch für das gesamte Krankenhauspersonal meine Hand ins Feuer legen. Dennoch steht eindeutig fest, dass jemand wollte, dass Mrs Brennan nicht mehr aufwacht. Denn das Letzte, was sie nach dem großen Blutverlust brauchte, war ein Gerinnungsmittel, das zu weiteren Blutungen führte."

Ana lehnte sich an die Wand und versuchte, das soeben Gehörte zu verarbeiten. Der Mörder war hier gewesen und niemand hatte ihn erkannt, geschweige denn gestoppt. Weder den Polizisten noch dem Klinikpersonal war er verdächtig vorgekommen, der Täter musste also perfekt vorbereitet gewesen sein, denn sonst wäre er gewiss jemandem aufgefallen. Was bedeutete, dass das Ganze jederzeit wieder passieren konnte, auch wenn die Polizisten vor Natalies Tür jetzt strenger kontrollierten. Ana fröstelte es.

Dr. Finch legte seine Hand auf ihren Arm. „Es sieht nicht schlecht aus. Wir konnten die Blutungen stoppen und den Kreislauf wieder stabilisieren. Ihre Freundin ist stark, sie wird es schaffen."

„War das eine medizinische Prognose?"

Der Arzt hob die Schultern. „Niemand kann Ihnen eine sichere Prognose geben, das war meine persönliche Meinung."

„Danke, Doktor", Ana nickte ihm zu und ging dann wieder ins Zimmer zurück.

31

Bob traf nur wenige Minuten später ein, den Sprachcomputer unter dem Arm. Ana stellte ihn Natalie vor. „Detective Payton ist Silvers Partner, er bearbeitet den Fall. Du kannst ihm vertrauen."

Bob trat näher ans Bett heran und zog seine Maske kurz herunter, damit Natalie ihn sehen konnte. „Ich freue mich, Sie kennen zu lernen und zu sehen, dass es Ihnen wieder besser geht. A. J. sagte, Sie wären bereit, eine Aussage zu machen?"

Natalie zwinkerte einmal.

„Gut. Um Ihnen die Sache zu erleichtern, habe ich einen kleinen Computer mitgebracht, in den Sie Ihre Antworten eintippen können. Einzelne Wörter stehen auf Tastendruck zur Verfügung, wie zum Beispiel ‚ja' und ‚nein'." Bob wandte sich an die Pflegeschwester. „Würden Sie das Kopfteil bitte etwas hochfahren, damit Mrs Brennan den Computer besser bedienen kann?"

Die Schwester sah nicht besonders glücklich aus, doch sie tat, worum sie gebeten worden war, bevor sie sich wieder in eine Ecke des Zimmers zurückzog.

„Danke." Bob stellte das Gerät auf den kleinen ausfahrbaren Schwenktisch, den die Schwester direkt über Natalies Schoß in Position gebracht hatte. Mit einem Knopfdruck schaltete er es an und wartete, bis es hochgefahren war. „Gut, testen wir es einfach einmal. ‚Ja' ist die unterste Taste ganz links, ‚nein' befindet sich gleich darüber. Sie können über die Tastatur aber auch ganz normal Buchstaben eingeben. Viele gebräuchliche Wörter werden nach einigen Buchstaben automatisch angezeigt und sie brauchen dann nur noch auf ‚Enter' zu drücken, um sie zu bestätigen. Soweit alles klar?"

Langsam führte Natalie ihre Hand zur Tastatur, ihr Finger berührte die unterste Taste. „Ja."

Ana zuckte zusammen, als daraufhin eine Computerstimme ertönte. Ein Blick in Natalies erschrockenes Gesicht zeigte ihr, dass auch sie nicht darauf vorbereitet gewesen war.

Bob setzte sich auf einen der Besucherstühle und zog seinen Block hervor, während Ana sich neben Natalie stellte, um im Notfall eingreifen zu können. „Mrs Brennan …" Er machte eine Pause und fuhr danach etwas leiser fort. „… erinnern Sie sich daran, dass Sie letzte Nacht überfallen worden sind?"

Natalies Hand zitterte, als sie auf die Taste drückte. „Ja."

„Haben Sie den Täter gesehen?"

Natalie zögerte, bevor sie langsam eintippte. „Halb."

Bob runzelte die Stirn. „Sie haben nur einen Teil von ihm gesehen?"

„Ja."

„War es ein Mann?"

„Ja." Natalies Herzschläge wurden schneller.

„Wo waren Sie, als er Sie überfallen hat?"

„Bett."

„Können Sie ihn beschreiben?"

„Maske. Kittel."

Bob wechselte einen Blick mit Ana. „Er sah aus wie ein Arzt?"

„Ja."

Kein Wunder, dass sie Angst bekam, sobald sich jemand mit Maske über ihr Bett beugte!

„Hautfarbe, Haarfarbe, Augenfarbe?"

„Weiß, braun, dunkel."

„Hat er Sie betäubt?"

„Wach. Nicht bewegen."

Bob rutschte auf seinem Stuhl hin und her, ihm war deutlich anzusehen, wie viel Mühe es ihn kostete, ruhig zu bleiben. „Er hat Ihnen ein Mittel verabreicht, dass Ihre Muskulatur gelähmt, Sie aber nicht bewusstlos gemacht hat?"

„Ja." Natalie bewegte sich unruhig, als würde sie nachträglich noch versuchen, ihrem Peiniger zu entkommen. „Schmerz."

Ana legte beruhigend ihre Hand auf Natalies Schulter. Die Befragung war wichtig, aber sie hätte sie am liebsten abgebrochen, damit Natalie die Schrecken des Überfalls nicht noch einmal durchleiden musste.

„Wenn Sie erlauben, werde ich Sie in den nächsten Tagen noch einmal genauer befragen und wir konzentrieren uns heute nur auf den Täter. Können Sie sich noch an irgendwelche Charakteristika erinnern, die uns weiterhelfen, ihn ausfindig zu machen? Zum Beispiel die Körpergröße, war er schlank, dick, oder kräftig gebaut?"

„Etwa 1,85 m. Schlank."

„Sie waren im Bett und er hat Sie ins Wohnzimmer getragen, richtig?"

„Ja."

„Hat er etwas zu Ihnen gesagt?"

„Nein."

„Können Sie sich sonst noch an etwas erinnern?"

„Nein. Was passiert?"

Bob wurde blass, er fühlte sich sichtlich überfordert und Ana kam ihm rasch zu Hilfe. „Der Arzt sagte, dass du wieder gesund wirst. Es wird zwar etwas dauern, aber du wirst es schaffen."

„Was hat er getan?" Die Computerstimme brachte den Satz ohne jeden Ausdruck hervor.

Ana zögerte. „Er hat dir mehrere Schnitte beigebracht. Die Wunden sind nicht besonders tief, sie wurden genäht. Später wird noch ein Schönheitschirurg kommen und mit dir sprechen."

„Schlimm?" Als Ana nichts sagte, tippte Natalie weiter. „Gesicht?"

„Ja, dort hat er dich ebenfalls verletzt."

„Spiegel."

Bob hatte sich wieder etwas gefasst und mischte sich wieder ins Gespräch ein. „Ich würde gerne zuerst die Befragung beenden. Sie haben nach dem Überfall bei sich zuhause noch einen Anfall im Krankenhaus erlitten, wir wissen auch schon, dass ihn jemand verschuldet hat, der hier bei Ihnen im Raum war."

„Mann, Arztmaske."

„Sie haben ihn gesehen?"

„Freund früheres Opfer."

Bobs Augen verengten sich zu Schlitzen. „Hat er das gesagt?"

„Ja."

„War es der Mann, der Sie überfallen hat?"

Natalie zögerte. „Nein."

„Können Sie ihn beschreiben?"

„Größer. Haare braun. Schmale Lippen."

Bob blickte von seinem Block auf. „Sie sagten, er hatte eine Maske auf."

„Abgenommen."

Das klang nicht nach einem Mörder, der seine Identität geheim halten wollte. Oder aber, er hatte fest damit gerechnet, dass Natalie nach seinem Besuch sterben würde. „Würdest du ihn auf einem Foto erkennen?"

„Ja."

Bob warf Ana einen nachdenklichen Blick zu. „Ich habe kein Foto von Stuart Killings bei mir, aber ich kann sofort eines besorgen lassen." Er wandte sich wieder an Natalie. „Danke für Ihre Aussage, fürs Erste sollte das genügen."

Natalie schloss kurz die Augen.

Ana war schon auf dem Weg zur Tür. „Wenn ihr hier einen Moment ohne mich auskommt, fahre ich schnell zum Department und hole es ab. Ich werde spätestens in einer halben Stunde wieder zurück sein."

„Auf keinen Fall. Solange der Mörder draußen noch frei herumläuft, bleibst du hier, wo ich dich im Blick habe."

„Aber ..."

Bob fasste nach ihrer Hand. „Nein, Ana, es ist zu gefährlich. Silver würde mich lynchen, wenn ich dich gehen ließe."

Ana seufzte auf. „In Ordnung. Aber ich darf mir wenigstens einen Kaffee holen, wenn ich hier schon gefangen bin?" Sie beugte sich zu Natalie hinunter und senkte die Stimme. „Bob wird auf dich aufpassen, während ich weg bin."

Ana nahm ihren Rucksack und verließ das Zimmer. Erstaunt drehte sie sich auf dem Flur um, als sie merkte, dass Bob ihr folgte. „Du lässt Natalie doch nicht alleine?"

„Nein, natürlich nicht. Ich muss nur Leo anrufen, damit er uns das Foto schickt."

„Entschuldige." Ana strich frustriert ihre Haarsträhne zurück. „Ich habe das Gefühl, etwas tun zu müssen, anstatt die ganze Zeit nur untätig herumzusitzen. Etwas, das uns hilft, den Mistkerl zu finden, der Natalie und den anderen Frauen das angetan hat."

„Das verstehe ich sehr gut, mir und allen anderen im Team geht es auch nicht anders. Vielleicht findet Silver noch etwas in den Akten, wenn er sie durchgeht." Er lachte, als er ihren schuldbewussten Gesichtsausdruck bemerkte. „Dachtest du, ich wüsste nicht, dass er sich die Akte ansieht, sobald ich aus dem Zimmer bin? Genau aus diesem Grund habe ich sie dort liegen gelassen."

„Das sagte mir Silver auch schon."

„Intelligente Partner sind mir die Liebsten." Er wurde ernst. „Hoffentlich ist Silver bei unserem nächsten Fall nicht wieder in irgendeiner Weise persönlich betroffen, denn ich bin sicher, wir geben ein gutes Team ab."

Ana lächelte ihn an. „Es wird ihn freuen, das zu hören."

„Du wirst es ihm also brühwarm erzählen."

„Natürlich. Möchtest du auch einen Kaffee?" Bobs angeekelter Gesichtsausdruck brachte sie zum Lachen. „Ich nehme an, das heißt nein."

„Ganz genau. Diese Brühe würde ich nicht einmal einem Verdurstenden vorsetzen." Kopfschüttelnd stieß Bob die Glastür auf. „Bis gleich."

Während Bob in Richtung Treppenhaus ging, schlug Ana den Weg zum Fahrstuhl ein. Sie erinnerte sich noch zu gut an ihr Gefühl vor einer Stunde, im Treppenhaus nicht allein gewesen zu sein und atmete erleichtert auf, als sie sah, dass der Fahrstuhl leer war. Nach allem, was sie in letzter Zeit erlebt hatte, war es sowieso erstaunlich, dass ihr das Fahrstuhlfahren noch Unbehagen bereitete. Kurz darauf trat sie erleichtert wieder aus dem Aufzug und blickte sich suchend um. Ein großes Schild wies ihr den Weg zur Cafeteria. Erstaunt registrierte Ana, dass draußen eine gleißende Sonne ihre Strahlen auf den Parkplatz warf. Die Ereignisse der letzten vierzehn Stunden kamen ihr unwirklich vor, doch der Mörder war kein Produkt ihrer Fantasie, sondern grausame Wirklichkeit.

Unbehaglich drehte sie sich mehrmals um, doch da war niemand, der ihr in irgendeiner Weise Aufmerksamkeit geschenkt oder sie gar beobachtet hätte. Im Gegenteil, Pflegepersonal, Ärzte und Besucher liefen geschäftig hin und her und ließen in ihr ein Gefühl der Sicherheit aufkommen. Rasch ging sie weiter den Gang hinunter. Je eher sie an ihren Kaffee kam, desto schneller konnte sie wieder oben bei Natalie sein. Auch wenn Bob auf sie aufpasste, wollte sie ihre Freundin doch nicht so lange ohne seelischen Beistand lassen. Ana schüttelte den Kopf. Es war wirklich eine dumme Idee von ihr gewesen, zum Department fahren zu wollen, sie konnte nur von Glück sagen, dass Bob sie davon abgehalten hatte.

Wütend auf sich selbst schob sie die Tür zur Cafeteria auf, die um diese Zeit glücklicherweise nicht besucht war. Ana empfand diesen Umstand als äußerst wohltuend, denn das, was sie jetzt am allerwenigsten brauchen konnte, waren ihr unbekannte Menschen, mit denen sie sich in irgendeiner Form auseinandersetzen musste. Ana schob zwei Quarter in den Kaffeeautomaten, stellte einen Pappbecher unter den Spender und drückte auf die Taste für Milchkaffee. Vermutlich würde sie sich damit tatsächlich vergiften, aber sie brauchte dringend etwas, das sie wach hielt. Während sie darauf wartete, dass die Maschine gurgelnd Kaffee ausspuckte, sah sie sich genauer in der Cafeteria um. Die Wände schienen vor nicht allzu langer Zeit neu gestrichen worden zu sein, doch die Stühle und Tische wirkten, als ob sie noch aus den siebziger Jahren stammten. Ana nahm den Becher, hängte ihren Rucksack über die Lehne eines Stuhles und setzte sich dann an einen der Tische. In der Stille des Raumes kam sie sich verlassen vor und ihre Gedanken schweiften automatisch zu Silver. Wie schön wäre es doch, jetzt seine Stimme hören zu können.

Kurzentschlossen zog sie ihr Handy heraus, schaltete es ein und wählte seine Nummer.

„Detective Silver, LAPD."

Ana lächelte, als sie seine Stimme hörte. „Hallo, ich bin's."

„Geht es dir gut? Ist etwas passiert? Mit Natalie?"

„Nein, es ist alles in Ordnung. Ich bin nur gerade in der Cafeteria des Krankenhauses und ..."

Weiter kam sie nicht. „Du bist wo? Sag mir wenigstens, dass Bob bei dir ist."

„Nein, der ist bei Natalie geblieben. Aber es ist wirklich alles in Ordnung. Ich wollte nur mit dir sprechen."

Eine Weile herrschte Schweigen am anderen Ende der Leitung. „Okay. Aber ich komme sowieso schon bald zu dir, ich habe nur noch diese eine Sache hier zu erledigen."

„Was machst du gerade?“

„Ich überprüfe die Ärzte des Krankenhauses und gleiche sie mit denen auf unserer Liste ab.“

„Aber ich dachte es wäre klar, dass es keine echten Ärzte waren?“

„Sie waren zumindest nicht diejenigen, als die sie sich ausgegeben haben, aber das heißt noch lange nicht, dass sie keine Ärzte waren. Irgendwie müssen sie ja auch an die Namensschilder und Kittel gekommen sein. Daher ist nach wie vor anzunehmen, dass sie sich entweder im Krankenhaus auskennen oder selbst dort arbeiten.“

„Es könnte sein, dass der eine Stuart Killings war.“

Silver sog überrascht die Luft ein. „Wie kommt ihr darauf?“

„Natalie hat ausgesagt, dass sich ihr einer der Ärzte als Freund eines Opfers vorgestellt und sie über den Mörder ausgefragt hat. Ihre grobe Beschreibung stimmt mit der Killings überein, Bob lässt deshalb gerade ein Foto besorgen, das wir ihr zeigen können.“

„Aber was hätte er für einen Grund, Natalie etwas anzutun? Oder haben wir uns die ganze Zeit von ihm täuschen lassen und er war doch der Täter?“

„Das glaube ich nicht. Außerdem war ja auch noch dieser Schönheitschirurg im Raum, den ich gesehen habe.“ Ana schauderte, als sie daran dachte, eventuell mit dem Mörder zusammen im Zimmer gewesen zu sein. „Jedenfalls bin ich mir hundertprozentig sicher, dass Stuart Killings nicht derjenige ist, nach dem wir suchen.“

„Das bin ich zwar keineswegs, aber ich werde sehen, ob ich etwas über den Schönheitschirurgen herausfinde. Dauert sicher nicht lange.“

Ana legte ihre Hände um den heißen Kaffeebecher. „Du kommst also hierher?“

„Ja, in einer halben Stunde etwa.“

„Gut. Ich brauche dich.“ Ana konnte das Zittern in ihrer Stimme nicht ganz unterdrücken.

„Ich bin so schnell da, wie es geht. Wir sehen uns gleich. Pass solange gut auf dich auf.“

„Das mache ich, bis dann.“

Ana beendete die Verbindung und blickte einen Moment lang gedankenverloren auf die zerkratzte Tischplatte, bevor sie ihren Stuhl zurückschob und entschlossen aufstand. In zwei Minuten könnte sie bereits wieder oben sein, wenn sie sich beeilte. Bob fragte sich sicher schon, wo sie so lange blieb. Rasch nahm Ana den Kaffeebecher und ihren Rucksack und durchquerte den Raum. Als sie aus der hell erleuchteten Cafeteria hinaus auf den Gang trat, konnte sie in der dort herrschenden Düsternis zunächst nichts erkennen, dann begannen helle Punkte vor ihren Augen zu flimmern. Sie zwinkerte ein paar Mal, doch die Flecken blieben. Schatten schienen in der Ecke des Korridors zu tanzen, krochen drohend auf sie zu. Aus dem Augenwinkel heraus sah sie eine Bewegung. Immer noch überzeugt, dass es sich um eine optische Täuschung handelte, wollte sie weitergehen, doch in diesem Moment wurde sie plötzlich von zwei Armen umschlungen, die ihr die Luft abdrückten. Panisch versuchte sie, sich zu befreien, doch die Umklammerung lockerte sich nicht, sondern wurde nochmals fester. Ein warmer Körper drückte gegen den ihren, machte eine Flucht unmöglich. Gleichzeitig legte sich eine Hand auf ihren Mund und verhinderte jeden Hilferuf. Unerwartet stach sie etwas in ihren Arm und ein Prickeln breitete sich in ihrem Körper aus. Ihre

Muskeln erschlafften. Jetzt hat er dich doch noch gefunden, war ihr letzter klarer Gedanke, dann herrschte tiefe Nacht um sie.

32

Müde legte Silver den Hörer auf und streckte die Arme. Es behagte ihm nicht, dass Ana allein im Krankenhaus herumlief. Je schneller er zu ihr fahren und selbst ein Auge auf sie haben konnte, desto besser. Doch zuerst musste er noch die einzige Spur überprüfen, auf die sie bislang gestoßen waren. Wenn ein falscher Schönheitschirurg in Natalies Zimmer gewesen war, bekräftigte das ihre Annahme, dass der Täter möglicherweise Mediziner war. Vielleicht sogar einer mit schönheitschirurgischen Kenntnissen. Auch seine Idee, die Morde könnten etwas mit dem Aussehen der Opfer zu tun haben, passte dazu gut ins Bild. Außerdem sagte ihm eine innere Stimme, dass sie der Lösung des Falles nahe waren. Jetzt musste er nur noch herausfinden, was ihm bereits seit seinem Gespräch mit Bob im Hinterkopf herumschwirrte, aber nicht mehr einfallen wollte. Es war irgendetwas, das er in der Akte gesehen hatte und das ihnen vielleicht weiterhelfen würde, den Fall aufzuklären. Verärgert, weil er sich nicht mehr daran erinnern konnte, griff er erneut zum Ordner und schlug ihn ganz am Anfang auf. Inzwischen hatte die Akte einen stattlichen Umfang angenommen, wenn er alles noch einmal durchging, würde er Stunden dafür brauchen. Doch es war nur eine kurze Notiz gewesen, nichts, was sofort ins Auge gestochen war und die beiden letzten Fälle konnte er ausschließen, denn von ihnen hatte sich ihm jedes auch noch so kleine Detail ins Gehirn gebrannt. Blieben also nur die Unterlagen, die sich auf Gwen Tudolsky und Delia Hoffman bezogen.

Mit einer Grimasse begann Silver Seite für Seite zum Mord an Gwen Tudolsky durchzugehen und arbeitete sich langsam weiter vor. Autopsiebericht, Tatortfotos, Aussagen von Freunden und Nachbarn. Aussagen der Kollegen. Nur zu gerne hätte er diesen hochtrabenden Anwalt der Tat verdächtigt, doch er war durch nichts mit den Morden in Verbindung zu bringen. Kopfschüttelnd erinnerte er sich an das Gespräch mit Candelier zurück und wie er danach heimlich den Computer des Opfers durchsucht hatte. Leider hatte keine einzige E-Mail einen brauchbaren Hinweis enthalten. Ihr Inhalt war völlig harmlos gewesen. Ebenso die gespeicherten Lesezeichen im Internet. Silver stockte und blätterte zurück. Die Liste mit den aufgerufenen Seiten, beim ersten Durchsehen waren sie ihm uninteressant vorgekommen, jetzt aber tauchte etwas aus den Tiefen seines Unterbewusstseins auf. Mit dem Finger fuhr er von oben nach unten über die Einträge und versuchte, den Grund zu finden, weshalb sich sein Bauchgefühl gemeldet hatte. Seine Augen begannen zu brennen, während er angestrengt die teilweise unendlich langen Internetadressen durchging.

Sein Finger stockte, als er schließlich auf eine Homepage mit dem Namen Finally-Beautiful stieß. Das war es! Leo hatte dahinter notiert: Forum für Schönheitsfragen jeglicher Art. Sie hatten die Adresse damals als typischen Frauenkram abgetan, vor allem, weil Gwen Tudolsky kein Lesezeichen angelegt, sondern die Adresse nur im Cache gespeichert hatte. Silver rollte an seinen Computer, öffnete den Browser und gab die angegebene Adresse ein. Der rosafarbene Hintergrund, der daraufhin auf dem Bildschirm erschien, brachte seine Augen zum Tränen, doch das musste er aushalten, wenn er herausfinden wollte, ob diese Adresse eventuell eine Spur zum Täter darstellte. Er klickte auf den Link zum Forum und atmete erleichtert auf, als die Farben der Homepage nun erträglicher wurden. Schminktipps, Frisuren, Kleidung, Fitness, Diät, Ernährung, Partner, sogar über verschiedene Kurse zur Steigerung des Selbstbewusstseins wurde diskutiert. Neugierig klickte Silver auf den untersten Punkt, der als ‚Letzter Ausweg' bezeichnet wurde. Aufgeregt beugte er sich vor, als er erkannte, dass es sich dabei um Schönheitsoperationen handelte.

Diese waren nach den einzelnen Körperregionen unterteilt, zusätzlich gab es allgemeinere Rubriken, darunter eine mit Tipps zur richtigen Arztwahl. Als er sich jedoch weiterklickte, erhielt er die Meldung, dass nur registrierte User diesen Bereich einsehen konnten. Enttäuscht lehnte sich Silver in seinem Stuhl zurück. Er befand sich in einer Sackgasse. Natürlich könnte er sich anmelden und dann das Forum durchsuchen, doch das würde zu lange dauern und er wollte so schnell wie möglich zum Krankenhaus, um Ana dort zu treffen. Silver sah auf die Uhr. Sicher war sie inzwischen schon wieder in Natalies Zimmer. Es fiel ihm nicht schwer, eine Entscheidung zu treffen: Leo würde heute noch jede Menge Arbeit bekommen. Rasch unterdrückte Silver sein schlechtes Gewissen, denn es war schließlich nicht seine Schuld, dass er offziell nicht mehr an dem Fall arbeiten durfte und deshalb auch das Forum zur Bearbeitung nicht so ohne weiteres an Kirby oder Johnston übergeben konnte. Es war besser, wenn Bob das Kommando übernahm und die Aufgaben verteilte.

Eine Sache konnte Silver allerdings noch erledigen. Er griff erneut nach dem Hörer und wählte die Nummer, die in den Akten stand. Ein Freizeichen ertönte, danach ein Knacken, als das Gespräch auf den Anrufbeantworter weitergeleitet wurde.

„Dies ist der Anschluss von Killings Security. Ich bin derzeit nicht erreichbar, hinterlassen Sie bitte eine Nachricht, ich rufe umgehend zurück."

Verdammt! Silver wartete ungeduldig, bis der Piepton das Ende der Ansage verkündete. „Hier ist Detective Silver vom LAPD. Ich habe eine wichtige Frage an Sie, die Gwen Tudolsky betrifft und die zur Aufklärung des Verbrechens beitragen könnte. Bitte melden Sie sich bei mir." Silver gab seine Telefonnummer an und legte den Hörer auf.

Fehlanzeige. Was jetzt? Er blätterte wieder in der Akte und wählte dann die Büronummer einer ihrer ehemaligen Bürokolleginnen. Als sie sich meldete, atmete er erleichtert auf. „Hier ist Detective Silver vom LAPD. Es geht um den Mord an Gwen Tudolsky."

Die Frau am anderen Ende der Leitung fragte sofort: „Haben Sie den Täter inzwischen gefasst?"

„Nein, aber das werden wir noch. Ich würde Ihnen gerne eine Frage zu Mrs Tudolsky stellen."

Ihre Stimme klang vorsichtig. „Ja?"

„Wissen Sie, ob Mrs Tudolsky jemals eine Schönheitsoperation hatte?" Stille am anderen Ende, selbst ihr Atmen war nicht mehr zu hören. „Mrs Forbes?"

Sie flüsterte fast, als sie antwortete. „Das kann ich Ihnen nicht sagen."

„Hören Sie, es ist sehr wichtig, sonst würde ich Sie nicht damit belästigen. Ich habe schon versucht, mit Mrs Tudolskys Freund zu telefonieren, konnte ihn aber leider nicht erreichen.“

„Er weiß auch nichts davon.“

Silver erstarrte und hakte dann sofort nach. „Heißt das, dass sie eine Operation hatte?“

„Ja. Wissen Sie, sie war so unglücklich, und es gab keine andere Möglichkeit, deshalb hat sie sich dazu entschlossen. Sie war ein anderer Mensch, nachdem sie sich dem Eingriff unterzogen hatte.“

„Was genau hat sie operieren lassen?“ Silver spürte, wie sein Herz schneller zu klopfen begann.

„Die Ohren. Sie standen vorher ziemlich weit ab und da ...“ Ein unterdrücktes Schluchzen drang durch den Hörer.

„Wissen Sie zufällig auch, bei welchem Arzt sie war?“

„Nein, sie hat nicht gerne darüber geredet. Ich glaube, es war ihr peinlich, zu solch einem Mittel greifen zu müssen, um endlich mit sich selbst im Einklang zu sein. Und es ist jetzt auch schon fast ein Jahr her.“

„Vielen Dank, Mrs Forbes, Sie haben mir sehr geholfen.“

„W...wirklich? Ich hoffe, Sie finden diesen Kerl bald, Gwen war ein so wunderbarer Mensch.“

„Wir sind nah dran. Ist es Ihnen recht, wenn heute oder morgen noch jemand bei Ihnen vorbeikommt und Ihre Aussage aufnimmt?“

„Ja, natürlich. Aber wenn es geht, bitte bei mir zu Hause ...“ Sie senkte ihre Stimme. „... die Chefs waren beim letzten Mal nicht sehr erfreut.“

Das konnte er sich lebhaft vorstellen. „Ich danke Ihnen. Auf Wiederhören.“

Silver ließ den Hörer sinken und starrte blind auf die Akte. Dieser Fall schien tatsächlich mit der Schönheitschirurgie zusammenzuhängen. Natürlich konnte sich das Ganze noch immer als Zufall herausstellen, aber gleich drei Hinweise, das musste einfach eine Bedeutung haben! Ein weiterer Blick auf die Uhr zeigte ihm, dass er sich langsam beeilen sollte. Eilig suchte er in den Akten nach Felicia Damons Telefonnummer. Wenn Delia Hoffmans Mitbewohnerin ebenfalls bestätigte, dass diese operiert worden war, wäre er überzeugt.

Drei Minuten später überzog ein grimmiges Lächeln sein Gesicht. Das war es, sie hatten endlich eine Gemeinsamkeit zwischen den ersten zwei Opfern gefunden. Delia Hoffman hatte sich vor einem Dreivierteljahr ihre Brüste operieren lassen – sie waren ihr ganzer Stolz gewesen. Felicia wusste nicht, welcher Arzt die Operation vorgenommen hatte, wollte aber noch einmal die gesamten E-Mails ihrer Freundin durchsehen, denn sie war sich ziemlich sicher, dass ihr Delia einen Link zur Homepage des Arztes geschickt hatte. Jetzt konnte Silver nicht mehr warten, bis Bob die Sache übernahm, Leo musste so schnell wie möglich mit der Arbeit beginnen, damit sie keine Zeit verloren. Je schneller sie den Mörder identifizierten, desto eher würden sie mit der Fahndung beginnen können. Zusammen mit dem Porträt, das den Polizeizeichner mit den beiden Wachtposten gerade erstellte, sollte ihnen das rasch gelingen. Silver wählte Leos Nummer.

„Hamer.“

„Hier Silver. Ich möchte, dass du etwas für die Serienmorde recherchierst, Bob wird dir das nachher bestätigen, wir dürfen keine Zeit verlieren.“

Papier raschelte im Hintergrund. „Geht in Ordnung, schieß los."

„Überprüf sämtliche Schönheitschirurgen, die jemals im oder für das Wellington Hospital gearbeitet haben, allen voran diejenigen, die derzeit dort arbeiten. Lass dir außerdem das Phantombild vom Täter geben, sobald es fertig gestellt ist und vergleich es mit den Angestellten und freien Mitarbeitern des Krankenhauses. Dann setz dich mit Felicia Damon in Verbindung, sie wollte nachschauen, ob Delia Hoffman ihr irgendwelche Informationen zu ihrem Schönheitschirurgen gemailt hat." Silver gab ihm ihre Telefonnummer durch.

„Noch was?"

„Ja. Auf der Liste der im Cache gespeicherten Internetseiten von Gwen Tudolskys PC habe ich die Adresse einer Schönheits-Homepage gefunden. Melde dich dort an. Vielleicht hat Gwen Tudolsky dort ja irgendjemandem verraten, wer ihre Ohren operiert hat." Silver holte tief Luft. „Das war's. Hast du die Adressenliste noch?"

„Ja, die habe ich auf dem PC. Aber ich weiß nicht, wann ich das alles machen soll."

„Nimm dir so viele Helfer wie du brauchst. Ich werde Bob sagen, dass er sich sofort mit dir in Verbindung setzen und die Aktion genehmigen soll."

„Alles klar, ich setze mich sofort dran." Zufriedenheit schwang in seiner Stimme mit. „Das hört sich ganz so an, als würden wir den Kerl bald haben."

„Ich hoffe es. Danke, Leo."

Neue Energie durchströmte Silver, als er die Verbindung beendete. Die schlaflosen Nächte der letzten Zeit waren vergessen. Ana würde sich bestimmt freuen zu hören, dass es endlich voranging. Kurzentschlossen wählte Silver ihre Handynummer. Als Ana jedoch auch nach mehrmaligem Klingeln nicht ans Telefon ging und stattdessen die Mailbox ansprang, wich das Lächeln aus seinem Gesicht und machte erneut der Sorge um sie Platz.

„Ana, hier ist Silver. Ruf mich bitte sofort zurück, wenn du diese Nachricht erhältst." Er atmete tief durch. „Du hattest Recht mit dem Schönheitschirurgen, ich werde dir alles berichten, wenn wir uns gleich sehen. Pass bitte auf dich auf."

Warum ging Ana nur nicht an den Apparat? Wäre das Handy ausgeschaltet, weil sie wieder bei Natalie auf der Intensivstation war, hätte es zuerst nicht geklingelt, sondern die Mailbox wäre sofort angesprungen. Aber wahrscheinlich hatte sie das Telefon einfach nur in der Cafeteria liegen lassen und sein Fehlen noch gar nicht bemerkt oder sie hatte unterwegs jemanden getroffen, mit dem sie sich unterhielt. Dennoch machte sich in Silver ein ungutes Gefühl breit. Diesmal wählte er Bobs Nummer, kam sofort auf die Mailbox und legte auf. Natürlich, Bob befand sich auf der Intensivstation und passte auf Natalie auf. Silver suchte die Nummer von Bobs Pager heraus und piepste ihn an. Während er auf den Rückruf wartete, zog er sein Jackett über und schob das Handy in die Jackentasche. Er würde seine neuen Erkenntnisse an Bob weitergeben, sowie er ihn sah und sich dann nur noch um Ana kümmern. Verdammt noch mal, warum rief er nicht endlich zurück?

Als hätte er ihn fluchen gehört, klingelte in diesem Moment das Telefon und Silver stürzte an den Schreibtisch zurück. „Silver."

„Hier ist Bob. Was gibt's? Du weißt doch, dass ich mich nicht von Mrs Brennan entfernen will."

„Ist Ana bei dir?“

Die Antwort kam zögerlich. „Nein. Ich dachte, du hättest dich vielleicht mit ihr getroffen …“

Damit bestätigten sich Silvers schlimmste Befürchtungen. „Nein. Ich habe vor etwa zwanzig Minuten mit ihr telefoniert und da sagte sie mir, dass sie gleich wieder zu euch hochgehen würde.“

„Vielleicht hat sie unterwegs jemanden getroffen.“

„Und reagiert nicht auf das Klingeln ihres Handys? Ich habe eben versucht, sie anzurufen, sie geht nicht dran.“

Ein gedämpfter Fluch war zu hören. „Ich habe ihr gesagt, sie soll nicht alleine losgehen! Wenn sie …“ Bobs Stimme klang hart. „Ich werde sie ausrufen lassen und jemanden losschicken, der nach ihr sucht. Ich rufe dich gleich zurück.“

„Auf dem Handy, ich fahre jetzt los.“

„In Ordnung.“

Die Verbindung wurde unterbrochen. Silver lief den Gang entlang, hetzte die Treppe hinunter und kam schließlich schwer atmend bei seinem Trail Blazer an. Sekunden später fuhr er bereits vom Parkplatz des Departments. Er reihte sich in den zäh fließenden Verkehr ein und schlug frustriert mit der Hand aufs Lenkrad. Warum waren die Straßen nur immer dann dicht, wenn er es eilig hatte? Kurz entschlossen nahm er das Blaulicht aus der Halterung, fuhr das Fenster herunter und setzte das Blaulicht aufs Dach. Sowie das Fenster wieder geschlossen war, schaltete er die Sirene an und fuhr auf die linke Spur. Die anderen Fahrzeuge machten ihm bereitwillig Platz, trotzdem ging es ihm nicht schnell genug. Sollte der Mörder tatsächlich hinter Ana her sein, zählte jede Sekunde.

Silver schreckte aus seinen Gedanken, als das Handy klingelte. Hastig zog er es aus seiner Jackentasche. „Ja?"

„Sie hat sich auf den Ausruf hin nicht gemeldet." Bobs Stimme klang gehetzt. „Ihr Wagen steht auf dem Parkplatz, sie muss also hier sein, wenn wir sie bisher auch noch nicht gefunden haben."

„Verdammt! Ich bin unterwegs zum Krankenhaus, aber ich weiß nicht, wie schnell ich es bei diesem Verkehr schaffe. Kann das Signal ihres Handys zurückverfolgt werden?"

„Natürlich, sofern es angeschaltet ist. Aber das wird sicher einige Minuten dauern."

„Worauf wartest du dann noch?"

„Bin ja schon dabei. Wenn du endlich aus der Leitung gehen würdest …"

Silver unterbrach ihn. „Vielleicht interessiert dich, dass ich auf eine Spur gestoßen bin. Auf der Liste der von Gwen Tudolsky aufgerufenen Internetseiten hat sich auch ein Schönheitsportal befunden, in dem es unter anderem um Operationen ging. Nun rate mal, wer sich hat operieren lassen? Nachdem ich Stuart Killings nicht erreichen konnte, habe ich eine Kollegin von Gwen Tudolsky angerufen. Sie erinnerte sich daran, dass sich Mrs Tudolsky vor einiger Zeit die Ohren korrigieren ließ."

Bob unterbrach ihn. „Ich habe jemanden zu Killings geschickt, ich will ihn zum Verhör ins Department holen."

„Ich glaube nicht, dass du ihn finden wirst." Wenn er wirklich derjenige gewesen war, der sich zum Zeitpunkt von Natalies Anfall in ihrem Zimmer aufgehalten hatte, würde er sich denken können, dass die Polizei auf der Suche nach ihm war und untergetaucht sein. Schließlich hatte er sich Natalie gegenüber als Freund eines Opfers ausgegeben.

Bob seufzte. „Nein, vermutlich nicht."

„Außerdem habe ich mit Felicia Damon gesprochen, Delia Hoffman wurden vor neun Monaten die Brüste vergrößert. Zusammen mit deinem falschen Schönheitschirurgen ergibt das ein deutliches Bild, oder?"

„Ja."

„Ich habe Leo gesagt, du würdest die Aufgaben autorisieren, die ich ihm zu erledigen aufgetragen habe. Wenn wir Glück haben, werden wir bald wissen, wer der Täter ist."

„Das wäre zu wünschen. Ich werde mich umgehend mit Leo in Verbindung setzen." Bob schwieg einen Moment. „Aber erst müssen wir Ana finden."

Silver biss grimmig die Zähne zusammen. „Das übernehme ich." Er unterbrach die Verbindung und warf das Handy auf den Beifahrersitz.

Nur gut, dass Bob diesmal feinfühlig genug gewesen war, ihn nicht darauf hinzuweisen, dass er eigentlich nichts mehr mit den Ermittlungen zu tun hatte. Er wäre ihm sonst an die Gurgel gesprungen. Ungeduldig drückte Silver auf die Hupe und drängte auf diese Weise einen sturen Pickup-Fahrer von der Fahrbahn. Ana durfte einfach nichts passieren, alles andere war einfach unvorstellbar. Silver warf einen Blick auf die Uhr und gab dann noch mehr Gas.

Dunkel, so dunkel. Und kalt. Warum war ihr nur so kalt? Langsam kam die Erinnerung zurück und mit ihr die Gewissheit. Angst und Entsetzen breiteten sich in ihr aus, schnürten ihr die Kehle zu. Sie wollte schreien und um sich schlagen, doch so sehr sie es auch versuchte, es gelang ihr nicht, sich zu rühren. Es war, als hätte ihr jemand die Muskeln durchtrennt, selbst ihre Augenlider konnte sie nicht bewegen. Das Einzige, was noch funktionierte, waren ihre Gedanken, die ihr, durchsetzt mit Furcht und Panik, durch den Kopf wirbelten und die sie nicht unter Kontrolle bringen konnte. Sie wusste, dass sie sich darauf konzentrieren musste, wie sie ihre Situation am besten meistern und sich befreien konnte, aber jeder Anlauf, jede neue Anstrengung, die sie unternahm, war vergeblich. Es gab nichts, was sie tun konnte, solange sie sich nicht zu bewegen vermochte. Ob sich Natalie und die anderen Opfer genauso gefühlt hatten, als sie hilflos in ihren Wohnungen gelegen hatten, während sich der Täter an ihrem Körper zu schaffen gemacht hatte? Nein, sie durfte nicht darüber nachdenken, das würde sie nur weiter schwächen.

Sicher würde Bob gleich kommen, um zu sehen, wo sie so lange blieb. Silver wusste auch, wo sie war, irgendjemandem würde auffallen, dass sie nicht wieder nach oben zurückgekehrt war und sie suchen. Ana versuchte ein weiteres Mal, den Kopf zu drehen. Vergeblich. Sie starrte an eine schmutzig graue Decke und versuchte herauszufinden, wo sich ihr Angreifer gerade befand, während ihre Tränen die Umgebung verschwimmen ließen.

Es war alles so schnell gegangen, eben noch hatte sie mit dem Becher in der Hand die Cafeteria verlassen, und im nächsten Moment war sie schon überwältigt und den Gang entlang in einen stickigen Raum gezerrt worden. Ihre Hand schmerzte an der Stelle, an der der kochend heiße Kaffee ihre Haut verbrüht hatte. Quietschende Schritte näherten sich ihr. Erneut packte sie die Angst und ließ ihr Herz rasen. Würde er sie genauso leiden lassen wie die anderen? Würde sie, genau wie Natalie, bei Bewusstsein sein und alles, was mit ihr geschah, mitbekommen? Beinahe wünschte sie sich, so schnell zu sterben wie ihre Mutter und ihr kleiner Bruder, doch sowie sie den Gedanken beendet hatte, wies sie ihn auch schon wieder von sich. Sie wollte nicht sterben, weder schnell noch langsam.

Die Schritte stoppten, neben ihrem Ohr quietschte es. Ana spürte jemanden dicht neben sich, sie roch ein bekanntes Aftershave, vermischt mit dem Geruch nach Desinfektionsmitteln. Jemand beugte sich über sie, zuerst sah sie ihn nur verschwommen durch ihre Tränen hindurch, dann wurde das Bild klarer. Er trug eine Gesichtsmaske, doch seine Haare und Augen hatte sie schon einmal gesehen. Im Krankenzimmer ihrer Freundin. Braune Haare, dunkle Augen – genauso wie Natalie ihren Angreifer beschrieben hatte. Sie wollte wegkriechen, sich umdrehen und fliehen, doch noch immer konnte sie ihre Muskeln nicht bewegen. Eine Hand näherte sich ihrem Gesicht, strich sanft darüber. Ekel kam in ihr hoch. Aus Angst zu ersticken, drängte sie die aufkommende Übelkeit zurück und konzentrierte sich darauf, ruhig zu atmen. Ein und aus, ein und aus.

„Sie hätten sich nicht einmischen sollen."

Der ruhige Plauderton zerrte an ihren angespannten Nerven. Sie wollte herausschreien, dass sie gar nichts getan hatte, doch selbst wenn sie es gekonnt hätte, wäre es vergebens gewesen. Der Mörder hatte gar nicht vor, ihr eine Chance zu geben, er stellte einfach eine Tatsache fest. Sie wünschte, er würde schweigen. Andererseits, solange er redete, würde er vielleicht nicht daran denken, sich anderweitig mit ihr zu beschäftigen. Als wollte er ihre Hoffnung zunichte machen, verschwand sein Gesicht und sie spürte, dass etwas ihren Körper berührte. Was tat er da? Er konnte doch nicht ... Sie schrie um Hilfe, aber es drang kein Laut über ihre Lippen. Kühle Luft strich über ihren Bauch, dann hob er ihre Hüfte an und zog ihr unsanft ihre Jeans herunter. Schweiß und Tränen rannen über ihre Schläfen und verschwanden in ihren Haaren. Nein, das konnte einfach nicht sein, es musste doch irgendetwas geben, das sie tun konnte! Doch da war nichts, sie war völlig hilflos einem Mörder ausgeliefert, der anscheinend nichts dabei empfand, wehrlose Frauen zu quälen und sie anschließend verbluten zu lassen.

Trotz der kühlen Luft schwitzte sie, ihr Herz hämmerte gegen den Brustkorb, Schwindel erfasste sie. Mühsam rang sie nach Atem, doch je schneller sie atmete, desto schwindeliger wurde ihr. Sie hyperventilierte. Mühsam versuchte sie, sich zu beruhigen, langsam und tief zu atmen, um nicht das Bewusstsein zu verlieren. Es war schon schlimm genug, alles mit sich geschehen lassen zu müssen, doch bewusstlos hätte sie erst recht keine Chance gegenüber ihrem Peiniger. Verzweiflung überkam sie, die sie nur schwer zurückdrängen konnte. Doch sie musste jetzt stark sein und solange durchhalten, bis sie gerettet wurde. Irgendjemand würde kommen und ihr helfen, daran musste sie glauben, sie war nicht bereit, einfach aufzugeben. Der Mörder kam wieder in ihr Blickfeld, diesmal hockte er sich neben sie und begann ihr den Pullover hochzuschieben. Nein! Ana bemühte sich, den Kopf zu heben, doch ohne jeden Erfolg. Unsanft zog der Täter nun ihren Oberkörper nach oben und versuchte, ihr den

Pullover auszuziehen. Als er an ihren Armen hängen blieb, riss er ihn ihr mit einem Ruck, der ihr vor Schmerz die Tränen in die Augen trieb, einfach über den Kopf. Danach ließ er sie wieder nach hinten fallen. Mit einem vernehmbaren Knall schlug ihr Kopf hart auf dem Fliesenboden auf.

„Ich habe es heute etwas eilig, normalerweise bin ich sanfter."

Sanfter? Wie konnte ein Mörder, der mindestens drei Frauen bestialisch getötet und eine schwer verletzt hatte, dieses Wort überhaupt in den Mund nehmen? In ihrem Kopf dröhnte es, und ihre Zunge schmerzte. Sie hatte sich beim Aufprall gebissen. Ihr ganzer Körper tat ihr weh. Wie sollte sie nur die Tortur aushalten, die ihr noch bevorstand? Eine weitere Welle der Angst rollte über sie hinweg und ließ sie atemlos zurück, als auf einmal die blitzende Klinge eines Skalpells vor ihren Augen auftauchte.

„Ich muss die Sache leider etwas abkürzen, es ist eine Schande."

Abkürzen? Meinte er damit etwa…? Noch einmal mobilisierte Ana alle ihre Kräfte, dann wurde es schwarz um sie.

33

Was war das? Neben dem Rauschen in ihren Ohren meinte sie, plötzlich noch ein anderes Geräusch zu hören. Ihr Herz setzte einen Schlag lang aus, als sie den Klingelton ihres Handys erkannte. Mehr als alles andere auf der Welt wünschte sie, sich melden zu können und den Anrufer um Hilfe zu bitten. Sicher waren es entweder Bob oder Silver, die sich wunderten, wo sie so lange blieb. *Ich bin hier, helft mir!* Aber natürlich konnte sie niemand hören. Verzweiflung und Wut wechselten sich in ihrem Inneren ab und als das Klingeln verstummte, fühlte Ana sich noch einsamer als zuvor. Ganz als hätte sie, wenn auch nur für einen kurzen Augenblick, tatsächlich Verbindung zur Außenwelt gehabt. Doch sie war allein. Allein mit ihrem Mörder.

„Niemand wird uns stören, jedenfalls nicht, bevor ich meine Aufgabe zu Ende gebracht habe."

Aufgabe? Wovon redete er? Glaubte er so etwas wie eine innere Stimme zu hören, die ihm befahl, diese Dinge zu tun? Das konnte sie sich nur schwer vorstellen, auf sie wirkte er völlig normal, beinahe so, als würde er seiner Arbeit nachgehen. Nur dass er bei dieser Arbeit Frauen mit einem Skalpell aufschnitt und tötete. Und jemand, der so etwas tat, musste zwangsläufig ein Psychopath sein. Auf einmal wurde ihr eiskalt, obwohl ihr nackter Körper schweißbedeckt war.

„Es war nicht nett von deiner Freundin, zu überleben. Übrigens durch deine Schuld, denn ich hatte die Dosis genau bemessen, allerdings für deine Größe und dein Gewicht."

Damit bestätigte er ganz nebenbei ihre schlimmsten Befürchtungen. Er hatte Natalie nur verfolgt, weil diese bei ihr und sie selbst nicht allein zu Hause gewesen war. Deshalb würde Natalie nun für den Rest ihres Lebens gezeichnet sein. Und das nicht nur äußerlich. Allein weil ihre Freundin größer war als sie, hatte sie den Angriff überlebt.

„Keine Angst, diesmal mache ich keinen Fehler. Wenn die muskellähmende Wirkung nachlässt, wirst du bereits verblutet sein." Er beugte sich über sie und sah ihr direkt in die Augen. „Ich werde allerdings dafür sorgen, dass es schneller geschieht als sonst."

Ana wollte nicht länger in diese kalten Augen sehen, konnte ihre Lider jedoch nicht schließen. Sie hatte Angst davor, die Wirkung seines Skalpells zu erleben, aber wenn die Wahl nur darin bestand, sofort zu sterben oder ihren Tod etwas hinauszuzögern und dadurch möglicherweise gerettet zu werden, bevorzugte sie Letzteres. Wobei der Mörder sowieso tun würde, was er wollte, ohne sie um ihre Meinung zu fragen. Ihre Augen schmerzten, als er sich aufrichtete und sie dadurch wieder dem grellen Licht des Deckenstrahlers aussetzte.

„Das Ergebnis wird vermutlich nicht so schön sein wie sonst, aber es ist deine Schuld, dass wir nicht genug Zeit haben."

Ein brennender Schmerz zog sich unvermittelt über ihren Oberschenkel und ließ sie aufstöhnen. Schwarze Punkte flimmerten vor ihren Augen und ihr Atem stockte, während ihr Herz wild hämmerte. Sie wusste genau, welchen Schnitt der Mörder gerade an der Innenseite ihres Oberschenkels ausgeführt hatte, nachdem sie die Körper der drei früheren Opfer Zentimeter für Zentimeter fotografiert hatte. Sie konnte sich nicht entscheiden, ob es schlimmer oder besser war, zu wissen was noch kommen würde. Jetzt ging auch ihr anderer Oberschenkel in Flammen auf, der Schmerz verursachte ihr Übelkeit. Wie sollte sie vierundzwanzig solcher Schnitte ertragen können? Und dann war da noch das Souvenir, das der Mörder mitzunehmen gedachte. Was würde er ihr wohl abschneiden? Allein schon der Gedanke erfüllte sie mit Entsetzen.

Wieder trat er in ihr Blickfeld, das blutige Skalpell deutlich sichtbar. Eine behandschuhte Hand schloss ihre Lider. Nach wenigen Sekunden wurden sie wieder geöffnet. „Ich möchte nicht, dass sie zu sehr austrocknen, sie werden noch gebraucht."

Es dauerte einen Moment, bis Ana verstand, was er meinte. Er wollte ihr die Augen entfernen!

Der Mörder musste das Grauen, das in ihnen stand, gesehen haben, denn um seine Augenwinkel herum erschienen kleine Lachfältchen. „Du hast das schon richtig verstanden. Ich nehme mir immer das, was am Schönsten ist. Und Augen fehlen noch in der Sammlung." Er führte das Skalpell an ihre Nase. „Vielleicht sollten wir besser gleich anfangen, damit ich später nicht so hetzen muss."

Silver atmete tief durch, als er endlich in die Straße zum Krankenhaus einbog und den Blazer einige Meter vor dem Eingang abstellte. Die Vorstellung, dass der Mörder Ana in diesem Moment in seiner Gewalt haben könnte, verstärkte seine Panik. Die gläserne Eingangstür glitt viel zu langsam vor ihm auf und Silver lief zum Empfangstresen, wo er eine ältere Frau zur Seite drängte und sich an die Schwester wandte. „Detective Silver, LAPD. Wo ist die Cafeteria?“

„Den Gang entlang, ganz am Ende. Gibt es ein Problem?“

„Ja. Ich möchte, dass Sie dafür sorgen, dass sich niemand mehr in die Nähe der Cafeteria begibt, aber bitte möglichst ohne Aufsehen zu erregen. Es könnte sein, dass sich dort ein bewaffneter Mann aufhält.“ Das war zwar nur eine Vermutung von ihm, aber es war allemal besser, vorsichtig zu sein, als dass ein Unbeteiligter in die Schusslinie geriet. Er wartete das Nicken der verängstigten Schwester nicht mehr ab, sondern lief auf die Cafeteria zu, während er sein Handy herauszog.

„Ja?“ Bobs Stimme klang gehetzt.

„Ich bin im Krankenhaus und auf dem Weg zur Cafeteria, gibt es etwas Neues?“

„Nein, ich warte noch immer auf einen Anruf von Leo, der Anas Handysignal zurückverfolgen lässt. Es wäre also gut, wenn du aus der Leitung gehen würdest. Und bleib da unten weg, solange wir nicht genau wissen, wo Ana sich aufhält.“

„Das kann ich nicht und das weißt du genau. Ich werde mir die Cafeteria ansehen, vielleicht finde ich dort irgendwelche Spuren.“ Seine Stimme brach. „Wir wissen nicht, wie viel Zeit Ana noch bleibt, wenn der Mörder sie in seiner Gewalt hat.“

„Sei vorsichtig. Stell dein Handy auf Vibration, ich rufe dich an, sobald Leo den Standort ausgemacht hat.“

„Gut.“

Er musste jetzt klar denken, auch wenn ihn die Angst um Ana kaum noch einen klaren Gedanken fassen ließ. Silver steckte das Handy in seine Jackentasche zurück und zog die Pistole heraus. Vorsichtig schlich er den Gang entlang, die Augen stets in Bewegung. Aber er konnte nichts Ungewöhnliches entdecken, kein einziges Geräusch war zu hören. Nirgends ein Hinweis auf Ana. Behutsam näherte er sich der Schwingtür zur Cafeteria, er wollte seine Anwesenheit durch keine falsche Bewegung ankündigen und damit riskieren, dass der Mörder Ana tötete. Wenn er das nicht schon längst getan hatte. Die Vorstellung, sie schwer verletzt oder sogar tot vorzufinden, war schrecklich.

Ein letztes Durchatmen, dann schob er die Tür auf, die Pistole im Anschlag. Aber der Raum war leer. Lautlos trat er ein und schloss die Tür ebenso leise hinter sich wie er sie geöffnet hatte. Das Summen des Getränkeautomaten war der einzig vernehmbare Laut, Ana war verschwunden. Da nirgendwo ein voller Kaffeebecher zu sehen war, ging er davon aus, dass sie die Cafeteria bereits wieder verlassen und sich auf den Weg zu Bob und Natalie gemacht hatte. Doch falls sich der Täter im Krankenhaus auskannte, war es ein Leichtes für ihn gewesen, Ana abzufangen und mit ihr zu verschwinden. Die Waffe weiterhin fest im Griff, öffnete Silver die Tür und trat auf den Gang zurück. Leer erstreckte sich der Flur vor ihm, nur gedämpft drangen die Geräusche aus dem Eingangsbereich des Krankenhauses bis hierher. Unruhig sah sich Silver um. Sein Gefühl sagte ihm, dass Ana in der Nähe war – und dass sie nicht mehr viel Zeit hatte. Er konnte Spürhunde anfordern, aber das würde zu lange dauern. Seine einzige Hoffnung war, dass Leo mit der Verfolgung des Handysignals bald erfolgreich war.

Rasch ging er den Gang hinunter, als sein rechter Fuß plötzlich unvermittelt unter ihm wegrutschte. Silver fing sich gerade noch rechtzeitig, trat einen Schritt zur Seite und beugte sich hinunter. Durch das eher düstere Licht im Gang war der feuchte Fleck auf den Bodenfliesen nicht zu sehen gewesen. Mit einem Finger tippte Silver in die Flüssigkeit und roch dann an ihm. Eindeutig Kaffee. Natürlich könnte jeder Besucher der Cafeteria seinen Kaffee hier verschüttet haben, doch er war sicher, dass dies die Stelle war, an der Ana dem Mörder begegnet war. Auch wenn ein Teil von ihm noch immer hoffte, sie wäre nur zur Toilette oder etwas besorgen gegangen, wusste er, dass das aller Wahrscheinlichkeit nach nicht zutraf. Sie musste hier irgendwo in der Nähe stecken, denn der Täter hatte wohl schlecht eine zappelnde Geisel durch das ganze Krankenhaus zerren können, ohne aufzufallen. Außer er hatte sie betäubt und in einem Rollstuhl oder Bett durch die Gänge geschoben, was sicher kein seltenes Bild in einer Klinik war.

Silver beugte sich noch einmal hinunter. Der Fleck war verwischt, als hätte jemand versucht, ihn zu entfernen oder als wäre etwas durch ihn hindurchgezogen worden. Langsam folgte er den Spuren in einen weiteren Gang hinein, bis sie nicht mehr zu sehen waren. Silver hob den Kopf und blickte zu einer Tür, die nur wenige Meter von ihm entfernt war. „Material“ stand auf dem kleinen Schild, das auf Kopfhöhe angebracht war. Ohne große Hoffnung drehte Silver am Türknauf und war nicht überrascht, den Raum verschlossen zu finden. Er trat einige Schritte zurück, zog sein Handy hervor und wählte Bobs Nummer.

„Ja?“

„Hier ist Silver. Hat Leo schon etwas herausgefunden?"

„Noch nicht, er arbeitet dran. Sag mir bitte, dass A. J. in der Cafeteria war."

„Nein, keine Spur von ihr. Aber auf dem Fußboden im Gang war eine Kaffeepfütze, es könnte durchaus sein, dass sie den Kaffee dort verschüttet hat, weil sie angegriffen wurde."

„Verdammt!" Bob atmete tief durch. „Sie könnte inzwischen überall sein."

„Ja, oder ganz in der Nähe. Hier ist ein Materialraum dessen Tür abgeschlossen ist. Ich denke, ich werde einmal nachsehen, was sich darin befindet."

„Ich informiere den Hausmeister ..."

„So lange kann ich nicht warten." Silver ignorierte Bobs Protest und beendete die Verbindung.

Während des Telefonats war ihm eine andere Idee gekommen: Er würde Ana noch einmal anrufen, und sofern sie in der Nähe war und er den Klingelton hörte, würde er ihm folgen und Ana auf diese Weise finden. Natürlich wies der Plan einige Schwachstellen auf, aber es war das einzig Sinnvolle, was er im Moment tun konnte, er musste es einfach versuchen. Seine Hand zitterte, als er ihre Nummer wählte und dann sein Ohr an die Tür presste. Das Freizeichen ertönte und verdeckte fast die leise Melodie, die aus dem Raum zu ihm nach draußen drang. Eindeutig Anas Handy! Aufregung breitete sich in ihm aus. Er war so dicht dran, nur wenige Meter und eine verschlossene Tür trennten ihn von Ana. Alles in ihm drängte danach, die Holztür einfach einzutreten und in den Raum zu stürmen, doch er widerstand dem Impuls, denn er befürchtete, dass der Mörder Ana töten würde, sowie er den Eindringling bemerkte. So schwer es ihm auch fiel, er musste Geduld haben und mit Umsicht agieren.

Rasch holte er sein Notfallwerkzeug hervor, mit dem er in der Lage war, fast jede Tür zu öffnen. Wertvolle Sekunden verstrichen, bis er das Schloss endlich geknackt hatte und seine zitternden Finger die Tür mit einem leisen Klicken aufschoben. Eine Weile verharrte er völlig bewegungslos und lauschte angespannt, doch es war nichts zu hören. Die Pistole im Anschlag lehnte er sich mit dem Rücken an die Wand und schob langsam seinen Kopf vor. Ein rascher Blick zeigte ihm einen in ein grelles Licht getauchten länglichen Raum, in dem diverse Schränke und Regale standen. Er war leer. Lautlos trat Silver ein und schloss die Tür leise hinter sich. Ana musste hier irgendwo sein oder zumindest ihr Handy. Die Vorstellung, dass sie ihr Telefon verloren haben könnte und ihr Aufenthaltsort damit nicht mehr zu bestimmen war, ließ ihn einen Moment lang alle Hoffnung verlieren.

Dann entdeckte er zwischen den Schränken versteckt eine weitere Tür, durch deren hohe Glasscheibe ein gedämpfter Lichtschein nach außen drang. Ruhe. Er musste Ruhe bewahren. Einen Schritt nach dem anderen machen. Die Hand um die Waffe gekrampft, schob er sich Zentimeter für Zentimeter vor, bis er durch das Türglas in den Raum blicken konnte. Er erstarrte, als er Anas nackten, blutbedeckten Körper auf den Fliesen liegen sah, und über ihr einen Mann im Arztkittel, dessen Gesicht durch einen Mundschutz verdeckt war. Silver konnte aus der Entfernung nicht erkennen, ob Ana nur betäubt oder bereits tot war. Alles, was er wusste, war, dass er zu ihr musste. Doch wie sollte er die Tür öffnen, ohne vom Mörder entdeckt zu werden und damit zu riskieren, dass Ana getötet wurde? Es war unmöglich, dennoch musste er das Risiko eingehen. Mit wild klopfendem Herzen hob er die Pistole und atmete mehrmals tief durch. Als die nötige Ruhe ihn durchströmte, wandte er sich wieder der Tür zu. Er wartete, bis der Mörder sich für einen Moment zurücklehnte, dann brach er durch die Tür, die Waffe direkt auf die weiß bekittelte Brust gerichtet.

„Polizei, keine Bewegung!"

Der Kopf des Mörders fuhr herum, er hielt einen Moment lang inne, dann aber zog er Ana blitzschnell hoch und hielt sie als Schutzschild vor seinen Körper. Er kalkulierte damit, dass Silver nicht schießen würde, solange Ana von der Kugel getroffen werden konnte. Silvers Kehle zog sich zusammen, als er Anas schlaffen, blutigen Körper in den Armen des Mannes sah. Er war zu spät gekommen. Mühsam riss er sich zusammen und konzentrierte sich wieder auf den Verbrecher. Wenn er seine Gefühle jetzt nicht beherrschen konnte, wäre er im Nachteil.

„Geben Sie auf, Sie werden hier nicht mehr herauskommen."

„Schon möglich, aber Ihre Freundin auch nicht." Der Mörder lachte. „Zumindest nicht lebendig."

Der Drang in Silver dem Mann vor sich am liebsten eine Kugel in den Schädel zu jagen, wurde fast übermächtig. Sein Zeigefinger bog sich um den Abzug der Pistole, doch er beherrschte sich. Er würde sich nicht provozieren lassen. Nur eine kleine Bewegung und der Schuss würde danebengehen. Es wäre zu gefährlich für Ana, sofern sie noch lebte. Ihre Augen waren zwar auf ihn gerichtet, doch er wusste nicht, ob sie ihn auch wirklich wahrnahm. Offensichtlich konnte sie sich nicht bewegen, war also auch nicht in der Lage, ihm zu helfen, indem sie den Mörder ablenkte.

„Lassen Sie die Frau gehen und uns danach über alles weitere verhandeln."

Der Mann lachte erneut. „Glauben Sie, ich wüsste nicht, dass bereits weitere Polizisten auf dem Weg hierher sind und vermutlich jeden Moment auftauchen? Ich werde meine Arbeit also folglich vollenden, was danach mit mir passiert, ist mir gleichgültig."

„Das werde ich nicht zulassen."

„Ach ja? Wie wollen Sie es denn verhindern?" Mit dem Skalpell strich der Killer beinahe liebevoll über Anas Hals.

„Lassen Sie das!"

Kleine Blutströpfchen zeigten sich auf Anas bleicher Haut. Es gab keine andere Möglichkeit, er musste schießen, ansonsten würde der Kerl Ana töten. Als er erneut das Skalpell ansetzte, feuerte Silver auf die Schulter des Verbrechers. Dessen gerade noch spöttischer Blick wich einem erstaunten Gesichtsausdruck, er schwankte und das Skalpell fiel ihm aus der Hand. Ana glitt lautlos zu Boden. Silver wartete nicht ab, sondern sprang den Mörder an. Er setzte sein ganzes Körpergewicht ein und warf ihn damit zu Boden. Die Gegenwehr des Mannes fiel überraschend schwach aus, so dass Silver ihn innerhalb kürzester Zeit überwältigt hatte. Sowie er den Mörder nach weiteren Waffen durchsucht und mit Handschellen an ein Rohr gekettet hatte, ohne dabei Rücksicht auf dessen blutende Schulterwunde zu nehmen, kniete er neben Ana nieder. Sie lag auf der Seite und wirkte wie eine Marionette, deren Fäden zerschnitten worden waren. Sein Herz zog sich schmerzhaft zusammen.

„Ich bin bei dir Ana, dir kann nichts mehr geschehen.“ Vorsichtig legte er sie auf den Rücken und strich ihr die Haare aus dem Gesicht. „Es wird alles gut.“ Erleichtert atmete er auf, als er ihren kräftigen Puls fühlte. „Die Ärzte werden gleich da sein.“

Silvers Blick wanderte über die Schnittwunden an ihren Beinen und am Bauch und er konnte sich nur unter Auferbietung all seiner Willenskraft davon abhalten, ihrem Peiniger jeden einzelnen Knochen im Leib zu brechen. Wo blieb Bob nur? Sein Partner müsste längst da sein. Rasch hob er Anas Pullover auf, der auf dem Boden neben ihrer Jeans und ihrer zerschnittenen Unterwäsche lag. Für einen Moment sah Silver buchstäblich rot vor Wut, dann hatte er sich wieder im Griff. Er kniete sich erneut neben Ana und begann, ihr den Pullover überzustreifen. Sie musste in der kühlen Luft frieren und der Schock und der Blutverlust verstärkten diesen Effekt noch.

„Besser so?“ fragte er und bildete sich ein, einen Ausdruck von Dankbarkeit in ihren Augen wahrnehmen zu können.

Sanft schob er ihre Arme durch die Ärmel und zog ihre Haare durch den Auschnitt des Pullovers. Unterhalb ihrer Rippen rollte er ihn nach innen ein, um die Wunde am Bauch frei zu lassen. Er zog sein Hemd aus und wickelte es ihr vorsichtig um die Hüfte. Ana musste unerträgliche Schmerzen haben, er konnte es deutlich an ihren Augen sehen.

Ein Stöhnen war aus der anderen Ecke des Raumes zu vernehmen, doch Silver kümmerte sich nicht darum. Der Killer mochte seinetwegen sterben, seine einzige Sorge galt Ana. Sie war noch immer leichenblass, ihre Haut kalt und feucht. Er versuchte, ihr etwas von seiner

Körperwärme abzugeben, doch er wollte sie nicht mehr als notwendig bewegen, aus Angst, ihr damit noch mehr Schmerzen zu bereiten. Vorsichtig zog er sein Handy aus der Jackentasche, während er gleichzeitig beruhigend über Anas Wange strich. Er wählte Bobs Nummer.

„Ja."

„Hier ist Silver. Wo zum Teufel bist du?"

„Fast da. Hast du Ana ...?"

„Ja."

„Geht es ihr gut?"

Silver schnitt eine Grimasse. „Sie lebt. Beeil dich lieber."

„Was ist mit dem Täter?"

„Der verblutet, wenn du dich nicht bald kommst."

„Alles klar."

Silver trennte die Verbindung und steckte das Telefon zurück in seine Tasche. „Entschuldige, aber Bob ...." Er bemühte sich, seine Stimme leicht klingen zu lassen. „Er ist gleich da und wird hier alles in die Hand nehmen, dann kann ich mich ganz um dich kümmern." Ihr Blick wurde glasig, Silver registrierte es mit Beunruhigung . „Halt noch ein wenig durch, gleich kannst du dich ausruhen." Er küsste sie sanft auf die Lippen. „Ich weiß, dass du müde bist, aber bleib noch so lange wach, bis der Arzt kommt, ja?" Silver presste sein Gesicht in ihre Haare. „Ich brauche dich." Den letzten Satz flüsterte er.

Danach ging er dazu über, ihr alles zu erzählen, was ihm gerade durch den Kopf ging, bis er endlich Geräusche vor der äußeren Tür hörte. Erleichtert drehte er sich wieder zu Ana um. „Gleich ist Hilfe da." Sein Herz setzte vor Schreck einen Schlag aus, als er sah, dass ihre

Augen geschlossen waren. Mit zitternden Fingern suchte er ihren Puls. Spürte er ihn, oder war es nur ein Echo seines eigenen? „Ana?“ Keine Reaktion. „Bleib bitte bei mir.“ Silver beugte sich vor. Ihr Atem streifte seine Lippen. Sie atmete also noch, alles andere musste warten, bis der Arzt da war. Sanft bettete er ihren Kopf auf seine Jacke, bevor er sich erhob. „Ich bin sofort wieder zurück.“

Er streifte den Mörder, der sich seit längerer Zeit nicht mehr bewegt hatte, mit einem Seitenblick. Obwohl er als Polizist anders denken sollte, war es ihm tatsächlich egal, ob er noch lebte oder nicht. Silver wandte sich ab, als die Tür aufgestoßen wurde und Bob, dicht gefolgt von einigen Polizisten und Dr. Finch, im Raum erschien.

„Hier hinten!“ Nachdem er sah, dass sein Partner ihn gehört hatte, kehrte er zu Ana zurück. Sie lag noch genauso da, wie er sie verlassen hatte. Immer noch blass und bewegungslos. „Ich bin wieder da, Ana. Bob und Dr. Finch sind jetzt hier.“ Er bemerkte kaum, wie Bob neben ihn trat.

„Komm, lass den Arzt zu ihr.“ Bob legte die Hand auf seine Schulter.

Widerwillig trat Silver einen Schritt zur Seite, hielt seinen Blick aber unverwandt auf Ana gerichtet. Nervös beobachtete er, wie der Arzt seine Untersuchung begann und schließlich eine Spritze aufzog. „Was ist das?“

„Ein Betäubungsmittel, damit sie keine Schmerzen mehr hat.“

Bob mischte sich ein. „Kann ich dich einen Moment sprechen?“

„Was ist?“ Silver war nicht gerade in gesprächiger Stimmung.

Bob packte ihn am Arm und zog ihn von Ana fort. „Lass den Arzt seine Arbeit tun, danach kannst du wieder zu ihr. Sag mir lieber, was passiert ist."

„Wonach sieht es denn aus? Er hat Ana überfallen und sie verletzt!"

Bob seufzte tief auf. „Danke, so viel hatte ich mir auch schon zusammengereimt."

„Er hat Ana als Schutzschild benutzt, also habe ich ihm in die Schulter geschossen, ihn überwältigt und angekettet." Silver drehte sich zu Ana um. „Sonst noch etwas?"

„Bist du verletzt?"

Erstaunt sah er Bob an. „Nein, wieso?"

„Weil dein ganzes T-Shirt blutverschmiert ist."

Silver verspürte keine Schmerzen, aber das war bei seinem Adrenalinausstoß auch kein Wunder. Kurzerhand hob er sein T-Shirt hoch und betrachtete seinen Brustkorb. „Nichts zu sehen. Das ist entweder Anas Blut oder seines". Er deutete auf den Mörder und sah nicht wirklich interessiert dabei zu, wie ein zweiter Arzt den Mann behandelte. „Lebt er noch?"

„Ja. Hast du ihn schon einmal gesehen?"

Silver nahm das Gesicht des Mannes genauer in Augenschein. „Nicht, dass ich wüsste. Du?"

„Nein. Ein klarer Fall von ‚Mein Nachbar/Freund hat so etwas getan? Das kann ich gar nicht glauben. Er war doch immer so nett.'" Bob verzog den Mund. „Wie soll man solche Täter fassen? Sie laufen nun mal nicht mit einem Schild um den Hals herum, das sie als Mörder ausweist."

„Dieser hier ist jedenfalls von der Straße."

„Ja, dank dir."

Silver warf ihm einen wütenden Blick zu. „Hättest du Ana nicht alleine zur Cafeteria gehen lassen, wäre ..."

Bob hob eine Hand. „Können wir das später besprechen? Ich muss jetzt zuerst dafür sorgen, dass der Täter gut versorgt und bewacht wird." Müde rieb er über sein Gesicht. „Ich nehme an, du willst bei Ana bleiben?"

Silver gab keine Antwort, sondern sah ihn nur stumm an. Es war offensichtlich, was er dachte.

Bob nickte. „Gut. Sag Ana ..." Er verstummte und hob seine Schultern in einer unbeholfenen Geste.

Silver erbarmte sich seiner. „Das werde ich."

Bob wandte sich wieder den Polizisten zu, die gerade dabei waren, den Täter unsanft hochzuziehen und auf die Trage zu legen. Anscheinend hatten sie nicht vor, es ihm leicht zu machen. Sie schnürten ihn fest, während ihm der Arzt eine Infusion legte.

„Wird er durchkommen?" wollte Bob von diesem wissen.

„Natürlich. Ein glatter Schulterdurchschuss und eine Kieferprellung, nichts Ernstes."

„Gut."

Silver wollte sich schon abwenden, als der Mörder die Augen öffnete und ihn direkt ansah. „Es ist noch nicht zu Ende."

„Das glaube ich schon." Bob spie die Worte förmlich zwischen den Zähnen hervor. „Schafft ihn weg."

Gemeinsam beobachteten sie, wie er aus dem Raum gerollt wurde, dann wandte sich Bob erneut an Silver. „Er ist es doch, oder?"

„Kein Zweifel. Er hat Ana verletzt und Natalie wird ihn sicher auch identifizieren können."

„Gut. Ich möchte nicht, dass uns zu guter Letzt noch ein Unschuldiger wegen Polizeibrutalität anklagt."

Silver sah ihn abwartend an.

„Ich nehme an, er hat sich beim Fallen den Kiefer gestoßen?“

„Wäre es dir lieber, ich hätte ihm in den Kopf geschossen?“

„Vielleicht.“

34

Nur langsam wich die Benommenheit von Ana und machte dem ersten klaren Gedanken Platz. Wo war sie? Sie konnte sich noch daran erinnern, wie sie die Cafeteria … ihr Herz begann zu hämmern. War sie wirklich überfallen worden oder war das nur ein Albtraum gewesen? Sie spürte nichts, nur eine Trägheit, die ihren ganzen Körper umfasste und ein leichtes Ziehen an Bauch und Oberschenkeln. Ana wollte sich aufsetzen, doch ihr Körper gehorchte ihr nicht. Mühsam öffnete sie die Augen und sah verschwommen eine weiße Zimmerdecke über sich. Neben sich hörte sie ein merkwürdiges Stöhnen, dann schrammte ein Stuhl über den Boden und jemand trat neben sie.

„Ana, hörst du mich?"

Silvers Stimme. Sie wollte lächeln, brachte jedoch die dafür notwendige Energie nicht auf.

„Es ist alles in Ordnung, du bist bei Natalie im Zimmer." Schemenhaft tauchte sein Gesicht über ihr auf, und sie blinzelte, bis sie ihn scharf sehen konnte.

Das Stöhnen war also von Natalie gekommen! Unendlich langsam drehte Ana ihren Kopf, bis sie das Bett neben sich sehen konnte. Tatsächlich, Natalie sah sie direkt an und winkte ihr leicht mit den Fingern zu. Ana schloss die Augen. Sie wusste nun, was ihre Freundin durchgemacht hatte – zumindest ansatzweise, da ihr Silver noch rechtzeitig zu Hilfe gekommen war. Die Erinnerung, wie sie zuletzt hilflos in den Armen des Mannes gehangen und zusehen hatte müssen, wie Silver auf ihn schoss, jagte ihr nachträglich noch Schauder über den Körper. Von dem anschließenden Kampf hatte sie nur noch Geräusche mitbekommen und auch an die späteren Ereignisse erinnerte sie sich nicht mehr deutlich. Erleichtert erkannte sie, dass Silver dabei nichts geschehen war.

„Ist er tot?“ Ihre Stimme war nur ein Flüstern, aber sie war froh, überhaupt sprechen zu können.

Silvers Hand legte sich über ihre und drückte sie sanft. „Er kann dir nichts mehr tun. Sie haben ihm die Kugel herausoperiert und seinen Zustand stabilisiert, morgen wird er ins Untersuchungsgefängnis gebracht.“

„Geht es dir gut?“

Silver lächelte sie an. „Ja, mit mir ist alles in Ordnung. Und dir wird es in ein paar Tagen auch wieder gut gehen.“

„Es war der Schönheitschirurg, den ich hier bei Natalie getroffen habe.“

Silver zog sich den Stuhl heran und setzte sich neben ihr Bett. „Ich hatte es vermutet. Bob wird dir und Natalie dazu später noch Fragen stellen. Jetzt musst du dich aber erst einmal ausruhen und erholen. Ich bleibe bei dir“, er sah zu Natalie hinüber und zwinkerte ihr zu, „bei euch beiden natürlich und sorge dafür, dass es euch an nichts fehlt.“

„Musst du nicht arbeiten?“

„Du weißt doch, dass ich von dem Fall abgezogen worden bin.“ Er sah auf seine Uhr. „Und für heute habe ich sowieso Feierabend.“

„Danke, dass du gekommen bist, ich dachte ...“ Ana machte eine kurze Pause und begann dann von Neuem.

„Ich hatte gehofft, dass du kommen würdest oder Bob, aber als er anfing zu schneiden, habe ich fast nicht mehr daran geglaubt."

„Hätte ich geahnt, in welcher Gefahr du schwebst, hätte ich nicht erst noch recherchiert, sondern wäre sofort hierhergekommen. Erst als ich bei dir anrief und du dich nicht gemeldet hast ..."

Silvers Hand schloss sich fester um ihre Finger. „Wenn ich dich verloren hätte ..."

„Das hast du nicht, ich bin hier und halbwegs intakt. Jedenfalls hoffe ich das." Testweise hob sie ihren Arm, dann ihr Bein. „Geht wieder. Warum konnte ich mich nicht bewegen? Das war das Schlimmste an der Sache, ich war nicht in der Lage gegen den Kerl anzukämpfen, oder auch nur etwas zu sagen."

„Er hat dir einen muskellähmenden Stoff gespritzt, gegen den dir die Ärzte jetzt ein Gegenmittel gegeben haben. Nachdem sie bereits in Natalies Blut Pancuronium, ein Muskelrelaxans, festgestellt haben, konnten sie die Wirkung bei dir schneller aufheben und mussten nicht darauf warten, dass der Körper den Stoff selbst auf natürliche Weise abbaut." Silver erhob sich. „Ich habe Dr. Finch versprochen, ihm Bescheid zu geben, sobald du wach bist, damit er noch einige Untersuchungen durchführen kann. Ich bin sofort wieder da."

Sowie er ihre Hand losließ, fühlte sie sich allein, obwohl er nur ein paar Schritte von ihr entfernt stand. Sie drehte ihren Kopf zur Seite, bis sie Natalie im Blickfeld hatte. „Könntest du mich bitte noch etwas näher an Natalie heranschieben, bevor du gehst?"

Silver sah sie erstaunt an, doch dann verstand er und lächelte. „Natürlich." Er rollte den Nachttisch zwischen den Betten heraus und rückte Anas Bett an Natalies. „Gut so?“

„Danke.“ Ana schob ihre Hand unter der Stange des Krankenhausbettes hindurch und berührte Natalies Finger. Sie wartete, bis Silver das Zimmer verlassen hatte, um den Arzt zu holen, bevor sie weitersprach. „Wir werden es gemeinsam schaffen, Nat.“

Natalie schloss ihre Hand fest um Anas und zwinkerte zur Antwort einmal mit ihren Augen.

„Er wird nie wieder jemandem etwas zuleide tun, dafür werden wir sorgen.“

Wieder ein Zwinkern.

Ana sah auf, als Silver und Dr. Finch gemeinsam das Zimmer betraten. Der Arzt wirkte erschöpft, die Falten in seinem Gesicht schienen in wenigen Stunden tiefer geworden zu sein, dunkle Ringe lagen unter seinen Augen.

Dennoch lächelte er ihr zu, als er an ihr Bett trat. „Wie geht es Ihnen, Mrs Terrence?“

Diese Frage hatte Ana von dem Arzt, der sie gerade erst zusammengeflickt hatte, nun wirklich nicht erwartet. „Den Umständen entsprechend, nehme ich an“, antwortete sie, worauf Dr. Finch bedauernd mit dem Kopf nickte.

„Tut mir leid, aber das ist eine Standardfrage, die ich Ihnen stellen muss, um herauszufinden, ob ich meine Arbeit gut gemacht habe. Viel wichtiger ist jedoch, ob Sie noch Schmerzen haben.“

„Nein, nur einen leichten Druck, wo ...“

„Das ist normal. Gut, dann wirkt das Schmerzmittel. Sollten die Schmerzen irgendwann stärker werden, geben Sie der Schwester Bescheid, sie wird das Mittel dann höher dosieren.“

„Danke, das werde ich tun."

„Können Sie sich inzwischen wieder vollständig bewegen?"

„Ich habe es bisher noch nicht ausprobiert, aber Arme, Beine und Kopf kann ich bewegen."

„Sehr schön. Ich werde Sie jetzt kurz untersuchen, wenn Sie nichts dagegen haben." Er drehte sich zu Silver um. „Wenn Sie bitte so lange draußen warten würden."

„Nein!" Ana spürte Wärme in ihre Wangen kriechen. „Ich möchte, dass er bleibt."

„Aber nur ausnahmsweise, es geht auch ganz schnell." Er zog einen kleinen Stab mit einer Spitze aus seiner Kitteltasche. „Damit testen wir Ihre Reflexe." Mit einem entschuldigenden Lächeln schob er die Bettdecke zur Seite. Methodisch arbeitete er sich zuerst an ihren Beinen herauf, wobei er darauf achtete, ihre Verbände zu umgehen, untersuchte danach ihren Bauch und testete zuletzt ihre Arme. Ein Kribbeln zog durch ihren Körper. Mit einem zufriedenen Gesichtsausdruck deckte er sie wieder zu. „Das sieht doch alles schon sehr gut aus. Morgen können Sie aufstehen, sofern Ihre Wunden es zulassen, und dann sehen wir, ob Ihre Bewegungen in irgendeiner Weise eingeschränkt sind, aber ich rechne nicht damit. Normalerweise baut sich das Mittel, das Ihnen verabreicht wurde, ohne körperlichen Schaden zu hinterlassen, von alleine wieder ab."

Erleichtert atmete Ana auf. Erst jetzt merkte sie, wie viel Angst sie davor gehabt hatte, hören zu müssen, dass ihr von der Attacke mehr als nur Narben bleiben würden. Sie würde die Ereignisse wohl nie ganz vergessen können und vermutlich sogar psychologische Hilfe benötigen, um das Geschehene zu verarbeiten, aber darüber mochte sie jetzt nicht nachdenken. Sie lebte und der Täter war gefasst, nur das zählte.

„Ich werde später noch einmal vorbeikommen und nach Ihnen beiden sehen, bevor meine Schicht endet."

„Danke, Doktor."

Er nickte. „Ich bin wirklich froh, dass Sie den Täter haben."

Silver begleitete ihn zur Tür. „Das sind wir alle."

„Wurde denn schon der Mann gefunden, der sich für mich ausgegeben hat?"

„Nein, aber wir glauben zu wissen, wer es war. Soweit wir wissen, wollte er niemandem damit schaden."

Dr. Finch runzelte die Stirn. „Gut, dennoch mag ich es nicht, wenn jemand unter meinem Namen auftritt."

„Sie können Anzeige gegen ihn erstatten, wenn Sie möchten."

„Ich werde es mir überlegen", meinte der Arzt und verließ den Raum.

Ana sah Silver irritiert an. „Stuart Killings hat doch gar nichts getan, er hat Natalie nur Fragen gestellt. Und wäre er nicht da gewesen, als der Anfall begann ..." Sie brach ab.

„Ich weiß, aber er hat sich nun mal als jemand anderer ausgegeben, und das ist strafbar. Wenn es dich jedoch beruhigt, ich denke nicht, dass Dr. Finch ihn anzeigen wird, er hat Besseres zu tun." Silver legte seine Hand auf ihre Schulter und küsste ihre Stirn. „Denk nicht länger darüber nach, Bob wird sich um alles weitere kümmern."

Dankbar ließ sie sich in seine Fürsorge sinken. Tatsächlich machte ihr der Druck, der in ihrem Kopf herrschte, das Denken nicht gerade leichter. Gehorsam konzentrierte sie sich darauf, an etwas anderes zu denken und schloss erschöpft die Augen.

Wie hatte das nur geschehen können? Anstatt das überlebende Miststück ein für alle Mal auszuschalten, gab es nun noch eine zweite potentielle Zeugin! Das konnte nicht akzeptiert werden. Das lag alles nur an der unzulässigen Abweichung von der eigentlichen Planung, keine Frage. Wozu war vorher alles minutiös durchdacht worden, wenn es dann hinterher nicht so durchgeführt wurde? Doch alles Jammern half jetzt nichts mehr, es war geschehen. Wichtiger war, wie die Fehler wieder gutgemacht werden konnten. Noch war das Spiel nicht vorbei, die Polizei hatte eine Kleinigkeit übersehen. Oder vielmehr das Wichtigste an der ganzen Operation. Das würde sie teuer zu stehen kommen, sowohl die Detectives, wie auch diese kleine Fotografenschlampe, die an allem schuld war. Die lästigen Zeugen würden beseitigt werden, egal, was es kosten würde. Doch zuerst war da noch die mühevolle Aufgabe, die Bewacher auszutricksen.

Ana schreckte hoch, als sie plötzlich Bobs Stimme hörte. Mühsam schlug sie ihre Augen auf und blinzelte, bis sich ihr Blick klärte. Silver und Bob standen gemeinsam vor dem Fenster und unterhielten sich in gedämpftem Ton. Silver blickte zu ihr hinüber und gab seinem Partner sofort ein Zeichen, als er bemerkte, dass sie wach war.

„Entschuldige, wir wollten dich nicht aufwecken." Er trat zu ihr und umfasste sanft ihre Hand.

„Schon gut. Gibt es Neuigkeiten?"

„Ja, gibt es. Wir haben den Täter soeben identifiziert", berichtete Bob und trat ebenfalls an ihr Bett heran.

Ana wollte sich aufsetzen, sank jedoch rasch wieder zurück, als ihre Bauchwunde mit einem heftigen Stechen darauf reagierte. „Ihr kennt seinen Namen?"

„Ja, Silver hat die Ermittlung schon vom Department aus in Gang gesetzt, aber eigentlich war das gar nicht mehr nötig. Der Arzt, der ihn operierte, hat ihn sofort wiedererkannt. Sein Name ist Wayne Preston, er hat eine eigene Klinik für Schönheitsoperationen. Zur Zeit vertritt er zudem einen Kollegen dieses Krankenhauses, weshalb er auch wusste, wo Natalie lag und wie er an den Kittel und den Schlüssel für den Materialraum gelangen konnte."

Ein Schönheitschirurg also. Womit auch das Rätsel um die Form und die Anordnung der Schnitte gelöst war. Nicht jedoch, wie ein Arzt, der sich eigentlich zum Ziel gesetzt haben musste, anderen Menschen zu helfen, so etwas tun konnte.

„Wir wissen, wo er wohnt und sind gerade dabei, einen Durchsuchungsbefehl beim Richter zu erwirken. Ich denke, dass wir ihn problemlos bekommen dürften. Silvers Aussage war dabei sehr hilfreich, aber es wäre schön, wenn ich dir und auch Mrs Brennan ein Foto des Täters zeigen dürfte, damit ihr ihn identifiziert."

Ana suchte Natalies Blick. In ihren Augen war das gleiche Entsetzen zu erkennen, das sie auch fühlte. Sie wollte den Mörder nie wieder zu Gesicht bekommen, nicht einmal auf einem Foto, aber sie wusste, dass es erforderlich war, damit die Polizei die Sache endgültig abschließen konnte. Aufmunternd drückte sie daher Natalies Hand und erhielt ein Nicken zur Antwort.

„Wir sind bereit."

„Gut. Ich weiß, es ist viel verlangt."

Ungeduldig nahm Silver Bob das Foto aus der Hand. „Hör auf zu reden, mach es einfach. Ana und Natalie wissen, worauf es ankommt." Er hielt Ana das Foto hin und strich gleichzeitig beruhigend über ihren Arm. „Lass dir Zeit."

Aber Ana genügte ein Blick, auch wenn sie den Mann nur mit Maske gesehen hatte. Diese Augen würde sie nie vergessen. Rasch wandte sie den Blick ab. „Er ist es."

„Gut. Da wir ihn festgenommen haben, gleich nachdem er dich verschleppt hat, war das eine reine Formsache. Jetzt kommt es darauf an, ob auch Natalie ihn erkennt: Erst dann haben wir die Verbindung zu den früheren Fällen hergestellt." Silver ging um Anas Bett herum und trat an das von Natalie heran. Er sah ihr direkt in die Augen. „Es tut mir leid."

Natalie zwinkerte einmal, bevor ihr Blick sich auf das Foto in seiner Hand senkte. Die Reaktion ihres Körpers erfolgte prompt. Die Linien auf dem Herzmonitor schlugen aus, ihre Finger umklammerten Anas Hand und ein dumpfes Stöhnen drang unter der Atemmaske hervor.

Es war Antwort genug, doch Silver fragte trotzdem nach. „Ist er das, Natalie?"

Sie hob den Blick und zwinkerte einmal deutlich. Sofort gab Silver das Bild an Bob weiter, setzte sich auf die Bettkante und nahm ihre Hand in die seine. „Danke. Du hast uns sehr geholfen."

Doch Natalie beruhigte sich nur langsam wieder, Schweiß stand auf ihrer Stirn, ihre Hände zitterten. Bob und Silver tauschten einen besorgten, wenn auch hilflosen Blick aus, der von Ana aufgefangen wurde. Sie wandte sich an Bob.

„Was passiert jetzt“, wollte sie wissen.

„Ich werde eure Identifizierung des Täters in den Bericht aufnehmen. Vorerst brauche ich keine weiteren offiziellen Aussagen von euch, das werden wir dann später nachholen, wenn es euch besser geht. Sollten wir bei der Hausdurchsuchung jedoch keine Indizien finden“, er zuckte entschuldigend mit den Schultern, „werden wir die Anklage auf euren Aussagen aufbauen müssen.“

„Ich verstehe.“ Ana zögerte. „Er ist noch hier, nicht wahr?“

„Ja, aber nicht in eurer Nähe. Außerdem ist er ans Bett gekettet, Polizisten sind in seinem Zimmer und vor seiner Tür postiert. Sowie er transportfähig ist, wird er in ein Gefängniskrankenhaus verlegt.“

„Hoffentlich bald.“

Silver beugte sich zu ihr hinunter. „Er wird euch nichts mehr tun können, wir haben dafür gesorgt, dass er sich keinen Millimeter mehr frei bewegen kann.“

„Danke.“ Ana lächelte ihn an, und als er ihr Lächeln erwiderte, spürte sie zum ersten Mal seit dem Überfall wieder Wärme in sich aufsteigen. Wie gern wäre sie jetzt allein mit ihm gewesen.

Bob unterbrach ihre Gedanken. „Ich werde trotzdem gehen, und sehen, ob sich etwas Neues ergeben hat. Ich komme später wieder.“ Nach ein paar Schritten drehte er sich noch einmal um. „Fast hätte ich es vergessen, ich habe unten deinen Rucksack gefunden, er steht neben dem Nachttisch.“ Er deutete in die Ecke des Zimmers.

„Das ist lieb von dir, Bob“, bedankte sich Ana und sah ihm und Silver nach, der seinem Partner zur Tür folgte. Ana konnte nicht verstehen, worüber sie redeten, vermutete aber, dass das Absicht war. Normalerweise hätte sie sich darüber aufgeregt, aber im Moment fehlte ihr dazu die Kraft. Vielleicht in einigen Tagen wieder, wenn sie sich ein wenig erholt hätte. Ihre Lider waren auf einmal so schwer, dass sie Mühe hatte, ihre Augen offen zu halten.

„Schlaf ruhig, ich bin bei dir." Silver zog sich den Stuhl heran.

„Aber ich möchte doch mitbekommen, was weiterhin geschieht." Sie hörte selbst, wie erschöpft ihre Stimme klang.

„Ich werde dich wecken, sobald es Neuigkeiten gibt, ich verspreche es."

„In Ordnung." Ana spürte wie der Schlaf sie übermannte und überließ sich langsam einem traumlosen Vergessen.

Sie schreckte hoch, als die Zimmertür aufgerissen wurde und Bob hereinkam.

„Wir haben ihn", rief er triumphierend.

Silvers Stimme klang ungehalten, er sah Bob wütend an. „Du bist mal wieder sehr rücksichtsvoll." Dann siegte jedoch seine Neugier. „Wen hast du?"

Bob nickte erst Natalie und dann Ana zerknirscht zu. „Entschuldigt. Den Durchsuchungsbefehl für das Grundstück des Täters und sämtliche sich darauf befindlichen Gebäude und Fahrzeuge. Ich fahre jetzt mit dem Spurensicherungsteam zu seinem Haus. Ich bin mir sicher, dass wir dort Hinweise auf die Verbrechen finden werden."

Ein Muskel zuckte in Silvers Wange. „Schön." Es war klar, dass er gerne an der Hausdurchsuchung teilgenommen hätte.

Ana versuchte, sich aufzurichten. „Ich möchte dabei sein."

„Auf keinen Fall."

„Nur über meine Leiche!" Der Widerspruch der Männer kam gleichzeitig.

„Braucht ihr keine Fotografin?"

„Doch, natürlich", antwortete Bob, „aber wir haben jemanden angefordert, der dich vertritt, solange du nicht arbeitsfähig bist."

„Ana ..."

Sie hob die Hand, um Silvers Protest zu vorzukommen. „Ich weiß, dass ich es nicht kann. Deshalb möchte ich, dass du statt meiner dorthin gehst und dir alles genau ansiehst."

„Ich bin aber nicht mehr im Team, wie du weißt." Seine Stimme klang gepresst.

Bob schüttelte resigniert den Kopf. Schließlich nickte er. „In Ordnung."

„Ana ..." begann Silver, sagte dann aber nichts mehr.

„Geh jetzt besser. Wir können später noch reden."

Worauf sich Silver wortlos zu ihr hinunter beugte und ihr einen langen Kuss gab, bevor er zusammen mit Bob das Zimmer verließ.

35

Bob war während der gesamten Fahrt zu Wayne Prestons Haus in der Foothill Area ziemlich wortkarg, was Silver nur recht war. Vermutlich hätte er seinem Partner dankbar dafür sein sollen, dass er ihm erlaubte, an der Hausdurchsuchung teilzunehmen, doch momentan war er dazu einfach nicht in der Lage. Natürlich wollte er mit eigenen Augen sehen, wie und wo der Täter gelebt hatte, aber er hätte keine Chance dazu gehabt, wenn sich Ana nicht für ihn eingesetzt hätte. Das wurmte ihn. Hoffentlich hatte seine Partnerschaft mit Bob bei diesem Fall keinen irreparablen Schaden erlitten. Müde rieb sich Silver mit beiden Händen über das Gesicht.

„Wenn du dir ein paar Tage Urlaub nehmen willst, geht das in Ordnung."

Silver wollte schon zu einer scharfen Erwiderung ansetzen, doch die Besorgnis in Bobs Gesicht hielt ihn zurück. Stattdessen nickte er. „Vielleicht mache ich das tatsächlich."

„Gut. A. J. wird sich bestimmt freuen, das zu hören."

„Bob ..." begann Silver warnend.

„Ist ja schon gut. Ich halte mich raus."

Ja, sicher. Silver seufzte lautlos. „Ich weiß selbst, was ich tun muss, ich bin alt genug."

„Alles hängt nur davon ab, ob man begriffen hat, wie viel einem ein anderer Mensch bedeutet."

„Ja, besser ist das", meinte Silver, um Bob nicht ohne Antwort zu lassen. „Und bevor du fragst: Ja, ich weiß, was Ana mir bedeutet."

Bob nickte zufrieden. „Gut." Anscheinend hielt er seine Mission für erfüllt, denn er wechselte das Thema. „Hoffentlich war Preston nicht so schlau, seine Souvenirs an einem anderen Ort als zuhause aufzubewahren, ich habe nämlich keine Lust, unseren Beweisen auch noch hinterherjagen zu müssen. Ich hätte sie gerne schön ordentlich auf einem silbernen Tablett präsentiert, möglichst beschriftet und signiert."

„Sicher glaubst du auch noch an den Weihnachtsmann."

Bob musste grinsen. „Gelegentlich, ja."

Silver verkniff sich jede weitere Bemerkung. Dabei war es gar nicht so unwahrscheinlich, dass sich Bobs Wunsch erfüllte, viele Serienmörder bewahrten ihre Souvenirs in ihrem Haus oder ihrer Wohnung auf. Auch Zeitungsartikel zu den von ihnen verübten Morden und Fotos der Opfer wurden häufig gefunden. Wenn sie also Glück hatten, war Wayne Preston einer von ihnen und hatte seine gesammelten ‚Schätze' gerne um sich. Allein der Gedanke ließ Silvers Magen revoltieren.

„Jeder würde verstehen, wenn du nicht mit hineingehst."

Die Lippen zusammengepresst, schüttelte Silver den Kopf. „Nein, ich muss es sehen. Nicht nur für mich, sondern auch für Ana, Natalie und Stacy. Ich bin es ihnen schuldig."

„Dich trifft keine Schuld an dem, was ihnen widerfahren ist, das weißt du ganz genau. Dennoch verstehe ich dich, mir würde es wohl genauso gehen. Nichtsdestotrotz kannst du jederzeit im Auto auf mich warten, wenn du genug hast, verstanden?"

„Danke."

Bob nickte zufrieden. Sie ließen die dicht besiedelte Gegend hinter sich und fuhren in die Foothills, die Straße führte langsam in die Berge hinauf, die Vegetation wurde grüner, die Grundstücke und Häuser größer.

„Nette Gegend."

Bob schnaubte verächtlich. „Wenn ich mein Geld damit verdienen würde, Leute chirurgisch zu verschönern, könnte ich mir hier ebenfalls ein Haus leisten."

„Plus deine Alimente."

„Die auch."

„Und den besten Kaffee, den es gibt."

„Quälst du mich absichtlich so?"

Silver musste unwillkürlich grinsen. „Ja."

„In Anbetracht der Situation lasse ich es dir noch einmal durchgehen."

Streifenwagen und mehrere Zivilfahrzeuge standen bereits vor Prestons Villa, die mit ihren Säulen und umlaufenden Balkonen eher in die Südstaaten passte als nach Los Angeles. Silver stieg aus dem Wagen und betrachtete das Haus skeptisch. Hellrosa gestrichen, mit freundlichen weißen Geländern und Efeuranken wirkte es nicht wie das Zuhause eines Serienmörders. Aber schließlich war auch Wayne Preston seine Unmenschlichkeit äußerlich nicht anzusehen, daher passte das Haus vermutlich gut zu ihm.

„Wie wäre es, wenn wir endlich reingehen würden oder bist du mit dem Gaffen noch nicht fertig?"

Silver, der wusste, dass Bob mit dieser Frage nur versuchte, die Spannung, die auf ihnen lastete, zu verringern, nickte nur. In seinem Rücken fühlte er die neugierigen Blicke von Kirby und Johnston, die zusammen mit der Spurensicherung auf Bob gewartet hatten. Silver hatte keine Lust, sich zu rechtfertigen, deshalb deutete er mit dem Kopf nur einen kurzen Gruß an und folgte Bob zum Eingang. Sollte doch sein Partner seine Anwesenheit erklären.

Bob klingelte, aber obwohl sie eine Weile warteten, öffnete niemand die Tür. „Dann wollen wir mal“, murmelte Bob und drehte sich zu Silver und den anderen um. „Seid vorsichtig, wir wissen nicht, ob sich jemand im Haus versteckt. Seine Mutter ist hier gemeldet, vermutlich ist sie unterwegs, falls jedoch nicht …“

Er brauchte den Satz nicht zu vollenden, sie wussten auch so, dass eine Hausdurchsuchung immer unangenehme Überraschungen für sie bereithalten konnte. Wäre der Täter noch auf freiem Fuß, hätten sie ein SWAT-Team dabeigehabt, doch so reichten der Durchsuchungsbefehl und ihre eigenen Dienstwaffen aus. Sie rechneten nicht damit, Ärger zu bekommen, wenn sie nur noch eine nette alte Lady im Haus antreffen konnten. Silver hing seinen Gedanken nach. Was würde wohl Prestons Ausrede sein? Dass seine Mutter ihn als Kind nicht oft genug umarmt oder ohne Essen ins Bett geschickt hatte? Verteidiger liebten solche Strategien, um zu zeigen, was für ein armer Schlucker ihr Mandant in Wirklichkeit war. Natürlich trug er keine Schuld daran, dass er Frauen getötet hatte, wie könnte er auch, bei solch einer schlimmen Vergangenheit?

Silver rieb seine Schläfe. Es käme einem Wunder gleich, wenn er heute keine Migräne bekommen würde, erste Anzeichen waren bereits zu spüren. Rasch suchte er in seiner Jackentasche nach dem Röhrchen mit den Tabletten, schüttelte eine davon heraus und schluckte sie hinunter. Am besten beeilte er sich mit der Hausdurchsuchung, später könnte er sich immer noch im Wagen erholen. Mit gezogener Waffe folgte er Bob den Flur hinunter. Kirby und Johnston bogen ins Wohnzimmer ab, während die Techniker so lange an der Tür stehen blieben, bis sie das Okay erhielten, mit der Spurensicherung zu beginnen. Die Stufen knarrten leise unter ihren Füßen, als sie die Treppe zum Obergeschoss hinaufschlichen. Silvers Schultern verspannten sich. Sollte sich tatsächlich jemand oben verstecken, hatten sie ihm ihr Kommen gerade mehr als deutlich angekündigt. Noch vorsichtiger als vorher folgte er Bob in die weitläufige Galerie. Dort trennten sie sich und nahmen sich jeweils einen Flügel des Obergeschosses zur Durchsuchung vor. Das große luftige Zimmer, das Silver betrat, wurde eindeutig von einer Frau bewohnt. Alles war in Pastelltönen gehalten, Spitzendeckchen bedeckten jede noch so kleine Oberfläche. Überall standen Staubfänger herum. Nachdem er auch im Ankleideraum und in den Schränken nachgeschaut hatte, war jedoch klar, dass sich weder in diesem Raum noch im daneben befindlichen Bad jemand versteckte.

Rasch kehrte Silver auf die Galerie zurück und machte sich auf die Suche nach Bob. Er entdeckte ihn in Wayne Prestons begehbarem Kleiderschrank.

„Sieh dir das an. Armani, Gaultier, Dior, Gigli …“

Silver lehnte sich an den Türrahmen und verschränkte die Arme über der Brust. „Seit wann interessierst du dich denn für Designer-Anzüge?“

Bob warf ihm einen bösen Blick zu. „Hier ist nichts. Nur das normale Schlafzimmer eines ganz normalen Mannes mit hohem Einkommen. Kein Hinweis darauf, dass er ein Mörder ist.“

„Was hast du erwartet, ein unterschriebenes Geständnis auf dem Nachttisch?"

Bob seufzte. „Das wäre nett gewesen." Er warf einen letzten wehmütigen Blick auf die Anzüge, dann trat er wieder aus dem Schrank heraus. „Also gut, dann lass uns das Haus mal gründlich von oben bis unten durchsuchen, es muss einfach irgendetwas zu finden sein."

Silver blickte Bob skeptisch hinterher. Er konnte Bobs Zuversicht nicht teilen. Bislang hatte alles darauf hin gedeutet, dass Preston überaus organisiert und intelligent war. Es würde ihn daher nicht wundern, wenn der Mann noch irgendwo ein Versteck hätte, das so gut verborgen war, dass sie es nicht so schnell finden würden. Wenn sie es überhaupt fanden und er nicht so klug gewesen war, sich jeglicher Beweise sofort zu entledigen. Doch das passte nicht zu einem Serientäter, der sich Souvenirs von seinen Opfern nahm, um seine Taten durch ihren Anblick wieder und wieder durchleben zu können. Irgendetwas musste er mit den abgetrennten Körperteilen gemacht haben, doch was? Und wie hatte er es geschafft, sie vor seiner Mutter zu verbergen, sollte er sie tatsächlich hier versteckt haben? Sie hatten getrennte Schlafzimmer, schienen sich aber den Rest des Hauses zu teilen, soweit er das beurteilen konnte. Wenn sie jetzt beim ersten Mal nichts fanden, würden sie im zweiten Durchgang jeden einzelnen Zentimeter im Haus absuchen, abklopfen und aufstemmen müssen, um eventuell auf diesem Weg eine geheime Kammer, eine kleine ‚Schatzkiste' oder irgendetwas Ähnliches zu finden. Eine langwierige und frustrierende Arbeit, auf die er gerne verzichten würde.

Kirby kam ihnen unten an der Treppe entgegen. „Im Erdgeschoss ist niemand, aber wir haben eine Tür entdeckt, die wohl in einen Keller führt. Sie ist abgeschlossen, sollen wir sie aufbrechen?"

„Ja." Bob winkte einen der Techniker zu sich heran, der das dafür notwendige Werkzeug dabeihatte und bedeutete ihm, mit der Arbeit zu beginnen. Glücklicherweise ließ sich das Schloss leicht knacken, sodass die Tür bereits nach einer knappen Minute aufschwang. Bob nickte ihm zu, betätigte den Lichtschalter und ging dann mit der Pistole im Anschlag die Treppe hinunter. Silver zog ebenfalls die Waffe und folgte seinem Partner. Es wurde kühler, je tiefer sie kamen, gleichzeitig zog ihnen ein seltsamer Geruch entgegen. Unten stießen sie auf einen schmalen Gang, von dem weitere Türen abgingen. Auch hier herrschte Totenstille, nichts rührte sich. Die erste Tür war offen und führte zu einem Vorratsraum, in dem ein Gefrierschrank stand. Bob gab Silver ein Zeichen, zu warten, durchquerte rasch den kleinen Raum und öffnete den Gefrierschrank. Aber es waren nur Lebensmittelpackungen darin und Bob gab Entwarnung.

Natürlich hätte sich Silver denken können, dass sie in einem Raum, der offensichtlich auch von Prestons Mutter benutzt wurde, nichts entdecken würden. Trotzdem war er enttäuscht, denn es hätte die Durchsuchung erheblich verkürzt, wenn sie fündig geworden wären. Silver schnitt eine Grimasse. Normalerweise sollte seine Priorität darauf beruhen, den Mörder festzunageln und alles dafür zu tun, dass er nie wieder aus dem Gefängnis herauskam, doch irgendwie konnte er sich nicht richtig auf seine Arbeit konzentrieren, wenn er wusste, dass Ana im Krankenhaus auf ihn wartete.

„Das wäre aber auch zu einfach gewesen." Bob trat neben ihn. „Versuchen wir es in den anderen Räumen."

Im zweiten Kellerraum befanden sich die Heizungsanlage, eine Waschmaschine, ein Trockner sowie ein Wäscheständer mit einigen Kleidungsstücken darauf. Alles wirkte erschreckend normal, auch hier, wie im Rest des Hauses, gab es nichts, das man mit einem Serienmörder in Verbindung brachte. Hätten sie den Täter nicht bereits gefasst, würde er sich ernsthaft fragen, ob sie hier richtig waren. Silver versuchte, die letzte Tür zu öffnen, doch sie war verschlossen. Aufregung stieg in ihm hoch. Wer schloss in seinem eigenen Keller eine Tür ab, wenn er nichts dahinter verbergen wollte? Dort musste einfach etwas sein! Rasch holte er sein Werkzeug heraus und machte sich an die Arbeit. Doch dieses Schloss war bei weitem schwerer zu knacken als das der ersten Tür zum Kellerabgang. Es war sogar ein extra hochwertiges Schließsystem eingebaut worden. Seine Finger wurden feucht und erschwerten die Aufgabe zusätzlich. Ganz ruhig bleiben. Konzentration. Schließlich wurde seine Ausdauer belohnt, er hörte ein leises Klicken und die Tür öffnete sich vor ihm.

„Wenn ich wieder einmal irgendwo einbrechen muss, weiß ich jetzt wenigstens, an wen ich mich wenden kann." Bob sprach mit gedämpfter Stimme, auch er schien zu spüren, dass sie hier etwas finden würden. „In Ordnung, ich gehe vor."

Silver nickte mit zusammengebissenen Zähnen und tauschte das Werkzeug wieder gegen seine Pistole ein. Nacheinander betraten sie den Raum. Es war niemand darin, dennoch blickte sich Silver blickte sich ungläubig in ihm um. Ein Arbeitszimmer war das Letzte, was er vorzufinden erwartet hatte, noch dazu eines mit

Schreibtisch, Ledersessel, Bücherregal und bequemer Couch. Die gesamte Einrichtung war nicht nur jeweils vom Feinsten, sondern auch perfekt aufeinander abgestimmt. Sein Blick fiel auf eine große Pinnwand, an der mehrere Postkarten und Zettel befestigt waren. Wieder nichts Verdächtiges, außer dass sie ein wenig schief hing. Bob ging zu einem der Aktenschränke hinüber und öffnete ihn. Wie erwartet enthielt er mehrere Akten und eine Vielzahl anderer Papiere. Das kleine Fenster hoch im Raum war vergittert, ließ aber ein wenig Licht herein. Die Luft war frisch und roch angenehm, nicht so feucht und muffig wie in vielen anderen Kellern. Wer auch immer diesen Raum eingerichtet hatte, hatte sich viel Mühe damit gegeben und schien ihn auch regelmäßig in Ordnung zu halten.

Ein neuer, leistungsfähiger PC stand auf dem Schreibtisch, samt einem 19-Zoll-Bildschirm. Auf einem Sideboard befand sich ein Fotodrucker, daneben eine Packung mit Fotopapier.

„Wir nehmen den Computer mit, Leo wird die Daten, die sich darauf befinden, bestimmt sichern können." Bob stützte seine Hände in die Hüften. „Dabei hätte ich geschworen, dass wir hier etwas finden werden, was wir gegen ihn verwenden können. Warum sonst hätte er die Tür abschließen sollen?"

Silver massierte seine Schläfen. „Vielleicht ist seine Mutter neugierig und er wollte nicht, dass sie in seinen Akten wühlt."

„Möglich. Dann lass uns mal weitersuchen. Irgendwo muss es einfach einen Hinweis geben."

„Außer Preston war klug genug, nichts von seinem ‚Hobby' mit nach Hause zu bringen."

„Und wenn schon! Mit Natalie und A. J. haben wir zwei Zeuginnen, die gegen ihn aussagen werden. Er wird sowieso lebenslänglich sitzen oder die Todesstrafe erhalten, egal ob wir hier etwas finden oder nicht."

„Ja, aber mir wäre es dennoch lieber, wenn wir darüber hinaus noch etwas in der Hand hätten, das ihn auch mit den anderen Opfern in Verbindung bringt."

„Wir werden schon noch etwas finden, und sei es auch nur einen Schlüssel zu einer Zweitwohnung oder einem Schließfach." Bob ging zur Tür. „Ich fordere Verstärkung für uns an, zur Not nehmen wir hier alles auseinander."

Silver trat nachdenklich ans Fenster und schaute hinaus. Ein Lichtschacht aus Beton führte von dort nach oben ins Freie, wo er mit einem Gitter abgedeckt war. Silver wandte sich ab und wollte wieder zum Schreibtisch zurückgehen, streifte dabei aber mit seinem Ärmel die Pinnwand. Sie geriet ins Schwingen, ein Papier löste sich und fiel zu Boden. Neugierig bückte sich Silver danach, drehte es um und erstarrte. Es war ein Foto von Gwen Tudolsky, auf dem sie lächelnd in die Kamera blickte. Aber es konnte nicht auf der dem Raum zugewandten Seite der Pinnwand gehangen haben, denn sonst wäre es ihm zuvor schon aufgefallen. Silver zog die Tafel ein Stück von der Wand weg und versuchte auf ihre Rückseite zu sehen. Doch es war zu dunkel, um etwas zu erkennen, und so nahm er die Pinnwand ganz von der Wand.

„Was tust du da?" Bobs Stimme dröhnte durch den Raum.

Vor Schreck hätte Silver die Tafel beinahe fallen lassen, doch es gelang ihm sie festzuhalten. Vorsichtig hängte er sie jetzt in aller Ruhe und mit der Rückseite nach außen wieder auf. „Ich habe mir gerade die interessantere Seite angesehen."

Bob pfiff leise durch die Zähne. „Ich denke, nach genau so etwas haben wir die ganze Zeit gesucht." Er trat neben Silver und betrachtete eine Weile die Fotos und Zeitungsausschnitte, bevor er sich an einen der Spurentechniker wandte. „Bitte alles fotografieren und dann eintüten."

Silver fühlte ein beklemmendes Gefühl in sich hochsteigen, als er nun erneut die Fotos der Tatorte vor sich sah. Preston hatte die Häuser der Opfer fotografiert, aber auch die Polizisten, Reporter und Schaulustigen, die nach der Tat davorgestanden hatten. Ein Foto zeigte ihn selbst, wie er an Anas Wagen lehnte, ein anderes Stacy, die mit ihm redete. Der Mörder war in ihrer Nähe gewesen und nicht einer von ihnen hatte ihn bemerkt. Warum war er ihnen auf keinem ihrer eigenen Tatortfotos aufgefallen, als sie diese untersucht hatten? Vermutlich hatte er sich verkleidet und hinter anderen versteckt, trotzdem ärgerte es Silver, dass er so nah gewesen war, und sie ihn nicht gefasst hatten. Es gab weitere Fotos von Ana, Großaufnahmen ihres Gesichtes. Auf einem der Fotos steckte sogar eine Pinnadel in ihrem Auge. Heiße Wut stieg bei diesem Anblick in Silver hoch.

Noch einmal untersuchte er alle Fotos ganz genau und stellte dabei fest, dass kein einziges von Natalie darunter war. Anscheinend war sie ursprünglich nicht als Opfer vorgesehen, sondern nur Ersatz für eine andere, gerade nicht verfügbare Frau gewesen. Es würde zumindest zu seiner Vermutung passen, dass der Täter vor Anas Haus gewartet hatte und ihnen dann zu Natalie gefolgt war. Aber das war reine Spekulation, die

Vernehmungen und auch der Prozess würden aufzeigen, wie es wirklich gewesen war. Jetzt war es an der Zeit, sich wieder auf die Arbeit zu konzentrieren. Vielleicht gab es, nachdem die Fotos und Zeitungsausschnitte hier waren, ja noch ein anderes Versteck, in dem Preston weitere Beweisstücke verwahrt hatte.

Der Raum wimmelte mittlerweile nur so vor Menschen, alles wurde gründlich durchsucht, kein Zentimeter blieb unberührt. Schließlich gab einer der Techniker einen Überraschungslaut von sich.

„Hier ist eine Tür!“ Er stand vor einem Regal, das er eilig von den Büchern, die auf ihm standen, befreite.

Silver betrachtete den kaum wahrnehmbaren Spalt, der vom Regal fast völlig verdeckt wurde. Es war eindeutig eine Tür und jetzt kam hinter den Büchern auch noch ein Griff zum Vorschein. Er drückte ihn herunter, während der Techniker seinerseits das Regal zur Seite schob. Geräuschlos schwang die Tür auf und gab den Blick in einen weiteren Raum frei. Wieder hielt sich niemand in ihm auf. Bob steckte die Pistole in sein Holster zurück und trat dann durch die Türöffnung. Helles Licht flammte auf, als er auf den Lichtschalter drückte. Silver folgte ihm, sein Blick fiel automatisch auf den Operationstisch, der mitten im Raum stand. Neben ihm befand sich ein Rollwagen, wie er in Krankenhäusern für die Aufbewahrung von chirurgischem Besteck benutzt wurde. Hatte Preston hier in diesem Keller für seine Morde geübt oder sogar welche begangen? Es wäre nicht das erste Mal, dass sie bei einem Serientäter noch auf weitere Opfer stießen, die dieser getötet hatte, bevor er die „eigentliche“ Serie startete.

Der Raum wirkte steril, weiße Fliesen bedeckten den Boden und die Wände, außer dem Tisch und dem Rollwagen stand nur noch ein moderner Kühlschrank an einer der Wände. Der einzige Farbfleck war ein zugezogener Vorhang. Zögernd ging Silver zum Kühlschrank. Er konnte sich nur einen einzigen Grund für dessen Vorhandensein in diesem Raum vorstellen. Allein der Gedanke daran verursachte ihm Übelkeit. Seine Hand zitterte, als er sie zum Griff führte. Er hielt inne und warf Bob einen kurzen, fragenden Blick zu. Als dieser schweigend nickte, zog er langsam die Tür auf und erstarrte.

„Oh verdammt!" Kirby, der ihm über die Schulter geschaut hatte, wich zurück.

Silver spürte, wie es ihm bitter die Kehle hinaufstieg, während er wie hypnotisiert auf das Ding starrte, das im Kühlschrank auf seine Vollendung wartete. Es war ein Kopf mit Ohren, Lippen und Haaren. Stacys Haare, Natalies Lippen und Gwen Tudolskys Ohren. Nur die Augen fehlten noch.

Bobs Stimme klang gepresst. „Ich denke, wir wissen jetzt, wofür er seine Souvenirs verwendet hat."

Der Kopf war aus einem wachsähnlichen Material geformt, dessen Farbe der menschlichen Haut erstaunlich nahe kam. Die einzelnen Körperteile waren in ihn eingelassen worden und bildeten nun ein makaberes Modell, das in einer klaren Flüssigkeit lag, von der es konserviert wurde. Es schmerzte, Natalies Lippen in der grotesken Nachbildung eines ebenmäßigen, aber künstlichen Gesichtes zu sehen, in dem sie bei weitem nicht mehr so schön wirkten, wie sie zuvor gewesen waren und gleichzeitig zu wissen, dass Natalie wohl für immer entstellt sein würde. Mit was für einem Psychopathen hatten sie es hier nur zu tun? Wie verroht und verkommen musste ein Mensch sein, der andere nicht nur tötete, sondern auch noch Teile aus ihnen herauslöste, um sie zu einem neuen Gesicht zusammenzufügen?

„Ich fürchte, es gibt ein Opfer, das wir noch nicht gefunden haben." Bob deutete auf die Nase.

„Ja." Mehr brachte Silver nicht heraus.

Sein Blick ruhte auf den Löchern, die für die Augen ausgehöhlt worden waren. Anas Augen, wenn er die Nadel, die in ihrem Foto steckte, richtig gedeutet hatte. Sein Magen hob sich, ein stechender Schmerz fuhr durch seinen Kopf. Dennoch zwang er sich, auch noch das, was auf dem unteren Gitter stand, genauer in Augenschein zu nehmen. Es waren Delia Hoffmans Brüste, die dort in einem mit einer Flüssigkeit gefüllten Beutel schwammen. Was Preston mit ihnen vorgehabt hatte, war nicht zu ersehen, vielleicht wäre nach der Schaffung des idealen Gesichtes noch die Schaffung des idealen Körpers an die Reihe gekommen. Silver wandte sich mit Schaudern ab und trat einen Schritt zurück.

„Alles in Ordnung?", fragte Bob, dem seine Reaktion nicht entgangen war.

Silver nickte. „Ich warte oben auf dich."

Mittlerweile war das Pochen in seinem Schädel zu einem anhaltenden Schmerz geworden. Der Druck auf seine Augen nahm zu und ließ seine Sicht verschwimmen. Er musste sich so schnell wie möglich irgendwo hinsetzen, wenn er nicht wollte, dass ihn die Migräne vollkommen schachmatt setzte. Dankbar ließ er sich im Wohnzimmer in einen der weich gepolsterten Sessel sinken und schloss die Augen. Nach einer Weile wurde der Druck erträglicher und auch Silvers Sicht klärte sich wieder. Sein Blick fiel auf ein Bild, das zusammen mit einer Blumenvase auf einem kleinen, geschwungenen Holztisch neben seinem Sessel stand. Es zeigte eine schöne Frau, die ernst in die Kamera blickte. Vermutlich handelte es sich dabei um Wayne Prestons Mutter, doch ihr Gesicht wirkte alterslos. Silver nahm den Bilderrahmen in die Hand und starrte das Foto an. Irgendwo hatte er die Frau schon gesehen, er wusste nur nicht mehr genau wo.

„Nein!" Mit einem Satz sprang er auf und hielt sich an der Sessellehne fest, bis sich der Schwindel wieder gelegt hatte.

Einer der Polizisten steckte seinen Kopf zur Tür herein. „Haben Sie etwas gesagt?" Er machte zögernd einen Schritt auf Silver zu. „Geht es Ihnen vielleicht nicht gut, Sir?"

„Holen Sie Detective Payton aus dem Keller, schnell!" Der Polizist schien die Dringlichkeit zu bemerken, denn er machte auf dem Absatz kehrt und lief zur Kellertür.

Silver bewegte sich mühsam schwankend auf die Tür zu, wobei er sich an allen Möbeln festhielt, die sich auf dem Weg dorthin befanden. Schließlich erreichte er den Flur und atmete erleichtert auf, als ihm Bob entgegenkam.

„Was ist los?" Bob griff nach seinem Arm. „Komm, setz dich."

„Nein!" Silver versuchte, sich loszureißen, doch er war zu schwach dafür. Stattdessen lehnte er sich an den Türrahmen, in seiner Hand hielt er immer noch das Bild. Er drückte es Bob in die Hand. „Wir müssen sofort ins Krankenhaus! Ich habe diese Frau schon einmal gesehen und zwar auf einem Tatortfoto."

36

Ana erwachte, sie spürte die Anwesenheit einer dritten Person im Raum. Silver hatte sich also beeilt. Ihre Lippen verzogen sich zu einem Lächeln. Langsam schlug sie die Augen auf und sah in Richtung Tür. Ein dunkler Schatten kam von dort aus auf sie zu, ein ihr unbekannter Duft drang ihr in die Nase. Schlagartig war sie hellwach. Sie versuchte, sich aufzusetzen, aber ihre Bauchwunde machte es ihr unmöglich.

„Bleiben Sie ruhig liegen." Die sanfte Stimme gehörte einer Frau.

Erleichtert sackte Ana zurück. Im ersten Augenblick hatte sie schon geglaubt, dass der Mörder seinen Bewachern entwischt und gekommen wäre, um sich an ihnen zu rächen. Was für ein unsinniger Gedanke, hatte Bob ihnen nicht beteuert, dass sie in Sicherheit wären? Ana tastete nach dem Knopf, mittels dem sie das Kopfteil des Bettes weiter nach oben fahren lassen konnte. Ungeduldig wartete sie darauf, ihre Besucherin genauer in Augenschein nehmen zu können. Was die elegant gekleidete Frau wohl von ihr wollte?

„Haben Sie sich verirrt?" Anas Stimme klang belegt.

Die Frau lächelte sie an. „Nein, ich glaube nicht. Eigentlich wollte ich zu meinem Sohn, aber der ist gerade verhindert."

Die Frau kam näher und erst jetzt erkannte Ana, dass sie nicht mehr ganz so jung war, wie sie zuerst geglaubt hatte. Sie musste um die Mitte Vierzig, wenn nicht noch älter sein. „Wer ist denn Ihr Sohn?"

Wieder ein Lächeln. „Oh, Sie haben ihn gerade kennen gelernt."

Sprach sie etwa von Silver? Ana hatte sich zwar niemals konkrete Gedanken darüber gemacht, wie seine Mutter wohl aussehen mochte, aber so hatte sie sie sich nicht vorgestellt. Trotz der Tatsache, dass auch sie dunkle Haare besaß, hatte sie sonst keine Ähnlichkeit mit ihm. Die Augen schienen ihr vertraut, allerdings waren sie dunkel, und nicht blau wie die Silvers. Und obwohl die Frau lächelte, war keinerlei Wärme in ihnen zu erkennen. Stattdessen wirkten sie irgendwie leblos, tot. Es war genau der Moment, in dem Ana wusste, wo sie diese Augen schon einmal gesehen hatte! Ana wollte auf den Knopf drücken, der die Krankenschwester herbeirief, erstarrte jedoch, als sie plötzlich eine Pistole mit Schalldämpfer auf sich gerichtet sah.

„Wie ich sehe, haben Sie doch noch begriffen, wer ich bin." Seelenruhig setzte sich die Besucherin auf einen Stuhl in der Nähe des Bettes, die Waffe weiterhin direkt auf Ana gerichtet. Ihr Lächeln war verschwunden, als sie weitersprach. „Sie können sich sicher vorstellen, dass ich nicht gerade glücklich darüber bin, dass mein Sohn Ihretwegen verhaftet wurde."

Anas Herz klopfte wild in ihrer Brust. Sie hatte nur eine Chance! Sie musste die Frau vor sich irgendwie zur Vernunft bringen. „Ihr Sohn ist ein Mörder, der bereits drei Frauen getötet und eine weitere schwer verletzt hat!"

Die Frau hob eine Augenbraue. „Und?"

Entsetzen breitete sich in Ana aus, als sie die Tragweite des soeben Gehörten begriff. Wayne Prestons

Mutter schien es genauso wenig verwerflich zu finden, Menschen zu verstümmeln und zu töten, wie ihr Sohn. „Das meinen Sie doch nicht im Ernst? Auch wenn er Ihr Sohn ist: Was er getan hat, ist falsch und grausam, das müssen Sie doch erkennen!"

Mrs Preston lachte auf. „Sie haben es anscheinend immer noch nicht begriffen. Mein Sohn tut genau das, was ich ihm sage." Dabei warf sie einen Blick auf Natalie und zog ihre Mundwinkel verächtlich nach unten. „Auch wenn er sich dabei manchmal etwas ungeschickt anstellt."

Natalie gab einen unterdrückten Laut von sich.

Der blutrot geschminkte Mund verzog sich zu einem bösartigen Grinsen. „Falls Sie wissen wollen, wo Ihre Lippen sind, ich habe sie in mein Modell der perfekten Frau integriert. Sie sollten sich geehrt fühlen." Ihr Lächeln wurde verträumt. „Ich strebe immer die reine Perfektion an."

„Sie sind verrückt!" Ana wusste zwar, dass es nicht ratsam war, die Frau zu provozieren, doch die Worte waren ihr einfach so herausgerutscht. Die Frau vor ihr musste wahnsinnig sein, anders konnte sie sich die irrwitzige Idee, ein Modell aus menschlichen Teilen herzustellen und dafür unschuldige Frauen zu töten, nicht erklären.

Mrs Preston sah sie einen Moment lang nachdenklich an, dann zuckte sie mit den Schultern. „Nein, ich denke nicht. Ich weiß genau, was ich tue und Wayne wusste es auch. Klingt das für Sie etwa verrückt?"

Ja, dachte sich Ana, schluckte die Antwort aber hinunter und biss sich stattdessen auf die Lippen. Das Einzige, was sie jetzt noch tun konnte, war, die Frau so lange am Reden zu halten, bis irgendwann jemand in ihr Zimmer kommen würde, um nach ihnen zu sehen.

„Natürlich kann ich nicht erwarten, dass Sie das mit Ihrem begrenzten Verstand begreifen, schließlich sind Sie nur Fotografin. Weshalb haben Ihre Eltern eigentlich nicht darauf geachtet, dass Sie etwas Vernünftiges lernen? Ich selbst habe Wayne ja auch seiner Bestimmung zugeführt und bin mir sicher, dass er mir dafür sehr dankbar ist."

Die Erinnerung an ihre Eltern war für Ana schmerzlich und tröstend zugleich. Auch wenn sie viel zu früh gestorben waren, hatten sie ihr dennoch menschliche Grundwerte und vor allem viel Liebe vermittelt und sie dadurch zu der gemacht, die sie heute war. „Das dürfte wohl kaum der Fall sein, jetzt nachdem Ihr Sohn verhaftet worden ist und den Rest seines Lebens im Gefängnis verbringen wird, wenn er nicht sogar die Todesstrafe erhält. War es das, was Sie für ihn gewollt haben?"

Mrs Preston kniff die Augen zusammen, die Fältchen, die dabei rund um ihre Augenwinkel entstanden, zeigten ihr wahres Alter. „Nein, denn im Gefängnis nützt er mir gar nichts." Sie richtete sich auf. „Deshalb bin ich auch gekommen, ich wollte dafür sorgen, dass er nicht gegen mich aussagen kann. Unglücklicherweise konnte ich jedoch nicht bis zu ihm vordringen, dazu wird er zu stark bewacht. Stattdessen bin ich nun zu Ihnen beiden gekommen und werde Sie für das, was Sie getan haben, bestrafen." Ihre Lippen waren nur noch ein schmaler Strich. „Denn Sie tragen die Schuld daran, dass alles, was ich mühsam aufgebaut habe, zerstört worden ist."

Ana bekam es immer mehr mit der Angst zu tun. „Damit werden Sie nicht durchkommen."

Die Frau betrachtete sie aufmerksam. „Warum denn nicht? Ich sehe hier niemanden, der mich davon abhalten könnte. Bis jemand merkt, was vor sich geht, werde ich längst fort sein.“ Sie legte einen sorgfältig manikürten Fingernagel an ihre perfekt geschminkten Lippen. „Ich denke, ich werde mit Ihrer Freundin anfangen. Wahrscheinlich wird es sogar eine Erleichterung für sie sein. So wie sie jetzt aussieht, wird sie sowieso niemand mehr anschauen wollen.“

„Sie sind ein Monster!“

„Aber nein, man könnte in mir vielmehr einen rettenden Engel sehen.“ Sie lächelte. „Zudem ist auch gar nicht wichtig, was Sie von mir halten. Es wird Sie bald nicht mehr interessieren.“ Sie stand auf, die Waffe weiterhin auf Ana gerichtet. „Stehen Sie auf.“

„Das kann ich nicht, die Infusion ...“ Ana schrie auf, als Mrs Preston darauf kurzerhand die Infusionsnadel aus ihrer Vene riss.

„Sonst noch etwas?“ Grob griff sie nach Anas Arm und begann, sie aus dem Bett zu zerren.

Schmerz schoss durch ihre Schulter und die gerade vernähten Wunden. Sie spürte, wie etwas Feuchtes, Warmes über ihre Haut lief. Eine der Nähte musste durch die ruckartige Bewegung wieder aufgeplatzt sein. „Lassen Sie das! Hi....“ Doch bevor Ana um Hilfe rufen konnte, hatte die Frau ihr schon eine Hand vor den Mund gepresst. Spitze Fingernägel bohrten sich in ihre Wange.

Pfefferminzatem strich über sie hinweg, als Mrs Preston sich dicht zu ihr hinunterbeugte. „Halten Sie sofort den Mund, oder ich erschieße Ihre Freundin auf der Stelle. Und rechnen Sie nicht damit, dass ich davor zurückschrecken werde, sie wäre nicht der erste Mensch, den ich töte.“

Seltsamerweise verspürte Ana in diesem Moment so etwas wie Mitleid für Wayne Preston. Mit dieser Mutter hatte er tatsächlich nie die Chance gehabt, ein normaler, anständiger Mensch zu werden.

„Stehen Sie endlich auf, ich habe keine Lust, mit Ihnen zu rangeln und mir dabei mein Kostüm zu verderben." Die Pistole an Anas Hals gepresst, wartete sie, bis diese mühsam auf die Füße kam. „Gut so. Bleiben Sie ruhig, dann haben Sie vielleicht die Chance, noch etwas länger zu leben."

Jede Bewegung löste eine neue Schmerzwelle in ihrem Körper aus, Ana schmeckte Blut, wo sie sich zuvor auf die Lippe gebissen hatte. Verzweiflung drohte sie zu überwältigen. Was konnte sie nur tun, um Natalie und sich zu retten? Sie war der Irren körperlich im Moment nicht gewachsen, jeder Angriff von ihr würde scheitern und ihre Lage nur weiter verschlechtern. Natalies Augen waren weit aufgerissen, sie bewegte sich unruhig, doch es war klar, dass sie noch weniger als Ana dazu in der Lage war, einzugreifen. Ein Lufthauch strich über Anas teilweise entblößten Rücken, der vom Krankenhausnachthemd nur unzureichend bedeckt wurde. Während sie von Prestons Mutter weitergezogen wurde, drehte sie ihren Kopf unauffällig zum Fenster. Bisher hatte sie überhaupt nicht gemerkt, dass es einen Spalt offen stand. Ihre Augen weiteten sich, als sie plötzlich eine Hand wahrnahm, die ihr ein Zeichen gab. Blieb nur zu hoffen, dass derjenige, dem die Hand gehörte, auch wusste, was er tat.

Ana schrie erschrocken auf, als auf einmal ohne jede Vorwarnung eine Hand in ihre Haare fuhr und ihren Kopf schmerzhaft herumriss.

„Wenn Sie versuchen, Zeit zu gewinnen, kann ich Ihnen nur davon abraten. Und damit Sie sehen, dass ich es ernst meine, gebe ich Ihnen eine kleine Kostprobe." Mit diesen Worten richtete sie die Waffe auf Natalie.

Ana zögerte nur den Bruchteil einer Sekunde, bevor sie sich gegen den Arm der Verrückten warf. Ein Schuss löste sich, dann lockerte sich der Griff in ihren Haaren und sie stürzte zu Boden. Einen Augenblick lang wurde Ana vor lauter Schmerz schwarz vor Augen. Ein leises Ploppen, gefolgt von einem weiteren Schuss. Natalie! Obwohl sie noch immer benommen war, begann sie, sich am Bettpfosten hochzuziehen. Da legte sich eine Hand auf ihre Schulter und drückte sie auf den Boden zurück. Ana war zu entsetzt, um zu schreien.

„Ganz ruhig, es ist alles in Ordnung."

Sie kannte die Stimme. Ana blinzelte, bis sie den Mann klar sehen konnte. Erstaunt öffnete sie den Mund, doch es kam kein Ton heraus. Was machte Stuart Killings hier? „Natalie?" Sie musste einfach wissen, was mit ihrer Freundin passiert war! Erneut wollte Ana sich aufrichten, doch Stuart drückte sie zurück. Wollte er nicht, dass sie Natalie sah? Sie begann, sich ernsthaft gegen ihn zu wehren, auch wenn ihr der Schmerz, den jede ihrer Bewegungen auslöste, beinahe das Bewusstsein raubte.

„Es geht ihr gut. Nun seien Sie bitte vernünftig, Sie sind schon ganz blutig."

„Was ... was ist mit ...?"

„Tot".

„Sie war die Mutter des Mörders."

Stuarts Hand lag beruhigend auf ihrer Schulter. „Ich weiß, ich habe alles gehört."

„Wie …?“

Er unterbrach sie. „Später. Erst einmal schaffe ich Sie wieder ins Bett, anschließend rufe ich einen Arzt und den Wachdienst.“ Stuart hob sie hoch und trug sie zum Bett zurück. Vorsichtig legte er sie auf die Matratze.

Ana fuhr unwillkürlich zusammen, als er sich über sie beugte, doch er betätigte nur den Knopf, mit dem die Schwester zu Hilfe gerufen wurde, bevor er sich wieder zurückzog. Er blickte zum Nachbarbett hinüber. Natalie! Ana drehte sich so schnell herum, dass ihr schwindelig wurde, doch sie ignorierte es. Erleichtert atmete sie auf, als sie Natalies Blick begegnete. Der Herzmonitor zeigte hohe, schnelle Ausschläge, dennoch schien ihrer Freundin nichts weiter zu fehlen.

Ana schob die Hand zu Natalie hinüber und legte sie auf die ihre. „Alles in Ordnung?“

Ein Zwinkern.

Gott sei Dank hatte die Kugel sie nicht getroffen.

„Sie steckt in der Wand.“ Killings schien ihren Gedanken erraten zu haben und deutete auf den Einschlag nur wenige Zentimeter über ihr. Schließlich entdeckte auch Ana das kreisrunde Loch, das sich nur wenige Zentimeter über Natalies Kopf befand.

„Hätten Sie ihren Arm nicht weggestoßen, wäre der Schuss nicht danebengegangen.“

Mit Schrecken erkannte Ana, wie nahe sie ein drittes Mal daran gewesen war, ihre Freundin zu verlieren. Sie begann zu zittern, Schweiß brach ihr aus.

„Was machen Sie …“

Der Rest des Satzes ging im Schrei der jungen Krankenschwester unter, die gerade das Zimmer betreten wollte und dabei die tote Frau auf dem Boden liegen sah. Als sie zudem noch Stuart und die Blutflecken auf

Anas Hemd entdeckte, wurde sie bleich und stolperte rückwärts aus dem Zimmer.

Ana begann fieberhaft zu überlegen, sie hatte jetzt keine Zeit, der Panik und dem Schock nachzugeben, zuerst musste die Situation geklärt werden. Wenn gleich Polizisten ins Zimmer kommen würden, könnten sie Stuarts Anwesenheit missverstehen. „Stuart, setzen Sie sich auf den Stuhl, die Hände gut sichtbar, am besten Sie legen sie auf Ihre Oberschenkel."

Der Hauch eines Lächelns hob seine Mundwinkel. „Ja, Ma'am."

Kaum hatte er sich hingesetzt, wurde die Tür auch schon weit aufgestoßen und Polizisten stürmten in den Raum. „Hände hoch!" Sämtliche Waffen waren auf Stuart gerichtet, der dem Befehl schweigend Folge leistete.

„Lassen Sie ihn, er hat uns gerettet." Die ungläubigen Blicke, die sie daraufhin erntete, ärgerten Ana. „Das dort ist die Mutter des Serienmörders, sie wollte uns erschießen. Wäre er nicht gekommen", sie deutete mit dem Kopf auf Stuart, „wären wir jetzt höchstwahrscheinlich nicht mehr am Leben."

Ein Polizist kniete neben Mrs Preston nieder und fühlte ihren Puls. „Sie ist tot."

„Wir müssen Ihre Waffe beschlagnahmen, Sir."

Stuart stand langsam auf und drehte sich bereitwillig um. Vorsichtig zog ihm ein Polizist die Pistole aus dem Hosenbund und steckte sie in einen Plastikbeutel.

„Besitzen Sie einen Waffenschein?"

„Natürlich. Ich bin Sicherheitsberater." Er wandte sich wieder um, die Hände noch immer gut für alle sichtbar. „Aber wäre es nicht sinnvoller, erst einmal einen Arzt zu rufen, der sich um die Patientinnen kümmert?"

Der Polizist war sichtbar wütend darüber, von Killings an seine Pflicht erinnert zu werden, kam der Aufforderung aber umgehend nach. „Hawkins, holen Sie einen Arzt. Und jemanden, der die Leiche abtransportiert." Dann drehte er sich wieder zu Killings um. „Wer sind Sie und was machen Sie hier?"

„Mein Name ist Stuart Killings. Meine Daten sind bereits aufgenommen worden, fragen Sie die Detectives Payton und Silver danach." Sein Gesicht zeigte keinerlei Regung, als er auf die Tote blickte. „Ich habe zufällig mitbekommen, wie die beiden Damen bedroht wurden und bin eingeschritten."

Ana sagte auf seine Ausführung hin kein Wort, nahm sich aber fest vor, Stuart, sobald sie wieder mit ihm allein wäre, danach zu fragen, was er überhaupt außerhalb ihres Fensters zu suchen gehabt hatte. Soweit sie wusste, war dort nicht einmal ein Balkon, sondern nur ein winziger Austritt. Wie war er nur dorthin gekommen? Bob und Silver würden sich jedenfalls bestimmt nicht mit seiner mageren Aussage zufriedengeben, so wie es der sichtlich überforderte Polizist tat. Der wirkte geradezu erleichtert, als zwei Pfleger mit einer Bahre den Raum betraten, die Tote darauflegten und das Zimmer wieder verließen. Jetzt zeugte nurmehr das Blut auf dem Boden davon, was vor kurzem hier geschehen war. Die anderen Polizisten zogen sich auf den Flur zurück.

Ana stockte, ihr war soeben ein schreckliche Gedanke gekommen. „Sind Sie im Krankenhaus, weil Sie zur Bewachung von Wayne Preston abgestellt worden sind?"

Der Polizist runzelte die Stirn. „Ja, wieso?"

„Weil ... Sie sind doch nicht alle miteinander hierher gekommen, oder etwa doch? Er wird doch noch gut bewacht? Vielleicht war die Aktion seiner Mutter ja auch nur als Ablenkungsmanöver geplant, um ihm die Flucht zu ermöglichen, oder ..."

„Nein, keine Angst, er befindet sich weiterhin in sicherem Gewahrsam."

„Sind Sie sicher?"

Ein Lächeln huschte über sein Gesicht. „Ja. Aber wenn es Sie beruhigt, frage ich noch einmal bei den Kollegen nach."

„Das wäre nett."

Er nickte ihr zu und verließ das Zimmer. Draußen auf dem Flur war seine Stimme zwar noch zu vernehmen, aber Ana konnte nicht mehr verstehen, was er sagte.

Stuart trat neben ihr Bett. „Ich glaube kaum, dass sie einen bereits überführten Serienmörder allein lassen würden, nur weil sie einen Alarm gehört haben. Ich bin jedenfalls nicht zu ihm durchgekommen, dazu war er zu gut bewacht."

Ana sah ihn mit großen Augen an. „Sie wollten doch nicht ..."

Stuart zuckte mit den Schultern. „Ich hatte es überlegt." Er zögerte. „Sein Zimmer liegt ein Stockwerk über Ihrem."

Deshalb war er also vor ihrem Fenster gewesen! Ana nahm ihn bei der Hand. „Ich weiß, wie Sie sich fühlen, aber das wäre nicht richtig gewesen. Sie wären nie wieder glücklich geworden."

Unendliche Traurigkeit lag in seinen Augen. „Ohne Gwen werde ich es sowieso nicht mehr sein."

„So sehr Sie Gwen auch geliebt haben, werden Sie in Ihrem Leben bestimmt wieder jemanden begegnen, der Ihnen etwas bedeutet. Ich wünsche es Ihnen jedenfalls."

Stuart rang sichtbar um Fassung, bemühte sich dann aber um ein Lächeln. „Danke. Wenn es mit dem Detective nichts werden sollte, rufen Sie mich an."

Ana stieß ein überraschtes Lachen aus, das schmerzhaft an ihrer Bauchwunde zerrte. „Autsch, machen Sie keine Witze, das tut weh."

Stuarts Lächeln vertiefte sich. „Ich bitte vielmals um Entschuldigung."

Der Polizist kehrte zurück und brachte Ana die beruhigende Nachricht, dass alles in Ordnung war. „Wayne Preston befindet sich weiterhin sicher auf seiner Station. Er wird nicht entkommen, das garantiere ich Ihnen."

„Vielen Dank."

Der Polizist nickte ihr zu. „Ich werde draußen gebraucht, komme aber später noch einmal zurück."

Ana beachtete ihn kaum noch, als er aus dem Raum ging, etwas anderes beschäftigte sie. Woher wusste Stuart von ihrer Beziehung zu Silver? Als sie Killings das letzte Mal gesehen hatte, waren sie und Silver überhaupt noch nicht zusammen gewesen und außerdem hatte Stuart zu dieser Zeit keinen Blick für sie übrig gehabt. „Woher wissen Sie von Silver und mir?"

Stuart sah sie schuldbewusst an. „Ich bin eine Zeit lang sowohl Ihnen als auch dem Detective gefolgt."

„Sie haben uns verfolgt?" fragte sie erstaunt und ärgerlich zugleich.

„Ich musste einfach etwas tun und dachte mir, dass sie mich vielleicht zum Täter führen könnte. Es tut mir leid, ich wollte Sie wirklich nicht ausspionieren."

„Warum waren Sie dann nicht da, als mich der Täter überfallen hat? Oder Natalie?"

Stuart senkte den Kopf. „Glauben Sie mir, das habe ich mir selbst schon mehrmals vorgeworfen. Ich weiß nicht warum, aber ich war einfach nie zur richtigen Zeit an der richtigen Stelle." Er hob seinen Blick und ließ ihn auf Natalie ruhen. „Es tut mir leid."

Die zwinkerte zur Antwort einmal, Tränen standen in ihren Augen.

Anas Ärger legte sich so schnell wieder wie er gekommen war. „Verzeihen Sie, das war ein ungerechter Vorwurf von mir. Was passiert ist, war allein die Schuld des Mörders und seiner Mutter."

Ana wollte noch etwas hinzufügen, aber in diesem Moment wurde die Tür mit voller Wucht aufgestoßen. Stuart sprang auf und griff automatisch nach seiner Waffe. Er hatte vergessen, dass er sie abgegeben hatte.

Silver taumelte mit schneeweißem Gesicht in den Raum. Er sah sie an, Erleichterung stand in seinen Augen, dann brach er zusammen. Ana wollte aus dem Bett springen und zu ihm laufen, doch Stuart hielt sie auf. „Bleiben Sie liegen, ich kümmere mich um ihn."

Ängstlich verfolgte Ana, wie Stuart Silver auf den Rücken drehte und seinen Puls überprüfte. „Ist er verletzt?".

„Ich kann jedenfalls nichts erkennen. Sein Puls ist stabil."

Bevor er mehr tun konnte, tauchte auch schon Bob auf und blieb keuchend in der Türfüllung stehen. „Verflixt, ist der Kerl schnell." Als er jedoch Silver mit dem über ihn gebeugten Killings auf dem Boden liegen sah, richtete er sich abrupt auf und zog in einer fließenden Bewegung seine Pistole. „Weg von ihm, sofort."

Gehorsam bewegte sich Stuart nach hinten, bis er mit dem Rücken am Fenster stand und Ana sich einschaltete. „Er hat Silver nichts getan, ganz im Gegenteil. Silver ist hier hereingestürmt und dann einfach umgekippt. Was ist mit ihm los?"

„Er hat Migräne. Normalerweise hätte ich ihn ins Bett geschickt, aber wir haben befürchtet ..." Erst jetzt schien er die Blutflecken auf ihrem Hemd zu bemerken. „Was ist passiert, geht es dir gut?"

„Ja, es sind nur ein paar Nähte wieder aufgegangen. Der Arzt kommt gleich."

Bob atmete erleichtert aus. „Und was machen Sie hier, Killings? Ihnen ist doch wohl klar, dass Sie polizeilich gesucht werden?"

Stuart verschränkte seine Arme über der Brust und schwieg.

„Wenn er nicht hier gewesen wäre, würdest du jetzt nicht mehr mit mir reden können. Stuart hat uns gerettet, als Wayne Prestons Mutter uns töten wollte."

Bob wurde blass. „Also hat Silver tatsächlich Recht gehabt. Wir hatten gerade Beweise in Prestons Haus entdeckt, als er plötzlich wie ein Irrer losgerannt ist und meinte, ihr wäret in Gefahr. Um ihn zu beruhigen, habe ich sofort im Krankenhaus angerufen, aber dort meinte man, es wäre alles in Ordnung. Trotzdem hat Silver mich gezwungen, umgehend hierherzufahren." Er betrachtete Silver. „Armer Kerl, das kann nicht gut für seinen Kopf gewesen sein. Am besten lasse ich gleich noch ein Bett holen." Bob musterte Stuart eindringlich. „Bleiben Sie hier, bis ich wieder zurück bin."

Stuart sah ihm kopfschüttelnd nach. „Er hätte zur Armee gehen sollen."

Kurze Zeit später kehrte Bob mit einem Pfleger zurück, der ein drittes Bett in den Raum schob. Gemeinsam hoben sie Silver darauf, während Stuart den Stuhl zur Seite räumte, damit das Bett neben das von Ana gestellt werden konnte. Besorgt betrachtete sie Silvers bleiches, schweißbedecktes Gesicht. Er musste furchtbar unter seinem Migräneanfall gelitten haben, trotzdem hatte er versucht ihr zu Hilfe zu kommen. Bob schüttelte den Kopf. „Der Kerl hat wirklich Glück." Er richtete sich auf. „Braucht ihr noch etwas? Ansonsten werden wir euch jetzt allein lassen."

„Ein feuchter, kalter Lappen wäre gut, sonst brauchen wir nichts, danke."

„Gut. Gehen wir, Killings."

Ana drückte Stuarts Hand zum Abschied. „Vielen Dank."

Ein kaum merkliches Lächeln umspielte seine Mundwinkel. „Gerne." Dann nickte er Natalie zu und verließ mit Bob das Zimmer.

37

März 2007

Silver folgte dem Wärter durch die endlos langen Gänge des San Quentin State Prison in den Besuchsraum. Die Enge und Stille, die im Gefängnis herrschten, drückten ebenso auf sein Gemüt wie der graue Betonboden und die schmutzig weißen Wände. Wie eine dunkle Wolke schwebten die Ereignisse des vergangenen Septembers über ihnen, bestimmten noch immer ihren Alltag. Das würden sie auch sicher noch einige Jahre lang tun, vielleicht sogar bis an ihr Lebensende. Und genau das war der Grund, warum er nach San Quentin gekommen war. In der Hoffnung, dass eine Erklärung, wie schwach sie auch immer sein mochte, ihnen eventuell helfen würde, so etwas wie einen Schlussstrich unter die Ereignisse zu ziehen. Der Besuchsraum befand sich am Ende des Ganges und besaß zwei Türen, eine durch die der Besucher eintrat und eine gegenüberliegende für den Gefangenen, der aus seinem Zellenblock hierhergebracht wurde. Silver dankte dem Wärter mit einem Nicken und setzte sich an den rechteckigen Metalltisch, der neben den am Boden festgeschraubten Stühlen der einzige Einrichtungsgegenstand im Raum war. Es hatte Wochen gedauert, bis sein Besuchsantrag bewilligt worden war, jetzt konnte er nur noch hoffen, dass Preston neugierig genug wäre, um seinen Besucher auch sehen zu wollen.

Beim Gerichtsverfahren, das überraschend schnell angesetzt worden war, hatte Silver ihn beobachtet und keine einzige Gefühlsregung an ihm bemerken können. Selbst als Natalie und Ana nach den Sachverständigen aussagten, hatte Preston sich verhalten, als würde ihn das alles überhaupt nichts angehen. Jedem der Zuhörer und Geschworenen waren Natalies Ausführungen zu dem Martyrium, das sie durchlebt hatte, nahegegangen. Sie hatte sich dafür eines Sprachcomputers bedienen müssen, da sie gerade wieder eine Operation hinter sich hatte und ihre Lippen nicht bewegen durfte. Selbst Prestons Verteidiger war nach Natalies Aussage eindeutig auf Abstand zu seinem Mandanten gegangen. Doch Wayne Preston hatte Natalie und später auch Ana ungerührt in die Augen gesehen, ein leichtes Lächeln um die Lippen. Nur als die Rede auf den Tod seiner Mutter gekommen war, hatte ein undefinierbarer Ausdruck in seinen Augen gelegen. War es Trauer oder Erleichterung gewesen? Jedenfalls hatte der Prozess für Silver in keiner Weise geklärt, wieso Preston die Morde begangen hatte.

Er richtete sich auf, als sich die Tür zum Zellenblock öffnete und ein Wärter erschien, der sich neben der Tür postierte. Die Hände verschränkt unter dem Tisch, beobachtete Silver, wie Wayne Preston in den Raum geführt wurde. Bei jedem seiner kleinen Schritte rasselten die Fußketten, ein Umstand, den Silver mit Befriedigung zur Kenntnis nahm. Auch die Hände des Gefangenen waren mit Handschellen versehen und zusätzlich noch durch eine weitere Kette mit den Fußfesseln verbunden. Doch das schien Preston nicht zu stören, er bedachte Silver mit einem überheblichen Lächeln, als er ihn erkannte.

„Ah, der Detective. Ich hatte mich schon gefragt, wer mich hier wohl besuchen würde, da mir kein Name genannt wurde. Hatten Sie etwa Angst, ich würde mich weigern, zu kommen, wenn ich gewusst hätte, dass Sie es sind?"

Silver antwortete nicht sofort, sondern wartete, bis der Wärter Preston zum Tisch geführt und grob auf den Stuhl gestoßen hatte. „Nein, ich wusste, dass Sie zu neugierig wären, um den Termin abzusagen. Davon einmal abgesehen, gibt es hier sicher nicht über so viele Möglichkeiten der Ablenkung, um sich diese Gelegenheit entgehen zu lassen."

Preston zuckte mit den Schultern. „Ich muss zugeben, dass es mir durchaus an intellektueller Anregung fehlt."

„Mein Mitleid hält sich in Grenzen, nachdem ..."

Preston unterbrach ihn. „Ach kommen Sie, Detective, Sie sind gewiss nicht hier, um noch mehr lahme Sprüche dieser Art loszuwerden." Er verschränkte die Hände auf dem Tisch und beugte sich vor, seinen Blick dabei direkt auf Silver gerichtet. „Wie geht es Ihren Freundinnen?"

Am liebsten hätte Silver Preston über den Tisch gezogen und ihn ordentlich verprügelt, aber er bezwang seine Wut, blieb stattdessen ruhig sitzen und zeigte keinerlei Reaktion. „Wie kommen Sie mit den anderen Gefangenen zurecht, Preston? Hat sich Ihnen bei Ihrem hübschen Gesicht denn schon jemand genähert und Ihnen einen unsittlichen Antrag gemacht?" Befriedigung durchströmte Silver, als er daraufhin für einen winzigen Moment so etwas wie Unsicherheit in Prestons Mimik bemerkte. Tatsächlich wirkte sein Gesicht seitdem er inhaftiert worden war, etwas schmaler, kantiger als früher, während seine Haare länger geworden waren. Er sah dadurch noch besser aus als früher, was es ihm im Gefängnis sicher nicht leichter machte.

Preston hatte sich schnell wieder im Griff. „Lassen Sie uns zum Wesentlichen kommen, nachdem die Nettigkeiten nun ausgetauscht sind: Was wollen Sie von mir?"

Silver lehnte sich zurück. Wie sollte er beginnen? Es war klar, dass er auf Prestons Entgegenkommen angewiesen war, was sein Anliegen betraf. Wenn dieser ihm keine Antworten geben wollte, würde er unverrichteter Dinge wieder abziehen müssen. „Nun, ich dachte mir, dass Sie, nachdem Sie jetzt ja viel Zeit zum Nachdenken hatten, vielleicht doch noch etwas über den Grund ihrer Taten sagen möchten."

Prestons Mundwinkel zuckten amüsiert. „Von welchen Taten sprechen Sie?"

Seine herablassende Art stellte Silvers ohnehin nicht übermäßig vorhandenen Geduld auf eine harte Probe. Doch er bewahrte Ruhe. „Ich spreche von Fiona, Gwen, Delia, Stacy und Natalie, wie Sie sehr wohl wissen." Fiona Brumbell war Prestons erstes Opfer gewesen, das sie nachträglich gefunden hatten. Es war ihre Nase, die in das abscheuliche Modell im Kühlschrank eingearbeitet worden war.

„Warum nehmen Sie Ihre kleine Freundin denn aus? Wie hieß sie noch? Anabelle? Ein wenig altmodisch der Name, aber sonst ein ganz süßes Ding. Eine Schande, dass ich nicht mehr Zeit hatte, sie zu …"

In diesem Moment war es um Silvers Beherrschung geschehen. Er sprang auf und beugte sich über den Tisch zu Preston hinüber. „Halten Sie den Mund!"

Preston grinste ihn an. „Warum? Sie wollten doch darüber reden, nicht ich."

Silver wusste, dass er einen Fehler gemacht hatte. So würde er nicht weiterkommen. Wahrscheinlich war es sowieso eine dumme Idee von ihm gewesen, hierher zu kommen. Doch nachdem er nun schon einmal hier war, wäre es ihm wie eine Niederlage vorgekommen, ohne die gewünschten Informationen wieder nach Hause gehen zu müssen.

„Warum haben Sie den Frauen keine Betäubung gegeben, sondern nur ein Muskelrelaxans?"

Preston machte eine vage Bewegung mit der Hand. „Warum nicht? Sie sollten stillhalten, während ich an ihnen arbeite, alles andere war egal."

Silver hatte Mühe, weiterhin ruhig zu bleiben. „Die Opfer und ihre Schmerzen bedeuteten Ihnen also nichts?"

„Warum sollten sie? Sie waren Mittel zum Zweck, mehr nicht."

„Das passt nicht ganz zusammen. Denn, wenn Sie von ihnen nichts anderes als die Souvenirs wollten, warum haben Sie sich dann so lange mit ihnen aufgehalten?" Silver fror unter Prestons leblosem Blick.

„Ein bisschen Herausforderung sollte schon noch dabei sein. Einfach nur töten und wieder gehen kann schließlich jeder."

So kam er nicht weiter, er musste es mit einer anderen Taktik versuchen. „Hat Ihre Mutter Ihnen gesagt, was Sie zu tun hatten, oder war es Ihre eigene Entscheidung?"

Zum zweiten Mal nahm Silver den undefinierbaren Ausdruck in Prestons Gesicht wahr, den er schon einmal gesehen hatte, als vor Gericht über dessen Mutter gesprochen worden war. Nur dass Preston dieses Mal abrupt aufstand. „Das Gespräch ist beendet.“ Er wandte sich zum Wärter um. „Bringen Sie mich zurück.“

Silver gab dem Mann ein Zeichen, nicht auf Prestons Wunsch zu reagieren. „Was, so schnell schon? Haben Sie etwa Angst, mit mir zu reden?“

Preston drehte sich wieder zu ihm um und sah ihn herablassend an. „Wohl kaum. Sie sind nur leider nicht der interessante Gesprächspartner, für den ich Sie gehalten habe.“

Silver grinste ihn an. „Ich glaube eher, dass Sie nicht zugeben wollen, dass Ihre Mutter schlauer war als Sie. Dass sie diejenige von Ihnen beiden war, die die Hosen anhatte und Sie nur ihr Handlanger waren.“

Zum ersten Mal blitzte etwas wie Hass in Prestons Augen auf. Er kehrte zum Tisch zurück und beugte sich zu Silver hinüber. „Sie haben keine Ahnung.“

„Nein? Dann erzählen Sie mir doch, wie es wirklich war.“

Preston ließ sich auf seinen Stuhl zurückfallen. „Nein.“

„Warum denn nicht? Was haben Sie schon zu verlieren, Sie werden hier drin sterben, sofern die Todesstrafe nicht ausgesetzt wird. Und ich fürchte, Sie werden nicht viel Besuch bekommen, jetzt wo Ihre Mutter tot ist.“

„Wer will schon besucht werden?“

„Nun, vielleicht werden Sie in einigen Jahren anders darüber denken.“ Silver machte eine Pause und taxierte ihn eine Weile schweigend. „Also, wollen wir uns jetzt unterhalten, oder nicht?“

„Ich dachte, das tun wir schon die ganze Zeit.“

Er hätte auf Caroline hören sollen, die bereits vor einigen Monaten versucht hatte, mit Preston ein vernünftiges Gespräch zu führen, um mehr über seine Motive herauszufinden und dabei kläglich gescheitert war. Auch wenn sie nicht darauf zu sprechen gekommen war, hatte Silver doch den Eindruck gewonnen, dass Preston sie genauso respektlos behandelt hatte, wie seine Opfer und jede andere Frau mit Ausnahme seiner Mutter.

„Sprechen wir über Ihre Mutter."

Prestons Augen verengten sich. „Warum sollten wir das tun? Sie ist tot."

„Ja. Tut Ihnen das leid?"

„Sollte es das?"

„Nun, sie war Ihre Mutter. Sie haben mit ihr zusammengewohnt, anstatt eine eigene Familie zu gründen. Wo ist Ihr Vater?"

Prestons Lippen pressten sich zusammen. „Ich habe keinen."

Silver schüttelte den Kopf. „Jeder hat einen."

„Ich nicht."

„Soll ich etwa glauben, dass Sie vom Satan höchstpersönlich gezeugt wurden?"

Preston stieß ein überraschtes Lachen aus. „Die Frage kann ich Ihnen nicht beantworten, ich habe ihn nie kennengelernt. Könnte natürlich sein, auch wenn meine Mutter ihn immer nur als „das Schwein, das mich schwanger sitzen gelassen hat" bezeichnet hat."

„Er hat sich also aus dem Staub gemacht und sie nicht geheiratet?"

„Er sah es wohl nicht als seine Pflicht an, sich um die Folgen seines ‚Unfalls' zu kümmern." Hass flammte für den Bruchteil einer Sekunde in Prestons Augen auf, aber er hatte sich sofort wieder unter Kontrolle.

„Und Ihre Mutter hat Ihnen die Schuld daran gegeben."

Preston schwieg und sah Silver nur abwartend an.

„Aber sie hat dafür gesorgt, dass Sie eine gute Schulbildung bekamen und ein Studium abschlossen."

Prestons Mund verzog sich verächtlich. „Glauben Sie wirklich, dass sie das ohne einen Hintergedanken getan hätte?"

„Wollen Sie damit sagen?"

„Meine Mutter interessierten genau drei Dinge in ihrem Leben: Sie selbst, Geld und Schönheit. Sie hat alles genau vorausgeplant, meine Ausbildung diente allein dazu, ihr den Luxus zu ermöglichen, den Sie gewohnt war, und natürlich auch, um ihr die eigene Schönheit zu erhalten. So oft ich sie auch operiert habe, es reichte ihr nie aus, sie wollte Perfektion."

Ein Schauder rann über Silvers Rücken. „Und die meinte sie zu erreichen, indem sie sich von Ihnen die Körperteile anderer Frauen besorgen ließ? Auch wenn diese nur als Vorlagen für die Operationen dienten. Hätte da nicht ein Foto ausgereicht?"

Preston schwieg, sein Blick bohrte sich in Silvers.

„Warum haben Sie mitgemacht? Sie hätten doch einfach ‚nein' sagen können."

Prestons Lippen verzogen sich zu einem falschen Lächeln. „Warum hätte ich das tun sollen? Die Frauen hatten es nicht anders verdient."

„Das glauben Sie doch selbst nicht!"

„In Ordnung, Detective, dann sage ich es ganz direkt: Sie waren mir völlig gleichgültig. Ob sie lebten oder tot waren, machte keinen Unterschied für mich."

„Für die Angehörigen und Freunde sehr wohl!"

Preston winkte ab. „Das ist deren Problem, nicht meines."

„Warum sind Sie von Ihrem Schema, sich Ihre Opfer unter Ihren Patientinnen auszusuchen, abgewichen? Waren keine geeigneten Kandidatinnen mehr unter ihnen?"

„Oh doch, ich habe einige der schönsten Frauen operiert. Aber es war einfach langweilig, so vorhersehbar vorzugehen."

„Haben Sie das entschieden oder Ihre Mutter? Ich glaube eher, Sie hatten Angst, dass der bestehende Zusammenhang zwischen den Opfern und den Operationen Sie eines Tages verraten könnte. Ihre Mutter hat deshalb beschlossen, vom bisherigen Weg abzuweichen und Sie sind ihr gefolgt, ohne etwas dagegen einzuwenden."

Preston zog eine Augenbraue hoch. „Sie hätten mich nie gefunden, es fehlten nur noch ein paar kleine Schritte, dann wären wir weitergezogen."

„Da irren Sie sich. Wir wussten schon, bevor Sie verhaftet wurden, dass die Morde mit Schönheitsoperationen zusammenhängen. Es war nur noch eine Frage der Zeit herauszufinden, wer Gwen Tudolsky und Delia Hoffman operiert hat."

Preston lächelte herablassend. „Sie erwarten jetzt aber nicht von mir, dass ich Sie beglückwünsche, oder?"

„Was ist mit den Opfern an Ihren früheren Wohnorten?"

„Solange Sie mir nichts nachweisen können, gibt es sie nicht."

Silver nickte. „Sie werden hier sowieso nicht mehr herauskommen, warum erleichtern Sie also nicht Ihr

Gewissen und helfen uns, die Familien der Opfer wenigstens nicht länger im Ungewissen darüber zu lassen, ob Ihre Angehörigen tatsächlich tot sind oder noch irgendwo leben?“

„Wer sagt Ihnen denn, dass ich eines habe?“ Er beugte sich vor. „Es interessiert mich nicht und ich sehe darin auch keinen Vorteil für mich. Oder können Sie mir eventuell einen anbieten?“

„Nein.“

Preston grinste. „Das dachte ich mir. Ich stelle es mir sehr frustrierend vor, über keinerlei Macht zu verfügen und immer nur Befehlen gehorchen zu müssen. Ihr Leben ist furchtbar langweilig, Detective.“

„Jedenfalls war ich meiner Mutter niemals hörig und vor allem kann ich im Gegensatz zu Ihnen gleich durch diese Tür hindurchgehen und tun, was ich möchte.“ Silver erhob sich. „Ich muss keine wehrlosen Frauen töten, um mich mächtig zu fühlen.“ Damit war die Sache für ihn erledigt.

„Bleiben Sie gefälligst hier, das Gespräch ist noch nicht beendet!“ Preston war aufgesprungen und hatte die Hände zu Fäusten geballt.

„Doch das ist es. Ich wünsche Ihnen noch eine schöne Zeit.“ Silver verließ den Raum, ohne sich noch einmal umzudrehen.

„Hast du etwas dagegen, wenn ich mich zu dir setze?“

Silver sah überrascht auf, er hatte Ana gar nicht kommen gehört, so sehr war er in Gedanken versunken gewesen. Lächelnd rutschte er ein Stück zur Seite und machte ihr auf dem Felsblock Platz. „Aber nein, komm her.“

Ana setzte sich neben ihn. „Huh, ganz schön kalt.“

Tatsächlich war das Wetter nach den zurückliegenden, viel zu warmen und trockenen Tagen ungewohnt kühl und neblig geworden. Es lag immer noch ein Hauch Brandgeruch in der Luft, der von den bis vor zwei Wochen in den Bergen um Los Angeles wütenden Feuern herrührte. Silver schlang seinen Arm um Ana und zog sie dichter an sich heran.

„Woher wusstest du, dass ich hier bin?“ Er war nach dem Gespräch mit Preston zu seinem Lieblingsplatz im Griffith Park gefahren, um noch einmal in aller Ruhe über alles nachdenken zu können. Vermutlich hätte er Ana Bescheid geben sollen, dass er erst später kommen würde, aber er hatte nicht daran gedacht. In den vergangenen sechs Monaten hatte sich so vieles in ihrem Leben verändert, das meiste davon zum Besseren. Zwar lebte er weiterhin in seinem Haus und Ana in ihrer Wohnung, aber das lag größtenteils daran, dass Natalie noch bei ihr war.

Ihre Freizeit verbrachten sie jedoch selten voneinander getrennt. Ein Umstand, der ihm bewusst gemacht hatte, wie viel er in seinem bisherigen Leben verpasst hatte. Denn es gab nichts Schöneres für ihn, als abends gemeinsam vor dem Kamin zu sitzen oder zu dritt die Natur zu genießen.

„Bob hat mir einen Tipp gegeben.“

„Altes Plappermaul.“ Sein Partner würde wohl niemals lernen, sich aus seinem Privatleben herauszuhalten. Silver legte einen Arm um Ana. „Ich bin froh, dass du hier bist.“

„Ich auch.“ Sie schwieg eine Weile. „Was ist los?“

„Ich war heute im Gefängnis und habe mit Wayne Preston gesprochen.“ Er spürte, wie Ana bei der Nennung des Namens unwillkürlich zusammenzuckte. Sie hatte die Geschehnisse noch immer nicht ganz verarbeitet.

„Warum?“, wollte sie wissen.

Silver suchte nach den passenden Worten. „Ich wollte wissen, warum er die Morde begannen hat. Wie seine Mutter mit hineinspielte, welches Motiv sie hatten.“

„Das wurde doch schon alles während des Prozesses besprochen.“

„Ja, aber mir waren die Antworten nicht ausreichend. Preston hat keine wirkliche Aussage darüber gemacht und seine Mutter konnte es nicht mehr tun.“

Ana löste sich von ihm und blickte ihm ins Gesicht. „Und du dachtest, er würde mit dir reden?“

Silver zuckte mit den Achseln. „Ich weiß nicht, was ich wirklich dachte. Ich glaube nur, dass wir so etwas wie einen endgültigen Schlussstrich unter diese Geschichte ziehen müssen. Und solange wir noch über die Motive nachgrübeln, wird das niemals der Fall sein.“

Ana nickte zögernd. „Und was hat er gesagt?“

„Er hat sich darüber amüsiert, dass ich ihm Fragen gestellt habe.“ Noch immer löste das herablassende Gehabe des Mörders Wut in ihm aus. „Der Psychologe hatte Recht: Wayne Preston weiß ganz genau, was er tut und was er getan hat. Er empfindet keinerlei Reue, ihm fehlt die Fähigkeit zur Empathie. Oder um es mit Bobs Worten zu sagen – er ist ein eiskalter Killer. Seine Opfer waren keine Menschen für ihn, sondern nur Objekte, über die er Macht besaß. Es war sein Recht, mit ihnen zu tun, was er wollte.“

Ana schauderte und drängte sich enger an ihn. „Ein Monster!“

„Ich konnte ihn erst etwas aus der Ruhe bringen, als ich ihn auf seine Mutter angesprochen habe. Sie ist sein

Schwachpunkt. Ich glaube, er hat sie gehasst, war aber gleichzeitig auf eine seltsame Art und Weise von ihr abhängig. Was sie sagte, wurde gemacht. Es war ihr Plan gewesen: Sie wollte eine perfekte Vorlage schaffen, nach der ihr Sohn sie operieren sollte. Nur ihretwegen ist er Schönheitschirurg geworden. Anscheinend lief es schon sein ganzes Leben lang so, er hatte keine Chance gegen seine dominante Mutter."

„Das hat er dir alles erzählt?"

Silver lächelte grimmig. „Zwar nicht mit ganz so vielen Worten, aber ich habe seinen Nerv getroffen. Die Lücken in seiner Erzählung habe ich danach entsprechend meiner Erfahrungen und dem, was Caroline mir über solche Täter erzählt hat, geschlossen." Tatsächlich empfand Silver nachträglich sogar ein wenig Mitleid mit dem kleinen Wayne, der mit solch einer dominierenden und psychopathischen Mutter hatte aufwachsen müssen. „Seinen Vater hat er nie kennen gelernt. Seine Mutter sprach immer nur von ‚dem Schwein, das sie schwanger sitzen gelassen hat', anscheinend war sie davon ausgegangen, dass er sie heiraten würde. Wayne war ein Unfall, der ihre ganze Lebensplanung zunichte machte. Das hat sie ihn nicht nur sein ganzes Leben lang fühlen lassen. Sie hat ihn auch dafür benutzt, um an viel Geld zu kommen und um ihre Schönheit zu erhalten. Sie wollte Perfektion, das Wie spielte dabei keine Rolle."

„Mir ist es dennoch nicht möglich, Mitleid für ihn aufzubringen. Er hätte jederzeit die Möglichkeit gehabt, sich zu weigern."

„Das brauchst du auch nicht. Es kann sowieso niemand sagen, ob Wayne Preston durch Erziehung oder durch seine Gene zu dem Menschen wurde, der er ist.

Tatsache ist jedenfalls, dass er weder ein Gewissen, noch ein Gefühl dafür hat, was richtig oder falsch ist. Dabei ist er hochintelligent, alle Leute mit denen er zu tun hatte, bezeichnen ihn als charmant und freundlich. Er hätte wahrscheinlich durchaus die Möglichkeit gehabt, sich trotz seiner Kindheit anders zu entwickeln, genauso wie das viele andere Kinder aus dysfunktionalen Familien auch tun."

„Es war ihm einfach egal." Ana flüsterte beinahe. „Als er mich überfallen hat, war es fast, als würde er ganz normal seiner Arbeit nachgehen. Ich habe weder Wut noch Befriedigung bei ihm feststellen können. Irgendwie war kein Leben in ihm, seine Augen wirkten tot."

Silver zog sie auf seinen Schoß und schlang die Arme um sie. „Er wird nie wieder aus dem Gefängnis herauskommen." Selbst wenn sie ihm keine weiteren Taten an seinen früheren Wohnorten nachweisen könnten, würde Wayne Preston entweder irgendwann mit einer Injektion getötet werden oder den Rest seines Lebens im Gefängnis verbringen.

„Und seine Mutter ist tot. Ich bin so froh, dass Stuart Killings gerade noch rechtzeitig aufgetaucht ist. Ohne ihn ..."

Silver stockte, er konnte sich noch immer gut an den Moment erinnern, in dem er das Foto von Prestons Mutter entdeckt hatte. Es hatte nur wenige Sekunden gebraucht, bis er gewusst hatte, wo er das Gesicht schon gesehen hatte: Die Frau war ihm auf einem der Tudolsky-Tatortfotos aufgefallen, weil sie ihm bekannt vorgekommen war. Tatsächlich hatte er sie zuvor bereits einmal vor dem Department gesehen, als er vom Parkplatz gefahren war. Und so hatte er während der anschließenden Fahrt zum Krankenhaus abwechselnd seine Dummheit, Ana allein gelassen zu haben, seine Migräne und den dichten Verkehr verflucht. Als sie dann beim Krankenhaus angekommen waren, war ihm bei jedem Schritt beinahe der Kopf geplatzt, er hatte fast nichts mehr gesehen. Nur der Gedanke, nicht zu spät kommen zu dürfen, hatte ihn aufrecht gehalten. Er wusste nur noch, dass er in Anas Zimmer gestürzt war und sie lebendig vorgefunden hatte, danach war es schwarz um ihn herum geworden.

Sanft küsste er Anas Lippen. „Ich verdanke ihm alles."

Ana lächelte ihn an. „Warum hast du ihn dann immer so grimmig angesehen?"

Verlegenheit machte sich in ihm breit. „Ich war wohl eifersüchtig, weil du dich so gut mit ihm verstanden hast. Außerdem war er derjenige, der dich gerettet hat, was eigentlich meine Aufgabe gewesen wäre und vor allem hast du ihn schon nackt gesehen."

Ana war wie vom Donner gerührt. „Das habe ich nicht!"

„Du hast ihn fotografiert." Er wusste, dass seine Eifersucht lächerlich war und jeder Grundlage entbehrte, aber er konnte einfach nichts dagegen tun.

„Ich habe lediglich ein professionelles Aktfoto von ihm gemacht, bei dem außerdem nur sein Oberkörper nackt war. Ich kann durchaus zwischen meinem Privatleben und meiner Arbeit unterscheiden." Ihre Wangen röteten sich. „Gut, in einem Fall nicht, aber ich denke, das dürfte dir nur recht sein."

Silver nickte. „Allerdings. Ich habe mir sogar überlegt ..."

Als er nicht weitersprach, sah sie ihn neugierig an. „Ja?"

Er räusperte sich. „Wie fändest du es, wenn wir uns zusammen ein Haus mieten oder kaufen würden? Irgendwo am Rand der Stadt, wo es ruhig und grün ist?" Er ließ ihr keine Zeit zu antworten, sondern redete schnell weiter. „Natürlich eines, in dem wir auch genug Platz für Natalie haben, sollte sie weiterhin bei dir wohnen wollen." Natalie hatte bereits große Fortschritte gemacht und ihre physischen Wunden waren größtenteils verheilt, dennoch würde sie noch lange ihre Unterstützung brauchen. Ihr Mund war mehrfach operiert worden. Er sah zwar nicht mehr so aus wie früher, doch jemand, der sie in einigen Monaten kennen lernen würde, würde keine sichtbaren Spuren dessen, was sie durchgemacht hatte, mehr erkennen können. Sie hatte ihre Arbeit als Brokerin aufgeben müssen und lebte derzeit von ihren Ersparnissen, doch irgendwann würde sie sich einen neuen Job suchen und damit einen weiteren Schritt in Richtung eines neuen Lebens machen. Natalie war stark, sie würde es schaffen.

Ana legte ihre Hände um seine Wangen und zog seinen Kopf zu sich herunter. „Habe ich dir schon gesagt, wie sehr ich dich liebe?"

„Ein- oder zweimal, ja."

Das erste Mal, dass er diese Worte von ihr gehört hatte, war kurz nach seinem Migräneanfall gewesen, als er völlig desorientiert im Krankenhaus aufgewacht war. „Aber du hast meine Frage nicht beantwortet." Im Grunde wusste er, was sie sagen würde, aber er wollte aus ihrem Mund hören, dass sie seine Träume und Pläne für die Zukunft teilte.

Ana strahlte ihn an. „Ja, ich würde sehr gerne mit dir zusammenziehen." Sie rückte von ihm ab. „Unter einer Bedingung allerdings."

Irritiert blickte er sie an. „Welche?“

„Dass du mir weiterhin als mein persönliches Fotomodell zur Verfügung stehst.“

Silvers entsetztes Stöhnen ging in ihrem Lachen unter.

Glossar

BSS – Behavioral Science Services: Die Abteilung des LAPD dient dazu, den Angestellten psychologische Hilfestellung zu leisten. Dazu gehören Ärger- und Stressmanagement, Geiselnahmen, die Verhinderung von Selbstmorden und Hilfe bei der Verarbeitung von traumatischen Erlebnissen. Die BSS berät auch andere Abteilungen des Departments in organisatorischen und psychologischen Fragen. (In anderen Departments kann die BSS andere Aufgaben haben.)

LAPD – Los Angeles Police Department

MO – Der ‚Modus Operandi' (lateinisch: „Art des Handelns" oder „Art der Durchführung") bezeichnet die Vorgehens- und Verhaltensweise des Täters bei einem Verbrechen. Darunter kann auch ein bestimmter Opfertypus, eine Tatzeit oder ein Ort fallen.

Signatur – Die Signatur beinhaltet alles, was für die Tatausführung nicht essentiell ist, wo aber der Täter einer Art innerem Skript folgt.

SWAT – Abkürzung für „Special Weapons And Tactics" US-amerikanische Spezialeinheit der Polizeit, wird z.B. bei Geiselbefreiungen, Verhaftungen gefährlicher Krimineller, Amokläufer, Entführungen eingesetzt. SWAT-Einheiten unterstehen dem jeweiligen Police Department.

VICAP – Das Violent Criminal Apprehension Program des FBI dient zur Sammlung, Archivierung und Analyse von Gewaltverbrechen, mit besonderem Schwerpunkt auf Mordfällen.

Danksagung

Ein spezieller Dank an Ina Dinstühler, Betreiberin der Homepage *www.romantic-suspense.de* und erwiesene Romantic-Suspense-Koryphäe, für ein sehr lustiges Brainstorming, das mir die Idee zu der Aktfotosession und damit den Hauptpersonen Ana und Silver lieferte. Weiterhin möchte ich Stefanie Ross und Laila El Omari danken, die nicht nur als meine kritischen Erstleser fungierten, sondern mir auch sonst in allen Stadien des Schreibens und Überarbeitens jederzeit hilfreich (und mit viel Geduld) zur Seite standen. Danke auch an Alexandra Wenig, die mir interessante und hilfreiche Informationen zu Serienkillern und Profiling lieferte. (Sämtliche Fehler und Freiheiten, die der Lesbarkeit der Geschichte dienen, liegen natürlich ganz bei mir.) Außerdem möchte ich meinem Agenten Thomas Montasser danken, der mich tatkräftig unterstützt und dafür gesorgt hat, dass Sie dieses Buch jetzt in Händen halten können. Weiterer Dank gebührt meiner Lektorin Frau Dr. Heike Fischer für die fruchtbare Zusammenarbeit.

Ulrich Magnus Hammer
Die Akte Serkassow

fredeboldundfischer
ISBN: 978-3-939674-09-2
Thriller
Originalausgabe
Preis: 15,95 €
444 Seiten

Der ehemalige russische Geheimdienstagent Alexander Serkassow wird mit Polonium 210 vergiftet, einer seltenen radioaktiven Substanz, die über eine halbe Million Euro gekostet hat. Was kann er nur gewusst haben, das es wert war, den bislang teuersten Mord der Geschichte anzuordnen?

Serkassow selbst beschuldigt kurz vor seinem Tod den russischen Präsidenten Romanow, den Mord an ihm höchstpersönlich in Auftrag gegeben zu haben.

Der Fall erhält eine weltpolitische Dimension und schon kurz darauf erhält Michail Dostojewski, ein ehemaliger KGB-Analytiker, von unbekannter Seite den Auftrag, die wahren Hintergründe und Verantwortlichen hinter dem Anschlag aufzudecken. Schon bald tut sich ein erschreckender Abgrund aus politischen Intrigen, Mord und Machtspielen vor Dostojewski auf und ihm wird klar, dass niemand, der in die Aufklärung des Falles Serkassow verwickelt ist, überleben wird.

Roman Schreiber
Ausgespielt

fredeboldundfischer
ISBN: 978-3-939674-07-8
Trendroman
Originalausgabe
Preis: 15,95 €
448 Seiten

Ein namhafter Anwalt geht in Deckung und verrät in diesem rasanten Roman prekäres Insider-Wissen. Witzig und entlarvend zugleich.

Protziges Büro, dickes Auto, loyale Sekretärin, serviler Mitarbeiter – alles stimmt für den biederen Düsseldorfer Wirtschaftsanwalt Ingo König.

Doch mit den dicken Aufträgen hapert es. Die Konkurrenz ist einfach größer und erfolgreicher. So kann der Anwalt sein Glück nicht fassen, als ihm unvermittelt ein reicher Mandant ins Büro schneit und ihn mit Arbeit überhäuft. Und nicht nur das. Der fürsorgliche Kunde überlässt ihm sogar die eigene, rassige Frau, die es ihm schon auf den ersten Blick angetan hat.

Zu guter Letzt vertraut ihm sein Mandant auch noch ein riesiges Vermögen an. Doch damit beginnt für Ingo König im wahrsten Sinne des Wortes ein Trip durch Himmel und Hölle, an dessen Ende Ingo schließlich einsehen muss, dass nichts so war, wie es schien – nicht einmal er selbst.